CATHERINE DES GRANDS CHEMINS

Juliette Benzoni est née avenue de La Bourdonnais mais a passé toute son enfance à Saint-Germain-des-Prés.
Juliette Benzoni fréquenta d'abord le « cours » élégant des demoiselles Désir puis l'aristocratique collège d'Hulst, rue de Varenne, où elle resta jusqu'à son baccalauréat ; elle y prit l'horreur des mathématiques, la passion de l'histoire et des lettres. De là, Juliette Benzoni passa à l'Institut catholique où elle entama une licence. Après un passage météorique comme auxiliaire à la Préfecture de la Seine, elle se retrouva mariée à un médecin de Dijon, le docteur Maurice Gallois, enfouie jusqu'au cou dans la bonne société bourguignonne et bientôt mère de deux enfants.
Pendant cette période de sa vie, Juliette Benzoni passa des heures dans les bibliothèques, étudiant l'histoire de la Bourgogne au Moyen Age.
C'est au cours de ces études qu'elle découvrit la légende de l'ordre de la Toison d'Or qui devait, plus tard, donner naissance à la série des Catherine.
Quelques années après la Libération, Juliette Benzoni perdit son mari et se rendit au Maroc où son mari avait de la famille. Elle entra à la rédaction publicitaire d'un poste de radio : Radio-Internationale. Elle fit la connaissance d'un officier, le capitaine Benzoni, et l'épousa. Elle rentra à Paris et se lança dans le journalisme. Elle travailla simultanément pour L'Histoire pour tous, Journal du Dimanche, *et pour* Confidences *où elle écrivit de nombreux articles historiques.*
Une grande émission télévisée la fit mieux connaître et décida un éditeur à lui demander un roman historique. Ce fut Il suffit d'un amour... *le premier de la série* Catherine. *Depuis, Juliette Benzoni n'a pas cessé d'écrire. Le succès a été grandissant et les lecteurs se comptent par millions.*

Jehanne d'Arc a été brûlée à Rouen, Charles VII qui sera pour l'Histoire le Victorieux et le Bien Servi n'est en ces années que le Faible et l'Irrésolu. Le royaume est en proie aux factions, aux corrompus, aux aventuriers. Arnaud de Montsalvy, devenu lépreux, a dû quitter la femme qu'il adore et le fils qu'elle lui a donné. Catherine doit-elle tomber définitivement dans la solitude, le deuil et les larmes ?
Les jours qui passent ont tous la même couleur pour elle depuis qu'Arnaud a été retranché du monde. Elle les coule dans la hautaine solitude de sa forteresse auvergnate, gardée par les Ecossais d'Hugh Kennedy, sans plus d'espoir que de rendre à son fils, le petit Michel, son rang et les biens de son père.
Pourtant, le monde n'oublie pas Catherine. Tous ceux qui veulent que le sacrifice de Jehanne d'Arc n'ait pas été vain se liguent pour abattre Georges de la Trémoille, le néfaste grand chambellan qui tient le roi en son pouvoir et met le royaume en coupe réglée. C'est pour se venger de cet homme, à qui elle doit son malheur, que Catherine va quitter son fils et son refuge, se lancer à nouveau, flanquée de sa fidèle Sara, dans les plus dramatiques aventures. Que lui importe désormais la vie ? Que lui importent même les maléfices étranges du mystérieux diamant noir, hérité jadis du grand argentier

de Bourgogne ? Puisque Arnaud est perdu pour elle, il ne reste plus, pour Catherine, d'autre but que la vengeance.
Mais n'y a-t-il vraiment plus d'espoir de vivre enfin l'amour si longtemps poursuivi, atteint seulement pour être reperdu ? Que va trouver Catherine au bout de ces grands chemins dans lesquels, avec son seul courage, elle a accepté de s'engager ? Que lui réserve demain ?

Paru dans Le Livre de Poche :

CATHERINE : IL SUFFIT D'UN AMOUR..., Tome I.
CATHERINE : IL SUFFIT D'UN AMOUR..., Tome II.
BELLE CATHERINE.
CATHERINE DES GRANDS CHEMINS.
CATHERINE ET LE TEMPS D'AIMER.
PIÈGE POUR CATHERINE.

JULIETTE BENZONI

Catherine des grands chemins

ROMAN

ÉDITIONS DE TRÉVISE

PREMIÈRE PARTIE

GAUTHIER

CHAPITRE PREMIER

LE DIAMANT MAUDIT

Au creux de la main de Catherine, le diamant noir étincelait de tous ses feux maléfiques illuminant la grande salle de la forteresse de Carlat où Catherine et les siens avaient trouvé refuge après la destruction de Montsalvy. La jeune femme le fit miroiter un moment aux flammes du chandelier. Sa main se couvrait d'un étonnant ruissellement d'étoiles où passaient des lueurs sanglantes. Devant elle, sur le velours de la table, les autres joyaux qui, jadis, avaient été sa parure quotidienne quand elle était la reine de Bruges et de Dijon, la maîtresse toute-puissante et adorée de Philippe de Bourgogne, s'entassaient. Elle leur avait accordé à peine un regard. Pourtant, il y avait là l'extraordinaire parure d'améthyste de l'Oural que Garin de Brazey, son premier mari, lui avait offerte pour leurs fiançailles, les rubis et les saphirs, les diamants et les aigues-marines, les topazes de la mer Rouge et les escarboucles de l'Oural, les opales de Hongrie et les lapis-lazulis du Badakshan, enfin l'admirable collier, fait d'énormes émeraudes du Djebel Sikaït et de diamants indiens, que le duc Philippe lui avait offert parmi tant d'autres. Mais, seul, le diamant noir qui avait été le précieux trésor de la collection du grand argentier de Bourgogne avait retenu son attention quand frère Etienne Charlot avait tiré de sa robe usée et jeté devant elle, en vrac, ce fabuleux trésor.

Garin de Brazey l'avait acheté, jadis, à un navigateur vénitien. Celui-ci l'avait volé à une idole indienne et n'avait été que trop heureux de s'en débarrasser : le diamant portait malheur. Il semblait qu'il eût continué sa carrière maudite. Garin, condamné à mort, s'était empoisonné dans sa prison pour éviter la honte d'être traîné sur la claie avant d'être pendu. Et Catherine, son héritière, n'était-elle pas poursuivie par le même anathème ? Le malheur les avait traqués depuis, elle et ceux qu'elle aimait. Arnaud de Montsalvy, son époux, décrété traître et félon pour avoir tenté de délivrer Jehanne « la sorcière », jeté dans une prison infecte par le tout-puissant favori de Charles VII, Georges de la Trémoille. Il avait failli en mourir et n'en était sorti que pour trouver, en rentrant chez lui, le château de Montsalvy brûlé et rasé par ordre du roi. Et puis le drame était venu, l'affreux drame d'il y avait tantôt huit mois et dont Catherine tremblait encore, de désespoir, quand elle y songeait : la lèpre, contractée dans la geôle immonde de La Trémoille. Depuis huit mois, Arnaud, réprouvé à jamais, traînait une existence en forme de croix dans la maladrerie de Calves, mort pour les siens, mort pour le monde, vivant seulement pour souffrir.

Les doigts de Catherine se refermèrent sur le diamant. Il était chaud maintenant, de son humaine chaleur, presque vivant. Quelle force mauvaise renfermait donc en elle cette splendeur noire ? Caché dans sa main, il n'était plus qu'un caillou dur, prêt à faire encore tout le mal possible. Pour lui, sans doute, les hommes se battraient, le sang coulerait pendant encore combien de siècles ? La tentation lui vint de le jeter au feu pour l'anéantir, mais qui donc, de ce moine fidèle et de cette vieille femme, sa belle-mère, assise, muette d'admiration dans son haut fauteuil, comprendrait son geste ? Le diamant noir représentait une telle fortune !... et Montsalvy, en cendres, attendait qu'on le reconstruisît. Catherine rouvrit la main, laissa le diamant rouler sur la table.

« Quelle magnificence ! soupira Isabelle de Montsalvy. Jamais, de toute ma vie, je n'ai rien vu de semblable ! Ce sera le trésor de notre famille.

— Non, mère, coupa doucement Catherine. Je ne garderai pas le diamant noir. C'est une pierre maudite. Elle n'a jamais apporté que le malheur. Et puis elle représente un tel monceau d'or ! Dans ce caillou noir, il y a un château neuf, des hommes d'armes, de quoi refaire de Montsalvy ce qu'il était jadis, rendre à mon fils le rang que donnent l'argent et la puissance. Oui... il y a tout cela dans le diamant noir !

— C'est dommage ! dit Mme de Montsalvy. Il est si beau !

— Mais plus redoutable encore ! fit à son tour frère Etienne. Savez-vous, dame Catherine, que

Nicole Son, la marchande d'atours qui vous donnait asile à Rouen, est morte, elle aussi ?

— Morte ? Mais comment ?

— Assassinée ! Elle avait été livrer un hennin précieux, tout en dentelle d'or, à Mme la duchesse de Bedford. On l'a retrouvée dans la Seine, la gorge tranchée... »

Catherine ne répondit pas, mais le regard horrifié qu'elle jeta au diamant était suffisamment explicite. Ainsi, même en simple dépôt, la damnée pierre tuait encore ! Il fallait s'en séparer, et le plus tôt serait le mieux !

« Tout de même, ajouta le moine avec un bon sourire, n'exagérons rien et gardons-nous de la superstition ! Il n'y a peut-être là qu'une série de coïncidences. Vous admettrez que je l'ai transportée à travers la plus grande partie du royaume, par des pays où règne la misère, où les brigands pullulent... et qu'il ne m'est rien advenu de fâcheux ! »

C'était, en effet, une manière de miracle, qu'en plein hiver, puisque l'on était au début de l'an 1433, ce cordelier du mont Beuvray ait réussi à traverser ce malheureux pays de France ravagé par une abominable misère, saigné à blanc par les bandes d'écorcheurs et par les garnisons anglaises encore éparpillées ici et là, sans que nul ne se doutât que, dans un sac de toile rude dissimulé sous son froc, il transportait la rançon d'un empereur. Au moment où Catherine et Arnaud de Montsalvy avaient fui Rouen, la nuit même du supplice de la Pucelle, les fabuleux joyaux de la jeune femme étaient demeurés à la garde de leur ami, le maître maçon Jean Son, jusqu'à ce que frère Etienne Charlot, le plus sûr des agents secrets de Yolande, duchesse d'Anjou, comtesse de Provence et reine des Quatre Royaumes d'Aragon, Sicile, Naples et Jérusalem, ait eu le loisir de les rapporter à leur légitime propriétaire.

Depuis des années, les larges pieds de frère Etienne, nus dans leurs sandales franciscaines, arpentaient les grands chemins du royaume, portant les messages et transmettant les ordres de la reine Yolande, belle-mère de Charles VII, jusqu'au plus secret, au plus profond du peuple. Nul ne se méfiait de ce petit moine rondelet, toujours souriant et dont la candide amabilité cachait une intelligence réelle. Il était arrivé à Carlat peu après l'heure de none, quand le jour était déjà sur son déclin. Sa silhouette replète avait paru surgir de la neige au moment où Hugh Kennedy, le gouverneur écossais, surveillait la relève des guetteurs et, tout de suite, on l'avait conduit auprès de Catherine. Retrouver le moine après plus de dix-huit mois avait été pour la jeune comtesse une joie réelle doublée d'un crève-cœur. Frère Etienne avait toujours été l'instrument employé par le destin pour la ramener auprès d'Arnaud. Sa présence ravivait le souvenir d'heures précieuses dont le rappel, maintenant, n'en était que plus déchirant. Cette fois, frère Etienne, malgré toute sa bonne volonté, ne pourrait rien pour les réunir. Le lépreux et celle qui, en ce monde, portait son deuil étaient aussi séparés que par les portes d'un tombeau...

S'éloignant de la table, Catherine alla jusqu'à la fenêtre. La nuit était complète maintenant, au-delà de l'immense cercle blanc de la cour que les feux de cuisine teintaient de rouge. Mais les yeux de la jeune femme depuis longtemps n'avaient plus besoin du jour pour se fixer dans la direction exacte de la maladrerie de Calves. A travers l'espace, à travers l'ombre, le lien qui la rattachait au réprouvé, à Arnaud de Montsalvy, son époux bien-aimé, demeurait toujours aussi fort, aussi douloureux... Elle pouvait demeurer là des heures, le regard perdu, des larmes qu'elle ne songeait pas à essuyer roulant silencieusement sur son beau visage.

Frère Etienne toussota, puis reprocha doucement :

« Madame... vous vous faites grand mal ! Rien ne peut-il vraiment apaiser votre douleur ?

— Rien, mon père ! Mon époux était toute ma vie. J'ai cessé d'exister le jour où... »

Elle n'acheva pas, ferma les yeux... Sur le fond noir des paupières closes sa mémoire impitoyable lui retraçait l'image d'un homme vigoureux, tout vêtu de noir, qui s'en allait dans le soleil, les mains noyées sous les flots dorés d'une chevelure de femme, ses cheveux à elle, sacrifiés dans un élan désespéré, pour être jetés, comme un tapis fabuleux, sous les pas de l'homme rejeté par ses frères. Depuis, les cheveux avaient repoussé. Ils bouclaient autour de ses joues comme des copeaux d'or, mais elle les tirait impitoyablement en arrière, les masquait sous ses voiles noirs de veuve ou bien sous des coiffes de toile blanche, empesée, qui ne laissaient passer que l'ovale du visage. Encore eût-elle souhaité ternir l'éclat de ce visage même lorsqu'elle surprenait le regard admiratif de Kennedy, ou bien l'expression de dévouement passionné de son écuyer Gauthier posés sur lui... Aussi ne quittait-elle guère son voile de tête noir.

Frère Etienne enveloppa d'un coup d'œil méditatif la mince silhouette dont les austères vêtements de drap noir ne parvenaient pas à masquer la grâce, le doux visage aux lèvres tendres que la douleur n'avait touché que pour l'idéaliser et le rendre plus émouvant, les longs yeux violets qui brûlaient de souffrance comme ils avaient dû brûler de passion. Et le bon moine se surprenait à s'interroger. Dieu n'avait-il vraiment créé, voulu pareille beauté que pour la laisser dépérir, étouffée sous des voiles de deuil au fond d'un vieux château des monts d'Auvergne ? Si elle n'avait eu un fils de dix mois, Catherine de Montsalvy eût suivi sans hésiter, elle ne le lui avait pas caché, son époux bien-aimé chez les lépreux, se vouant volontairement à la pire des morts lentes. Et maintenant, frère Etienne cherchait les mots qui sauraient percer cette armure de chagrin dont s'enveloppait la jeune femme. Que lui dire ? Parler de Dieu était inutile. Qu'importait Dieu à cette femme passionnément amoureuse d'un seul homme et qui avait hissé son amour, comme une idole, sur un autel secret. Pour Arnaud, pour l'époux auquel elle ne cesserait jamais d'appartenir corps et âme, Catherine eût choisi, joyeusement, et Satan et l'Enfer... Aussi fut-il très étonné de s'entendre dire :

« Dame Catherine, il ne faut jamais désespérer de la Providence. Bien souvent, elle ne frappe ceux qu'elle aime que pour les mieux récompenser... »

La belle bouche triste eut un pli de dédain. Catherine haussa les épaules avec lassitude.

« Que m'importent les récompenses ? Que m'importe le Ciel dont, sans doute, vous allez me parler, frère Etienne ? Si Dieu, par miracle, venait à moi je lui dirais : « Seigneur, vous êtes le Dieu Tout-Puissant.
« Rendez-moi mon époux... et prenez tout le reste,
« prenez même ma part de vie éternelle, mais
« rendez-le-moi ! »

Intérieurement le moine se traita d'idiot, mais n'en prit pas moins l'air offusqué.

« Madame, vous blasphémez ! Prenez tout le reste, diriez-vous ? Dans ce reste comprenez-vous votre fils ? »

Le mince visage encadré de toile blanche se tourna vers lui avec une sorte d'horreur.

« Pourquoi dites-vous cela ? Pensez-vous que je n'aie point encore été assez éprouvée ? Certes non, je n'entendais point parler de mon fils, mais de toutes ces choses vaines telles que la puissance, la beauté... ou ceci ! »

Du doigt elle désignait le tas scintillant sur la table. Elle s'en approcha brusquement, prit les joyaux à pleines mains, elle les éleva vers la lumière.

« Il y a là de quoi acheter des provinces et, voici moins d'un an, je les eusse retrouvés avec bonheur pour les lui donner... à lui, mon époux ! Ils se fussent changés, entre ses mains, en une vie de bonheur, pour nous et pour nos gens. Maintenant... — et les pierres, lentement, coulèrent de ses doigts en une cascade multicolore — ... ils ne sont plus que ce qu'ils sont, des joyaux, des pierres inertes.

— Qui rendront vie et puissance à votre maison. Dame Catherine, trêve de philosophie amère ! Ce n'est pas uniquement pour vous rendre un trésor que je suis venu jusqu'ici. En fait, je vous suis envoyé. La reine Yolande vous demande.

— Moi ? Je ne pensais pas que la reine se souvînt encore de mon existence.

— Elle n'oublie jamais personne, madame... et moins encore ceux qui l'ont fidèlement servie ! Une chose est certaine : elle désire vous voir. Ne me demandez pas pourquoi, la reine ne me l'a pas dit... encore que je puisse m'en douter. »

Les yeux sombres de Catherine dévisagèrent le moine. Il semblait que sa vie errante fût une étonnante fontaine de jouvence. Il n'avait pas changé. Son visage était toujours aussi rond, aussi frais et aussi candide. Mais Catherine avait tant souffert qu'elle en était venue à se méfier de tout. La plus angélique figure lui semblait recéler une menace, même celle d'un vieil ami comme frère Etienne.

« Que vous a dit la reine en vous envoyant vers moi, frère Etienne ? Pouvez-vous me rapporter ses paroles ? »

Il hocha la tête affirmativement, mais son regard demeura accroché à celui de la jeune femme.

« Certes. « Il est des douleurs inapaisables, m'a « dit la reine, mais, dans certaines souffrances ex- « trêmes, la vengeance peut être un soulagement. « Allez me querir Mme Catherine de Montsalvy et « rappelez-lui qu'elle n'a jamais cessé d'appartenir « au cercle de mes dames. Son deuil ne saurait « l'éloigner de moi. »

— Je lui sais gré de se souvenir ainsi, mais a-t-elle oublié que tous les Montsalvy sont bannis, déclarés traîtres et félons, recherchés par le prévôt royal ? Qu'il faut être mort... ou lépreux pour échapper aux gens d'armes ? A ce propos, la reine a mentionné mon deuil. Sait-elle donc ?

— Elle sait toujours tout. Messire Kennedy l'a mise au courant.

— Ce qui veut dire que toute la Cour en fait des gorges chaudes, fit Catherine amèrement. Quel triomphe pour La Trémoille que savoir au fond d'une ladrerie le plus vaillant des capitaines du roi !

— Nul ne sait rien, que la reine ! La reine sait se taire, madame, reprocha le moine. Messire Kennedy l'a avertie sous le sceau du secret... de même qu'il a promis, aux gens de ce pays comme à ses soldats, de couper la gorge de sa propre main à quiconque dévoilerait le sort actuel de messire Arnaud. Pour tout le monde, votre époux est mort, madame, même pour le roi. Il semble que vous sachiez peu ce qui se passe sous votre propre toit. »

Catherine rougit. C'était vrai. Depuis le jour maudit où le moine avait emmené Arnaud vers la léproserie de Calves, elle n'avait pas quitté le château, refusant même de descendre au village où elle avait pris en horreur gens et lieux. Elle demeurait enfermée au logis, ne sortant guère qu'à la nuit tombante pour respirer un peu sur le chemin de ronde. Elle passait là de longs moments, immobile entre deux merlons, les yeux fixés toujours dans la même direction. Son écuyer Gauthier le Normand, qu'elle avait jadis sauvé de la potence, l'accompagnait, mais demeurait à dix pas en arrière, n'osant troubler sa méditation. Seul, Hugh Kennedy, le gouverneur de Carlat, avait le courage de s'approcher d'elle quand elle redescendait. Les hommes d'armes regardaient avec une compassion mêlée d'inquiétude cette femme, vêtue et voilée de noir, toujours droite et fière, mais qui ne montrait plus jamais son visage lorsqu'elle était hors du logis. Le soir, autour des feux, les soldats parlaient d'elle, évoquant l'éblouissante beauté que, depuis dix mois, aucun d'eux n'avait revue. Les contes les plus fantaisistes couraient. On disait même que la belle comtesse, après avoir rasé sa chevelure, s'était défigurée afin de ne plus jamais inspirer d'amour à quiconque. Les gens du village se signaient quand ils l'apercevaient, ses mousselines funèbres voltigeant doucement au vent du soir, contre le ciel rouge. Peu à peu, la belle comtesse de Montsalvy devenait une légende...

« Vous avez raison, répondit Catherine avec un soupir. Je ne sais plus rien parce que rien ne m'intéresse plus, hormis peut-être le mot que vous avez prononcé : la vengeance... encore qu'il soit étrange dans la bouche d'un homme de Dieu. Cependant, je comprends mal pourquoi la reine souhaiterait aider à la vengeance d'une proscrite.

— Vous ne l'êtes plus, madame, du moment où la reine vous rappelle. Auprès d'elle vous serez en sûreté. Quant à votre vengeance, il se trouve qu'elle concorde avec les souhaits de madame Yolande. Vous ignorez que l'audace de La Trémoille n'a plus de bornes, que, l'été passé, les troupes de l'Espagnol Villa-Andrado, qui est à sa solde, ont pillé, brûlé, ravagé le Maine et l'Anjou, les propres terres de la reine. L'heure est venue d'en finir avec le favori, madame. Partirez-vous ? J'ajoute que messire Hugh Kennedy, rappelé lui aussi par la reine, vous servira d'escorte avec votre humble serviteur. »

Pour la première fois, frère Etienne vit étinceler le regard de Catherine tandis qu'une vague de sang montait à ses joues pâles.

« Qui gardera Carlat ? Et mon fils ? Et ma mère ? »

Le moine se tourna vers Isabelle de Montsalvy, toujours immobile dans son fauteuil.

« Mme de Montsalvy doit se rendre avec l'enfant à l'abbaye de Montsalvy où le nouvel abbé, qui est jeune et déterminé, l'attend. Ils y seront en sûreté, en attendant que vous arrachiez au roi la réhabilitation de votre époux et la libération de ses biens. Un nouveau gouverneur va prendre possession de Carlat, envoyé par le comte d'Armagnac. Au surplus, messire Kennedy n'y était que momentanément. Viendrez-vous ? »

Catherine se tourna vers sa belle-mère et, d'un geste qui lui était devenu familier, alla s'agenouiller devant elle, emprisonnant les belles mains ridées entre les siennes.

Le départ d'Arnaud les avait rapprochées comme jamais Catherine ne l'aurait cru possible. L'accueil hautain de la grande dame était maintenant relégué à l'état de souvenir et une profonde tendresse, qui n'avait pas besoin de mots pour s'exprimer, unissait les deux femmes.

« Que dois-je faire, ma mère ?

— Obéir, ma fille ! On ne dit pas non à la reine et notre maison ne peut que retirer grand bien de votre séjour là-bas.

— Je sais. Mais il m'est si dur de vous quitter, vous et Michel... et aussi de m'éloigner de... »

Elle se tournait de nouveau vers la fenêtre, mais, doucement, Isabelle ramena vers elle le beau visage.

« Vous l'aimez trop pour que la distance importe ! Partez et soyez sans crainte. Je veillerai sur Michel doublement. »

Catherine baisa rapidement les doigts de la vieille dame puis se releva.

« C'est bien, je vais partir — son regard tomba soudain sur l'amas de joyaux abandonnés sur la table —. Je prendrai une partie de ceci, ajouta-t-elle, car j'aurai besoin d'or. Vous garderez le reste, mère, et en userez à votre gré. Vous échangerez aisément quelques pièces contre des écus. »

Elle reprit le diamant noir, le serra dans sa main comme si elle voulait le broyer.

« Où dois-je rejoindre la reine ?

— A Angers, madame... Les relations entre le roi et sa belle-mère sont encore assez tendues. La reine Yolande est plus en sûreté sur ses terres qu'à Bourges ou à Chinon.

— Va pour Angers. Si pourtant vous n'y voyez pas d'inconvénient, nous passerons par Bourges. Je veux prier maître Jacques Cœur de me trouver un acquéreur pour cette maudite pierre. »

La nouvelle du prochain départ combla de joie trois personnes : Hugh Kennedy, d'abord. L'Ecossais se sentait mal à l'aise dans ces montagnes d'Auvergne qui lui rappelaient son pays, mais qu'il connaissait très mal. De plus, l'atmosphère confinée de la forteresse, pesante de toute la douleur de Catherine au point d'en être devenue irrespirable, lui était insupportable. Il était partagé entre la violente attirance qu'il éprouvait pour la jeune femme, le désir profond de lui faire oublier son malheur et le besoin de retrouver la bonne vie d'antan, les batailles, les coups de main, la vie violente des camps et le viril compagnonnage. Regagner les plaisantes cités de la vallée de la Loire et faire la route en compagnie de Catherine, c'était double joie. Il ne perdit pas une minute pour commencer ses préparatifs de départ.

Pour Gauthier Malencontre, aussi, ce départ était une bonne nouvelle, mais pour une autre raison. Le géant normand, l'ancien bûcheron descendant des vieux Vikings, avait voué à la jeune femme une passion aveugle, fanatique mais muette. Il vivait moralement prosterné devant elle comme le croyant devant une idole et cet homme, qui ne croyait pas en Dieu mais tirait ses croyances des vieilles superstitions nordiques, des antiques légendes venues avec les bateaux-serpents, avait fait de son amour païen pour Catherine une sorte de religion. Depuis qu'Arnaud de Montsalvy était reclus en léproserie et que Catherine le pleurait, Gauthier avait cessé de vivre lui aussi. Il n'avait même plus le goût de la chasse et ne sortait guère de la forteresse. S'éloigner de Catherine, même pour un moment, lui était insupportable et il avait l'impression étrange qu'elle cesserait de vivre s'il cessait de la surveiller. Mais que le temps lui semblait long ! Il voyait les jours s'ajouter les uns aux autres, toujours pareils sans que rien laissât supposer que viendrait le moment où Catherine accepterait de secouer son chagrin. Et voilà que ce moment, miraculeusement, était venu ! On allait repartir, quitter ce château maudit, faire quelque chose, enfin ! Et Gauthier, dans son âme simple, n'était pas loin de considérer le petit moine du mont Beuvray comme un personnage miraculeux.

Le troisième personnage, c'était Sara, la fidèle fille de Bohême égarée en Occident qui avait élevé Catherine et l'avait suivie à travers toutes les difficultés de sa vie mouvementée. A plus de quarante-cinq ans, Sara la Noire conservait une jeunesse et une vitalité intactes. A peine si ses épais cheveux noirs se striaient de gris. Sa peau brune, lisse et bien tendue, n'avait pas une ride. Elle avait seulement pris un embonpoint confortable qui la rendait assez inapte aux longues chevauchées, mais l'amour héréditaire des grands chemins l'emportait sur le souci du bien-être et, comme Gauthier, elle se tourmentait de voir Catherine s'enterrer vive en Auvergne n'existant plus que par le mince fil qui rattachait son âme au reclus de Calves. La venue de frère Etienne était bénie. L'appel de la reine allait arracher la jeune femme à sa douleur, l'obliger bon gré mal gré à se soucier de ce monde qu'elle refusait. Et Sara, au fond de son cœur aimant, souhaitait voir Catherine se reprendre à aimer la vie. Elle n'allait pourtant pas jusqu'à lui souhaiter un autre amour : Catherine était la femme d'une seule passion, mais, parfois, la vie sait arranger les choses ! Souvent dans le silence des nuits, Sara la zingara avait interrogé le feu et l'eau pour tenter de leur arracher le secret de l'avenir. Mais le feu s'éteignait, l'eau demeurait limpide et aucune de ces visions qui, parfois, lui venaient ne s'était manifestée. Le livre du Destin demeurait fermé pour Sara depuis le départ d'Arnaud.

Une seule chose la tourmentait : quitter le petit Michel pour lequel elle éprouvait un sentiment bien proche de l'adoration. Mais Sara se refusait à laisser Catherine s'engager seule dans une aventure. La Cour était un lieu dangereux et la bohémienne entendait pouvoir s'occuper elle-même de la jeune femme. Blessée dans son âme et amoindrie par cette blessure, Catherine avait besoin que l'on veillât sur elle. Michel, Sara le savait bien, serait en parfaite sécurité et ne manquerait de rien auprès d'une grand-mère qui l'idolâtrait, retrouvant en lui à mesure qu'il grandissait le portrait vivant du fils qu'elle avait perdu jadis.

Dans quelques semaines, l'enfant allait atteindre son année. Grand et vigoureux pour son âge, c'était aussi le plus magnifique bambin que Sara eût jamais vu. Sa petite figure ronde et rose s'éclairait de grands yeux d'un joli bleu clair et des boucles serrées, brillantes comme des copeaux d'or, moussaient sur sa tête. Il posait sur toutes choses un regard d'un grand sérieux, mais, quand il riait, c'était à s'étouffer. Il faisait preuve, déjà, d'un grand courage et seule l'inflammation de ses joues dénonçait les poussées dentaires car le bébé ne criait pas. Quand il souffrait trop, de grosses larmes silencieuses roulaient sur ses joues, mais aucun son ne sortait de sa petite bouche crispée. La garnison, comme les paysans, l'adoraient d'un cœur unanime et, déjà conscient de son pouvoir, Michel régnait sur son petit monde en jeune tyran, ses esclaves préférées étant tout de même sa mère, sa grand-mère, Sara et la vieille Donatienne, la paysanne de Montsalvy qui servait à dame Isabelle de caméristе. Avec Gauthier, le petit garçon demeurait sur l'expectative. Le blond Normand l'impressionnait à cause de sa force extraordinaire et l'enfant le ménageait à sa façon. Autrement dit, il ne lui faisait supporter aucun de ses caprices, uniquement réservés aux quatre femmes. Avec Gauthier on était entre hommes et Michel trouvait toujours un grand sourire pour son immense ami.

Quitter son fils représentait pour Catherine un lourd sacrifice. Elle avait reporté sur lui tout l'amour qu'elle ne pouvait plus donner au père et l'entourait d'une tendresse inquiète, sans cesse aux aguets. Auprès de Michel, Catherine était comme l'avare auprès de son trésor. Il était l'unique et merveilleux souvenir de l'absent, l'enfant qui n'aurait jamais ni frères ni sœurs. Il était le dernier des Montsalvy. A n'importe quel prix, il fallait lui bâtir un avenir digne de ses ancêtres, digne surtout de son père. Et c'est pourquoi, refoulant courageusement ses larmes, la jeune femme veilla, dès le lendemain, aux préparatifs de départ du petit garçon et de sa grand-mère. Mais que c'était donc difficile de ne pas pleurer en pliant soigneusement, dans un coffre de cuir, les petits vêtements dont la plus grande partie était l'œuvre de ses mains attentives.

« Ma peine est égoïste, vois-tu ! dit-elle à Sara qui, l'œil dur et la bouche serrée, l'aidait et tâchait de faire bonne contenance. Je sais que mère veillera sur lui aussi bien que je pourrais le faire. Je sais qu'à l'abbaye rien ne pourra lui arriver, qu'il sera à l'abri de tout mal, de toute peine et que notre absence, je veux l'espérer, sera courte. Mais j'ai tout de même beaucoup de chagrin ! »

Peut-être parce que la voix de Catherine faiblissait, Sara refoula sa propre peine pour voler au secours de la jeune femme.

« Est-ce que tu crois que je n'ai pas de peine, moi, de le quitter ? Mais c'est pour lui que nous allons là-bas et, du moment que c'est pour son bien, rien ne me coûte ! »

Et, pour bien montrer la solidité de sa conviction, Sara se mit à empiler vigoureusement dans le coffre les petites chemises de l'enfant. Malgré elle, Catherine eut un pâle sourire. Sa vieille Sara ne changerait jamais ! Elle pouvait bien étouffer de chagrin, elle préférerait se faire couper en morceaux plutôt que de l'avouer. En général, chez elle, la peine se tournait en rage et elle trouvait plus simple de la passer sur d'innocents objets. Depuis qu'elle savait l'obligation de vivre quelque temps séparée de son nourrisson, Sara avait déjà cassé deux écuelles, un plat, une aiguière, un escabeau et une statue en bois de saint Géraud, exploit à la suite duquel elle s'était ruée à la chapelle pour implorer du Ciel le pardon de son involontaire sacrilège.

Tout en continuant férocement le remplissage du coffre, Sara marmonna :

« Au fond, c'est une bonne chose que Fortunat refuse de nous suivre. Avec lui, Michel aura un défenseur sérieux et puis... »

Elle s'arrêta net, se mordit la langue comme elle faisait chaque fois que sa pensée, exprimée à haute voix, se dirigeait vers Arnaud de Montsalvy. Le petit écuyer gascon, en effet, montrait une douleur presque aussi profonde que celle de Catherine. Il avait voué à son maître une de ces dévotions ardentes et absolues comme savent en susciter certains hommes. Il l'admirait pour sa vaillance et son intraitable sens de l'honneur, pour ses talents d'homme de guerre et aussi pour ce que les capitaines de Charles VII appelaient « l'affreux caractère de Montsalvy », un bien curieux mélange de violence, d'humanité, de raideur et d'inaltérable loyauté. Que l'abominable mal de la lèpre eût osé s'attaquer à son dieu avait d'abord choqué Fortunat puis avait soulevé sa colère avant de le plonger dans un désespoir dont, depuis, il n'était pas sorti. Le jour où Arnaud avait quitté les siens pour toujours, Fortunat, enfermé au plus profond d'une tour, s'était refusé à assister à l'horrible départ. Hugh Kennedy l'avait découvert couché à même la terre nue, les deux poings sur les oreilles pour ne pas entendre les battements du glas, et sanglotant comme un enfant. Fortunat se traînait dans la forteresse comme une âme en peine, ne retrouvant goût de vivre qu'une fois la semaine, le vendredi, quand il allait jusqu'à la maladrerie de Calves déposer un panier de victuailles dans la tour de la maison-Dieu. Pour cette visite hebdomadaire à une porte close, Fortunat refusait tout compagnon. Il voulait être seul. Même Gauthier, qu'il aimait cependant, n'avait jamais obtenu la permission de l'accompagner. Et jamais l'écuyer n'avait accepté de prendre un cheval pour se rendre à Calves. C'était à pied, comme pour un pèlerinage, qu'il parcourait les trois demi-lieues qui séparaient Carlat de la léproserie, pliant à l'aller sous le poids du lourd panier, courbé, au retour, sous celui du chagrin aggravé. Emue de pitié, Catherine avait voulu l'obliger à prendre une monture mais Fortunat avait refusé.

« Non, dame Catherine, pas même un âne ! Il n'a plus le droit « Lui » de monter ces chevaux qu'il aimait tant et moi, son écuyer, je n'irai pas, monté, vers mon maître abattu ! »

La grandeur et l'amour que trahissaient ces paroles avaient bouleversé Catherine. Elle n'avait pas insisté mais, les yeux brillants de larmes, elle avait pris le petit écuyer aux épaules et l'avait embrassé, fraternellement, sur les deux joues.

« Tu es plus brave que moi, lui avait-elle dit, moi, je n'ai pas le courage d'aller là-bas. Il me semble que je mourrais devant cette porte qui ne s'ouvre jamais. Je me contente de regarder fumer, de loin, la cheminée... Je ne suis qu'une femme ! » avait-elle ajouté avec une grande humilité.

Mais, ce soir-là, comme elle avait fait venir Fortunat pour lui donner ses dernières instructions avant le départ du lendemain pour Montsalvy, elle n'avait pu s'empêcher de lui dire :

« De Montsalvy à Calves, il y a plus de cinq lieues, Fortunat ! je crois qu'il te faudra te résigner à prendre un cheval ou une mule. Tu n'auras qu'à laisser ta monture à quelque distance de... »

Le mot pénible qui définissait le lieu réprouvé

n'arrivait jamais à franchir ses lèvres. Mais Fortunat secoua la tête.

« Je mettrai deux jours pour aller et revenir, dame Catherine, voilà tout ! »

Cette fois encore Catherine ne répondit rien. Elle comprenait, au fond de sa chair, ce besoin qu'avait le petit Gascon de souffrir à sa manière pour aller vers celui dont la vie n'était plus que souffrance. Mais, entre ses dents, pour elle-même, la jeune femme murmura, serrant ses mains l'une contre l'autre :

« Un jour... moi aussi, j'irai là-bas ! et je n'en reviendrai pas... »

Au matin, Catherine, debout sur le rempart, Sara et Gauthier derrière elle, regarda son fils et sa belle-mère quitter Carlat. Abritée par son voile noir, elle vit l'antique litière, une lourde machine aux épais rideaux de cuir que l'on avait exhumée pour la circonstance des écuries du château, franchir la porte de l'enceinte. Un vent glacial balayait la vallée couverte de neige, mais, dans la litière, où l'on avait accumulé les chauffe-doux emplis de braises rouges et les couvertures, Michel n'aurait pas froid entre sa grand-mère et Donatienne. Au milieu de son escorte armée jusqu'aux dents, le petit garçon s'en allait vers le calme et la sécurité, mais sa mère ne pouvait retenir ses larmes. Puisque personne ne pouvait les deviner derrière le fragile rempart de mousseline, elle ne s'en privait pas. Sur sa bouche, elle sentait encore la fraîcheur veloutée des joues de l'enfant. Elle l'avait embrassé avec emportement, avec passion, déchirée intérieurement par cette séparation obligatoire, avant de le remettre aux bras de sa grand-mère. Puis les deux femmes s'étaient embrassées sans rien se dire, mais, au moment de monter dans la litière, Isabelle de Montsalvy avait tracé, du pouce, un rapide signe de croix sur le front de la jeune femme. Ensuite elle avait pris Michel dans ses bras et les rideaux de cuir étaient retombés derrière eux.

Maintenant, le cortège, serpentant sur la rampe abrupte, atteignait les premières maisons du village. De son poste d'observation, Catherine pouvait voir les bonnets rouges ou bleus de quelques paysans massés près de l'église. Des femmes sortaient de leurs maisons, certaines tenant à la main leurs quenouilles dont la laine s'enveloppait d'un capuchon d'osier tressé. Au passage de la litière les bonnets quittèrent les têtes. Un silence absolu enveloppait la campagne ensevelie sous la couverture blanche. La fumée des foyers traçait de minces volutes grises, ici et là. Au-dessus des montagnes où les châtaigniers, dépouillés de leur vêture de l'été, montraient leurs squelettes noircis, un soleil laborieux perçait les nuages de flèches pâles et fuligineuses qui faisaient briller sinistrement les lances des hommes d'armes d'escorte et jaunissaient les plumes de héron des bonnets. Ian Mac Laren, le lieutenant de Hugh Kennedy, commandait le détachement d'Ecossais chargé de conduire à Montsalvy le petit seigneur et sa grand-mère. Ils devaient revenir le lendemain. Le départ vers le nord aurait lieu le mercredi.

Quand une langue boisée, coulant jusqu'à la vallée, eut avalé la petite troupe et qu'il ne resta plus, dans la neige, qu'une double trace profonde, Catherine se retourna. Sara, les mains nouées sur la poitrine et les yeux pleins de larmes, fixait l'endroit où avait disparu la troupe. Catherine vit que ses lèvres tremblaient. Alors, elle chercha le regard de Gauthier, mais il ne s'occupait pas d'elle. Tourné vers l'occident il semblait écouter quelque chose. L'expression de son lourd visage était si tendue que Catherine, connaissant son flair de chien de chasse, s'inquiéta tout de suite.

« Que se passe-t-il ? Est-ce que tu entends quelque chose ? »

Il fit signe que oui, puis, sans répondre, courut vers l'escalier. Catherine le suivit, mais elle fut rapidement distancée par les longues jambes du Normand. Elle le vit traverser la cour à toute vitesse, s'engouffrer sous l'auvent où travaillait le maréchal-ferrant et en ressortir l'instant suivant avec Kennedy. En même temps, le cri d'un guetteur éclatait au sommet du donjon.

« Troupe armée en vue ! »

Du coup, elle remonta les quelques marches déjà descendues et, relevant ses robes, Sara sur les talons, se mit à courir le long du chemin de ronde vers la tour Noire. L'annonce de cette troupe l'emplissait de terreur pour son fils, bien qu'elle semblât venir du côté opposé au chemin suivi par l'escorte. Elle parvint dans les hourds de la tour juste comme Gauthier et le gouverneur, rouges et essoufflés d'avoir grimpé quatre à quatre, débouchaient de l'escalier. D'un même mouvement, ils se précipitèrent aux créneaux. En effet, sur le chemin d'Aurillac, une troupe nombreuse venait de faire son apparition. Cela faisait sur la neige une longue traînée grise comme une coulée de boue luisante qui avançait, avançait... Peu de bannières, aux couleurs d'ailleurs indistinctes à cette distance, mais, en tête, une longue chose rouge claquait au vent. Catherine plissa les paupières pour essayer de distinguer les armes brodées dessus et dut y renoncer. Mais le regard d'épervier de Gauthier les avait déjà déchiffrées.

« Ecu écartelé, fit-il brièvement, des croissants et des burelles ! j'ai déjà vu ça quelque part... »

Catherine s'accorda un mince sourire.

« Tu deviens savant, fit-elle. Bientôt tu égaleras les rois d'armes eux-mêmes. »

Mais Kennedy ne souriait pas. Son visage couleur brique aux traits accusés avait une lippe de mauvais augure. Il se détourna, hurla quelque chose dans son rude dialecte, puis ajouta :

« Baissez la herse, relevez le pont ! les archers aux murailles ! »

Instantanément, la forteresse grouilla d'activité. Traînant arcs et hallebardes, les hommes escaladaient les murailles tandis que d'autres manœuvraient le pont et la herse. Des cris gutturaux, des appels, des cliquetis d'armes, des galopades dans tous les sens. Le château, endormi sous la neige l'instant précédent, se réveillait avec violence. Déjà, sur les chemins de ronde, on empilait les bûches, on traînait des marmites pour l'huile bouillante. Catherine s'approcha de Kennedy.

« Vous mettez le château en défense ? Pourquoi ? demanda-t-elle. Qui donc s'approche de nous ?

— Villa-Andrado, le chien de Castille ! » fit-il brièvement. Et pour bien montrer l'estime dans laquelle il tenait le nouveau venu, l'Ecossais cracha superbement puis ajouta : « La nuit passée, les guetteurs ont aperçu des lueurs d'incendie du côté d'Aurillac.

Je n'y avais pas prêté autrement attention, mais il faut croire que j'avais tort. C'était lui ! »

Catherine se détourna et alla s'appuyer à l'un des énormes merlons. Elle arrangea son voile noir que le vent faisait voler pour mieux cacher la rougeur subite qui lui était montée au visage puis fourra dans ses larges manches ses mains transies. Le nom de l'Espagnol réveillait tant de souvenirs !

En effet, Gauthier comme elle-même avait déjà vu la bannière rouge et or. C'était un an plus tôt sur les remparts de Ventadour dont Villa-Andrado avait chassé les vicomtes. Et Arnaud s'était battu contre les hommes du Castillan. Vivement, la jeune femme ferma les yeux, tentant vainement de retenir une larme brûlante. Elle revoyait la grotte, au fond de l'étroite vallée qui servait de fossés à Ventadour, précaire refuge de bergers où cependant elle avait mis son fils au monde. Elle revoyait le rougeoiement du feu et la haute silhouette noire d'Arnaud, dressée en rempart entre sa faiblesse et la férocité des routiers. Mais elle revoyait aussi le visage anguleux de Villa-Andrado agenouillé devant elle, une flamme de convoitise au fond des yeux. Il lui avait dit un poème dont elle avait oublié les paroles et aussi, ennemi courtois, il avait envoyé des victuailles pour restaurer les forces de la mère et de l'enfant. Au fond, elle eût gardé de lui un souvenir reconnaissant n'eût été l'affreuse surprise qu'elle et les siens avaient trouvée au terme du voyage : Montsalvy rasé, brûlé jusqu'aux fondations par ce Valette, lieutenant de Villa-Andrado, agissant sur son ordre. Bernard d'Armagnac avait pendu Valette, mais le crime de son maître s'en trouvait-il diminué ? Et maintenant il approchait de Carlat, vivante image de la malédiction qui poursuivait les Montsalvy.

Quand elle rouvrit les yeux, elle vit que frère Etienne se tenait auprès d'elle. Les mains au fond de ses manches, le petit moine considérait attentivement la colonne en marche. Attentivement mais sans inquiétude visible. Même Catherine crut voir un léger sourire flotter sur ses lèvres.

« Ces gens qui approchent vous amusent ? dit-elle assez sèchement.

— M'amuser est beaucoup dire. Ils m'intéressent... et ils m'étonnent. Curieux homme, ce Castillan ! Il semble avoir reçu du Ciel le don précieux d'ubiquité. J'aurais juré qu'il était à Albi où les habitants n'avaient guère à se louer de sa présence. D'autre part, quelqu'un, à Angers, m'a affirmé que ce chacal puant...

— Le terme est-il bien adapté à votre pensée, frère Etienne ? » fit Catherine en appuyant volontairement sur le mot frère.

Le petit moine rougit comme une jeune fille, mais offrit à la jeune femme un sourire épanoui.

« Vous avez mille fois raison. Je voulais dire que messire de Villa-Andrado passait l'hiver en Castille, à la cour du roi Jean. Il est bien évident qu'à Angers on ne saurait se montrer indulgent pour ce personnage... et j'aimerais que vous entendiez la reine Yolande lorsqu'elle parle de lui. Toujours est-il que le voici. Que vient-il faire ?

— Je crois que nous allons le savoir. »

En effet, la bande armée était arrivée à l'aplomb de la tour et l'homme qui portait la bannière s'avançait maintenant, dirigeant son cheval d'une seule main jusqu'au pied de la muraille rocheuse sur laquelle s'érigeait le château. Un autre homme venait derrière, portant le costume assez fantastique des hérauts, mais un costume dont les rouges, les ors et les plumes se ressentaient des mauvais chemins et de l'hiver. Tout le reste de la troupe avait fait halte.

Parvenus près des palissades qui encerclaient le roc cyclopéen, les deux hommes s'arrêtèrent et, d'un même mouvement, levèrent la tête.

« Qui commande ici ? » demanda le héraut.

Kennedy se pencha, posant un large pied chaussé de cuir épais sur le créneau, et vociféra :

« Moi, Hugh Allan Kennedy, de Gleneagle, capitaine du roi Charles VII, et je tiens ce château pour M. le comte d'Armagnac. Vous avez quelque chose contre ? »

Décontenancé, le héraut bredouilla quelque chose, toussa pour s'éclaircir la voix, redressa la tête d'un air superbe puis clama :

« Moi, Fermoso, poursuivant d'armes de messire Rodrigue de Villa-Andrado, comte de Ribadeo, seigneur de Puzignan, de Talmont et de...

— Au fait ! coupa impatiemment l'Ecossais. Que nous veut messire Villa-Andrado ? »

L'intéressé, jugeant sans doute que les négociations duraient trop longtemps, poussa son cheval et vint se ranger entre sa bannière et son héraut. Sous la ventaille relevée du casque, orné de deux ailes d'or, d'un tortil et de lambrequins rouges, Catherine, cachée derrière son merlon, put voir étinceler les dents aiguës, très blanches, parmi la courte barbe noire.

« Vous rendre visite, fit-il aimablement, et causer...

— Avec moi ? fit Kennedy d'un air de doute.

— Que non pas ! N'allez cependant pas en

conclure que je dédaigne votre compagnie, mon cher Kennedy, mais ce n'est pas à vous que j'ai affaire. C'est à la comtesse de Montsalvy. Je sais qu'elle est ici.

— Que lui voulez-vous ? répliqua l'Ecossais toujours aussi rogue. Dame Catherine ne reçoit personne.

— Ce que j'ai à dire, je le lui dirai à elle-même, avec votre permission. Et j'ose espérer qu'elle voudra bien faire exception pour un voyageur venu de loin. Ajoutez que je ne partirai pas avant de l'avoir vue. »

Sans se montrer, Catherine chuchota :

« Autant savoir ce qu'il veut. Dites que je le recevrai... mais seul ! Qu'il vienne ici sans aucune escorte... Cela donnera à mon fils le temps d'arriver à destination, je pense. »

Kennedy fit signe qu'il avait compris et se remit à discuter avec l'Espagnol tandis que Catherine, escortée de Sara et de frère Etienne, quittait le chemin de ronde. Elle avait pris sa décision sans hésiter parce que Villa-Andrado était l'homme de La Trémoille et parce qu'elle avait toujours su regarder le danger en face. Si le Castillan devait représenter un péril, et elle voyait mal comment il pouvait en être autrement, autant valait le savoir tout de suite.

Un moment plus tard, Rodrigue de Villa-Andrado, suivi d'un seul page qui portait son heaume, pénétrait dans la grande salle où l'attendait Catherine. La jeune femme, flanquée de Sara et de frère Etienne debout de chaque côté de son siège, avait pris place dans un fauteuil à haut dossier que deux marches surélevaient. Très droite, ses jolies mains nouées sur ses genoux, elle regardait entrer le visiteur. Son aspect était si imposant qu'à la vue de cette femme, ou plutôt de cette statue voilée et noire, l'Espagnol, surpris, marqua un temps d'arrêt au seuil de la salle puis, d'un pas qui hésitait, il s'avança tandis que le sourire vainqueur, arboré en entrant, s'éteignait comme une chandelle que l'on souffle.

Parvenu devant Catherine, il se courba presque jusqu'à terre mais sans pouvoir s'empêcher de jeter, par en dessous, un rapide regard à la jeune femme.

« Madame, dit-il d'une voix contenue, je vous rends grâce pour ces instants que vous voulez bien m'accorder. Mais c'est seul à seul que je souhaiterais vous entretenir.

— Messire, vous comprendrez aisément que je ne saurais vous souhaiter la bienvenue avant de savoir ce qui vous amène. Au surplus, je n'ai rien de caché pour dame Sara qui m'a élevée ni pour frère Etienne Charlot, mon confesseur. »

Le moine retint un sourire à ce mensonge flagrant mais s'y laissa aller en constatant que le Castillan le considérait avec méfiance.

« Je connais frère Etienne, marmotta Villa-Andrado. Mgr de la Trémoille donnerait cher pour ce cuir usé et ces quelques cheveux gris. »

Catherine bondit comme si une abeille l'avait piquée. Elle sentit une brusque colère empourprer son visage et gronda :

« Quelle que puisse être la raison qui vous a guidé jusqu'ici, seigneur Villa-Andrado, sachez que c'est bien mal débuter votre visite en insultant ceux que je révère et qui me sont chers. Veuillez donc, sans autres tergiversations, nous dire la raison de cette visite ! »

Rodrigue, à son tour, s'était relevé. Et, malgré les deux marches surélevant le trône de Catherine, son visage fut presque au niveau de celui de Catherine, son regard où s'allumait la colère tentait, insolemment, de percer le rempart du voile noir. Mais il s'obligea à sourire.

« Voici, en effet, un bien mauvais préambule et je vous prie de m'excuser. D'autant plus que je suis venu avec les meilleures intentions ainsi que vous allez pouvoir en juger. »

Lentement, la jeune femme se rassit, mais négligea de désigner un siège à ce visiteur dont elle ne savait pas encore s'il venait en ami ou en ennemi. Il parlait de bonnes intentions. C'était possible, après tout, si l'on se souvenait du panier de victuailles dans la grotte, mais les ruines fumantes de Montsalvy incitaient à la méfiance. Ce sourire aigu n'était-il pas celui du loup ?

« Parlez, dit-elle seulement.

— Belle comtesse, commença-t-il en ployant un genou jusqu'à la première marche, le bruit de votre malheur est venu jusqu'à moi et mon cœur s'est ému. Si jeune... si belle et chargée d'un enfant, vous ne pouvez demeurer sans défenseurs. Il vous faut un bras, un cœur...

— Il ne manque pas, dans ce château, de bras... ni de cœurs fidèles pour veiller sur moi et sur mon fils, coupa Catherine. Je vous comprends mal, seigneur, soyez plus clair ! »

Le visage olivâtre du Castillan s'empourpra d'une rougeur fugitive. Il serra les lèvres mais, une fois encore, parvint à dompter sa colère.

« Soit, je vais donc parler aussi clair que vous le désirez. Dame Catherine, je suis venu vous dire ceci ; par la grâce du roi Charles de France, que je sers fidèlement...

— Hum ! toussota frère Etienne.

— ... Fidèlement, tonna l'Espagnol. Par la grâce aussi de mon suzerain le roi Jean II de Castille, je suis seigneur de Talmont, comte de Ribadeo en Castille...

— Bah ! coupa aimablement le moine, le roi Jean II n'a fait que vous rendre ce qui vous appartenait. Votre grand-père, qui épousa jadis la sœur du Bègue de Villaines, était déjà comte de Ribadeo, ce me semble ? Quant à la seigneurie de Talmont, je vous en fais mon compliment. Le grand chambellan est généreux pour ceux qui le servent bien... surtout avec ce qui ne lui appartient pas ! »

Au prix d'un énorme effort, Villa-Andrado ignora l'interruption, mais Catherine vit se gonfler les veines de son front et crut un instant qu'il allait éclater. Il n'en fut rien. Le Castillan se contenta de respirer rapidement deux ou trois coups, très fort.

« Quoi qu'il en soit, poursuivit-il les dents serrées, je suis venu mettre ces titres et ces biens à vos pieds, dame Catherine. Les voiles de deuil ne siéent point à si grande beauté. Vous êtes veuve, je suis libre, riche, puissant... et je vous aime. Acceptez-vous de m'épouser ? »

Si prévenue qu'elle fût contre toute surprise, Catherine eut un haut-le-corps. Son regard s'effara et ses mains se serrèrent nerveusement l'une contre l'autre.

« Vous me demandez...

— D'être ma femme ! Vous aurez en moi un époux, un esclave soumis, un bras vaillant pour défendre votre cause. Et votre fils aura un père... »

Le rappel à son petit Michel souleva l'indignation de Catherine. Que cet homme osât prétendre remplacer Arnaud auprès de son enfant et que cet homme fût justement celui qui... Non ! Cela ne se pouvait tolérer ! Tremblante de colère, elle releva d'un geste brusque le voile sous lequel elle étouffait, offrant aux regards de Villa-Andrado son mince visage pâle où les grands yeux violets brillaient comme des améthystes au soleil. Elle agrippa solidement les deux bras de son fauteuil, cherchant instinctivement un soutien.

« Messire, il vous plaît à dire que je suis veuve. J'en porte les vêtements en effet, mais sachez que je ne me considérerai jamais comme telle. Pour moi, mon époux bien-aimé est vivant et vivra tant que moi-même je respirerai. Mais en allât-il autrement que vous seriez le dernier, oui, le dernier, que je lui donnerais comme successeur !

— Et pourquoi, je vous prie ?

— Allez demander la réponse aux ruines de Montsalvy, messire. Pour moi je vous ai dit ce que j'avais à vous dire. Je vous souhaite le bonjour. »

Elle se levait pour indiquer la fin de l'entretien, mais un sourire ambigu étira les lèvres rouges du Castillan.

« Il apparaît, madame, que vous m'avez mal compris. Je vous ai demandé votre main... par courtoisie pure, mais, en fait, vous « devez » m'épouser. C'est un ordre...

— Un ordre ? Quel étrange mot ! De qui, s'il vous plaît ?

— De qui voulez-vous que ce soit ? Du roi Charles, madame ! Sa Majesté, sur les représentations du grand chambellan Georges de la Trémoille, a bien voulu oublier les torts dont vous vous êtes rendue coupable envers la couronne, conjointement à feu votre époux, à la condition qu'en devenant ma femme vous rejoigniez à l'avenir les rangs des épouses soumises... et de vie convenable ! »

De pâle, le visage de Catherine devint rose, puis rouge, puis écarlate sous la poussée d'une telle colère que Sara, effrayée, posa une main qui se voulait apaisante sur son bras. Mais Catherine, folle de rage, était au-delà de tout apaisement. Etait-il donc écrit au grand livre de son destin que, toujours, un prince disposerait d'elle ? Après le duc de Bourgogne, le roi de France ! Les poings crispés, faisant des efforts inouïs pour empêcher sa voix de trembler, elle s'écria :

« J'ai rarement entendu plus impudent coquin que vous, messire ! Quand je pense que, par reconnaissance pour quelques victuailles, je vous accordais un souvenir indulgent malgré vos méfaits, vous m'en faites aujourd'hui amèrement repentir. Ainsi, non content d'avoir réduit mon époux là où il en a été réduit, La Trémoille prétend disposer de moi ? J'aimerais savoir comment vous entendez me contraindre, seigneur ? Car, bien entendu, vous avez songé à cette éventualité ?

— L'armée que je mène, fit l'Espagnol avec une grâce insultante, vous montre clairement le prix que j'attache à votre main. J'ai deux mille hommes sous Carlat, madame... et si vous refusez je mettrai le siège devant cette taupinière jusqu'à ce que vous en veniez à merci.

— Cela peut durer longtemps...

— J'ai tout mon temps... et je serais fort étonné que vous ayez du ravitaillement pour de longs mois. Vous vous rendrez, madame, avant qu'il ne soit longtemps, ne fusse que pour ne pas voir votre fils mourir de faim. »

Catherine retint un soupir de soulagement. Il ignorait le départ de Michel et mieux valait qu'il l'ignorât encore longtemps. Mais elle cacha ses sentiments sous un haussement d'épaules.

« Le château est fort, ses défenseurs sont valeureux. Vous perdrez votre temps, messire !

— Et vous, vous ferez tuer stupidement bien du monde. Vous feriez mieux d'accepter, madame, puisque aussi bien il vous faudra en venir là. Songez que, pour vos beaux yeux, j'ai éludé une fort flatteuse proposition. La main même de Madame Marguerite, fille de Mgr le duc de Bourbon...

— Fille... de la main gauche ! insinua doucement frère Etienne.

— Le sang demeure princier ! D'autre part, votre gouverneur est Ecossais, dame Catherine. Les Ecossais sont pauvres, besogneux, avares... et aiment l'or par-dessus tout... »

Il n'eut pas le temps d'achever. Pris par leur dispute, ni lui ni Catherine n'avaient vu Kennedy, suivi de Gauthier, pénétrer dans la salle. Ce fut quand l'Ecossais fondit sur lui que l'Espagnol s'aperçut de sa présence. Avec un rugissement, Kennedy empoigna Villa-Andrado par le col de son armure et par le bas du dos puis, le soulevant à demi de terre, l'emporta ainsi, hurlant et vociférant, jusqu'à la porte.

« Il y a une chose que les Ecossais aiment encore

plus que l'or, maître larron, c'est leur honneur ! Va dire cela à ton maître ! » hurla-t-il furieusement.

Ce que voyant, Gauthier, d'un air mécontent qu'on lui eût laissé si pauvre gibier, mit le page sous son bras et emboîta le pas à l'irascible gouverneur. Quand ils eurent disparu tous deux, frère Etienne se tourna vers Catherine, encore tremblante, avec un bon sourire.

« Voilà, madame, qui vous dispense de répondre. Qu'en pensez-vous ? »

Elle ne répondit rien, se contenta de le regarder, honteuse de découvrir que, pour la première fois depuis longtemps, elle avait envie de rire. Le spectacle de Villa-Andrado gigotant au bout des bras du capitaine écossais comme une araignée rouge n'était pas près de s'effacer de sa mémoire.

CHAPITRE II

DES PAS DANS LA NEIGE

QUAND vint le soir, ce bref instant de gaieté était bien oublié. Etaient réunis dans la chambre haute du donjon où Kennedy avait établi ses quartiers peu après la mort du vieux Jean de Cabanes, survenue trois mois plus tôt, Catherine, Sara, Gauthier, frère Etienne, Hugh Kennedy et le sénéchal de Carlat, un Gascon nommé Cabriac, qui depuis dix ans occupait ce poste. C'était un homme tout rond, simple et bon enfant, qui n'aimait rien tant que sa tranquillité. Sans ambition, il n'avait jamais souhaité gouverner en personne la forteresse, trouvant infiniment plus confortable de voir les responsabilités reposer sur des épaules plus martiales que les siennes. Mais il connaissait le fief et ses environs comme personne.

Tout à l'heure, quand le bref jour hivernal s'était éteint brutalement comme une chandelle que l'on souffle, tous étaient montés jusqu'à la loge du guetteur pour examiner les positions de l'ennemi. Celui-ci s'installait. Les tentes d'épaisses toiles poussaient comme autant de champignons vénéneux qui perçaient le manteau blanc de la neige. Quelques soldats occupaient les maisons du village. Les paysans épouvantés avaient fui et cherché refuge entre les murs cyclopéens de la forteresse. On les avait répartis un peu partout, là où il y avait de la place, dans la vieille commanderie, dans les granges vides et les étables. Dans l'enceinte du château cela faisait un tohu-bohu de jour de marché car les bêtes avaient suivi leurs propriétaires. Et, maintenant que la nuit était tombée, le camp des assaillants formait, autour du gigantesque rocher, une couronne où les feux tenaient lieu de fleurons étincelants. De rouges panaches de fumée ponctuaient la nuit d'un noir profond, éclairaient fugitivement ici ou là des faces grimaçantes, bleuies de froid, qui n'avaient pas grand-chose d'humain. Penchée au couronnement du donjon, Catherine avait l'impression de plonger ainsi sur quelque infernal abîme peuplé de démons. Mais cette nuit avait considérablement amoindri l'optimisme de Kennedy. Courbé sur l'immensité noire, il avait regardé ces menaçantes tenailles rouges se refermer autour de Carlat.

« Qu'allons-nous faire, messire ? » demanda Catherine.

Il tourna vers elle son visage de dogue orgueilleux et haussa les épaules.

« Pour l'heure, madame, je me soucie moins de nous que de Mac Laren. Nous sommes encerclés, ou peu s'en faut. Comment nous rejoindra-t-il demain, en revenant de Montsalvy ? Il tombera sur ces gens qui le feront prisonnier... ou pire ! Villa-Andrado est prêt à n'importe quoi pour vous amener à composition. On lui posera des questions... Avec tous les suppléments désagréables que comporte, chez le Castillan, ce mot-là. Notre ennemi voudra savoir d'où il venait. »

Catherine se sentit pâlir. Si Mac Laren, pris, parlait sous la torture, l'Espagnol saurait où trouver Michel. Et quel plus sûr otage que le bambin pour amener la mère à résipiscence ? Pour sauver son fils des griffes de Villa-Andrado, Catherine savait bien qu'elle accepterait n'importe quoi.

« Alors, dit-elle d'une voix blanche, je répète ma question. Messire Kennedy, qu'allons-nous faire ?

— Du diable si je le sais !

— Il faudrait, émit calmement frère Etienne, qu'un homme pût quitter Carlat de nuit et marcher vers Montsalvy de façon à les rencontrer demain et à les prévenir. Le tout est de faire passer cet homme. Il semble bien que l'investissement de la place ne soit point encore complet. Il y a là, vers le mur nord, un large endroit où je ne vois briller aucun feu. »

Kennedy haussa impatiemment ses lourdes épaules vêtues de cuir.

« Avez-vous jamais regardé le rocher en cet endroit ? Une falaise lisse et noire, tombant à pic sur la vallée et dont la courtine double presque la hauteur. Il faudrait une damnée longueur de corde et un rude courage pour descendre ça sans se rompre le cou.

— Je veux bien tenter l'expérience », fit Gauthier en s'avançant dans le cercle lumineux dessiné par les flammes de la cheminée.

Catherine ouvrait déjà la bouche pour protester quand le sénéchal la devança.

« Point besoin de corde, ni pour la muraille, ni pour le rocher... Il y a un escalier. »

Immédiatement, il fut le point de mire de tous les regards. Kennedy l'empoigna par une épaule pour le voir de plus près.

« Un escalier ? Tu rêves ?

— Oh ! non, messire. Un véritable escalier, étroit bien sûr et taillé à même le roc[1]. Il part de l'intérieur d'une des tours. Seuls, le vieux sire de Cabanes et moi le connaissions. C'est même par là qu'Escornebœuf s'est enfui, dame Catherine, le jour où... »

Catherine frissonna au souvenir de ce jour où, dans ce même donjon, le reître gascon avait tenté de la jeter dans l'oubliette. Parfois, dans ses cauchemars, elle revoyait la face rouge et suante, révulsée d'un hideux désir de tuer, du gros sergent.

« Comment savait-il le secret ? » articula-t-elle.

Le petit sénéchal baissa la tête et tortilla son bonnet entre ses mains.

« Nous... nous étions du même pays de Gascogne, balbutia-t-il. Je n'ai pas voulu qu'il lui advînt mal de mort... à cause de ça. »

Catherine s'abstint de répondre. Ce n'était pas au moment où cet homme apportait un renseignement de cette valeur qu'il fallait songer à lui demander des comptes pour avoir protégé un assassin. Kennedy, qui réfléchissait profondément, ne l'eût d'ailleurs pas toléré. Bras croisés, la tête penchée sur une épaule, il regardait le feu avec une totale absence d'expression. Machinalement, il demanda

1. L'escalier existe toujours, mais, la forteresse ayant été rasée, il est à ciel ouvert.

si l'escalier était praticable pour des femmes et, sur l'affirmative :

« Alors, nous allons faire mieux. Il faut profiter du fait que Villa-Andrado n'a pas encore eu la possibilité d'encercler complètement le château. Il suppose d'ailleurs, vu la hauteur, que, sur la face nord, ce n'est pas si urgent ; mais il peut changer d'avis demain. Nous n'avons donc pas de meilleure chance que cette nuit. Dame Catherine, préparez-vous à partir. »

Une légère rougeur monta aux pommettes de la jeune femme et elle serra ses mains l'une contre l'autre.

« Dois-je partir seule ? dit-elle simplement.

— Non. Sara, frère Etienne et Gauthier vous accompagneront. Bien entendu, Gauthier vous quittera une fois hors de Carlat et, tandis que vous irez l'attendre à Aurillac, il rejoindra Mac Laren. Il lui portera l'ordre de se rendre auprès de vous avec ses hommes et de vous servir d'escorte pour le reste de votre voyage.

— Mais vous, pendant ce temps ? »

L'Ecossais eut un bon rire qui, par une sorte de miracle, fit éclater en mille morceaux l'atmosphère tendue où baignait la haute pièce voûtée. Avec ce rire s'enfuyaient tous les démons de la peur et de l'angoisse.

« Moi ? Je resterai tranquillement ici quelques jours, pour amuser Villa-Andrado. D'abord, je dois attendre qu'arrive le nouveau gouverneur, mais celui-ci n'approchera pas tant que Carlat sera investi. Dans quelques jours, juste ce qu'il faudra pour vous laisser prendre une belle avance sur une éventuelle poursuite, je convoquerai Villa-Andrado ici et saurai bien lui démontrer que vous avez vidé les lieux. Dès lors, n'ayant plus rien à espérer, il s'en ira. Il ne me restera plus qu'à passer les pouvoirs à mon remplaçant, puis à plier bagages. »

Frère Etienne s'approcha de Catherine et prit, dans les siennes, les deux mains froides de la jeune femme.

« Qu'en pensez-vous, mon enfant ? Il me semble que le capitaine fait entendre la voix de la sagesse. »

Cette fois, Catherine sourit, réellement, franchement, un beau sourire chaud dont elle enveloppa le petit moine puis envoya la fin au grand Ecossais qui, du coup, devint rouge d'émotion.

« Je pense, dit-elle doucement, que c'est bien imaginé. Je vais me préparer. Viens, Sara ! Messire Kennedy, je vous serais très reconnaissante de me procurer des vêtements d'homme ainsi que pour Sara. »

Celle-ci poussa un affreux soupir. Elle avait horreur des vêtements d'homme dans lesquels ses formes rebondies se trouvaient toujours fâcheusement comprimées. Mais, apparemment, le temps des aventures n'était pas révolu et il fallait bien se résigner à l'inévitable, faute de mieux.

Un moment plus tard, dans sa chambre, Catherine examinait avec quelque étonnement les vêtements que Kennedy lui avait fait porter. Le capitaine écossais les avait empruntés à son page et c'était le costume habituel des hommes de son pays avec tout de même une légère variante. Les rudes montagnards des hautes terres, habitués à un climat sans douceur, avaient la peau dure et le cuir tanné. Leur vêture habituelle se composait d'un ample morceau de laine aux couleurs de leur clan dans lequel ils se drapaient, d'une veste de flanelle et d'une chemise de mailles. Une plaque de fer ouvragé fixait la draperie à l'épaule. Comme coiffure ils portaient le casque conique ou bien un béret plat orné d'une plume de héron et allaient jambes nues, parfois même pieds nus. Auprès du roi Charles VII, dont ils formaient, depuis 1418, la célèbre garde écossaise créée par le connétable John Stuart de Buchan, ils portaient cuirasses d'argent et fastueux plumails de héron blanc, mais en campagne ils revenaient volontiers à leur habillement traditionnel dans lequel ils se sentaient plus à l'aise.

Kennedy avait donc envoyé à Catherine un tartan aux couleurs du clan Kennedy : vert, bleu, rouge et jaune, un justaucorps rouge et un béret bleu, de courtes bottes de cuir solide et un sac de peau de chèvre. Seule concession aux rigueurs de la température, il y avait joint des chausses collantes du même bleu que le bonnet et un grand manteau de cheval noir.

« Quand Mac Laren vous rejoindra, vous passerez pour son page, lui avait dit le capitaine, et, de cette façon, vous ne vous distinguerez pas du reste de la troupe. »

Il avait envoyé un autre costume du même genre mais infiniment plus grand s'il était moins élégant pour Sara. La bohémienne avait commencé par refuser catégoriquement de s'affubler de la sorte.

« On peut fuir sans se couvrir de ridicule ! déclara-t-elle. De quoi aurai-je l'air dans cette défroque bariolée ?

— De quoi ai-je l'air ? » répondit Catherine qui, à peine la porte refermée sur Kennedy, s'était déshabillée et avait enfilé l'étrange costume.

Puis, après avoir ébouriffé ses boucles blondes, elle avait planté le béret dessus et s'était campée devant un grand miroir d'étain poli, un poing sur la hanche, en s'examinant d'un œil critique. Une chance qu'elle fût si mince car ces couleurs vives grossissaient et elle eût cent fois préféré du noir, ne fût-ce que pour demeurer fidèle au vœu qu'elle avait fait : ne plus jamais porter autre chose que du noir ou du blanc. Cette nuit, c'était une exception, un cas de force majeure puisqu'il avait été impossible de trouver des vêtements d'homme noirs et à sa taille. Malgré tout, elle eut un frisson de plaisir. Ce costume bizarre lui allait, lui donnait une allure crâne, celle d'un jeune page au trop joli visage. Elle enroula sur un doigt une mèche de ses cheveux. Ils semblaient repousser un ton plus foncé. Leur or éclatant se bronzait légèrement donnant une couleur moins vive mais plus chaude qui faisait mieux ressortir encore son teint délicat et ses grands yeux sombres. Sara, qui l'observait en silence, bougonna :

« Ce n'est pas permis d'être aussi belle ! Je crains que le miroir ne me renvoie pas une image aussi réussie. »

En effet, outre qu'elle devait fourrer sous le béret ses épais cheveux noirs, Sara avait dans ce costume quelque chose d'irrésistiblement comique.

« Il faut draper l'écharpe sur ta poitrine, conseilla Sara. On voit trop que tu es une femme. »

Elle en avait fait autant pour elle-même bien qu'elle eût pris la précaution de bander ses seins avant d'enfiler le pourpoint. Puis, s'enveloppant dans le manteau noir, elle s'avança vers la porte où quelqu'un frappait.

« Vous êtes prêtes ? demanda la voix de Kennedy.

— Il faut bien, marmonna Sara en haussant les épaules.

— Entrez », fit Catherine, occupée à glisser le diamant noir et toute une collection de pierres dans le sac en peau de chèvre.

Sara en porterait une autre partie. Au seuil, la silhouette de l'Ecossais s'érigea. Il sourit.

« Quel beau page vous faites ! » remarqua-t-il avec une émotion trop visible.

Mais Catherine ne sourit pas.

« Cette mascarade ne m'amuse guère. J'ai fait un paquet de mes hardes et les remettrai dès qu'il sera possible. Pour l'heure, allons... »

Avant de quitter cette chambre où elle avait connu ses dernières heures de bonheur et un si douloureux calvaire, Catherine l'enveloppa d'un ultime regard. Les murs austères lui semblaient garder le reflet du sourire d'Arnaud, l'écho du rire de Michel. Elle découvrait qu'ils lui étaient devenus chers et elle sentit sa gorge se serrer. Mais elle refusa de laisser l'émotion s'emparer d'elle. En ce moment, il lui fallait tout son courage et tout son sang-froid. Résolument, elle tourna le dos à ce décor familier, appuya sa main sur la dague qu'elle avait passée à sa ceinture. C'était la dague à l'épervier, celle avec laquelle Arnaud avait tué Marie de Comborn et pour Catherine l'objet le plus précieux qu'elle possédât. Auprès de ces quelques pouces d'acier bleu tant de fois réchauffés par la main de son époux, le diamant noir lui-même n'était qu'un caillou sans valeur et elle eût, sans hésiter, sacrifié l'un à l'autre.

Dans la cour, elle trouva Kennedy qui l'attendait, une lanterne sourde à la main. Gauthier et frère

Etienne se tenaient auprès de lui. Sans un mot, le Normand déchargea Sara du ballot de vêtements qu'elle portait, puis la petite troupe se mit en route. L'un derrière l'autre, on se dirigea vers l'enceinte. Le froid avait augmenté dans la nuit et mordait cruellement. De temps en temps, une rafale de vent soufflait, soulevant des tourbillons blancs qui obligeaient à n'avancer que courbés tant que l'on fut au centre de la vaste cour. Mais, à mesure que l'on approchait des murailles, les tourbillons d'air, freinés, perdaient de leur brutalité. De temps en temps, le mugissement d'une bête ou le cri d'un marmot perçait le silence, ou encore le ronflement d'un des réfugiés qui dormaient à même le sol, roulés dans des couvertures près des feux que nul n'avait besoin d'attiser.

Malgré l'épaisseur du manteau de cheval, Catherine grelottait quand on atteignit la tour indiquée par Cabriac. Celui-ci les attendait à l'intérieur, battant la semelle et se frappant les flancs pour lutter contre le froid. Sous ces voûtes basses où l'eau suintante gelait en plaques noires et luisantes, c'était une chape de glace qui tombait sur les épaules.

« Il faut faire vite, dit Cabriac. La lune va bientôt se lever et vous serez visibles comme en plein jour sur cette neige. Le Castillan doit avoir des guetteurs partout.

— Mais, objecta Catherine, comment passerons-nous la palissade qui double le rocher ?

— Cela me regarde, fit Gauthier. Venez, dame Catherine. Messire le sénéchal a raison. Nous n'avons que trop perdu de temps. »

Il prenait déjà son bras pour l'entraîner vers le trou noir de l'escalier que Cabriac, en soulevant une trappe cachée sous de la paille pourrie, venait de découvrir. Mais Catherine résista et, se tournant vers Kennedy, elle lui tendit la main, spontanément.

« Grand merci pour tout, messire Hugh. Merci pour votre amitié, pour la protection que vous m'avez donnée. Je n'oublierai jamais les jours vécus ici. Grâce à vous... ils ont perdu un peu de leur cruauté. Et j'espère vous revoir bientôt, chez la reine Yolande. »

Dans la lumière incertaine de la lanterne, elle vit s'éclairer le large visage de l'Ecossais, briller ses dents blanches.

« Si cela ne dépend que de moi, dame Catherine, ce sera dans peu de temps. Mais nul ne sait ce que sera son lendemain, de nos jours. Aussi, comme il se peut que jamais, en ce monde, je ne vous revoie... »

Laissant sa phrase en suspens, il empoigna la jeune femme aux épaules, la serra contre lui, l'embrassa avidement avant que, le souffle coupé, elle ait pu se défendre, la lâcha aussi brusquement puis se mit à rire avec la gaieté d'un enfant qui vient de réussir une bonne plaisanterie et acheva la phrase commencée.

« ... du moins mourrais-je sans regret ! Pardonnez-moi, Catherine, cela ne se reproduira plus... mais j'en avais tellement envie ! »

C'était si franchement avoué que Catherine se contenta de sourire. Elle était sensible, peut-être plus qu'elle l'aurait voulu, à la chaleur de cette rude tendresse, mais Gauthier avait pâli. De nouveau, sa main s'abattit sur le bras de la jeune femme.

« Venez, dame Catherine ! » dit-il rudement.

Il levait la lanterne, s'engageait déjà dans l'escalier étroit. Cette fois, Catherine le suivit. Sara vint après et frère Etienne ferma la marche. En s'enfonçant dans les entrailles du rocher, la jeune femme l'entendit faire ses adieux à l'Ecossais et lui recommander de ne point trop s'attarder en Auvergne en ajoutant :

« Le temps des combats va reprendre. Le connétable aura besoin de vous bientôt.

— Soyez tranquille ! Je ne le ferai pas attendre ! »

Puis Catherine n'entendit plus rien. Les marches hautes, inégales, faites de grosses pierres à peine taillées, plongeaient presque à pic entre deux murailles rocheuses crevassées par le temps, et la jeune femme devait apporter un soin extrême à chacun de ses pas pour ne pas risquer de tomber. C'était d'autant plus dangereux que le gel, là aussi, avait apporté ses méfaits et que chaque marche était dangereusement glissante. Quand enfin on atteignit le taillis broussailleux qui masquait la fissure où débouchait l'escalier, Catherine poussa un soupir de soulagement. Grâce à Gauthier qui écartait pour elle les épines, elle parvint à franchir sans trop de dommage ce léger obstacle, mais ce fut pour s'apercevoir que le haut mur de rondins aiguisés qui composaient la palissade se dressait presque contre le rocher. Cela formait un boyau étroit et profond.

De l'œil, Catherine mesura la terrifiante muraille de bois.

« Comment pourrons-nous franchir ça ? Autant remonter tout de suite. Les pieux sont trop aigus pour les passer avec une échelle de corde.

— Bien sûr, fit Gauthier paisible. C'est fait exprès pour cela. »

Partant du buisson où débouchait l'escalier, il se mit à compter les pieux en allant vers la droite. Au septième, il s'arrêta. Catherine, étonnée, put le voir empoigner l'énorme tronc d'arbre et peu à peu, au prix d'un effort qui fit saillir les veines de son front, dégager toute la partie inférieure du pieu, tranché en son milieu mais disposé avec assez d'art pour ne ne pas se distinguer des autres. Par l'étroite porte ainsi ouverte, la pente accentuée qui dévalait jusqu'au ruisseau apparut et aussi les deux ou trois maisonnettes du hameau de Cabanes, sur le coteau d'en face. Juste à cet instant, la lune se montra entre deux épais nuages et plongea jusqu'à la terre un faisceau blafard. L'étendue neigeuse en fut illuminée. Les troncs des arbres et jusqu'aux buissons poudrés à frimas devinrent visibles comme en plein jour. Tapis derrière la palissade, les fugitifs contemplèrent avec désespoir la pente immaculée qui s'étendait devant eux.

« Nous allons être visibles comme des taches d'encre sur une page blanche, murmura frère Etienne. Il suffira qu'une des sentinelles tourne la tête de ce côté pour nous repérer et donner l'alarme. »

Personne ne répondit. Le moine avait traduit clairement ce que chacun pensait, mais l'énervement gagnait Catherine.

« Que faire ? Notre seule chance est de fuir cette nuit, tant que l'investissement n'est pas encore complet. Mais si nous sommes vus, nous sommes pris. »

Comme pour lui donner raison, un bruit de voix se fit entendre, assez proche pour que l'imminence du danger en parût accrue. Gauthier passa une tête prudente par l'ouverture, la rentra presque aussitôt.

« Le premier poste n'est qu'à quelques toises. Une dizaine d'hommes... mais que cela ne nous avancerait pas de mettre hors de combat, fit-il avec une nuance de regret. Le mieux est d'attendre.

— Quoi ? fit Catherine nerveusement. Le lever du jour ?

— Que la lune se cache. Grâce au ciel, le jour se lève tard en hiver. »

Force fut de demeurer là, dans le froid et la neige. Les quatre compagnons, le cou tendu, l'œil fixé sur le globe livide de la lune, retenaient même leur respiration. C'était comme un fait exprès : d'épais nuages couraient d'un bout à l'autre de l'horizon, mais aucun ne parvenait à engloutir l'astre dénonciateur. Les pieds et les mains de Catherine étaient glacés. La vie confinée qu'elle avait menée tous ces derniers mois l'avait rendue plus vulnérable et elle souffrait plus que les autres de demeurer ainsi immobile dans ce couloir glacial. De temps en temps, Sara, d'une poigne vigoureuse, lui frictionnait le dos, mais le bien-être qu'elle en ressentait n'était que passager, d'autant plus que les nerfs s'en mêlaient.

« Je n'en peux plus, souffla-t-elle à Gauthier. Il faut faire quelque chose... Tant pis, tentons le tout pour le tout ! On n'entend plus rien, peut-être les sentinelles se sont-elles endormies ? »

De nouveau, Gauthier regarda. Juste à cet instant, une violente rafale de vent souleva la neige, encore poudreuse, en épais tourbillons. En même temps, la lune parut reculer au fond du ciel, absorbée par un épais nuage. La lumière se fit infiniment plus faible. Gauthier jeta à Catherine un regard rapide.

« Pourrez-vous courir ?

— Je crois que oui.

— Alors, courez... Maintenant ! »

Il sortit le premier, fit passer les trois autres et, tandis qu'ils dévalaient la pente unifiée par la neige, prit le temps de replacer le madrier. Catherine courait aussi vite qu'elle pouvait, mais ses membres glacés étaient douloureux et maladroits. La déclivité fuyait trop vite sous ses pieds et son cœur s'affolait. Entraînée par son élan, elle allait buter contre un arbuste quand Gauthier la rejoignit et, sans préavis, l'enleva de terre.

« Il faut courir plus vite », gronda-t-il, en forçant sa propre course sans souci du poids supplémentaire.

Mais, par-dessus son épaule, Catherine vit soudain les traces de leurs pas, trop visibles.

« Nos traces de pas... Ils les verront ! Il faudrait les effacer !

— Nous n'avons pas le temps. Holà, vous deux, marchez dans l'eau un moment puis ressortez là-bas, à ce bouquet d'arbres. »

Lui-même se précipita dans le ruisseau peu profond. La mince couche de glace craqua sous son poids et l'eau glacée rejaillit jusqu'à la jeune femme transie. D'un œil, Gauthier, tout en courant, surveillait la lune. Elle ne réapparaissait pas encore, mais n'allait pas tarder. Déjà, la lumière était plus vive. Ils reprirent pied là où il l'avait indiqué. Par chance, un bois de sapins était proche. Le Normand posa Catherine à terre et se mit à couper une branche.

« Allez jusqu'au bois, dit-il aux trois autres, moi, je vais effacer nos traces. »

Catherine, Sara et frère Etienne se hâtèrent vers le bois noir tandis que Gauthier, laissant traîner sa branche, effaçait les pas à mesure.

Les fugitifs se jetèrent sous l'ombre épaisse des arbres au moment précis où la lune sortait des nuages. Epuisés par l'effort qu'ils venaient de fournir, ils se laissèrent tomber sur un tronc abattu pour reprendre souffle. Là-bas, Carlat leur apparaissait maintenant dans son ensemble : le rocher en proue de navire couronné de l'énorme château, les enceintes fortifiées, les clochers et les tours et, au pied, le cercle menaçant des assaillants. Catherine envoya une pensée reconnaissante à Hugh Kennedy. Grâce à lui, elle était hors du piège, elle allait pouvoir gagner Angers...

La voix de Gauthier coupa sa méditation.

« Ce n'est pas le moment de songer au repos ! Il y a du chemin à faire avant le jour. Et celui-ci n'est pas tellement loin. »

Ils se remirent en route à travers bois. Pour la première fois depuis bien longtemps, Catherine replongeait dans la nature, dans le contact intime avec la terre, avec la forêt qu'elle avait tant aimée. Elle s'étonnait de retrouver, presque intacte, cette sensation d'intimité avec les grands arbres. Ce n'était pas la première fois qu'elle leur demandait asile et jamais ils ne l'avaient déçue. Le sous-bois, ouaté de neige, avait un aspect irréel. Le froid y était moins vif et les sapins, qui laissaient traîner presque à ras de terre leurs longues jupes ourlées de blanc, avaient un calme majestueux. Dans les clairières, les flaques de lune faisaient scintiller des milliers de minuscules cristaux et le silence était celui, simple et doux, de la campagne endormie. La méchanceté des hommes, la guerre faisaient trêve ici comme au seuil de quelque sanctuaire, ainsi que les souffrances du cœur. Et Catherine se surprit à songer à ces ermites que l'on rencontre parfois, vivant seuls au fond des grands bois. Tant de beauté pouvait adoucir n'importe quelle souffrance. Sa fatigue, le froid, tout cela avait fait trêve. Devant elle, la grande silhouette de Gauthier avançait d'un pas régulier, pesant, et elle s'appliquait à mettre ses pas dans les traces profondes qu'il laissait ; les autres faisaient de même. Le géant appartenait, lui aussi, à la forêt dont il était né comme n'importe lequel de ces arbres. Il y était chez lui et la confiance que Catherine avait toujours mise en lui s'en trouvait renforcée. Mais, soudain, il s'arrêta, tendant l'oreille et faisant signe aux autres de ne plus bouger. Dans le lointain, les appels stridents d'une trompette se faisaient entendre.

« Le réveil, déjà ? fit Catherine. Va-t-il faire jour ?

— Pas encore. Et ce n'est pas le réveil. Attendez-moi un instant. »

Le temps d'un clin d'œil, Gauthier avait ceinturé le tronc d'un chêne et, grimpant avec l'agilité d'un singe, disparut bientôt de la vue de ses amis. La trompette sonnait toujours, étouffée, donnant l'exacte mesure du chemin déjà parcouru.

« Est-ce le camp, est-ce le château ? chuchota frère Etienne.

— Le château n'aurait guère de raison de sonner de la trompe... à moins d'une attaque... » commença Catherine.

Elle n'alla pas plus loin ; dégringolant à toute vitesse, Gauthier tomba comme un boulet entre elle et le petit moine.

« C'est le camp. Il y a un attroupement vers la muraille nord du château. Ils ont dû voir des traces avec cette damnée lune. J'ai vu des hommes monter à cheval.

— Qu'allons-nous faire ? gémit Sara. Nous ne pouvons guère lutter de vitesse avec les chevaux et s'ils découvrent nos traces après le ruisseau...

— C'est possible, admit Gauthier. C'est même probable. Il faut nous séparer dès maintenant. »

Catherine voulut protester, mais il lui imposa silence avec une si ferme autorité qu'elle ne songea pas à protester. N'était-il pas normal qu'il fût le chef, dans cette aventure ? Déjà, il continuait :

« De toute façon nous aurions dû le faire au lever du jour. Il vous faut gagner Aurillac, rappelez-vous, dame Catherine, tandis que je rejoindrai Mac Laren. Je vais donc partir, seul... Ils suivront ma trace.

— A moins qu'ils ne suivent la nôtre, remarqua Sara.

— Non. Car vous allez grimper tous les trois dans cet arbre et vous y tenir cachés... jusqu'à ce que vous ayez vu disparaître nos poursuivants. Soyez tranquilles, je saurai bien les emmener assez loin pour vous permettre de poursuivre votre chemin tranquillement. »

Il sembla à Catherine que la magique beauté de la forêt venait de s'effacer tout à coup. Se séparer de son ami, déjà, c'était chose pénible, mais fallait-il de surcroît le savoir en danger, se ronger d'incertitude sur son sort ? Le danger partagé est toujours plus facile.

« Mais, fit-elle douloureusement, s'ils te rejoignent, s'ils allaient te... »

Elle ne put prononcer le mot. Deux larmes jaillirent de ses yeux et roulèrent sur ses joues. La lune les fit briller. Une joie profonde s'étendit sur le large visage du géant.

« Me tuer ? dit-il doucement. Ils ne pourront rien

contre moi, dame Catherine. Vous avez pleuré pour moi... rien ne peut m'arriver. Faites ce que je vous dis. Grimpez ! »

Il la prit à la taille et, sans effort apparent, la posa assise sur une branche. Après quoi il empoigna Sara, puis le petit moine. Installés ainsi, côte à côte sur cette branche, ils avaient l'air effaré de trois moineaux transis. Gauthier se mit à rire.

« Vous avez l'air d'une drôle de nichée, comme cela ! L'arbre est facile ! Grimpez le plus haut que vous pourrez et tâchez de ne pas faire de bruit. Si je compte bien, avant une heure vous verrez passer les soldats. Ne descendez que lorsque vous les aurez entendus s'éloigner depuis un moment. Courage ! »

Figés par une crainte instinctive, ils le virent piétiner longuement la neige sur une certaine distance dans la direction qu'il avait choisie pour que les hommes ne s'arrêtassent point sous le chêne, tracer même un début de piste dans un autre sens, puis, enfin, avec un grand geste d'adieu, disparaître en courant dans la direction de Montsalvy. Alors seulement les trois isolés se regardèrent.

« Eh bien, dit frère Etienne avec bonne humeur. Je crois qu'il faut suivre les ordres qu'on nous a donnés. Pardonnez-moi, dame Catherine, mais je vais devoir relever cette robe, peu pratique pour l'escalade. »

Joignant le geste à la parole, le petit moine retroussa sa robe dans sa ceinture de corde qu'il serra fortement autour de son ventre, découvrant des jambes grêles et nerveuses au bout desquelles ses larges pieds nus dans leurs sandales semblaient immenses. Galamment, il aida Sara à escalader les branches du fayard. Catherine, elle, retrouvant d'un coup son agilité de jadis, grimpa sans aide. Bientôt, ils atteignaient la maîtresse fourche de l'arbre. L'entrelacement des branches, où demeuraient encore quelques feuilles, roussies et desséchées, cachait presque le sol. Les trois fugitifs devaient être parfaitement invisibles.

« Il nous faut seulement un peu de patience, fit tranquillement frère Etienne en s'adossant au bois noueux. Je vais en profiter pour dire mon chapelet pour ce brave garçon. J'ai idée qu'il a besoin de prières, même s'il n'y croit pas. »

Catherine essaya de faire de même, mais son cœur était lourd d'angoisse et son esprit courait les bois derrière Gauthier. Elle n'osait pas s'interroger sur ce qu'elle éprouverait au cas où il adviendrait malheur au Normand. Il lui était cher, maintenant, ayant conquis, à force de dévouement et de fidélité, une part de son cœur. Comme Sara elle-même, il était tout ce qui la rattachait au passé. Sa force tranquille, son esprit clair et lucide étaient des remparts rassurants contre la vie et la douleur. Et la jeune femme se sentait étrangement démunie et fragile, depuis que la haute silhouette avait disparu sous les arbres.

« Faites, mon Dieu, qu'il ne lui arrive rien ! pria-t-elle silencieusement, cherchant le ciel à travers les branches. Si vous m'enlevez mon dernier ami, que me restera-t-il ? »

Un bruit de chevauchée, d'armes entrechoquées, de voix humaines et d'aboiements de chiens se rapprochait. Apparemment, les hommes de Villa-Andrado avaient découvert la piste. Frère Etienne et Sara se signèrent vivement.

« Les voilà, chuchota le petit moine. Ils arrivent ! »

Le regard de Catherine retourna vers le ciel. Le doute n'était pas possible : la nuit pâlissait légèrement. Le jour allait venir. La forêt s'agitait de ces imperceptibles bruissements qui annoncent qu'elle va bientôt s'éveiller.

« Pourvu... » commença-t-elle.

Mais elle s'arrêta, empoignant le bras de frère Etienne qu'elle serra. Entre les arbres, elle venait de voir luire le casque d'un homme d'armes. L'épaisseur de la neige étouffait les pas des hommes, mais les branches se brisaient sur leur passage. A grands coups d'épée, ils élargissaient le chemin... les réfugiés du fayard retinrent leur souffle...

Les soldats passèrent, lentement, le nez au sol ; une vingtaine d'archers à pied, l'arme à l'épaule, suivis d'une dizaine de cavaliers. C'étaient des Castillans et Catherine ne comprenait pas leur langage. Mais il faisait de plus en plus clair et elle pouvait distinguer des faces olivâtres, aussi peu rassurantes que possible, barrées de longues moustaches noires. Elle vit, avec horreur, que l'un des cavaliers portait à l'arçon de sa selle un chapelet d'oreilles humaines et retint un cri. Comme s'il eût senti cette présence, l'homme s'arrêta juste sous le grand chêne, lança un appel rauque. Un soldat accourut. Le cavalier lui dit quelque chose et le cœur de Catherine rata un battement. Mais l'homme à l'affreux trophée voulait seulement que l'on resserrât la sangle de son cheval et, ceci fait, se remit en route. Quelques instants plus tard, il n'y avait plus personne sous l'arbre. Un triple soupir s'échappa des poitrines contractées des fugitifs. Malgré le froid, frère Etienne épongea son front ruisselant, rejeta son capuchon en arrière.

« Dieu que j'ai eu peur ! souffla-t-il. Ne bougeons pas encore ! »

Ils attendirent quelques instants, conformément aux instructions que leur avait données Gauthier. Quand il n'y eut plus, dans le bois, que le cri lointain d'un coq en retard, le moine étira ses membres engourdis, bâilla largement, puis adressa à ses compagnes un sourire encourageant.

« Je crois que nous pouvons descendre. Ces bonnes gens ont si bien piétiné le bois en battant les taillis alentour que nos traces ne risquent plus de nous trahir.

— Oui, fit Catherine en commençant à glisser de branche en branche. Mais saurons-nous trouver notre direction ?

— Faites-moi confiance. Il se trouve que je connais bien ce pays. Dans ma jeunesse, j'ai passé quelques mois à l'abbaye Saint-Géraud d'Aurillac. Suivez-moi. En allant droit vers le soleil nous devons trouver le prieuré de Vézac où nous prendrons quelque repos. La nuit vient tôt en ce moment. Dès qu'elle tombera nous repartirons. »

Les premiers rayons d'un pâle soleil hivernal rendirent courage aux deux femmes. Ce soleil n'était pas chaud, mais, du moins, sa lumière était réconfortante. Quand elles se retrouvèrent au pied du fayard qui leur avait servi de refuge, Catherine se mit à rire en considérant l'étrange aspect que leur conférait leur inhabituel costume.

« Tu sais à quoi nous ressemblons ? dit-elle à Sara. Nous ressemblons à Gédéon, le perroquet que m'avait donné le duc Philippe à Dijon.

— C'est bien possible, grogna Sara en se drapant de son mieux dans le plaid bariolé. Mais j'aimerais cent fois mieux être Gédéon lui-même, bien au chaud au coin de la cheminée de ton oncle Mathieu ! »

On se remit en marche et bientôt les prévisions de frère Etienne s'affirmèrent exactes. Le clocher court du prieuré de Vézac apparut quand on atteignit l'orée du bois, rassurant et paisible dans les écharpes de brumes matinales qui l'enveloppaient.

A l'aube du jour suivant, Catherine, frère Etienne et Sara atteignirent les portes d'Aurillac au moment même où elles allaient s'ouvrir. Une corne sonnait sur la muraille et, déjà, le tintamarre des marteaux des chaudronniers emplissait l'air limpide et vif qui, malgré sa vigueur, ne parvenait pas à effacer l'odeur nauséabonde des tanneries. En dépit du froid, l'on pouvait voir, au bord de la Jordanne et à l'ombre du toit moussu de Notre-Dame des Neiges, des hommes penchés sur d'étranges tables inclinées à travers lesquelles coulait l'eau glaciale.

« L'eau de cette rivière est réputée charrier de l'or, commenta frère Etienne. Ces hommes la passent sur des tamis recouverts d'une toile à grosse trame pour recueillir les minces parcelles. Voyez, d'ailleurs, comme on les surveille. »

En effet, des gardes armés ne perdaient pas un geste des orpailleurs. Debout sur la berge, à quelques pas des ouvriers qui barbotaient dans l'eau rapide, ils se tenaient là, immobiles, appuyés sur leurs piques, l'œil rivé sur les travailleurs. Ceux-ci étaient maigres et mal vêtus de haillons par les trous desquels apparaissaient les peaux bleuies de froid. Ils formaient avec les soldats, vigoureux et bien équipés, un contraste pénible qui frappa Catherine. L'un des hommes de la rivière, surtout, semblait ne se soutenir qu'avec peine. Il était vieux, courbé par l'âge, et ses mains, nouées de rhumatismes, s'agrippaient douloureusement au tamis. Il tremblait de froid et d'épuisement, ce qui semblait réjouir au plus haut point l'un des soudards. Comme le vieux tentait de remonter sur la berge, il lui allongea un coup, du bois de sa lance, qui le déséquilibra. L'un de ses compagnons, un jeune gars encore vigoureux, se jeta à sa poursuite, mais l'eau roulait vite et, à son tour, il perdit l'équilibre sous les éclats de rire de la troupe.

Une bouffée de colère gonfla le cœur de Catherine. Elle était incapable de supporter un tel spectacle sans rien dire. Sa main nerveuse rencontra, à sa ceinture, la dague d'Arnaud. Avant que frère Etienne ait pu s'interposer, elle avait dégainé et bondissait, la lame haute, sur l'homme à la lance. Elle ne calculait pas l'infériorité de ses forces ni même le nombre des hommes d'armes. Simplement, elle avait obéi à son impulsion parce qu'elle ne pouvait pas faire autrement... peut-être parce qu'elle n'en pouvait plus de voir toujours le faible malmené et opprimé. Sur le moment elle eut l'avantage de la surprise. La dague s'enfonça dans l'épaule du soldat qui hurla et qui, perdant l'équilibre, roula sur le sol. Catherine, agrippée à lui comme une chatte en colère, tomba par-dessus.

« Espèce de brute ! tu ne vivras pas assez pour tuer encore d'autres vieillards... »

Comme le dard d'une guêpe, sa dague frappait et frappait encore, au hasard, l'homme qui braillait comme un cochon égorgé sans parvenir à se défendre efficacement. La fureur décuplait chez la jeune femme une irrésistible force nerveuse. Mais les autres hommes d'armes s'étaient ressaisis et tombaient maintenant sur elle comme un essaim de mouches.

« A l'Ecossais ! hurla l'un d'eux. Tue, tue ! »

Ce fut ce cri qui sauva Catherine car, sur l'autre rive, un autre lui répondit :

« En avant, par Saint-André ! »

Les orpailleurs eurent tout juste le temps de se garer. Fonçant à travers l'eau écumante, une troupe de cavaliers fondit sur les gardes, l'épée haute. Catherine, qu'une douzaine de mains avaient déjà saisie, se trouva libre tout à coup et se releva. Ses mains étaient pleines de sang et, sous elle, l'homme qu'elle avait attaqué ne respirait plus. Inerte, les yeux grands ouverts en face du ciel bas, il demeura étendu sur la neige tachée de boue et de sang. Catherine comprit qu'elle l'avait tué, mais chose étrange, n'en éprouva ni répulsion ni remords. L'indignation bouillonnait encore en elle. Froidement, elle alla tremper sa dague dans la Jordanne et la remit à sa ceinture, puis jeta un regard autour d'elle. Le combat se poursuivait, entre les gardes d'Aurillac et le secours inattendu qui lui était venu, mais il tirait à sa fin. Elle reconnut Gauthier dans la mêlée, combattant auprès d'un grand Ecossais blond. Autour d'eux une dizaine de soldats des Hautes Terres s'escrimaient vigoureusement : Mac Laren et ses hommes ! La joie dilata le cœur de la jeune femme.

« Dieu soit loué ! Il les a retrouvés ! »

Longeant le bord de la rivière où les orpailleurs, stupéfaits et terrifiés, regardaient, dans l'eau jusqu'à mi-cuisses, elle rejoignit frère Etienne et Sara qui s'étaient garés de leur mieux près d'un mur en ruine. Sara bondit sur la jeune femme comme une tigresse qui retrouve son petit, l'embrassa à l'étouffer sans cesser de sangloter, puis, de toute sa force, lui appliqua une gifle retentissante.

« Espèce de folle ! Tu veux donc me faire mourir de chagrin. »

Sous le coup, Catherine chancela et porta la main à sa joue. Elle était brûlante mais déjà Sara se jetait à ses pieds en demandant pardon, versant des torrents de larmes qui donnaient la juste mesure de sa peur passée. Catherine la releva et la tint serrée contre elle, caressant d'une main la tête de la pauvre femme. Mais son regard croisa fièrement celui de frère Etienne.

« J'ai tué un homme, mon père... et je ne le regrette pas !

— Qui donc le regretterait ? soupira le moine. Je dirai ma prochaine messe pour l'âme de ce mécréant, si toutefois une messe peut quelque chose pour un esprit si noir ! Quant à vous, je vous donne l'absolution. »

La bataille tirait à sa fin. Les gardes de la rivière gisaient maintenant tous sur la neige, blessés ou morts, et Mac Laren rassemblait ses hommes. Gauthier sauta de cheval et vint vers Catherine, les yeux brillant de joie.

« Vous n'avez rien, dame Catherine ? Par Odin, j'ai cru que je rêvais quand j'ai aperçu un petit Ecossais blond qui sautait à la gorge de cette grande brute noire. Mais vous êtes vivante, bien vivante ! »

Dans sa joie, il l'avait prise aux épaules et la secouait sans trop se soucier de ses forces, luttant contre l'envie terrible qui lui venait de l'écraser contre lui et de l'embrasser. Mais, soudain, entre ses mains, Catherine se fit molle. Une sensation de brûlure à l'épaule était la seule chose qu'elle sentit encore de tout son corps devenu étrangement inconsistant. Sa tête se mit à tourner tandis qu'un voile noir obscurcissait le jour. Les oreilles bourdonnantes, elle entendit encore une voix qui grondait.

« Espèce d'idiot, regarde le sang sous ta main gauche ! Tu vois bien qu'elle est blessée ! »

Catherine sentit qu'on la lâchait brusquement puis ne sentit plus rien du tout. Dans l'ardeur de la bataille, tout à l'heure, elle ne s'était même pas aperçue qu'une lame s'enfonçait dans son épaule ! Ce bienheureux évanouissement lui épargna une angoisse supplémentaire. Tandis que Gauthier l'enlevait dans ses bras et la déposait sur le cou de son cheval, Mac Laren se haussait sur ses étriers.

« Il vaut mieux ne pas s'attarder ici, dit-il. J'aperçois une troupe nombreuse qui sort de l'abbaye. Dans un moment nous aurons sur le dos tous les soldats de l'abbé. Filons !

— Mais elle a besoin de soins, s'écria Sara.

— On les lui donnera plus tard. Pour le moment, il faut gagner le large. Montez en croupe de deux de mes hommes, vous la servante et vous le moine. En avant ! »

Deux robustes Ecossais se chargèrent de Sara et de frère Etienne, puis, au grand galop, poursuivie par les imprécations des hommes d'armes qui accouraient, traînant arcs et arbalètes, la troupe de Ian Mac Laren s'éloigna d'Aurillac. Quelques flèches et quelques carreaux vinrent siffler autour d'eux, mais sans atteindre personne. Le rire du lieutenant de Kennedy éclata comme un coup de tonnerre.

« Des soldats de moines, ça ne vaut pas plus que des nonnes casquées ! Ils savent mieux égrener les patenôtres et trousser les filles que bander un arc ! »

La blessure de Catherine n'était pas grave. Une lame mince avait pénétré d'un pouce dans son épaule. Elle avait saigné assez abondamment, mais ce n'était pas très douloureux. Son épaule et son bras étaient engourdis, pesaient comme plomb, mais elle avait très rapidement repris conscience, au vent de la course. Dès que Mac Laren avait jugé qu'ils étaient assez éloignés, il avait ordonné une halte. Tandis que ses hommes buvaient un coup et mangeaient un morceau, Sara avait emmené la jeune femme à l'écart pour la soigner. Ses mains habiles avaient eu tôt fait de confectionner un pansement avec une chemise déchirée prise dans le ballot de vêtements et quelques parcelles d'un beaume à base de graisse de mouton et de genièvre que possédait l'un des Ecossais. Puis elles avaient, elles aussi, mangé un peu de pain et de fromage, bu quelques gorgées de vin avant que Mac Laren donnât le signal du départ. Catherine se sentait lasse. La fatigue de leur marche nocturne entre Vézac et Aurillac, jointe au choc du récent combat, l'avait épuisée. Un sommeil invincible s'emparait d'elle et elle avait une peine infinie à garder les yeux ouverts.

Cette fois, elle monta en croupe derrière le chef d'escorte. Malgré les protestations furieuses de Gauthier, Ian Mac Laren avait décidé de s'en charger lui-même.

« Ton cheval a déjà bien assez de ton poids, lui déclara-t-il sèchement. Il n'a aucun besoin de surcharge !

— Elle ne tiendra pas derrière vous, rétorqua le Normand. Ne voyez-vous pas qu'elle tombe de sommeil ?

— Je l'attacherai. Au surplus, c'est moi qui commande ici ! »

Force avait été à Gauthier de s'incliner, mais Catherine avait intercepté au passage le regard chargé de colère qu'il adressa au jeune Ecossais et dont celui-ci, d'ailleurs, ne sembla nullement se soucier. Mac Laren appartenait vraisemblablement à cette catégorie d'individus qui n'hésitent jamais sur le chemin à suivre, s'y engagent avec résolution et ne reviennent jamais en arrière, quelles que puissent être les conséquences. Ayant solidement arrimé Catherine à lui au moyen d'une sangle, il prit la tête de la colonne. Les Ecossais et les quatre fugitifs s'enfoncèrent au cœur de l'épais et redoutable Massif Central.

Appuyée contre le dos de Mac Laren, Catherine se laissait aller au pas du cheval. La montagne déserte, les volcans éteints chevelus de forêts, étoilés de profondes vallées rocheuses, les enveloppèrent bientôt de leur silence que l'hiver rendait plus profond. Les rares hameaux, les burons isolés que l'on apercevait demeuraient clos, hermétiquement, sur la chaleur mêlée des hommes et des bêtes. Seuls, les minces panaches de fumée grise qui traçaient sur la neige leurs fugitives arabesques dénonçaient la vie. Dans les maisonnettes de lave noire, les paysans s'entassaient auprès de leurs petites vaches rousses et frisées qui, l'été venu, mettraient dans l'épaisse laine verte des prairies la tache ardente de leur pelage... Catherine pensa que ce rude pays était beau, même sous la neige qui en accentuait les lignes dures.

Un curieux bien-être l'envahissait, malgré la douleur sourde de son épaule, malgré la petite fièvre qui montait dans ses veines. L'homme auquel elle était liée lui communiquait sa chaleur. Son torse vigoureux opposait une solide barrière au vent coupant. Elle y appuya sa tête, ferma les yeux. L'impression bizarre d'un lien, plus étroit que cette sangle de cuir, entre elle et cet inconnu lui venait... Pourtant, jamais encore elle n'avait vraiment regardé Mac Laren. Murée dans sa douleur hautaine, enfermée dans ses voiles noirs mieux que dans un couvent, les hommes qui gardaient Carlat, et surtout ces étrangers venus de loin, se confondaient devant ses yeux qui ne voyaient plus que l'invisible. Paradoxalement, c'était sous cet accoutrement de garçon qu'elle réintégrait sa vraie nature de femme. Et, malgré l'amour désespéré, inguérissable, qui habitait son cœur, elle n'avait pu s'empêcher de remarquer l'étrange beauté de Mac Laren.

De haute taille, sa minceur confinait à la maigreur, mais cette longue silhouette avait la souplesse nerveuse d'une lame d'épée. Le visage étroit offrait un arrogant profil d'oiseau de proie, une bouche serrée et des maxillaires carrés dénotant une obstination totale. Les yeux bleu glacier étaient moqueurs, sans tendresse, profondément enfoncés sous les épais sourcils clairs. Les cheveux, assez longs, étaient d'un blond pâle, ses lèvres se relevaient d'un seul côté, en un drôle de sourire en coin, insolent et bref, qui n'atteignait pas les yeux.

Tout à l'heure, quand il avait saisi Catherine par la taille pour l'installer sur son cheval, il l'avait regardée profondément. Un regard qui perçait comme un poignard. Et puis il avait souri sans rien dire. Mais, devant cet inconnu, vaguement narquois, elle s'était sentie tout à coup bizarrement désarmée. Le regard de tout à l'heure semblait dire que, dépouillée de ses voiles de deuil, la dame de Montsalvy n'était qu'une femme comme les autres, une femme accessible, après tout ! Et Catherine ne parvenait pas à démêler si l'impression ressentie était agréable ou non.

Quand on fit halte, le soir venu, dans la grange d'un paysan terrifié qui n'osa pas refuser le pain noir et la tome de chèvre, la jeune femme retrouva cette même sensation. Sara l'avait installée le plus à l'écart possible des hommes, mais, pour qu'elle pût profiter du feu allumé entre trois pierres, cet écart n'était pas bien grand. Catherine était transie, morte de fatigue, et sa blessure, échauffée par la course, la faisait souffrir. Le sang battait lourdement dans son bras et à ses tempes, mais elle allait tout de même essayer de dormir quand Mac Laren s'approcha d'elle.

« Vous êtes malade, dit-il en dardant sur elle son clair et insoutenable regard. Il faut soigner cette blessure, autrement qu'on ne l'a fait. Montrez-moi cela !

— J'ai fait tout ce qu'il y avait à faire, se rebiffa Sara. Il n'y a rien d'autre à tenter que d'attendre la guérison.

— On voit bien que vous n'avez jamais soigné des blessures faites par la griffe d'un ours, fit l'Ecossais avec son bref sourire à lèvres closes. J'ai dit, montrez-moi ça !

— Laissez-la tranquille ! fit, derrière lui, la voix sombre de Gauthier. Vous ne toucherez pas à dame Catherine contre son gré. »

Entre le feu et Mac Laren, le Normand dressait sa lourde silhouette et Catherine pensa qu'il ressemblait à l'un de ces ours dont le lieutenant venait de parler. Son visage était menaçant et sa large main s'appuyait à la hache passée à sa ceinture. Catherine prit peur en comprenant que les deux hommes étaient prêts à s'empoigner. En effet, Ian Mac Laren répondait, méprisant :

« Tu commences à m'échauffer les oreilles, l'ami ! Es-tu l'écuyer de dame Catherine ou bien sa nourrice ? Reste à ta place... Je ne veux que la soigner. A moins que tu ne préfères que son épaule pourrisse tranquillement ?

— J'ai très mal, Gauthier, dit Catherine doucement. S'il peut quelque chose pour me soulager, je crois que je lui en serais reconnaissante. Aide-moi, Sara... »

Gauthier ne répondit rien. Il tourna les talons, et, le dos rond, alla s'asseoir dans le coin le plus éloigné. Son visage avait la rigidité de la pierre. Cependant, aidée par Sara, Catherine s'était levée, déroulait l'immense pièce de laine dont elle était à la fois vêtue et drapée.

« Retournez-vous, vous autres ! » ordonna Sara aux quelques soldats qui ne dormaient pas encore.

Elle défit le justaucorps de flanelle, la cotte de mailles, puis, quand Catherine n'eut plus que les chausses collantes et la rude chemise safran, elle la fit rasseoir, ouvrit elle-même le col pour dégager l'épaule blessée. Un genou en terre, Mac Laren attendait, mais son regard ne quittait pas Catherine qui se sentait rougir. Les yeux étranges avaient suivi insolemment la ligne de ses longues jambes, la courbe de ses hanches, remontaient vers sa gorge dont les formes, malgré la bande de toile qui les serrait, se dessinaient sous le grossier tissu. Mais elle ne dit rien, le laissa ôter le pansement tandis que Sara approchait un brandon enflammé pris au brasier. Mac Laren fit entendre un petit sifflement, fronça les sourcils ; la blessure n'était pas belle. La plaie se boursouflait et prenait des teintes livides de mauvais augure.

« L'infection n'est pas loin, grommela-t-il, mais je vais arranger ça. Je vous préviens, vous allez avoir mal un instant. Espérons que vous serez courageuse. »

Il s'éloigna, revint avec une gourde en peau de chèvre et un petit sac dont il tira de la charpie. S'agenouillant de nouveau, il prit sa dague et, rapide comme l'éclair, rouvrit la plaie, si vite que Catherine n'eut pas même le temps de crier. Un mince filet de sang coula. Puis l'Ecossais humecta un tampon avec le liquide de la gourde. Après quoi, sans douceur, il se mit à nettoyer la blessure.

« Je vous préviens, dit-il avant de commencer, ça brûle ! »

Cela brûlait, en effet, comme l'enfer. Malgré ce qu'il avait dit, Catherine serra les dents de toutes ses forces. Elle retint le cri de douleur qui lui montait aux lèvres, si violemment que les larmes jaillirent de ses yeux, mais elle ne dit rien. L'une de ses larmes tomba sur la main de Mac Laren. Il releva les yeux, regarda Catherine avec une douceur inattendue, sourit.

« Vous êtes courageuse, je l'avais deviné. C'est fini maintenant.

— Que lui avez-vous mis ? demanda Sara.

— Un liquide que les Maures appellent l'esprit-de-vin et dont ils se servent pour ranimer les malades. On s'est aperçu qu'en s'en servant pour laver les blessures on les empêchait de s'infecter. »

Tout en parlant, il appliquait un peu de pommade sur la blessure, remettait un pansement propre. Ses mains étaient maintenant d'une étonnante douceur et, brusquement, Catherine oublia sa douleur, retint son souffle. L'une des mains glissait de son épaule au creux de son dos, s'attardait en une caresse sous laquelle la jeune femme, confuse, se sentit frissonner. Le sang monta à ses joues, colère et honte mêlées. Ce trouble qui s'insinuait en elle sous cette paume d'homme lui faisait d'autant plus horreur qu'il éveillait dans sa chair la conscience aiguë de sa jeunesse étouffée. Elle avait cru son corps à jamais réduit au silence parce que son cœur était mort à l'espoir et voilà que, dans cette fugitive minute, il lui infligeait un démenti brutal. Elle détourna la tête pour fuir le regard qui fouillait le sien, remonta sa chemise d'un geste sec.

« Merci, messire. Cela ne fait presque plus mal maintenant. Je vais essayer de dormir. »

Ian Mac Laren laissa retomber ses mains, s'inclina sans répondre et s'éloigna tandis que, sous l'œil tout à coup soupçonneux de Sara, Catherine rouge jusqu'aux oreilles, remettait ses vêtements en hâte puis s'enfonçait dans la paille. Elle allait fermer les yeux quand Sara se pencha sur elle. Le reflet du feu mourant fit étinceler les dents de Sara. Ses yeux brillèrent malicieusement.

« Ma mie, chuchota la bohémienne. Il ne suffit

pas de vouloir cesser d'exister pour que tout meure en toi ! Tu auras encore des surprises... »

Catherine préféra ne pas répondre. Elle ferma les yeux bien fort, souhaitant s'endormir aussitôt, ne plus penser. Tout autour d'elle s'élevaient les ronflements en basse taille des Ecossais et celui, fluet, presque mélodieux, de frère Etienne. Vint bientôt s'y joindre le souffle vigoureux et actif de Sara. Cet étrange concert empêcha longtemps Catherine de trouver dans le sommeil l'oubli de pensées gênantes. Le feu mourut, jeta encore quelques faibles lueurs rouges puis s'éteignit, laissant la jeune femme les yeux grands ouverts dans l'obscurité.

A l'autre bout de la grange, Gauthier aussi cherchait le sommeil sans y atteindre. Au-dehors, c'était la profonde et froide nuit d'hiver, mais l'instinct sauvage de l'homme des forêts lui soufflait que le printemps n'était plus loin.

CHAPITRE III

UN COUP DE HACHE

QUAND, le matin venu, on s'apprêta à reprendre la route, Catherine se sentait mieux. La fièvre semblait tombée. Elle en profita pour demander à Mac Laren s'il n'était pas possible de lui donner une autre monture. Elle craignait maintenant l'étroite promiscuité avec le jeune Ecossais durant un long parcours, mais il accueillit sa requête d'un visage glacé.

« Où voulez-vous que je prenne une monture ? J'ai donné à votre Normand le cheval qui a servi à votre écuyer Fortunat pour gagner Montsalvy. Le moine et Sara chevauchent en croupe de deux de mes hommes. Je ne peux tout de même pas en démonter un autre, imposant ainsi double charge à un coursier, pour vous permettre de caracoler à votre aise. Cela vous gêne tellement de voyager avec moi ?

— Non, répondit-elle un peu trop vite, non... bien sûr... mais je pensais... »

Il se pencha de façon que personne n'entendît ce qu'il allait dire.

« Mais vous avez peur parce que vous savez que, pour moi, vous n'êtes pas une statue drapée de voiles noirs que l'on regarde de loin sans oser l'approcher, mais une femme de chair que l'on peut désirer sans avoir peur de le lui dire ! »

Les belles lèvres de la jeune femme s'arquèrent en un sourire plein de dédain, mais ses joues s'étaient colorées notablement.

« Ne vous flattez pas, messire, de me tenir à votre merci parce que je suis faible, blessée, sans beaucoup de protection. Si vous prétendez insinuer que votre contact pourrait me troubler, je saurais bien vous donner le démenti que vous méritez. En selle, si vous le voulez bien. »

Avec un haussement d'épaules et un regard narquois, il sauta à cheval puis tendit la main à Catherine pour l'aider. Lorsqu'elle eut repris sa place derrière lui, il voulut remettre la sangle mais elle s'y refusa.

« Je suis bien plus forte. Je saurai me tenir. Ce n'est pas la première fois que je monte, messire Ian ! »

Il n'insista pas, donna le signal du départ. Tout le long de la journée le voyage se poursuivit sans incident. C'était partout le même désert, les mêmes paysages tourmentés. La vue des hommes d'armes faisait fuir les rares paysans que l'on rencontrait. La guerre était tellement passée sur ces pauvres gens, avait tant ravagé, tant pillé, tant semé de larmes et de sang qu'ils ne se donnaient même plus la peine de chercher à quel parti appartenaient ceux qui survenaient. Amis ou ennemis étaient également néfastes, identiquement cruels. La vue d'une lance brillant au soleil faisait fermer les portes, barricader les fenêtres. On devinait, derrière les murs muets, les souffles retenus, les cœurs battant trop vite, les sueurs d'angoisse et Catherine ne pouvait se défendre d'un sentiment de gêne, d'un malaise presque physique.

Le cheval qui les portait, elle et Mac Laren, était un rouan vigoureux mais sans finesse, un vrai cheval de bataille fait pour les coups durs et la violence, non pour la course rapide, la fuite à travers bois, les galopades sur les hauts plateaux dénudés, dans le cinglement des branches ou dans le tourbillon des vents. Ce n'était pas Morgane !

En évoquant la petite jument, Catherine sentit son cœur se serrer. Elle écrasa même une larme d'un doigt rageur. Sotte qu'elle était de s'attacher ainsi à un animal ! Morgane avait quitté, pour elle, les écuries de Gilles de Rais, elle la quitterait pour d'autres maîtres avec autant de désinvolture... malgré tout, cette idée était pénible à Catherine. En partant, elle avait bien recommandé à Kennedy de veiller sur Morgane, mais le capitaine écossais n'aurait-il pas autre chose à faire que s'occuper d'une jument, même racée ? De Morgane, l'esprit de Catherine remontait à Michel, puis à Arnaud et une amertume, alors, lui venait. Elle eût souhaité ne jamais bouger de Carlat, laisser couler sur elle des jours tous semblables jusqu'à ce que vînt la mort, mais, apparemment, le destin en avait décidé autrement. Pour son fils, il lui fallait reprendre la lutte, se replonger dans les remous d'une vie qui ne lui plaisait plus...

Tandis que Catherine songeait ainsi, le chemin défilait sous les jambes des chevaux. De toute la journée, elle n'échangea pas une parole avec Mac Laren. Le soir venu, on s'arrêta à Mauriac. De noires maisons de lave écrasées au pied des tours carrées d'une basilique romane, une fort pauvre maison-Dieu, halte des pèlerins de Saint-Jacques sur la route de Compostelle en Galice, Catherine n'en vit pas plus. Mais elle était heureuse que ce pieux asile, tenu par trois Frères Mineurs, lui épargnât la présence des soldats et, surtout, de leur énigmatique chef. Une chose était certaine : Mac Laren ne se décourageait pas. En l'aidant à descendre de cheval devant la maison-Dieu, il avait serré sa taille plus qu'il n'aurait fallu. Le geste était significatif, mais à peine la jeune femme eut-elle mis pied à terre qu'il la lâchait, se détournait sans sonner mot et s'en allait veiller au logement de ses hommes. Cependant Sara s'était rapprochée de Catherine.

« Comment le trouves-tu ? demanda-t-elle à brûle-pourpoint.

— Et toi ?

— Je ne sais pas. Il y a, en cet homme, une puissance de vie extraordinaire, une sève toute-puissante... et pourtant je jurerais que la mort chevauche en croupe de son cheval. »

Catherine frissonna.

« Oublies-tu que c'est moi qui partage son cheval ?

— Non, fit Sara lentement, je ne l'oublie pas. Mais peut-être représentes-tu la mort de cet homme. »

Pour cacher son trouble, Catherine pénétra sous la porte basse de la maison-Dieu. Dans le couloir pavé de cailloux ronds et noirs, un moine, une torche au poing, s'avança.

« Que cherchez-vous ici ? fit-il trompé par le costume des deux femmes. Le logement des soldats d'Ecosse se trouve au fond de la cour et...

— Nous sommes des femmes, coupa Catherine. Nous voyageons ainsi pour passer inaperçues. »

Les sourcils clairsemés du moine se froncèrent. Son visage, qui avait la couleur d'un vieux parchemin jauni, se plissa de rides profondes.

« Un costume si immodeste ne saurait convenir dans la maison du Seigneur. L'Eglise réprouve celles qui portent de telles tenues. Si vous voulez entrer ici, reprenez les habits et la décence qui conviennent à votre sexe ! Sinon, allez rejoindre vos compagnons de voyage ! »

Catherine n'hésita qu'à peine. Au surplus, elle se sentait mal à l'aise dans ce costume étranger. Il la défendait mal, peut-être parce qu'elle savait mal s'en servir, contre le temps et contre les hommes. Elle arracha son bonnet à plumes, secoua ses boucles dorées.

« Laissez-nous entrer. Dès que nous serons dans une chambre close, nous reprendrons le costume qui nous convient ! Je suis la comtesse de Montsalvy qui demande asile pour la nuit ! »

Les plis s'effacèrent du front du religieux. Il s'inclina même avec une certaine déférence.

« Je vais vous conduire. Soyez la bienvenue, ma fille ! »

Il les mena dans une des pièces réservées aux hôtes de marque. Quatre murs, un grand châlit avec un matelas fort mince, quelques mauvaises couvertures, un tabouret, une lampe à huile en formaient tout l'ameublement, mais, au mur, un grand crucifix de pierre sculpté avec un art naïf se dressait et, dans la cheminée, une brassée de bois attendait la flamme. Du moins les deux femmes seraient-elles seules !

A peine entrée, Sara alluma le feu tandis que Catherine rejetait, avec une hâte suspecte, les vêtements prêtés par Kennedy.

« Tu es bien pressée ? remarqua Sara. Tu aurais pu attendre que la chambre soit chaude.

— Non. J'ai hâte de redevenir moi-même. Nul ne songera plus à me manquer de respect quand j'aurai repris mon aspect habituel. Et ces vêtements bizarres me déplaisent.

— Hum ! fit Sara sans s'émouvoir. J'ai idée que tu as plus besoin de te rassurer que d'impressionner les autres ! Remarque bien que j'applaudis à cette décision. Si tu n'aimes pas ce costume, moi, je l'ai en horreur. Dans ma vieille robe au moins, je n'ai pas l'impression d'être grotesque. »

Et, joignant le geste à la parole, Sara se mit, elle aussi, à se déshabiller.

Au lever du jour, Catherine entendit la messe dans la basilique glaciale en compagnie de Sara, s'agenouilla devant le plus vieux des moines hôteliers pour recevoir sa bénédiction, puis s'en alla rejoindre ses compagnons. Mais, en voyant paraître sous le porche de la basilique, dans les rouges rayons du soleil levant, la dame noire de Carlat, Mac Laren eut un haut-le-corps. Un pli de contrariété se creusa entre ses sourcils, tandis qu'au contraire une sombre joie brillait dans les yeux de Gauthier. Depuis deux jours, le Normand n'avait pas desserré les dents. Il chevauchait à l'écart, en arrière de toute la troupe, front têtu et visage fermé malgré les efforts de Catherine pour l'appeler auprès d'elle. La jeune femme avait d'ailleurs fini par renoncer. La haine qui fermentait entre l'homme des forêts et l'homme des Hautes Terres était presque palpable.

Mais, avant que le lieutenant n'eût réagi, Gauthier avait couru jusqu'auprès de Catherine.

« Je suis heureux de vous revoir, dame Catherine », dit-il comme s'il l'avait quittée depuis beaucoup plus longtemps qu'une nuit.

Puis, avec l'orgueil d'un roi, il lui avait offert son énorme poing fermé pour qu'elle y posât sa main. Côte à côte, ils étaient revenus vers le détachement. Mac Laren les regardait venir, les poings aux hanches, un pli de mauvais augure au coin des lèvres. Quand elle fut près de lui, il détailla Catherine de la tête aux pieds.

« Vous pensez chevaucher dans cet équipage ?

— Et pourquoi pas ? Les femmes ont-elles coutume de voyager autrement ? J'avais demandé un costume d'homme parce que cela me semblait plus pratique, mais j'ai compris que c'était une erreur.

— L'erreur, c'est ce voile noir ! un aussi ravissant visage ne se cache pas ! »

D'un doigt nonchalant il soulevait déjà le frêle rempart de mousseline, mais la main de Gauthier s'abattit sur son poignet, s'y referma.

« Lâchez cela, messire, fit le Normand paisiblement, si vous ne voulez pas que je vous casse le bras ! »

Mac Laren ne lâcha pas et se mit à rire.

« Tu commences à tenir trop de place, maraud ! Holà ! vous autres... »

Mais avant que les hommes d'armes se fussent élancés sur Gauthier, frère Etienne, qui sortait de la maison-Dieu, se jeta entre Mac Laren et le Normand. L'une de ses mains se posa sur le poignet de Gauthier, l'autre sur la main de l'Ecossais, celle qui tenait le voile.

« Lâchez tous deux ! Au nom du Seigneur... et au nom du roi ! »

Si grande était l'autorité qui vibrait soudain dans la voix calme du moine que les deux hommes, subjugués, lui obéirent machinalement.

« Merci, frère Etienne, dit Catherine avec un soupir de soulagement. Partons maintenant car nous n'avons que trop perdu de temps. Quant à vous, sire Mac Laren, j'espère que vous saurez vous comporter, à l'avenir, comme doit le faire un chevalier envers une dame. »

Pour toute réponse, l'Ecossais courba sa haute taille, présentant à la jeune femme ses deux mains nouées pour qu'elle y posât son pied. C'était un aveu de défaite tacite en même temps qu'un geste chevaleresque de soumission. Catherine eut un sourire de triomphe, mais, d'un geste dont elle ne calcula pas l'inconsciente coquetterie, elle rejeta le voile par-dessus le haut tambourin qui la coiffait. Son regard plongea dans les yeux bleu pâle du jeune homme. Ce qu'elle y lut fit monter un peu de rose à ses joues, mais, appuyant légèrement le bout de sa botte sur les mains nouées, elle s'envola jusqu'à la croupe du cheval. La paix était revenue. Chacun en fit autant et l'on quitta Mauriac sans que personne se fût aperçu que l'ombre était revenue sur la figure de Gauthier.

Cet incident, d'ailleurs, devait préluder à quelque chose d'infiniment plus grave. Vers la fin de la matinée, la troupe de cavaliers atteignait Jaleyrac. Là, l'épais moutonnement des bois faisait trêve tout à coup pour dégager, au milieu de champs assez bien entretenus où devaient pousser le seigle et le sarrasin, une grosse abbaye et un modeste village, mais l'ensemble donnait une extraordinaire impression de paix. C'était peut-être à cause du soleil léger qui dorait la neige ou bien à cause de l'égrènement doux d'une cloche, mais il y avait, dans cette très humble bourgade, dans ce couvent rustique quelque chose de particulier. Plus étrange encore : les gens ne se terraient pas comme dans les autres villages. Il y avait même beaucoup de monde dans l'unique rue montant vers l'église trapue. Quand on parvint en vue du pays, Mac Laren retint son cheval pour se mettre à la hauteur de celui qui portait frère Etienne. A califourchon derrière un maigre Ecossais qu'il doublait douillettement, le petit moine avait semblé jouir intensément du voyage jusqu'à ce moment.

« Que font là tous ces gens ? demanda brièvement Mac Laren.

— Ils vont à l'église, répondit frère Etienne. A Jaleyrac, on vénère les restes de saint Méen, un moine venu jadis du pays de Galles, au-delà des mers, et dont l'abbaye bretonne a été pillée et brûlée par les Normands. Les moines ont fui droit devant eux. Et s'il y a tant de monde, c'est que saint Méen passe pour s'occuper tout particulièrement des lépreux. »

Le mot frappa Catherine en plein cœur. Elle devint blanche jusqu'aux lèvres et dut s'agripper pour ne pas tomber aux épaules de Mac Laren. « Les lépreux !... » dit-elle d'une voix blanche.

Elle n'en dit pas plus, la voix arrêtée dans la gorge. C'est qu'aussi la foule qui se pressait dans l'unique rue avait quelque chose de terrible. Des êtres dont on ne savait plus s'ils étaient des hommes ou des femmes se traînaient dans la neige, appuyés sur des béquilles en forme de T, ou sur des cannes, montrant des membres qui noircissaient à moins qu'ils ne fussent plus que moignons, d'étranges ulcères dévorant une face ou des membres, des boursouflures, des dartres, des tumeurs, une affreuse humanité qui semblait vomie par l'enfer lui-même et qui, hurlant, psalmodiant, gémissant, tendait vers le sanctuaire qui une main, qui un cou avide. Des moines antonins vêtus de gris, un tau d'émail bleu à l'épaule, penchaient vers eux leurs têtes rasées, les aidaient à gravir le chemin.

« Des ladres, fit Mac Laren avec dégoût.

— Non, rectifia frère Etienne, tout sauf des ladres... Il y a là des galeux, des érysipéleux, des Ardents victimes des racines pourries, des farines avariées qu'ils ont mangées par misère et qui les font brûler et charbonner tout vivants [1]. Voilà les lépreux ! »

En effet, d'une grossière enceinte entourant quelques cabanes dressées fort à l'écart du village, une autre procession sortait : des hommes vêtus uniformément d'une tunique grise frappée d'un cœur

1. Le mal des Ardents, dû à l'ergot de seigle, noircissait les membres qui finissaient par tomber.

écarlate, un camail rouge enserrant le visage sous un large chapeau qui l'ombrageait. Tous agitaient une crécelle, qui résonnait lugubrement dans l'air pur de ces hauteurs, en s'avançant vers le village. Et voilà que, devant eux, même l'abominable foule des malades s'écartait avec horreur. Ces déchets humains se mettaient à courir comme ils pouvaient vers le monastère ou bien se tassaient contre les maisons pour se garder du contact impur, eux qui n'étaient qu'impureté. Catherine, les yeux brouillés de larmes, regardait de toute son âme. Cette vue réveillait sa douleur, lui restituait l'acuité affolante des premiers jours. Ces misérables, c'était désormais le monde de l'homme qu'elle ne pouvait cesser d'aimer, qu'elle adorerait tant qu'il lui resterait un souffle de vie.

Sara, inquiète, suivait sur le visage de la jeune femme la trace de la douleur qui montait. Les larmes roulaient maintenant, pressées, sur les joues pâles, sourdant sans arrêt des larges yeux sombres. Elle vit que ceux-ci venaient de se fixer sur un grand religieux, drapé dans un froc brun, avec une insistance suspecte. Et brusquement, la zingara comprit pourquoi. C'était le moine gardien de la léproserie de Calves. Sans doute avait-il amené ici quelques malades pour tenter d'obtenir de saint Méen leur guérison.

Mais le cheminement de la pensée de Sara fut interrompu brutalement par ce qu'elle attendait inconsciemment depuis un instant : le cri angoissé, désespéré de Catherine :

« Arnaud ! »

Les lépreux avaient contourné l'éminence sur laquelle se tenaient les cavaliers et s'éloignaient, mais l'homme qui marchait auprès du moine brun, cet homme grand et mince dont les larges épaules portaient la livrée de misère avec tant d'élégance naturelle, c'était, ce ne pouvait être qu'Arnaud de Montsalvy.

L'amour de Catherine plus que son regard l'avait reconnu. Déjà, avant que Mac Laren pétrifié eût seulement songé à la retenir, elle avait glissé à terre et, relevant à deux mains sa longue jupe, s'était mise à courir dans la neige. D'un même mouvement, né de leur tendresse commune, Sara, Gauthier et frère Etienne avaient fait de même. Les longues jambes du Normand lui eurent bientôt permis de devancer les autres. Mais, portée par sa passion, Catherine courait si vite qu'il ne parvenait pas à la rejoindre. Ni la neige, ni le chemin inégal ne pouvaient la ralentir. Elle volait littéralement, le voile noir claquant derrière elle comme un étendard au combat. Une seule pensée, folle, exaltante, elle allait « le » revoir, lui parler. Un bonheur immense avait envahi son âme comme un torrent qui brise ses digues. Ses yeux, secs maintenant et scintillants, étaient rivés à cet homme qui marchait auprès du moine...

Cette joie que Gauthier devinait en Catherine l'épouvantait car elle ne pouvait durer. Qu'allait-elle trouver quand l'homme se tournerait vers elle ? Depuis des mois qu'il était en léproserie, Arnaud de Montsalvy n'avait-il pas changé ? N'était-ce pas un visage déjà rongé que la jeune femme allait contempler ? Il força sa course, cria :

« Dame Catherine... par grâce, attendez ! Attendez-moi ! »

Sa voix puissante porta si loin qu'elle dépassa

Catherine, atteignit le cortège des lépreux. Le moine se retourna et son compagnon avec lui. C'était bien Arnaud ! La joie gonfla d'espérance la poitrine de Catherine qui commençait à perdre haleine. Si un miracle allait avoir lieu ? S'ils allaient, de nouveau, être réunis... Dieu avait-il eu, enfin, pitié d'elle ? Avait-il exaucé les prières éperdues de ses nuits sans sommeil ? Elle pouvait maintenant distinguer le cher visage, étroitement encastré dans le camail rouge, mais toujours aussi beau, toujours aussi fier. Le mal terrible ne l'avait pas encore défiguré. Encore un petit effort, encore un court instant et elle allait l'atteindre. Les bras tendus, elle s'obligea à courir toujours plus vite, sourde aux cris de Gauthier qui continuait de l'appeler.

Mais Arnaud, lui aussi, l'avait reconnue. Catherine le vit pâlir, l'entendit crier : « Non ! Non ! » en la repoussant à l'avance d'un geste de ses deux mains gantées.

Il murmura quelque chose à l'adresse du religieux et celui-ci se jeta au-devant de la jeune femme, les bras en croix, barrant le passage. Elle se lança contre lui, en aveugle, se heurta durement à un torse épais vêtu de bure brune, s'accrocha aux bras étendus comme la Madeleine à la Croix.

« Laissez-moi passer ! gémit-elle les dents serrées. Laissez-moi passer... C'est mon époux... je veux le voir !

— Non, ma fille, n'approchez pas ! Vous n'en avez pas le droit... et il ne le désire pas.

— Vous mentez ! hurla Catherine hors d'elle. Arnaud ! Arnaud ! Dis-lui qu'il me laisse passer ! »

A quelques pas, Arnaud était debout, figé. Mais son visage, convulsé de douleur, était le masque même de la souffrance. Pourtant, sa voix ne trembla pas :

« Non, Catherine, non, mon amour... Va-t'en ! Tu ne dois pas approcher. Songe à notre fils.

— Je t'aime, gémit Catherine désespérée. Je ne peux pas ne plus t'aimer. Laisse-moi approcher !

— Non ! Dieu m'est témoin que, moi aussi, je t'aime et que je voudrais m'arracher cet amour du cœur parce qu'il m'étouffe. Mais il faut t'éloigner !

— Saint Méen peut faire un miracle !

— Je n'y crois pas !

— Mon fils, reprocha le moine qui maintenait toujours Catherine, vous blasphémez.

— Non. Si j'ai accepté de venir ici, c'est davantage pour mes compagnons que pour moi. Qui donc se souvient d'une guérison miraculeuse en ce lieu ? Il n'y a pas d'espoir ! »

Il se détournait et, le pas soudain alourdi, se dirigeait vers ses compagnons de misère qui, là-bas, s'éloignaient en chantant un cantique, inconscients du drame qui se jouait. Catherine éclata en sanglots.

« Arnaud ! hoqueta-t-elle. Arnaud... Je t'en supplie... Attends-moi... Ecoute-moi ! »

Mais il ne voulait pas entendre. Appuyé sur un long bâton de route, il poursuivait son chemin sans se retourner. Gauthier, cependant, avait rejoint Catherine, la détachait doucement du moine, l'appuyait, secouée de sanglots désespérés, sur sa propre poitrine.

« Partez, mon frère, partez vite !... Et dites à messire Arnaud qu'il ne soit pas en peine... »

Le moine, à son tour, s'éloigna tandis que Sara et frère Etienne, hors d'haleine, rejoignaient leurs amis. Derrière eux, les Ecossais arrivaient eux aussi au trot. Un dernier réflexe arracha Catherine à l'étreinte de Gauthier, mais les larmes l'aveuglaient tellement qu'elle n'aperçut plus qu'une ligne grise et rouge oscillant encore dans la neige. Le Normand n'eut aucune peine à la ramener contre lui.

La voix froide de Ian Mac Laren tomba sur eux, du haut du cheval de l'Ecossais.

« Passez-la-moi et partons ! Cette scène a suffisamment duré. »

Mais, avec un haussement d'épaules, Gauthier souleva Catherine et la déposa sur son propre cheval qu'un des soldats tenait en bride.

« Que cela vous plaise ou non, et même si cette bête doit en crever, c'est moi qui me chargerai de dame Catherine ! Vous ne me semblez guère comprendre grand-chose à une douleur comme la sienne. Avec vous, elle est en exil. »

Mac Laren porta la main à la poignée de son épée, la tira à demi et gronda :

« Manant, j'ai bonne envie de te faire rentrer tes insolences dans la gorge !

— A votre place, messire, je ne m'y essaierais pas », répliqua le Normand avec un sourire menaçant.

En même temps, sa main à lui s'en allait se poser comme par hasard sur la hache de sa ceinture. Mac Laren n'insista pas et fit volter son cheval.

L'auberge où l'on s'arrêta le soir, nichée dans une courbe de la Dordogne, Catherine n'en vit rien. Elle avait tant pleuré qu'une sorte d'insensibilité lui était venue. Ses yeux rouges, gonflés, ne s'ouvraient plus qu'avec peine et sur des choses trop brouillées pour ramener son attention. D'ailleurs, rien ne l'intéressait plus. Elle avait mal comme elle n'avait jamais eu mal, même le jour abominable où Arnaud avait été retranché des vivants. L'espoir un instant revenu, cette rencontre fortuite lui avaient semblé un signe du destin, une réponse du Seigneur à ses incessantes interrogations. Tous ces mois de souffrance avaient été abolis d'un seul coup et la blessure d'amour, qui peut-être se refermait un peu, s'était rouverte et saignait plus que jamais.

Toute la journée, blottie contre la poitrine de Gauthier comme un enfant malade, elle s'était laissé cahoter par le trot dur du cheval sans même ouvrir les yeux. Puis on l'avait transportée par un escalier branlant jusqu'à cette chambre d'auberge. Une chambre ? A peine ! Un réduit où l'on avait installé un brasero et où un étroit lit de bois tenait presque tout l'espace. Mais qu'importait à Catherine ! Sara l'avait couchée comme elle aurait couché Michel et elle s'était pelotonnée en boule au creux de la paillasse, dans les draps si usés qu'ils en étaient devenus transparents. Se faire le plus petite possible, se fondre dans cet univers hostile et misérable, disparaître...

Le sursaut d'énergie qui l'avait arrachée à sa vie végétative de Carlat s'évanouissait. Elle en avait assez de lutter, de vivre... Michel lui-même n'avait pas tellement besoin d'elle. Il avait sa grand-mère et frère Etienne saurait plaider auprès du roi la cause des Montsalvy avec l'aide de la reine Yolande. Ce que Catherine voulait, désespérément, c'était retrouver Arnaud ! Elle ne pouvait plus endurer ce vide affreux qu'il avait laissé dans son cœur, dans sa vie, cette déchirure qui, aujourd'hui, s'était agrandie encore.

Elle souleva péniblement ses paupières. La chambre était presque obscure et silencieuse comme un tombeau. Catherine avait supplié Sara de la laisser seule. Elle était comme une écorchée vive qui ne peut supporter le moindre effleurement. Mais, dans l'ombre rouge des charbons presque éteints, elle distingua le tas que formaient ses vêtements. La dague d'Arnaud était posée dessus. Catherine fit un effort pour se lever, pour tendre la main vers l'arme. Il suffisait d'un geste et tout serait fini : la douleur, le désespoir, les regrets infinis. Un geste, un simple geste...

Mais les larmes incessantes qu'elle avait versées, la violence du choc subi par ses nerfs l'avaient menée aux limites de l'épuisement. Elle retomba lourdement sur sa couche, secouée de frissons... Au-dessous d'elle, des bruits s'élevaient. Le vacarme d'une salle d'auberge à l'heure du souper. Les hommes d'armes devaient se mettre à table. Mais ces manifestations de la vie étaient aussi étrangères à Catherine que si elle eût été murée au cœur de la plus épaisse montagne. Elle referma les yeux, poussa un soupir douloureux...

Les raclements de pieds et les éclats de voix du dessous l'empêchèrent d'entendre la porte s'ouvrir doucement, doucement. Elle ne vit pas une longue silhouette se glisser vers le lit, mais frissonna quand une main se posa sur son épaule tandis que le bois du lit gémissait sous la pression d'un genou. Entrouvrant les yeux, elle vit qu'un homme se penchait sur elle et que cet homme n'était autre que Ian Mac Laren. Mais elle n'en fut pas autrement surprise. Au fond, dans l'état d'anéantissement où elle se trouvait, plus rien ne pouvait la surprendre, plus rien ne pouvait l'atteindre.

« Vous ne dormez pas, n'est-ce pas ? demanda l'Ecossais. Vous êtes en train de souffrir, de vous torturer stupidement... »

Il y avait, dans la voix du jeune homme, une colère latente. Catherine perçut son exaspération, mais ne chercha même pas à l'expliquer.

« Qu'est-ce que cela peut bien vous faire ? fit-elle.

— Ce que cela me fait ? Voilà des mois et des mois que je vous regarde vivre. Oh ! de fort loin ! Avez-vous jamais porté la moindre attention à l'un d'entre nous, hormis peut-être à notre chef Kennedy parce que vous aviez besoin de lui ? Nous savons tous que vous avez souffert, mais, dans nos pays du Nord, on ne s'attarde pas aux regrets stériles. La vie est trop rude, chez nous, pour qu'on la gaspille en larmes et en soupirs.

— A quoi bon tout cela ? Dites ce que vous avez à dire, mais dites-le clairement. Je suis si lasse...

— Lasse ? Qui ne l'est en ces temps où nous vivons ? Pourquoi donc le seriez-vous plus que n'importe quelle autre femme ? Pensez-vous être la seule à souffrir sur cette terre ou bien est-ce vraiment tout ce que vous êtes capable de faire : vous terrer dans un coin comme une bête apeurée et pleurer, pleurer jusqu'à l'abrutissement, jusqu'à ce que vous oubliiez qui vous êtes et jusqu'au fait que vous êtes un être vivant ? »

Cette voix dure, méprisante et cependant chaleureuse, perçait la brume douloureuse mais protectrice dont Catherine s'enveloppait. Elle ne pouvait ignorer ce qu'il disait parce qu'au fond d'elle-même elle sentait obscurément qu'il avait raison.

« Chez nous aussi des hommes meurent, vite ou lentement, des femmes souffrent dans leur cœur et dans leur chair, mais aucune n'a le temps de s'appesantir sur elle-même. Le pays est trop rude, la vie, la simple vie est un combat trop quotidien pour s'offrir le luxe des larmes et des soupirs. »

Une brusque révolte galvanisa Catherine. Elle se retrouva assise, retenant contre sa poitrine draps et couvertures.

« Et alors ? Où voulez-vous en venir à la fin ? Pourquoi venez-vous me tourmenter ? Ne pouvez-vous me laisser en paix ? »

Le visage aigu de Mac Laren eut son bref sourire narquois.

« Enfin, vous réagissez ! C'est là que je voulais en venir... et aussi à autre chose.

— Quoi donc ?

— Ceci... »

Avant qu'elle ait pu prévoir son geste, il l'avait enveloppée de ses bras. Elle se retrouva totalement immobilisée tandis qu'une main glissait doucement dans ses cheveux, tirait sa tête en arrière. Quand Ian se mit à l'embrasser, elle eut un sursaut instinctif, voulut le repousser. Vaine tentative : il la tenait bien. Et puis, elle n'avait plus aucune force. Enfin, malgré elle, une sensation sournoise de plaisir se glissait en elle, identique à celle déjà éprouvée quand il l'avait soignée. Les lèvres du jeune homme étaient douces, chaudes et l'étreinte de ses bras avait quelque chose de rassurant. Catherine cessa soudain de penser pour s'abandonner à l'instinct féminin, vieux comme le monde, qui lui faisait trouver agréable le contact de ce garçon. Certains boivent pour oublier, mais les caresses d'un homme, l'amour d'un homme pouvaient dispenser une ivresse autrement puissante et c'était cette expérience que Catherine était en train de faire...

En la recouchant sur les coussins usés, il releva la tête un instant, dardant sur la jeune femme un regard qui brûlait de passion et d'orgueil.

« Laisse-moi t'aimer, je saurai te faire oublier jusqu'à tes larmes. Je te donnerai tant d'amour que... »

Il n'acheva pas. Cette fois, c'était Catherine qui, prise d'une soudaine frénésie, avait collé ses lèvres à celles du jeune homme et l'attirait à elle. Il était devenu d'un seul coup l'unique réalité de son univers en pleine convulsion, une chaude réalité à laquelle elle voulait s'accrocher de toutes ses forces. Tous deux roulèrent, enchevêtrés, au creux du vieux matelas usé, oubliant le décor misérable, attentifs seulement à l'approche du plaisir. Les nerfs brisés de Catherine lui faisaient désirer un anéantissement total, absolu, un asservissement à une volonté plus forte. Elle ferma les yeux avec un petit gémissement.

Ce qui suivit la replongea brutalement dans le monde cauchemardesque, démentiel dont Mac Laren, un instant, l'avait arrachée. Il y eut ce cri terrible, énorme, qui parut à Catherine éclater dans sa propre tête, puis la convulsion de tout le corps qui étreignait le sien, les yeux exhorbités de l'Ecossais et le sang qui jaillit de sa bouche. Avec une exclamation d'horreur, la jeune femme se rejeta de côté, entraînant avec elle la couverture dont, instinctivement, elle s'enveloppa. Alors seulement elle vit que Gauthier était debout près du lit et qu'il la regardait avec les yeux d'un fou. Ses mains pendaient le long de son corps, inertes. Sa hache était plantée entre les deux épaules de Mac Laren.

Un moment, Catherine et le Normand se dévisagèrent en silence, comme s'ils se voyaient pour la première fois. Une terreur folle paralysait totalement la jeune femme. Elle n'avait jamais vu à Gauthier ce masque de violence et d'implacable cruauté. Il était hors de lui et, voyant se lever lentement les énormes poings du géant, elle crut qu'il allait la tuer, mais ne fit aucun geste parce qu'elle en était absolument incapable. Son esprit travaillait mais ses membres, de pierre comme tout son corps, lui refusaient tout service. Pour la première fois de sa vie, Catherine vivait au naturel cette effrayante expression que l'on éprouve dans les cauchemars lorsque, poursuivi par un danger pressant, on essaie en vain de fuir sans pouvoir arracher ses pieds du sol, on tente de crier sans que la voix franchisse le seuil des lèvres... Mais les mains de Gauthier retombèrent, sans forces, le long de son corps et le sortilège qui tenait Catherine prisonnière se dissipa. Elle détourna même les yeux, les posa sur le cadavre de Mac Laren avec une crainte qui se nuançait d'étonnement. Comme c'était rapide et facile, la mort ! Le temps d'un cri et il n'y avait plus d'esprit, plus de passion, plus rien que la matière inerte. Cet homme, dans les bras duquel, l'instant précédent, elle défaillait, voilà qu'il avait soudain disparu ! Il avait dit : « Je te ferai oublier », mais il n'avait même pas eu le temps de la soumettre à sa volonté ! Elle avala péniblement sa salive puis demanda d'une voix blanche :

« Pourquoi as-tu fait ça ?

— Vous osez le demander ? riposta-t-il brutalement. Est-ce là tout ce qui reste de votre amour pour messire Arnaud ? Vous faut-il un amant le soir même du jour où vous l'avez revu ? Je vous mettais si haut dans mon esprit ! Plus qu'une femme en vérité ! Et, tout à l'heure, je vous ai vue, je vous ai entendue ronronner comme une chatte en folie. »

Une brusque bouffée de colère balaya ce qui restait de peur en Catherine. Cet homme avait tué et s'arrogeait, en plus, le droit de se dresser devant elle comme juge.

« Comment oses-tu te mêler de ma vie privée ? T'ai-je jamais donné le droit de t'immiscer dans mes affaires ? »

Il fit un pas vers elle, les poings serrés, l'œil mauvais, la bouche amère.

« Vous vous êtes remise à moi, confiée à moi et, par Odin, j'aurais donné tout mon sang et jusqu'à mon dernier souffle pour vous. J'ai fait taire l'amour, le désir insensé que vous m'inspiriez parce que la passion qui vous unissait à votre époux me semblait une chose trop belle, trop pure. Les autres n'avaient pas le droit d'y toucher, pas le droit d'intervenir. Tout devait être sacrifié à la protection d'un amour comme celui-là...

— Et que m'en reste-t-il ? cria Catherine soudain hors d'elle. Je suis seule, seule à jamais, je n'ai plus d'amour, plus de mari... Tout à l'heure encore, il m'a repoussée.

— Alors qu'il crevait d'envie de vous tendre les bras ! Seulement il vous aime, lui, assez pour refuser de vous voir pourrir toute vivante comme il le fait. Vous, dans votre pauvre petite tête de femme, vous n'avez vu que le geste : il vous a repoussée ! Alors qu'avez-vous fait ? Vous vous êtes jetée dans les bras du premier venu et pour une seule raison : le printemps va venir où les bêtes sont en chaleur et vous êtes comme elles. Mais s'il vous fallait un homme, rien qu'un homme, pourquoi avez-vous choisi cet étranger aux yeux glacés, pourquoi pas moi ? »

Sous le poing du Normand qui la martelait, sa poitrine résonnait comme un tambour et sa voix grondait pareille aux roulements du tonnerre. Catherine était maintenant dégrisée et, son sang-froid revenu, il lui fallait bien s'avouer qu'elle ne comprenait pas ce qui, tout à l'heure, l'avait jetée dans les bras de l'Ecossais. Tout au fond d'elle-même, elle donnait raison à Gauthier. Elle avait honte comme jamais encore elle n'avait eu honte, mais elle ne comprenait que trop clairement la lueur trouble qui s'était allumée dans les yeux gris du Normand. Dans un instant, sans souci de l'homme qu'il venait de tuer, il allait se jeter sur elle. Après ce qu'il avait vu, rien ne le retiendrait plus. Dans son « pourquoi pas moi ? » il y avait un monde de colère, de rancune, d'amour frustré et de mépris. Catherine n'était plus sacrée pour lui. Elle n'était plus qu'une femme trop longtemps convoitée.

Réprimant le tremblement convulsif qui s'emparait d'elle, la jeune femme planta son regard violet dans celui du géant.

« Va-t'en, dit-elle froidement. Je te chasse ! »

Gauthier eut un éclat de rire féroce qui découvrit ses fortes dents blanches.

« Vous me chassez ? Peut-être ! C'est votre droit, après tout ! Mais auparavant... »

Catherine recula jusqu'au mur pour mieux résister à l'assaut qui allait venir, mais, à cet instant précis, la porte s'ouvrit, livrant passage à Sara. D'un rapide coup d'œil, elle embrassa toute la scène, vit Catherine plaquée contre la muraille, Gauthier prêt à bondir et, entre eux, le cadavre sanglant de Mac Laren, barrant le lit d'une tragique croix humaine.

« Miséricorde ! fit-elle. Que s'est-il passé ici ? »

La poitrine oppressée de Catherine se dégonfla en un énorme soupir. La solide silhouette de la bohémienne avait secoué l'atmosphère maléfique de cette chambre. Les démons s'enfuyaient pour laisser le chemin libre à la froide réalité... D'une voix calme, sans rien chercher à déguiser de ce que sa conduite pouvait avoir eu de répréhensible, Catherine raconta comment Gauthier avait tué l'Ecossais. Pendant ce temps, le Normand, vidé lui aussi de sa fureur, s'était laissé tomber sur le pied du lit, tournant le dos à sa victime. La tête dans les mains, il paraissait se désintéresser de tout ce qui pouvait suivre. D'un accord tacite et inconscient, lui et Catherine s'en remettaient à Sara de prendre les décisions.

« Quel gâchis ! marmonna la bohémienne quand la jeune femme eut fini son récit. Voulez-vous me dire comment nous allons en sortir ? Que vont dire les Ecossais quand ils découvriront la mort de leur chef ? »

Comme pour lui donner raison, un hurlement collectif s'éleva du rez-de-chaussée.

« Ian ! Hé, Mac Laren ! Viens boire ! Pour une fois le vin n'est pas trop mauvais ! Descends donc !

— Ils vont monter, chuchota Sara. Il faudrait faire disparaître le corps. S'ils apprennent la vérité, il y aura encore du sang... »

Gauthier ne bougeait toujours pas, mais Catherine avait pleinement réalisé ce que Sara voulait dire. Les Ecossais exigeraient la tête de Gauthier. Ils ne connaissaient que la loi du talion : œil pour œil ! Leur chef était mort, il faudrait que le meurtrier payât de sa vie et Catherine s'apercevait que, cette idée-là, elle ne pouvait la supporter. Après tout, que lui importait Mac Laren ? Elle ne l'aimait pas. Elle n'avait même pas éprouvé pour lui l'un de ces caprices qui peuvent être des excuses. Rien qu'un simple coup de folie passagère. Mais que Gauthier pût tomber, en victime expiatoire, sous les coups des Ecossais, non, cela, elle s'y refusait ! Une brusque impulsion la jeta à genoux auprès du Normand, se cramponnant aux mains qui cachaient son visage.

« Fuis, supplia-t-elle. Je t'en conjure, fuis ! Sauve-toi avant qu'ils ne découvrent le cadavre. »

Il laissa retomber ses mains, découvrant une figure ravagée, des yeux mornes.

« Qu'est-ce que cela peut me faire s'ils découvrent que je l'ai tué ? Ils me tueront à leur tour ? Et après ?

— Je ne veux pas que tu meures ! s'insurgea Catherine avec passion.

— Vous m'avez chassé... La mort vous délivrera de moi bien plus sûrement !

— Je ne savais pas ce que je disais. J'étais folle ! Tu m'avais insultée, blessée au plus vif... mais tu avais raison. Tu vois, c'est moi qui te demande pardon.

— Que d'histoires ! grogna Sara dans son coin. Ecoutez plutôt le vacarme qu'ils font, en bas ! »

En effet, les Ecossais réclamaient maintenant leur chef à tous les échos, tapant sur le bois des tables avec les cuillères et les écuelles. Il y eut le vacarme d'un banc que l'on renversait puis, soudain, des pas dans l'escalier, des voix qui se rapprochaient. Terrifiée, Catherine secoua Gauthier.

« Par pitié pour moi, si jamais je t'ai inspiré un peu de tendresse, fuis, sauve-toi !

— Où irais-je ? Là où je ne pourrais plus jamais vous voir ?

— Retourne à Montsalvy auprès de Michel et attends que je revienne. Mais vite, vite... Je les entends ! »

Déjà Sara ouvrait l'étroite fenêtre qui, heureusement, donnait sur le toit de l'appentis. Le vent d'hiver s'engouffra dans la petite pièce, aigre, coupant, et Catherine resserra frileusement les couvertures autour de son corps frissonnant. Les pas se rapprochaient. Les hommes avaient dû boire, déjà...

« Je vais leur parler, dit Sara, gagner du temps. Mais il faut qu'il se sauve vite... Les chevaux sont dans la grange. Si nous pouvons lui faire gagner une heure ou deux, il n'aura plus rien à craindre. Dépêchez-vous, moi je vais les faire redescendre... »

Elle se coula prestement par la porte entrebâillée. Il était temps. La lumière d'une chandelle brilla un court instant et la voix d'un des hommes éclata, toute proche, juste derrière la porte.

« Qu'est-ce que ce vacarme ? gronda Sara. Vous ne savez pas que dame Catherine est affreusement lasse ? Elle a eu tant de peine à s'endormir et voilà que vous venez hurler à sa porte ! Que voulez-vous ?

— Excusez ! fit la voix penaude de l'Ecossais. Mais nous cherchons le capitaine.

— Et c'est ici que vous le cherchez ? Singulière idée.

— C'est que... — l'homme s'interrompit brusquement puis éclata d'un gros rire et ajouta. — Il nous avait dit qu'il voulait faire une petite visite à la gracieuse dame... histoire de voir comment elle allait !

— Eh bien, il n'est pas là ! cherchez ailleurs... Moi

je l'ai vu sortir tout à l'heure. Il allait vers la bergerie qui est derrière... et je crois bien qu'il poursuivait une fille. »

Catherine, le cœur battant, écoutait de toute son âme. Sa main se crispait sur celle de Gauthier. Elle le sentait trembler. Pourtant elle savait bien que ce n'était pas de peur. Là, derrière la porte, les hommes s'esclaffaient, mais les voix s'éloignaient déjà, accompagnées par celle de Sara. Sans doute la bohémienne allait-elle descendre avec eux pour s'assurer qu'ils chercheraient bien dans la direction qu'elle leur avait indiquée et ne risqueraient pas de voir Gauthier sortir par la fenêtre.

« Ils sont partis ! souffla enfin Catherine. Fuis, maintenant... »

Cette fois il obéit, se dirigea vers la fenêtre, y glissa une jambe, mais, avant d'engager son torse, se retourna.

« Je vous reverrai ? Vous le jurez ?

— Si nous vivons assez pour cela, je le jure ! Vite...

— Et... vous me pardonnerez ?

— Si, dans une seconde, tu n'as pas disparu, je ne te pardonnerai de ma vie ! »

Un bref sourire fit briller ses dents puis, avec une souplesse de chat, surprenante chez un homme de cette taille, il se glissa au-dehors. Catherine le vit dévaler le toit de l'appentis, sauter à terre. Il avait disparu de sa vue, mais, quelques instants plus tard, elle distingua vaguement la double silhouette d'un cheval et de son cavalier lancés au galop. La neige, heureusement, étouffait le claquement rapide des sabots. Catherine respira puis se hâta de refermer la fenêtre. Elle grelottait et se mit à tisonner le feu pour le ranimer. Sa lassitude, son accablement de tout à l'heure l'avaient quittée et, si elle évitait de regarder le grand corps immobile en travers de son lit, du moins son voisinage ne l'emplissait plus de terreur. Elle se sentait l'esprit extraordinairement clair et réfléchissait posément à ce qu'il convenait de faire. Tout d'abord, sortir le cadavre de cette chambre. Il ne fallait pas qu'il restât là. Avec l'aide de Sara, elle le ferait passer, lui aussi, par la fenêtre et l'abandonnerait à proximité de l'auberge, au bord de l'eau par exemple. Les Ecossais ne le trouveraient ainsi qu'au matin et cela assurerait à Gauthier une nuit d'avance. Car elle n'avait guère d'illusion sur ce qui allait suivre ; les Ecossais se lanceraient sur les traces de l'assassin de leur chef... et le coup de hache signait le meurtrier. Les hommes des Hautes Terres ne se tromperaient pas sur l'identité de celui qui avait frappé.

Quand Sara revint, elle trouva Catherine tout habillée, assise près du brasero. La jeune femme leva la tête vers elle.

« Alors ?

— Ils sont persuadés que Mac Laren conte fleurette à une fille d'auberge dans la bergerie. Ils se sont mis à table. Et nous, que faisons-nous ? »

Catherine lui expliqua son plan hâtif. Ce fut à Sara d'ouvrir de grands yeux.

« Tu veux faire passer ce grand corps par la fenêtre ? Mais nous n'y arriverons jamais... ou alors nous allons nous rompre le cou.

— Il suffit de vouloir. D'ailleurs, va chercher frère Etienne. Il faut qu'il soit averti. Nous aurons besoin de lui. »

Sara ne discuta pas. Quand Catherine employait un certain ton, c'était du temps perdu et elle le savait. Elle ressortit, revint au bout de quelques instants avec le cordelier qu'elle avait mis au courant en quelques mots. Frère Etienne en avait trop vu, dans sa vie d'aventures, pour s'étonner encore et il savait, en certains cas, se montrer remarquablement efficace. Il approuva entièrement le plan de Catherine et se mit aussitôt en devoir de l'aider à l'exécuter.

« Le temps d'une prière, fit-il, et je suis à vous. »

Rapidement, il marmotta une oraison, à genoux auprès du corps sans vie, traça au-dessus une hâtive bénédiction puis retroussa ses manches.

« Le mieux est que je sorte sur le toit, dit-il. Vous me passerez le corps et je me chargerai de le descendre.

— Mais il est grand et lourd malgré sa maigreur, objecta Catherine.

— J'ai plus de forces que vous ne le supposez, ma fille. Assez parlé, à l'ouvrage ! »

Il aida Catherine et Sara à porter le cadavre près de la fenêtre, se glissa au-dehors. Le froid semblait plus vif, mais la nuit était calme. Dans la salle du bas, les Ecossais, sans doute convenablement repus et abreuvés, devaient dormir car on n'entendait plus guère de bruit. Le corps du malheureux Mac Laren était déjà rigide et d'un maniement difficile. Catherine et Sara durent unir leurs efforts pour le hisser jusqu'à la fenêtre. Malgré le froid, toutes deux ruisselaient de sueur et serraient les dents sur leur angoisse. Si quelqu'un les surprenait, Dieu seul savait ce qui pourrait leur arriver ! Sans doute, dans leur fureur, les Ecossais les pendraient-ils au premier arbre venu sans autre forme de procès... Mais non, personne ne se montra, aucun bruit ne se fit entendre. Sur le toit de l'auvent, frère Etienne empoigna fermement le cadavre, le fit glisser jusqu'au rebord.

« Que l'une de vous deux vienne jusqu'ici pour le retenir pendant que je descendrai », souffla-t-il.

Sans hésiter, Catherine franchit à son tour la fenêtre, descendit précautionneusement jusqu'au moine. Le toit de lauzes, rendu glissant par la neige, était d'un parcours malaisé, mais la jeune femme parvint sans encombres au bord de la pente et maintint le corps tandis que frère Etienne, avec une souplesse inattendue, se laissait glisser à terre.

« J'y suis ! laissez-le aller maintenant, doucement..., tout doucement ! là, je le tiens ! Regagnez votre chambre, je suffirai pour le reste.

— Comment rentrerez-vous ?

— Par la porte, tout simplement. L'habit que je porte permet d'aller et venir comme on veut sans éveiller de soupçons. Ce n'est pas la première fois que j'en fais l'expérience. Il y a même des moments où je me demande si ce n'est pas uniquement pour cela que je suis entré au couvent. »

Catherine devina son sourire mais n'y répondit pas. Maintenant que le corps avait disparu de sa vue, elle éprouvait le contrecoup de la tension nerveuse qu'elle venait de subir. Un instant, elle demeura là, au bord du toit, fermant les yeux pour lutter contre un brusque vertige, cherchant à retrouver un équilibre qui la fuyait. Le ciel et la terre s'étaient mis à danser autour d'elle une ronde échevelée...

« Ça ne va pas ? souffla la voix inquiète de Sara. Veux-tu que j'aille te chercher ?

— Non... non, c'est inutile... Et puis, tu ne passerais pas par la fenêtre ! »

Lentement, Catherine se mit à ramper sur les mains et les genoux. L'impression de vertige se dissipait. Les mains de Sara la saisirent, la tirèrent dans la pièce où, maintenant, il faisait un froid de loup. Avec l'aide de Sara la jeune femme alla s'asseoir sur un coin du lit, passa sur son front moite une main tremblante. Ses dents claquaient.

« Je vais chercher de quoi rallumer ce feu, dit Sara, et je te rapporterai un peu de soupe. »

Tout en parlant, elle rallumait la chandelle puis considérait avec dégoût les draps tachés de sang.

« Va falloir les brûler. Je m'arrangerai pour les payer discrètement à l'aubergiste. »

Catherine ne répondit pas. Sa pensée suivait Gauthier, galopant dans la nuit, retournant vers Michel et Montsalvy, et une peine amère emplissait son cœur. Privée du solide rempart qu'il représentait, les jours à venir lui semblaient singulièrement assombris, encore plus menaçants. Fallait-il donc voir se détacher d'elle, l'un après l'autre, tous ceux qu'elle aimait le plus chèrement ? Elle se retrouvait de nouveau seule, avec sa vieille Sara, pour rebâtir une autre vie, mais, si triste que fussent ses pensées, elle refusait de se plaindre. Ce qui arrivait était de sa faute. Si elle avait chassé Mac Laren quand il s'était penché sur elle, rien de tout cela ne serait arrivé. Le jeune Ecossais vivrait encore et Gauthier ne serait pas lancé, encore une fois, sur les dangereux chemins de l'aventure.

Quand Sara réapparut, portant à la fois des bûches et une écuelle de soupe, son majestueux visage reflétait un grand contentement.

« Tout le monde dort, en bas. Les Ecossais ronflent à même la table ou sur les bancs. Gauthier aura toute sa nuit pour les distancer. Tout va bien.

— Tu n'es pas difficile ! Dis plutôt que tout va

aussi bien que cela peut aller quand on nage en plein désastre ! »

Les choses se passèrent exactement comme Catherine et Sara l'avaient prévu. L'un des Ecossais découvrit, au jour levant, le cadavre de Mac Laren couché dans la neige près de la bergerie et, tout de suite, Catherine, Sara et frère Etienne se retrouvèrent au centre d'une véritable révolte. Le plus âgé des hommes d'armes, un soldat d'une cinquantaine d'années qui se nommait Alan Scott, avait pris, tout naturellement, le commandement de ses camarades et ce fut lui qui, imposant le silence à la fureur des autres, fit connaître aux trois voyageurs la volonté du groupe.

« Désolé, dame, dit-il à Catherine. Mais la mort de notre chef, nous voulons la venger.

— Sur qui, sur quoi ? Comment pouvez-vous être sûrs que le meurtrier...

— ... est votre écuyer ? Le coup de hache est significatif.

— Les hommes d'ici se servent aussi de hache, rétorqua nerveusement Catherine. Sara vous a dit qu'elle a vu Mac Laren se diriger vers la bergerie avec une fille d'auberge.

— Il faudrait savoir d'abord qui était cette fille d'auberge. Non, dame, inutile de discuter. Nous sommes décidés à nous lancer à la poursuite de cet homme. Les traces sont nettes dans la neige. D'ailleurs, s'il n'était pas coupable, il serait resté.

— Lui auriez-vous donné une chance de se défendre ?

— Sûrement pas ! Et au fond, il a eu raison de

s'enfuir. Mais nous, il faut que nous le retrouvions. Poursuivez seule votre chemin.

— Est-ce là, fit Catherine avec hauteur, votre manière d'exécuter les ordres du capitaine Kennedy ?

— Quand il saura ce qui s'est passé, Kennedy nous donnera raison. Et puis, il semble que vous ne portiez pas bonheur, noble dame... et mes hommes ne veulent plus vous servir. »

La colère s'empara de Catherine. Il était inutile de discuter avec ces rustres aux idées étroites. Mais elle s'effrayait intérieurement du chemin qu'il lui faudrait parcourir seule, ou presque. Elle ne montra cependant pas ce qu'elle éprouvait.

« C'est bon, fit-elle durement, allez-vous-en, je ne vous retiens pas !

— Un moment. J'ai encore besoin de votre moine. La moitié de mes hommes vont partir tout de suite, les autres resteront avec moi pour s'occuper de messire Mac Laren. Il a besoin de prières et il n'y a pas de prêtre ici. »

Qu'il voulût enterrer chrétiennement son chef, c'était trop naturel, et Catherine ne tenta pas de s'y opposer. Une fosse serait vite creusée et l'office des morts vite dit. Cela ne la retarderait guère. Justement, à quelque distance, sur le bord même de la rivière, il y avait une petite chapelle autour de laquelle se montraient quelques croix.

« Votre désir est trop naturel, répondit-elle. Nous attendrons donc que vous ayez célébré les funérailles.

— Ce sera peut-être plus long que vous ne pensez ! »

Ce fut, en effet, infiniment plus long et Catherine, malade de dégoût, vécut la journée la plus interminable de toute son existence. En voyant s'éloigner

Scott vers les quelques maisons du hameau, elle pensait qu'il allait à la recherche d'un menuisier pour faire confectionner un cercueil, mais elle le vit revenir, quelques instants plus tard, suivi des quatre hommes demeurés avec lui et qui traînaient un énorme chaudron à fromage. Ils installèrent le chaudron sur le bord de la rivière, calé par des pierres, le remplirent à moitié d'eau et se mirent à transporter une grande quantité de bois. Quelques paysans, mi-inquiets mi-curieux, les regardaient faire. Debout sous un châtaignier, entre Sara et frère Etienne, Catherine faisait de même, cherchant en vain à comprendre.

« Qu'est-ce que cela veut dire ? demanda-t-elle au moine. Est-ce qu'ils veulent, avant les funérailles, préparer quelque repas ? Un repas gigantesque alors. »

Mais frère Etienne secoua la tête. Il suivait les préparatifs des yeux sans paraître autrement surpris.

« Cela veut dire, ma chère enfant, que ce Scott n'a aucunement l'intention de laisser les ossements de son capitaine à la terre d'Auvergne.

— Je ne comprends toujours pas.

— Oh ! c'est fort simple ! Ce grand chaudron va recevoir le corps du lieutenant. On va le faire cuire dedans jusqu'à ce qu'il soit possible de détacher les ossements que notre Ecossais emportera facilement dans un coffre jusque dans son pays. Les chairs seront enterrées sur place, très chrétiennement. »

Avec un bel ensemble, Catherine et Sara avaient verdi. La jeune femme porta une main tremblante à sa gorge qui paraissait lui refuser usage, mais, cependant, elle parvint à balbutier :

« C'est immonde ! Ces gens n'ont-ils donc pas

d'autres pratiques moins barbares ? Pourquoi ne pas brûler le corps ?

— C'est une pratique honorifique, reprit frère Etienne tranquillement. On l'emploie quand l'embaumement est impossible ou que le corps à transporter doit parcourir une trop grande distance. Et j'ai le regret de vous apprendre que cette coutume n'est pas spécialement écossaise. Le grand connétable Du Guesclin a subi le même sort quand il mourut devant Châteauneuf-de-Randon. On l'avait bien embaumé, mais, quand le cortège arriva au Puy, on s'aperçut que l'embaumement était insuffisant. On le fit donc bouillir comme Scott va faire aujourd'hui. C'est un grand honneur qu'il entend rendre à son chef... mais si j'étais vous, je ne resterais pas ici. »

En effet, le feu flambait sous le chaudron et deux hommes étaient allés chercher le cadavre qu'ils apportaient, solennellement, sur un brancard fait de branches entrecroisées. Epouvantée de ce qui allait suivre, Catherine saisit Sara par la main et l'entraîna en courant vers l'auberge tandis que frère Etienne, glissant ses mains dans ses manches, se dirigeait calmement vers le chaudron. Tout le temps que durerait l'affreuse opération, il dirait les prières des morts, à genoux, sur le bord de la Dordogne.

L'effrayante cuisine dura tout le jour et, ce jour, Catherine le passa tout entier blottie sous le manteau de la cheminée, dans la salle d'auberge, fixant le feu d'un regard absent, incapable de rien avaler. Un profond silence régnait dans le hameau. Les paysans, épouvantés, s'étaient barricadés chez eux, claquant des dents et implorant sans doute le ciel de leur épargner la fureur de ces hommes sauvages. L'aubergiste elle-même n'osa pas sortir de chez elle, Catherine lui avait rapporté les paroles de frère Etienne et elle savait maintenant qu'il ne s'agissait pas là de quelque infernale pratique de sorcellerie, mais elle avait tout de même bien trop peur pour mettre le nez dehors. Tout ce que l'on entendait, c'était un ordre jeté par Scott ou bien les coups de marteau du menuisier qui, enfermé chez lui, fabriquait un petit coffre pour les ossements. Sara, aussi terrifiée que Catherine, marmottait des prières à voix basse, mais la jeune femme était incapable de prier. L'impression de vivre un cauchemar était plus aiguë que jamais.

Il faisait nuit noire quand tout fut fini. A la lumière des torches, on enterra les restes de Mac Laren près de la petite chapelle. Catherine prit sur elle d'y assister ainsi que les paysans qui, à bonne distance, regardaient. Il y avait tant de peur dans leurs yeux que la jeune femme frissonna. Sans la présence du moine, ils n'auraient sans doute jamais laissé Scott pratiquer cet étrange rite et les cinq Ecossais se fussent trouvés en face de fourches et de haches.

Lorsque la dernière pelletée de terre fut retombée sur ce qui n'avait plus de nom en aucune langue, mais avait été un homme jeune et ardent, les Ecossais, visages de bois figés dans une menaçante impassibilité, remontèrent à cheval puis, sans même saluer Catherine et les siens, s'enfoncèrent de nouveau vers le cœur des montagnes. A l'arçon de la selle de Scott, un coffre de bois grossier était attaché.

La nuit était froide et, quand les hommes eurent disparu, Catherine, Sara et frère Etienne demeurèrent seuls au cœur de l'obscurité, auprès de la petite chapelle. On ne voyait pas la rivière, mais l'on entendait ses eaux grondantes. Un peu plus loin, les fenêtres éclairées de l'auberge avaient l'air de deux yeux jaunes ouverts dans l'ombre. Frère Etienne secoua la torche qu'il avait reprise à un Ecossais et dont le vent arrachait des étincelles.

« Rentrons, maintenant, dit-il.

— Je voudrais partir tout de suite, implora Catherine. Cet endroit me fait horreur.

— Je m'en doute, mais il nous faut tout de même attendre le jour. Nous devons passer la rivière à gué. Elle est grosse et dangereuse. Tenter de trouver le passage dans l'obscurité serait courir à une mort certaine... et je ne suis pas sûr que les gens d'ici viendraient nous tirer de l'eau.

— Alors, attendons le jour dans la salle d'auberge, ne nous séparons pas. Je ne pourrais pas retourner dans cette horrible chambre. »

CHAPITRE IV

LE VOYAGEUR

L'AUBERGE du Noir-Sarrasin, à Aubusson, avait connu des jours meilleurs, au temps où la région était riche et prospère, au temps des grandes foires, au temps, enfin, où la famine et l'Anglais n'écrasaient pas le pays. A cette époque bénie, les voyageurs s'y pressaient, se rendant à Limoges, où l'art merveilleux des émailleurs attirait de grandes foules de marchands. D'autres venaient acheter sur place la laine des moutons du haut plateau. Les feux ronflaient alors tout le jour et les tournebroches ne s'arrêtaient pratiquement jamais de tourner. Les rires et les cris des buveurs se mêlaient au claquement joyeux des socques de bois des jolies servantes s'activant de l'aube à la nuit close.

Mais, lorsque Catherine, Sara et frère Etienne y arrivèrent, au soir d'une exténuante journée passée tout entière dans les étendues désertiques et sauvages du plateau de Millevaches, le seul bruit qui se faisait entendre, c'était le grincement de l'enseigne, jadis peinte de couleurs hardies et maintenant rouillée, qui se balançait à sa potence. Les guetteurs venaient de corner la fermeture des portes et la petite cité semblait resserrer frileusement ses ruelles étroites et noires dans la gorge qui lui donnait asile comme un avare enferme son trésor. Là-haut, sur son rocher, le vieux château vicomtal tassait ses courtines croulantes et ressemblait à quelque gros chat mélancolique, roulé en boule et prêt à s'endormir. Peu de monde dans les rues. Les gens qui passaient hâtaient le pas, jetant aux trois voyageurs un regard alarmé qui devenait indifférent en constatant qu'il s'agissait seulement de deux femmes et d'un moine.

Pourtant, le pas des chevaux attira sur le seuil du Noir-Sarrasin un homme en tablier blanc dont le ventre replet contrastait tristement avec le teint jaune et les jambes grêles. Il avait les joues flasques des gens qui ont maigri trop vite et le soupir qu'il poussa en voyant des voyageurs en disait long sur l'état de son garde-manger. Il tira pourtant son bonnet et s'avança vers les arrivants qui, déjà, mettaient pied à terre.

« Nobles dames, dit-il poliment, et vous, très révérend père, en quoi le Noir-Sarrasin peut-il vous obliger ?

— En nous donnant le gîte et le couvert, mon fils, répondit frère Etienne avec bonne humeur. Nous avons fourni une longue étape. Nos chevaux sont las... et nous aussi. Pouvez-vous nous loger et nous nourrir ? Nous avons de quoi payer...

— Hélas ! mon révérend, vous pourriez déverser devant moi tout l'or du monde que vous n'obtiendrez tout de même pas autre chose qu'une soupe aux herbes et un peu de pain noir. Le Noir-Sarrasin n'est plus que l'ombre de ce qu'il était jadis, hélas ! et votre séjour ne vous en donnera pas une très grande idée. »

Un énorme soupir vint ponctuer le désenchantement de cette déclaration, mais le claquement des sabots d'un cheval dans la ruelle en fit naître aussitôt un second.

« Seigneur ! fit l'aubergiste, pourvu que ce ne soit pas encore un client ! »

Malheureusement pour maître Amable, c'était bien un voyageur, comme l'attestaient le grand manteau couvert de poussière qui l'enveloppait et les jambes crottées de son cheval. Catherine, se désintéressant des problèmes de l'aubergiste et avide, avant tout, de se réchauffer, pénétrait déjà dans l'hôtellerie quand le son de la voix de l'arrivant, demandant s'il était possible de loger lui et son cheval, la fit retourner. Elle cherchait à distinguer le visage du voyageur sous l'ombre du grand chaperon gris qui le coiffait, mais l'aubergiste la tira vivement de ses incertitudes.

« Las ! Maître Cœur, vous savez bien que, pleine ou vide, riche ou pauvre, ma maison vous est toujours grande ouverte. Fasse le ciel, seulement, que revienne un jour où le Noir-Sarrasin pourra vous recevoir d'une manière digne de son passé !

— Amen ! » fit Jacques Cœur avec bonne humeur.

Il mit pied à terre, mais à peine sa botte eut-elle touché le sol qu'il recevait dans ses bras Catherine, catapultée par la joie.

« Jacques ! Jacques ! C'est donc vous ?... Quel bonheur !

— Catherine ! Enfin... Je veux dire madame de Montsalvy ! Que faites-vous ici ?

— Dites Catherine, mon ami ! Voici longtemps que vous en avez acquis le droit. Si vous saviez quelle joie j'éprouve à vous revoir. Comment vont Macée et les enfants ?

— Au mieux, mais entrons ! Nous serons plus à l'aise à l'intérieur pour parler. Si tu as encore de quoi faire du feu, maître aubergiste, nous pourrons souper et toi aussi. Il y a deux jambons accrochés à ma selle, dans ces sacs de toile. Il y a aussi du lard, du fromage et des noix. »

Tandis que maître Amable se ruait sur les provisions en couvrant le ciel de louanges, Jacques Cœur, passant son bras sous celui de Catherine, l'entraînait dans l'auberge saluant Sara au passage d'un amical bonjour. Dans la salle basse dont les énormes poutres noircies ne supportaient plus que de mélancoliques chapelets d'oignons au lieu des salaisons de jadis, ils trouvèrent frère Etienne qui se chauffait tranquillement, le dos tourné à la cheminée et la robe légèrement relevée. Catherine voulut présenter les deux hommes l'un à l'autre, mais s'aperçut qu'ils se connaissaient déjà et fort bien.

« J'ignorais que vous fussiez revenu d'Orient, maître Cœur, dit le moine. Le bruit n'en était pas arrivé à mes oreilles.

— C'est que je suis rentré, en quelque sorte, sur la pointe des pieds. J'avais fondé de grands espoirs sur ce voyage et, si j'ai vu des choses et des gens pleins d'intérêt, j'ai aussi tout perdu dans cette aventure. »

Tandis que maître Amable et l'unique servante qui lui restait s'activaient à préparer le repas et à mettre le couvert, les voyageurs s'installèrent sur les bancs de l'âtre pour se réchauffer. Catherine, heureuse de retrouver un ami aussi fidèle, ne se lassait pas de le regarder. Et, bien souvent, son regard rencontrait celui de Jacques. Les yeux bruns du pelletier de Bourges brillaient alors d'étincelles qui n'étaient pas toutes dues au reflet du feu, et ses lèvres minces s'entrouvraient sur un sourire heureux.

Il raconta comment, parti au printemps avec la galée de Narbonne, la *Notre-Dame et Saint-Paul*, qui appartenait au bourgeois Jean Vidal, il avait fait, en compagnie d'autres marchands de Montpellier et de Narbonne, le tour des terres orientales de la Méditerranée pour y planter les jalons d'opérations commerciales à venir. Il avait visité Damas, Beyrouth et Tripoli, Chypre et les îles de l'Archipel pour finir à Alexandrie et au Caire et rapportait des souvenirs dont la magie se lisait au fond de son regard.

« Vous devriez vivre à Damas, dit-il à Catherine. La ville a été pillée et brûlée, voici trente ans, par les Mongols de Timour le Boiteux [1], mais du Diable si l'on s'en aperçoit encore ! Tout y est fait pour la beauté des femmes. Elles y trouvent des soieries étincelantes, des voiles translucides et givrés d'or ou d'argent, des eaux de senteur incomparables, des bijoux merveilleux et, pour leur gourmandise, une foule de confiseries dont les plus exquises sont sans doute un étonnant nougat noir et de délicieuses prunes confites dans le sucre que l'on nomme des myrobolans.

1. Tamerlan.

— Je pense, coupa frère Etienne, que vous avez rapporté de tout cela ? Le roi apprécie fort ces choses, sans parler des dames de la cour. »

Le soupir de Jacques Cœur fit écho à celui que poussait maître Amable en entendant le pelletier évoquer tant de délices culinaires.

« Je n'ai rien rapporté du tout, malheureusement. Ma cargaison de pelleterie, de draps de Berry et de corail de Marseille s'était bien vendue et j'avais pu acheter beaucoup de choses belles et précieuses. Malheureusement, la *Notre-Dame et Saint-Paul* en était à son dernier voyage, ce qui veut dire qu'elle n'était plus très jeune. En vue des côtes de Corse nous avons essuyé une violente tempête qui nous a précipités sur un rocher où la galée s'est fendue. Nous avons été jetés à la mer. La côte était proche. Malgré l'ouragan nous avons pu atteindre la terre... et un nouveau malheur. Les gens de Corse sont quasi sauvages et tout leur est bon. Si la mer ne leur apporte pas les épaves qu'ils souhaitent, ils allument des feux sur le rivage pour attirer les navires sur les brisants. C'est assez dire que nous n'avons pas trouvé, auprès d'eux, de compréhension pour nos cargaisons. Ces pillards ont bien su récupérer tous nos bagages, mais ont refusé énergiquement de nous les rendre. Insister eût été dangereux : ils nous auraient tués sans pitié. Nous les avons donc laissés faire moyennant quoi ils se sont montrés aimables et même hospitaliers. On nous a reconduits fort poliment au port d'Ajaccio, où nous avons trouvé un navire qui a bien voulu, sur promesse de payer à l'arrivée, nous ramener à Marseille. Je suis rentré à Bourges complètement ruiné et pauvre comme Job, conclut Jacques Cœur en riant.

— Complètement ruiné ? s'étonna Catherine qui avait suivi avec une attention passionnée le récit de son ami. Mais vous semblez prendre cela avec bonne humeur ?

— A quoi servirait de se lamenter ? Déjà, une fois, j'ai été ruiné au moment de cette désagréable affaire de fabrique de monnaies que j'avais entreprise pour le roi avec Ravand le Danois. J'ai recommencé alors comme je recommence aujourd'hui. Je viens de Limoges où j'ai traité pour des émaux et je pense trouver, ici même, une ou deux de ces tapisseries dont on dit que les Sarrasins, jadis, ont apporté le secret dans cette ville. J'ai pu me faire prêter quelque argent par mon beau-père, trop peu malheureusement, mais qui me permettra tout de même de réunir une petite cargaison pour un prochain voyage.

— Vous allez repartir ?

— Naturellement. Vous n'imaginez pas, Catherine, les possibilités que l'on trouve en Orient ? Prenez le sultan du Caire. Il possède de l'or, de l'or en fabuleuse quantité, mais il n'a pas d'argent ou très peu. Je connais, moi, d'anciennes mines jadis exploitées par les Romains et abandonnées depuis. Abandonnées, mais pas taries. Que je puisse extraire l'argent, le transporter au Caire, et cet argent me permettra d'acheter de l'or infiniment moins cher qu'en Europe, et de réaliser de fantastiques bénéfices. Ah ! si j'avais, dès maintenant, de puissants capitaux ! »

Tandis que Jacques Cœur parlait, l'imagination de Catherine trottait. Cet homme, dont elle connaissait l'intelligence aiguë, le courage et l'audace, était capable de remuer le monde pour lui arracher la fortune. Quant aux idées, Jacques en débordait. Elle n'hésita même pas.

« Ces capitaux, mon ami, je crois pouvoir vous les apporter.

— Vous ? »

L'étonnement sincère du pelletier était flagrant. Durant le long séjour à Carlat, Catherine avait appris à Macée, par une lettre, le désastre de Montsalvy et, comme tout le monde dans l'entourage royal, il savait qu'Arnaud et les siens étaient frappés de proscription, recherchés. L'équipage de Catherine ne proclamait guère, lui non plus, la richesse. La jeune femme sourit gentiment, fouilla dans son aumônière.

« Rien que dans cette pierre, je pense qu'il y a le chargement d'une galée tout entière. »

Trois cris de stupeur éclatèrent simultanément autour d'elle. Sur sa main, le diamant de Garin étincelait comme un petit soleil noir. D'émotion, maître Amable, les yeux ronds comme des billes, en avait laissé choir une écuelle tandis que sa servante joignait les mains instinctivement. Les yeux soudain rétrécis de Jacques allèrent du merveilleux joyau au visage impassible de Catherine.

« Voilà donc, dit-il lentement, le fameux diamant du grand argentier de Bourgogne ! Quelle splendeur ! Jamais je n'ai vu pierre comparable à celle-là. »

Il tendit la main, prit délicatement, entre deux doigts, la fabuleuse pierre et en fit jouer les feux dans la lumière. Un ruissellement de flammes s'alluma au bout de ses doigts. Un peu de rouge monta aux joues de Catherine.

« Prenez-le, Jacques, vendez-le et tirez-en tout ce que vous pourrez !

— Vous ne souhaitez pas garder une telle merveille ? Savez-vous qu'il y a dans cette petite pierre la rançon d'un roi ?

— Je le sais. Mais je sais aussi que c'est une pierre maudite. Elle sème le malheur partout où elle passe et ceux qui la possèdent ne trouvent jamais le repos. Il faut la vendre, Jacques... peut-être alors le malheur m'oubliera-t-il », ajouta-t-elle sourdement.

La fêlure de sa voix n'échappa pas au pelletier. Sa main libre se posa doucement sur celles, tremblantes, de la jeune femme.

« Je ne crois pas à ces contes, Catherine. La beauté ne peut être néfaste et ce diamant représente la pure beauté. Si vous me le confiez, j'en tirerai la prospérité de tout le royaume. Je lancerai des caravelles sur les mers, j'établirai des comptoirs, j'arracherai à ce sol ravagé ses richesses profondes et les lui rendrai en abondance. Je ferai votre fortune, la mienne et celle du roi par-dessus le marché. »

Il l'offrait de nouveau à Catherine, mais, d'un geste à la fois doux et ferme, elle le repoussa.

« Non, Jacques, gardez-le. Il est à vous ! J'espère que vous saurez, en effet, lui arracher son pouvoir maléfique et le faire servir au bien de tous. Si vous n'y parvenez pas, n'ayez pas de regrets. Je vous le donne.

— Je n'accepte qu'un dépôt, Catherine, ou un prêt, si vous préférez. Je vous le rendrai au centuple. Vous relèverez Montsalvy et votre fils comptera parmi les grands de ce monde chez lesquels un beau nom s'assortit obligatoirement d'une grande fortune. Mais... cet aubergiste nous laisse mourir de faim ! Holà, maître Amable, et ce dîner ? »

Tiré de sa contemplation, le digne aubergiste se

hâta de courir à sa cuisine pour chercher la soupe aux herbes annoncée plus tôt. Jacques Cœur se leva, offrit la main à Catherine.

« Venez souper, ma chère associée, et que Dieu soit béni qui vous a mise sur mon chemin. Nous irons loin, vous et moi, ou je ne m'appelle plus Jacques Cœur. »

Il l'aida à s'installer à table puis, s'assurant qu'Amable et sa servante étaient éloignés, chuchota :

« Vous avez été imprudente de produire cette pierre dans une auberge. Amable est un brave homme, mais vous ignorez sans doute que La Trémoille désire ce diamant noir. Son cousin Gilles de Rais a eu l'imprudence de lui en parler et il ne rêve que de se l'approprier. Il faudra être très prudente, ma chère, quand vous approcherez de la cour.

— Eh bien, mais, c'est à merveille ! Vendez-lui le diamant. »

Jacques Cœur eut un rire sec et haussa les épaules.

«Etes-vous encore si naïve ? Si le chambellan apprenait que je possède cette pierre, je ne donnerais pas cher de ma peau. Pourquoi voulez-vous qu'il paie quand il peut si aisément prendre... et faire tuer au besoin ?

— Voilà donc pourquoi le Castillan Villa-Andrado veut m'épouser avec la bénédiction de La Trémoille. Les terres de Montsalvy seraient sans doute remises à l'Espagnol tandis que le diamant paierait La Trémoille de son aide.

— Vous vous minimisez, ma chère ! Le Castillan est très réellement épris de vous, je crois. C'est vous qu'il veut, mais, bien entendu, il ne dédaigne pas vos terres. Le roi les a confisquées et les lui rendrait sans doute.

— De toute façon, intervint frère Etienne, je suppose que, demain même, le diamant s'éloignera avec vous de dame Catherine ?

— Le temps de passer marché ici et je continue sur Beaucaire. Là-bas, la communauté juive est riche et puissante. Je connais un rabbin, Isaac Abrabanel, son frère est l'un des chefs des juifs de Tolède et la famille est extrêmement riche. J'aurai chez lui tout l'or que je voudrai contre ce diamant. »

Pour l'avertir que l'aubergiste revenait, frère Etienne toussota et, croisant les doigts, pencha le nez sur son écuelle et se mit à dire le bénédicité que chacun écouta pieusement, puis on s'occupa à restaurer des forces durement éprouvées par le chemin. Catherine se sentait extraordinairement allégée depuis qu'elle avait vu le diamant noir disparaître dans l'escarcelle de Jacques Cœur. Elle avait été bien inspirée car c'était là une traite importante tirée sur l'avenir. De toute façon, Michel serait riche un jour, grâce à Jacques Cœur, et même, si le pardon royal n'était jamais octroyé à ses parents, il pourrait vivre libre et dans l'opulence hors des frontières de France. Mais Catherine voulait plus, Catherine voulait mieux. La fortune, c'était seulement une partie de son plan. Ce qu'elle entendait arracher au destin, c'était la fin du grand chambellan et l'amnistie royale pour Arnaud et pour elle. Le nom des Montsalvy devait retrouver tout son éclat ou bien sa vie n'aurait plus de sens.

Le dîner que maître Amable servit avec toutes les marques d'un profond respect se déroula tout entier à écouter Jacques Cœur faire des projets d'avenir. Il n'avait posé aucune question à Catherine concernant son époux, ou même le but de son voyage, mettant à son silence un point d'honneur de discrétion. Fidèle à sa décision de préserver de toute trace d'horreur le nom d'Arnaud, Catherine avait, naguère, annoncé sa mort à Macée. Sans doute le pelletier voulait-il éviter de réveiller par une question maladroite une douleur qui, peut-être, s'endormait. Et Catherine lui sut gré de sa délicatesse. Mais, fréquemment, son regard croisait celui du pelletier et elle croyait bien y lire, alors, une sorte d'interrogation mêlée de perplexité. Il devait se demander quels mots employer pour l'interroger sur ce qu'elle entendait faire, désormais, de sa vie, sans se montrer indiscret ou blessant. Finalement, il s'en tira avec une boutade.

« J'ai dit tout à l'heure que l'Orient vous irait bien, Catherine ? Pourquoi ne tenteriez-vous pas l'aventure avec moi ? »

Elle lui rendit son sourire, mais haussa les épaules avec un peu de lassitude.

« Parce que ce genre d'aventure n'est pas fait pour moi, Jacques. J'ai charge d'âmes et beaucoup à faire sur cette malheureuse terre. La lutte qui m'attend, soyez sûr que je la changerais volontiers contre toutes les tempêtes de la Méditerranée si je ne tenais à la vivre jusqu'au bout. Mais... »

Un geste à la fois discret et péremptoire de Jacques lui coupa la parole. Elle se tut subitement, regarda le pelletier. Les yeux aigus de Jacques Cœur fouillaient les ombres de la salle du côté où avait disparu maître Amable avec une étrange fixité. Et, quand il revint à Catherine, il se mit à parler de choses futiles, délaissant tout sujet à tournure compromettante. Sitôt le repas terminé, il se leva, tendit son poing fermé à Catherine pour qu'elle y posât sa main en sollicitant l'honneur de la conduire jusqu'à sa chambre. Comme par enchantement, maître Amable reparut, portant haut une chandelle avec laquelle il ouvrit la marche vers l'étage supérieur. Sara et frère Etienne clôturaient le cortège et la bohémienne, recrue de fatigue, avait bien du mal à tenir les yeux ouverts. Mais ceux de Catherine n'avaient pas encore reçu l'attaque du sommeil. La jeune femme les ouvrait, au contraire, tout grands, s'étonnant de trouver inquiétantes les hautes ombres noires que le reflet de la bougie découpait sur le mur jaune. Pourquoi donc le sentiment d'allégement ressenti tout à l'heure s'en était-il allé ? Pourquoi donc une crainte imprécise se glissait-elle dans son âme ? Le diamant maudit avait changé de main, sa fortune avait commencé par ce geste et elle avait, en elle-même, une confiance absolue. Alors ?

Devant la chambre que Catherine devait partager avec Sara, on se sépara cérémonieusement ! Les deux femmes s'enfermèrent chez elles tandis que le pelletier et le moine gagnaient l'étage supérieur. Le silence du repos enveloppa bientôt le Noir-Sarrasin. Sara, épuisée, s'était jetée sur le lit tout habillée et dormait avec application. Catherine se contenta d'ôter sa robe et ses chaussures puis se glissa auprès d'elle.

Les coups légers frappés à sa porte la tirèrent du profond sommeil dans lequel elle avait sombré elle aussi. Des grattements plutôt, qu'elle hésita un instant à attribuer à une souris. Mais non, il y avait bien, derrière la porte, quelqu'un qui frappait.

La nuit était noire dans la chambre. La chandelle avait brûlé jusqu'au bout et Catherine tâtonna jusqu'à l'huis où le grattement avait repris, tremblant de renverser quelque meuble et d'éveiller toute la maison. Pour s'annoncer aussi discrètement, la personne qui frappait ne devait pas souhaiter attirer l'attention... La porte enfin s'ouvrit et Catherine vit que Jacques Cœur, armé d'une chandelle, se tenait sur le seuil ; il était tout habillé, chaperon en tête et manteau sur le dos. D'un doigt appuyé vivement sur ses lèvres, il invita Catherine au silence puis, la repoussant doucement, entra d'autorité dans sa chambre et referma la porte derrière lui. Son visage avait une gravité inquiétante.

« Pardonnez-moi cette intrusion, Catherine, mais si vous ne tenez pas à connaître, dès l'aube, les prisons de la vicomté, je vous conseille de vous habiller, d'éveiller Sara et de me suivre. Frère Etienne doit être déjà à l'écurie.

— Mais... pourquoi si tôt ? Quelle heure est-il ?

— Une heure après minuit et je vous accorde que c'est un peu tôt, mais le temps presse.

— Pourquoi ?

— Parce que la vue de certain diamant a troublé l'entendement d'un homme jusqu'ici honnête. Je veux dire que, tout à l'heure, maître Amable, après avoir fermé son auberge, a couru jusque chez le prévôt pour nous signaler comme de dangereux malfaiteurs recherchés par Mgr le grand chambellan. L'aspect exotique de Sara et le fait que j'aie mentionné le juif Abrabanel ont ajouté à sa dénonciation un vague parfum de sorcellerie. Bref, pour toucher une part du fabuleux joyau, maître Amable est prêt à nous envoyer au bûcher.

— Comment savez-vous tout cela ? fit Catherine trop interloquée pour être vraiment effrayée.

— D'abord parce que j'ai suivi notre digne hôte

quand il est sorti. Son attitude, durant le souper, m'avait paru suspecte. Il rougissait et pâlissait tour à tour, ses mains tremblaient comme feuilles au vent et son regard se fixait obstinément à mon escarcelle. Je le connais depuis pas mal de temps, mais j'ai appris à me méfier des hommes quand il y a de l'or en jeu. La chambre que je partage avec frère Etienne donne heureusement au-dessus de la porte. J'ai guetté parce qu'un pressentiment m'y poussait et j'ai vu, en effet, notre aubergiste sortir mystérieusement quand il put supposer que tout le monde dormait. Ma foi, je n'ai pas eu la patience de prendre l'escalier. En me servant des colombages de la maison, j'ai pu me laisser glisser jusqu'à terre et je me suis lancé sur la trace d'Amable. Quand je l'ai vu grimper la rampe du château, j'ai compris que j'avais eu raison de le surveiller.

— Ensuite ? fit Catherine qui, tremblant de froid, se hâtait de repasser sa robe. Que s'est-il passé ? Etes-vous sûr qu'il nous ait dénoncés ?

— Voilà une question que vous ne poseriez pas si vous l'aviez vu sortir en se frottant les mains. De plus, j'ai pu m'assurer que je ne me trompais pas. A l'aube, un détachement du prévôt doit nous arrêter dès avant l'ouverture des portes de la ville.

— Qui vous l'a dit ? »

Jacques Cœur sourit et Catherine se dit qu'il semblait bien calme et bien détendu pour un homme menacé de prison.

« Il se trouve que j'ai deux ou trois amis dans cette cité, chose que maître Amable ignore. Le fils cadet de l'un des deux détenteurs du secret des tapisseries, apporté jadis par Marie de Hainaut, est sergent dans la garnison. Je suis allé hardiment jusqu'au château, je me suis présenté au corps de garde sans dire mon nom bien entendu et j'ai demandé à lui parler.

— Sans difficultés ?

— Une pièce d'or a de bien grandes vertus, Catherine, et il se trouve que le jeune Espérat possède le sens du commerce. Désireux de conserver à son père un bon client, il n'a fait aucune difficulté pour me mettre au courant des ordres qui lui ont été donnés pour le lever du jour. »

Catherine avait fini de lacer sa robe et secouait Sara qui faisait des difficultés pour s'éveiller.

« C'est très joli d'être si bien renseignés, bougonna-t-elle, mais cela ne nous sauvera pas. A moins d'avoir des ailes d'oiseau, je ne vois pas comment sortir d'une ville cernée de hautes murailles et de lourdes portes bien fermées et gardées. Nous sommes pris dans une souricière car la cité me paraît trop petite pour que l'on puisse s'y cacher.

— Aussi allons-nous en sortir... du moins, je l'espère. Hâtez-vous, Catherine. Frère Etienne doit déjà être à l'écurie. »

Catherine ouvrit de grands yeux et regarda Jacques comme s'il était devenu subitement fou.

« Parce que vous comptez partir à cheval ? Décidément, vous ne doutez de rien. Un cheval fait du bruit. A plus forte raison quatre ! »

Un bref sourire éclaira le visage du pelletier. Sa main se posa, un instant, sur l'épaule de Catherine, la serra.

« Si vous essayiez de me faire confiance, mon amie ? Je ne fais pas ici serment de vous tirer de ce mauvais pas. Je dis seulement que je vais faire de mon mieux. Mais assez parlé ! Venez ! »

En un clin d'œil les deux femmes furent prêtes. Sara, flairant le danger, s'était hâtée sans même poser de question. Maintenant, suivant prudemment Jacques Cœur, elles s'engageaient dans l'escalier vétuste, posant les pieds le plus près possible de la rampe pour éviter de faire crier les marches. Le silence était si profond que le seul bruit de leurs respirations leur semblait terrifiant. On atteignit sans encombre le bas de l'escalier. Jacques Cœur, qui tenait Catherine par la main, l'entraîna vivement à travers la salle vers la porte donnant sur les arrières de l'auberge. Là, il suffisait seulement de prendre garde à ne pas heurter de table ou de banc car les dalles de pierre du sol ne risquaient pas de gémir. Mais, comme le pelletier mettait la main sur le loquet, un claquement sec le retint et le rejeta contre le mur avec ses compagnes, le cœur fou.

Ce n'était qu'un tison qui, soulevant la couche de cendre dont la servante avait couvert le feu pour n'avoir pas le mal de le rallumer au matin, avait éclaté. Jacques prit une profonde respiration tandis que Catherine laissait échapper un soupir. Ils échangèrent un regard, un sourire assez tremblant. Lentement, pouce par pouce, le vantail de châtaignier s'ouvrit. Jacques souffla sa chandelle, la posa à terre, tira après lui Catherine et Sara, puis referma la porte. Sous l'auvent, en face d'eux, une lueur filtrait à la porte de l'écurie. Ils s'y dirigèrent.

« C'est nous, mon frère », souffla Jacques.

Dans l'écurie, en effet, frère Etienne était au travail. A l'aide de chiffons qu'il avait dû prendre dans la cuisine de l'aubergiste, il enveloppait soigneusement les sabots des chevaux avec autant de sérénité que s'il eût dit son bréviaire. Jacques et Sara se mirent à l'aider. En quelques instants, tout fut prêt pour le départ et, tandis que Jacques courait ouvrir la porte charretière, les trois autres, pinçant les naseaux des chevaux, les menèrent l'un après l'autre, très doucement, jusqu'à la rue. Celle-ci donnait sur le chevet de l'église Sainte-Croix. De là, une sorte de champ de foire montait vers le beffroi et vers le château dont la masse trapue se découpait sur le ciel sombre. Catherine resserra son manteau autour de son cou. Le vent qui soufflait du plateau était rude, sec et coupant. Aucune lumière ne trouait la nuit hormis, au pont-levis du château, un pot à feu qui brillait dans son berceau de fer comme une étoile rouge. La coulée des maisons semblait sourdre de la rustique forteresse dont la couronne de pierre dominait les toits biscornus qui s'étayaient l'un l'autre. Plus bas, devant l'église, une sorte de tour aux murs aveugles se dressait.

« Les prisons ! dit seulement Jacques Cœur, comme s'il voulait fortifier le courage de Catherine. Suivez-moi. Il nous faut monter jusqu'au château.

— Au château ? fit Catherine en écho.

— Mais oui, Justin Espérat nous y attend près du mur d'enceinte. Là-haut, vers le plateau, la muraille du castel et celle de la ville se confondent.

— Et alors ? Je ne vois toujours pas.

— Vous allez voir. Le ciel, apparemment, est avec nous. Le gel, cet hiver, a mordu si fort que des pierres ont éclaté et qu'une brèche s'est ouverte dans la muraille. Cette brèche est gardée, bien entendu, en attendant que la fin des frimas permette de réparer. Mais, il se trouve qu'à partir de la première heure, c'est Espérat qui est de garde.

Cette fois Catherine ne répondit pas. Il n'y avait

plus rien à objecter. Et puis, la montée était rude et, à mesure que l'on montait, le froid rendait la respiration difficile. Enfin, il fallait maintenir fermement les bêtes pour les empêcher de glisser. Bientôt l'ombre se fit plus épaisse. On longeait les courtines du château. Le grand pont-levis était relevé, mais celui de la poterne était en place. Un homme d'armes y veillait, appuyé lourdement sur sa guisarme. C'était là que brûlait le pot à feu. Jacques Cœur leva la main pour commander la halte, s'approcha de Catherine.

« Nous devons passer presque sous le nez du garde. Pour cela, il n'y a qu'un moyen : l'occuper, chuchota-t-il.

— Mais comment ?

— Je pense que cela regarde frère Etienne. Incroyable ce que l'on peut faire avec une robe de cordelier ! »

Catherine allait sans doute demander plus d'explications, mais le moine remettait déjà dans les mains de Jacques Cœur la bride de son cheval.

« Laissez-moi faire ! Guettez seulement le moment propice et faites le moins de bruit possible. »

Frère Etienne rabattit son capuchon sur sa tête, glissa ses mains dans ses manches, puis, hardiment, s'avança vers la tache de lumière où l'homme d'armes sommeillait sur son arme comme un héron mélancolique. Tapis derrière leur contrefort de lave, les autres retenaient leur souffle. Le bruit des pas du moine avait éveillé le soldat qui rectifiait la position.

« Qui va là ? fit-il d'une voix enrouée de fatigue. Que voulez-vous, mon père ?

— Je suis le frère Ambroise, du couvent de Saint-Jean, mentit le cordelier avec un aplomb superbe.

Je viens apporter les secours de la religion à l'homme qui va mourir.

— Quelqu'un va mourir ? s'étonna le soldat. Qui donc ?

— Est-ce que je sais ? Quelqu'un de chez vous est venu demander un prêtre pour entendre une confession. On n'a rien dit de plus !»

L'archer repoussa son casque et se gratta la tête. Il ne savait, visiblement, à quoi se résoudre. Finalement, il mit sa guisarme sur l'épaule.

« Je n'ai point d'ordre, mon frère. Partant, je n'peux point prendre sur moi d'vous faire entrer. Patientez un instant.

— Dépêchez-vous, mon fils, fit frère Etienne aigrement. La bise est coupante. »

L'homme disparut sous l'ogive basse de la poterne. Il allait au corps de garde chercher des instructions.

« Maintenant ! » souffla Jacques Cœur.

Ils quittèrent leur abri, traversèrent la zone lumineuse. Les sabots enveloppés de chiffons des chevaux ne faisaient aucun bruit. Le temps de trois battements de cœur effrayés et l'obscurité les avait engloutis de nouveau, mais la respiration de Catherine était aussi forte que si elle avait fourni une longue course. L'angle d'une tour à bec offrit aux fugitifs un nouveau refuge. Cependant, le soldat revenait.

« Faites excuse, mon frère, mais on vous a mal informé. Personne, cette nuit, n'est au mouroir.

— Cependant, je suis certain... »

L'homme hocha la tête d'un air sincèrement désolé.

« Faut croire qu'il y a eu erreur. Ou bien qu'un mauvais plaisant...

— Un mauvais plaisant ? S'attaquer à un serviteur de Dieu ? Oh ! mon fils ! s'offusqua le moine avec un naturel parfait.

— Dame ! Dans ces malheureux temps qu'nous vivons, mon frère, faut plus s'étonner de rien. Si j'étais vous, j'irais bien vite me remettre au chaud. »

Frère Etienne haussa les épaules et tira davantage son capuchon sur son visage.

« Puisque je suis dehors, je vais aller jusqu'à la porte de Clermont voir la vieille Marie qui est bien mal ! Les nuits sont longues quand la mort approche et c'est dans les petites heures que l'angoisse est la plus forte. Dieu vous garde, mon fils ! »

Frère Etienne esquissa une bénédiction puis quitta à son tour le cercle de lumière tandis que le soldat s'appuyait de nouveau sur son arme et reprenait sa faction morose.

Quelques instants plus tard, il avait rejoint les trois autres. A mesure que la nuit s'écoulait, le froid se faisait plus âpre et, derrière l'épaisse et rude muraille de la cité où s'appuyaient quelques masures croulantes, on entendait le vent siffler, balayant librement le haut plateau. Sans un mot, Jacques Cœur avait repris la tête de la petite troupe. On cheminait maintenant dans un étroit boyau qui se creusait entre le mur de ville et celui du château menant à un cul-de-sac. Là, d'intolérables odeurs s'élevaient, si lourdes que le froid ne les atténuait pas. Catherine, luttant courageusement contre la nausée, avait la sensation de s'enfoncer au cœur d'un univers gluant et humide où l'air devenait puanteur. Les sabots enveloppés des chevaux glissaient sur d'innommables détritus. La rivière était loin, les gens du quartier avaient trouvé là un dépotoir commode.

Soudain, la muraille parut se fendre, le ciel réapparut et une silhouette sombre se détacha de l'ombre.

« Est-ce vous, maître Cœur ?

— C'est nous, Justin ! Sommes-nous en retard ?

— Très en retard. Il faut que vous ayez le temps de gagner largement du terrain avant le jour. Faites vite ! »

Les yeux de Catherine s'habituaient à l'obscurité. Elle put distinguer la silhouette mince d'un jeune archer, devina la tache plus claire d'un visage sous le chapeau de fer. Un cor pendait à un baudrier au flanc du jeune homme. Un court instant, elle vit briller deux yeux vifs.

« Tu es certain de n'avoir point d'ennuis, Justin ?

— Soyez sans crainte. Le prévot pensera que maître Amable avait trop bu et nul n'aura idée de chercher par ici. D'ailleurs, les sabots enveloppés de vos chevaux n'auront pas laissé de traces reconnaissables dans toute cette boue.

— Tu es un brave garçon, Justin. Je te revaudrai cela. »

Le rire léger du jeune homme tinta dans la nuit, insouciant, réconfortant.

« Rendez-le à mon père, maître Jacques, en lui commandant quelque belle pièce quand vous serez riche et puissant. Il rêve de tisser la plus belle tapisserie du monde et il ne cesse de dessiner belles dames et animaux fantastiques.

— Ton père est un grand artiste, Justin, je le sais depuis longtemps. Je n'aurai garde de l'oublier. Jusqu'au revoir, mon enfant, et encore merci ! Car je sais que tu risques quelque chose malgré ce que tu en dis !

— S'il n'y avait pas risque, messire, où serait l'amitié ? Allez avec Dieu et ne vous souciez pas de moi, mais faites vite par pitié ! »

Sans ajouter un mot, Jacques serra la main du jeune homme puis aida Catherine à franchir les pierres écroulées de la courtine. Au-delà s'ouvrait l'air libre. On était sur un petit plateau où le vent soufflait avec violence, mais, plus loin, la colline montait encore. Pendant quelques instants, les voyageurs marchèrent sans parler, menant toujours les chevaux par la bride. La nuit semblait se faire moins noire ou bien les yeux s'habituaient. Catherine pouvait distinguer des formes d'arbres dont les branches nues se tordaient sous les brusques bourrades.

A une croisée des chemins marquée d'un calvaire de pierre, Jacques s'arrêta.

« C'est ici que nous nous séparons, Catherine. Cette route, dit-il, désignant celle de droite qui escaladait la colline, est la mienne. Elle conduit à Clermont d'où je descendrai sur la Provence. La vôtre est celle de gauche. A peu de distance, vous trouverez le prieuré de Saint-Alpinien où, si le cœur vous en dit, vous pourrez attendre le jour et prendre un peu de repos.

— Il n'en est pas question, Jacques ! Je désire mettre autant de chemin que possible entre les prisons d'Aubusson et notre groupe. Mais je regrette de vous quitter. »

Instinctivement, pour avoir un instant de solitude, le pelletier et la jeune femme s'étaient éloignés au-delà de la croix hosannière, laissant Sara et frère Etienne démailloter les pieds des chevaux. Catherine éprouvait un regret profond en voyant Jacques s'éloigner. Il représentait cette solidité, cette force masculine rassurante dont la fuite de Gauthier l'avait privée et lui manquait si cruellement. Les heures noires précédant le matin pesaient sur elle de toute leur désespérance et une angoisse lui venait de ces routes inconnues où il lui fallait s'enfoncer. Jamais peut-être, autant qu'au pied de cette croix de lave, le regret d'un vrai foyer, d'une vie normale ne lui était venu d'une manière aussi poignante. Instinctivement, elle saisit la main de Jacques, s'y agrippa tandis que des larmes montaient à ses yeux.

« Jacques, murmura-t-elle, suis-je donc condamnée à l'errance éternelle, à la solitude sans fin ? »

Quelque chose s'émut dans le visage tendu du pelletier. Celui de Catherine s'était levé vers lui et telle était la magie que dégageait sa beauté, même au cœur d'une nuit sombre, qu'un nuage passa devant ses yeux tandis qu'une pensée folle se glissait dans son cerveau si sage. Il ne comprit pas que Catherine subissait là une dépression passagère, née de la nuit, du froid et de sa fatigue plus que de sa raison. A son tour, il étreignit les mains menues, les appuya contre sa poitrine.

« Catherine, s'écria-t-il, et sa voix, sans qu'il en eût conscience, s'était chargée de passion, ne nous quittons pas ! Venez avec moi ! Nous irons en Orient, à Damas, où je vous ferai reine, où je saurai faire couler à vos pieds tous les trésors arrachés au cœur de l'Asie par les caravanes. Avec vous, pour vous, rien ne me sera impossible ! »

Une telle ardeur s'était levée en lui que son souffle brûla le front de Catherine. D'ailleurs, la minute de faiblesse était passée. Elle avait été heureuse de retrouver Jacques et elle avait peine à s'en séparer de nouveau, mais qu'avait-il donc compris ? Doucement, elle retira ses mains, sourit.

« Nous sommes si las et nous avons eu si peur que nous sommes aussi un peu fous, n'est-ce pas, Jacques ? Que feriez-vous de moi dans vos voyages aventureux ? Et que deviendrait votre plan grandiose qui doit donner au royaume richesse et prospérité ?

— Qu'importe tout cela ! Vous valez mieux qu'un royaume ! Dès le premier instant où je vous ai vue, parmi les dames de parage de la reine Marie, j'ai su que, pour vous, je pourrais tout renoncer, tout abandonner.

— Même Macée et les enfants ? »

Un silence suivit. Jacques s'était raidi contre l'image si doucement évoquée par Catherine. Elle pouvait l'entendre respirer plus fort. Puis sa voix lui parvint, lointaine, assourdie mais ferme.

« Même eux... oui, Catherine ! »

Elle ne lui laissa pas le temps d'en dire davantage, le danger était trop pressant. Depuis longtemps, elle avait deviné que Jacques éprouvait pour elle de tendres sentiments, mais elle n'avait jamais imaginé pareil amour. Il n'était pas homme à s'engager ainsi. Qu'elle le prît au mot et il abandonnerait tout pour elle, avenir, famille, fortune. Lentement, elle secoua la tête.

« Non, Jacques, nous ne ferons pas cette folie que nous regretterions. J'ai parlé par lassitude, par lâcheté peut-être, et vous par trop grande spontanéité. L'un comme l'autre, nous avons une tâche à accomplir dans ce pays. D'autre part, vous aimez trop Macée, même si pour l'instant vous ne le croyez pas, pour lui faire cette peine. Quant à moi...

oh ! moi, mon cœur est mort en même temps que mon époux.

— Allons donc ! Vous êtes trop jeune, trop belle pour qu'il n'en soit autrement.

— Et pourtant il en est ainsi, mon ami, fit Catherine fermement, appuyant intentionnellement sur le mot ami. Je n'ai jamais vécu, respiré, souffert que pour et par Arnaud de Montsalvy. La vie, l'amour, la seule raison d'être n'ont jamais résidé qu'en lui. Depuis qu'il n'est plus là, je suis un corps sans âme et c'est, sans doute, heureux car cela me permettra d'accomplir sans faiblir la tâche que je me suis donnée.

— Quelle est cette tâche ?

— Qu'importe ! Mais elle peut me coûter la vie. En ce cas, souvenez-vous, Jacques Cœur, que vous avez en charge la fortune de Michel de Montsalvy, mon fils, et priez pour moi. Adieu, mon ami ! »

Rassemblant les plis de son manteau que le vent soulevait, Catherine se détourna pour rejoindre Sara et frère Etienne. La protestation douloureuse de Jacques lui parvint comme un souffle.

« Non, Catherine, pas adieu... au revoir ! »

Sous l'ombre de son capuchon, elle cacha une grimace. C'étaient les mêmes mots, ou presque les mêmes qu'elle avait criés dans le chemin vide de Carlat, à demi folle de souffrance, mais acharnée à un espoir qui ne voulait pas mourir. Les mêmes mots, oui... mais le tourment n'y était pas. Le cours de sa vie tumultueuse allait reprendre Jacques dès que le tournant de la route les aurait séparés. Et c'était très bien ainsi !

Elle se pencha vers Sara qui s'était assise sur une pierre, pelotonnée sur elle-même pour avoir moins froid, et lui tendit la main pour l'aider à se relever en souriant à frère Etienne.

« Je vous ai fait attendre, pardonnez-moi ! Maître Cœur m'a chargée de vous dire adieu. Maintenant, voici notre route. »

Sans un mot, ils se remirent en marche. Le chemin obliquait vers la gauche et, d'abord, descendait pour longer un étang. Le croissant de lune apparu au ciel noir y traçait des moirures légères et en dessinait le contour. Remontée sur son cheval, Catherine se détourna. La faible lumière lui permit encore d'apercevoir la silhouette de Jacques dont le manteau claquait au vent. Sans se retourner il escaladait la colline.

La jeune femme poussa un soupir et se redressa sur sa selle. Cette faiblesse sentimentale qui l'avait abattue un instant serait la dernière avant la chute de La Trémoille. Dans le dangereux pays de la cour où elle allait évoluer, il n'y avait pas de place pour ce genre de choses.

DEUXIÈME PARTIE

LA VENGEANCE

CHAPITRE PREMIER

LES CHEVALIERS DE LA REINE

DEBOUT dans l'embrasure profonde d'une des fenêtres du château d'Angers, Catherine regardait distraitement au-dehors. Elle était si lasse après tous ces jours de voyage qu'elle n'était plus guère capable de s'intéresser à ce qui l'entourait. Tout à l'heure, quand, avec Sara et frère Etienne, elle avait atteint la Loire, elle avait failli s'évanouir à la fois de fatigue et d'horreur. Depuis douze jours, à travers le Limousin ravagé de misère et de famine, les Marches et le Poitou, où les marques sanglantes de l'oppression anglaise se relevaient partout, fraîches et sinistres, les trois voyageurs avaient lutté pour leur vie, contre le froid, contre les hommes, voire contre les loups qui venaient hurler jusqu'aux portes des granges qui étaient bien souvent leur seul refuge. Manger était devenu un problème et chaque repas était une aventure difficile qui se faisait de plus en plus rare. Sans les abbayes que leur ouvrait le costume du cordelier ou le sauf-conduit de la reine Yolande, Catherine et ses compagnons fussent sans doute morts de faim et de misère avant d'atteindre le fleuve royal. Puérilement, la jeune femme s'était imaginé qu'en atteignant le duché d'Anjou, terre préférée de Yolande, tout ce cauchemar s'évanouirait. Mais cela avait été pire encore !

Sous la pluie diluvienne qui les avait accueillis aux limites du duché, Catherine et ses amis avaient parcouru les campagnes dévastées l'automne précédent par les soudards de Villa-Andrado. Ils avaient vu des villages tellement ravagés qu'il n'était resté âme qui vive pour enterrer les cadavres dont, seul, l'hiver s'était fait le fossoyeur ; des vignes arrachées, des champs où l'herbe même ne pousserait pas ce printemps, des églises éventrées, des abbayes et des châteaux brûlés, des déserts noircis, piqués çà et là de pieux tordus qui avaient été des arbres marquant la place des forêts incendiées, et les squelettes d'animaux abandonnés au bord des chemins, tels que les loups les avaient laissés.

Ils avaient vu, réfugiés dans des cavernes où la peur et le dénuement les avaient poussés, des hommes, des femmes, des enfants qui avaient plus l'air de bêtes sauvages que d'êtres humains et devant lesquels il leur avait fallu fuir. Pour ces misérables, tout voyageur était devenu une proie. Un soir, même, ils furent sauvés de justesse des griffes de ces hordes par les sergents de la duchesse-reine qui, escortant un chariot chargé de vivres, venaient porter secours aux populations si cruellement éprouvées.

Quand, enfin, les Ponts-de-Cé, fortifiés comme des

redoutes avec leurs quatre arches enjambant trois îles et leur fort château, s'étaient dressés devant eux, frère Etienne, malgré son courage et son empire sur lui-même, n'avait pu s'empêcher de murmurer :

« Enfin, nous voici au but ! »

Son sauf-conduit leur avait permis de passer sans la moindre difficulté et, bientôt, les puissantes murailles d'Angers s'étaient refermées sur eux à leur grand soulagement. Mais si la cité ducale n'avait pas souffert des ravages du Castillan, si la misère des campagnes n'avait pas été aussi cruellement ressentie dans cette ville riche et bien défendue, leur reflet se lisait sur les visages sombres et dans l'attitude méfiante des citadins. On ne voyait que figures fermées, vêtements de deuil et l'agitation normale d'une ville puissante ne se manifestait pas dans ces rues silencieuses où l'on parlait bas, comme dans une église. Tout donnait cependant une impression d'énergie et d'ordre. Pas de mendiants, pas de soldats ivres, pas de filles folles ! Cette ville, créée pour la douceur de vivre, avec ses jardins, ses toits bleus et ses maisons blanches s'était muée en une forteresse toujours en alerte. Il n'était jusqu'aux réfugiés, dont elle s'était gonflée comme une poule qui a rassemblé sa couvée sous ses plumes, qui n'eussent été répartis de manière à ne pas gêner l'ordre de la cité ni sa défense. Tout ici proclamait que Yolande d'Anjou savait régner, secourir et se battre !

Le château dont la Maine reflétait les tours noires et grises, de granit et de schiste, groupées autour du donjon colossal renforçait cette impression. Une forêt de poivrières bleues, luisantes comme de l'acier, un hérissement de clochetons, de chemins de ronde et de girouettes dorées le couronnaient. Partout, aux créneaux, se montraient des hommes d'armes portant vougues, guisarmes ou fauchards de guerre et, au plus haut du donjon, un immense étendard claquait dans le vent chargé de pluie venu de la mer. Bleu, pourpre, blanc et or, cette bannière portait les croix de Jérusalem, le lambel de Sicile, les lis d'Anjou et les pals d'Aragon : les armes de la duchesse-reine que l'on retrouvait, couronnées d'or et aux mains d'un ange au-dessus de la porte de Ville.

A Angers, frère Etienne pouvait circuler dans la ville et le château comme bon lui semblait et c'est tout juste si le corps de garde ne lui rendit pas les honneurs. Mais, franchis les profonds fossés, Catherine ne vit l'immense cour qu'à travers un rideau de pluie. Et puis, sous le capuchon alourdi d'eau, ses yeux se brouillaient de fatigue. Elle ne souhaitait, pour le moment, rien de plus qu'un lit, un vrai lit avec des draps pour y étendre son corps brisé par des nuits sur la pierre ou la terre nue. Mais il fallait, d'abord, se présenter à Mme Yolande. Frère Etienne laissa ses deux compagnes dans une grande salle du logis ducal dont les hautes fenêtres dominaient la Maine barrée de lourdes chaînes et la ville basse. Sara se laissa tomber aussitôt sur une bancelle, devant la cheminée, et s'endormit comme une masse. Catherine resta debout. Tous ses muscles étaient si douloureux qu'elle avait peur, en s'asseyant, de ne plus pouvoir se relever.

Elle n'attendit pas longtemps. Au bout de quelques minutes, le moine reparut.

« Venez, mon enfant, la reine vous attend ! »

Jetant un dernier regard à Sara qui n'avait pas bronché, Catherine suivit frère Etienne. Il lui fit passer une porte basse où veillaient deux gardes armés de vouges, jambes écartées, immobiles comme des statues. Au-delà, s'ouvrait une grande chambre toute tendue de tapisseries à personnages. Une immense cheminée sculptée où brûlait un tronc d'arbre entier l'éclairait avec un bouquet de grands cierges jaunes plantés sur un trépied de bronze. Un lit gigantesque, dont les rideaux de velours pourpre, relevés, étaient frappés des lis de France, occupait un bon quart de cette pièce aux dimensions cependant respectables. Dans le coin opposé, une dame d'honneur brodait, si discrète qu'elle ne releva pas la tête à l'entrée de Catherine. D'ailleurs, celle-ci n'eut pas un regard pour elle. Dès l'entrée, elle ne vit que la reine !

Assise dans une vaste chaise d'ébène frileusement garnie de coussins, ses pieds étroits posés sur une chaufferette, Yolande la regardait venir et le cœur de Catherine se serra de constater les ravages dont ces trois dernières années avaient marqué le fin et fier visage de la duchesse-reine. Les cheveux d'ébène qui paraissaient sous la sévère coiffe de veuve blanchissaient, les traits se marquaient en creux profonds, le teint mat jaunissait comme jaunissent les parchemins. Ces mois de lutte incessante contre le mauvais génie de la France et contre les ennemis, Anglais et Bourguignons, pesaient lourdement sur les épaules de Yolande. La captivité de son fils, le duc René de Bar[1] tombé aux mains de Philippe de Bourgogne depuis la bataille de Bugnéville, avait été un coup d'autant plus terrible que la mère se refusait à l'accuser. A cinquante-quatre ans, la reine des Quatre Royaumes était une vieille femme. Seuls ses

1. Le futur et célèbre roi René.

magnifiques yeux noirs, impérieux et vifs, gardaient la flamme de la jeunesse. Le corps, qui s'émaciait, se perdait dans les flots des vêtements noirs et des coussins où il se blottissait.

Mais comme Catherine s'agenouillait à ses pieds, Yolande lui sourit et reconquit d'un seul coup tout son charme. Elle tendit à la jeune femme une main blanche, demeurée parfaite.

« Mon enfant, dit-elle doucement, vous voici enfin ! Il y a si longtemps que je désire vous voir. »

Une profonde émotion s'empara de Catherine. Elle avait tant souhaité se retrouver là, à cette place de suppliante aux pieds de la seule femme en qui elle eût confiance dans l'entourage du roi, de tendre vers la reine de Sicile ses mains désarmées et implorantes, d'attendre d'elle aide et secours, qu'elle fut incapable de répondre. Cachant son visage dans ses mains tremblantes, elle éclata en sanglots.

Un instant, Yolande contempla la mince forme écroulée devant elle dans ses vêtements usagés. Elle aussi avait noté la lassitude du ravissant visage, le désespoir des yeux violets, toute cette douleur que chaque trait de Catherine, chacun de ses gestes proclamaient. Puis, avec une exclamation de pitié, elle se leva, saisit la jeune femme dans ses bras et, comme l'eût fait l'humble Sara, appuya maternellement contre son épaule le doux visage en larmes.

« Pleurez, mon petit, murmura-t-elle, pleurez ! Les larmes soulagent. »

Sans lâcher Catherine, elle se détourna légèrement, éleva la voix.

« Laissez-nous, madame de Chaumont ! Vous reviendrez dans un moment. Jusque-là, faites préparer une chambre pour Mme de Montsalvy. »

La dame d'honneur plongea dans une révérence silencieuse et disparut sans faire plus de bruit qu'une ombre. Cependant, la reine conduisait doucement Catherine jusqu'à une grande banquette garnie de velours où elle la fit asseoir auprès d'elle. Là, elle attendit patiemment que cessent les sanglots de la jeune femme. Quand elle la vit plus calme, elle tira de son aumônière un petit flacon d'eau de la reine de Hongrie et en versa quelques gouttes sur un mouchoir dont elle tamponna le visage de Catherine. L'odeur, douce et piquante à la fois, lui rendit pleine conscience et, honteuse, elle s'écarta de Yolande, voulut s'agenouiller de nouveau, mais on la retint d'une main ferme.

« Causons entre femmes, si vous voulez bien, Catherine ! Si j'ai envoyé frère Etienne vers vous, ce n'est pas pour vous traiter comme n'importe quelle dame de parage et pleurer avec vous. L'heure approche où nous allons nous débarrasser de l'homme auquel vous devez votre malheur, du triste sire qui, dans le seul et vil but de s'enrichir, vend le royaume à l'encan et tente d'achever l'œuvre misérable de la reine Ysabeau. Vous en avez trop souffert pour ne pas être là.

— Nous avons été traqués, poursuivis, proscrits comme des criminels, ruinés et privés de tout. Nous serions morts, à l'heure qu'il est, si le comte de Pardiac n'était venu à notre aide. Mon fils n'a plus de nom, plus de terre... et mon époux est lépreux ! fit Catherine sombrement. Que pourrait-il nous arriver de pire ?

— Il peut toujours arriver quelque chose de pire, rectifia doucement la reine, mais ce qu'il importe de faire, maintenant, c'est de rendre au nom de

Montsalvy son ancien éclat et de préparer à votre fils l'avenir qui convient. Voyez-vous... j'aimais beaucoup votre époux. Sous des dehors rudes, c'était un parfait gentilhomme et l'un des plus vaillants de ce pays. Les victimes de La Trémoille sont de trop haute valeur pour ne pas les venger comme il convient. Voulez-vous nous aider ?

— Je ne suis venue que pour cela, fit Catherine farouchement. Mais j'attends de Votre Majesté qu'elle veuille bien me guider. »

Yolande allait répondre quand un bruyant appel de trompettes retentit à l'extérieur du château, déclenchant un immédiat remue-ménage dans l'immense demeure. La duchesse-reine, elle-même, s'était levée et se dirigeait vers la fenêtre qui donnait sur la chapelle et la vaste cour intérieure. Catherine la suivit, machinalement. Au-dehors, des hommes d'armes sortaient en courant des salles de garde et se ruaient vers le portail en s'équipant hâtivement. Du logis ducal s'échappait un flot de pages, d'écuyers et de seigneurs. Catherine songea que, dans le clair-obscur de cette fin de journée, ils avaient l'air de descendre tout juste des grandes tapisseries des murs. Cependant, Yolande d'Aragon frappait du pied avec impatience.

« Pourquoi tout ce vacarme ? Que signifie cette agitation ? Qui donc nous arrive là ? »

Comme pour répondre à ses questions, la porte s'ouvrit et Mme de Chaumont reparut, souriante, salua.

« Madame ! C'est M. le connétable qui nous arrive de sa terre de Parthenay. Votre Majesté... »

L'exclamation de joie de la reine lui coupa la parole.

« Richemont ! C'est le Ciel qui l'envoie ! Je vais l'accueillir. »

Elle se tourna vers Catherine avec un geste qui invitait à la suivre, mais se ravisa devant la mine défaite de la jeune femme.

« Allez vous reposer, ma chère, dit-elle avec bonté. Mme de Chaumont va vous conduire. Demain, je vous ferai mander et nous tirerons nos plans. »

Silencieusement, Catherine s'inclina et suivit la dame d'honneur pendant que Yolande sortait par une autre porte. Elle se sentait la tête affreusement vide et se déplaçait machinalement, comme à travers des nuages.

Docilement, elle se laissa mener, sans un mot, à une chambre située à l'étage supérieur et dont les deux fenêtres donnaient sur la grande cour. Elle n'avait aucune envie de parler et Mme de Chaumont respecta son silence. C'était une aimable jeune femme blonde, au visage rond et aux grands yeux bruns, vifs et joyeux, qui semblait avoir toutes les peines du monde à maîtriser une extrême vitalité. Très jeune puisqu'elle n'avait pas vingt ans, Anne de Bueil était tout de même mariée depuis cinq ans à Pierre d'Amboise, seigneur de Chaumont, et elle avait deux enfants, mais il n'y paraissait guère. Elle semblait faire un effort continuel pour contraindre sa nature exubérante à la vie quelque peu compassée d'une cour royale. Visiblement, elle avait très envie de bavarder, mais, non moins visiblement, Catherine avait surtout besoin de repos et de calme. La petite Mme de Chaumont se contenta donc de lui décocher un sourire éclatant.

« Vous voici chez vous, madame de Montsalvy.

Je vais vous envoyer d'abord votre suivante et ensuite deux caméristes pour vous aider à vous installer. Aimeriez-vous un bain ? »

Les yeux de Catherine brillèrent à l'évocation de ce délice oublié. Un bain ! Il y avait des mois qu'elle n'en avait pris. Dès l'automne il avait fait trop froid dans les rudimentaires étuves de Carlat et, depuis qu'elle avait quitté l'Auvergne, son voyage ne lui avait pas offert pareil confort.

« J'aimerais bien ! fit-elle, rendant son sourire à la jeune femme. Il me semble que je porte sur moi toutes les boues du royaume !

— C'est l'affaire de quelques instants ! »

Et Anne de Chaumont disparut dans un grand tourbillon de velours rouge et de satin gris. Demeurée seule, Catherine faillit se laisser tomber sur le lit, mais le vacarme qui s'élevait de la cour l'attira vers les fenêtres. Il y avait tant de torches allumées, tant de pots à feu brûlant dans leurs cages de fer que l'on y voyait comme en plein jour et que le reflet de toutes ces flammes dansait au plafond de la chambre de Catherine, luttant victorieusement contre le bouquet de bougies et le feu de la cheminée conique qui en assuraient la lumière et la chaleur.

En bas, une véritable armée de serviteurs en livrée, de pages, d'écuyers, de soldats, de dames et de gentilshommes entouraient un groupe de cavaliers bardés de fer, impressionnant mur gris aux reflets sinistres, à peine éclairé par les tabards blancs aux queues d'hermine noire de Bretagne. Ces chevaliers se pressaient autour d'une grande bannière blanche, portant un sanglier arrêté devant un petit chêne vert et la devise « Que qui le veuille ! » brodée sur une banderole rouge. A quelques pas en avant de leur groupe, un homme, dont le heaume portait en cimier un lion d'or couronné, mettait pied à terre avec l'aide d'un écuyer. La visière pointue du casque était relevée et Catherine reconnut le visage balafré du connétable. D'ailleurs, la grande épée de France, fleurdelisée, battait le flanc gauche du redoutable Breton.

Catherine vit la reine Yolande descendre vivement les marches du perron et s'avancer, les deux mains tendues, un rayonnant sourire aux lèvres, vers l'arrivant. Elle vit le dur visage de Richemont s'adoucir tandis qu'il s'agenouillait pour baiser la belle main qu'on lui offrait. D'où elle était, Catherine ne pouvait entendre ce qui se disait, mais elle remarqua qu'entre la duchesse-reine et le chef de guerre l'entente semblait complète, absolue et en tira un profond réconfort. Elle se souvenait de la sympathie que Richemont avait toujours montrée à Arnaud et de l'obstination avec laquelle cet homme de fer menait ses affaires. Yolande, Richemont, c'étaient les deux indestructibles piliers sur lesquels elle comptait bâtir l'avenir de son petit Michel.

Une demi-heure plus tard, enfouie dans un grand cuveau plein d'eau chaude et parfumée, elle avait presque oublié et sa misère des derniers jours et sa fatigue. Les yeux clos, le cou appuyé au rebord habillé de draps, Catherine se laissait aller, corps abandonné, muscles et nerfs détendus. La chaleur de l'eau pénétrait chacune des fibres de son être, leur communiquant un engourdissement bienfaisant. Elle avait la sensation profonde d'abandonner, au fond de ce bain tout embaumé d'herbes balsamiques, en même temps que la saleté, sa peur, sa souffrance et même dix ans d'âge. Son esprit était plus clair, son sang circulait mieux. De nouveau elle savait qu'elle était jeune, forte et que ses armes féminines demeuraient intactes. Cela, elle l'avait lu dans les yeux admiratifs des deux servantes qui l'avaient aidée à entrer dans son bain et qui maintenant, ouvrant des coffres, sortant des linges et des draps, s'activaient à préparer son coucher tandis qu'elle se reposait. Oui, elle était toujours aussi belle et c'était bon de le savoir !

Sara dormait dans le réduit où on l'avait portée plutôt que conduite. C'était tout juste si elle avait ouvert un œil entre la galerie du bord de l'eau et son lit, mais, pour une fois, Catherine pouvait se passer d'elle.

Maintenant, le lit était prêt, l'eau du bain couverte de plaques grisâtres qui en disaient long sur le degré de crasse que Catherine avait apportée d'Auvergne et l'une des caméristes tendait déjà un drap chauffé au feu pour en envelopper la baigneuse. Celle-ci se leva et demeura un instant debout dans la cuve, chassant, de ses deux paumes, les gouttelettes qui roulaient sur ses hanches. Au même instant, les dalles de l'étroite galerie, au-dehors, claquèrent sous un pas rapide chaussé de fer, la porte s'ouvrit sous la poussée d'une main péremptoire et un homme entra dans la chambre.

Son exclamation de stupeur fit écho au cri horrifié de Catherine. De l'homme si soudainement apparu, ses yeux agrandis ne détaillèrent rien, ils virent seulement que c'était presque un géant et qu'il était blond. D'un geste brusque, elle arracha le drap des mains de la servante et s'en drapa sans se soucier de le tremper à moitié.

« Comment osez-vous ? Sortez ! Sortez immédiatement ! » s'écria-t-elle.

Le spectacle qui s'était offert à lui, joint à l'apostrophe furieuse de Catherine, avait plongé l'arrivant dans une complète stupeur. Il arrondit les yeux, ouvrit la bouche sans parvenir à articuler une seule parole tandis que Catherine, outrée, hurlait :

« Eh bien, qu'attendez-vous ? Je vous ai déjà dit de sortir ! Vous devriez être loin ! »

Apparemment, il était changé en pierre et, quand enfin il retrouva l'usage de la parole, ce fut pour bredouiller :

« Qui... qui êtes-vous ?

— Cela ne vous regarde pas ! Et quant à vous, je peux vous dire ce que vous êtes : un malappris ! Allez-vous-en !

— Mais... commença le malheureux.

— Pas de mais ! Vous êtes encore là ? »

Folle de colère, Catherine ramassa dans la cuve une grosse éponge et la projeta vigoureusement, toute gonflée d'eau, sur l'ennemi. Elle avait bien visé. L'éponge atteignit l'intrus en plein visage. En un instant, la cotte d'armes en soie bleue qu'il portait sur son armure fut trempée. Et, cette fois, il battit en retraite. Balbutiant de vagues excuses, le chevalier s'enfuit en courant, dans un grand bruit de ferraille. Catherine alors sortit de son bain avec la dignité d'une reine offensée, mais les deux servantes, médusées, ne firent pas un mouvement pour l'aider.

« Eh bien ? fit-elle d'un ton sec.

— Est-ce que la noble dame sait qui elle vient de traiter comme voilà ? articula enfin l'une d'elles. C'était Mgr Pierre de Brézé ! Il tient de fort près à

Madame la reine dont il est très écouté. De plus...

— Cela suffit ! coupa Catherine. Eût-il été le roi en personne que je n'aurais pas agi autrement. Essuyez-moi : j'ai froid ! »

Catherine avait chassé de sa pensée, avec quelque humeur, l'indiscret visiteur et souhaitait surtout ne plus le rencontrer car elle avait conscience de la position ridicule où il l'avait mise. Ce fut pourtant lui qu'elle vit le premier quand, le lendemain matin, elle pénétra dans la grande salle du château où la duchesse-reine l'avait fait appeler, mais, chose bizarre, elle en fut moins affectée qu'elle ne l'eût cru. Une bonne nuit, un copieux déjeuner et une toilette soignée avaient opéré en elle un miracle. Elle se sentait une tout autre femme, prête à tous les combats.

Yolande, devant son évident dénuement, lui avait envoyé quelques robes à choisir. Celle que Catherine avait revêtue était de lourd brocart noir sous un surcot de drap d'argent ourlé de zibeline. Le grand hennin pointu qui coiffait la jeune femme était du même brocart et supportait un flot de mousseline noire givrée d'argent composant ainsi un deuil somptueux et bien propre à mettre en valeur la beauté de Catherine. Si, d'ailleurs, son miroir lui avait laissé là-dessus quelques doutes, le murmure qui accueillit son entrée dans la salle du conseil les lui eût ôtés. Mais ce fut dans un profond silence qu'elle s'avança vers le trône où était assise la reine Yolande.

Il n'y avait là, hormis la reine et elle-même, que des hommes, en petit nombre d'ailleurs, sept ou huit, dont le plus grand était Pierre de Brézé et le plus imposant le connétable de Richemont, debout sur les marches du trône. A côté du haut fauteuil de

Yolande, mais un peu plus bas, une chaire supportait un très vieil homme en habits sacerdotaux encore droit malgré ses quatre-vingt-six ans et dont les yeux faibles s'ornaient d'une paire de lunettes : Hardouin de Bueil, évêque d'Angers.

La salle était immense et Catherine dut vaincre une soudaine timidité pour s'y engager. Des bannières multicolores bougeaient doucement contre les voûtes de pierre et les murs disparaissaient sous une immense et fastueuse tapisserie dont les tons dominants étaient le bleu et le rouge et qui retraçait les scènes fantastiques de l'Apocalypse de saint Jean. Le silence était si profond que le bruissement soyeux de sa robe emplissait les oreilles de Catherine, mais, comme elle avait parcouru à peu près la moitié du trajet, un pas rapide fit sonner les dalles : le connétable venait au-devant d'elle.

En la rejoignant, Arthur de Richemont s'inclina devant elle, et, offrant son poing fermé pour qu'elle y posât sa main, dit doucement :

« La bienvenue parmi nous, madame de Montsalvy ! Plus que quiconque nous sommes heureux de vous voir, vous qui avez tant souffert pour une cause qui est nôtre ! Votre époux était encore bien jeune lorsqu'il combattit à mes côtés, à Azincourt, mais sa vaillance le faisait déjà remarquer. Je l'aimais profondément et j'ai le cœur navré de sa mort ! »

Débarrassé du heaume, le visage volontaire du prince breton — il devait succéder à son père comme duc de Bretagne — ravagé de balafres anciennes mais éclairé d'une paire d'yeux bleu clair au regard direct, s'offrait en pleine lumière. Catherine retrouva intacte l'impression de confiance qu'il lui avait donnée, la première fois qu'elle l'avait vu au moment de ses fiançailles avec la sœur de Philippe de Bourgogne, déjà veuve du dauphin de France Louis de Guyenne. Cet homme avait la solidité d'un rempart, la netteté d'une lame d'épée, la valeur de l'or pur. Pour lutter contre les larmes qui lui venaient, elle lui sourit et plongea dans une révérence tout en posant sa main sur celle qu'on lui offrait.

« Monseigneur, votre accueil m'émeut et me touche plus que je ne saurais dire. Mais je vous prie de disposer de moi comme vous auriez disposé de mon époux bien-aimé s'il avait plu à Dieu de me le laisser ! Je n'ai plus, ici-bas, d'autre désir que le venger et rendre à son fils ce qui lui est dû !

— Il en sera fait selon votre désir. Venez ! »

Côte à côte, ils s'avancèrent vers le trône où Yolande attendait. Elle sourit à la jeune femme.

« Saluez sa révérence l'évêque de notre bonne ville puis venez vous asseoir ici », dit-elle en désignant un coussin de velours disposé sur les marches du trône.

Lorsque Catherine y fut installée, on lui présenta les hommes présents. Il y avait là, outre Pierre de Brézé dont les yeux ne la quittaient pas, le seigneur de Chaumont, époux de la gentille Anne, le frère de celle-ci, Jean de Bueil, gouverneur de Sablé, Ambroise de Loré, Prégent de Coetivy, ami personnel du connétable, enfin, un peu à l'écart, un homme d'aspect modeste et de mine taciturne qui était l'écuyer de Richemont et se nommait Tristan l'Hermite. Tous étaient jeunes, le plus vieux étant le connétable qui atteignait tout juste la quarantaine et tous vinrent baiser respectueusement la main de la jeune femme. Seul, Brézé y ajouta un soupir et un regard qui firent rougir Catherine jusqu'aux oreilles.

Elle chassa cette gêne avec impatience. Qu'avait-elle à faire de cet homme à la minute où tant de choses graves allaient être dites ? C'était de vengeance qu'il était question et non de se laisser conter fleurette par le premier damoiseau venu ! Elle lui jeta un regard sévère et détourna la tête.

Mais, déjà, la reine prenait la parole.

« Messeigneurs, nous voici maintenant au complet puisque nous ne pouvons espérer la présence des capitaines La Hire et Xaintrailles qui guerroient en Picardie. Lors de votre précédente réunion qui eut lieu en septembre dernier, à Vannes, aux funérailles de la duchesse de Bretagne, Mme Jeanne de Valois, vous avez conclu un accord visant à la perte de Georges de La Trémoille. Il est, je pense, inutile que je vous rappelle ses méfaits. Non content d'avoir livré Jehanne la Pucelle, de faire régner la terreur dans le royaume, de réduire le roi à la misère tandis qu'il s'enrichit lui-même scandaleusement, de jeter en prison et de ruiner les meilleurs d'entre nous, tels Louis d'Amboise qui vous est cousin à tous, et Arnaud de Montsalvy, de livrer aux Anglais la ville de Montargis qui est à Mme de Richemont, d'avoir porté la guerre sur nos propres terres et fait piller et ravager par son valet Villa-Andrado l'Auvergne, le Limousin et le Languedoc, cet homme ose encore s'opposer aux tentatives de rapprochement que, depuis des mois, patiemment, nous avions entreprises avec le duc de Bourgogne. Depuis près d'une année, le légat du pape, le cardinal de Sainte-Croix, Nicolas Albergati, tient conférence sur conférence avec les envoyés de Bourgogne pour aboutir à la paix. Et que fait pendant ce temps La Trémoille ? En octobre passé, il essaie d'assiéger Dijon et lance en même temps une maladroite tentative d'assassinat contre le duc Philippe au moment précis où la mort de la duchesse de Bedford, sœur de Philippe, le détournait de l'alliance anglaise. Cela ne peut durer ! Jamais nous ne parviendrons à chasser l'Anglais et à rendre la paix à ce royaume tant que le grand chambellan tiendra le roi sous sa griffe. Vous avez juré, messeigneurs, d'en purger la France. J'attends ce que vous avez à me proposer ! »

Un silence suivit le réquisitoire de la reine. Catherine retenait son souffle, pesant au fond d'elle-même les nouvelles qu'elle apprenait ici. Elle découvrait combien elle avait été éloignée de tous ces événements et aussi, non sans surprise, qu'une tentative d'assassinat contre son ancien amant, Philippe de Bourgogne, la laissait insensible. Les liens qui les avaient unis étaient rompus, sans plus laisser de trace que l'amarre tombée d'un navire qui s'éloigne de la terre. Et c'était comme si une autre qu'elle-même eût vécu ces heures brûlantes dans les bras du beau duc et comme si ce ne fût pour elle rien d'autre qu'une histoire entendue un soir, à la veillée.

Cependant, tous les regards, y compris celui de Catherine, se tournaient vers le connétable. Tête basse, les bras croisés sur sa poitrine, il semblait réfléchir profondément. Ce fut l'évêque octogénaire qui rompit le silence. Sa voix grelotta comme une clochette fêlée.

« Par deux fois, Sire connétable, vous avez débarrassé le roi, et cela malgré lui, de ses indignes favoris. Une troisième fois vous ferait-elle peur ?

Qu'a le sire de La Trémoille de plus que Pierre de Giac ou le Camus de Beaulieu ? Vous avez fait coudre le premier dans un sac jeté à l'Auron, égorger le second ; pourquoi donc La Trémoille vit-il encore ?

— Parce qu'il se garde mieux que les autres. Giac se croyait protégé du Diable auquel il avait vendu sa main droite. La tête de Beaulieu n'était qu'un grelot vide. Celle de La Trémoille est pleine d'une dangereuse astuce. Il se sait haï et agit en conséquence. Nous avons juré sa perte, mais il semble que ce ne soit pas chose facile à réaliser. »

L'évêque eut un rire sec.

« Il s'agit seulement de frapper. Je vois mal ce qui vous retient. Vous êtes tenu à l'écart de la cour, soit ! Mais vous avez suffisamment d'hommes dévoués.

— Et que ferait l'un de ces hommes dévoués ? coupa sèchement Richemont. Approcher La Trémoille est impossible pour qui n'a pas sa confiance. Il a fait du roi, qu'il ne quitte jamais, son premier gardien. Depuis l'été il s'est enfermé avec lui dans la forteresse d'Amboise, et n'en est pas sorti à l'exception d'un court séjour, toujours avec le roi, dans son propre château de Sully. Ce n'est pas le désir de tuer qui nous manque, c'est le moyen ! »

Le ton morne du connétable glaça le sang de Catherine. Sur l'accoudoir du trône, elle vit se crisper la main de Yolande, sentit son agacement dans sa propre chair. Pourquoi ces atermoiements, ces questions qui semblaient devoir rester sans réponse ? A quoi bon ce conseil si l'on devait seulement y constater l'impuissance des conjurés ? Mais, comme la reine se taisait, elle n'osa pas davantage parler. D'ailleurs, l'évêque se levait avec agitation.

« Un habile archer peut atteindre n'importe quelle cible, n'importe où. Quand La Trémoille sort...

— Il ne sort jamais ! Il est devenu si gros et si lourd qu'aucun cheval ne saurait plus le porter. Il voyage en litière fermée, cernée de gardes et porte cotte de mailles pendant son sommeil, j'imagine !

— Frappez la nuit...

— Il ne partage même pas le logis du roi qu'il juge trop peu sûr. La nuit, c'est dans le donjon, sous la garde de cinquante hommes armés, que La Trémoille se laisse aller au sommeil.

— Le poison, alors, durant ses repas. »

Richemont poussa un soupir de lassitude. Ce fut son ami Prégent de Coetivy qui répondit, d'une voix sombre :

« Ses mets et ses vins sont goûtés par trois officiers du roi. »

Mgr de Bueil poussa un cri de colère, arracha ses lunettes et les jeta à terre.

« Est-ce là tout ce que vous avez à nous dire, Sire connétable ? Vous avouez ici votre impuissance ou bien La Trémoille est-il le démon incarné ? Par la mort-Dieu, monseigneur, il s'agit d'un homme de chair et de sang, entouré d'autres hommes faibles ou cupides que l'on doit pouvoir acheter et qui vendraient leur dévouement au poids de l'or peut-être.

— Je me méfie des dévouements que l'on achète, seigneur évêque. Certes, il nous faudrait un homme capable non seulement de se dévouer, mais encore de sacrifier sa vie, car il faudrait frapper sous les yeux mêmes du roi et le meurtrier n'en sortirait pas vivant. Lequel d'entre vous, messires, est prêt à aller plonger sa dague dans la gorge de La Trémoille et à tomber aussitôt sous les coups des gardes ? »

Un pesant silence suivit la question sarcastique du connétable. Les chevaliers se regardaient avec embarras et une bouffée de colère gonfla la poitrine de Catherine. Ces hommes n'avaient plus à faire leur réputation de vaillance. Parmi les plus braves, ils étaient les meilleurs et, pourtant, aucun d'eux n'osait avancer, n'osait mettre sa vie en jeu contre celle de leur ennemi. Ils voulaient bien combattre au grand jour, aux clairs rayons du soleil de la gloire, dans le fracas des armes et le claquement soyeux des oriflammes, mais tuer dans l'ombre, frapper par surprise et tomber ensuite sous les coups des valets, cela, leur orgueil le repoussait de toutes ses forces. Peut-être aussi se jugeaient-ils trop importants pour le royaume, trop nécessaires à l'éclat des armes de France pour se ravaler au rang d'exécuteur de basses œuvres ? Ou peut-être qu'ils n'avaient pas assez souffert de La Trémoille ? Sinon, ils ne désireraient rien d'autre que sa vie, son sang... par tous les moyens ? Ils lui vouaient une haine sans chaleur et leur combat était celui de la politique, du désir noble mais froid d'arracher le pouvoir et la personne du roi de ses mains indignes. Mais ce n'était pas sa haine à elle, cette fureur née de ses entrailles mêmes de femme désespérée, frustrée de tout ce qui avait été son unique raison de vivre. Ils étaient, ces hommes, seulement indésirables à la cour et certains avaient vu un de leur proche pâtir de La Trémoille, mais ils n'avaient pas vu leurs châteaux en flammes, leurs noms salis, leurs vies menacées et l'être qui leur était le plus cher retranché à tout jamais du nombre des vivants.

Un goût de fiel emplit la bouche de Catherine tandis qu'une poussée de furieuse colère parcourait ses veines. Et, comme la voix grave de la reine articulait, avec une pointe de mécontentement : « Enfin, messires, il faut tout de même décider de quelque plan », elle quitta son siège et vint s'agenouiller devant le trône.

« S'il plaît à Votre Majesté, je suis prête, moi, à faire ce geste devant lequel reculent ces chevaliers ! Je n'ai plus rien à perdre, que la vie... et ce m'est fort peu de chose si je puis venger mon époux bien-aimé. Daignez seulement vous souvenir, madame, que j'ai un fils et veiller sur lui. »

Un grondement de colère salua ses paroles. D'un même mouvement, les seigneurs s'étaient rapprochés des marches sur lesquelles Catherine était agenouillée et tous avaient crispé leur main sur la garde de leur épée.

« Dieu me pardonne ! s'écria Pierre de Brézé d'une voix altérée. Je crois que Mme de Montsalvy nous prend pour des lâches ! Lui laisserons-nous, messeigneurs, de telles idées en tête ? »

De tous côtés jaillirent des protestations indignées que vinrent trancher brusquement quelques paroles prononcées d'une voix glaciale.

« Avec la permission de la reine et celle de Mgr le connétable, j'oserai dire, messeigneurs, que ceci ne sert à rien, que vous perdez votre temps et vos paroles ! Il ne s'agit point ici de disputer à qui montrera le plus d'héroïsme, mais de discuter froidement de la mort d'un homme et des moyens d'y parvenir. Or, aucun de ceux que j'ai entendu avancer jusqu'ici ne m'a paru bon. »

L'autorité tranquille de cette voix avait fait retourner Catherine. Le cercle des chevaliers s'ouvrit livrant passage à l'homme que l'on avait nommé Tristan l'Hermite et qui occupait le poste assez modeste d'écuyer du connétable. La jeune femme le regarda plus attentivement tandis qu'il s'avançait. C'était un Flamand d'une trentaine d'années, blond avec des yeux d'azur pâle et le visage le plus froid, le plus immobile que Catherine eût jamais vu. Pas un muscle n'y bougeait. Visage lourd, d'ailleurs, aux traits vulgaires, mais auquel sa totale impassibilité conférait une sorte de majesté. Il plia le genou devant la reine, attendant la permission de poursuivre. Richemont consulta Yolande du regard puis dit :

« La reine permet que tu parles ! Qu'as-tu à dire ?

— Ceci : le grand chambellan ne peut être atteint de l'extérieur puisqu'il ne sort pas, il faut donc que ce soit à l'intérieur et à l'intérieur d'une demeure royale, puisqu'il les a faites siennes et qu'il se retranche derrière leurs garnisons.

— C'est tout juste ce que nous venons de dire, fit Jean de Bueil avec une grimace. Autrement dit, c'est impossible !

— C'est impossible à Amboise, reprit Tristan l'Hermite sans se démonter. Parce que le gouverneur est à lui, mais ce serait possible dans un château dont le gouverneur serait à nous. Chinon, par exemple, dont le gouverneur, messire Raoul de Gaucourt, s'est rallié secrètement à Mgr le connétable et lui est tout dévoué. »

Un frisson glacé courut rétrospectivement le long du dos de Catherine ; Raoul de Gaucourt ! L'ancien gouverneur d'Orléans, l'homme qui l'avait jadis mise à la torture, condamnée à la potence ! Il haïssait Jehanne d'Arc et l'avait combattue sourdement. Qu'avait bien pu lui faire La Trémoille pour qu'il changeât aussi radicalement de camp ? Mais Richemont, d'un ton rogue, répondait à son écuyer :

« En effet, nous aurions une chance si l'on pouvait amener La Trémoille, et le roi bien entendu, à Chinon. Mais le grand chambellan n'aime pas Chinon. L'ombre de la Pucelle y est trop présente et les petites gens de la ville lui ont gardé leur cœur. Le roi est trop facilement influençable. La Trémoille craint qu'il entende encore, dans la Grande Salle, l'écho de la voix de Jehanne. Il ne sait pas que Gaucourt nous est revenu, mais il n'acceptera jamais de ramener le roi à Chinon !

— Et pourtant, s'écria Catherine, il faut qu'il l'y ramène ! N'y a-t-il personne qui ait quelque influence sur lui ? Il s'agit seulement d'une répugnance sentimentale que l'on pourrait tourner. Tout homme, selon moi, a son point faible qu'il suffit d'exploiter. Quel est-il pour le grand chambellan ? »

Cette fois, la réponse vint d'Ambroise de Loré, un Angevin roux qui ne souriait jamais.

« Il en a deux : l'or et les femmes ! lança-t-il. Sa soif de l'un n'a d'égale que son insatiable désir des autres. Qu'il se trouve une fille assez belle pour lui mettre la folie dans le sang et il en arriverait peut-être à faire une sottise ! »

Tandis que Loré parlait, son regard détaillait Catherine avec une insolence brutale qui lui mit le feu aux joues. L'intention de l'Angevin était si claire qu'une soudaine révolte étrangla la jeune femme. Pour qui la prenait-il, ce grand seigneur cynique ? Pensait-il mettre au lit de La Trémoille la femme d'Arnaud de Montsalvy? Pourtant, elle retint la réplique acerbe qui lui montait aux lèvres... Peut-être y avait-il là une idée, après tout ? Entre affoler un homme et se donner à lui, il y a une marge et qui sait si...

Une exclamation furieuse de Pierre de Brézé coupa net le fil de sa pensée. Lui aussi, comme tous les autres d'ailleurs, avait saisi le sens des paroles de Loré et il se ruait déjà sur lui, blanc de colère.

« Tu es fou ? A quoi songes-tu ? Les malheurs d'une noble dame, si belle soit-elle, devraient la défendre contre certaines pensées. Tu mériterais que je te fasse rentrer ton insolence dans la gorge, bien que tu sois mon ami, car je n'admettrai jamais...

— Paix, messire de Brézé ! coupa la reine. Après tout, notre ami Loré n'a rien dit dont se puisse chagriner Mme de Montsalvy. Seul, son regard a manqué de discrétion. Oublions-le !

— De toute façon, grogna Richemont, La Trémoille se méfie des grandes dames. Elles ont l'œil trop vif, la langue trop acérée et, de plus, leur rang leur permet des comparaisons qui ne sont jamais à son avantage. Ce qu'il aime, ce sont les ribaudes, les filles folles, habiles aux multiples jeux de l'amour, ou encore les belles paysannes qu'il peut avilir et tourmenter tout à son aise !

— Vous oubliez les jeunes pages, monseigneur ! fit Tristan l'Hermite sarcastique, et autre chose encore dont se délecte actuellement notre chambellan. Depuis un mois environ, une troupe de gens d'Egypte ou de Bohême s'est installée dans les fossés d'Amboise, contrainte par l'hiver et la dévastation des campagnes à se rapprocher des villes. Les bourgeois en ont peur parce qu'ils volent, disent l'avenir et savent jeter des sorts, mais, à cause de cette peur, ils se montrent généreux. Les hommes sont forgerons ou musiciens. Les filles dansent. Certaines sont belles et La Trémoille a du goût pour leur peau bistrée. Il n'est pas rare qu'il en fasse monter au château pour ses plaisirs et c'est, je crois bien, sa volonté plus encore que la famine qui retient la tribu à Amboise. »

Catherine avait suivi avec un profond intérêt le petit discours du Flamand, d'autant plus qu'il semblait s'adresser surtout à elle. Elle y sentait une intention, mais ne démêlait pas encore très bien laquelle. Il semblait l'inviter à le suivre. Certes, s'il avait parlé de tziganes, c'était avec une raison sérieuse.

« Suggérez-vous, fit Jean de Bueil avec hauteur, que nous devions nous acoquiner avec l'une de ces sauvagesses ? Belle garantie que nous aurions là ? Nous serions vendus à La Trémoille pour une paire de poules !

— En aucune manière, monseigneur, répondit Tristan, les yeux sur Catherine. En fait, je pensais plutôt qu'une femme intelligente, habile et courageuse, adroitement déguisée...

— Où voulez-vous en venir au juste ? » coupa Brézé d'un air soupçonneux.

Tristan parut hésiter à répondre, mais Catherine avait compris. Cette idée qu'il n'osait trop exposer, craignant sans doute les réactions violentes de certains chevaliers, elle l'avait saisie au vol, en vérité, et sans bien s'en rendre compte, à l'instant où il avait parlé des gens de Bohême. Et maintenant, elle allait la faire sienne. Elle sourit au Flamand pour l'encourager, posa une main apaisante sur le bras de Brézé.

« Je crois comprendre la pensée de messire l'Hermite, dit-elle tranquillement. Il veut dire que, si je suis prête à tout pour tirer vengeance de La Trémoille, je suis tout indiquée pour jouer ce rôle. »

Ce fut un beau vacarme. Tous les gentilshommes s'étaient mis à crier en même temps, mais le fausset de l'évêque dominait. Seul, Ambroise de Loré ne disait rien, mais un coin de sa bouche s'étirait d'une manière qui pouvait, à la rigueur, passer pour une ébauche de sourire. Il fallut que la duchesse-reine élevât le ton pour ramener le silence.

« Calmez-vous, messeigneurs ! dit-elle froidement. Je comprends votre émoi devant une proposition d'une telle hardiesse, mais rien ne sert de crier. Au surplus, nous sommes devant une situation si difficile que les chances de réussite les plus minces... comme les plus folles, doivent être examinées avec sang-froid ! Quant à vous, Catherine, avez-vous bien mesuré la portée de vos paroles et les dangers auxquels pareille aventure vous exposerait ?

— Je les ai mesurés, madame, et ne les ai point trouvés insurmontables. Si je puis vous servir et servir le roi tout en vengeant les miens, je me tiendrai pour heureuse. »

Le regard bleu du connétable chercha celui de la jeune femme et s'y implanta.

« Vous allez risquer votre vie à chaque instant. Si La Trémoille vous reconnaît, vous ne verrez pas se lever le jour suivant. Le savez-vous ?

— Je le sais, monseigneur, fit-elle avec une courte révérence, et j'en accepte le risque. Au surplus, ne faites pas ce risque plus grand qu'il n'est. Le grand chambellan me connaît bien peu. J'étais des dames de la reine Marie, toutes pieuses et graves, et qui ne fréquentent que fort peu l'entourage du roi. La Trémoille m'a vue deux ou trois fois, toujours mêlée aux autres dames, trop peu pour me reconnaître, surtout sous un déguisement.

— Parfait, dans ce cas ! Vous avez réponse à tout et j'admire votre courage. »

Il se détourna légèrement pour parler à Tristan l'Hermite, mais Jean de Bueil s'interposa.

« En admettant que nous acceptions la proposition de Mme de Montsalvy et que nous lui laissions jouer ce rôle dangereux et, à tout le moins, déplaisant, rien ne dit qu'elle pourrait le faire d'une manière suffisamment convaincante. Ces gens d'Egypte ont d'étranges façons et de plus étranges coutumes encore...

— Des coutumes que je connais, coupa Catherine doucement. Messire, ma fidèle nourrice, Sara, est l'une de ces Egyptiennes. Elle fut jadis vendue comme esclave à Venise. »

L'objection suivante vint de Pierre de Chaumont.

« Ces gens accepteront-ils d'être nos complices ? Ils sont sauvages, indépendants, insaisissables. »

Un froid sourire détendit les lèvres minces du Flamand, un sourire qui contenait une menace.

« Eux aussi aiment l'or... et craignent le bourreau ! La menace de la corde, jointe à la promesse d'une belle somme, les rendra très compréhensifs. De plus, cette Sara, étant l'une des leurs, sera indubitablement bien accueillie... et, s'il plaît à Mgr le connétable, j'accompagnerai moi-même dame Catherine chez les Bohémiens. J'assurerai la liaison avec vous, messeigneurs !

— Il me plaît ainsi, approuva Richemont, et je

crois que ce plan est bon. Quelqu'un a-t-il une objection nouvelle à formuler ?

— Aucune, fit l'évêque, si ce n'est la crainte où nous sommes de voir cette honnête et noble femme aventurer son âme... et son corps dans une dangereuse aventure. La vertu de Mme de Montsalvy...

— N'a rien à craindre, votre révérence, fit Catherine calmement. Je saurai me garder.

— Mais, insista le prélat, il y a encore un point que j'aimerais éclaircir. Une fois admise auprès de La Trémoille, comment ferez-vous pour le décider à quitter Amboise pour Chinon ? Il aime les filles de Bohême, soit, mais je ne pense pas qu'il leur permette d'agir sur son comportement ou de lui donner des avis ? Vous ne serez rien d'autre, à ses yeux, que l'une d'elles... »

Cette fois, Catherine se mit à rire, et ce rire, léger et doux, détendit comme par magie les visages durcis des chevaliers.

« J'ai, là-dessus, mon idée, monseigneur, mais je vous demande permission de la garder pour moi ? Sachez seulement que je me servirai de la plus solide des passions du chambellan : celle de l'or.

— Alors, Dieu vous bénisse et vous garde, ma fille ! Nous prierons pour vous ! »

Il tendit aux lèvres de la jeune femme qui s'agenouillait sa main gauche ornée d'un énorme saphir tandis que sa main droite traçait sur le beau front levé un geste de bénédiction.

Le cœur de Catherine battait comme un tambour sonnant la charge. Enfin elle allait se battre, se battre elle-même, affronter l'ennemi jusque dans sa tanière. Dans sa vie, elle avait déjà couru bien des aventures, mais ces aventures lui avaient été imposées par le destin. Hormis lorsqu'elle avait quitté la Bourgogne pour rejoindre Arnaud dans Orléans assiégée, elle avait dû subir ce que la fortune lui apportait, en tirant le meilleur parti possible. Aujourd'hui, de parti délibéré, alors que rien ne l'y forçait, simplement pour le repos de sa conscience et l'amour de l'homme à jamais perdu, elle se lançait dans une terrible, une folle équipée, où rien, pas même son nom, ne pourrait lui porter secours. Si elle était prise, elle serait pendue comme n'importe laquelle de ces filles d'Egypte dont elle allait prendre l'aspect, et son corps abandonné pourrirait loin de cette terre où Arnaud, lentement, se mourait. Mais cette pensée même n'ébranla pas sa résolution.

Perdue dans son rêve, elle sursauta quand la voix nette de la reine prononça :

« Avant de nous séparer, jurez de nouveau, messeigneurs, comme vous l'aviez fait à Vannes, de garder fidèlement notre secret et de n'avoir ni trêve ni repos tant que l'homme dont nous avons juré la perte ne sera pas abattu. Jurez et que nous viennent en aide Madame la Vierge et Monseigneur Jésus-Christ ! »

D'un même geste, les chevaliers étendirent leur main droite au-dessus de la croix de saphirs que l'évêque avait décrochée de son cou et leur présentait.

« Nous le jurons ! clamèrent-ils d'une seule voix. La Trémoille tombera ou nous périrons ! »

Puis, l'un après l'autre, ils vinrent plier le genou devant Yolande qui, à tous, donna sa main à baiser et, enfin, quittèrent la salle des tapisseries.

Seuls, Richemont et Tristan l'Hermite demeurèrent pour régler les détails de l'expédition. Mais, tandis que la reine et le connétable s'entretenaient, Catherine s'approcha du Flamand.

« Je veux vous remercier, dit-elle. Votre idée nous a tous sauvés et je ne peux m'empêcher d'y voir un signe du destin. Vous ne pouviez savoir que ma suivante...

— Et pourtant, je le savais, madame, répliqua Tristan avec un mince sourire. Ne me remerciez pas plus qu'il ne convient. Ce n'est pas moi qui vous ai donné une idée, dame Catherine, c'est vous qui m'en avez donné une !

— Vous saviez ? Mais comment ?

— Je sais toujours tout ce que je veux savoir ! Mais soyez sans crainte : je vous servirai aussi fidèlement que je sers le connétable.

— Pourquoi ? Vous ne me connaissez pas ?

— Non. Mais je n'ai pas besoin de regarder un être à deux fois, homme ou femme, pour en connaître la valeur. Je vous servirai pour la meilleure et la plus simple des raisons : cela me plaît ! »

L'énigmatique Flamand salua et rejoignit son maître auprès du trône, laissant Catherine songeuse. Quel était cet homme étrange qui, simple écuyer, parlait en maître et qui semblait savoir, par des moyens connus de lui seul, tout ce qui pouvait concerner les gens qu'il approchait. Qu'il y eût en lui quelque chose d'inquiétant, Catherine ne le niait pas, et, pourtant, elle envisageait sans crainte de l'accepter pour compagnon d'aventure. Peut-être à cause de cette solidité, qui émanait de lui, une solidité différente de celle que lui avait donnée Gauthier, mais, à sa manière, aussi rassurante !

Elle avait hâte de rejoindre Sara pour la mettre au courant et demanda pour se retirer une permission qui lui fut accordée aussitôt. La reine et le connétable devaient avoir à s'entretenir de choses plus graves encore qui n'étaient point faites pour des oreilles profanes, fussent-elles fidèles. Mais, en quittant la salle, Catherine se heurta à Pierre de Brézé. Le jeune homme faisait les cent pas dans la galerie du bord de l'eau et, en la voyant paraître, il se dirigea vers elle. Il semblait très ému et plutôt agité.

« Gracieuse dame, dit-il d'une voix émue, ne me prenez pas pour un fou, mais, par grâce, accordez-moi quelques instants d'entretien. J'ai bien des choses à vous dire.

— Tant que cela ? fit Catherine mi-figue mi-raisin. Je pensais que nous nous étions tout dit hier soir. »

Le rappel de leur précédente rencontre fit rougir Brézé et Catherine, malgré la rancune qu'elle lui gardait, ne put s'empêcher de trouver du charme à ce colosse qui rougissait comme une jeune fille. Il était beau d'ailleurs, avec des traits réguliers et purs qui rappelaient ceux de Montsalvy, ceux de Michel surtout à cause des cheveux clairs et des yeux bleus et, à constater cela, Catherine sentit disparaître l'instinctif ressentiment qu'il lui avait inspiré. Elle le regarda un peu moins sévèrement, accepta même sa main pour gagner l'une des embrasures des fenêtres. Là, elle s'assit sur le banc de pierre, leva les yeux vers lui.

« Eh bien, j'écoute ! Qu'aviez-vous à me dire ?

— D'abord pardon pour hier. J'arrivais tout droit d'une mission dans le Haut-Maine et je suis allé directement à cette chambre qui est la mienne en temps normal. J'ignorais qu'elle fût occupée.

— Dans ce cas, vous êtes pardonné. Vous voilà satisfait ? »

Il ne répondit pas tout de suite. Ses doigts, nerveux, tiraillaient les longues déchiquetures doublées de soie grise de son pourpoint de drap bleu dont la seule parure était les croix de Jérusalem de ses armes brodées sur la poitrine.

« J'ai quelque chose à dire ! » fit-il sourdement sans même oser regarder le fin visage, si touchant dans l'encadrement de ses voiles noirs.

Jamais, dans toute sa vie, Pierre de Brézé n'avait rencontré de femme aussi belle et la perfection de ce qu'il avait découvert sans le vouloir, la lumière émanant de ces merveilleuses prunelles violettes, tout cela l'émouvait au point de le faire trembler, lui, le chevalier de la Reine, l'homme devant qui avaient fui Lord Scales et Thomas Hampton, et de le laisser sans forces, désarmé au point de ne rien souhaiter de mieux que s'agenouiller et adorer. Catherine était trop femme, trop fine pour ne pas percevoir le trouble de ce garçon si grand, mais elle était décidée à ne pas en subir la contagion, quel qu'en fût le charme.

« Dites ! » fit-elle tranquillement.

Il serra les poings, prit une profonde respiration comme un nageur qui se jette à l'eau, puis lança :

« Renoncez à ce projet insensé, n'allez pas là-bas ! Que vous faut-il ? Que La Trémoille meure ? Je fais serment d'aller, en pleine cour, devant le roi lui-même, l'abattre en votre nom.

— Ce serait courir à votre perte. Le roi vous ferait arrêter, jeter dans une prison, exécuter sans doute.

— Que m'importe ! J'aime mieux courir à ma perte que vous voir courir à la vôtre ! L'idée de ce que vous voulez faire me révolte ! Par pitié... renoncez !

— Par pitié pour qui ? demanda Catherine doucement.

— Pour vous d'abord... et aussi pour moi ! A quoi bon les faux-fuyants, les grands mots et les discours. Je suis malhabile à tout cela, étant avant tout un soldat. Mais vous savez déjà que je vous aime, vous n'avez pas besoin que je vous le dise !

— Et, m'aimant, vous voulez mourir pour moi ? »

Il se laissa glisser à genoux, tendant vers la jeune femme un visage déjà marqué par une passion qui l'effraya. Ce garçon était fait de beau et pur métal, il méritait d'être aimé et elle ne voulait pas le laisser s'engager dans l'impasse que son destin à elle représentait. Cependant, il murmurait :

« Je ne désire rien d'autre !

— Et moi je veux que vous viviez ! Vous m'aimez, dites-vous, et cet amour vous pousse à vouloir mourir pour moi ? Vous devez donc comprendre ce qui m'anime et ce désir qui me pousse à tout risquer pour la mémoire de l'homme dont je porte le nom... le seul homme que j'aie jamais aimé et aimerai jamais ! »

Il baissa la tête, pesant l'arrêt définitif de ces quelques mots.

« Oh ! soupira-t-il, je n'espérais pas être un jour aimé de vous. J'ai vu bien souvent Arnaud de Montsalvy, déjà capitaine quand je n'étais que page ou écuyer, et jamais, je crois bien, je n'ai admiré un homme comme je l'admirais. Je l'enviais aussi. Il était tout ce que je voulais être : si vaillant, si fort, si sûr de lui-même ! Quelle femme, ayant l'amour d'un tel homme, pourrait en aimer un autre ? Vous voyez... je n'ai pas d'illusions.

— Pourtant, fit Catherine plus émue qu'elle ne

voulait le montrer, vous êtes de ceux qu'une femme peut être fière d'aimer.

— Mais auprès de lui, n'est-ce pas, je ne représenterai jamais rien ? C'est cela que vous avez voulu me faire comprendre, dame Catherine ? Vous l'avez aimé à ce point ? »

Une brusque douleur vrilla le cœur de Catherine à ce rappel de ce qu'elle avait perdu. Un sanglot noua sa gorge, amenant les larmes que, sans honte, elle laissa couler.

« Je l'aime toujours plus que tout au monde ! Je donnerais ma vie, messire, et jusqu'au salut de mon âme, pour le retrouver... ne fût-ce qu'une heure ! Vous voyez, je ne vous cache rien. Tout à l'heure, vous me parliez des dangers que j'allais courir. Mais, si je n'avais un fils, il y a longtemps que j'aurais cherché la mort, pour au moins avoir le droit de le rejoindre.

— Alors, vous voyez bien qu'il vous faut vivre ! Oh ! laissez-moi vous aider, être votre ami, votre défenseur. Vous êtes trop fragile pour vivre sans aide ces temps sans merci ! Je jure de ne pas vous importuner de mon amour, de ne rien demander autre que le droit d'être votre chevalier. Acceptez de m'épouser. J'ai un beau nom, une fortune... et une grande ambition. »

Interloquée, Catherine sécha ses larmes et ne sut pas tout de suite que répondre. Elle se leva sans qu'il quittât sa position de suppliant.

« Vous allez vite ! dit-elle gentiment. Quel âge avez-vous ?

— Vingt-trois ans !

— J'en ai presque dix de plus !

— Qu'importe ! Vous avez l'air d'une jeune fille et

vous êtes la plus belle dame qui ait jamais posé le pied sur la terre ! Que vous le vouliez ou non, vous serez ma dame et je ne porterai plus que vos couleurs !

— Mes couleurs sont de deuil, messire, de sable et d'argent. N'aviez-vous donc point de dame avant que je ne vienne ? »

A la grande surprise de Catherine, Pierre de Brézé fit une affreuse grimace et avoua, de fort mauvaise grâce :

« Une dame, non ! J'ai une fiancée, Jeanne du Bec-Crespin... mais elle est d'une laideur à laquelle je ne m'habitue pas ! »

Du coup Catherine se mit à rire et l'atmosphère s'en trouva singulièrement détendue. Son rire s'égrena si clair, si jeune que Pierre, entraîné malgré lui, ne put qu'y faire écho. D'un mouvement spontané, elle lui tendit ses deux mains dans lesquelles il enfouit son visage.

« Gardez votre fiancée, messire Pierre ! dit-elle en reprenant son sérieux. Et, à moi, donnez-moi seulement votre amitié. C'est de cela, voyez-vous, que j'ai le plus besoin. »

Il releva vers elle un regard où revenait l'espoir.

« Je pourrai veiller sur vous, porter vos couleurs, vous défendre ?

— Mais oui ! A la condition toutefois que vous ne fassiez rien qui entrave la bonne marche de mes projets. Vous le promettez ?

— Je promets, fit-il sans enthousiasme. Mais je serai à Amboise tout le temps que vous y serez vous-même, dame Catherine, et s'il vous advenait quelque mal... »

Le visage de Catherine se fit grave, soudain. Elle

retira ses mains que le jeune homme avait gardées et les glissa dans ses larges manches. Une ombre envahissait ses yeux en même temps qu'un pli de détermination marquait ses lèvres.

« S'il m'arrivait de périr à la tâche, messire, et si vraiment vous m'aimez, alors j'accepterais ce que vous m'avez offert si follement tout à l'heure. Si je meurs, tuez en mémoire de moi le grand chambellan ! Le ferez-vous ? »

Pierre de Brézé tira son épée, la planta devant lui et posa la main sur la garde.

« Sur les saintes reliques qui habitent cette épée, je le jure. »

Catherine, alors, sourit et s'éloigna dans le murmure soyeux de sa longue traîne avec un dernier geste d'adieu. Toujours à genoux, Pierre de Brézé la regarda disparaître.

CHAPITRE II

GUILLAUME L'ENLUMINEUR

En rentrant dans sa chambre, Catherine eut la surprise d'y trouver Sara aux prises avec Tristan l'Hermite. Les éclats de voix de la bohémienne se faisaient d'ailleurs entendre jusque dans l'escalier alors que le Flamand lui répondait sur un ton beaucoup plus modéré. Mais l'arrivée de la jeune femme calma les belligérants. Sara, rouge de fureur, avait son bonnet de travers et Tristan, adossé à la cheminée, les bras croisés, un demi-sourire agacé.

« Puis-je savoir ce qui se passe ici ? demanda Catherine calmement. On vous entend hurler depuis la galerie !

— On entend hurler madame ! rectifia paisiblement Tristan. En ce qui me concerne, je ne crois pas avoir élevé le ton.

— Cela ne me dit pas pourquoi vous vous disputez. D'ailleurs, j'ignorais que vous vous connaissiez.

— Nous venons tout juste de faire connaissance, dit le Flamand mi-figue mi-raisin. Autant vous dire tout de suite, gracieuse dame, que votre fidèle suivante n'approuve pas nos projets. »

Ces quelques mots eurent le don de ranimer la fureur de Sara qu'elle tourna cette fois contre Catherine.

« Tu n'es pas folle ? Tu veux te déguiser en tzigane et, ainsi, approcher ce misérable chambellan ? Pour quoi faire, s'il te plaît ? Pour danser devant lui comme Salomé devant le roi Hérode ?

— Tout juste ! rétorqua la jeune femme sèchement. A cette différence près que ce n'est pas la tête d'un autre que je réclamerai, c'est la sienne propre ! Au surplus, tu m'étonnes, Sara. Je pensais que tu serais heureuse de vivre un moment parmi les tiens.

— Reste à savoir si ce sont les miens. Je n'appartiens pas à toutes les tribus errantes. Je suis de la puissante tribu des kalderas qui ont jadis suivi les hordes de Gengis Khan et rien ne prouve que les gens campés sous Amboise soient de même souche que moi. Ce ne sont peut-être que de vulgaires Djâts et...

— La meilleure manière d'être fixés, c'est d'y aller voir ! coupa Tristan.

— Vous ne savez pas ce que vous dites. Les Djâts ne m'accueilleraient pas. Il y a, en ce moment, une rivalité entre les deux tribus. Je ne veux pas risquer... »

Cette fois, ce fut Catherine qui, impatiemment, lui coupa la parole.

« En voilà assez ! J'irai, avec messire l'Hermite,

chez ces tziganes. Libre à toi de rester ici. Quelle que soit la tribu, elle m'accueillera, moi. Quand partons-nous, messire ?

— Demain, dans la nuit.

— Pourquoi pas cette nuit ?

— Parce que, cette nuit, nous aurons autre chose à faire. Puis-je vous demander d'ôter votre coiffure ?

— Et pourquoi pas sa robe ? grogna Sara vexée d'avoir été rabrouée par Catherine. Les soins de toilette d'une dame ne sont pas pour un homme !

— Aussi n'ai-je pas l'intention d'usurper vos fonctions, douce dame, répliqua le Flamand avec un sourire moqueur. Je veux seulement me rendre compte de quelque chose. »

Docilement, Catherine avait déjà défait les épingles qui retenaient son hennin, dénoué ses cheveux qui, libérés, moussèrent en vagues d'or roux jusqu'au ras des épaules.

« Vos cheveux ne sont pas plus longs ? s'étonna Tristan. Voilà qui va sembler étrange. Toutes ces bohémiennes d'enfer ont des serpents de cheveux noirs qui se tordent jusque sur leurs reins. »

Catherine retint juste à temps Sara qui voulait sauter à la figure de Tristan en glapissant qu'elle était, elle aussi, une « bohémienne d'enfer » et qu'elle allait lui montrer de quoi elle était capable.

« Allons, calme-toi ! Messire l'Hermite n'a pas voulu t'offenser. Il a parlé sans réfléchir. N'est-ce pas, messire ?

— Ben voyons ! grogna Tristan d'un air aussi peu convaincu que possible. Ma langue a été trop vite, voilà tout ! Revenons à vos cheveux, dame Catherine.

— J'ai dû les couper voici bientôt un an. Est-ce que c'est un grand obstacle ?

— N...on ! Mais nous n'aurons pas trop du temps qui nous reste. Puis-je vous demander de m'accompagner ce soir, après le coucher du soleil, pour une expédition dans la ville, dame Catherine ?

— Là où elle ira, j'irai ! affirma Sara. Et je voudrais bien voir qu'on essaie de m'en empêcher ! »

Le Flamand laissa échapper un soupir et regarda Sara de travers.

« Si vous voulez ! Cela importe peu puisqu'il paraît que vous savez tenir votre langue. Viendrez-vous, dame Catherine ?

— Bien entendu. Venez nous chercher quand vous le jugerez bon. Nous vous attendrons. Mais où allons-nous ?

— Je vous demande de ne pas me poser de questions. Essayez de me faire confiance ! »

Le compliment à rebours de Tristan avait paru calmer Sara qui, tout en maugréant, se mit à recoiffer sa maîtresse. Un instant, le Flamand contempla les mains habiles de la bohémienne qui voltigeaient autour du fragile édifice de toile d'argent et de mousseline noire. Comme s'il se parlait à lui-même il murmura :

« C'est vraiment très joli ! Mais, ce soir, il faudra mettre quelque chose de moins voyant. Et, demain, des vêtements d'homme seront la meilleure solution pour faire le chemin. »

Du coup, Sara laissa tomber peigne et épingles et se planta devant le Flamand, les poings sur les hanches. Avançant le nez presque à toucher celui de son ennemi, elle articula :

« N'y comptez pas pour moi, mon garçon ! Trouvez des vêtements d'homme à dame Catherine si cela lui plaît — d'ailleurs je crois qu'elle adore ça — mais moi aucune force humaine ne m'obligera plus à m'introduire dans ces ridicules tuyaux que vous appelez chausses ni dans ces non moins ridicules tuniques courtes que vous appelez hucques ou pourpoints. Si vous voulez que je m'habille en homme, trouvez-moi une robe de moine. Au moins, là-dedans, il y a de la place ! »

Tristan ouvrit la bouche pour répliquer quelque chose, se ravisa, jeta un coup d'œil appréciateur à la majestueuse personne de Sara et finit par sourire, de son curieux sourire étiré qui ne montrait pas les dents. Puis soupira en haussant les épaules :

« Au fond, ce n'est pas une si mauvaise idée. A ce soir, dame Catherine. Attendez-moi vers l'heure des complies ! »

L'angélus était sonné depuis longtemps quand Catherine, Tristan et Sara quittèrent le château, par la poterne de la grande porte ducale, pour s'enfoncer dans le quartier commerçant qui environne la cathédrale Saint-Maurice. Vu l'heure tardive, les volets de bois armés de fer étaient rabattus sur tous les éventaires, mais, par les interstices, on apercevait les lueurs des chandelles allumées et des lampes à huile. La ville, dominée par les flèches élancées de sa cathédrale, allait bientôt s'endormir. Derrière les façades muettes, on devinait les ménagères affairées à la vaisselle et aux derniers rangements pendant que l'époux comptait le gain de la journée ou commentait les nouvelles de la province avec quelque voisin.

Les trois promeneurs se hâtaient par les rues étroites. Les épais manteaux sombres des femmes, leurs capuchons rabattus, en faisaient deux ombres légères, à peine distinctes des murailles noires. Quant à Tristan l'Hermite, il avait rabattu sur ses yeux les pans de son vaste chaperon noir car une pluie fine, une de ces pluies douces qui pénètrent bien la terre et font mieux gonfler la sève, s'était mise à tomber en même temps que le crépuscule. L'eau du ciel rendait glissants les gros galets ronds qui pavaient la rue où Catherine et ses compagnons s'étaient engagés, une rue creusée en son milieu d'un caniveau d'où montaient d'âcres odeurs de poisson, si fortes que Catherine sortit son mouchoir parfumé d'iris et le tint contre ses narines. Sara, elle, se contenta de grogner :

« Nous allons encore loin ? Ça empeste ici !

— Nous sommes dans la rue de la Poissonnerie, vous ne voudriez pas qu'elle sentît l'ambre et le jasmin ? riposta Tristan. Au surplus, nous sommes bientôt arrivés. La rue de la Parcheminerie, où nous allons, fait suite à celle-ci. »

Pour toute réponse, Sara se contenta de glisser son bras sous celui de Catherine et de hâter le pas. Bientôt on entra dans la rue annoncée qui, elle, ne sentait pas le poisson mais fleurait vaguement l'encre et la colle d'amidon. Le vent faible faisait cependant grincer les enseignes et l'éclairage y était encore plus rare que dans sa voisine. Dans toute la rue, une seule fenêtre était éclairée, encore était-ce une fenêtre trilobée qui semblait refléter des lueurs d'incendie.

C'est devant cette fenêtre, ou plutôt devant la porte située juste en dessous, que Tristan l'Hermite s'arrêta. Les yeux de Catherine étaient assez habitués à l'obscurité pour qu'elle pût distinguer une petite maison biscornue à laquelle le pignon penché donnait l'aspect d'une vieille en bonnet légèrement prise de boisson. Mais, contrairement à ses voisines, faites de bois et de plâtre, cette maison était construite en bonne pierre. Et si la porte était basse, elle était solidement armée de pentures de fer fleuronnées et une grande enseigne en forme de parchemin pendait au-dessus. Un anneau ouvragé s'y accrochait, qui servait de heurtoir. Tristan, par trois fois, frappa lentement.

« Où sommes-nous ? chuchota Catherine un peu impressionnée par le silence.

— Chez l'homme qui peut le plus nous être utile, gracieuse dame. Ne vous inquiétez pas.

— Moi, je ne m'inquiète pas, je gèle ! bougonna Sara. J'ai les pieds trempés !

— Il fallait mettre des bottines plus solides. Mais on vient. »

En effet, derrière la porte, un trottinement de souris se faisait entendre. La porte s'ouvrit, tournant sans bruit sur ses gonds bien huilés, et une petite vieille en robe grise, tablier et cornette de toile blanche, apparut, saluant autant que le permettait son échine raidie par les rhumatismes.

« Maître Guillaume vous attend, messire, et vous aussi, nobles dames !

— C'est bien, nous montons. »

Un escalier, raide et mal éclairé par un lumignon, s'élevait au fond de l'étroit couloir sur lequel donnait uniquement une porte entrouverte menant sans doute à une cuisine. Des hauteurs de l'escalier, une grosse voix tonna :

« Montez, messire. Tout est prêt. »

L'ampleur de cette voix fit sursauter Catherine.

Elle lui rappelait celle de Gauthier, mais l'homme qui la possédait était l'antithèse même du Normand. Petit, contrefait, bossu, son visage abondamment ridé était agité de tics incessants. Il semblait n'avoir ni cheveux, ni barbe, ni sourcils et de bizarres plaques rose vif marquaient ses joues, son menton et son front. Un bonnet noir, enfoncé jusqu'aux orbites, cachait son crâne, soulignant les yeux, rouges et fatigués. Catherine retint un mouvement de répulsion devant cet être hybride et répugnant. Il la regardait avec insistance en se frottant les mains machinalement et en passant continuellement sa langue sur ses lèvres. La voix terrifiante reprit :

« Voilà donc la dame qu'il faut faire brunir. Nous allons d'abord lui donner un bain, puis nous nous occuperons des cheveux. »

Catherine eut un mouvement de recul et Sara fronça les sourcils.

« Un bain ? fit la jeune femme d'une voix faible. Mais je...

— C'est indispensable, fit avec onction maître Guillaume. Votre peau doit être teinte complètement. »

Tristan, qui jusqu'à présent n'avait rien dit, comprit la répugnance de Catherine et prit conscience de l'air rogue de Sara. Il s'interposa.

« C'est un bain de plantes, dame Catherine, qui ne pourra vous faire aucun mal. Sara vous aidera. Mais je crois qu'auparavant il faut que je vous présente maître Guillaume. De son état, il est enlumineur et l'un des meilleurs de France. Mais il a été longtemps l'un des membres les plus brillants de la Confrérie de la Passion qui, à Paris, jouait de si beaux Mystères. L'art du grimage et des changements d'aspect n'a pas de secrets pour lui. Et plus d'une dame noble d'Angers, en voyant blanchir ses cheveux, fait appel discrètement à ses bons offices. »

Le bonhomme continuait à se frotter les mains, paupières mi-closes et ronronnait comme un chat à l'audition du petit discours louangeur du Flamand. Un peu rassurée, car elle avait craint un instant d'être dans l'antre d'un sorcier, Catherine respira et voulut se montrer aimable.

« Vous ne jouez plus de Mystère ? dit-elle.

— La guerre, noble dame, et la grande misère qui règne à Paris ont dispersé notre compagnie. De plus, dans mon état, je ne peux plus guère me montrer sur des tréteaux.

— Vous avez eu un accident ? »

Guillaume eut un petit rire chevrottant qui contrasta bizarrement avec sa voix normale.

« Hélas ! Un jour où j'avais l'honneur de jouer messire Satan et où j'évoluais parmi les torches de résine qui figuraient l'Enfer, mon costume a pris feu. J'ai cru périr, mais j'ai survécu... dans l'état où vous me voyez ! Il me reste mon art d'enluminer et les conseils que je puis donner quand, bien rarement de nos jours, on monte un spectacle. Mais si vous voulez me suivre, le bain attend et il ne faut pas le laisser refroidir. »

Sara emboîta le pas à Catherine tandis qu'elle se dirigeait, conduite par Guillaume, vers le fond de la grande pièce où travaillait d'ordinaire l'enlumineur. Pièce assez agréable d'ailleurs, pleine de parchemins roulés, de petits pots de couleurs différentes, de pinceaux fins comme des cheveux, faits de martre ou de soie de porc. Sur un lutrin, reposait une grande page d'évangéliaire où Guillaume, avec un art consommé, peignait, sur fond d'or, une admirable miniature représentant la Crucifixion. Au passage, le regard de Catherine accrocha l'œuvre commencée.

« Vous êtes un grand artiste », dit-elle avec un respect instinctif.

Un éclair d'orgueil brilla dans les yeux fatigués de Guillaume et il esquissa une grimace qui pouvait passer pour un sourire.

« Une louange sincère fait toujours plaisir, noble dame. Par ici, je vous prie. »

Le petit cabinet où il introduisit Catherine après avoir soulevé un rideau à ramages ressemblait nettement, cette fois, à l'antre d'un sorcier. Une infinité de bocaux, de cornues, de fourneaux et d'animaux empaillés l'emplissait, gravitant autour d'un fourneau de briques et d'un grand baquet à lessive posé à terre et plein d'une eau sombre qui fumait.

Catherine regarda avec méfiance le liquide brun foncé où l'on prétendait la plonger. Quant à Sara, elle s'était tue trop longtemps à son gré.

« Qu'y a-t-il là-dedans ? demanda-t-elle d'un ton soupçonneux.

— Des plantes uniquement, répondit placidement l'enlumineur. Vous me permettez de garder pour moi le secret de la composition. Je consens seulement à vous dire qu'il y a, parmi elles, de l'écorce de noix. Il faut que cette belle dame se plonge entièrement dans le baquet, le visage et le cou y compris. Un quart d'heure, avec autant d'immersions que vous pourrez pour le visage, doit suffire.

— Et ensuite, je serais comment ? dit Catherine.

— Vous aurez le teint aussi brun que cette majestueuse personne qui vous accompagne.

— Et... je resterai comme cela ? reprit la jeune

femme inquiète en imaginant ce que penseraient son petit Michel et sa grand-mère en la retrouvant transformée en bohémienne.

— Non. Cela s'effacera progressivement. Deux mois sont, je pense, tout ce que vous pourrez tenir. Ensuite, il vous faudrait un autre bain, à moins que vous ne vous exposiez longuement au soleil. Hâtez-vous, le bain refroidit. »

Il sortit, comme à regret, suivi par Sara qui alla soigneusement refermer le rideau derrière lui et obstrua de son large dos une fente toujours possible. Pendant ce temps, Catherine se déshabillait vivement et, sans respirer, se plongeait dans l'eau. Une odeur douceâtre et légèrement poivrée, tout à la fois, emplit ses narines. L'eau était chaude sans excès et, une fois dedans, la répugnance de Catherine s'envola. Retenant sa respiration et fermant les yeux, elle enfonça sa tête, une fois, deux fois, dix fois.

Quand le sablier posé auprès de la cuve eut coulé le quart d'une heure, Catherine se dressa dans la cuve, laissant les gouttes sombres couler sur sa peau devenue d'un brun chaud et doré.

« Comment suis-je ? demanda-t-elle anxieusement à Sara qui tendait un drap, disposé sur un escabeau, pour la sécher.

— Pour la couleur, tu pourrais être ma fille et cela produit un étrange effet avec tes cheveux blonds, bien qu'ils aient légèrement bruni eux aussi. »

La voix de Guillaume leur parvint.

« Avez-vous fini ? Ne vous rhabillez pas surtout. Nous risquerions de tacher vos vêtements. »

Drapée dans son drap, Catherine alla rejoindre les deux hommes dans la grande pièce. Guillaume avait disposé un tabouret garni d'un coussin rouge auprès d'un trépied supportant une jatte pleine d'une pâte épaisse et noire. Docilement, Catherine s'assit et laissa l'enlumineur enduire sa chevelure de la pâte qui avait une odeur forte et désagréable. Tristan fit la grimace et pinça les narines.

« Quelle horreur ! Une femme peut-elle être séduisante en dégageant pareil fumet ?

— Nous laverons les cheveux quand la pâte aura fait effet, dans une heure.

— Et qu'y a-t-il là-dedans ?

— De la noix de galle, de la rouille de fer, du vitriol romain et de la chair de mouton écrasés, distillés à l'alambic et mêlés à de la graisse de porc.

— Du vitriol romain ? s'insurgea Sara. Malheureux, vous allez la tuer !

— Du calme, femme ! En tout, il faut garder la mesure. Tel poison est mortel en certaines quantités, qui guérit pris en parcelles infimes. »

Les mains longues et souples de l'enlumineur étaient curieusement douces, légères et caressantes. Tout en massant les cheveux de Catherine il parlait, comme pour lui seul :

« C'est un crime de noircir si brillante et claire chevelure, mais la beauté de cette belle dame n'en sera pas amoindrie. Elle n'en sera que plus dangereuse encore, je crois.

— Et cela s'atténuera aussi avec le temps ? demanda Catherine.

— Hélas ! non. Il faudra que vos cheveux poussent et que l'on coupe les mèches restées noires.

— Je m'en chargerai », dit Sara.

Catherine réprima un soupir. Non qu'elle regrettât le nouveau sacrifice qu'il lui fallait consentir, mais l'idée de couper encore ses cheveux ne lui souriait guère.

Durant une heure, elle supporta cette pâte qui lui piquait légèrement le cuir chevelu et semblait peser aussi lourd que la terre. Pour la distraire, Guillaume avait pris une viole sur un dressoir et s'était mis à chanter à mi-voix en s'accompagnant :

Avec le temps qu'arbre défeuille
Quand il ne reste, en branche, feuille
Qui n'aille à terre
Avec pauvreté qui m'atterre
Qui de partout me fait la guerre
Au vent d'hiver...

La chanson était triste, la musique douce, et le curieux bonhomme l'interprétait en artiste. Catherine, saisie, charmée en oubliait son étrange position. Sara et Tristan faisaient comme elle, ils écoutaient. Et la jeune femme regretta presque de voir se terminer l'attente tellement elle avait pris plaisir à entendre Guillaume. Elle le lui dit, tout simplement. L'enlumineur eut son bizarre sourire.

« Parfois, quand elle est bien lasse, notre reine me fait appeler pour que je lui chante. Je sais tant de ballades et de sirventès !... et aussi les chansons de son pays d'Aragon. Et moi, j'aime chanter pour elle parce que c'est une haute et noble dame et que son cœur est grand. »

Tout en parlant, il avait débarrassé prestement Catherine de son emplâtre malodorant. Les cheveux de la jeune femme, devenus d'un beau noir, furent lavés, vigoureusement séchés avec une infinité de linges ; après quoi, Guillaume sortit d'un coffre un paquet enveloppé de soie. Il contenait de longues mèches noires qu'il compara d'abord au résultat obtenu puis, satisfait, il se mit à les fixer avec des épingles parmi les cheveux de Catherine en montrant à Sara comment il fallait s'y prendre.

« Plus d'une belle dame dont les cheveux se font rares avec les années a recours à ce petit stratagème en même temps qu'à mes bons offices. »

Avec un soin méticuleux, il dessina les sourcils de Catherine avec une pâte prise dans une petite boîte d'argent, en passa légèrement sur les cils de la jeune femme.

« Ils sont très épais et déjà foncés, dit-il, mais il vaut mieux les noircir encore. Savez-vous que vous êtes très belle ainsi ? »

Bouche bée, Sara et Tristan contemplaient le résultat sans rien trouver à dire. Sur une table posée dans un coin, Guillaume alla prendre un miroir rond qu'il tendit à Catherine sans mot dire. La jeune femme poussa une exclamation de surprise. C'était elle et c'était quelqu'un d'autre à la fois. Sourcils et cils noirs faisaient plus sombres ses yeux violets, des mèches noires mangeaient son front, ses lèvres étaient plus rouges et, dans ce visage foncé, ses dents éclataient de blancheur. Elle n'était pas plus belle qu'avant, mais elle était différente, d'une beauté plus perverse, plus dangereuse aussi et que Tristan contemplait avec une satisfaction non déguisée.

« Il aura du mal à résister, fit-il tranquillement. Vous avez bien travaillé, maître Guillaume. Prenez ceci... et tenez votre langue. »

Il tendait une bourse confortablement arrondie, mais, à sa grande surprise, l'enlumineur repoussa doucement ce qu'on lui offrait.

« Non, dit-il seulement.

— Comment ? Vous ne voulez pas être payé d'une peine certaine ?

— Si... mais pas comme cela ! » Il se tourna vers Catherine qui, le miroir en main, continuait à se regarder. « Je ne manque pas d'or et, si cette dame si belle voulait m'accorder la grâce de baiser sa main, je serais payé au centuple. »

Spontanément, Catherine, oubliant la répugnance qu'il lui avait inspirée, lui tendit ses deux mains.

« Merci, maître Guillaume. Vous m'avez rendu un service que je n'oublierai pas.

— Un petit coin dans votre mémoire fera de moi le plus heureux des hommes. Et aussi dans vos prières... car j'en ai grand besoin. »

Avant de laisser la jeune femme aller se rhabiller, il lui fit présent de la petite boîte d'argent contenant la pâte noire, d'une autre, toute semblable, contenant une sorte de crème épaisse d'un beau rouge vif, et d'un petit flacon.

« Le rouge sera pour aviver vos lèvres. Les filles de Bohême ont l'air d'avoir du feu sous la peau et les vôtres sont d'un rose trop tendre. Quant au flacon, il contient un parfum fortement musqué. Usez-en modérément car il en faut bien peu pour incendier le sang d'un homme ! »

Il était tout près de minuit quand Catherine et ses deux compagnons parvinrent à la poterne du château. Ils n'avaient pas rencontré une âme dans les ruelles, rien qu'un gros chat noir qui fila en miaulant devant eux et qui fit se signer Sara précipitamment.

— Mauvais présage », marmonna-t-elle.

Mais Catherine avait décidé de fermer les oreilles à ses propos pessimistes. Depuis qu'elle avait quitté la maison de Guillaume l'enlumineur, elle se sentait une autre femme. Sous ce nouvel aspect, elle ne porterait plus le nom de Montsalvy, mais un nom quelconque qui ne risquerait pas d'être compromis ou sali dans les sentiers ténébreux où elle voulait s'enfoncer. Elle ne redeviendrait Catherine de Montsalvy qu'une fois sa vengeance accomplie. Alors, elle effacerait à l'esprit-de-vin, comme le lui avait enseigné Guillaume, les dernières traces de son grimage, elle couperait ces cheveux noirs qui lui semblaient maintenant aussi faux que ceux rajoutés et elle reprendrait, avec son deuil hautain, le chemin de l'Auvergne pour y vivre aussi proche que possible de son bien-aimé.

Mais, une fois dans sa chambre, elle rejeta tous ses vêtements et alla se placer devant un grand miroir d'argent poli où elle se voyait presque tout entière. Sa peau avait la couleur foncée de celle de Sara avec quelque chose d'un peu plus doré. Elle était lisse et luisait doucement sous la lumière de la lampe à huile, comme un satin bruni. Ainsi teinté, son corps semblait plus mince et plus nerveux. Les longues mèches noires croulaient dessus comme de minces serpents et glissaient jusqu'à ses hanches. Ses lèvres pourpres éclataient comme une fleur sensuelle et ses grands yeux scintillaient, étoiles sombres nichées sous l'arc orgueilleux des sourcils.

« Tu as l'air d'une diablesse, murmura sourdement Sara.

— Et diablesse je serai tant que l'homme que je hais ne sera pas abattu.

— As-tu songé aux autres, à tous ceux que tu vas attirer et qui oseront tout maintenant que ton nom et ton rang ne te défendront plus ? Tu ne seras plus qu'une fille de Bohême, que l'on peut violer ou pendre à son gré quand on ne la destine pas au bûcher, une créature dangereuse et maudite.

— Je sais. Et je me défendrai avec les armes de mon personnage. Tous les moyens me seront bons pour réussir.

— Te donnerais-tu à un homme s'il le fallait ? demanda Sara gravement.

— Au bourreau lui-même si c'était nécessaire. Je ne suis plus Catherine de Montsalvy, je suis une fille de ta race. Et je m'appelle... au fait, comment vas-tu me nommer ? »

Sara réfléchit un instant, clignant des yeux et mordillant la croix d'or pendue à son cou. Au bout de ce laps de temps, elle décréta :

« Je t'appellerai Tchalaï... Cela veut dire « étoile » dans notre langue... mais, jusqu'à ce que nous soyons arrivées, tu resteras Catherine comme devant. Non, décidément, je n'aime pas beaucoup cette aventure. »

Catherine se détourna et, sauvagement, elle s'écria :

« Et moi ? Crois-tu que je l'aime ? Mais je sais bien que, si je ne pouvais mener ma tâche à bonne fin, je n'aurais plus de repos, ni dans ce monde ni dans l'autre. Il faut que je venge Arnaud, que je venge Montsalvy brûlé, mon fils dépouillé ! Sinon, que pourrait valoir encore la vie ? »

Dans la matinée, Catherine, assise sagement sur un tabouret, laissait Sara rattacher les faux cheveux noirs et en faire de longues nattes quand on frappa à la porte. Sara alla ouvrir. Sur le seuil, Tristan l'Hermite apparut. Il avança de quelques pas et entra dans le rayon de soleil léger qui tombait de la haute fenêtre. Sa pâleur alors se révéla, frappante, si tragique que les deux femmes, instinctivement, se rapprochèrent.

« Vous êtes blême, balbutia Catherine. Qu'avez-vous ?

— Moi, rien. Mais Guillaume l'enlumineur a été égorgé cette nuit dans sa maison. Sa servante a trouvé son corps en venant l'éveiller et... il a été torturé avant de mourir ! »

Un effrayant silence suivit ces terribles paroles. Catherine sentit le sang abandonner son visage et ses membres pour refluer à son cœur, mais trouva la force de demander :

« Pensez-vous que ce soit... à cause de nous ? »

Tristan haussa les épaules et, sans cérémonie, se laissa choir sur un tabouret. Les soucis marquaient tellement son visage impassible qu'il semblait avoir vieilli de dix ans. Sans rien dire, Sara alla prendre un flacon de vin de Malvoisie posé sur un dressoir, emplit un gobelet et vint tendre le tout au Flamand.

« Buvez ça. Vous en avez besoin. »

Il accepta le gobelet avec reconnaissance et avala le vin d'un trait. Catherine avait noué ses mains sur ses genoux pour les empêcher de trembler et luttait contre la terreur qui l'avait saisie.

« Répondez-moi franchement, reprit-elle d'une voix qui demeura calme à force de volonté. Est-ce à cause du travail que nous lui avons demandé ? »

Tristan l'Hermite écarta les bras dans un geste d'ignorance.

« Qui peut savoir ? Guillaume avait sûrement des ennemis car ses activités n'étaient pas toujours avouables. Plus d'une fille en mal d'enfant a été discrètement délivrée par ces mains habiles que vous admiriez hier. Il se peut que ce ne soit qu'une coïncidence.

— Mais vous n'y croyez pas ?

— Honnêtement, je ne sais pas ce que je crois. J'ai seulement voulu vous avertir pour savoir ce que vous décidiez. Vous pouvez changer d'avis et, dans ce cas, je vais convoquer de nouveau le conseil. »

Il se levait déjà, mais Catherine l'arrêta d'un geste preste.

« Non ! Demeurez ! J'ai eu peur un instant tout à l'heure, je l'avoue. Vous étiez si pâle. Mais maintenant cela va mieux. Je n'ai pas envie de reculer. Il est trop tard. Le plan est bon, je le suivrai jusqu'au bout. Libre à vous d'abandonner. »

Le lourd visage du Flamand se plissa en une affreuse grimace.

« Vous me prenez pour un lâche, dame Catherine ? Quand j'entreprends quelque chose, je vais jusqu'au bout, quelles qu'en puissent être les conséquences. Et je ne tiens nullement à être jeté dans un cul-de-basse-fosse par les ordres de Mgr le connétable. Si vous êtes d'accord, nous partirons cette nuit. Un sauf-conduit que j'ai déjà nous ouvrira les portes de la ville. Il vaut mieux qu'on ne vous voie pas partir. De même qu'il est préférable que vous ne quittiez pas votre chambre aujourd'hui. Reposez-vous, vous en aurez besoin. La reine viendra ce soir, après vêpres, vous voir ici même.

— C'est entendu ainsi. Je n'avais pas non plus l'intention d'agir autrement.

— Dans ce cas... je peux dire à messire de Brézé que vous êtes souffrante et ne voulez voir personne ? » Le pouce de Tristan, retourné, désignait la porte. Il ajouta : « Il est là dans le couloir à faire les cent pas.

— Dites ce que vous voudrez... par exemple, que je le recevrai demain. »

Le mince sourire du Flamand répondit à celui qu'elle lui adressait et, comme par miracle, l'atmosphère s'en trouva détendue. Seule, Sara conserva une mine sombre.

« Nous allons nous jeter dans un affreux guêpier, Catherine, fit-elle. Je pense que tu t'en doutes ? »

Mais la jeune femme haussa les épaules avec impatience et reprit le miroir qu'elle avait posé.

« Et après ? » fit-elle durement.

CHAPITRE III

LES TZIGANES

« VOILA la tanière d'où il faut débusquer la bête fauve, dit Tristan l'Hermite en désignant de son fouet le château de l'autre côté du fleuve. Vous voyez qu'il se garde bien. »

Arrêtés sur la rive droite de la Loire, près de l'antique pont romain, les trois cavaliers examinaient le lieu de leurs futures activités. Sanglée dans un costume de garçon en drap brun dont le camail ne laissait passer que son visage bruni, Catherine supputait du regard l'éperon rocheux, couché le long du fleuve comme un lion sommeillant et la forteresse qui le couronnait : des courtines sévères et noires, une dizaine de tours massives enfermant un donjon sans légèreté, des hourds et des mâchicoulis qui avaient l'habitude de servir, tout cela contrastait avec la grâce de ce paysage fluvial, tendrement reverdi par le printemps. Seule, une forêt de bannières flottant sur les murs et dominées par l'emblème royal mettait quelque gaieté dans le rude édifice.

Sara rejeta en arrière le capuchon monastique qui la coiffait et regarda le château avec méfiance.

« Si jamais nous entrons là-dedans, nous n'en sortirons pas vivantes.

— Nous sommes sorties de châteaux plus dangereux. Rappelle-toi Champtocé et Gilles de Rais.

— Merci, je n'ai pas oublié que le seigneur à la barbe bleue voulait me griller toute vive, répondit la bohémienne en frissonnant. Durant tout le temps que nous sommes restées à Angers j'ai pensé que nous en étions bien proches. Mais puisque nous voici à destination, que faisons-nous ? »

Tristan se détourna sur sa selle et son fouet désigna une petite auberge qui se dressait de l'autre côté du chemin, face au pont et dont l'enseigne verte, jaune et rouge proclamait qu'au Pressoir Royal on buvait le meilleur vin de Vouvray.

« Vous allez entrer ici et m'attendre. Je dois voir le chef de la tribu. Installez-vous, reposez-vous, mangez, mais ne buvez pas trop. Le vin de Vouvray est agréable... mais il monte à la tête.

— Nous prenez-vous pour des ivrognesses ? s'insurgea Sara.

— Nullement... mon révérend. Mais les moines ont si mauvaise réputation ! Ne bougez surtout pas avant que je ne revienne. »

Tandis que le faux moine et le faux écuyer allaient attacher leurs chevaux au montoir du Pressoir-Royal, Tristan s'engagea résolument sur le pont et disparut bientôt aux yeux de ses compagnes. La petite auberge était vide et l'aubergiste s'empressa de servir ses hôtes inattendus. Il avait encore des cochons au saloir et put leur servir une soupe aux choux qui, escortée du fameux vin, fit un repas des plus convenables. On était au milieu du jour et les deux femmes, qui avaient voyagé pendant plus de trois jours, étaient affamées. Restaurées convenablement, elles se sentirent mieux et Sara vit les choses sous un jour plus optimiste.

Tristan revint quand le jour tomba. Il semblait las, soucieux, mais il y avait dans ses yeux bleus une lueur encourageante. Il refusa de parler avant d'avoir avalé un pichet de vin parce que, dit-il, son « gosier était sec comme de l'étoupe et qu'il suffirait de la moindre flamme pour l'incendier ». Dévorée d'impatience, Catherine le regardait avaler son vin, mais elle n'y tint pas longtemps.

« Alors ? » fit-elle nerveusement.

Tristan reposa son pichet, s'essuya les lèvres à sa manche et lui jeta un regard moqueur.

« Vous êtes si pressée de vous jeter dans la gueule du loup ?

— Très pressée, fit la jeune femme sèchement. Et je veux une réponse.

— Alors, soyez contente, tout est arrangé. Dans un sens, vous avez de la chance... mais dans un sens seulement car, le moins que l'on puisse dire, est que les relations entre le château et le camp des tziganes sont assez tendues.

— D'abord, intervint Sara, ces tziganes, que sont-ils ? Avez-vous pensé à vous informer ?

— Vous allez être satisfaite, et là encore vous avez de la chance. Ce sont des kalderas. Ils se disent chrétiens et prétendent détenir un bref du pape Martin V, mort voici deux ans. Ce qui n'empêche pas leur chef, Fero, de se dire duc d'Egypte. »

Tandis qu'il parlait, le visage de Sara s'éclairait. Quand il eut fini elle frappa joyeusement dans ses mains.

« Ils sont de ma race. Dès lors, je suis certaine de leur accueil.

— Vous serez, en effet, bien accueillie. Seul, le chef sait la vérité en ce qui concerne dame Catherine. Pour tous les autres, elle passera pour votre nièce, vendue elle aussi comme esclave quand elle était enfant.

— Et, dit Catherine, que pense le chef de mes projets ? »

Le front de Tristan l'Hermite se rembrunit.

« Il vous aidera de tout son pouvoir, la haine le brûle. Le caprice de la Trémoille lui interdit de quitter les fossés du château où il est campé, parce que le chambellan aime les danses des filles de sa tribu. Mais, d'autre part, l'un de ses hommes a été pris hier à voler dans un courtil et pendu ce matin. S'il ne craignait de voir exterminer les siens sur le grand chemin, Fero s'enfuirait. Voilà pourquoi je dis que vous avez de la chance dans une certaine mesure, mais que, d'autre part, vous allez mettre le pied dans un véritable chaudron de sorcières.

— Qu'importe ? Il faut que j'y aille.

— Le temps est encore froid, il vous faudra aller pieds nus, coucher à la belle étoile ou dans un mauvais chariot, vivre rudement et... »

Catherine lui éclata de rire au nez, si brusquement qu'elle lui coupa la parole.

« Ne soyez pas stupide, messire Tristan. Si vous connaissiez ma vie dans ses détails, vou sauriez que je ne crains rien de tout cela. Assez tergiversé. Préparons-nous ! »

L'aubergiste payé, les trois complices sortirent, se dirigèrent vers le pont. Depuis deux jours, le temps s'adoucissait et la nuit, si elle était humide, n'était pas froide. Catherine rejeta son camail sur ses épaules, libérant ses nattes qu'elle secoua ; son humeur batailleuse lui revenait. Le silence n'était troublé que par le bruit soyeux de l'eau dans les hautes herbes et le pas des chevaux. Une bonne odeur de terre mouillée emplissait les narines de Catherine qui prit deux ou trois grandes respirations. Le pont aboutissait d'abord à un longue île boisée où cependant brillait une faible lumière. Dans la journée, la jeune femme avait pu remarquer la petite chapelle Saint-Jean et l'ermitage qui s'y appuyait. Ce devait être la chandelle de l'ermite. L'île traversée, un nouveau pont menait au pied même du château et, cette fois, Catherine put voir, sur le rocher, les reflets de feux allumés dans les fossés ; le camp des tziganes était encore en pleine activité.

Sur les tours et les chemins de ronde, parfois, une torche passait comme une étoile filante, portée par un sergent faisant sa tournée d'inspection et, à mesure que l'on approchait, on pouvait entendre le cri des guetteurs, se répondant d'une tour à l'autre. De la petite ville d'Amboise, enfermée dans ses remparts à l'ombre de l'éperon rocheux, Catherine devinait seulement la silhouette qui devait s'étirer vers le sud, le long de l'Amasse. Par-dessus le tout, le ciel taché de nuages avait des pâleurs qui annonçaient la lune.

Au bord du fossé, les trois cavaliers s'arrêtèrent et Catherine, les yeux agrandis, se crut un instant au bord de l'enfer. Un feu flambait au milieu du campement et, autour de ce feu, toute la tribu était assise à même le sol, dans une bizarre immobilité, mais, de toutes les bouches fermées, s'échappait une sorte de plainte mélodique, monotone et sourde à laquelle répondait, par instants, le ronflement des peaux d'âne sous les doigts secs des hommes.

Les flammes rouges dansaient sur les peaux cuivrées dont certaines portaient des tatouages. Les femmes, vêtues de haillons, avaient d'épais cheveux noirs, gras et luisants, des lèvres pour la plupart charnues, de minces nez aquilins, des yeux de braise, même les vieilles dont la peau montrait plus de plis qu'un vieux parchemin. Certaines étaient belles ainsi que le montraient largement les grossières chemises, mal attachées, qu'elles portaient. Les hommes étaient effrayants. Déguenillés, crasseux, ils avaient des cheveux crépus, laineux, de longues moustaches sous lesquelles brillaient des dents très blanches. Ils se coiffaient de chapeaux en loques ou de casques bosselés, ramassés au hasard des chemins ou des cadavres. Tous portaient aux oreilles de lourds anneaux d'argent. Ces faces immobiles, ces yeux à l'éclat dangereux fixés au cœur ardent du feu, cette plainte qui ne cessait pas, tout cela fit courir un frisson sous la peau de Catherine. Elle chercha le regard de Sara et, comme elle allait parler, la bohémienne posa vivement son doigt sur ses lèvres :

« Il ne faut rien dire, chuchota-t-elle, si bas que la jeune femme l'entendit à peine. Pas maintenant. Ni bouger.

— Pourquoi ? demanda Tristan.

— Ceci est un rite funèbre. Ils attendent sans doute le corps de l'homme qui a été pendu ce matin. »

En effet, venant du château, une petite procession descendait vers le camp. Un homme grand et maigre ouvrait la marche, portant une torche pour éclairer ses quatre compagnons sur les épaules desquels reposait un corps inerte. L'homme, sur qui tombait d'aplomb la lumière, était vêtu de chausses collantes, écarlates, et d'un pourpoint de même nuance, abondamment taché et déchiré, mais qui montrait encore des traces de broderie d'or. Les lacets rompus du pourpoint l'ouvraient largement, découvrant jusqu'à la taille une poitrine brune dont les muscles luisants dénonçaient la force. L'homme était jeune et de mine arrogante. Quant à la longue et mince moustache noire qui encadrait ses fortes lèvres rouges, elle accentuait encore leur pli cruel tandis que les yeux sombres s'étiraient vers les tempes, dénonçant le sang asiatique. Les cheveux épais, à travers lesquels on voyait briller les anneaux d'argent des oreilles, tombaient jusque sur les épaules.

« C'est Fero, le chef », souffla Tristan l'Hermite.

La mélopée funèbre s'arrêta quand les porteurs déposèrent le cadavre devant le feu. Les bohémiens s'étaient levés et, seules, quelques femmes vinrent se placer, à genoux, autour de l'homme mort. L'une d'elles, si vieille et si ridée que sa peau paraissait coller à son squelette, se mit à chanter, d'un voix abominablement cassée, une sorte de chant plaintif où le fil mélodique se brisait continuellement. Une autre, jeune et vigoureuse celle-là, le reprit quand la vieille s'arrêta.

« La mère et la femme du mort, chuchota Sara. Elles chantent ses vertus. »

Le reste de la cérémonie fut bref. Le chef se courba, glissa une pièce de monnaie entre les dents du mort, puis les quatre hommes reprirent leur fardeau et descendirent avec lui jusqu'au bord du fleuve. L'instant suivant, le cadavre s'en allait au fil de l'eau noire.

« C'est fini, fit Sara. L'homme, par le chemin de l'eau, va rejoindre le pays de ses ancêtres.

— Nous pouvons approcher, alors, dit Tristan. Puisque... »

Mais il s'interrompit. Sara, brusquement à pleine voix, s'était mise à chanter, faisant sursauter Catherine. Il y avait longtemps que la jeune femme n'avait entendu chanter Sara, tout au moins de cette manière. Bien sûr, elle avait souvent fredonné de vieilles ballades pour endormir le petit Michel, mais ces mélopées étranges, venues du fond des âges, rauques, sauvages et incompréhensibles, Catherine ne les avait entendues que deux fois : jadis, dans la taverne de Jacquot de la Mer, à Dijon, et auprès du feu des gitans qui, un moment, avaient entraîné Sara avec eux. Quelque chose se noua dans sa gorge en l'écoutant. La voix de Sara, ample, puissante, semblait peupler la nuit et lui porter tous les profonds échos de la terre lointaine d'où était venue l'étrange femme... Toute la tribu s'était tournée vers elle et l'écoutait, fascinée.

Lentement, Sara, sans cesser de chanter, se mit en marche, descendant la pente du fossé. Catherine et Tristan suivirent, le dernier menant les chevaux par la bride, et, devant eux, les tziganes ouvrirent leurs rangs. C'est seulement en arrivant devant le chef que Sara se tut.

« Je suis Sara la Noire, dit-elle alors simplement, et mon sang est frère du tien. Celle-ci est ma nièce, Tchalaï, et l'homme que voici nous a menées jusqu'à toi, à travers bien des périls. Nous acceptes-tu ? »

Lentement, Fero leva sa lourde main et la posa sur l'épaule de Sara.

« Sois la bienvenue, ma sœur. L'homme qui t'accompagne n'avait pas menti. Tu es des nôtres et ton sang est pur car tu sais les vieux chants rituels que seules connaissent les meilleurs d'entre nous. Quant à celle-ci... » Son regard noir détailla Catherine qui eut l'impression soudaine d'être enveloppée de flammes... « sa beauté sera le joyau de notre tribu. Venez, les femmes prendront soin de vous... »

Il s'inclina devant Sara comme devant une reine puis entraîna Tristan vers le feu tandis qu'un cercle jacassant se refermait sur les deux femmes. Catherine, ahurie, les oreilles bourdonnantes, se laissa conduire vers les quelques chariots massés au pied d'une des tours.

Une heure plus tard, étendue entre Sara et la vieille Orka, la mère de l'homme qui avait été pendu, elle essayait à la fois de se réchauffer et de mettre de l'ordre dans ses idées. Tristan était reparti pour l'auberge du Pressoir Royal où il resterait à la disposition de ses compagnes, aux aguets, mais tout de même à l'écart du camp tzigane où sa présence pourrait surprendre. Il avait emporté les vêtements de Catherine et de Sara que le premier soin des femmes de la tribu avait été d'habiller avec ce que l'on avait pu trouver dans les coffres. Et, maintenant, vêtue seulement d'une longue chemise de toile, si rude qu'elle lui irritait la peau, et d'une sorte de couverture bariolée et passablement effrangée mais à peu près propre, drapée par-dessus à la manière d'une toge romaine, les pieds nus, Catherine se recroquevillait contre Sara, les jambes repliées sous elle, pour essayer d'avoir moins froid. Elle aurait donné n'importe quoi pour une botte de paille, mais, dans ce chariot couvert d'une bâche trouée, il n'y avait, sur les planches mal jointes, que de mauvais chiffons pour préserver des courants d'air et de la dureté du bois... Un soupir lui échappa et Sara, la sentant remuer, chuchota :

« Tu es bien sûre de ne rien regretter ? »

La trace d'ironie que comportait la question n'échappa pas à Catherine. Elle serra les dents.

« Je ne regrette rien... mais j'ai froid.

— Tu n'auras pas froid longtemps. D'abord, on se fait à tout, et puis les beaux jours vont venir. »

La jeune femme ne répondit rien. Elle sentait que Sara, peut-être parce qu'elle s'était réadaptée aussitôt à la vie difficile des siens, n'avait pour elle aucune compassion. Il y avait, dans sa voix, une sorte de contentement paisible, celui d'avoir rejoint ses sources profondes. Et Catherine se jura d'être à la hauteur du rôle qu'elle avait voulu jouer car elle ne voulait pas perdre la face aux yeux de Sara. Elle se contenta donc de s'envelopper plus étroitement dans sa couverture, en prenant bien soin d'y enfermer ses pieds glacés, et de marmonner un vague bonsoir. A côté d'elle, la vieille Orka dormait sans plus bouger ni faire de bruit que si elle était morte.

Quand le jour revint, Catherine dut se mêler à la tribu et put, par la même occasion, en mesurer la misère. Les feux de la nuit mettaient une sorte de fard sur la vétusté des chariots, la crasse des corps et des vêtements. Le jour éclaira cruellement les enfants qui allaient à peu près nus sans paraître en souffrir, les animaux étiques, chiens, chats, chevaux errant à travers le campement à la recherche d'une quelconque nourriture et aussi le visage réel des tziganes.

Pour vivre, certains tressaient des paniers avec les joncs du fleuve, mais la plupart étaient des chaudronniers. Leurs forges, cependant, étaient rudimentaires : trois pierres en guise de foyer, un soufflet en peau de chèvre actionné par les orteils et une autre pierre comme enclume. Quant à leurs compagnes, elles lisaient dans les lignes de la main, faisaient la cuisine et promenaient partout leur démarche nonchalante, roulant des hanches d'une manière provocante. Leur façon de s'habiller étonnait aussi Catherine ; il n'était pas rare de rencontrer une femme vaquant, les seins nus, à ses occupations, mais toutes cachaient leurs jambes jusqu'au bout des pieds.

« La pudeur, chez nous, s'attache aux jambes, déclara Sara avec dignité. La poitrine n'a d'autre importance que celle de son rôle : la nourriture des enfants. »

Quoi qu'il en soit, songeait Catherine, les hommes avaient l'air de démons avec leurs yeux sauvages et leurs dents blanches, les femmes de diablesses effrontées quand elles étaient jeunes, d'inquiétantes sorcières quand elles étaient vieilles. Et la jeune femme s'avouait secrètement que tous ces gens lui faisaient peur.

Plus que tous, peut-être, le grand Fero. Le visage rude du chef semblait se faire plus farouche encore lorsqu'il la regardait. Son regard noir luisait comme celui d'un chat tandis qu'il se mordait nerveusement les lèvres. Mais il ne lui adressait jamais la parole et passait son chemin lentement, se retournant parfois pour la regarder encore.

Complètement dépaysée, Catherine s'accrochait désespérément à Sara qui, elle, évoluait parmi ses frères de race avec une souveraine aisance. Tous lui montraient une déférence dont Catherine bénéficiait, comprenant par ailleurs fort bien que, sans Sara, on l'eût sans doute méprisée, elle, cette tzigane de raccroc qui ne parlait même pas le langage commun. Pour éviter les curiosités, Sara, par prudence, la faisait passer pour simple d'esprit... Evidemment, c'était assez commode, mais, malgré tout, Catherine s'habituait mal à voir les tziganes cesser de parler quand elle s'approchait et la suivre des yeux lorsqu'elle s'éloignait. Elle était environnée de regards dans lesquels elle pouvait lire bien des choses : moquerie envieuse chez les femmes, convoitise sournoise chez la plupart des hommes.

« Ces gens ne m'aiment pas, dit-elle à Sara au bout de trois jours. Sans toi, ils ne m'auraient jamais acceptée.

— Ils sentent en toi une nature étrangère, répondit la bohémienne, cela les étonne et les offusque. Ils pensent que tu as quelque chose de surnaturel, mais ils ne savent pas bien ce que c'est. Certains croient que tu es une keshalyi, une bonne fée, qui leur portera chance — c'est ce que Fero tente de leur faire croire — d'autres disent que tu as le mauvais œil. Ce sont les femmes, en général, parce qu'elles savent lire dans les yeux de leurs hommes et que tu leur fais peur.

— Que faire alors ? »

Sara haussa les épaules et désigna, d'un mouvement de tête, le château dont la masse noire les dominait.

« Attendre. Peut-être que le temps viendra bientôt où le seigneur La Trémoille demandera qu'on lui envoie d'autres danseuses. Deux des filles de la tribu sont là-haut depuis huit jours et il est inhabituel, d'après ce que dit Fero, qu'on les garde aussi longtemps. Il pense qu'on a dû les tuer.

— Et... il accepte cela ? s'écria Catherine la bouche soudain sèche.

— Que peut-il faire ? Il a peur, comme tous ceux d'ici. Il ne peut qu'obéir et livrer ses femmes, même s'il porte la rage au cœur. Il sait trop bien que, s'il plaisait au chambellan d'aligner une compagnie d'archers sur la courtine et de faire tirer sur le camp, personne ne viendrait l'en empêcher, surtout pas les gens de la ville qui craignent les errants comme le diable. »

Une amertume passait dans la voix de Sara ; Catherine comprit qu'elle partageait la rage de Fero parce que les femmes sacrifiées au plaisir de la Trémoille étaient de sa race. Elle eut envie, soudain, de la réconforter.

« Cela ne durera plus maintenant. Prions le Ciel pour que l'on me fasse bientôt monter là-haut.

— Prier pour que le danger vienne à toi ? fit Sara tristement. Tu dois être folle ! »

Mais Catherine ne songeait qu'à cet instant où le caprice du grand chambellan les mettrait face à face. Chaque soir, autour du feu, après le repas pris en commun, elle observait soigneusement les filles que Fero faisait danser pour pouvoir les imiter quand le temps serait venu. Le chef ne lui adressait jamais la parole, mais elle savait que c'était pour elle qu'il demandait des danses tous les soirs et, souvent, elle croisait son regard sombre, énigmatique et lourd.

Pourtant, parmi les femmes, Catherine s'était fait deux amies : la vieille Orka d'abord, qui ne parlait pas, mais qui pouvait rester des heures à la regarder en hochant la tête. On disait que la mort de son fils lui avait fait perdre l'esprit, mais Catherine trouvait un réconfort à rencontrer ce vieux visage amical.

L'autre femme qui ne se montrait pas hostile était la propre sœur de Fero. Tereina devait avoir une vingtaine d'années ; malheureusement elle était restée bossue et contrefaite à la suite d'une chute quand elle était enfant et ne paraissait pas avoir beaucoup plus de douze ans. Elle avait un visage ingrat, que l'on oubliait cependant en regardant ses yeux : deux lacs noirs, immenses et lumineux, qui avaient toujours l'air de voir plus loin et plus profond que les autres.

Tereina était venue vers Catherine dès le lendemain de son arrivée. Sans rien dire, avec un sourire timide, elle lui avait tendu un canard dont elle avait proprement tordu le cou. Catherine avait compris que c'était là un présent de bienvenue et elle avait remercié la jeune fille. Mais elle n'avait pu s'empêcher d'ajouter :

« Où l'as-tu pris ?

— Là-bas, répondit la jeune fille. Près de la mare du couvent.

— C'est généreux à toi de me l'apporter, mais tu sais ce que tu risques à prendre le bien d'autrui ? »

Tereina alors avait ouvert de grands yeux surpris.

« Autrui ? Qui est autrui, sinon le Créateur ? Il a créé les bêtes pour nourrir les hommes. Pourquoi donc certains les garderaient-ils pour eux seuls ? »

Catherine n'avait rien trouvé à répondre à cette logique. Elle avait partagé le canard, préalablement rôti, avec Tereina. Depuis, la jeune fille s'était attachée à elle et l'aidait à s'habituer à son nouvel état. Dans la tribu, la sœur du chef jouissait d'un rang particulier. Elle connaissait les vertus des simples et, à cause de cette connaissance, elle était la drabarni, la femme aux herbes qui peut écarter la maladie, adoucir la mort ou faire naître l'amour. Cela lui valait le respect un peu craintif de tous.

Le quatrième jour, quand vint le crépuscule, Fero ne fit pas appeler les deux femmes auprès de son feu, comme les autres soirs, pour partager le repas. Elles restèrent autour de la marmite de la vieille Orka et avalèrent en silence le ragoût de blé noir et de lard fortement parfumé d'ail sauvage qu'elle avait préparé. Le campement était silencieux et morne car on n'avait toujours pas de nouvelles des deux filles montées au château. D'autre part, une dizaine d'hommes s'étaient éloignés pour pêcher dans la Loire sans risquer de tomber sous la lourde main des forestiers royaux. Ils ne reviendraient que dans deux ou trois jours. Fero, retranché dans son chariot, était invisible et il n'y aurait ce soir ni chants, ni danses. Le ciel, tout le jour, avait charrié de gros nuages noirs. Il avait fait une chaleur inaccoutumée pour la saison. Cela sentait l'orage et Catherine, oppressée, avait du mal à respirer. Elle avait à peine touché à la soupe trop grasse dont l'odeur forte lui faisait mal au cœur et elle allait remonter dans le chariot pour dormir quand, soudain, Tereina était apparue auprès du feu. Une pièce d'étoffe rouge sombre drapait son corps contrefait et son visage pâle, jailli de l'ombre, était semblable à celui d'un fantôme. Sara lui désignait déjà, de la main, une place auprès d'elle, mais la jeune fille n'avait regardé que Catherine.

« Mon frère te demande, Tchalaï. Je vais te conduire auprès de lui.

— Que lui veut-il ? demanda vivement Sara en se levant.

— Qui suis-je pour le lui demander ? Le chef ordonne, il doit être obéi.

— Je vais avec elle.

— Fero a dit Tchalaï seule. Il n'a pas dit Tchalaï et Sara. Viens, ma sœur. Il n'aime pas attendre. »

Et la jeune fille, reculant d'un pas, rentra dans l'ombre. Catherine, alors, suivit sans un mot le petit fantôme rouge. L'une derrière l'autre, elles traversèrent une bonne partie du camp silencieux. Les feux s'éteignaient déjà et les tziganes se retiraient pour dormir. La nuit était sombre. L'on y voyait mal. Soudain, comme le chariot à roues pleines qui servait de logis au chef, éclairé à l'intérieur par une lampe à huile, n'était plus qu'à quelques pas, Tereina s'arrêta et se tourna vers Catherine. Celle-ci vit briller, dans l'ombre, les grands yeux de la tzigane.

« Tchalaï, ma sœur, tu sais que je t'aime, dit-elle gravement.

— Je le crois, du moins. Tu as toujours été bonne avec moi.

— C'est parce que je t'aime. Mais, ce soir, je veux te le prouver. Tiens... prends ceci et bois. »

Elle avait tiré de son vêtement une petite fiole et la mettait dans la main de Catherine, toute chaude de sa propre chaleur.

« Qu'est-ce que c'est ? demanda la jeune femme soudain méfiante.

— Quelque chose dont tu as grand besoin. J'ai lu en toi, Tchalaï. Ton cœur est froid comme le cœur d'une morte et je veux que ton cœur revive. Avec ce que je te donne, ton cœur revivra. Bois sans hésiter, à moins que tu ne te défies de moi ? ajouta-t-elle avec tant de tristesse que Catherine sentit sa méfiance s'amollir.

— Je ne me méfie pas de toi, Tereina, mais pourquoi ce soir ?

— Parce que c'est ce soir que tu en auras besoin.

Bois sans crainte, ce sont des herbes bénéfiques. Tu ne sentiras plus ni fatigue ni découragement. J'ai fait ce mélange pour toi... parce que je t'aime. »

Quelque chose de plus fort qu'elle poussa Catherine à porter à ses lèvres le petit flacon. Il dégageait un parfum d'herbes, puissant mais agréable. Elle n'avait plus aucune crainte. On n'offre pas le poison avec cette tendresse dans la voix... D'un trait, elle avala le contenu puis toussa. C'était comme une flamme parfumée qui avait coulé en elle et, instantanément, elle se sentit plus forte et plus vaillante. Elle sourit au visage tendu de la jeune fille.

« Voilà, tu es contente ? »

Doucement, Tereina serra sa main, sourit à son tour.

« Oui... Va, maintenant. Il t'attend. »

En effet, sous la toile soulevée du chariot, la silhouette de Fero se découpait en noir sur le fond éclairé. Tereina disparut comme par enchantement tandis que Catherine, prise d'un nouveau courage, s'avançait vers le logis du chef. Il tendit la main sans rien dire, l'aida à monter dans le véhicule et laissa retomber la toile sur eux. Au même instant, un éclair livide illumina le ciel tandis qu'au bout de l'horizon le tonnerre éclatait. Catherine, surprise, sursauta. Les dents blanches de Fero étincelèrent entre ses lèvres rouges.

« Tu as peur de l'orage ?

— Non. J'ai seulement été surprise. Pourquoi aurais-je peur ? »

Un nouveau coup de tonnerre, plus brutal que le premier, lui coupa la parole. Et aussitôt la pluie se mit à tomber ; une pluie violente, hargneuse, qui frappait comme un tambour le feutre tendu du chariot. Fero alla s'étendre sur les couvertures pliées qui lui servaient de lit. Il avait ôté son pourpoint et portait seulement ses chausses écarlates. La lampe à huile accrochée à un des arceaux de fer de la voiture faisait briller sa peau brune et ses longs cheveux noirs rejetés en arrière. Son regard ne quittait pas Catherine demeurée près de l'entrée. Il eut un nouveau sourire, lent, un peu moqueur.

« Je crois, en effet, que tu n'as pas peur de grand-chose... puisque tu es ici. Sais-tu pourquoi je t'ai fait venir ?

— Je pense que tu vas me l'apprendre.

— En effet, je voulais te dire que cinq de mes hommes t'ont déjà demandée pour femme. Ils sont prêts à se battre pour toi. Il va te falloir choisir celui avec lequel tu prendras le pain et le sel et casseras la cruche des épousailles. »

Catherine eut un haut-le-corps et abandonna aussitôt le tutoiement de son rôle.

« Vous perdez la tête, je pense. Oubliez-vous qui je suis et pourquoi je suis ici ? Je veux entrer au château, un point c'est tout. »

Une flamme cruelle s'alluma dans les yeux du chef tzigane et il haussa les épaules.

« Je n'oublie rien. Tu es une grande dame, je sais. Mais tu as voulu vivre parmi nous et, bon gré, mal gré, il te faut subir nos coutumes. Quand plusieurs hommes demandent une femme libre, elle doit choisir parmi eux, à moins qu'elle n'accepte le combat qu'ils se livreront et n'appartienne au vainqueur. Tous mes hommes sont braves et tu es belle : le combat sera chaud. »

Une flamme de colère monta au visage de Catherine. Ce garçon insolent, étendu à demi nu devant elle, disposait de sa personne avec un cynisme révoltant.

« Vous ne pouvez me contraindre à ce choix. Messire l'Hermite...

— Ton compagnon ? Il n'oserait s'immiscer dans les coutumes de mon peuple. Si tu veux rester ici, tu dois vivre comme une vraie tzingara ou, du moins, faire semblant. Nul ne comprendrait, parmi les miens, qu'une de mes sujettes repousse la loi.

— Mais je ne veux pas, gémit Catherine d'une voix qui se brisait tandis qu'un sanglot montait dans sa gorge. Ne pouvez-vous m'éviter cela ? Je vous donnerai de l'or... ce que vous voudrez. Je ne veux pas appartenir à l'un de ces hommes, je ne veux pas qu'ils se battent pour moi, je ne veux pas ! »

Elle avait noué ses mains en une inconsciente supplication et ses grands yeux noyés de larmes imploraient. Quelque chose s'adoucit dans le masque farouche du chef.

« Viens ici », dit-il doucement.

Elle ne bougea pas, continuant à le regarder sans comprendre. Alors, il répéta, plus durement :

« Viens ici ! »

Et, comme elle demeurait figée, il se redressa, tendit un bras. Sa main empoigna Catherine par le bras et, d'une secousse, il la fit tomber à genoux auprès de lui. Elle poussa un cri de douleur, mais il se mit à rire :

« Pour quelqu'un qui n'a jamais peur, tu fais une étrange mine. Mais je ne te ferai pas de mal. Ecoute-moi seulement, belle dame, noble dame... je suis noble, moi aussi. Je suis duc d'Egypte et je porte en moi le sang du maître du monde, du conquérant qui asservit les rois eux-mêmes. »

Sa main remontait lentement le long du bras nu de Catherine, cherchait la rondeur de l'épaule qu'elle emprisonnait. La jeune femme le voyait de tout près, maintenant, et s'étonnait de la finesse de cette peau brune, de l'éclat de ces yeux étincelants qui la fascinaient. Cette main, sur sa peau, était chaude, comme devenait chaud, tout à coup, son sang à elle... Un brouillard passa devant les yeux de Catherine tandis que des vagues brûlantes parcouraient son corps. Cette main qui caressait son épaule, elle avait soudain envie qu'elle osât davantage...

Epouvantée de ce désir d'amour qui montait en elle, impérieux, et combien primitif, elle eut un sursaut, tenta d'échapper à la main qui la tenait, mais en vain.

« Que voulez-vous ? » murmura-t-elle le souffle écourté.

La main glissait de nouveau sur son bras, le serrait pour l'attirer plus près encore de Fero. L'haleine chaude du chef brûla les lèvres de Catherine.

« Il y a pour toi un moyen d'échapper à mes hommes, un seul : on ne convoite pas le bien du chef... »

Elle essaya de rire avec mépris, constata rageusement que son rire sonnait faux.

« Voilà donc où vous vouliez en venir ?

— Pourquoi pas ? Mais la demande de mes hommes est réelle. J'ajoute que, si tu tiens au combat, je me battrai moi aussi pour t'avoir. »

La poigne du tzigane la maintenait à terre, presque contre sa poitrine. Il se pencha encore davantage et sa bouche frôla le visage tendu.

« Regarde-moi bien, belle dame. Dis-moi ce qui me différencie de ces grands seigneurs auxquels tu es réservée. Le grand chambellan à qui tu vas peut-être t'offrir est gras et repoussant. Il est vieux déjà et l'amour est pour lui un jeu difficile. Moi, je suis jeune, mon corps est vigoureux. Je peux t'aimer durant des nuits et des nuits sans me lasser. Pourquoi donc ne me choisirais-tu pas ? »

Sa voix rauque avait un pouvoir envoûtant et, dans le corps tremblant de Catherine, le sang, incendié, bouillait. Avec horreur, elle découvrait qu'elle n'avait pas envie de résister, qu'elle désirait encore l'entendre, qu'elle avait faim d'amour... L'impulsion qui était si près de la jeter vers cet homme était si violente et si animale en même temps que Catherine sentit l'épouvante glisser dans son sang. En un éclair, elle comprit ce que Tereina lui avait fait boire. Un philtre d'amour ! Quelque infernale mixture destinée à la livrer, soumise et consentante, au chef tzigane.

Un sursaut d'orgueil vint à son secours. Sauvagement, elle s'arracha des bras qui la serraient déjà, se traîna à genoux au fond de la voiture et, s'agrippant aux montants, se releva. Contre son dos, elle sentit la rugosité du bois, l'humidité du feutre mouillé. Elle tremblait de tous ses membres et devait serrer les dents pour les empêcher de claquer. Du fond de son cœur désespéré, une prière monta vers un ciel, devenu plus que jamais inaccessible, tandis que sa main cherchait machinalement, à sa ceinture, la dague à l'épervier, la dague d'Arnaud qu'elle avait l'habitude de porter. Mais Tchalaï la bohémienne n'avait pas de dague et la main sans défense s'agrippa à l'étoffe grossière du vêtement. Toujours accroupi dans l'ombre, pareil à quelque grand félin, Fero l'observait avec des yeux injectés de sang.

« Réponds, gronda-t-il. Pourquoi ne me choisirais-tu pas ?

— Parce que je ne vous aime pas. Parce que vous me faites horreur.

— Menteuse. Tu en as envie autant que moi. Tu ne vois pas tes yeux déjà troubles, tu n'entends pas ton souffle haletant. »

Catherine eut un cri de rage.

« C'est faux ! Tereina m'a fait boire je ne sais quelle mixture diabolique et vous le savez, et vous comptez là-dessus ! Mais vous ne m'aurez pas parce que je ne le veux pas !

— Crois-tu ? »

Une détente souple et il était debout contre elle, la bloquant entre sa poitrine et les arceaux de bois. Elle tenta de glisser de côté, mais elle pouvait à peine respirer. Et il y avait toujours cette brûlure au fond de son corps, primitive et avilissante, mais qui, au contact de cet homme, devenait impérieuse... Catherine serra les dents, appuya ses deux mains sur la poitrine de Fero, tentant vainement de le repousser.

« Laissez-moi, souffla-t-elle... Je vous ordonne de me laisser. »

Il se mit à rire doucement, presque contre sa bouche, malgré l'effort que faisait Catherine pour détourner la tête.

« Ton cœur bat comme un tambour. Mais si tu « ordonnes » que je te laisse, je peux obéir... Je peux aussi appeler ces hommes qui veulent se battre pour toi et, comme je n'ai pas envie de perdre l'un d'eux à cause de tes grands yeux, je vais t'attacher dans ce chariot et je te livrerai à eux. Lorsque chacun t'aura possédée, ils sauront, du moins, s'ils ont encore envie de se battre. Je passerai le dernier...

Est-ce que tu « ordonnes » toujours que je te laisse ? »

Un nuage rouge passa devant les yeux de Catherine, né d'une soudaine bouffée de fureur. Cet homme osait parler d'elle comme d'une chose sans importance, que l'on dédaigne après l'avoir prise ? Blessée dans son amour-propre et horrifiée devant la menace que Fero faisait luire à ses yeux, Catherine se sentit, tout à coup, plus indulgente pour les appels de sa chair bouleversée. En même temps, elle éprouva un besoin irrépressible de soumettre ce sauvage insolent, de le réduire à cet esclavage passionné où elle avait vu déjà tant d'autres hommes. Et puisque aussi bien c'était le seul moyen d'échapper au pire...

Elle cessa soudain de détourner la tête. Surpris de rencontrer sous ses lèvres cette bouche qui ne se défendait plus, Fero s'en empara avec avidité... Ses lèvres à lui étaient douces et avaient une odeur de thym. Déjà triomphante, Catherine sentit qu'elles tremblaient légèrement, mais n'eut pas le temps de se réjouir. Le philtre maudit avait maintenant déchaîné en elle toutes les puissances de l'enfer. Elle ne pouvait plus lutter contre lui. Son cœur fou cognait contre ses côtes. La violence de son sang l'étouffait et, sous les mains du tzigane, ses hanches vibraient déjà... Il n'était d'ailleurs plus possible d'arrêter le délire amoureux de Fero, sourd et aveugle pour tout ce qui n'était pas ce corps de femme qu'il pressait contre le sien.

Catherine, alors, ferma les yeux et s'abandonna à la tempête. Mais, agrippant des deux mains les épaules moites du tzigane, elle murmura :

« Aime-moi, Fero, aime-moi de toutes tes forces... mais sache que je ne te pardonnerai que si tu parviens à me faire oublier jusqu'à mon nom. »

Pour toute réponse, il se laissa tomber à terre, l'entraînant avec lui. Tous deux roulèrent, enlacés, sur le plancher crasseux.

Pendant toute la nuit, la tempête fit rage, secouant les chariots, tordant les arbres, arrachant les ardoises des toits, obligeant les archers de garde, aux créneaux du château, à se courber derrière les énormes merlons. Mais, dans le chariot au creux du fossé, Catherine ni Fero n'en entendirent rien. Au désir sans cesse renaissant de l'homme répondait cette étrange folie qui avait fait de la jeune femme une bacchante sans pudeur, criant de passion sous la violence du plaisir.

Quand la première lueur du jour glissa furtivement sur le fleuve, touchant de sa clarté blême et fumeuse les berges dévastées, la fraîcheur humide de l'aube s'infiltra sous le feutre détrempé, toucha les corps en sueur des deux amants. Catherine s'éveilla avec un frisson du pesant sommeil où elle avait sombré avec Fero quelques instants plus tôt. Elle se sentait lasse à mourir, la tête vide et la bouche amère, comme si elle avait trop bu. Au prix d'un pénible effort, elle repoussa le grand corps inerte de son amant, sans même l'éveiller, se remit debout. Tout se mit à tourner autour d'elle et elle dut s'appuyer aux arceaux pour ne pas tomber. Ses jambes tremblaient, une nausée lui souleva l'estomac. Une sueur froide perla à ses tempes et un instant elle ferma les yeux. Le malaise passa, mais l'envie de dormir revenait, insurmontable...

A tâtons, elle chercha sa chemise, l'enfila avec peine, ramassa sa couverture et sortit du chariot. Au-dehors, la pluie avait cessé, mais de longues écharpes de brume jaune traînaient sur le fleuve. La terre était détrempée, des branches brisées par l'orage traînaient partout. Les pieds nus de Catherine enfoncèrent dans une boue épaisse et molle. Elle fit trois pas et, malgré ses paupières lourdes, remarqua une forme rougeâtre blottie sous un chariot et qui bougea à son approche. Avec stupeur, elle reconnut Tereina. La jeune fille la regardait venir, et tout, dans son visage, criait le triomphe. Alors Catherine se souvint de ce qui lui était arrivé par la faute de cette fille. La colère la réveilla. Elle se jeta sur la bohémienne, la saisit par son châle rouge.

« Que m'as-tu fait boire ? gronda-t-elle. Je t'ordonne de me répondre. Qu'est-ce que j'ai bu ? »

Le sourire extasié de Tereina ne contenait pas une once de crainte.

« Tu as bu l'amour... Je t'ai donné le plus puissant de mes breuvages d'amour pour que ton cœur se réchauffe au feu qui brûlait dans celui de mon frère. Maintenant, tu es à lui... et vous serez heureux ensemble. Tu es vraiment ma sœur. »

Avec un soupir, Catherine lâcha le châle. Elle retint les reproches qui lui venaient. A quoi bon ? Tereina ne savait rien de sa véritable personnalité. Elle n'avait vu en elle qu'une fille de sa race, une réfugiée que son frère désirait, et elle avait cru faire leur bonheur à tous les deux en la jetant dans les bras de Fero. Elle ne savait pas que l'amour et le désir peuvent être deux frères ennemis.

La petite bohémienne avait pris sa main et y posait sa joue dans un geste d'adoration.

« Je sais combien vous avez été heureux, chuchota-t-elle d'un ton de confidence... Toute la nuit, j'ai écouté... et j'étais heureuse, moi aussi. »

Catherine sentit son visage s'empourprer. Au souvenir de ce qui s'était passé durant cette nuit diabolique, une vague de honte la submergea. Elle se revit, elle, Catherine de Montsalvy, délirant sous les baisers d'un vagabond et, pour cela, elle se haïssait maintenant. Le philtre avait, certes, joué son rôle aphrodisiaque, mais Catherine avait pourtant une conscience d'une sorte de dualité inconnue dans son être. Cette fille folle que le breuvage avait éveillée n'existait-elle pas réellement dans le tréfonds de son âme ? C'était elle, déjà, qui lui avait fait trouver du plaisir dans les bras de Philippe de Bourgogne, qui, sans l'intervention de Gauthier, l'aurait livrée à l'Ecossais Mac Laren, qui faisait lever en elle ces vagues troubles au contact de certains hommes, qui, enfin, faisait taire les cris de son cœur, donné tout entier à son époux, sous ses exigeantes revendications et son besoin d'amour physique... La boue où s'enfonçaient ses pieds n'était ni moins épaisse ni moins puante que celle dont se formait la misérable nature humaine.

Doucement, elle posa sa main sur la tête de Tereina toujours courbée à ses pieds.

« Va dormir, lui dit-elle gentiment, tu es trempée, transie...

— Mais tu es heureuse, n'est-ce pas, Tchalaï ? Tu es vraiment heureuse ? »

Encore un effort, le dernier, pour ne pas briser le cœur de cette innocente.

« Oui... murmura Catherine... très heureuse ! »

Refoulant ses larmes, le cœur lourd, Catherine poursuivit son chemin, s'enfonçant dans la brume comme pour y cacher sa honte. Elle descendit jusqu'au fleuve, sans prendre garde aux cailloux qui la meurtrissaient, et ne s'arrêta que lorsque l'eau vint lécher ses pieds nus.

La Loire était grise et se confondait avec le ciel, mais des traces presque imperceptibles de lumière dorée frisaient déjà, de loin en loin, à la surface. L'eau bouillonnait, grosse de la grande pluie nocturne, gonflée d'une vigueur nouvelle. Catherine eut soudain envie de s'y plonger. Le fleuve-roi avait toujours été son ami et, dans cette aube triste, elle revenait tout naturellement vers lui pour lui demander d'apaiser son cœur malade.

Avec des gestes d'automate, elle laissa glisser ses vêtements et s'avança dans le courant. Il était fort et elle avait du mal à marcher sur le fond où roulaient des pierres. L'eau était fraîche et, quand elle atteignit son ventre, Catherine frissonna. Elle eut la chair de poule, mais continua d'avancer. Bientôt, elle en eut jusqu'aux épaules et ferma les yeux. Le courant massait son corps. Seuls, ses pieds crispés dans la vase la retenaient encore au sol. Il y eut tout à coup en elle un grand silence intérieur. Est-ce qu'il ne serait pas mieux que tout s'arrêtât là ? Qu'elle en finisse une bonne fois avec sa vie sans espoir ? Tant qu'elle avait pu se garder pure, le combat était encore facile et la victoire pouvait avoir des charmes. Mais, maintenant ? Elle s'était donnée à un inconnu comme une simple fille et c'était comme si elle avait creusé, entre elle et le souvenir de son époux, un immense, un infranchissable fossé. Si Dieu voulait qu'elle le revît encore, ne fût-ce qu'une fois, oserait-elle seulement le regarder en face sans mourir de honte ? Un lourd sanglot gonfla sa gorge et deux larmes glissèrent sous ses paupières closes.

« Arnaud, murmura-t-elle, pourrais-tu me pardonner si tu savais... si tu savais ? »

Non, il ne le pourrait pas. Elle en était sûre. Elle connaissait trop sa jalousie ardente, sa passion exclusive pour avoir le moindre doute. Lui qui s'était laissé torturer pour ne pas lui être infidèle, comment pourrait-il comprendre, admettre, pardonner ?... Dès lors, à quoi bon lutter encore ? Même son petit Michel n'avait pas tellement besoin d'elle. Il avait l'amour de sa grand-mère et saurait bien, une fois devenu un homme, faire resurgir Montsalvy. Et pour Catherine, ce serait si bon de s'abandonner enfin à ce grand fleuve impérieux, de se fondre en lui pour toujours. Si bon... et si facile. Il suffisait de laisser glisser ses pieds qui... Oh oui, c'était facile... c'était...

Déjà les jambes de Catherine fléchissaient. Le courant allait emporter rapidement sa forme légère jusqu'au seuil mystérieux et noir derrière lequel il n'y a plus que l'oubli et la mort. Mais, sur la rive, une voix chargée d'angoisse appelait :

« Catherine ? Catherine ? Où es-tu ?... Catherine ? »

C'était la voix de Sara, étouffée de terreur. Elle surgissait du brouillard, appel déchirant de cette vie que Catherine voulait abandonner, chargée de tant de souvenirs qu'instinctivement la jeune femme s'agrippa des orteils au fond. L'espace d'un instant, elle eut la rapide vision de sa vieille Sara, agenouillée sur le sable mouillé, enveloppant d'un linceul le corps que le fleuve venait de lui rendre. Elle crut l'entendre pleurer... et, brusquement, l'instinct de conservation la reprit. Elle retrouva, pour lutter contre le courant qui l'emportait, cette énergie qu'elle croyait perdue et, moitié nageant, moitié marchant, elle revint vers la berge. Peu à peu, à mesure qu'elle avançait vers la vie, elle distingua la silhouette de Sara qui se tenait au bord de l'eau, appelant toujours.

Pâle d'inquiétude, étroitement enveloppée dans sa couverture grise, la bohémienne serrait contre elle les vêtements de Catherine et de lourdes larmes roulaient sur ses joues. Quand la forme ruisselante de la jeune femme se dégagea de la brume, elle poussa un cri rauque et, la voyant chanceler, s'élança vers elle pour la soutenir, mais Catherine, d'un écart, évita ses mains.

« Ne me touche pas, dit-elle avec lassitude... Tu ne sais pas à quel point j'ai horreur de moi-même. Je suis sale... Je me dégoûte ! »

Le large visage de Sara se chargea de compassion. Malgré les efforts de Catherine, ses bras se refermèrent sur les épaules frissonnantes et, après l'avoir essuyée vigoureusement avec sa propre couverture, elle la fit rhabiller et l'entraîna vers le campement.

« Et tu voulais mourir pour cela, pauvrette ? Parce qu'un homme a possédé, cette nuit, ton corps ? Te voilà toute bouleversée à cause d'une nuit passée avec Fero ? Dois-je te rappeler que ceci n'est qu'un début... que tu ignores ce que tu trouveras au château ? Enfin, que pour venir à bout de cette folle aventure, tu étais prête à tout ?

— Mais j'étais consentante, cette nuit... j'avais bu je ne sais quelle maudite potion que m'avait donnée Tereina, cria Catherine butée. Et j'ai eu du plaisir dans les bras de Fero. Tu entends ? Du plaisir ! hurla-t-elle.

— Et après ? coupa Sara froidement. Ce n'est pas de ta faute. Tu ne l'as pas voulu. Ce qui t'est arrivé cette nuit n'a pas plus d'importance qu'une crise de folie passagère... ou même qu'un simple rhume. »

Mais Catherine ne voulait pas être consolée. Elle se jeta sur la dure couche qu'elle partageait avec Sara et sanglota jusqu'à épuisement. Cela lui fut salutaire. Les larmes entraînèrent les dernières fumées que la drogue avait laissées dans son esprit en même temps que l'écœurante honte qui l'avait terrassée. A bout de fatigue, elle finit par s'endormir d'un sommeil paisible qui dura jusqu'au milieu du jour. Elle en émergea l'esprit et le corps reposés. Hélas, ce fut pour apprendre de la vieille Orka que, le soir même, elle serait unie à Fero selon les rites bizarres des tziganes.

Heureusement pour Catherine, la vieille Orka disparut aussitôt après avoir annoncé ce qu'elle appelait « la grande nouvelle » car la jeune femme s'abandonna à une véritable fureur. Que Fero non content d'en avoir fait sa maîtresse, prétendît l'épouser, cela, elle s'y refusait avec violence et se répandit en injures si vigoureuses à l'adresse du chef que Sara dut la faire taire de force. Ses cris devenaient dangereux. Elle la maîtrisa et lui ferma la bouche de sa main.

« Ne sois pas stupide, Catherine. Que Fero veuille t'épouser n'a aucune importance pour toi. S'il ne te lie pas à lui, les autres auront le droit d'exiger que tu soies attribuée à l'un d'eux. Si tu refuses, il nous faut fuir, et fuir sur l'heure. Mais où ? Comment ? »

A demi étouffée par la main rude de Sara, Catherine, cependant, se calmait peu à peu. Elle se dégagea et demanda :

« Pourquoi dis-tu que cela n'a pas d'importance pour moi ?

— Parce qu'il ne s'agit pas d'un vrai mariage, du moins comme tu l'entends. Les errants ne mêlent pas Dieu à une chose aussi simple que l'accouplement de deux êtres. De plus, ce n'est pas Catherine de Montsalvy que Fero prendra pour femme, c'est une apparence, un fantôme qui disparaîtra un jour, une fille d'Egypte nommée Tchalaï. »

Catherine secoua la tête et regarda Sara avec angoisse. Qu'elle restât si insensible lui semblait monstrueux. Elle paraissait trouver cela presque naturel. Chez Catherine, ce mariage soulevait l'horreur.

« C'est plus fort que moi, dit-elle. J'ai l'impression de commettre un abus de confiance... de tromper Arnaud encore une fois.

— En aucune manière... puisque tu n'es plus toi. D'autre part, ce mariage va t'assurer une position stable dans la tribu, plus personne ne se méfiera de toi. »

Malgré ces exhortations, Catherine avait tout de même une impression de sacrilège en allant, ce soir-là, rejoindre Fero devant le grand feu où toute la tribu s'était réunie dans la joie. L'orage de la veille avait nettoyé le temps, laissant un grand ciel bleu sombre, doux comme un velours. Les hommes étaient revenus de la pêche avec des nasses pleines et tout le camp sentait le poisson que l'on grillait un peu partout. Les tambourins et les rebecs ronflaient aux mains des hommes. Les enfants dansaient de joie autour des chaudrons de cuisine et même les bébés piaillaient dans leurs paniers.

Tous ces préparatifs, toute cette joie qui se levait sur ses pas augmentaient encore la répugnance de

Catherine. De tout son être elle refusait ce simulacre auquel on la traînait d'autant plus qu'elle craignait légitimement que le mariage fût suivi d'une vie commune, de nuits qui pouvaient être nombreuses. Elle se voyait mal dans le chariot de Fero, le servant comme faisaient les autres femmes, lui appartenant corps et âme... même si Dieu ne s'en mêlait pas. Elle avait une folle envie de fuir une bonne fois cette situation impossible, et d'autant plus qu'elle se méfiait maintenant de Fero. Il savait sa qualité et elle l'avait cru son allié. Or, il semblait vouloir abuser de la situation. Qui pouvait dire s'il la laisserait partir lorsqu'on lui demanderait d'aller danser au château ?

Paradoxalement, si l'on considère ses craintes, ce fut le sentiment de sa mission qui retint Catherine. Pour le moment, elle n'était pas en danger de mort et elle devait tenter l'aventure jusqu'au bout. Mais cela ne l'empêchait nullement de chercher désespérément un moyen d'échapper à ce révoltant mariage. Les femmes avaient habillé Catherine des oripeaux les plus voyants que l'on avait pu trouver dans la tribu. Une pièce de soie verte, un peu déchirée mais frangée d'argent, s'enroulait plusieurs fois autour de son corps que, pour cette circonstance, on avait débarrassé de la rude chemise. A ses oreilles on avait fixé des anneaux d'argent tandis que des colliers faits de lourdes plaques ciselées, de même métal, et d'autres composés de menues piécettes enfilées pesaient sur ses épaules dont l'une demeurait nue. D'autres chaînes de pièces lui formaient une sorte de couronne et les yeux des femmes lui avaient dit combien, dans cet accoutrement sauvage, elle était belle.

L'assurance de sa beauté, Catherine la lut encore sur le visage radieux de Fero, dans l'orgueil de son regard quand il vint à sa rencontre et lui prit la main pour la mener devant la phuri dai. C'était la plus vieille femme de la tribu et, parce qu'elle était la plus sage et la gardienne des antiques traditions, elle avait un pouvoir presque égal à celui du chef. Jamais Catherine n'avait vu une femme ressembler autant à une chouette, mais les petits yeux ronds de la phuri dai étaient verts comme l'herbe au printemps. Des tatouages noirs marquaient ses joues vides et se perdaient sous les longues mèches grises que laissait échapper un chiffon rouge drapé à la manière d'un turban. Catherine la regarda avec horreur parce que cette femme incarnait pour elle le mariage où le destin la contraignait.

La vieille se tenait debout au milieu des anciens de la tribu, éclairée par les flammes qui accentuaient les ombres de sa figure. Les peaux d'âne et les archets faisaient rage, doublant le cercle de feu d'une zone sonore où se mêlaient les cris des femmes et le chant des hommes. Cela faisait un vacarme assourdissant. Quand le couple s'arrêta devant elle, la phuri dai sortit de ses loques deux mains fragiles comme des pattes d'oiseau et saisit un morceau de pain noir que lui tendait un grand tzigane barbu. Le silence se fit soudain et Catherine comprit que l'instant décisif était arrivé. Elle dut serrer les dents pour ne pas crier, pour ne pas hurler de panique. Est-ce que vraiment rien ne viendrait empêcher cette sinistre farce ?

Les mains parcheminées rompirent le pain en deux morceaux. Puis la vieille prit un peu de sel, qu'on lui tendit dans une petite coupe d'argent car c'était une denrée rare et extrêmement précieuse. Elle en répandit un peu sur chacun des morceaux de pain, en tendit un à Catherine, l'autre à Fero.

« Lorsque vous serez las de ce pain et de ce sel, dit-elle, vous serez las l'un de l'autre. Maintenant, échangez vos morceaux de pain. »

Impressionnée, malgré elle, par le ton solennel de la vieille, Catherine prit machinalement le pain que lui tendait Fero et lui offrit le sien. Tous deux mordirent ensemble dans la croûte dure. Les yeux du chef ne quittaient pas ceux de la jeune femme et elle dut fermer les siens un instant, incapable de soutenir la passion brutale, primitive, qu'ils révélaient... Tout à l'heure, elle allait encore lui appartenir, mais, cette fois, sans en avoir la moindre envie. Non seulement elle ne désirait pas Fero, mais son corps se révoltait à l'avance de ce qui allait suivre.

« La cruche, maintenant », dit la vieille.

On lui passa une cruche en terre qu'à l'aide d'une pierre elle brisa au-dessus de la tête des deux jeunes gens. Quelques grains de blé s'en échappèrent. Et, aussitôt, la vieille s'accroupit comptant les débris.

« Il y a sept morceaux, dit-elle en levant les yeux vers Catherine. Pour sept années, Tchalaï, tu appartiens à Fero ! »

Avec un cri de triomphe, le chef tzigane prit Catherine par les épaules et l'attira pour l'embrasser. Etourdie, elle se laissa aller contre lui tandis qu'éclataient les hurlements de joie de la tribu. Mais les lèvres de Fero ne touchèrent pas celles de la jeune femme. Jaillie de l'ombre, une fille aux cheveux de nuit avait bondi entre eux et, d'une secousse brutale, avait arraché Catherine des bras qui la tenaient.

« Un instant, Fero ! Je suis encore là, moi, et tu

m'avais juré que je serais ta rommi... ta seule femme. »

Pour un peu, Catherine aurait crié de soulagement. Elle se retrouvait à quatre pas de Fero, séparée de lui par cette fille qu'elle regardait maintenant comme un miracle. La nouvelle venue avait un visage fier : teint cuivré, petit nez aquilin, prunelles en amandes et légèrement bridées, des nattes lisses et une robe de soie rouge qui semblait étrangement élégante au milieu de tous ces haillons. Une chaîne d'or brillait à son cou. Mais la stupeur de Fero n'était pas feinte.

« Dunicha ! Tu avais disparu depuis tant de jours ! Je te croyais morte.

— Et cela t'attristait profondément, n'est-ce pas ? Qui est celle-là ? »

Elle désignait Catherine, d'un geste plein de rancune qui n'annonçait rien de bon, sans doute. Mais Catherine, heureuse de l'intrusion, examinait avec curiosité la nouvelle venue. C'était sans doute l'une des deux filles que La Trémoille avait fait monter au château quinze jours plus tôt. Pourquoi fallait-il que la tzigane la regardât d'emblée comme une ennemie, alors que Catherine brûlait de lui poser une foule de questions sur les habitudes du château ?

Mais, tandis qu'elle réfléchissait, la dispute s'envenimait entre Dunicha et Fero. Le chef tzigane se défendait âprement d'avoir été infidèle. Puisque sa future épouse n'avait pas été tuée au château, elle aurait dû faire savoir qu'elle vivait. Quant à lui, il était maintenant régulièrement uni à Tchalaï et il n'en démordait pas.

« Dis plutôt que cela t'arrangeait de me croire morte, cria la fille. Mais tu n'en es pas moins parjure et moi, Dunicha, je nie la valeur de ton mariage. Tu n'avais pas le droit de faire ça.

— Mais je l'ai fait, hurla le chef, et il n'y a plus rien à y changer.

— Crois-tu ? »

Les yeux obliques de Dunicha allèrent de Catherine à Fero, revinrent à la jeune femme.

« Tu connais nos coutumes, je pense ? Quand deux femmes se disputent le même homme et si elles ont toutes deux le droit de le faire elles se battent jusqu'à la mort de l'une d'elles. Cette coutume, je la réclame. Demain, au coucher du soleil, nous nous battrons, toi et moi. »

Et, sans rien ajouter d'autre, Dunicha tourna les talons. La tête haute, elle fendit le cercle des tziganes, s'éloigna dans l'ombre suivie aussitôt par quatre femmes. La vieille phuri dai, qui avait uni Fero et Catherine, s'approcha de la jeune femme, la sépara de Fero qui avait saisi la main de sa nouvelle épouse.

« Il faut vous quitter jusqu'au combat. Tchalaï appartient au destin. Suivant nos lois, quatre femmes de la tribu la garderont tandis que quatre autres demeureront auprès de Dunicha. J'ai dit. »

Il y eut un silence de mort. Comme par magie, Sara était apparue auprès de Catherine que Fero, maintenant, regardait avec désespoir. Il n'avait même plus le droit de lui adresser la parole... La fête tournait court. Les tambours s'étaient tus et l'on n'entendait plus que le crépitement des feux sous les chaudrons de cuisine. C'était comme si la mort avait soudain survolé le camp et, malgré son courage, Catherine retint mal un frisson. La main de Sara se posa sur son bras nu.

« Tchalaï est ma nièce, dit la bohémienne d'un ton

mesuré. Je la garderai avec Orka. Tu peux désigner deux autres femmes.

— N'en désigne qu'une ! s'écria Tereina en bondissant auprès de son amie. Si elle est la nièce de Sara la Noire, elle est ma sœur à moi. »

La phuri dai acquiesça d'un signe de tête. Son doigt décharné appela impérieusement auprès d'elle une autre femme aux cheveux blancs qui était sa sœur. Et, ainsi encadrée, Catherine regagna dans le silence le chariot d'Orka où, avec ses gardiennes, elle demeurerait jusqu'à l'heure du combat sans sortir, comme une prisonnière.

Le soulagement qu'elle avait éprouvé, tout à l'heure, quand Dunicha l'avait arrachée des mains de Fero, s'était bien évanoui. A ce moment elle n'était menacée que d'un simulacre de mariage et maintenant elle était une sorte de morte en sursis. Une colère gonflait ses veines. C'en était trop aussi ! Et les coutumes de ces gens étaient bien les plus délirantes, les plus barbares qu'elle ait jamais connues. On disposait d'elle sans même lui demander son avis. Les tziganes avaient décidé qu'elle épouserait Fero, ensuite ils décidaient qu'elle devait se battre avec cette jeune tigresse, et cela pour un homme qu'elle n'aimait pas.

« Je te préviens, glissa-t-elle à voix basse dans l'oreille de Sara, je ne me battrai pas. Je ne sais même pas ce que c'est. Jamais de ma vie je n'ai livré le moindre combat et je n'essaierai pas même si... »

Sara saisit sa main et la serra violemment.

« Tais-toi. Pour l'amour du Ciel !

— Pourquoi me tairais-je ? A cause de ces femmes. Non, je vais leur dire, au contraire, je vais leur crier que...

— Tais-toi ! répéta Sara, mais si impérieusement que la jeune femme obéit malgré elle. Comprends donc que tu risques ta vie... si elles comprenaient que tu refuses de te battre.

— Et demain, gémit Catherine, est-ce que je ne vais pas la risquer ? Tu le sais bien, toi, que je ne suis pas capable de faire ce qu'on exige de moi. Elle va me tuer, j'en suis sûre.

— Je le sais aussi, mais, pour l'amour de Dieu, calme-toi ! Quand les autres dormiront je me glisserai hors du camp et je courrai jusqu'à l'auberge prévenir messire Tristan. Il saura bien, lui, te sortir de ce mauvais pas. Mais, je t'en conjure, ne montre pas que tu as peur. Mes frères ne pardonnent pas la lâcheté. Tu serais chassée à coups de fouet, condamnée à mourir de faim. »

Les yeux de Catherine s'agrandirent d'horreur. Elle avait l'impression qu'un piège terrible s'était refermé sur elle et qu'avec ses seules forces elle ne parviendrait jamais à s'en délivrer. Sara sentit sa terreur et la serra contre elle.

« Du courage, mon petit. Maître Tristan et moi nous allons te sortir de là.

— Il serait temps qu'il se montre, celui-là, fit Catherine avec rancune, lui qui devait veiller sur moi de si près.

— Il ne devait intervenir qu'en cas de danger, souviens-toi... »

Elle regarda autour d'elle. Les deux vieilles dormaient. Seule Tereina veillait, assise près de la lampe à huile, enveloppée dans sa couverture rouge ; elle fixait la flamme avec les yeux égarés d'une somnambule et ne bougeait pas plus qu'une souche.

« C'est le moment, souffla encore Sara. J'y vais. »

Elle se coula au-dehors sans faire plus de bruit qu'une couleuvre, et Catherine, le cœur lourd mais confiante en sa vieille amie, alla s'étendre pour essayer de dormir un peu. Mais le sommeil la fuyait. Ses yeux restaient grands ouverts sur les taches du feutre crasseux du chariot tandis qu'elle tentait de calmer les battements désordonnés de son cœur... Le silence l'écrasait et, n'y tenant plus, elle appela doucement :

« Tereina ? »

La petite tzigane tourna la tête lentement vers elle puis se coula à son côté.

« Que veux-tu, ma sœur ?

— J'ai besoin de savoir. Dunicha, ma rivale, a-t-elle l'habitude de ce genre de combat ? Avec quoi devons-nous nous battre ?

— Au couteau. Et, malheureusement, ce n'est pas la première fois pour Dunicha. On dirait un chat-tigre quand elle se bat. Deux femmes qui plaisaient à Fero sont déjà tombées sous ses coups. »

Cette révélation fit couler un désagréable filet glacé le long du dos de Catherine, furieuse de s'être jetée dans cette impasse. Si Tristan n'intervenait pas, elle serait proprement égorgée par la tzigane sans que personne fît un geste pour la défendre. Fero lui-même, qui cependant paraissait si éperdument amoureux, n'avait pas levé le petit doigt pour interdire cette folie. Il s'était plié, respectueusement, à la loi des siens. Et, sans doute, songeait Catherine avec un sentiment de révolte, il se consolerait le soir même, avec la victorieuse Dunicha, de la mort de la malheureuse Tchalaï.

« Tout ce que je pourrai faire pour toi, continua Tereina d'un ton désolé, ce sera te donner une drogue qui décuplera ton courage et ta force. Maintenant, il faut te reposer. »

Catherine, dans l'ombre, fit la grimace. Elle était un peu dégoûtée de la pharmacopée tzigane et, de plus, n'avait pas la moindre envie de dormir. La seule chose qu'elle eût envie de faire, c'était fuir, fuir au plus vite, fuir à toutes jambes ces gens sanguinaires auxquels elle s'était si imprudemment mêlée. Elle s'était enfoncée jusqu'au cou dans un panier de vipères et ne savait plus comment en sortir. Elle étouffait dans ce chariot et la respiration régulière des femmes qui dormaient lui donnait envie de hurler.

Elle songea alors que sa vie était trop précieuse aux conjurés d'Angers, donc à Tristan l'Hermite, pour que ce dernier la laissât égorger si bêtement.

Malgré les pensées rassurantes qu'elle s'efforçait de cultiver, Catherine ne ferma pas l'œil de la nuit. La gorge sèche, les tempes bourdonnantes, elle entendit passer chacune des heures de la nuit scandées par les cris des veilleurs sur les tours du château. Elle avait beau savoir que Sara s'occupait d'elle, son absence lui était pénible. Elle se sentait affreusement seule et ne parvenait pas à se défaire de ce sentiment d'absurdité. Le lever du jour n'allégea pas son angoisse. Pourquoi Sara ne revenait-elle pas ? Qu'est-ce qui pouvait la retenir aussi longtemps auprès de Tristan ? Avait-elle été surprise quittant le camp ou y rentrant ?

Quand un coq chanta quelque part dans la campagne, Catherine n'y tint plus. Les autres dormaient profondément. Elle se glissa vers l'ouverture du chariot, mais, juste à cet instant, Sara reparut.

Un énorme soupir dégonfla la poitrine oppressée de la jeune femme.

« Enfin, chuchota-t-elle. Je n'ai pas pu dormir tant je suis angoissée.

— Je me doutais que tu te tourmenterais ; c'est pourquoi je suis revenue, mais il faut que je reparte.

— Pourquoi ?

— Parce que Tristan a disparu. »

Catherine accusa le coup. Elle dut, un instant, chercher sa respiration et sa voix n'était plus qu'un souffle quand elle demanda :

« Disparu ? Mais quand ? Comment ?

— Il y a deux jours. Il a quitté son auberge et n'est pas revenu. J'ai visité déjà une partie de la ville dans l'espoir d'apprendre quelque chose. Il faut que je le trouve avant le coucher du soleil.

— Et, dit Catherine d'une voix blanche. si tu ne le trouves pas ?

— J'aime mieux ne pas y penser. Il faudrait, peut-être, avouer ta véritable identité, mais ce serait jouer ta vie, en même temps que celle de Fero, coupable d'avoir introduit une étrangère, une gadjii, dans la tribu.

— Que m'importe Fero ? Je ne veux pas mourir pour lui. Ne serait-il pas plus simple de dire à Dunicha que je n'ai aucune envie de lui disputer la place et que je renonce bien volontiers à Fero ?

— Tu offenserais mortellement le chef qui ne peut se permettre d'être dédaigné. Ton sort n'aurait rien d'enviable car tu ne vivrais pas longtemps pour t'en souvenir. Et puis, les autres ne comprendraient pas. Tu serais accusée de lâcheté... Ce serait le fouet... et la suite. »

Un cri de colère échappa à Catherine. De quelque côté qu'elle se tournât elle trouvait des murailles. Tout la renvoyait à cette mort dont elle ne voulait plus. Elle avait oublié que, si peu de temps auparavant, elle désirait mourir. Maintenant, elle voulait vivre, de toutes ses forces, de toute l'ardeur de sa jeunesse. Cette vie lui devenait précieuse puisqu'on voulait la lui arracher.

« Laisse-moi partir, priait Sara, il faut à tout prix que je retrouve Tristan. Sois tranquille, je serai là si... »

Elle n'ajouta rien. Effleurant des lèvres le front de Catherine, Sara disparut de nouveau dans les brumes du petit matin, laissant la jeune femme le cœur plus lourd que jamais. Elle eut un élan pour se glisser à la suite de sa vieille amie, mais, au prix d'un effort de volonté, se retint. Si elle fuyait, tout son plan serait compromis, il faudrait revenir à Angers en avouant qu'elle avait échoué si près du but. Au surplus, en acceptant ce rôle, elle n'ignorait pas qu'il lui faudrait risquer sa vie plus d'une fois... Il fallait donc admettre que le temps était venu de la risquer pour la première fois. Un sursaut d'orgueil remit Catherine d'aplomb. S'il fallait affronter Dunicha le couteau à la main, elle le ferait malgré tout, envers et contre toute chance parce que cela ne lui ressemblait pas de reculer. Elle eut même honte de cette peur abjecte qui, un instant, l'avait mordue au ventre. Ce qu'il fallait éviter à tout prix, c'était de penser à son petit Michel, pour que le cœur ne vînt pas à lui manquer à l'idée de ne plus jamais le revoir. Mais elle penserait à son époux bien-aimé, à Arnaud pour lequel il fallait que La Trémoille cessât d'être, afin que la mort perdît au moins pour lui ce goût de cendres amères.

Pourtant, lorsque, à l'issue d'une interminable journée, Catherine vit que le soleil descendait vers l'occident et que Sara n'était toujours pas revenue, elle eut bien du mal à empêcher la panique de s'emparer d'elle. Les autres femmes qui la gardaient n'avaient pas paru s'étonner outre mesure de l'absence de Sara. Tereina avait résumé leur pensée en murmurant, les larmes aux yeux :

« Mauvais signe. Sara la Noire n'a pas voulu voir mourir sa nièce. »

Et Catherine, le cœur chaviré, en vint à se demander s'il n'y avait pas un peu de vrai dans cette opinion. Néanmoins, quand arriva l'heure fatale et que les trois femmes l'entraînèrent au-dehors, elle serra les dents, et tête haute fit face à ce qui l'attendait. Elle n'avait plus d'espoir qu'en elle-même ; curieusement, elle puisait dans cette certitude une sorte de calme fataliste. Et puis, elle avait trop souvent regardé la mort en face pour lui tourner le dos cette fois-ci.

En quittant le chariot, Tereina lui avait tendu, de nouveau, un gobelet dont, sans hésitation, elle avait avalé le contenu. Elle avait même eu un petit sourire. Si ce liquide destiné à lui donner du courage était aussi efficace que celui de l'autre nuit, elle allait se battre comme une lionne.

Dehors, elle vit qu'un grand espace vide avait été aménagé au centre du campement, déblayant l'aire où travaillaient ordinairement les forgerons. La tribu, silencieuse, se tenait tout autour, pareille, sous les rayons rouges du soleil couchant, à un peuple de statues de cuivre. Fero et la vieille phuri dai se tenaient au centre, assis sur un tronc d'arbre abattu recouvert d'une peau de bête. Quand Catherine franchit le cercle humain, Dunicha arrivait aussi, par l'autre extrémité, toujours escortée de ses quatre compagnes. Un vieux gitan, qui se nommait Yakali et semblait être le principal conseiller du chef, se tenait au centre de l'espace vide. Il portait une espèce de houppelande faite d'une infinité de morceaux bariolés qui lui tombait jusqu'aux pieds et lui conférait une vague allure sacerdotale. Sur sa tête, qui avait l'air sculptée dans du vieux bois de chêne, un bonnet de fourrure mité servait de support à une longue plume noire et, dans chacune de ses mains, il tenait un poignard.

Quand les deux femmes furent près de lui, on leur ôta leurs oripeaux, ne leur laissant que leurs chemises qu'elles serrèrent à la taille avec un lacet de cuir. Puis, sans un mot, Yakali leur tendit à chacune un couteau et s'écarta jusqu'à rejoindre le cercle. Catherine se retrouva seule en face de Dunicha. Elle regarda avec une sorte d'horreur le couteau qu'on lui avait mis dans la main. Comment s'en servir ? Ne valait-il pas mieux se laisser tuer plutôt qu'enfoncer cette lame dans le corps de cette fille ? La seule idée de faire jaillir le sang la révoltait. Les yeux de la tzigane brillaient comme des charbons dans son visage basané, mais, à la grande surprise de Catherine, il n'y avait aucune haine dans leur expression, rien qu'une sorte de joie sauvage comme si Dunicha jouissait profondément de ce qui allait venir. Avec amertume, la jeune femme songea que sa rivale escomptait la victoire et se délectait à l'avance de sa mort prochaine.

De son côté, elle jeta un regard circulaire à ce public silencieux, espérant encore voir surgir, sinon Tristan, du moins Sara dont elle ne s'expliquait pas l'absence. Pour qu'elle fût seule à cet instant mortel, il fallait que quelque chose fût arrivé à sa fidèle compagne... quelque chose de grave. Plus rien ne viendrait l'empêcher d'affronter le combat.

Les yeux rivés à ceux de son adversaire, Catherine

murmura une rapide prière puis, avec le courage du désespoir, se pencha légèrement en avant, attendant le choc. Là-bas, sur son tronc d'arbre, Fero venait de lever la main et Dunicha se mit en mouvement. Lentement, très lentement, elle se déplaçait sur le côté, un pas après l'autre, tournant autour de Catherine. Elle souriait... Catherine sentit ses jambes trembler un moment, puis sa peur diminua un peu. Une chaleur nouvelle courait dans ses muscles raidis et elle comprit que le breuvage de Tereina faisait son effet. Mais elle ne perdait aucun des mouvements de Dunicha.

Et soudain, ce fut le choc. D'une détente de ses jarrets, la tzigane bondit sur son adversaire, le poignard levé. Catherine, qui la guettait, se baissa brusquement, évitant la lame meurtrière qui déchira seulement un morceau de sa chemise. Déséquilibrée, Dunicha roula un peu plus loin et, sans perdre une seconde, Catherine bondit sur elle, jetant au loin son propre poignard dont elle ne savait que faire. Dans ce corps à corps, deux lames étaient plus dangereuses qu'une seule et elle voulait maintenant désarmer son adversaire. Elle eut la chance de saisir Dunicha au poignet et se mit à serrer de toutes ses forces ; elle eut conscience du grondement approbateur de la foule.

Mais la tzigane, plus grande et plus forte qu'elle, était difficile à maintenir. De tout près, Catherine voyait son visage brun, grimaçant sous l'effort. Elle grinçait des dents et ses narines palpitaient comme celles d'un fauve qui flaire le sang. D'un mouvement brutal, elle rejeta en arrière Catherine qui poussa un cri de douleur. Dunicha, à pleines dents, avait mordu son bras, l'obligeant à desserrer sa prise. Elle se retrouva couchée sur le sol avec tout le poids de la tzigane sur elle. Un réflexe lui fit saisir de nouveau le bras armé qui allait frapper, mais elle savait bien, maintenant, que l'autre allait avoir le dessus, qu'elle luttait pour rien, que la mort viendrait dans moins d'une minute. Elle pouvait la lire clairement dans le regard déjà triomphant de l'autre. Lentement, avec un éclat de rire haletant, la tzigane se mit à lui tordre le bras en déplaçant sa main armée tandis que de l'autre elle saisissait Catherine à la gorge, cherchant déjà l'endroit où elle trancherait.

Une imploration angoissée monta alors du cœur affolé de la malheureuse. Tout était fini pour elle. Ses forces étaient épuisées. Elle n'en pouvait plus ; aucun secours, elle le savait, ne lui viendrait de ce cercle impassible qui la regardait. Aucune voix ne s'élèverait pour retenir la main de Dunicha. Elle ferma les yeux.

« Arnaud, murmura-t-elle... mon amour ! »

Son bras pliait déjà sous la douleur, quand une voix impérieuse éclata à ses oreilles :

« Séparez ces femmes ! Immédiatement ! »

Catherine crut entendre les cloches de Pâques sonnant la résurrection. Sa poitrine se dégonfla en un énorme soupir de gratitude qui eut, pour écho, le hurlement de rage de Dunicha que deux archers arrachaient brutalement à son adversaire. Deux autres, sans plus de douceur, remirent sur pied une Catherine titubante qui ne parvenait pas à croire à son bonheur. Les deux femmes se retrouvèrent face à face, mais, cette fois, maintenues par les poignes solides des hommes d'armes. Entre elles, un méprisant sourire aux lèvres, se tenait un homme de haute taille, somptueusement vêtu de velours vert et de brocart noir. Et la joie s'éteignit dans le cœur de Catherine, tandis que le soleil, lui sembla-t-il, devenait noir. Une folle terreur s'empara d'elle parce que le salut était pire encore que le danger : l'homme qui l'avait sauvée c'était Gilles de Rais !

En une rapide vision, sa mémoire lui restitua les tours de Champtocé, les sombres horreurs de ce château maudit, l'abominable chasse à l'homme dont Gauthier avait failli être la victime, le bûcher où Gilles voulait faire monter Sara, enfin le visage révulsé du vieux Jean de Craon, la plainte déchirante de son orgueil écrasé, de son cœur humilié quand il avait découvert quel monstre était son petit-fils...

Catherine songea que sous son déguisement misérable elle devait être méconnaissable, mais, comme les yeux noirs du maréchal s'attardaient, insolents et ironiques, sur son visage maculé de poussière, elle baissa la tête comme si elle avait honte de sa semi-nudité. La grossière chemise, en effet, avait beaucoup souffert durant la bataille... Cependant, Dunicha se tordait aux mains des archers et la voix de Gilles claqua :

« Laissez aller celle-là et renvoyez-moi cette racaille d'Egypte dans ses tanières à coups de fouet.

— Et cette femme, monseigneur ? » demanda l'un des hommes qui tenaient Catherine.

Le cœur de celle-ci manqua un battement quand la voix dédaigneuse ordonna :

« Emmenez-la ! »

CHAPITRE IV

LES LOUPS ENTRE EUX

La nuit était tombée, comme un rideau noir, quand Catherine étourdie se retrouva dans une chambre du donjon où les archers l'avaient poussée sans trop de douceur. Elle avait eu un mouvement de terreur lorsque ses gardiens l'avaient entraînée au centre du château, vers cette énorme tour, si haute que, de son couronnement, on pouvait apercevoir les toits de Tours, car elle avait craint d'être jetée dans une de ces basses-fosses affreuses dont elle avait fait l'expérience à Rouen. Mais non, la pièce où elle se trouvait était vaste, bien meublée. Ses murs de pierre disparaissaient sous des tentures de toile brodée et des soieries orientales dans les tons rouge sombre et argent tandis que des coussins, jetés un peu partout, étoilaient de bleu le dallage timbré aux armes, pals rouge et or, de la famille d'Amboise, dépossédée depuis si peu de temps de son domaine par la volonté royale.

Catherine résista à l'attraction du grand lit carré, tapi dans un coin, sous ses courtines relevées, qui lui offrait la douceur de ses draps de lin blanc et de ses couvertures veloutées. Dormir ! Etendre là son corps meurtri, couvert de contusions et d'ecchymoses. Mais la grande épée posée sur une table, l'armure dressée dans un coin, les vêtements masculins jetés sur les sièges et les coffres, ouverts sur de précieux objets de toilette ou débordants de soieries et de fourrures, tout cela lui disait trop clairement qu'elle se trouvait dans la propre chambre de Gilles de Rais. Elle ne savait plus très bien où elle en était, mais la peur, elle, était toujours là, tenace, accablante. Les souvenirs qu'elle gardait de son séjour chez Gilles de Rais se révélaient trop cuisants pour qu'il en fût autrement. Au fond, elle n'avait fait que changer de cauchemar, en échappant au couteau de Dunicha, et celui-ci était pire que l'autre. Ce qui la tourmentait, c'était ce que Gilles allait faire d'elle. Pourquoi l'avoir amenée ici ? Il ne pouvait pas l'avoir reconnue. Alors ? Si elle était démasquée, sa mort était une affaire sûre, simplement différée. Mais si elle ne l'était pas ? Elle connaissait assez son goût du sang pour savoir qu'il n'hésiterait pas à tuer une tzigane s'il en avait envie. Il pouvait aussi la violer, puis la tuer... De toute façon elle en arrivait au même point navrant : la mort. Quelle raison, autre que s'en amuser, pouvait avoir Gilles de Rais de traîner chez lui une fille de Bohême ? Sur ses pieds nus, elle alla jusqu'à la cheminée où ronflait un grand feu et se laissa tomber sur un banc garni de coussins. La chaleur lui fit du bien. Elle lui tendit avec reconnaissance ses mains meurtries. Sous la grossière chemise déchirée, qui, seule, la vêtait, son corps tremblait de froid, mais le feu luttait victorieusement contre l'humidité du fleuve et la fraîcheur de la nuit. Sans que la jeune femme y prît garde, ses yeux s'étaient emplis de larmes. Une à une, elles roulaient sur la toile rude. Catherine avait faim... D'ailleurs, depuis son arrivée au camp tzigane, elle avait toujours eu faim. Elle avait mal partout, mais, surtout, elle était lasse, moralement plus encore que physiquement. Le bilan des derniers événements était plutôt accablant : elle était tombée aux mains de Gilles de Rais, son ennemi ; Sara avait mystérieusement disparu, sans parler de Tristan l'Hermite dont elle préférait ne pas chercher à expliquer la conduite. Cela ressemblait trop à un abandon.

Dans son chagrin, elle ne tenait aucun compte du fait qu'après tout elle se trouvait enfin dans ce château où elle avait tant désiré entrer. Ce furent les bruits extérieurs qui, curieusement, lui en rendirent conscience. Les murs formidables du donjon les étouffaient, mais, par l'étroite fenêtre ouverte, entrèrent les échos d'une chanson. Là, dans le logis royal, de l'autre côté de la cour, un homme chantait sur un accompagnement de harpe.

Belle, quelle est votre pensée ?
Que vous semble de moi ? Point ne me le celez...

Catherine redressa la tête, rejetant la mèche noire qui lui mangeait le front. Cette chanson était la chanson favorite de Xaintrailles et, derrière la voix étudiée du chanteur, il lui semblait entendre encore celle, nonchalante et plutôt fausse, de son vieil ami. C'était cela que chantait Xaintrailles dans le champ clos d'Arras et ce rappel de ses plus chers souvenirs galvanisa Catherine. Ses idées se firent plus claires. Son sang coula mieux dans ses veines et peu à peu elle recouvra la maîtrise d'elle-même. Quelques mots prononcés par le connétable de Richemont lui revenaient : « La Trémoille ne partage même pas le logis du roi. C'est dans le donjon, sous la garde de cinquante hommes armés, qu'il passe la nuit... » Le donjon ? Mais elle y était ! Instinctivement, elle leva la tête vers la voûte de pierre dont les croisées d'ogive se perdaient dans l'ombre. Cette chambre était au premier étage. L'homme qu'elle cherchait devait vivre là, au-dessus de sa tête... à portée de sa main et, à cette pensée, son cœur bondit.

Elle était si bien absorbée par ses pensées qu'elle n'entendit pas la porte s'ouvrir. Silencieusement, Gilles de Rais s'approcha de la cheminée. C'est seulement quand il se dressa devant elle que Catherine s'aperçut de sa présence. Pour demeurer fidèle à son personnage, elle se leva vivement avec une mine effrayée, que d'ailleurs elle n'avait pas besoin de feindre ; la seule présence de cet homme avait le don de la terrifier. Son cœur affolé battait sur un rythme effrayant, mais elle n'eut même pas le temps d'ajouter un mot. Gilles l'avait saisie aux épaules d'un geste brusque et il avait pris ses lèvres. Mais il la rejeta aussitôt :

« Pouah ! Tu empestes, ma belle ! C'est qu'aussi on n'est pas sale comme tu l'es ! »

Elle s'attendait à tout sauf à cela. Pourtant, chose étrange, elle se sentie ulcérée. Elle savait bien qu'elle était sale, mais se l'entendre dire était insupportable. Cependant, s'écartant d'elle, il frappait dans ses mains. Un garde parut, armé jusqu'aux dents. Il s'entendit intimer l'ordre d'aller chercher deux chambrières. Quand l'homme revint avec les servantes, Gilles de Rais leur désigna Catherine qui, méfiante, demeurait blottie sur son banc.

« Conduisez cette aimable personne aux étuves. Et prenez-en grand soin. Toi, l'archer, tu veilleras à ce que ma prisonnière ne nous échappe pas. »

Bon gré mal gré, il fallut que Catherine, furieuse et infiniment plus vexée qu'elle ne voulait l'admettre, suivît ses gardiens. Un peu d'amusement se glissait dans sa mauvaise humeur car, derrière son dos, elle avait vu l'une des chambrières diriger contre elle deux doigts en forme de corne. Les deux filles devaient avoir une peur bleue de cette zingara dont il fallait s'occuper. C'était tout à l'honneur de son déguisement, mais, d'autre part, une inquiétude lui venait troublant désagréablement sa joie d'être bientôt débarrassée de sa crasse ; la teinture de Guillaume l'Enlumineur allait-elle résister au bain ? Ses cheveux étaient toujours du plus beau noir, encore qu'une bonne dose de poussière s'y mêlât et, dans une pochette que Sara avait confectionnée à l'intérieur même de sa chemise, elle avait toujours les deux petites boîtes que le vieil artiste lui avait données. Mais sa peau ?

Elle fut vite rassurée. La couleur tenait bon. C'est à peine si le bain prit une légère teinte jaunâtre et Catherine s'abandonna tout entière à la volupté de l'eau chaude et des huiles parfumées. Son corps malmené y trouva un extraordinaire bien-être tandis que son esprit s'y délassait aussi. Elle ferma les yeux, essayant de mettre un peu d'ordre dans ses pensées, de calmer l'angoisse tenace qui lui serrait la gorge. Ce bain était un répit bienfaisant, inattendu, avant une suite qu'elle osait à peine imaginer. Etendue de tout son long, elle s'efforça de faire le vide dans son esprit. Cet instant de rémission serait peut-être le dernier. Il fallait en profiter pleinement. Après...

Catherine aurait voulu demeurer des heures dans cette eau tiède où ses douleurs s'apaisaient, où la brûlure des écorchures se faisait plus sourde. Mais, apparemment, Gilles de Rais n'entendait pas la laisser l'oublier trop longtemps. Les chambrières la sortirent enfin de l'eau, la vêtirent d'une fine chemise de soie, puis d'une dalmatique à larges manches, faite d'un lourd samit [1] blanc rayé de vert.

Mais quand les deux femmes voulurent s'occuper de ses cheveux, elle les repoussa et leur montra la porte d'un geste si farouche que les servantes apeurées, craignant sans doute quelque maléfice, n'insistèrent pas et se hâtèrent de lui obéir. Catherine, en effet, ne se souciait pas de leur faire constater que son opulente chevelure noire n'était pas tout à fait à elle.

Demeurée seule, elle défit ses nattes, brossa et peigna longuement ses cheveux pour les débarrasser de la poussière, puis refit posément sa coiffure qu'elle consolida en tressant des rubans blancs dans ses cheveux, vrais et faux. Ensuite, elle rectifia le tracé de ses sourcils, les lissa d'un doigt soigneux, aviva la teinte de ses lèvres. Pour se battre, même en désespérée, il valait mieux être bien armée et Catherine aimait être en pleine possession de tous ses moyens de femme. Propre et bien vêtue, sûre d'être belle

1. Soie épaisse.

malgré son apparence étrange, elle se retrouvait Catherine de Montsalvy comme devant. D'ailleurs, elle s'avouait volontiers qu'elle avait peine à assimiler la personnalité d'emprunt qu'elle avait choisie. Mais, puisqu'elle s'était jetée à l'eau, il fallait bien nager. Si seulement elle pouvait calmer les crampes de son estomac affamé...

Avec décision, elle ouvrit la porte de l'étuve, se retrouva en face des chambrières et des gardes. Son apparition fit briller les yeux des hommes d'armes, mais elle s'en soucia peu.

« Je suis prête! » dit-elle seulement.

Et elle se mit en marche d'un pas ferme, comme si elle allait à la bataille. Quelques instants plus tard, elle réintégrait la chambre de Gilles de Rais. Ce fut pour constater avec soulagement qu'une table toute servie l'y avait précédée. Elle nota le fait avec satisfaction. Quand on a envie de tuer quelqu'un, en général, on ne commence pas par le nourrir !

Evidemment, le maître des lieux était là, lui aussi, nonchalamment assis dans une haute chaire d'ébène sculpté, mais Catherine, oubliant sa terreur et devant qui elle se trouvait, ne vit que l'appétissante volaille, dorée à point, qui fumait dans un plat d'argent répandant une odeur délicieuse. Des pâtés, des bassins de confitures et des flacons l'entouraient. Les narines de la jeune femme se mirent à palpiter... Cependant, Gilles de Rais observait sa prisonnière. Un geste autoritaire de sa main pâle l'appela auprès de lui.

« Tu as faim ? »

Sans répondre, elle secoua la tête affirmativement.

« Alors, assieds-toi et mange ! »

Elle ne se le fit pas dire deux fois. Attirant un escabeau, elle s'installa à table, s'empara d'un pâté et s'en tailla une large tranche qu'elle se mit à faire disparaître avidement. Jamais elle n'avait rien mangé de si bon. Après les abominables brouets des bohémiens, ce pâté était un vrai délice. Elle en avala une deuxième tranche puis la moitié de la volaille suivit le même chemin tandis que Gilles emplissait pour elle un grand gobelet d'un vin épais et rutilant. Catherine accepta le vin comme le reste et vida le gobelet d'un trait. Elle se sentit ensuite tellement mieux qu'elle ne remarqua pas le regard aigu dont son hôte l'enveloppait : l'exact regard du chat guettant la souris. Elle se sentait, tout à coup, capable d'affronter Satan lui-même. La chaleur du vin sans doute. Gilles s'accouda sur la nappe de lin brodé pour mieux la voir grignoter des prunes confites. Sa faim calmée, Catherine lui jeta un regard rapide, attendant qu'il parlât. Mais il ne se décidait pas et le silence devenait insupportable. Alors ce fut elle qui commença. Essuyant ses lèvres et ses mains à une serviette de soie, elle poussa un soupir de satisfaction, parvint à sourire à son inquiétant vis-à-vis. Elle savait que montrer sa peur la dénoncerait à coup sûr.

« Grand merci du repas, gentil seigneur. Je crois bien que, de toute ma vie, je n'ai mangé d'aussi bonnes choses !

— Jamais... vraiment ?

— Vraiment. Nos feux de plein vent ne savent pas cuire de telles merveilles ! Nous sommes de pauvres gens, seigneur, et...

— Je ne parlais pas des misérables marmites d'Egyptiens, coupa Gilles de Rais froidement, mais bien des cuisines de Philippe de Bourgogne qui se fait appeler le Grand-Duc d'Occident. Je les aurais crues plus raffinées. »

Et comme Catherine, pétrifiée, ne trouvait rien à répliquer, il se leva et vint jusqu'à la jeune femme sur laquelle il se pencha.

« Vous jouez la comédie en grande artiste, ma chère Catherine, et j'ai apprécié en connaisseur votre... création, surtout dans la scène du combat. Je n'aurais jamais cru que la dame de Brazey sût se battre comme une fille des rues. Mais ne croyez-vous pas qu'avec moi il vaudrait mieux jouer franc jeu ? »

Un sourire amer arqua les lèvres de Catherine.

« Ainsi, vous m'avez reconnue ?

— Je n'ai pas eu grand mal : je savais que vous étiez ici, sous le déguisement d'une zingara.

— Comment avez-vous pu le savoir ?

— J'ai des espions partout où il est utile d'en avoir. J'en ai, entre autres, au château d'Angers. L'un d'eux vous a reconnue pour vous avoir vue à Champtocé. Il vous a suivie lorsque vous êtes allée chez Guillaume l'Enlumineur. Je dois dire que cet affreux bonhomme a fait quelques difficultés pour nous parler de vous et de votre déguisement, bien que nous nous soyons montrés très persuasifs...

— C'est vous qui l'avez torturé... égorgé ? s'écria la jeune femme épouvantée. J'aurais dû reconnaître votre manière !

— C'est moi, en effet. Malheureusement, il ne nous a pas confié la raison de cette mascarade, malgré nos instances.

— Pour l'excellente raison qu'il l'ignorait !

— J'étais déjà parvenu à cette conclusion. Aussi, je compte sur vous pour me l'apprendre. Notez, cependant, que je m'en doute... »

Cette haute silhouette sombre penchée sur elle

communiquait à Catherine un malaise insupportable. Pour s'en dégager, elle se leva, s'éloigna vers la fenêtre ouverte et s'y adossa. Son regard croisa celui de Gilles et le soutint.

« Et que suis-je venue faire ici, selon vous ?

— Reprendre votre bien. C'est assez légitime et c'est un genre d'entreprise que je peux comprendre.

— Mon bien ? »

Gilles de Rais n'eut pas le temps de répondre. On avait frappé à la porte qui s'ouvrit sans que le visiteur attendît la permission d'entrer. Deux gardes armés de pertuisanes pénétrèrent et s'immobilisèrent de chaque côté de la porte basse. Sur le seuil apparut un personnage aussi large que haut, véritable masse de graisse drapée dans des aunes de velours ciselé d'or que dominait un visage rouge, bouffi et arrogant terminé par une courte barbe brune.

« Mon cousin, s'écria le visiteur. Je viens souper avec toi ! On meurt d'ennui chez le roi. »

Instinctivement, Catherine avait eu un mouvement de recul en reconnaissant Georges de La Trémoille. Une vague de sang lui monta au visage, joie, colère et haine mélangées. Elle ne s'attendait pas à voir, si vite, l'homme qu'elle était venu chercher au prix de tant de peines. Avec une joie féroce, elle constata qu'il était plus gros que jamais, que sa peau, enflée de mauvaise graisse, était jaune et que son souffle court disait assez la santé délabrée par les excès. Mais, comme elle poursuivait l'examen minutieux de son ennemi, elle demeura bouche bée, étranglée de stupeur en contemplant la bizarre coiffure que portait le grand chambellan. C'était une sorte de turban d'or qui accentuait encore son allure de satrape oriental, mais, dans les plis du turban, un diamant noir étincelait de tous ses feux..., l'unique, l'inimitable et très reconnaissable diamant noir de Garin de Brazey !

Le sol et les murs se mirent à tourner autour de Catherine qui se crut en train de devenir folle. Dans le coin d'ombre où elle s'était reculée en voyant entrer La Trémoille, elle chercha à tâtons un tabouret, s'y laissa tomber sans prendre garde aux quelques phrases qu'échangeaient les deux hommes. Elle cherchait désespérément à comprendre comment le fabuleux diamant était arrivé entre les mains du chambellan. Elle se voyait encore remettant la pierre unique à Jacques Cœur dans l'auberge d'Aubusson. Que lui avait-il dit alors ? Qu'il allait gager le diamant chez un juif de Beaucaire dont elle avait même retenu le nom : Isaac Abrabanel ! Comment, dans ce cas, le diamant pouvait-il briller au turban de La Trémoille ? Jacques avait-il été rattrapé sur la route d'Aubusson à Clermont ? Etait-il tombé dans un piège ? Et s'il était... Elle n'osa pas formuler, même dans sa pensée, le mot fatal, mais une brusque envie de pleurer lui serra le cœur. Oui, pour que le gros chambellan pût se parer du joyau, il fallait que Jacques Cœur eût cessé de vivre. Jamais, de son plein gré, il n'eût abandonné le dépôt confié par Catherine... Surtout pas à cet homme qu'il haïssait autant qu'elle-même. Elle ferma les yeux un instant et ne vit pas que La Trémoille, après l'avoir considérée un moment avec curiosité s'approchait d'elle. Aussi sursauta-t-elle quand un gros doigt mou, chargé de bagues, lui releva le menton.

« Tudieu, la belle fille ! Où as-tu trouvé cette merveille, cousin ?

— Au camp des Egyptiens ! répondit Gilles de

mauvaise grâce. Elle se battait avec une autre chèvre noire. Je les ai séparées et j'ai gardé celle-ci parce qu'elle était belle. »

La Trémoille daigna sourire, montrant des dents malsaines dont la couleur oscillait entre le vert et le noir. Sa main s'était posée sur la tête de Catherine dans un geste qui se voulait possessif et qui la fit trembler de dégoût.

« Tu as bien fait, cousin, après tout. Tu as eu bon esprit de garder cette biche sauvage. Lève-toi, petite, que je te voies mieux. »

Catherine obéit, inquiète de ce qui allait suivre. Si Gilles de Rais dénonçait sa véritable identité, elle était perdue. La Trémoille et lui étaient non seulement cousins mais alliés, unis par un véritable pacte, dûment signé ; Gilles lui-même lui avait parlé de ce pacte à Champtocé. Néanmoins, elle fit quelques pas dans la pièce suivie par le regard gourmand du gros chambellan qui commentait, exactement comme si elle eût été un simple objet d'art.

« Très belle en vérité. Un véritable joyau, digne du lit d'un prince. La gorge est ronde et fière, les épaules superbes... la jambe semble longue... et le visage est exquis ! Ces grands yeux sombres... ces belles lèvres. »

Le souffle asthmatique de La Trémoille se faisait plus court encore et il passait continuellement sa langue sur sa bouche sèche. Sentant qu'il lui fallait jouer le tout pour le tout et qu'une attitude trop modeste ne pouvait convenir à une fille d'Egypte, Catherine s'obligea, au prix d'un violent effort, à sourire avec coquetterie à son ennemi. Sa démarche se fit onduleuse et elle lui adressa même une œillade qui amena au violet le teint du chambellan.

« Exquise, souffla-t-il. Comment se fait-il que je ne l'aie jamais remarquée ?

— C'est une réfugiée, grogna Gilles de Rais. Il y a seulement quelques jours qu'elle est arrivée chez Fero, avec sa tante. Ce sont des esclaves échappées. »

Malgré elle, Catherine poussa un soupir de soulagement. Allons, Gilles ne semblait pas disposé à révéler sa véritable identité. Elle se sentait, tout à coup, beaucoup plus à l'aise dans son personnage. Cependant La Trémoille imposait silence à son cousin.

« Laisse-la donc répondre elle-même que j'entende au moins sa voix. Comment t'appelles-tu, petite ?

— Tchalaï, seigneur ! Cela veut dire « étoile » dans notre langage.

— Et cela te convient à merveille. Viens avec moi, belle étoile, j'ai hâte de te connaître mieux. » Déjà, il saisissait la main de Catherine et, se tournant vers Rais. « Merci du cadeau, cousin. Tu sais toujours comment me faire plaisir. »

Mais Gilles de Rais se plaça entre le couple et la porte. Le pli de sa bouche n'annonçait rien de bon et ses yeux sombres brillaient d'un feu dangereux.

« Un instant, cousin. C'est, en effet, pour toi que j'ai enlevé cette fille, mais je n'ai pas l'intention de te la laisser dès ce soir. »

Malgré elle, Catherine regarda Gilles avec étonnement. Elle l'avait cru totalement inféodé à son déplaisant cousin. Et voilà qu'elle découvrait qu'ils n'étaient pas aussi unis qu'elle le pensait. Loin de là. L'orgueil insensé de Gilles en faisait, à vrai dire, un piètre vassal. On l'imaginait mal se pliant devant qui que ce soit, mais, à cette minute, oui... c'était la flamme du meurtre qui luisait dans son regard. Comment allait se terminer le duel du tigre et du chacal ? Les petits yeux de La Trémoille se rétrécirent sous leurs plis de graisse tandis qu'une lippe méchante déformait ses lèvres fortes. Mais il ne lâcha pas Catherine. La jeune femme constata seulement que la grosse main devenait moite sur son poignet. La Trémoille devait avoir peur de son dangereux cousin. Mais sa voix, curieusement, ne marqua aucune colère quand il demanda :

« Et pourquoi pas ce soir ?

— Parce que ce soir elle est à moi. C'est moi qui l'ai trouvée, moi qui l'ai sauvée des griffes de l'autre Egyptienne qui allait la tuer, moi encore qui l'ai ramenée ici, décrassée. Je te la donnerai demain, mais, cette nuit, c'est bien le moins que je la garde.

— Ici chacun m'obéit, dit La Trémoille avec une inquiétante douceur. Il me suffirait d'un geste pour que vingt hommes...

— Mais, ce geste, tu ne le feras pas, beau cousin, parce que tu n'aurais pas cette fille. Je la tuerais plutôt avant. Et puis, je sais trop de choses pour que tu t'attaques à moi. Que dirait, par exemple, ton épouse, ma belle cousine Catherine, si elle apprenait que ce beau collier d'or et d'émaux qu'elle désirait, tu en as fait présent à la trop jolie femme d'un échevin de cette ville contre une nuit d'amour ? »

Cette fois, La Trémoille lâcha Catherine et la jeune femme, dont les yeux brillants suivaient avec passion cette joute dont elle était l'enjeu, en conclut que le tout-puissant La Trémoille, le fléau du royaume, craignait sa femme comme le feu. C'était bon à savoir. Et, pour ce soir, Rais avait gagné. Elle ne savait trop, d'ailleurs, si elle devait s'en réjouir. Le gros chambellan se dirigeait vers la porte non sans jeter sur la jeune femme un regard de regret.

« C'est bon, marmotta-t-il en haussant les épaules. Garde-la ce soir, mais demain je l'enverrai chercher. Et prends bien garde de ne pas l'abîmer, cousin, car, alors, je pourrais bien oublier cette... tendre affection que je te porte. »

Un dernier regard, une grimace qui pouvait passer pour un sourire à l'adresse de Catherine et il avait disparu. Les soldats, impassibles, refermèrent la porte derrière eux en sortant. Catherine et Gilles de Rais furent seuls de nouveau.

Catherine sentit sa gorge se serrer. Sa situation était effroyable et elle découvrait que, dans son désir d'attirer La Trémoille hors de ce château où il était trop bien gardé, elle s'était jetée entre le marteau et l'enclume. Elle avait espéré être appelée pour danser, pour distraire le gros chambellan et, à la faveur de cette approche, le décider à un séjour à Chinon grâce à un appât dont elle avait eu l'idée. Mais là, prise entre l'effrayant Gilles de Rais et le gros chambellan, elle ne donnait plus cher de sa vie. Gilles voulait s'amuser d'elle, après quoi il la jetterait sans plus de façon au lit même de La Trémoille. Que deviendrait-elle quand elle aurait cessé de plaire ? Aurait-elle même le temps d'exécuter son plan ? Gilles n'était pas homme à rendre sa prisonnière à la liberté. Vivement, le seigneur à la barbe bleue avait couru à la porte et en avait tiré les massifs verrous. Puis il alla à la fenêtre et, se penchant un peu, respira profondément deux ou trois fois, sans doute pour calmer sa colère. Des sons étouffés de luths et de violes montaient de la nuit, légers et mélancoliques.

« Il y a concert dans la chambre du roi ! murmura-t-il d'une voix qui ne conservait plus trace de colère et que Catherine jugea toute changée. Comme cette musique est belle ! Il n'est rien de plus divin que la musique... surtout quand elle passe par des voix d'enfants. Mais le roi n'aime pas les voix d'enfants... »

Il parlait pour lui-même, ayant peut-être oublié Catherine, mais celle-ci sentit glisser sur elle un frisson d'horreur au souvenir des abominables nuits de Champtocé, de la confidence terrifiée du vieux Jean de Craon [1]. Elle noua ses mains ensemble et les serra de toutes ses forces. Il ne fallait pas qu'elle laissât voir à son geôlier la peur qu'il lui inspirait. Si elle voulait gagner la dangereuse partie engagée, il lui fallait conserver tout son sang-froid et chasser vigoureusement les images d'épouvante.

Elle fit un pas vers la silhouette noire toujours appuyée à la fenêtre.

« Pourquoi n'avez-vous pas révélé à votre cousin ma véritable identité ? » demanda-t-elle doucement.

Il répondit sans la regarder :

« Parce que je n'ai aucun besoin que dame Catherine de Brazey aille pourrir au fond d'une geôle ! En revanche, l'Egyptienne nommée Tchalaï a beaucoup de valeur à mes yeux. »

Catherine décida de remettre les choses au point, rien que pour voir comment réagirait Gilles.

« Je ne m'appelle plus Catherine de Brazey, dit-elle. Devant Dieu et les hommes, je suis l'épouse d'Arnaud de Montsalvy ! »

Gilles de Rais bondit à ce nom comme si une guêpe l'avait piqué. Il se tourna vers Catherine et la considéra avec stupeur.

« Comment avez-vous fait ? Montsalvy est mort

1. *Cf. Belle Catherine*, du même auteur.

dans les cachots de Sully-sur-Loire voici près de deux ans. La Trémoille est un bon geôlier, les cachots de son château de Sully ne rendent jamais leurs prisonniers.

— Eh bien, il faut croire que vous êtes mal renseigné car j'ai épousé Arnaud de Montsalvy à Bourges, en l'église Saint-Pierre-le-Guillard, dans la nuit du 24 au 25 décembre 1431. C'est frère Jean Pasquerel qui nous a unis. Vous vous souvenez de frère Jean, messire de Rais ? Il était le chapelain de... »

D'un geste épouvanté, Gilles lui imposa silence.

« Ne prononcez pas ce nom ! haleta-t-il en se signant précipitamment. Pas devant moi ! Jamais devant moi ! Dieu... si elle vous entendait !

— Elle est morte, fit Catherine, dédaigneuse devant cette peur abjecte qu'il montrait tout à coup. Qu'avez-vous à craindre ?

— Elle est morte, mais son âme vit et l'âme des sorciers est redoutable. Il suffit pour les évoquer de prononcer leur nom. Je ne veux plus jamais entendre ce nom-là !

— Comme vous voudrez, fit Catherine en haussant les épaules. Mais il n'en demeure pas moins que je suis dame de Montsalvy et que j'ai même un fils. »

Du moment que Catherine renonçait à évoquer Jehanne d'Arc, Gilles consentait à se calmer. Son visage, devenu blême, retrouvait un peu de couleur.

« D'où vient que vous soyez seule ici, dans ce cas ? Où est Montsalvy ? »

Le visage de Catherine se fit de pierre. Elle baissa les paupières pour qu'il ne vît pas la douleur qu'elle éprouvait chaque fois qu'il lui fallait prononcer les mots cruels.

« Mon époux est mort, lui aussi. Voilà pourquoi je suis seule. »

Il y eut un silence qui devint vite insoutenable. Pour le dissiper Catherine demanda, presque sur un ton de conversation mondaine, afin d'alléger un peu l'atmosphère trop tendue :

« Puis-je savoir comment va messire Jean de Craon, votre grand-père, et dame Anne son épouse qui fut bonne pour moi lorsque j'étais chez vous ? »

Elle regretta aussitôt ses paroles. Une effroyable colère tordit le masque démoniaque de Gilles. Il la regarda avec des yeux de fou.

« Mon grand-père est mort à l'automne passé, le 15 novembre... en me maudissant. C'est à mon frère, vous entendez, à ce pâle avorton René, qu'il a légué son épée. Et vous osez me demander de ses nouvelles ? J'espère qu'à l'heure actuelle son âme damnée flambe en enfer ! J'espère que...

— Finissons-en, monseigneur, fit-elle durement. Oubliez les vôtres et les griefs que vous croyez avoir contre eux et dites-moi plutôt pourquoi vous avez tant besoin de l'Egyptienne nommée Tchalaï ?

— Parce que je veux l'objet même que vous êtes venue chercher dans ce château : je veux le diamant noir ! Une fille de Bohême, cela sait tricher, cela sait voler, cela sait envoûter !

— Je ne suis pas une vraie fille de Bohême... »

Brusquement, Gilles abandonna tout à fait le ton de courtoisie qu'il s'était efforcé de garder jusque-là. Une flamme cupide embrasait son regard. Il marcha vers Catherine, la saisit aux épaules, si violemment qu'elle gémit.

« Non, mais tu en sais aussi long que ces chèvres noires. Tu n'es pas une fille de Bohême, mais tu es une fille du Diable ! Toi aussi, tu es sorcière ! Tu envoûtes les hommes ; seigneurs ou vilains, ils viennent manger dans ta main comme des oiseaux craintifs. Tu échappes aux pires dangers et toujours tu reparais, plus forte, plus belle ! Tu es mieux qu'une Egyptienne ! N'as-tu pas été élevée par ce démon femelle que je voulais brûler ? »

Sara ! Catherine se fit aussitôt de violents reproches. Comment avait-elle pu, durant tout ce temps, oublier Sara... Et cet homme, tout à l'heure, avait dit qu'elle était arrivée chez les tziganes avec sa tante.

« J'ai perdu ma vieille Sara. Je ne sais même pas où elle est. Depuis ce matin, elle a disparu.

— Moi, je le sais. L'un de mes hommes l'a reconnue tantôt quand elle courait la ville à la recherche de ce Tristan l'Hermite. Elle est désormais sous bonne garde... mais, rassure-toi, elle ne craint rien. Du moins pour le moment. Son sort dépendra de ton obéissance.

— Je vous serais reconnaissante de ne pas me tutoyer, fit Catherine sévèrement. Et de me dire, en outre, ce qu'il est advenu de maître Tristan.

— Cela, je l'ignore », fit Gilles qui, sans tenir aucun compte de la défense, poursuivit : « Lorsque j'ai envoyé des hommes pour arrêter ton complice, à l'auberge du Pressoir Royal, il a réussi, je ne sais par quel sortilège, à leur échapper en sautant par une fenêtre. Depuis, personne ne l'a revu. »

Catherine fit un effort pour échapper aux mains nerveuses qui meurtrissaient ses épaules, mais ce fut en vain. Il la tenait bien et rapprocha de son visage celui de la jeune femme presque à le toucher. L'odeur de vin dont son haleine était chargée lui fit faire la grimace.

« Lâchez-moi, messire ! dit-elle les dents serrées et tâchons de nous expliquer clairement car nous nageons en plein malentendu. Je ne suis pas, quoi que vous en pensiez, venue ici pour le diamant noir. En fait, j'ignorais même qu'il fût entre les mains de votre cousin. »

Impressionné par la netteté du ton, Gilles de Rais lâcha la jeune femme qui, calmement, alla s'asseoir dans la grande chaire d'ébène qu'il occupait tout à l'heure. Il la regarda avec une sorte de stupeur, comme s'il ne comprenait pas bien ce qu'elle venait de lui dire, et garda le silence un moment.

Puis il hocha la tête et demanda avec une sorte d'incrédulité :

« Ce n'est pas le diamant que vous cherchez ? murmura-t-il. Que cherchez-vous alors ?

— Réfléchissez, monseigneur. Je suis veuve et j'ai un fils. D'autre part, nous, les Montsalvy, sommes proscrits, ruinés, en danger de mort si l'on nous met la main dessus. Et de quoi dépend notre sort ? De votre cousin La Trémoille. Voilà pourquoi j'ai voulu entrer ici : pour l'approcher, le séduire si je le peux et parvenir à lui arracher ma grâce, celle des miens, ainsi que les terres qui rendront un apanage à mon fils. Est-ce que cela ne vous semble pas une raison suffisante ?

— Pourquoi, alors, ce déguisement ? »

« Aurais-je seulement franchi la première barbacane du château sans être arrêtée si je m'étais présentée sous mon aspect normal ? » Et, comme Gilles secouait la tête sans répondre, elle continua : « Le hasard a voulu que j'apprenne le goût de votre cousin pour les chants et les danses des Egyptiennes. Avec l'aide de Sara, il m'était facile de me glisser parmi elles. Vous savez la suite... Maintenant, je voudrais savoir, à mon tour, ce que vous entendez faire de moi. »

Gilles ne répondit pas tout de suite. La mine sombre, il jouait nerveusement avec une dague à poignée d'or qu'il avait prise sur un coffre. La jeune femme osait à peine respirer, craignant de troubler ce silence plein de menaces. Mais, soudain, elle sursauta. Gilles venait de planter la dague dans le bois précieux du coffre et, sans regarder Catherine, articulait :

« Je veux que vous voliez pour moi le diamant noir, que vous me le remettiez ensuite...

— Vous oubliez qu'il m'appartient. Au fait, j'aimerais savoir comment il est venu entre les mains de votre cousin.

— Un tavernier de je ne sais quel pays aurait entendu l'homme auquel vous l'avez confié, un certain pelletier de Bourges, dire qu'il engagerait le diamant chez un juif de Beaucaire, nommé je crois Abrabanel. Espérant une bonne récompense, le tavernier est venu conter l'affaire au grand chambellan. Dès lors, la chose était facile.

— Il a fait tuer maître Cœur ? s'écria Catherine douloureusement.

— Ma foi non. Votre émissaire ayant déjà touché son or avait pris le large. Le juif avait le diamant. Il n'a pas voulu le remettre aux émissaires de mon cousin... et il en est mort. »

Catherine poussa un cri d'horreur qui s'acheva en un rire à la fois douloureux et ironique.

« La mort ! Encore !... Et vous voulez cette pierre maudite ? Car elle est maudite. Elle traîne après elle le malheur, le sang, la souffrance. Ceux qui la possèdent connaissent les pires destins ou bien en meurent, tout simplement. Et j'espère qu'il en sera de même pour votre beau cousin. Si vous voulez ce diamant, venu tout droit de l'enfer, vous n'avez qu'à le prendre vous-même ! »

Exaspérée, sa voix était montée jusqu'au cri, mais déjà les mains de Gilles s'étaient abattues brutalement sur elle et pesaient impitoyablement sur ses épaules tandis que le visage tordu de colère et de peur se rapprochait du sien.

« J'ai moins peur de Satan que de tes maléfices, maudite sorcière ! Et tu n'as pas le choix. Demain, tu seras livrée à La Trémoille : ou bien tu voleras pour moi le diamant, ou bien tu mourras dans les supplices, et ton Egyptienne avec toi. Tu n'es rien ici, qu'une ribaude sans importance que l'on peut supprimer à son gré. Les bonnes gens du pays ne sont jamais si heureux que lorsqu'ils voient le corps d'un de tes frères se balancer au gibet.

— Alors, il faudra me faire couper la langue, lança Catherine froidement. Car, dans les supplices, je parlerai, je dirai qui je suis et pourquoi vous m'avez entraînée ici. De toute façon, conclut-elle amèrement, je mourrai. Vous ne me laisserez pas sortir d'ici vivante. Je n'ai donc aucun intérêt à voler cette pierre pour vous.

— Si ! Contre la pierre tu auras la vie sauve. C'est de nuit qu'il te faudra agir. La Trémoille habite cette tour même. Le diamant en ta possession, tu n'auras qu'à me l'apporter et moi je te ferai sortir d'ici. Il te restera à faire décamper ta tribu au plus vite car votre salut dépendra de la vitesse de vos jambes. Vous aurez la fin de la nuit pour fuir... car, bien entendu, tu seras accusée et les tiens avec toi.

— Les hommes d'armes nous auront vite retrouvés, fit Catherine. Votre « vie sauve » n'est qu'un sursis mal déguisé et qui fera couler le sang d'une foule de braves gens.

— Cela ne me regarde plus. A toi de ne pas te faire prendre. Au surplus, si cela t'arrivait, sache bien qu'il ne te servirait à rien de dire la vérité. Entre la parole d'une fille d'Egypte et celle d'un maréchal du roi, personne n'hésiterait. Tu ne réussirais qu'à faire rire.

— Et... si je refuse ?

— Ta Sara va être conduite sur l'heure à la chambre des tortures. Tu pourras assister au spectacle avant d'y participer toi-même. »

Catherine détourna la tête avec dégoût. Le masque convulsé de Gilles avait quelque chose de diabolique et le rendait hideux. Elle haussa les épaules et soupira.

« C'est bien, j'obéirai... Je crois bien qu'en effet je n'ai pas le choix.

— Tu voleras le diamant et tu me le donneras ?

— Oui... dit-elle avec lassitude. Je vous le donnerai en espérant qu'il vous portera malheur à vous comme aux autres ; au surplus je n'ai vraiment pas envie de garder une... »

La gifle que lui assena Gilles lui coupa la parole sur un cri de douleur. Elle avait été si violente qu'elle avait cru sa tête emportée.

« Je n'ai que faire de tes malédictions, coquine. Tu n'as qu'à obéir si tu ne veux pas qu'il t'en cuise. A obéir, tu entends, avec humilité ! »

La douleur avait fait perler des larmes aux cils de Catherine. Elle les ravala courageusement, mais sa tête sonnait encore comme une cloche. Elle regarda haineusement l'homme qui, maintenant, se dressait devant elle et ordonnait :

« Aide-moi à me dévêtir ! »

Il s'était assis et tendait un pied botté pour qu'elle le déchaussât. Elle hésita un instant, mais elle le connaissait trop pour résister. A quoi bon ? Pour risquer un coup de dague dans un accès de fureur ? Apparemment, il marquait sa volonté de l'humilier... Avec un soupir elle s'agenouilla.

Tandis que Catherine lui enlevait les différentes pièces de son costume, Gilles avait saisi sur la table un hanap de vin et buvait, à longues gorgées avides. Quand il fut vide, il le jeta et en prit un autre qu'il se mit à ingurgiter avec autant d'ardeur. Un troisième suivit. Catherine, horrifiée, voyait son visage gonfler et s'empourprer, ses yeux s'injecter comme si le vin épais coulait directement sous sa peau. Quand il n'eut plus rien sur le corps, il saisit sur un siège une longue robe de velours noir, l'enfila, serra la cordelière autour de ses reins et jeta à la jeune femme un coup d'œil mauvais tout en s'approchant d'un dressoir qui supportait des flacons.

« Maintenant déshabille-toi », ordonna-t-il.

Une lente rougeur monta aux joues de Catherine qui serra les poings. Un éclair de colère brilla dans ses yeux tandis que sa bouche se pinçait sur un pli d'obstination.

« Non ! »

Elle s'attendait à une explosion de fureur. Il n'en fut rien. Gilles poussa un soupir et, se dirigeant d'un pas nonchalant vers le fond de la pièce, il prit, sur un meuble, un long fouet de chasse.

« C'est bien, dit-il seulement. Je vais le faire moi-même... avec ceci. »

Et, joignant le geste à la parole, il frappa. La longue mèche souple siffla et s'enroulant, avec une habileté diabolique, autour d'une manche flottante l'arracha d'un coup sec, non sans brûler au passage le bras de Catherine qui retint à grand-peine un gémissement. Elle comprit qu'elle était vaincue, qu'il lui fallait obéir sous peine d'être assommée à coups de fouet par cette brute.

« Arrêtez, dit-elle d'une voix morne. J'obéis ! »

L'instant suivant, la dalmatique soyeuse et la fine chemise tombaient à ses pieds...

Lorsque revint le jour, Catherine n'avait plus de larmes. Recrue d'horreur et de souffrance, elle était parvenue aux limites de l'épuisement. De cette nuit aux mains du sire de Rais, elle devait garder un terrible, un ineffaçable souvenir...

L'homme était fou, il n'y avait pas d'autre explication. C'était un maniaque du sang et du vice et, durant des heures, la malheureuse avait dû subir les odieuses fantaisies que dictaient à Gilles son esprit détraqué et sa virilité déclinante. Son corps meurtri, griffé, malmené, lui interdisait le sommeil et le sang coulait encore de son épaule dans laquelle le forcené avait mordu à pleines dents.

Durant toute cette nuit de cauchemar, il n'avait cessé de boire, de boire jusqu'au délire, et Catherine, plus d'une fois, avait cru sa dernière heure venue, mais Gilles s'était contenté de la rouer de coups sans presque cesser de l'injurier bassement.

En constatant la quantité de vin absorbée par son bourreau, Catherine avait espéré qu'il finirait par s'endormir, mais, quand l'aurore parut et que les guetteurs cornèrent l'ouverture des portes de la ville, Gilles n'avait pas encore fermé les yeux. Il avait seulement rejeté les couvertures et s'était levé, étirant dans la fraîcheur du matin son corps nu. Il avait revêtu ses habits, et sans même un regard à la jeune femme, inerte sur le lit dévasté, il était sorti pour aller chasser comme chaque matin. Du fond des courtines où elle essayait de trouver une position meilleure, Catherine avait entendu les appels de trompe ; les aboiements des chiens impatients de partir, puis le grondement du pont-levis que l'on abaissait.

Au-dehors, le jour de printemps devait s'annoncer beau, mais, derrière les épaisses murailles du donjon, il pénétrait à peine par les étroites fenêtres, franchissant, gris et terne, les petites vitres serties de plomb. Le feu était éteint si les chandelles, près d'en faire autant, brûlaient encore. L'épaule de Catherine lui faisait si mal que, malgré sa lassitude, elle se leva pour chercher de l'eau dans une aiguière posée un peu plus loin. Mais à peine eut-elle mis le pied à terre que la chambre se mit à tourner autour d'elle tandis que tout se brouillait dans son esprit. Elle poussa un gémissement et se laissa retomber sur le lit, vidée de ses forces. Elle se sentait affreusement faible et misérable. Secouée de frissons, elle ramena les draps sur son corps exténué. Si elle appelait ? Peut-être qu'une servante viendrait s'occuper d'elle.

A cet instant même, la porte s'ouvrit doucement, laissant passer d'abord la tête barbue, puis l'énorme corps de La Trémoille. Avant d'entrer, le gros chambellan jeta un coup d'œil circulaire dans la chambre, puis, rassuré par l'absence de Gilles, referma la porte sur lui avec beaucoup de soin et s'avança vers le lit sur la pointe des pieds. Les yeux grands ouverts,

Catherine le regardait approcher avec angoisse. La Trémoille portait une vaste robe de chambre en soie vert pomme, abondamment garnie d'or à son habitude, et un bonnet de nuit se drapait sur son crâne à peu près chauve. Cette tenue terrifia Catherine : le gros chambellan avait-il l'intention de prendre immédiatement la place abandonnée par Gilles ? Prête à hurler, la jeune femme mordit le drap pour s'en empêcher.

Cependant, La Trémoille, un large sourire aux lèvres, se penchait sur elle et, lui voyant les yeux ouverts :

« J'ai entendu partir mon cousin et j'ai pensé à te rendre une petite visite, ma jolie biche. De toute cette nuit je n'ai pas dormi tant j'étais occupé de toi. Heureusement, elle est terminée, cette maudite nuit, et, de cette heure, tu m'appartiens. »

Sa main grasse se tendait vers la rondeur d'une épaule dessinée par la couverture et, impatiemment, faisait glisser le tissu, cherchant la douceur de la peau. C'était l'épaule meurtrie de Catherine qui gémit de douleur tandis que La Trémoille retirait précipitamment sa main et la considérait avec stupeur : elle était tachée de sang.

« Par pitié, messire, gémit Catherine, ne me touchez pas. J'ai si mal ! »

Pour toute réponse, La Trémoille empoigna les draps et les rejeta au pied du lit. Le corps, marbré de bleu, griffé et maculé de sang sec ou frais, apparut. Le gros chambellan devint violet de colère.

« Le chien puant. Comment a-t-il osé l'abîmer de la sorte, quand elle m'était réservée ! Il me le paiera ! Oh ! oui ! il me le paiera ! »

Malgré sa souffrance, Catherine regardait avec stupeur cette masse de graisse que la colère faisait trembloter comme une gelée, mais La Trémoille prit cet étonnement pour de la terreur. Avec une douceur inattendue, il remonta le drap de soie sur le corps blessé.

« N'aie pas peur, petite ! Je ne te ferai aucun mal, moi... Je ne suis pas une brute et je vénère trop la beauté pour en user avec cette barbarie. Tu m'appartenais et il a osé te frapper, te blesser alors que tu devais venir chez moi dès ce matin. »

Apparemment, songea Catherine, c'était ce qu'il pardonnait le moins : que Gilles eût osé abîmer quelque chose qu'il considérait comme son bien. Son indignation eût sans doute été aussi forte pour un chien, ou un cheval, ou une pièce d'orfèvrerie... Mais elle décida d'en profiter tout de même.

« Seigneur, pria-t-elle, ne pourriez-vous envoyer une servante qui soignerait mon épaule ? Elle me fait affreusement mal et...

— Je vais non seulement envoyer des servantes, mais encore des valets. On va te transporter chez moi sur l'heure, belle Tchalaï... c'est bien là ton nom, n'est-ce pas ?... Tu seras soignée, réconfortée, et moi je veillerai sur toi jusqu'à ton rétablissement total.

— Mais... Mgr de Rais ? »

Un pli méchant se forma au coin des grosses lèvres humides.

« Tu n'en entendras plus parler ! Chez moi, nul n'ose entrer sans ma permission, lui comme les autres ! Il sait trop que, s'il se le permettait, je le renverrais au plus vite dans son manoir d'Anjou. Attends-moi... je reviens. »

Il allait sortir, mais, poussé par une convoitise qu'il ne pouvait tout de même pas maîtriser, il posa, par-dessus le drap, sa main sur la cuisse de Catherine et la caressa.

« Plus vite tu seras guérie, petite, et plus vite je serai heureux ! Car, ensuite, tu seras très gentille avec moi, n'est-ce pas ?

— Je suis votre servante, seigneur... balbutia Catherine, inquiète d'entendre son souffle se faire plus court, mais, pour l'heure, je me sens si mal, si mal... »

Il retira sa main à regret, mais ce fut pour lui tapoter la joue.

« Allons, il faut être raisonnable ! Ce n'en sera que plus agréable plus tard. »

Cette fois, il sortit réellement, à une vitesse dont Catherine, soulagée, eût cru pareille masse incapable. La porte claqua derrière lui avec un bruit de tonnerre. Ne pouvant penser davantage, la jeune femme ferma les yeux, attendant qu'on vînt s'occuper d'elle. La pensée d'aller chez La Trémoille ne lui faisait pas peur. Rien ne pouvait être pire que la nuit affreuse qu'elle venait de vivre... et puis n'était-ce pas cela qu'elle était venue chercher : l'entrée chez son ennemi ?

Quelques instants plus tard, deux vieilles servantes, si laides et si ridées qu'elles rappelèrent à Catherine la vieille phuri dai, vinrent s'occuper d'elle. Ses blessures furent lavées, enduites de baume, pansées sans que les deux vieilles eussent proféré une parole. Elles étaient extraordinairement semblables et, dans leurs vêtements noirs, ressemblaient à des statues funèbres, mais leurs mains avaient une agilité et une souplesse extrêmes. Quand elles en eurent fini avec elle, Catherine se sentit déjà mieux. Et lorsqu'elle voulut les remercier, les deux vieilles s'inclinèrent sans répondre et allèrent s'asseoir au pied du lit, sans plus bouger que des souches. Au bout d'un moment, l'une d'elles claqua dans ses mains et des valets apparurent portant une sorte de civière sur laquelle les deux vieilles placèrent Catherine revêtue d'une chemise, de sa dalmatique blanche et d'une couverture de laine.

Le cortège s'engagea dans l'étroit escalier du donjon pour gagner l'étage supérieur à la porte duquel attendaient deux valets porteurs de torches. L'un d'eux se pencha lorsque la civière passa auprès de lui et Catherine retint une exclamation de surprise. Sous la livrée aux aiglettes d'azur de La Trémoille, elle venait de reconnaître, barbu et abondamment chevelu, Tristan l'Hermite en personne !

Elle ne chercha même pas à comprendre comment il était venu là. Une véritable marée de soulagement la submergea ; fermant les yeux elle se laissa emporter vers sa nouvelle prison.

CHAPITRE V

LA DAME DE LA TRÉMOILLE

La façon dont on installa Catherine lui donna une idée du prix que le grand chambellan attachait à sa personne. Introduite dans l'une des tourelles qui accolaient le donjon, elle ne vit d'abord qu'un grand lit à courtines de serge rouge qui occupait la plus grande partie de cette petite chambre, éclairée par une mince fenêtre. Catherine y fut couchée fort soigneusement sur des matelas fort doux puis laissée à la garde des deux vieilles, ce qui ne lui causa aucun plaisir. Il y en avait toujours une dans sa chambre accroupie au pied du lit, aussi immobile et silencieuse qu'une pierre.

La jeune femme découvrit bientôt la raison de ce silence. Les deux femmes, deux jumelles, étaient muettes. Il y avait bien longtemps qu'on leur avait coupé la langue afin de les rendre définitivement discrètes. Elles étaient Grecques d'origine, comme La Trémoille en informa Catherine, mais sans lui apprendre par quel obscur cheminement ces femmes étaient venues du marché des esclaves d'Alexandrie à la cour du roi Charles VII. Le grand chambellan les avait gagnées aux échecs, voici bien des années, au prince d'Orange. Depuis, Chryssoula et Nitsa le servaient fidèlement et le suivaient dans les méandres les plus sombres de son existence. Elles avaient toujours la garde des femmes que La Trémoille attirait et se réservait. Et elles étaient tellement semblables l'une à l'autre qu'au bout de cinq jours Catherine était encore incapable de les distinguer.

La présence continuelle de ces femmes l'obsédait. Elle eût cent fois préféré la solitude à ces ombres silencieuses, ces visages mûrés sur leur secret où les yeux seuls avaient l'air de vivre. Encore Catherine éprouvait-elle un malaise quand le regard de sa gardienne du moment tournait dans son orbite et glissait vers elle... De plus, la joie qu'elle avait ressentie en reconnaissant Tristan sous la défroque d'un valet s'était estompée. Elle avait espéré qu'il viendrait auprès d'elle dans les heures suivantes, mais, en dehors de La Trémoille, aucun homme n'avait franchi le seuil de sa chambrette. Seules, les deux vieilles Grecques paraissaient en avoir la permission.

Ces visites biquotidiennes du grand chambellan étaient pour la jeune femme autant d'épreuves. Il était, avec elle, d'une amabilité qui l'écœurait d'autant plus qu'elle était obligée d'y répondre par une amabilité égale, nuancée, au surplus, d'humilité comme il convient à une pauvre fille des quatre vents. Elle s'obligeait à demeurer au fond de son lit et à se faire infiniment plus faible et plus malade qu'elle n'était, tant elle avait peur qu'il n'en vînt à lui redemander d'être « gentille » avec lui. La seule idée d'un contact intime avec ce monument de graisse jaune lui soulevait le cœur. Elle voulait sa perte, elle voulait, de toute la force de sa haine, venger Arnaud, les siens et elle-même de ce tyran sans grandeur qui les avait réduits à la misère et menait le royaume à sa ruine. L'effort qu'il lui fallait fournir, chaque jour, pour ne rien montrer de ses sentiments profonds et pour sourire, était surhumain. Elle avait besoin, pour y parvenir, d'évoquer ce moment, pour lequel elle avait vécu durant tant de mois, où elle tiendrait enfin son ennemi à sa merci. Alors, elle retrouvait en elle des ressources d'énergie nouvelle. Mais elle s'était juré une chose, à l'aube de cette nuit infernale avec Gilles de Rais : même pour mener à bien sa mission, même pour attirer La Trémoille à Chinon, elle n'accepterait de se donner à cet être si profondément corrompu que son aspect physique avait fini par s'en ressentir. Si vraiment elle ne parvenait à le tenir à distance avant de l'avoir persuadé de quitter Amboise pour Chinon, Catherine était décidée à tuer La Trémoille, purement et simplement, quitte à être exécutée ensuite. Du moins ne la tuerait-on point sans l'entendre.

Mais, pour tuer, il fallait une arme, et d'armes elle n'en avait point. Elle comptait même sur Tristan pour lui en faire passer une. Encore eût-il fallu pouvoir communiquer avec lui...

Toutes ces idées hantaient la jeune femme durant les longues heures d'immobilité au fond de ses courtines rouges. Les bruits du château, appels des guetteurs, relèves des gardes, cris des servantes, ordres militaires, galop de chevaux, échos de musique étaient les seules distractions de Catherine qui mourait d'ennui. Tout le reste du temps, elle fixait une statue de l'archange saint Michel placée sur un petit autel en face de son lit, s'étonnant de trouver une statue pieuse dans la chambre que La Trémoille réservait à ses éphémères maîtresses. Cette vie végétative, pourtant, avait du bon. Elle permit à Catherine de récupérer pleinement ses forces. Soumise à un repos forcé, bien nourrie, bien soignée, elle recouvra vite toute sa vitalité.

Quand vint le sixième jour, elle décida qu'il était temps de passer à l'action. Un mince incident vint lui rappeler l'urgence qu'il y avait à brusquer les événements. Ce matin-là, comme elle avait coutume de le faire à l'heure où tout le château prenait son premier repas, c'est-à-dire après la messe matinale, la vieille Chryssoula — à moins que ce ne fût Nitsa — apporta à Catherine de quoi se restaurer : un plat d'alouettes rôties, une cruche de vin et un pain... dans lequel la jeune femme trouva une mince bande de parchemin roulé.

Elle se hâta de le faire disparaître pour le sauver des yeux aigus de la vieille et ne le déroula que lorsque sa gardienne fut repartie avec les plats vides. Il ne contenait que trois mots, mais si menaçants dans leur concision que Catherine se sentit galvanisée. « N'oublie pas Sara », disait le billet, et elle comprit qu'il venait de Gilles de Rais, que le seigneur à la barbe bleue s'impatientait et que, dans sa hâte de posséder le fabuleux diamant, il pouvait être dangereux. Comment faire pour lui arracher Sara ? Voler le diamant ? Catherine l'eût fait volontiers s'il s'était agi seulement de sauver Sara, mais il fallait qu'elle demeurât au château et, de plus, elle n'avait aucune idée de l'endroit où La Trémoille rangeait le joyau.

Demander à La Trémoille la libération de Sara ? Certes, ce serait sans doute facile car le gros chambellan semblait très désireux de lui plaire. Ne lui avait-il pas, la veille même, apporté une lourde et belle chaîne d'or en laissant entendre que, de sa complaisance, dépendraient le nombre et la beauté des cadeaux qu'elle recevrait ? Mais, si l'on arrachait Sara par force à Gilles de Rais, ne se vengerait-il pas en dénonçant la véritable identité de Catherine que rien, dès lors, ne sauverait ?

Sa claustration, soudain, lui parut insupportable. Elle ne pouvait pas rester plus longtemps au fond de son lit et, quand la vieille revint, elle la trouva debout.

« Habille-moi, ordonna Catherine. Je veux sortir. »

La vieille la regarda d'un air incrédule puis hocha la tête négativement, en désignant du doigt la porte unique de la chambrette qui donnait directement sur l'immense pièce ronde où logeait La Trémoille. Catherine comprit que sa gardienne ne ferait rien sans ordre.

« Va chercher le maître, alors, fit-elle sèchement. Dis-lui que je veux le voir. »

L'air affolé de la femme n'éveilla aucune compassion chez Catherine qui s'avança vers elle.

« Je suis plus forte que toi, lui dit-elle d'un ton menaçant. Si tu ne vas pas chercher le maître, je te jure que je sortirai d'ici, que tu le veuilles ou non. Et en chemise s'il le faut ! »

L'air déterminé de Catherine décida la vieille qui, faisant à la jeune femme signe de l'attendre, sortit de la pièce dont, cependant, elle referma soigneusement la porte derrière elle. Pendant ce temps, Catherine alla jusqu'à la petite fenêtre et se hissa sur la pointe de ses pieds nus pour voir au-dehors. De son lit, sur lequel une longue flèche de soleil était venue se poser, elle avait aperçu un coin de ciel d'un magnifique bleu profond et l'air qui entrait par la mince ogive était doux et tiède.

De son étroit observatoire, elle aperçut un coin étincelant du fleuve, un peu d'herbe verte et quelques arbres de l'île Saint-Jean. Un oiseau raya le ciel de son vol rapide et une folle envie s'empara de Catherine d'échapper à cette noire forteresse, de courir se plonger au cœur même de ce printemps glorieux. Sa jeunesse, réveillée en sursaut, réclamait impérieusement sa part, balayant pour un seul instant le désir de vengeance, l'ambition, le souci des jours à venir. Oh ! n'avoir qu'une maisonnette au bord d'un grand fleuve, avec un jardin fleuri, et y vivre doucement entre son fils et l'homme aimé ! Pourquoi donc ce lot si simple, qui était celui de tant de femmes, lui était-il à jamais refusé ?

Le retour de la vieille coupa court aux tristes méditations de Catherine. Elle rapportait sur ses bras des vêtements. Un valet l'accompagnait et Catherine eut un tressaillement de joie en reconnaissant Tristan.

« Le maître ne peut venir, dit-il d'un ton neutre, sans même regarder la jeune femme. Il permet que tu t'habilles et que tu descendes faire quelques pas dans la cour. Mais Chryssoula devra t'accompagner. Toi, tu demeureras sous sa surveillance et tu rentreras dès qu'elle te l'ordonnera. » La voix lente du Flamand se chargea d'une menace. « Prends bien garde à obéir, fille d'Egypte, car il ne fait pas bon désobéir au maître. »

Catherine chargea son attitude de toute l'humilité désirable et répliqua modestement :

« J'obéirai, messire. Le maître est bon pour moi. N'a-t-il rien dit d'autre ? »

Son regard violet, suppliant, croisa le regard gris, immobile, de Tristan, y vit passer un rapide éclair.

« Si. Il a montré une grande joie devant ton désir de reprendre une vie normale. Il te fait dire qu'il y a fête ce soir chez le roi, mais que, sans doute, tu es encore trop faible pour danser devant la cour. En revanche, le maître viendra cette nuit, après la fête... s'assurer par lui-même de cet heureux retour à la santé. »

Un frisson désagréable parcourut la peau de Catherine. Elle avait compris. Ce soir, La Trémoille viendrait réclamer les droits qu'il se croyait sur elle. Et comme il viendrait après une longue soirée joyeuse, il serait ivre, plus que certainement, et donc au-delà de toute possibilité de raisonnement. La perspective n'avait rien de séduisant et Catherine sentit sa gorge se serrer. Cependant, Tristan, raide et hautain comme il se doit pour un valet de grande maison obligé de se commettre avec la racaille, se dirigeait vers la porte. Au moment de la franchir, il se retourna, la main sur le vantail, et, négligemment :

« Ah ! j'oubliais, on a mis tes objets personnels dans l'aumônière de la robe. Monseigneur est trop bon envers une fille de ta sorte. Il a tenu à ce qu'on te rende tout ce qui t'appartient. »

La présence de Chryssoula retint Catherine de se jeter sur les vêtements pour fouiller l'aumônière. Tout ce qui lui appartenait ? Mais elle n'avait rien, qu'une chemise déchirée, quand elle était arrivée chez Gilles de Rais. Hormis, évidemment, les deux petites boîtes de Guillaume l'Enlumineur qu'elle gardait dans une poche sous ladite chemise, qu'elle avait transférées, après son bain, dans la dalmatique blanche et verte qu'on lui avait donnée et qu'elle avait encore avec elle. Alors de quoi parlait Tristan ?

Après quelques ablutions précautionneuses, car elle avait l'impression, depuis quelques jours, que son teint pâlissait légèrement et qu'une ligne plus claire se montrait à la racine de ses cheveux, elle enfila les vêtements que lui tendait Chryssoula et qui étaient simples et propres mais sans luxe. Une robe de futaine grise, une chemise de toile fine, une guimpe plissée et une cornette de toile blanche, une ceinture et une aumônière de cuir assez vaste et qui parut à Catherine étrangement lourde. Apparemment, La Trémoille ne tenait pas à ce qu'elle se fît remarquer, elle devait se confondre avec les servantes et n'attirer en rien l'attention des habitants du château.

En accrochant l'aumônière à la ceinture bouclée autour de ses hanches les doigts de Catherine se firent un peu fébriles. Elle grillait de curiosité, encore que l'épaisseur du cuir lui rendît impossible de deviner ce qu'il y avait dedans. Mais elle s'empêcha de l'ouvrir au prix d'un petit effort de volonté. Pourtant, s'apercevant qu'une ample mante de fine laine noire avait été jointe au reste, elle la jeta sur ses épaules et fit signe à Chryssoula qu'elle était prête. La vieille ouvrit la porte et précéda Catherine à travers l'immense et somptueuse chambre du grand chambellan, véritable temple de l'or où même les rideaux du lit et les coussins des sièges avaient les reflets du métal magique, puis dans l'étroit escalier du donjon.

Là, il faisait sombre et, à l'abri de sa mante, Catherine explora hâtivement l'aumônière. Il y avait un mouchoir, un chapelet, quelques pièces de monnaie, puis ses doigts découvrirent un petit rouleau de parchemin et, enfin, un objet qui les fit trembler de joie et qu'ils parcoururent deux fois, trois fois pour mieux s'assurer de sa réalité : une dague ! La dague à l'épervier des Montsalvy, le poignard d'Arnaud qu'elle avait dû laisser dans ses vêtements de garçon. Une fervente action de grâce jaillit du cœur de Catherine à l'adresse de Tristan. Il avait pensé à tout ! Il veillait bien réellement sur elle et avait deviné qu'elle souhaiterait frapper plutôt que subir le grand chambellan !

Ce fut d'un pas léger qu'elle descendit les derniers degrés de l'escalier derrière Chryssoula qui trottait comme une souris. Elle était libre ! Libre de vivre ou de mourir, libre de tuer ou de faire grâce. En débouchant dans la cour, elle leva vers le grand ciel ensoleillé un regard triomphant, joyeux. Elle avait maintenant le moyen d'abattre son ennemi, d'assouvir sa vengeance ! Qu'importait ce qu'il adviendrait d'elle par la suite.

Mais elle n'était pas encore assez détachée de la terre pour ne pas brûler de savoir ce qu'il y avait sur le rouleau de parchemin. Tristan, sans doute, y avait inscrit un message important. Comment s'y prendre pour le lire en paix ? Se déclarer fatiguée pour remonter ? Déjà ! Cella semblerait peut-être suspect. Mieux valait attendre un peu. Une demi-heure de plus ou de moins n'aurait sans doute guère d'importance.

Dans la vaste cour du château, il y avait beaucoup de mouvement. Une compagnie d'archers montait aux créneaux, sous les rayons du soleil qui faisaient étinceler leurs chapeaux de fer. Emergeant de la voûte profonde, en pente raide, où s'enchâssait la herse présentement relevée, des chariots chargés de bois remontaient péniblement jusqu'à cette haute cour en plate-forme. En revanche, des lavandières descendaient vers le fleuve, des corbeilles de linge fièrement portées sur la tête. Près de l'imposant mais sévère logis royal, des chasseurs, déjà à cheval, portant sur leurs poings gantés de cuir épais des faucons encapuchonnés, attendaient un autre chasseur, sans doute de haut rang, tandis qu'un groupe de dames de la cour gagnaient le verger en caquetant comme des perruches, sous les flèches ennuagées de leurs hennins. Catherine, la vieille Chryssoula sur les talons, erra un moment au milieu de tout ce monde, goûtant le simple plaisir du soleil sur ses épaules. Le mois de mai étalait toute sa gloire naissante en fleurs fraîches, émaillant le verger que l'on apercevait au-delà d'une porte, basse et ajourée, et qui s'étalait sur la longue terrasse fermée de murailles dominant la Loire. C'était comme si la nature rejetait enfin le cauchemar de l'hiver et du tardif printemps, comme si la terre meurtrie du royaume cherchait à prendre sa revanche sur tant de ravages, tant de larmes et de sang. Et Catherine découvrait avec émerveillement qu'à l'ombre de cette forteresse poussaient encore des roses. Il y avait si longtemps qu'elle n'avait vu une rose !

Attirée par la fraîche verdure du verger, elle se dirigeait vers lui tout doucement lorsque quelques dames accompagnées de pages en sortirent, des jeunes filles surtout, portant des couronnes de fleurs sur leurs longs cheveux dénoués et habillées toutes de la même robe bleu pâle. Elles entouraient une grande femme hautaine et superbe dont l'orgueilleuse beauté se rehaussait d'une somptueuse robe de brocart orange et or qui semblait faite de même matière que son opulente chevelure rousse. Des émeraudes étincelaient à sa gorge largement décolletée et sur l'immense hennin, haut comme une flèche d'église, qui couronnait royalement la nouvelle venue. Sur son passage, chacun s'écartait respectueusement et saluait. Catherine, sans doute, eût pris cette femme pour la reine en personne si elle ne l'avait reconnue et n'eût senti aussitôt son cœur se gonfler de fiel. Les pieds soudain rivés dans la poussière de la cour, les yeux brûlant de haine, elle regardait s'avancer le gracieux escadron azuré des filles d'honneur entourant la dame de La Trémoille, la femme qui avait osé aimer Arnaud et le faire torturer parce qu'il l'avait repoussée, celle dont elle, Catherine, s'était juré la mort.

Elle sentit que Chryssoula, inquiète, la tirait par sa mante, mais elle était incapable de bouger. Jamais Catherine n'avait éprouvé à ce point, aussi cru, aussi brutal, le désir de tuer. Si rigide était son immobilité que la grande femme rousse la remarqua. Elle fronça ses épais sourcils, héla la jeune femme d'un geste autoritaire :

« Hé ! la fille ! Viens un peu ici ! »

Ni pour or ni pour argent Catherine n'aurait pu faire un pas. Elle était comme pétrifiée. Seuls ses yeux chargés de colère vivaient encore, mais, derrière son épaule, elle sentait trembler Chryssoula. L'une des jeunes suivantes dut reconnaître la vieille Grecque car elle murmura quelques mots à l'oreille de sa maîtresse dont les belles lèvres s'arquèrent en un méprisant sourire en même temps qu'elle haussait les épaules.

« Oh ! Je vois ! Encore une de ces filles de joie dont mon époux fait ses délices ! Grand bien lui fasse s'il aime à ce point s'encanailler ! »

Et la troupe brillante s'engouffra dans le logis royal sans plus s'occuper de Catherine. La vieille se mit à la tirer si vigoureusement qu'enfin elle bougea, se laissant mener sans résistance vers le donjon, et songeant avec rage que le jour où elle abattrait La Trémoille, elle trouverait le temps de s'occuper de sa femme.

Elle allait franchir, avec sa gardienne, la porte basse quand elle se sentit soudain happée par deux mains vigoureuses qui la firent pivoter sur elle-même. Malgré les habits de paysan, couverts de terre et usagés qu'il portait, elle reconnut Fero et poussa un cri de frayeur instinctive tant le visage du chef tzigane était transfiguré.

« Voilà des jours que j'erre autour de ce château, que j'entre dans cette cour parce que j'espérais te revoir, avoir de tes nouvelles ! Et je te revois !

— Va-t'en, Fero, s'écria-t-elle. Tu ne dois pas rester ici ! Les tziganes n'ont pas le droit d'entrer ici sans permission. Si tu étais pris...

— Cela m'est égal ! Je ne pouvais plus vivre sans te revoir ! Le poison d'amour est en moi, Tchalaï, il brûle mon âme et mon sang... et c'est toi qui l'y as mis ! »

Il n'était pas possible de se tromper sur la passion qui flambait dans le regard du jeune bohémien. Catherine s'en épouvanta d'autant plus que la vieille Chryssoula faisait de vains efforts pour l'arracher des mains de Fero et poussait des cris inarticulés.

« Par pitié, va-t'en ! Si les gardes... »

Elle n'avait pas plus tôt prononcé le mot qu'attirés par les cris de la vieille un peloton d'archers accourait. Chryssoula devait être connue car ils obéirent sans discuter à l'ordre qu'elle donna en deux gestes, l'un désignant Fero, l'autre la porte du château. Empoigné par quatre gaillards solides, le chef tzigane fut entraîné de force vers la porte non sans crier pour Catherine :

« Je t'aime ! Tu es ma femme ! Je reviendrai. »

En un instant, il avait disparu et Catherine, soulagée malgré tout, suivit docilement Chryssoula qui donnait tous les signes d'une grande agitation. La courte promenade permise par le maître avait été trop fertile en événements pour le goût de la vieille. Quelques minutes plus tard, Catherine se retrouvait dans sa chambre, enfermée à double tour... mais seule, bienheureusement seule ! Elle oublia aussitôt Fero, en profita pour vider sur le lit le contenu de son aumônière, s'empara du petit rouleau de parchemin sur lequel Tristan avait écrit : « N'ayez aucun souci de Sara. Je sais où elle est et je veille sur elle, comme je veille sur vous. »

La poitrine de Catherine se dégonfla d'un seul coup en un énorme soupir. Ces quelques lignes effaçaient péremptoirement la phrase menaçante de Gilles de Rais. Pas un instant, la jeune femme ne mit en doute l'affirmation de Tristan. Il y avait, dans l'étrange écuyer du connétable de Richemont, une puissance de volonté, une force tranquille qui la subjuguaient. Elle croyait capable de tout l'homme qui, traqué par les gens de Gilles de Rais, avait trouvé moyen non seulement de leur échapper, mais encore de se faire engager comme valet par le grand chambellan. Si Tristan l'Hermite tenait Sara sous sa protection, Catherine ne devait plus se tourmenter.

L'esprit plus libre, elle laissa couler sur elle les mortelles heures du jour. Sa porte ne se rouvrit pas avant que les ombres du soir n'eussent envahi la pièce. Chryssoula vint alors allumer les chandelles et porter un nouveau plateau qui, cette fois, ne contenait aucun message. Mais, lorsque Catherine eut terminé son repas, la vieille esclave, au lieu de se retirer, fut rejointe par sa sœur. Toutes deux entreprirent la toilette de Catherine. Elle fut lavée, parfumée, parée d'une robe de nuit de fine mousseline blanche qui n'enveloppait son corps que d'un léger nuage, puis soigneusement installée dans le lit dont les draps de toile avaient été changés pour des draps de soie pourpre.

Tous ces préparatifs firent frémir la jeune femme. Ils n'étaient que trop significatifs. On l'accommodait de la sorte pour être plus agréable aux goûts orientaux de son nouveau maître. Tout à l'heure, cette porte, par laquelle sortaient maintenant les deux femmes, se rouvrirait sur l'énorme et somptueuse personne du grand chambellan. A l'évocation de ce gros corps flasque s'affalant sur le sien, Catherine retint un haut-le-cœur et ferma les yeux. Elle revit la bouche molle, les dents gâtées, la barbe trop parfumée. Vivement, elle sauta à bas du lit, courut à son aumônière, en tira sa dague et la glissa sous son chevet à portée de la main. Tout de suite, elle se sentit rassurée. Qu'avait-elle à craindre, désormais ? Quand La Trémoille se jetterait sur elle, la dague d'Arnaud frapperait et tout serait dit. Sans doute n'en sortirait-elle pas vivante... à moins que Tristan, qui lui avait remis l'arme dans une intention bien précise, n'eût arrangé sa fuite ? Si seulement elle avait pu lui parler, ne fût-ce qu'un instant ? Peut-être était-il tout près d'elle, attendant, lui aussi, que, dans cette chambre, il se passe quelque chose.

Des heures coulèrent sans que rien ne se produisît. Etendue sans bouger dans son grand lit, Catherine percevait vaguement les échos de la fête royale, des cris, des rires, des chansons à boire. La pieuse reine Marie, épouse de Charles VII, devait arriver prochainement de Bourges. Le roi, apparemment, en profitait pour se distraire avant son arrivée avec ses compagnons de plaisir habituels... Catherine entendit crier la minuit, puis ce fut la relève des archers de garde. Combien de temps lui faudrait-il attendre encore ? Les chandelles s'usaient déjà ; bientôt, elles s'éteindraient... La Trémoille, peut-être, était trop ivre pour avoir gardé le souvenir de son rendez-vous galant...

La jeune femme se berçait de cette agréable illusion quand elle sursauta, retenant un cri. La porte de sa chambre s'ouvrait doucement...

Une instinctive et muette prière monta de son cœur à ses lèvres, mais s'acheva bientôt. Ce n'était pas le grand chambellan, c'était une jeune fille couronnée de fleurs et vêtue de soie bleue, l'une des suivantes de la dame de La Trémoille. Elle tenait à la main un chandelier allumé qu'elle posa sur le coffre.

Un instant, elles se regardèrent, la belle adolescente debout au pied du lit, Catherine assise dans ce même lit, l'une avec une curiosité dédaigneuse, l'autre avec une surprise non déguisée. Enfin la jeune fille ouvrit la bouche :

« Lève-toi, ordonna-t-elle. Ma maîtresse veut te voir.

— Moi ? Mais je dois attendre ici...

— L'arrivée de monseigneur ? Je sais. Mais sache, à ton tour, fille d'Egypte, que, lorsque ma maîtresse ordonne, le grand chambellan lui-même s'incline. Habille-toi et suis-moi. Je t'attends à côté. Mais fais vite si tu tiens à ton dos. La maîtresse n'est pas patiente », lança-t-elle avec insolence.

La jeune fille sortit, laissant Catherine interdite et assez indécise. Que lui voulait la dame de La Trémoille ? Que signifiait cet ordre, venu en pleine nuit, et qui risquait de détruire tous ses plans ? Devait-elle obéir ? Mais, sinon, comment refuser ? Catherine décida qu'elle n'avait pas le choix, et qu'elle ne risquait peut-être pas grand-chose à savoir ce qu'on lui voulait. Pour l'orgueilleuse comtesse, elle n'était, après tout, qu'une fille d'Egypte promise aux plaisirs de son époux, moins qu'un chien ou un objet, un être dont, certainement, elle n'était pas jalouse. Les nombreux amants de Catherine de La Trémoille devaient la mettre à l'abri de ce genre de sentiment. Est-on jalouse d'une montagne de graisse ? Le couple n'était uni que par des goûts communs pour l'or, la puissance et la débauche.

Mais c'était encore de l'or que préférait la dame. Catherine se souvenait avoir entendu raconter comment, lorsque l'on était venu arrêter en pleine nuit et dans son propre lit son second mari, le diabolique Pierre de Giac, les soucis de la belle comtesse s'étaient uniquement portés sur sa vaisselle précieuse sur laquelle faisaient main basse les hommes d'armes chargés de l'arrestation. Tandis que l'on emmenait son époux vers un destin tragique, la dame de Giac avait sauté à bas de son lit, nue comme notre mère Eve, et poursuivi les voleurs, dans cet appareil sommaire, à travers les couloirs du château d'Issoudun.

En quelques instants Catherine fut prête. Elle accrocha l'aumônière à sa ceinture, mais glissa la dague dans son corsage. Il y avait beau temps que le billet de Tristan avait été brûlé dans la cheminée. Jetant la mante sur ses épaules, elle ouvrit sa porte avec décision.

« Je suis prête », dit-elle.

Sans un mot, la jeune fille qui attendait, nonchalamment étendue sur un banc garni de coussins, se leva, prit son chandelier et se dirigea vers l'escalier où veillaient des gardes. A sa suite, Catherine traversa la cour, illuminée par le reflet des fenêtres du logis royal vers lequel sa conductrice la dirigeait. En franchissant le seuil que gardaient deux statues de fer, Catherine eut la sensation d'entrer dans une immense coquille creuse tant cela résonnait des bruits de la fête. Malgré l'épaisseur des murs, violons, rebecs et luths faisaient rage, dominant le tumulte des voix, les rires bruyants, les cris de joie. Partout des torches, des cierges énormes qui répandaient une intense lumière chaude et dorée. Catherine s'inquiéta. Allait-on la jeter au milieu de la fête, comme un oiseau de nuit arraché soudain à son ombre et lancé dans le soleil ? Mais non... son guide dépassait l'étage noble où l'immense salle tenait à peu près toute la place et la faisait monter plus haut, vers les combles du château. Poussée par la main de la jeune fille, une porte basse s'ouvrit soudain, dans l'ombre d'un couloir, et Catherine se retrouva au milieu d'une chambre de dimensions assez réduites mais qui avait l'air d'un écrin, tellement les tentures de velours vert habillaient les murailles dont on ne voyait pas le moindre morceau. D'épais et chatoyants tapis couvraient le sol. Malgré la très douce température extérieure, un immense feu brûlait dans la cheminée et semblait, curieusement, se propager aux tentures sur lesquelles de longues flammes d'or étaient brodées.

Au centre de cette chambre étrange et fastueuse, bourrée d'objets précieux, la dame de La Trémoille se tenait debout dans un cercle de suivantes dont certaines, paresseusement couchées à terre sur des coussins, jouaient du luth ou croquaient des confiseries. Cette fois, la belle comtesse n'était vêtue que de soieries bleues, très transparentes, sur lesquelles croulait la masse fauve de sa chevelure. Le tissu nuageux ne cachait que fort peu les formes opulentes de son corps, mais cela ne paraissait la gêner nullement. Catherine se rendit compte au premier coup d'œil de l'état d'agitation où elle se trouvait, mordant ses lèvres et tordant ses doigts en arpentant nerveusement sa chambre.

« Voici la fille, gracieuse dame », fit, du seuil, la conductrice de Catherine.

La dame de La Trémoille eut une exclamation satisfaite, puis, d'un geste autoritaire, montra la porte à ses suivantes.

« Sortez toutes ! Allez vous coucher. Et qu'on ne me dérange sous aucun prétexte.

— Même moi ? fit, avec une moue mécontente, la jeune fille qui avait amené Catherine et qui devait être la favorite.

— Même toi, Violaine. Je veux être seule avec cette fille. Veille au-dehors afin que personne n'entre par surprise. Je t'appellerai quand j'aurai besoin de toi. »

Violaine sortit de mauvaise grâce et referma la

porte derrière elle. Les autres s'étaient déjà éclipsées. Les deux ennemies, la grande dame et la fausse bohémienne, demeurèrent face à face, s'examinant... Avec une joie féroce mais bien féminine, Catherine découvrait que la beauté de sa rivale se fanait déjà. De petites rides marquaient, au coin des yeux et de la belle bouche rouge, la peau très blanche et douce comme un velours, des cernes violets entouraient les prunelles gris vert. La graisse enrobait légèrement les hanches et les longues cuisses, alourdissait les seins gonflés qui fléchissaient un peu. La belle rousse vivait trop douillettement, trop somptueusement et avec trop d'excès. La débauche et la volupté la marquaient d'un stigmate indélébile... Mais Catherine se garda bien de montrer le plaisir qu'elle éprouvait. Elle avait trop conscience de ce regard qui la détaillait, la déshabillait même avec impudence. Elle rougit en entendant la voix sèche de la dame s'écrier :

« Qu'attends-tu pour t'agenouiller devant moi ? Ton échine est-elle si raide qu'elle t'interdise de saluer tes maîtres ? »

Catherine se mordit les lèvres et se traita de sotte. Elle avait un instant oublié son personnage et, pour un peu, eût abordé la comtesse en égale. Elle se hâta d'obéir, baissant la tête et, masquant son embarras d'un mensonge, murmura :

« Pardonnez-moi, noble dame, mais j'ai oublié un instant où j'étais. Mes yeux étaient éblouis. Je me suis crue dans la demeure de la reine des keshalyi, les fées de notre peuple. »

Un sourire d'orgueilleuse satisfaction éclaira le visage maussade de la dame. De si bas qu'il vînt, l'encens, même grossier, lui plaisait toujours.

« Relève-toi ! lui dit-elle. Ou plutôt, assieds-toi sur ce coussin. Ce que j'ai à te dire peut être long. »

Elle désignait un coussin posé sur les marches de son lit. Catherine s'y laissa glisser tandis que la comtesse s'asseyait sur le lit même. Son regard ne quittait pas le visage de Catherine, le détaillant avec une attention qui devenait gênante. Au bout d'un moment, que la jeune femme jugea long comme une éternité, la belle comtesse murmura :

« Tu es vraiment très belle... trop belle ! Tu ne retourneras pas auprès de monseigneur. Tu pourrais être dangereuse à la longue, car il est stupide avec les femmes. Et toi, tu as l'air intelligent.

— Que ferai-je donc ? osa demander Catherine. Si je ne retourne pas, je risque...

— Rien du tout. Si tu me sers à ma convenance je te garderai peut-être et tu n'auras rien à craindre. Sinon... »

La phrase demeurée en suspens était suffisamment menaçante pour que Catherine se gardât d'en demander la fin. Elle se contenta de baisser la tête humblement, attendant ce qui allait suivre.

« Je ferai de mon mieux », dit-elle seulement.

La dame de La Trémoille prit un temps. D'un air songeur, elle tendit son bras nu, prit une coupe de vin posée sur les marches du lit et la vida lentement jusqu'à la dernière goutte. Catherine vit se gonfler sa gorge opulente. Puis la dame rejeta la coupe vide, pencha vers Catherine son visage que le vin rougissait un peu, son regard qui devenait luisant.

« On dit que les filles de ta race sont habiles aux enchantements, à la divination et aux breuvages étrangers. On dit que l'avenir s'ouvre devant vous, que vous savez comment provoquer le malheur, la mort... ou l'amour. Est-ce vrai ?

— Peut-être », répondit Catherine prudemment.

Elle commençait à voir où l'autre voulait en venir et pensait qu'il y avait là une chance. Que cette femme, avide et perverse, crût à son habileté ou à son dévouement, et elle l'amènerait peut-être où elle voulait l'amener, et son époux avec elle.

« Connais-tu, reprit la comtesse d'une voix plus basse, le philtre qui donne l'amour, qui fait couler le feu dans les veines, qui abolit la sagesse, la pudeur, même la répulsion ! Connais-tu cette potion magique qui livre un être à un autre ? »

Catherine releva la tête et obligea son regard à rencontrer celui de son ennemie. Elle se souvenait de la brûlante expérience vécue dans les bras de Fero et ne mentit qu'à peine en affirmant :

« Oui, je la connais. Le besoin d'amour qu'elle donne devient torture et dévore tout le corps si l'on ne le satisfait pas. Il n'est personne, homme ou femme, qui puisse lui résister. »

Un éclair de triomphe illumina le visage avide qui se penchait sur elle. La comtesse s'élança soudain, courut à l'autre bout de la pièce, ouvrit un petit coffre et y plongea ses mains qu'elle retira ruisselantes de pièces d'or.

« Regarde, fille d'Egypte. Tout cet or sera à toi si tu me donnes ce breuvage. »

Lentement, Catherine hocha la tête. Devant son dédaigneux sourire, la dame de La Trémoille laissa lentement retomber, dans le coffret, la pluie d'or qui rendit un son argentin.

« Tu n'en veux pas ? fit-elle incrédule.

— Non. L'or fond et s'envole dans le vent. Plus

précieuse, noble dame, est votre protection. Donnez-moi votre confiance, laissez-moi vous servir... et je serai beaucoup mieux payée.

— Par le Chef de ma mère ! Fille d'Egypte, tu parles fièrement et tu me plais. Comment t'appelles-tu ?

— On me nomme Tchalaï. Un nom barbare pour vous.

— Un nom étrange. Ecoute, je te l'ai dit, tu me plais. Donne-moi le breuvage que je te demande, tu ne le regretteras pas !

— Je ne l'ai pas sur moi et, pour le composer, il faut deux choses. »

La comtesse se précipita vers elle, serra convulsivement les mains de la jeune femme, possédée qu'elle était par une mystérieuse passion.

« Parle ! Tu auras tout ce que tu veux !

— Il faut que je retourne chez les miens... oh ! pas longtemps, ajouta-t-elle très vite en voyant les sourcils roux se froncer, juste le temps de prendre certaines choses...

— Accordé. Au lever du jour, quand les portes s'ouvriront, je te ferai escorter jusqu'au campement. Prends garde de ne pas chercher à t'enfuir : les archers qui t'escorteront auront ordre de tirer. »

Catherine haussa dédaigneusement les épaules.

« Pour quoi faire ? Je me plais dans ce château.

— Fort bien. L'autre condition ?

— Je dois savoir à qui vous destinez ce breuvage. Pour qu'il prenne toute sa puissance il faut y ajouter des conjurations où l'on mêle le nom de celui qui doit le boire. »

Il y eut un silence. Catherine devinait que cette dernière partie de ses exigences déplaisait, mais, connaissant son adversaire, elle voulait savoir quel homme avait su inspirer à la comtesse une passion assez violente pour lui faire rechercher jusqu'à l'aide d'une zingara. Il était possible que ce fût une arme intéressante.

Au bout d'un moment, la dame de La Trémoille fouilla dans un coffre, en sortit une houppelande de velours noir et s'en revêtit. Puis elle tordit hâtivement ses cheveux, les fixa sur sa tête et posa dessus un voile d'argent. Elle se tourna alors vers Catherine.

« Viens avec moi. Tu vas savoir. »

S'emparant d'une torche, elle entraîna la jeune femme.

Toutes deux sortirent de la chambre. Dans le couloir, la comtesse trouva Violaine, fidèle à son poste, et l'envoya dormir, puis elle s'engagea dans l'escalier, mais, au lieu de descendre jusqu'à la grande salle, elle poussa une petite porte prise dans la muraille et se glissa, Catherine sur ses talons, dans un étroit boyau creusé à même l'énorme mur et qui parut interminable à la jeune femme. Il devait longer la voûte de la grande salle sur toute sa longueur. L'atmosphère y était froide, humide et la torche fumait dans la main de la comtesse. Parvenue presque au bout, elle s'arrêta, passa la torche à Catherine et promena sa main sur l'une des parois. Un petit panneau glissa, découvrant une étroite ouverture découpée dans la voûte même et, sans doute, habilement dissimulée. Le vacarme de la fête, déjà appréciable dans le boyau, devint énorme. La comtesse tira Catherine par le bras.

« Regarde près de la cheminée. Vois-tu le roi Charles ? »

Catherine se pencha et vit, en effet, assis sous un

dais bleu, dans un haut fauteuil doré, un homme portant couronne d'or à son chapeau de feutre brun, et dans lequel elle reconnut le roi. Il n'avait pas beaucoup changé, depuis le temps de Jehanne. Il avait toujours son long visage morne, ses yeux glauques et globuleux, mais il était moins maigre. Sa figure était plus pleine et son regard avait perdu cette expression traquée, si tragique chez un roi.

Pour le moment, il souriait à un très beau jeune homme, âgé de dix-huit ou dix-neuf ans, qui se tenait à ses pieds, à demi couché parmi les coussins entassés sur les marches du trône. Catherine jugea exceptionnelle la beauté de ce garçon, mais lui trouva aussi quelque chose d'un peu féminin dans sa perfection. Sans doute était-ce dû à sa jeunesse car il semblait grand, vigoureux et bien fait, mais avec encore trop de grâce. Le sourire était un miracle de séduction.

Derrière son dos, elle entendit la voix pressante de la comtesse qui soufflait :

« Vois-tu celui qui se tient aux pieds de notre sire ?

— Je le vois. Est-ce...

— Oui. C'est lui. Il est le frère de la reine et se nomme Charles d'Anjou, comte du Maine. »

Catherine retint à temps une exclamation de stupeur. Le frère de la reine ? Le dernier des fils de la reine Yolande alors ? Ce fameux comte du Maine dont elle avait, à Angers, entendu vanter le charme et la valeur. Et c'était de lui, de ce jeune homme à peine sorti de l'adolescence, que s'était éprise la dame de La Trémoille ? Elle avait au moins vingt ans de plus que lui !

Un flot de danseurs en costumes chatoyants et multicolores vint battre les marches du trône, mais, déjà, le petit panneau glissait. La fête disparut des yeux de Catherine. Elle n'avait pas même aperçu La Trémoille. Elle se retrouva seule dans l'étroit couloir sombre avec la comtesse. Le visage de celle-ci, déformé par la passion, lui parut hideux à la lueur incertaine de la torche. Elle eut la vision soudaine de ce que serait cette femme lorsque l'âge aurait accompli sur elle ses ravages. Une affreuse sorcière... Mais le jeu était trop bien engagé. Il fallait le poursuivre jusqu'au bout. Elle regarda ingénument la comtesse.

« Et... il ne vous aime pas ? demanda-t-elle d'un ton naïf qui laissait entendre combien elle trouvait cela inconcevable.

— Non. Il me joue la comédie des grands sentiments, de l'honneur chevaleresque ; il met en avant mon époux... comme si les gens de la reine Yolande avaient jamais eu pour lui un autre sentiment que la haine. Je crains, moi, qu'il n'ait en tête quelque jouvencelle. Et je veux qu'il m'aime, entends-tu, Tchalaï ? Je veux qu'il soit à moi... au moins une nuit ! Ensuite, je saurai bien le retenir. »

Catherine ne répondit pas. Certes, l'infernal breuvage de Tereina pouvait donner à la dame de La Trémoille cette nuit d'amour qu'elle désirait, mais elle éprouvait soudain une répugnance à le lui procurer. Ce garçon frais et charmant, ce jouvenceau si gai et si pur, elle ne l'imaginait qu'avec horreur entre les bras de cette femme mûre. Il lui semblait que ce serait un sacrilège, une profanation.

Mais l'autre, de nouveau, se faisait pressante :

« J'ai fait ce que tu m'as demandé, fille d'Egypte. Demain, à l'aube, on te mènera à ton campement prendre ce qu'il te faudra. Songe maintenant à tenir ta promesse. »

Catherine, au prix d'un effort de volonté, secoua l'impression pénible qui l'avait saisie. Qu'importait, après tout, que ce garçon perdît une nuit avec cette femme ? C'était sans doute l'amour de la comtesse qui l'avait sauvé jusque-là de la hargne de La Trémoille car elle n'ignorait pas combien la présence du jeune comte auprès du roi incommodait le grand chambellan. Sans cela, un habile accident aurait pu faire place nette.

Elle redressa la tête, regarda la dame bien en face.

« Je tiendrai ma promesse, affirma-t-elle.

— Alors, rentrons. Tu dormiras, pour cette nuit, sur des carreaux de velours, au pied de mon lit en attendant l'aube. »

L'une derrière l'autre, elles sortirent du boyau de pierre.

Sur le lit de coussins qu'on lui avait improvisé, en attendant qu'on lui en installe un dans le cabinet à robes de la comtesse, Catherine dormit mal. Elle était nerveuse, inquiète aussi de la façon dont La Trémoille réagirait en découvrant qu'elle avait disparu, et puis il faisait trop chaud, trop lourd dans cette chambre close et saturée de parfums violents. Elle finit tout de même par s'assoupir, mais quand, au petit matin, Violaine vint la secouer, elle se sentait rompue de fatigue et elle avait mal à la tête. Il lui fallut un instant pour se souvenir de tout ce qui s'était passé la veille.

« Allons ! fit sèchement la fille d'honneur. Debout !

Il y a, en bas, un sergent et deux archers qui t'attendent pour t'escorter à ton campement. »

Catherine se leva et passa un peu d'eau sur ses yeux. Le ton insolent de Violaine l'irritait, mais le moyen de la remettre à sa place ? Visiblement, la favorite de la comtesse n'avait aucune sympathie pour elle. Cette nouvelle venue, surtout d'origine si basse, excitait sa colère. La dame de La Trémoille dormait encore et, peu soucieuse de l'éveiller au bruit d'une dispute, Catherine se hâta.

Un moment plus tard, aux côtés d'un grand sergent barbu, hargneux et visiblement mécontent de l'expédition qu'escortaient deux archers, elle trottait dans la vaste cour en direction de la rampe d'accès. L'aurore incendiait le ciel vers le levant et une fraîcheur montait de la terre humide. Tout de suite Catherine se sentit mieux, les idées plus claires et l'esprit plus net. Le vent du matin semblait bon après ces journées de claustration.

Mais, pour le moment, un problème l'occupait. Pourrait-elle réussir à voir Tereina sans que Fero s'aperçût de sa présence ? Cela semblait bien improbable et, dans ce cas, il lui faudrait certainement parlementer. La folie qu'avait commise, la veille même, le tzigane en venant à sa recherche jusque dans l'enceinte du château, en laissait présager d'autres. N'allait-il pas tenter de l'arracher aux hommes d'armes chargés de la garder ?

Le trajet n'était pas long, jusqu'au camp des bohémiens. Une fois passée la barbacane d'entrée, il suffisait de descendre dans le fossé du château et Catherine n'eut pas beaucoup de temps pour se poser des questions. D'ailleurs, son esprit fut tout de suite détourné de ce souci. Elle pensait, à cette heure matinale, trouver le camp encore endormi. Or, il y régnait une agitation insolite.

Les femmes s'occupaient déjà à allumer les feux et à chercher de l'eau au fleuve, mais les anciens et les hommes étaient réunis près du chariot de la vieille phuri dai. Ils formaient un groupe silencieux, morne, d'où se dégageait une pesante tristesse. Catherine, un instant, crut que la vieille était morte, mais elle l'aperçût bientôt, enveloppée d'un tas de chiffons et assise sur le sol. Tout ce monde, la tête levée, regardait le château avec une visible crainte. Fero n'était pas avec eux.

L'arrivée de Catherine, bien vêtue et escortée d'hommes d'armes, frappa les tziganes de stupeur et d'angoisse. Que venait-elle chercher parmi eux, cette inconnue recueillie par charité et qui osait se présenter avec des soldats ? Déjà, quelques hommes se dirigeaient vers elle, le regard menaçant, mais Tereina qui rêvait, assise près d'un chaudron sous lequel elle avait allumé le feu, avait reconnu, elle aussi, celle qu'elle appelait sa sœur et accourait, son petit visage las illuminé de joie.

« Tchalaï ! Tu es revenue ! Je n'espérais plus te revoir.

— Je ne suis revenue que pour un instant, Tereina. Et uniquement pour te voir. J'ai quelque chose à te demander et... tu vois, je suis surveillée. »

En effet, l'agitation du camp tzigane ne devait pas plaire au sergent car il observait les visages basanés avec une visible méfiance, la main à la garde de son épée. Quant aux archers, leurs yeux aigus ne perdaient aucun mouvement de la foule et, déjà, des flèches étaient tirées des carquois. Tereina leur jeta un regard terrifié et dit, désolée :

« Hélas ! J'espérais que tu nous apportais des nouvelles de Fero. »

Malgré la menace des hommes d'armes, les bohémiens s'étaient rapprochés des deux femmes, suffisamment pour entendre ce qu'elles disaient. L'un d'eux cria :

« Oui, Fero ! notre chef ! Dis-nous ce qu'il est advenu de lui, sinon ?...

— Taisez-vous ! coupa Tereina avec colère. Ne la menacez pas. Oubliez-vous qu'elle est sa femme selon la loi ?

— Et que mes hommes tirent juste, grogna le sergent. Au large, vous autres ! Il ne doit rien arriver à cette femme, sauf si elle cherche à fuir. »

Il tirait déjà son épée. Les tziganes reculèrent, montrant les dents comme des chiens battus. Le cercle s'élargit autour des deux femmes et des soldats.

« J'ignore où est Fero, fit Catherine. Hier, je l'ai vu dans la cour du château, déguisé en paysan. Les gardes l'ont jeté dehors.

— Il y est retourné hier soir. Il savait qu'il y avait fête au château. Il est monté avec l'un des ours, dans l'espoir de montrer ses tours pendant le festin royal. L'ours est revenu dans la nuit... seul... et blessé.

— Je te le jure, Tereina, j'ignorais que Fero était remonté au château. Quelle folie d'être revenu ! »

La jeune fille baissa la tête. Une grosse larme roula sur l'étoffe rouge qui la vêtait.

« Il t'aime tellement. Il voulait te reprendre à tout prix. Et maintenant... Je voudrais savoir ce qui lui est arrivé. »

Les yeux en pleurs de la petite bohémienne attendrirent peut-être le cœur rude du sergent car il marmotta :

« L'homme à l'ours ? On l'a surpris en train d'escalader le donjon pour entrer par une fenêtre. Il s'est défendu comme un diable quand on l'a pris et sa bête est devenue folle. Il y a eu du grabuge. Et puis, l'ours s'est échappé...

— Et Fero ? Et mon frère ?

— On l'a jeté au cachot en attendant son jugement.

— Pourquoi le juger ? s'écria Catherine. On l'a pris essayant d'escalader le donjon, c'est entendu. Est-ce un crime si grand qu'il faille le cachot et un jugement ? Ne suffisait-il pas de le jeter dehors ? »

Le visage de l'homme se ferma et ses yeux devinrent durs.

« Il était armé. Il a tué l'un des piquiers de garde. Il est juste qu'il soit jugé. Maintenant, la fille, fais ce que tu as à faire au plus vite et rentrons. Je n'aime pas m'attarder ici. »

Catherine ne répliqua pas et entraîna Tereina qui avait éclaté en sanglots. La jeune fille avait compris, comme Catherine elle-même, quel sort attendait Fero. Le tzigane avait tué, il serait pendu... sinon pire. Malgré elle, Catherine sentait des larmes brouiller ses yeux en faisant rentrer la petite bohémienne dans son chariot. Ce qu'elle avait à dire ne pouvait l'être devant tout le monde. Les soldats se contentèrent de leur emboîter le pas et de prendre la garde aux deux extrémités du véhicule.

Tereina pleurait toujours, à gros sanglots désespérés, et Catherine désolée cherchait les mots capables d'atténuer cette douleur. Malgré elle, la nouvelle de la mort prochaine de Fero lui faisait mal. Cet homme l'avait aimée jusqu'à la folie et, pour une nuit d'amour involontaire qu'elle lui avait donnée, avait tout risqué pour elle. Et maintenant, il allait mourir de cet amour insensé... Il fallait faire quelque chose. Si elle lui rapportait le philtre désiré, peut-être que la dame de La Trémoille ne lui refuserait pas la grâce du tzigane. Mais il fallait faire vite.

Brusquement, elle saisit Tereina aux épaules, la secoua sans trop de douceur.

« Ecoute-moi. Cesse de pleurer. Il faut que je remonte là-haut et que j'essaie de le sauver. Mais, avant, il faut que tu me donnes ce que je suis venue chercher. »

Tereina essuya ses yeux et tenta un pauvre sourire.

« Tout ce que j'ai est à toi ma sœur. Qu'es-tu venue chercher ?

— Il me faut ce philtre que tu m'as fait boire la nuit où... tu te souviens ? La nuit où Fero m'a appelée. Apprends-moi comment on le confectionne. Notre vie à tous dépend peut-être de cette drogue. Il m'en faut à tout prix et le plus vite possible. Peux-tu m'apprendre à la composer ? »

La jeune fille la regarda avec étonnement.

« Je ne sais pas dans quel but tu me demandes cela, Tchalaï, mais, si tu dis que des vies humaines peuvent dépendre de ce breuvage, je ne te poserai pas d'autres questions. Sache seulement que ce philtre est long à composer et que sa recette ne peut se communiquer. Pour le faire, il faut, outre la connaissance, quelque chose d'autre... une sorte de don ; sinon, il n'est pas pleinement efficace. Il y a les incantations qu'il faut dire et que...

— Alors, peux-tu m'en faire un peu ? coupa Catherine impatiemment. C'est très grave... très urgent !

— T'en faut-il beaucoup ? Veux-tu l'expérimenter sur plusieurs personnes ?

— Non. Sur une seule.

— Dans ce cas, j'ai ce qu'il te faut. »

Tereina se glissa vers le fond de sa voiture, fouilla dans une boîte cachée sous des oripeaux et en tira un petit flacon, rond, en terre brune, qu'elle vint mettre dans les mains de Catherine en refermant sur lui, tendrement, les doigts de son amie.

« Tiens. Je l'avais préparé pour toi... pour la nuit de ton mariage. Il est donc à toi. Fais-en l'usage que tu voudras. Je sais que, de toute façon, ce sera pour le bien. »

Saisie d'une brusque impulsion, Catherine prit la petite sorcière aux épaules et l'embrassa chaleureusement.

« Même s'il arrivait du mal à Fero, je resterai ta sœur, Tereina. Je voudrais t'emmener avec moi. Mais, pour le moment, je ne peux pas.

— Et je dois rester ici. Ils ont besoin de moi, tu sais ? »

Au-dehors, cependant, le sergent d'armes s'impatientait. Il écarta de son poing ferré le feutre qui fermait le chariot et passa la tête.

« Dépêche-toi un peu, femme ! J'ai des ordres. Assez parlé. »

Pour toute réponse, Catherine embrassa encore une fois Tereina et glissa le flacon dans son aumônière.

« Merci, Tereina, et prends soin de toi. Moi, je vais voir si je peux quelque chose pour Fero. Adieu ! »

D'un souple mouvement, elle se glissa hors du chariot et rejoignit les hommes d'armes.

« Rentrons. J'ai fini. »

Ils l'encadrèrent de nouveau puis, traversant la tribu rassemblée et silencieuse, ils remontèrent le fossé pour rejoindre la rampe d'accès. Au passage, Catherine reconnut Dunicha, la fille qui l'avait obligée au combat, et détourna la tête. Mais pas assez vite cependant pour n'avoir pas saisi au vol le regard brûlant de haine de la tzigane. Dunicha devait la rendre responsable de la capture de Fero et, sans doute, à cette heure, la détestait cent fois plus que lors du combat... Catherine, d'ailleurs, ne lui en voulut pas de ce sentiment. Dunicha, puisqu'elle aimait Fero, avait toutes les raisons de haïr celle qui le lui avait pris et pour laquelle il allait mourir. Elle se promit cependant de veiller sur elle-même ; Dunicha n'était pas fille à laisser sa haine inactive et à ne pas chercher vengeance.

Un appel de trompettes, derrière elle, la fit se retourner. Le jour, maintenant, était bien clair... Sous les rayons du soleil, la Loire scintillait entre ses rives herbeuses comme un fleuve de feu, et, sur ce fond éblouissant, passant les ponts, se détachaient les couleurs éclatantes d'un important cortège. Des chevaliers en harnois de guerre, contrastant vigoureusement avec un escadron de dames en robes claires montées sur de paisibles haquenées, entouraient une grande litière dont les rideaux de soie bleue frappés de lis d'or étaient relevés. A l'intérieur, une dame soigneusement emmitouflée de mousselines blanches, une nourrice portant un bébé, deux suivantes et trois petites filles échelonnées entre trois et huit ans. Une compagnie d'archers, des pages et des hérauts précédaient le lourd véhicule au-devant duquel un porte-étendard tenait une lourde bannière sur laquelle Catherine, le cœur battant soudain un peu plus fort, lut les armes de France accolées à celles d'Anjou. D'instinct, elle s'était arrêtée, mais le sergent, déjà, la bousculait pour l'obliger à monter sur le talus herbeux avec les archers.

« La reine ! Place ! Et n'oublie pas de t'agenouiller, l'Egyptienne, quand notre bonne dame passera. »

Catherine n'avait garde d'oublier la recommandation. Marie d'Anjou, reine de France, était une femme timide et effacée, mais elle avait une excellente mémoire et Catherine, durant de longs mois, avait été de ses dames d'honneur. Il était bien improbable qu'elle la reconnût sous son déguisement d'Egyptienne, mais là, dans cette robe de servante de bonne maison, avec ce béguin de toile qui dissimulait ses cheveux, il ne restait guère pour la cacher que la teinte un peu trop foncée du visage et l'arc noir des sourcils. Déjà, la nuit passée, tandis qu'elle se mettait au lit, la dame de La Trémoille avait considéré sa nouvelle servante d'un air songeur.

« C'est drôle, avait-elle dit. Il me semble que je t'ai déjà vue quelque part. Tu me rappelles quelqu'un... mais je ne saurais dire qui... »

Catherine avait béni ce bienheureux trou de mémoire et s'était hâtée de répondre que, sans doute, la noble dame se souvenait d'une de ses sœurs, venue danser au château. Il ne fallait pas que la comtesse cherchât trop longtemps. Et, de fait, elle avait paru n'y plus penser. Ce serait une catastrophe si, maintenant, la reine la reconnaissait.

Aussi, quand la cavalcade royale suivie des cris de joie des gens d'Amboise passa auprès d'elle, se hâta-t-elle de s'agenouiller et de baisser la tête en grande humilité... d'autant plus qu'au même moment une troupe de seigneurs sortait du château pour accueillir la souveraine et qu'à la tête de cette troupe il y avait Gilles de Rais.

Heureusement il ne lui prêta aucune attention et, la litière entrée sous la voûte des remparts, Catherine crut pouvoir relever la tête ; ce fut pour voir les jambes d'un cheval arrêté devant elle tandis qu'une voix juvénile et sèche demandait :

« Qu'a fait cette femme, sergent ? Et pourquoi l'emmènes-tu ? »

La hauteur du ton fit rougir Catherine qui, sans trop savoir pourquoi, se sentit coupable. Pourtant, le questionneur ne devait pas avoir beaucoup plus de dix ans. Maigre, le teint jaune, le cheveu noir et raide, ce jeune garçon était pourvu de larges épaules osseuses, d'un grand nez et d'une paire de petits yeux noirs étrangement vifs et perspicaces chez un être si jeune. Il n'avait rien de séduisant, mais, à la manière de porter fièrement la tête, à la beauté du cheval qu'il maintenait fermement de ses mains nerveuses et, surtout, au costume mi parti rouge, mi parti noir et blanc, apanage des princes du sang, qu'il portait, Catherine comprit qu'elle avait en face d'elle le dauphin Louis, fils aîné du roi.

Cependant, le sergent, rouge d'orgueil, se hâtait de répondre :

« Je ne l'emmène pas, monseigneur, je l'escorte seulement, d'ordre de Très Haute et Très Noble Dame de La Trémoille. »

Bouche bée, Catherine vit le dauphin hausser les épaules, se signer précipitamment puis cracher à terre sans cérémonie.

« Quelque esclave maure, sans doute. Je hais cette engeance maudite, mais rien ne m'étonne de la dame. Qui se ressemble... »

Il n'acheva pas la phrase commencée, un autre cavalier s'était approché vivement et lui parlait à l'oreille, sans doute pour lui conseiller plus de modération dans ses propos. La vue de ce nouveau venu fit rougir Catherine jusqu'à la racine des cheveux et changea ses inquiétudes en panique. Malgré l'armure qui emprisonnait l'homme tout entier, elle avait reconnu les croix de Jérusalem brodées sur la cotte d'armes et, surtout, le beau visage blond sous la ventaille relevée du heaume. Pierre de Brézé ! L'homme qui, à Angers, s'était épris d'elle dès la première entrevue et au point de lui demander sa main. Il faisait partie du complot contre La Trémoille et ne démasquerait pas Catherine. Mais elle pouvait craindre un geste de surprise en la retrouvant aussi inopinément au bord du chemin.

Pourtant, à le revoir, elle éprouvait une joie soudaine, inexplicable et ne pouvait s'empêcher de le regarder avec admiration. Il était vraiment très beau, ce Pierre de Brézé, et de très noble allure sur son grand destrier gris. Le lourd vêtement de fer semblait ne rien peser à ses larges épaules, non plus que la longue lance de frêne qu'il appuyait à sa cuisse. .La voix du jeune homme la tira de sa contemplation.

« Monseigneur, disait Brézé, nous nous attardons et la reine vous attend. »

Mais, tout en parlant, son regard bleu accrochait celui de Catherine en même temps qu'un léger sourire détendait les lèvres fermes du chevalier. Ce ne fut qu'un bref regard, l'espace d'un instant, mais dans lequel la jeune femme lut toute la passion qu'il lui vouait. Il n'était là que pour elle, bravant le déplaisir du roi et la haine de La Trémoille en venant, avec l'escorte de la reine, dans ce château où l'on ne le souhaitait pas. Non seulement il l'avait reconnue, mais il trouvait moyen de lui redire, sans un mot, sans un geste, son amour... Pourtant, si discret qu'eût été ce sourire, il n'avait pas échappé à l'œil aigu du prince Louis qui décocha au chevalier un regard moqueur.

« Hum ! Il semble, sire chevalier, que vous ayez le goût aussi dépravé que la dame de La Trémoille. Allons ! »

Sans plus s'occuper de Catherine, le dauphin poussa son cheval et force fut à Brézé de le suivre. Il ne se retourna pas, mais le regard de Catherine suivit, jusqu'à ce qu'elle ait disparu sous la voûte, la fière silhouette du jeune homme. En se remettant en route, un instant plus tard, elle avait le cœur chaud d'une confiance et d'un courage nouveaux. N'avait-elle pas remarqué, attachée au bras de Brézé, une écharpe de soie noir et argent, les couleurs de deuil qu'elle lui avait dit être les siennes et qu'il portait, fidèlement ?

Il s'était déclaré son chevalier et, apparemment, il entendait le rester. Désormais, dans ce château où elle avait peur de tout, elle sentirait cette présence rassurante. Elle pouvait, s'il le fallait, mourir sans crainte, sûre d'être vengée car elle se souvenait du serment qu'il avait fait, à ses genoux. Si elle échouait, il tuerait La Trémoille de ses propres mains, quitte à porter ensuite sa tête au bourreau.

Pourtant, en franchissant le pont-levis, Catherine s'efforça de chasser ces douces pensées, si réconfortantes fussent-elles. Dans ce même château, il y avait un autre homme qui pouvait mourir à cause d'elle.

CHAPITRE VI

AU FOND DU TROU

LORSQUE Catherine et ses gardes pénétrèrent dans la cour du château, elle était pleine de monde. Au cortège de la reine s'étaient joints les serviteurs du château qui déchargeaient les bagages, les officiers et dignitaires. Elle aperçut même la mince silhouette du roi qui, menant sa femme par la main, la conduisait vers l'escalier. Instinctivement, elle chercha, dans la foule des dames et des chevaliers, un profil fier, de larges épaules, un regard chaud, mais, déjà, les archers l'entraînaient vers le petit escalier, la tourelle qui menait chez la dame de La Trémoille.

Elle trouva la porte close et Violaine, debout devant, drapée dans un grand manteau. D'un signe, la jeune fille renvoya les hommes d'armes, mais ne s'écarta pas pour laisser passer Catherine.

« Tu ne peux pas entrer, l'Egyptienne.

— Pourquoi donc ? »

Violaine dédaigna de répondre, se contentant d'un haussement d'épaules. En effet, malgré l'épaisseur du chêne dont était faite la porte, de violents éclats de voix la traversaient, parvenant jusqu'à la jeune femme. Elle reconnut la voix haut perchée de la comtesse.

« Je garderai cette fille autant qu'il me plaira. Et je ne vous conseille pas de m'en empêcher !

— Quelle mouche vous a piquée de vous mêler de mes affaires ?

— Qu'avez-vous besoin de cette fille ?

— Cela me regarde. Ayez patience... Je vous la rendrai quand je n'en aurai plus besoin. »

Les voix se firent plus sourdes, mais Catherine avait compris. Les deux époux étaient aux prises à cause d'elle... et elle n'avait rien à attendre de la femme qu'elle avait cru maîtriser. Violaine suivait le cheminement de sa pensée sur son visage et se mit à rire, d'un rire mauvais. Puis elle chuchota :

« Cela te surprend ? Qu'espérais-tu donc ? Devenir dame d'honneur ? »

Catherine haussa les épaules à son tour, avec une fausse désinvolture.

« J'espérais que les nobles dames savaient reconnaître les services rendus... Mais qu'importe, après tout. »

La tranquillité qu'elle affectait dut impressionner la fille d'honneur car elle cessa de rire et, par en dessous, glissa un coup d'œil méfiant à Catherine avant de se signer précipitamment comme si elle avait tout à coup rencontré le Diable. La conversation en resta là. D'ailleurs, la porte s'ouvrait. La Trémoille en jaillit, sa houppelande rouge et or claquant au vent de sa fureur. Il s'arrêta court en reconnaissant Catherine, la toisa d'un œil étincelant puis s'engouffra dans l'escalier, sans dire un mot et à une allure incroyable pour un personnage de sa dimension.

Le regard de Catherine croisa celui de Violaine, avec l'implacabilité de deux lames d'épée. Le bruit des pas du gros chambellan décroissait dans l'escalier. Un sourire de dédain arqua les lèvres de la fille d'honneur qui, d'un geste presque négligent, poussa le battant de chêne.

« Tu peux entrer maintenant. »

Tête haute, sans broncher, Catherine passa devant elle et eut la satisfaction d'entendre la porte claquer derrière son dos.

« Pas tant de bruit, Violaine, cria la dame de La Trémoille avec irritation. Ma tête me fait un mal affreux. »

Déjà vêtue mais non coiffée, elle arpentait furieusement sa chambre au milieu d'un effroyable désordre. D'un coup d'œil Catherine devina la fuite des chambrières, abandonnant leurs peignes, leurs flacons, leurs épingles et leurs pots à onguents devant l'entrée du grand chambellan. La dispute entre les deux époux avait dû parachever la déroute des objets qui avaient roulé de tous les côtés. Avec un sourire intérieur, elle eut la sensation d'entrer dans la cage de l'un de ces fauves que gardaient si soigneusement, au fond de leurs chenils, les grands seigneurs et les princes. Le chacal était parti, il ne restait plus que la femelle en furie, cent fois plus dangereuse que lui d'ailleurs, mais Catherine s'était juré de ne pas donner à cette femme le plaisir de la voir trembler. Tout de suite, la colère de la comtesse se tourna contre elle.

« Mon noble époux tient à ta peau plus qu'il ne conviendrait à ce qu'il semble. Ma parole, il se conduit comme une bête en chaleur !

— S'il tient à ma peau, dit Catherine froidement, ce n'est pourtant pas pour y avoir goûté. Votre appel, noble dame, m'en a sauvée...

— Sauvée ? Quel est ce mot ? Qu'est-ce qu'une fille comme toi peut espérer de mieux qu'un grand seigneur ? Oublies-tu que je suis sa femme ?

— Je suis votre servante. Et les ordres que vous m'avez donnés me laissaient supposer que je pouvais l'oublier. »

La colère de la dame tomba net, touchée par la froideur de son interlocutrice. Sur le moment, au paroxysme de la colère, elle avait cherché à tirer du sang du premier être qui lui était tombé sous la griffe. Mais cette femme qui se tenait devant elle, si fièrement, n'avait pas peur et, à cet instant, elle se souvint du besoin qu'elle avait de ses services. D'une voix fiévreuse elle demanda :

« As-tu ce que je t'ai demandé ? »

Catherine hocha la tête affirmativement, mais croisa les bras sur sa poitrine comme pour défendre ce qu'elle avait glissé dans son corsage.

« Je l'ai, mais j'ai aussi quelque chose à dire. »

La main de la comtesse se tendait déjà tandis que ses yeux avides luisaient entre leurs lourdes paupières bistrées.

« Dis vite... et donne ! J'ai hâte !

— Hier, contre ce philtre, vous m'avez offert de l'or. Je l'ai refusé. je le refuse encore... mais je veux autre chose. »

Un mince sourire étira les lèvres de la dame,

mais une lueur inquiétante s'alluma dans ses yeux.

« Tu l'as déjà dit, tu veux me servir. Donne !

— En effet, je l'ai dit et je le répète, mais, ce matin, les choses ont changé. Le chef de notre tribu est prisonnier en ce château. Il risque la mort. Je veux sa vie.

— Que m'importe la vie d'un sauvage ? Donne ce flacon si tu ne veux pas que je te le fasse arracher par mes femmes. »

Catherine, lentement, sortit la petite fiole de sa guimpe et la tint dans sa main. Ses yeux bravèrent la colère de la comtesse tandis que ses lèvres rouges esquissaient un sourire.

« Le voilà ! Mais si l'on m'approche, je le jette à terre où il se brisera. Nous n'avons pas de flacons d'or ou d'argent, nous autres gens d'Egypte... rien que de la terre et la terre est fragile. Vos femmes n'auront pas le temps de me le prendre. Je le détruirai... comme je le briserai si Fero n'est pas rendu aux siens. »

Sur le visage convulsé de son adversaire, elle put voir la bataille qui s'y livrait : la fureur, la passion et l'avidité. Ce fut cette dernière qui l'emporta.

« Attends-moi ici un instant. Je vais voir ce que l'on peut faire. »

Sans même prendre la peine de relever ses cheveux, la comtesse enveloppa sa tête et ses épaules d'une pièce de soie verte et sortit. Demeurée seule, Catherine se laissa glisser sur les coussins entassés près de la cheminée. L'atmosphère de cette pièce l'étouffait et l'angoissait tout à la fois. Tous ces parfums trop lourds lui semblaient l'émanation même de la femme vénéneuse qui habitait ces lieux.

Ses doigts fiévreux cherchèrent sous l'étoffe de sa robe la forme dure de la dague, caressèrent le contour de l'épervier ciselé sur la garde comme pour lui demander secours. Si souvent, la main ferme d'Arnaud s'était serrée autour de cette arme qu'elle avait dû y laisser un peu de son énergie. Mais, en évoquant la fière figure de son époux, des larmes lui montèrent aux yeux, brûlantes et lourdes de regrets... Que restait-il à cette heure de ce corps vigoureux, de ce beau visage ? De quels ravages la lèpre les avait-elle marqués ?... Un frisson d'horreur la secoua au souvenir des lépreux qu'elle avait déjà rencontrés sur son chemin, affreuses ruines de chair grise qui n'avaient plus rien d'humain et qui, parfois, s'en venaient aux tombeaux des saints implorer une impossible guérison... Cette femme qui venait de sortir, c'était elle la cause de tout le mal qui accablait Arnaud et qui brisait son propre cœur. Avec quelle joie elle lui eût plongé dans le cœur la lame qui se chauffait au contact de sa chair. Mais il fallait attendre... encore attendre ! Avec lassitude, Catherine laissa tomber sa tête dans ses mains, cherchant à effacer les images douloureuses qui brisaient son courage. Une autre figure, soudain, se présenta au fond de son esprit : celle d'un homme blond dont les yeux clairs la regardaient tendrement et qui portait au bras une écharpe noire et blanche. Cette image était belle, rassurante et douce. Pourtant Catherine la repoussa aussi, comme une profanation, comme si Pierre de Brézé avait tenté de forcer son cœur pour en chasser l'image d'Arnaud.

Le retour de la dame de La Trémoille l'arracha à ses pensées. La comtesse toisa un instant la jeune femme accroupie, puis sourit, mais, dans ce sourire, Catherine décela une cruauté qui la mit en garde.

« Viens, dit-elle. Tu vas être satisfaite. »

Comme la nuit précédente, elles sortirent, l'une derrière l'autre, mais, cette fois, il n'y eut pas de porte dans le mur. On descendit jusqu'à la cour que l'on traversa, contournant le donjon pour gagner la tour des prisons. Chemin faisant, Catherine reconnut Tristan l'Hermite auprès d'un groupe de palefreniers qui jouaient aux dés sur une grosse pierre. Il se détourna à son passage et la suivit des yeux. Son regard était aussi indifférent, aussi immobile que de coutume, mais, à son insistance, la jeune femme comprit qu'il se demandait ce qu'elle allait faire aux prisons en pareille compagnie.

Une porte au cintre rongé, si basse qu'il fallait se courber pour la franchir, ouvrait au pied de la tour. A peine le seuil passé, Catherine sentit un froid subit envelopper ses épaules. Le soleil, la chaleur s'arrêtaient aux abords de cet univers de ténèbres et de souffrance. Au fond d'une salle de gardes voûtée bas, où quelques hommes d'armes jouaient au jeu de l'oie sous la lumière fumeuse d'un quinquet, un escalier plongeait dans la terre... Sur un sec claquement de doigts de la comtesse, l'un des soldats se leva et, prenant une torche qu'il alluma au quinquet, s'engagea le premier dans l'escalier. Mais, ces détails, Catherine n'y prêtait guère attention car, depuis qu'elle était entrée dans la salle, un bruit affreux avait frappé ses oreilles, glaçant son sang dans ses veines : l'écho de gémissements humains qui, chose étrange, devenaient à la fois plus nets et plus faibles à mesure que l'on descendait. Quand les deux femmes atteignirent le premier palier, ces gémissements étaient devenus des râles. Catherine, la gorge serrée, regarda avec horreur l'épaisse porte qui s'ouvrait sur ce palier. Faite de fer plein et armée d'énormes verrous, elle laissait passer, par un judas grillé, une sinistre lumière rougeoyante. C'est de là que venaient les plaintes, en même temps qu'un claquement régulier et mou qui semblait rythmer ces râles.

Sans un mot, le soldat à la torche poussa cette porte qui n'était pas fermée. Catherine ne put retenir une exclamation faite de frayeur et de dégoût.

Devant elle, deux tourmenteurs vêtus de cuir, leurs têtes rases suant sous l'effort, se relayaient pour fouetter un homme attaché par les poignets au chapiteau d'un pilier... La jeune femme ne vit pas tout de suite La Trémoille qui, assis sur un fauteuil de bois grossier, regardait, son triple menton posé dans sa main, les yeux rivés sur le supplicié qui gémissait faiblement. Ses jambes fléchies ne le supportaient plus et tout le poids de son corps portait sur les poignets enchaînés. La tête aux longs cheveux noirs ballottait, inerte, et le dos n'était plus qu'une abominable bouillie dans laquelle les fouets claquaient avec un bruit affreux. Le sol était couvert de sang... Malade d'horreur, Catherine recula jusqu'au mur, mais n'évita pas une éclaboussure sanglante qui vint la frapper à la joue.

Son regard défaillant chercha celui de sa compagne, mais la dame de La Trémoille ne la regardait pas. Les narines palpitantes, les yeux écarquillés, elle jouissait si visiblement du spectacle qu'une nausée souleva le cœur de Catherine. L'homme ne gémissait plus. Les bourreaux cessaient de frapper, mais, même avant que l'un d'eux n'écartât d'un geste brutal les longues mèches noires pendant sur le visage de la victime, la jeune femme avait reconnu Fero... Et, soudain, une vision abominable s'imposa à elle. A la place du tzigane, elle vit Arnaud, attaché à une colonne comme lui, gémissant et sanglant sous le fouet d'un bourreau avec, derrière lui, cette femme immonde qui passait sur ses lèvres sa langue pointue. Ce supplice, Arnaud l'avait subi dans les caves de Sully avant que Xaintrailles ne l'en arrache... Et la vision fut d'une si effrayante netteté qu'une vague de haine furieuse souleva Catherine.

Aveuglée par une rage qu'elle ne pouvait plus contrôler elle chercha dans son corsage la dague d'Arnaud. Mais sa main tremblante rencontra d'abord la fiole de terre et s'y arrêta. D'ailleurs, la voix morne d'un bourreau annonçait :

« L'homme est mort, monseigneur. »

La Trémoille eut un soupir ennuyé, parvint, au prix d'un effort, à extraire du fauteuil son énorme personne.

« Il était moins solide qu'il n'en avait l'air. Jetez-le au fleuve.

— Que non pas, intervint sa femme. J'ai promis à cette fille qu'il serait rendu aux siens. Qu'on le leur rende... et puis qu'on les chasse ! »

Son regard trouble, chargé d'une joie mauvaise, revenait trouver maintenant Catherine, collée au mur, blême et les dents serrées.

« Tu vois, dit-elle avec une dangereuse douceur, je fais tout ce que tu veux. »

Les yeux sombres de Catherine tournèrent vers elle, se plantèrent dans le regard insolent qui l'insultait, brûlants de tant de haine et de mépris que l'autre, impressionnée malgré elle, recula d'un pas.

La main de Catherine, toujours crispée sur la petite fiole, sortit lentement. Ses doigts serraient, serraient, doués d'une force née tout entière de sa colère jusqu'à ce que le fragile flacon s'écrasât entre ces doigts. Alors, d'un geste violent, elle en jeta les débris à la face de son ennemie.

« Et moi, je donne ce que j'ai promis », dit-elle d'une voix blanche.

Une effrayante colère convulsa le visage pâle de la comtesse. L'un des éclats l'avait blessée légèrement à la lèvre qui, ainsi teintée de rouge, lui donnait l'apparence terrible d'une goule. Elle tendit vers Catherine un doigt tremblant de rage.

« Saisissez-vous de cette femme, enchaînez-la à la place de son compagnon et frappez... frappez jusqu'à ce qu'elle en crève, elle aussi ! »

Catherine comprit qu'elle était perdue, qu'en une seconde de fureur aveugle elle avait tout gâché, tout ruiné de sa vengeance et des plans de la reine Yolande. Elle comprit aussi qu'elle ne sortirait pas vivante de ce caveau, mais, curieusement, elle n'eut pas une pensée de regret pour ce qu'elle avait fait. Il lui faudrait sans doute se contenter, pour prix de la souffrance d'Arnaud et de celle qui l'attendait, de ce mince filet de sang qui coulait d'une lèvre blessée et de la fureur de cette femme, mais, du moins, le jeune comte du Maine ne risquerait plus d'être conduit, même pour une seule nuit, dans les griffes de cette affreuse créature.

Déjà les deux bourreaux empoignaient Catherine, mais La Trémoille, qui allait sortir, s'était arrêté quand la fausse tzigane avait frappé sa femme. Avec une curiosité qui n'était pas exempte de plaisir, il avait suivi leur affrontement et, même, s'était baissé pour tremper son doigt dans le liquide répandu à terre et l'avait flairé... Il s'interposa.

« Un moment, voulez-vous ? Cette femme m'a été donnée, je pense que c'est à moi d'en disposer... Vous vous souvenez, ma chère, que je vous l'avais seulement... prêtée ? »

Catherine retint avec peine un soupir de soulagement, mais la dame reporta sur son époux sa colère, et les poings serrés marcha vers lui.

« Elle m'a insultée, frappée, cette chienne d'Egypte, cette graine de bûcher... Et vous hésitez à la punir ?

— Je n'hésite pas. Elle sera punie... mais en temps voulu. Pour le moment, contentez-vous de la faire jeter au cachot. Il y a certaines choses que j'aimerais éclaircir.

— Quoi encore ?

— Par exemple... Ce qu'il y avait dans ce flacon dont la perte semble vous causer une si grande peine.

— Cela ne vous regarde pas !

— Ce n'en est que plus intéressant. Allons, vous autres, mettez cette femme au cachot. Et souvenez-vous que nul ne doit y toucher sans mon ordre formel. Vous m'en répondez sur votre vie.

— Que de précautions, siffla la comtesse haineuse mais domptée, on dirait, Dieu me pardonne, que cette fille vous est infiniment précieuse.

— Dieu ne se soucie pas de vous, ma chère, pas plus que vous ne vous souciez de lui. Quant à cette femme, certes, elle m'est précieuse. N'a-t-elle pas voulu vous nuire ? Pour expliquer sa haine il doit y avoir une raison bien forte. Je vous aime trop pour ne pas chercher à la connaître... par tous les moyens. Venez-vous ? »

Il lui offrit la main avec, dans sa barbe, un sourire à la fois moqueur et ironique. Catherine pensa que, peut-être, le gros chambellan avait tout à coup moins peur de sa femme que de coutume. Il venait de découvrir une arme contre elle et, apparemment, entendait bien s'en servir. Ils se dirigeaient vers la porte, étrange couple lié par les chaînes solides de la cupidité et de la haine mieux que par le plus tendre amour, fantômes maléfiques échappés d'un cauchemar. Et elle songea que le pire des châtiments serait peut-être de les enfermer ensemble dans une étroite pièce, le chacal avec la hyène, et de les y laisser s'entre-déchirer durant une éternité... Quelle damnation vaudrait ce tête-à-tête ?

Mais elle n'eut pas le temps de les voir disparaître. L'un des bourreaux avait abattu sur son épaule sa grosse patte velue, serrée dans un poignet de cuir, et l'entraînait vers le fond de la salle de tortures.

« C'est par ici, la belle ! »

Cependant, son compagnon détachait le corps inerte de Fero qui glissait à terre avec un bruit mat. Catherine sentit une larme piquer ses yeux. Cet homme l'avait aimée, cette chair suppliciée avait vibré, chaude et vivante, contre la sienne, ces lèvres exsangues que les dents avaient déchirées avaient murmuré des mots d'amour et l'avaient couverte de baisers fous... et, maintenant, Fero n'était plus qu'un peu de chair sanglante qui, tout à l'heure, redescendrait vers le campement. En imaginant la douleur de Tereina, un sanglot monta de la poitrine de Catherine, creva sur ses lèvres. L'homme qui l'entraînait se méprit sur sa signification.

« Il est bien temps de pleurer maintenant que tu as signé ton arrêt de mort, pauvre idiote ! Quelle mouche t'a piquée de t'attaquer à cette femme terrible ? »

Et, comme Catherine ne répondait pas, il hocha sa grosse tête, si dépourvue de cou qu'elle paraissait posée directement sur les massives épaules.

« Ça me fera peine de te tourmenter parce que c'est dommage d'abîmer une belle fille comme toi. Mais il est probable qu'elle te fera payer cruellement ce que tu lui as fait.

— Que peut-elle faire d'autre que me tuer ? fit Catherine méprisante.

— Il y a tuer et tuer. J'aimerais bien n'avoir qu'à te pendre, mais elle ne se contentera pas de ça. Enfin... je tâcherai d'être maladroit pour que ça ne dure pas trop longtemps. »

L'intention de l'homme était bonne, mais ce qu'évoquaient ses paroles était abominable et Catherine serra les dents pour ne pas frissonner.

« Merci », dit-elle seulement.

Au sortir de la salle basse, le tourmenteur et sa prisonnière avaient pris un étroit couloir sur lequel ouvraient trois portes bardées de fer. L'une d'elles était ouverte. L'homme y poussa Catherine qui se trouva dans un cachot étroit et humide. Une cruche verdie et un tas de paille moisie composaient tout le mobilier avec une paire de bracelets de fer reliés au mur par deux chaînes rouillées. Un peu de jour pénétrait dans cette cave par un soupirail, à peine large comme la main et placé trop haut pour que l'on pût l'atteindre. Sans doute à ras du sol, car un peu d'eau boueuse en dégouttait.

« Te voilà chez toi, dit le bourreau. Donne tes mains. »

Elle les tendit sans résistance. Les lourds bracelets

de fer claquèrent autour des fragiles poignets que l'homme, un instant, garda dans les siennes :

« Tu as de jolies mains, dit-il, des mains de dame... Oui, c'est bien dommage. Il y a des jours où mon métier est bien triste.

— Pourquoi le faites-vous, alors ? »

La face plate du bourreau prit un air de naïve surprise tandis qu'une sorte de sourire découvrait ses dents jaunes.

« Mais... parce que je n'en connais point d'autre. Mon père l'a fait avant moi et son père avant lui. C'est un beau métier, tu sais, qui peut mener loin quand on est habile. Moi, je serai peut-être un jour tourmenteur-juré dans une grande ville. Il y a des raffinements qui vous font apprécier. Ah ! si le roi rentrait à Paris, c'est ça qui serait beau ! »

Avec une horreur dont elle ne fut pas maîtresse, Catherine fixait les taches de sang encore frais qui maculaient le torse épais de l'homme. Il s'en aperçut, ébaucha un sourire gêné.

« Allons, je ne veux pas te faire peur. Tu me prendrais pour une brute. Tâche de dormir, si tu peux. »

Craignant de l'avoir froissé et désireuse de ne pas s'en faire un ennemi, elle demanda :

« Comment vous appelez-vous ?

— C'est gentil de le demander. C'est pas souvent que ça m'arrive, tu sais. On m'appelle Aycelin le Rouge... oui, Aycelin. Ma mère disait que c'était un joli nom...

— Elle avait raison, dit Catherine gravement. C'est un joli nom. »

Les yeux de Catherine s'accoutumèrent assez rapidement à l'obscurité de son cachot. Si mince que fût le soupirail, il permettait au moins de séparer le jour de la nuit et de distinguer les choses qui l'entouraient. La prisonnière remercia le Ciel de n'avoir pas été jetée dans un de ces in-pace situés si profondément au-dessous du sol qu'aucune lumière n'y pénètre jamais, tel celui qu'elle avait connu à Rouen.

Assise sur la paille pourrie de sa prison, elle laissa les heures couler sur elle. Ses mains enchaînées lui permettaient tout de même tous les mouvements malgré le poids des bracelets et elle s'aperçut bientôt qu'elle pourrait peut-être, en forçant un peu, les faire glisser de ses poignets. Ses mains étaient si menues, si minces... Mieux valait pourtant, pour le moment, ne pas essayer car ce ne pourrait être qu'au prix d'une douleur qui ne permettrait sans doute pas de réintégrer les fers.

Autre sujet de satisfaction, elle n'avait pas été fouillée et la dague était toujours là, rassurante et solide au creux de sa gorge. Béni soit Dieu qui l'avait empêchée de la tirer tout à l'heure. On la lui aurait arrachée et elle ne l'aurait plus jamais retrouvée. Grâce à elle, Catherine était sûre d'échapper aux tourments que la comtesse devait méditer pour elle. Un coup rapide et tout serait dit. Elle ne hurlerait pas de souffrance sous l'œil moqueur de son ennemie... Pourtant, elle ne pouvait chasser l'angoisse qui lui étreignait la gorge ; qu'allait-il réellement advenir d'elle ? Les bruits du château lui parvenaient à peine, assourdis qu'ils étaient par la profondeur et l'épaisseur des murs ; pourtant il lui sembla entendre, à certain moment, une sorte de plainte lointaine, lugubre et déchirante. Elle devina que c'était la clameur de la tribu devant le corps torturé de son chef. Elle imagina les cris des femmes, leurs longs cheveux dénoués et couverts de poussière, les doigts griffant les visages en pleurs, les chants monotones, psalmodiés par la douleur d'un peuple, les malédictions, peut-être, qui montaient vers celle pour qui Fero était mort.

« Mon Dieu, pria-t-elle tout bas, faites qu'ils comprennent, qu'ils me pardonnent, surtout Tereina. Elle va avoir si mal... Ayez pitié d'elle !... »

Auraient-ils seulement le temps de confier le cadavre au fleuve avec le cérémonial qu'elle avait vu l'autre nuit ? La dame avait ordonné qu'on les chasse et La Trémoille n'avait rien objecté. Il lui sembla entendre les ordres rugis par les sergents du roi, le claquement des fouets des hommes d'armes chargés d'expulser les errants... Une voix pourtant chantait, une voix de femme profonde et belle. Et Catherine avait déjà entendu ce chant mystérieux et déchiré...

Brusquement, elle se rendit compte que la voix ne chantait pas dans son imagination, mais bien dans la réalité... et si près d'elle. De l'autre côté du mur exactement. Alors, elle comprit et, emportée par une bouffée de joie, elle voulut s'élancer vers le mur d'où venait le chant. Mais les chaînes qu'elle avait oubliées se tendirent brutalement et, freinant son élan, la rejetèrent sur le sol, les poignets meurtris, les larmes aux yeux. Les entraves, pourtant, ne purent retenir sa voix qui jaillit, instinctivement, de son corps prisonnier.

« Sara ! Sara ! Tu es là ? C'est moi... »

Elle se mordit la langue. Dans sa joie, elle avait

failli crier : « C'est moi, Catherine. » Elle eut assez de présence d'esprit pour se rattraper : « Moi, Tchalaï... » Puis, de tout son cœur, elle écouta. On avait cessé de chanter dans la geôle voisine. Alors, elle cria encore : « Sara ? Je suis là ! »

Il y eut encore un instant de silence... Enfin, avec un soulagement inexprimable, elle entendit :

« Dieu soit loué ! »

La voix était plus faible que dans le chant et Catherine comprit qu'il ne serait pas facile de parler. Puisqu'il fallait hurler pour être entendue, ce serait dangereux, mais tant pis. C'était déjà une grande joie de savoir Sara si près d'elle. Et puis, Tristan n'avait-il pas dit qu'il veillait sur Sara ? Déjà, tout à l'heure, il avait suivi Catherine des yeux quand elle accompagnait la dame de La Trémoille à la prison. Il avait dû s'étonner de la voir ressortir sans Catherine et en tirer des conclusions. Un peu rassérénée, Catherine se releva et retourna s'asseoir sur sa litière. Si la comtesse ne la faisait pas mettre à mort dans les heures qui allaient suivre, elle pouvait avoir des chances de survivre. C'est au cœur des cachots les plus sombres que l'espoir entre le plus aisément, et celui de Catherine renaissait.

Pourtant, elle ne put s'empêcher de suivre avec une certaine angoisse le déclin du jour dans le soupirail. Quand la nuit serait là, elle serait plongée dans les plus épaisses ténèbres. Peu à peu, en effet, le sinistre décor perdit ses contours. L'ombre engloutit les murs noirs et suintants et vint le moment où Catherine ne vit même plus la tache claire de sa main. Elle eut la désagréable sensation d'une eau profonde et pleine de dangers qui la submergeait tout entière...

Mais, comme si elle avait deviné, du fond de sa prison, l'angoisse de Catherine, la voix de Sara monta des profondeurs de la nuit.

« Dors. Les nuits sont brèves maintenant. »

C'était vrai. L'été approchait et le jour était infiniment plus long que la nuit. A force de se tirer les yeux, Catherine parvint même à distinguer le petit rectangle plus pâle de son soupirail. Alors, un peu détendue, elle se laissa aller sur sa paille, ferma les yeux.

Dormait-elle déjà quand un bruit, pourtant léger, la fit sursauter. Elle était tellement habituée à vivre avec le danger que son sommeil n'avait plus de poids... Elle demeura immobile, l'oreille tendue, retenant même sa respiration. C'était le grincement imperceptible de sa porte qui l'avait éveillée. Quelqu'un entrait ou était entré... Elle perçut le bruit infime que produit, dans le silence, le souffle retenu d'un être vivant... Il y eut un léger grincement contre la pierre du mur et le cœur de Catherine s'arrêta de battre... Qui était là ?

La pensée lui vint que c'étaient peut-être des rats, et, à cette idée, sa chair se hérissa, mais le bruit de tout à l'heure c'était bien sa porte, elle en était sûre. Et puis, l'instant suivant, elle entendit encore le même souffle léger, plus près... encore plus près. Inondée d'une sueur glacée, elle leva la main tout doucement, prenant bien garde à ne pas faire tinter ses chaînes, glissa deux doigts dans sa robe, tira la dague et la tint serrée dans sa main qu'elle rabaissa aussi doucement. Une peur atroce lui labourait les entrailles. Elle se retrouvait soudain, des années en arrière, dans le vieux donjon de Mâlain, où elle devait, chaque nuit, se défendre contre les attaques de la brute qu'on lui avait donnée pour geôlier. Tout recommençait... Mais, cette fois, qui pouvait venir... et dans quelle intention ?

Elle avait si peur qu'un hurlement gonfla sa poitrine, emplit sa gorge et qu'elle dut serrer les dents pour lui barrer le passage. Cette fois, l'homme était tout près... car c'était un homme, elle en était sûre à l'odeur.

Une masse s'abattit soudain sur son ventre, et elle poussa un hurlement qui dut retentir jusqu'au fond des cours. Le poids qui l'écrasait lui parut énorme, mais elle comprit bientôt qu'on cherchait à l'étrangler. Deux mains velues remontaient vers sa gorge, tâtaient son cou. Contre son visage elle sentait un souffle aigre, abominable. Elle se tordit sous l'homme pour dégager son cou, n'y parvint pas. Les mains allaient serrer, elles serraient déjà... Alors, poussée par l'instinct de conservation, par le désir farouche de vivre, elle leva son bras armé, le laissa retomber de toute sa force. La lame s'enfonça jusqu'à la garde dans un dos. Le corps qui écrasait le sien eut un soubresaut tandis qu'un cri bref échappait à l'homme. Mais les mains, privées de leur force, glissèrent lentement le long de son flanc, quelque chose de chaud et de poisseux coula lentement sur elle... La dague avait frappé juste. L'homme était mort d'un seul coup... Péniblement, claquant des dents tant elle avait eu peur, Catherine parvint à faire glisser le cadavre sur le côté. Au même moment, la porte du cachot s'ouvrit, deux hommes, dont l'un portait une torche, se précipitèrent et demeurèrent figés au spectacle de Catherine, couverte de sang et enchaînée, mais accroupie auprès d'un cadavre. Elle leva sur eux des yeux de somnambule, reconnut sans même s'en émouvoir Tristan l'Hermite et le bourreau Aycelin.

« Il a essayé de m'étrangler, fit-elle d'une voix sans timbre. Je l'ai tué.

— Grâces soient rendues à Dieu ! marmotta Tristan qui était pâle comme la mort. J'ai eu peur d'arriver trop tard. »

Puis, plus haut et se tournant vers son compagnon qui, stupide, regardait Catherine avec une sorte d'effroi :

« Tu te souviens des ordres de monseigneur ? Tu devais répondre de la vie de cette femme sur la tienne. »

L'homme devint gris et leva sur Tristan des yeux qui s'affolaient.

« Oui, messire. Je... je me souviens.

— Heureusement pour toi que je suis arrivé. Emporte cette charogne et arrange-toi pour t'en débarrasser discrètement. Ainsi, comme il n'y a que toi, moi... et elle à être au courant, personne ne saura rien. Tu n'as pas de mal, femme ? »

Catherine fit signe que non. Aycelin s'était baissé et, à grand-peine malgré sa force, soulevait le corps inerte de l'assassin qu'il chargeait sur son épaule.

« Je vais le jeter dans l'oubliette, dit-il. C'est tout près.

— Dépêche-toi... Je t'attends. »

Il sortit avec son fardeau, jetant au Flamand un regard plein de reconnaissance, et ne prit pas la peine de refermer la porte. Aussitôt qu'il eut disparu Tristan se pencha vers Catherine.

« Vite, nous n'avons pas beaucoup de temps. Je venais parler avec Sara comme je le fais presque chaque soir par le soupirail quand j'ai vu cet homme, l'un des valets de la dame de La Trémoille, qui se glissait dans la prison. J'ai senti, d'instinct, ce qui allait se passer. Je l'ai suivi. Cette livrée est un sauf-conduit... Et puis, je vous ai entendue crier et j'ai couru...

— Venez-vous me chercher ? »

Il hocha la tête tristement, navré de voir que des larmes emplissaient les grands yeux de la jeune femme.

« Pas encore. Je ne peux pas. D'ici une heure, le grand chambellan va descendre jusqu'ici pour vous voir.

— Comment le savez-vous ?

— Je l'ai entendu ordonner à l'une des muettes de mettre dans un sac, après minuit, un poulet et un flacon de vin. Apparemment, il garde encore des ménagements avec vous. Il faut savoir ce qu'il vous veut. Je ne pense pas qu'il ait des intentions charnelles dans un pareil trou. Et puis, il est malade... certainement incapable du moindre exploit.

— De toute façon, je ne le laisserai pas faire. Ma dague a frappé une fois, elle peut frapper encore.

— Ne brusquez rien. Il ne faut pas vous laisser emporter comme vous l'avez fait tout à l'heure dans la salle des tortures, vous pourriez perdre tout le monde. Maintenant je m'en vais. Messire de Brézé m'attend dans le verger. »

Il se relevait prêt à partir. Catherine le retint par le bras.

« Quand vous reverrai-je ?

— La nuit prochaine peut-être... Avant, si c'est nécessaire. N'ayez pas trop peur. Nous veillons et je crois bien que, pour vous, Brézé est prêt à égorger La Trémoille aux pieds mêmes du roi. Courage ! »

Aycelin, d'ailleurs, revenait. Tristan l'attendait près de la porte, le dos tourné à Catherine qui, soudain, sursauta.

« Messire ? Tout ce sang qui me couvre... Comment expliquer ?

— Tu diras ce qui s'est passé et aussi qu'Aycelin t'a sauvée et a tué l'assassin. Il y gagnera de l'avancement et toi tu n'as rien à perdre à ce mensonge. »

Le tourmenteur eut un large sourire.

« Vous êtes bien bon, messire. Si je peux quelque chose pour vous...

— On verra ça plus tard. Referme cette porte et fais bonne garde. »

Sans un regard à Catherine, Tristan sortit du cachot. La lourde porte se referma. L'obscurité envahit de nouveau la prison, mais les nerfs de la jeune femme avaient été trop rudement secoués. Elle éclata en sanglots. Cela lui fit du bien. Elle pleura longtemps, violemment, et sortit de là épuisée mais apaisée... Dans le cachot voisin, on n'entendait aucun bruit. Sara devait avoir eu aussi peur qu'elle-même, mais Tristan sans doute l'avait rassurée... Catherine s'efforça de retrouver son calme. Il le fallait, elle en avait le plus grand besoin pour affronter La Trémoille tout à l'heure... bientôt sans doute.

Comme pour lui donner raison, un peu de lumière brilla sous la porte. Des pas qui ne songeaient pas à se dissimuler résonnèrent dans le couloir. Les verrous claquèrent dans leurs gâches, la porte s'ouvrit, immédiatement obstruée par l'énorme silhouette du grand chambellan. Aycelin venait derrière. tenant une lanterne qu'il élevait. Le profil barbu de La Trémoille s'étira jusqu'à la voûte du cachot. Mais le gros homme s'arrêta court devant le visage défait de Catherine et les traces de sang.

« Qu'y a-t-il ? Es-tu blessée ? Que s'est-il passé ? J'avais pourtant ordonné... »

Aycelin, déjà épouvanté, rentrait autant qu'il pouvait sa tête dans ses épaules. Catherine vint à son secours aussitôt.

« On a tenté de m'assassiner, monseigneur. Cet homme m'a entendue crier... il m'a sauvée.

— Il a bien fait. Tiens... attrape ! Et laisse-nous. »

Du bout des doigts, il lança au geôlier une pièce d'or que l'autre attrapa avec l'adresse d'un chat avant de se retirer avec force courbettes et actions de grâce. La Trémoille regarda autour de lui, cherchant où s'asseoir, mais il n'y avait rien, et il prit le parti de rester debout. Mais il tira de sous sa houppelande un sac et le tendit à la prisonnière.

« Tiens ! Tu dois avoir faim. Mange et bois. Après, nous causerons. Mais fais vite. »

Catherine mourait de faim. Elle n'avait rien mangé depuis l'avant-veille et ne se le fit pas dire deux fois. Elle dévora le pain et la volaille que contenait le sac, but le vin et adressa au gros chambellan un regard brillant de gratitude.

« Merci, seigneur, vous êtes bon. »

Un espoir fou remontait dans son cœur. C'était la première fois qu'elle était seule avec lui, sans risque. Est-ce que le temps était venu de mettre son plan à exécution ? La Trémoille eut un sourire qui plissa son visage en mille petits bourrelets graisseux. Sa main épaisse se posa sur la tête de Catherine, et il murmura d'une voix pateline :

« Tu vois bien que, moi, je ne te veux aucun mal, petite. Tu n'es guère coupable dans tout ceci.

Ce n'est pas de ton plein gré, n'est-ce pas, que tu es partie de chez moi ?

— Non. Une jeune fille est venue me chercher, fit Catherine jouant la naïveté, une belle jeune fille blonde.

— Violaine de Champchevrier, je ne la connais que trop ! Elle est la confidente de ma femme, mais, toi, je pense que tu es mon amie, à moi. Souviens-toi, j'ai toujours été bon pour toi, n'est-ce pas ?

— Très bon, seigneur, très secourable.

— Alors, c'est le moment de t'en souvenir. Qu'est-ce que le flacon que tu as brisé, ce tantôt, et dont tu as jeté les débris au visage de la comtesse ? »

Catherine baissa la tête comme si elle luttait contre elle-même et ne répondit pas tout de suite. La Trémoille s'impatienta.

« Allons, parle ! Tu n'as aucun intérêt à te taire, bien au contraire. »

Elle releva la tête, le regarda bien en face avec un grand air de franchise.

« Vous avez raison. Vous ne m'avez jamais fait de mal, vous. Ce flacon... il contenait un philtre d'amour que la dame m'avait demandé. »

Un pli cruel marqua les grosses lèvres de La Trémoille tandis que ses yeux semblaient se rétrécir.

« Un philtre d'amour, hé ? Sais-tu pour qui ? »

Cette fois, Catherine n'hésita pas. Il n'était pas question de faire courir le moindre danger au jeune comte du Maine. Elle secoua énergiquement la tête.

« Non, seigneur, je ne sais pas. »

Le front du grand chambellan s'était rembruni. Il jouait nerveusement avec les pans de la large ceinture dorée qu'il portait, et, un moment, il garda le silence.

« Un philtre d'amour, murmura-t-il enfin. Pour quoi faire ? Ma femme ne cherche pas l'amour, elle ne cherche que le plaisir... »

Catherine prit une profonde respiration et noua ensemble ses mains enchaînées, les serrant très fort pour lutter contre l'émotion qui s'emparait d'elle. Le moment était venu de jouer le tout pour le tout, de dire les mots qu'elle était venue dire à cet homme depuis Angers pour le décider à quitter son repaire trop sûr.

« C'est un breuvage très puissant, monseigneur. Il rend celui qui le boit aussi faible qu'un enfant entre les mains de celui qui le fait boire. Et la dame le voulait pour arracher à un homme un grand secret... le secret d'un trésor. »

Si prévenue qu'elle fût, elle demeura stupéfaite de l'effet magique du mot. Le gras visage s'empourpra tandis que les yeux du chambellan lançaient des éclairs. Il saisit Catherine à l'épaule, la secoua brutalement.

« Un trésor ? Que sais-tu de tout cela ? Parle, mais parle donc ! Quel secret, quel trésor ? »

Elle joua la terreur à la perfection, se recroquevilla sur elle-même en jetant sur le gros homme des regards apeurés.

« Je ne suis qu'une pauvre fille, seigneur, comment saurais-je de pareils secrets ? Mais j'écoute et je comprends bien des choses. Dans mon lointain pays d'Orient, on parle encore de moines-soldats venus jadis pour défendre le tombeau du Sauveur et qui sont repartis avec de grandes richesses. Quand ils sont revenus au pays des Francs, le roi d'alors les a tous exterminés... »

Du revers de sa manche, La Trémoille essuya la

sueur qui coulait sur son visage. Ses yeux luisaient comme braises.

« Les Chevaliers du Temple... balbutia-t-il, la bouche sèche. Continue ! »

Elle écarta ses mains enchaînées dans un geste d'impuissance.

« On dit qu'avant de mourir ils ont eu le temps de cacher la plus grande partie de leurs richesses et que leurs cachettes sont marquées de signes incompréhensibles. L'homme qui intéresse la noble dame saurait déchiffrer ces signes. »

Un désappointement se peignit sur la figure luisante du gros homme. Visiblement il était déçu et ne tarda pas à le marquer. Haussant les épaules, il bougonna :

« Encore faudrait-il savoir où ils se trouvent, ces signes. »

Un sourire angélique s'étendit sur le visage de Catherine. Son regard posé sur le gros homme n'était que douceur candide.

« Je ne devrais peut-être pas le dire, seigneur, mais vous avez été si bon avec moi... et la dame si cruelle. Elle m'avait promis la grâce de Fero et elle l'a laissé mourir sous le fouet... Je crois qu'elle sait où se trouvent ces signes... Je l'ai entendue l'autre nuit. Elle croyait que je dormais. Elle parlait d'un château où les chefs des moines-soldats avaient été emprisonnés, avant de mourir sur le bûcher... mais je ne me souviens pas du nom. »

Ce fut si artistement dit que La Trémoille perdit toute méfiance, si même il en avait jamais eu. De nouveau, il empoigna Catherine.

« Souviens-toi, je te l'ordonne... il faut que tu te souviennes ! Est-ce à Paris... dans la grande tour du Temple ? Est-ce là ? Dis ? »

Elle secoua doucement la tête.

« Non... ce n'est pas Paris. Un nom comme... oh ! c'est difficile... un nom comme Ninon...

— Chinon ? C'est ça ? C'est bien Chinon, n'est-ce pas ?

— Je crois que c'est ça, dit Catherine, mais je ne suis pas sûre. Est-ce qu'il y a une très grosse tour ?

— Enorme ! Le donjon du Coudray. Le grand maître du Temple, Jacques de Molay, y a été enfermé avec d'autres dignitaires durant le procès.

— Alors, fit Catherine tranquillement, c'est dans la tour que sont les inscriptions. »

Le gros homme s'était levé, au comble de la surexcitation, allait et venait dans le cachot. Elle le regardait avec une joie sauvage. C'était Arnaud qui, jadis, lui avait raconté cette histoire. Un soir, après la ruine de Montsalvy, il avait soupiré sur leur misère et lui avait raconté comment un ancien Montsalvy, chevalier du Temple, avait été chargé par le grand maître, avec deux autres frères, de sauvegarder le fabuleux trésor. Il était mort, peu après, la bouche murée sur le secret dont seul le grand maître avait la clef.

« On raconte que, dans sa prison, avait dit Arnaud, dans la grosse tour de Chinon, le grand maître a tracé des signes clefs... malheureusement indéchiffrables. Je les ai vus quand j'étais là-bas, mais, alors, je n'y ai pas tellement prêté attention. J'étais riche, insouciant... Maintenant, j'aimerais retrouver le fabuleux trésor, pour reconstruire Montsalvy. »

Cette conversation, elle s'en était souvenue à Angers, quand il s'était agi de trouver un appât pour attirer La Trémoille à Chinon. Maintenant l'appât était lancé, le poisson avait mordu... Un profond soulagement s'empara de Catherine. Même si elle ne sortait pas vivante de ce cachot, elle était à peu près certaine que La Trémoille irait à Chinon, que le piège se refermerait sur lui... Et qu'elle serait vengée.

Le cœur allégé, elle le regardait tourner dans sa prison comme un ours en cage et croyait voir cheminer dans ses veines la fièvre de l'or, comme un poison. Elle l'entendit murmurer :

« Cet homme... il faut le trouver. Il faut que je sache ! Son nom !... Ensuite, je saurai bien le faire parler...

— Seigneur, interrompit-elle doucement, me permettez-vous de vous donner un conseil ? »

Il la regarda comme s'il était étonné de la voir encore là. Tout à sa passion, il l'avait oubliée.

« Dis toujours. Tu m'as rendu un grand service.

— Si j'étais vous, seigneur, je ne dirais rien pour ne pas donner l'éveil. J'irais à Chinon, avec la cour... et même le roi s'il le faut, et je surveillerais la noble dame. Il est impossible que vous ne découvriez pas là-bas l'homme qui l'intéresse. »

Cette fois, le gros visage s'éclaira. Un sourire matois et cruel s'y répandit, effaçant les rides comme de l'huile sur l'eau. Il ramassa son sac vide, prit sa lanterne, frappa du poing à la porte.

« Geôlier. Eh ! geôlier ! »

Il allait sortir, elle poussa un cri.

« Seigneur ! Ayez pitié de moi ! Vous ne m'oublierez pas, n'est-ce pas ? »

Mais, déjà, il ne l'entendait plus qu'à peine. Il lui jeta un regard distrait.

« Oui... oui... sois tranquille. J'y penserai. Mais veille à te taire, sinon... »

Elle avait compris. Elle avait tout à coup perdu toute valeur à ses yeux. Devant la fabuleuse perspective dorée ouverte devant lui, il en avait oublié jusqu'au goût violent qu'il avait eu pour elle. Qu'elle vive ou qu'elle meure, peu lui importait. Seul comptait le trésor... Demain, cette nuit peut-être, il ferait partir la cour pour Chinon. Catherine avait accompli sa mission, mais elle était plus en danger que jamais car, elle en était certaine, avant de partir, la dame de La Trémoille veillerait à la faire passer de vie à trépas. Et qui pouvait dire si Pierre de Brézé et Tristan l'Hermite auraient le temps de venir à son secours ? De nouveau, elle tira la dague de sa robe tachée, pressa l'épervier de la garde contre ses lèvres tremblantes.

« Arnaud, murmura-t-elle, tu seras vengé. J'ai fait tout ce que je devais faire... Maintenant, que Dieu aie pitié de moi ! »

Mais les dernières heures de la nuit coulèrent, silencieuses, sans amener d'autres visites dans le cachot.

Quand Aycelin pénétra dans la prison de Catherine, vers le milieu du jour, portant une écuelle pleine d'un liquide de couleur incertaine où nageaient quelques trognons de chou, une cruche et un morceau de pain noir, il semblait tout à fait abattu. Son grossier visage aux traits indécis, aux cheveux ras portait le reflet d'une grande tristesse. Il posa l'écuelle aux pieds de Catherine avec le pain et l'eau.

« Voilà ton dîner, fit-il avec un énorme soupir. J'aurais bien aimé te donner quelque chose de mieux parce que tu vas avoir besoin de forces. Mange quand même. »

Du pied, Catherine repoussa l'affreuse soupe dont

elle n'avait nul besoin après la volaille de La Trémoille.

« Je n'ai pas faim, dit-elle. Mais pourquoi dis-tu que je vais avoir besoin de forces ?

— Parce que c'est pour cette nuit. Après le couvre-feu on viendra te chercher et moi je devrai... Mais tu me pardonneras, dis ? Ce n'est pas de ma faute, tu sais. Je dois faire mon métier... »

La gorge de Catherine se serra. Elle avait compris ce que le bourreau voulait dire. Cette nuit, sous les yeux de la dame de La Trémoille, elle serait torturée à mort... Une panique s'éleva en elle, comme un vent de tempête. Elle pouvait, grâce à sa dague, éviter la torture, mais non la mort et, justement, elle ne voulait pas mourir. Elle ne voulait plus ! Cette nuit, dans sa joie de voir réussir son plan, de savoir La Trémoille prêt à partir pour Chinon, elle avait pensé que plus rien n'avait d'importance, que la mort, désormais, lui serait facile puisqu'elle serait vengée... Mais maintenant, face à cet homme de sang qui se faisait le héraut tragique de sa dernière heure, elle repoussait le destin de toute sa force. Elle était jeune, elle était belle ; elle voulait vivre. Elle voulait sortir de ce trou, revoir le ciel bleu, le grand soleil et toutes les plantes que la volonté de Dieu sème sur la terre. Elle voulait revoir son fils, son petit Michel, les monts d'Auvergne et jusqu'à ce lieu sinistre où son amour se mourait lentement... Arnaud ! Elle ne voulait pas mourir si loin de lui. Toucher sa main encore une fois, rien qu'une seule fois... et puis mourir, oui. Mais pas avant !

Brusquement, elle releva sa tête qu'elle avait penchée pour qu'il ne vît pas son émotion.

« Ecoute, fit-elle d'une voix pressante. Il faut que

tu cherches l'homme qui est venu ici cette nuit, celui à qui tu as dit que tu devais beaucoup.

— Le valet de Mgr le grand chambellan ?

— Lui-même... Je ne sais pas son nom, mais tu le reconnaîtras sans peine. Va le trouver. Dis-lui ce que tu viens de me dire....

— Et si je ne le trouve pas ? Il a beaucoup de valets ce monseigneur.

— Il faut que tu le trouves ! Il le faut ! Puisque cela te fait tant de peine de me faire du mal... Je t'en supplie, cherche-le. »

Elle s'était levée. De ses mains tremblantes, elle étreignait les énormes pattes du bourreau ; de ses grands yeux pleins de larmes, elle le suppliait. Il lui avait montré de la compassion. Elle devinait dans cet esprit obscur une sorte de sympathie. Il fallait, à tout prix, qu'il prévienne Tristan ; sinon, cette nuit, le Flamand arriverait sans doute trop tard. Elle serait déjà morte. Le bourreau n'avait-il pas dit « après le couvre-feu » ? Le couvre-feu était sonné depuis longtemps la nuit dernière, quand Tristan était venu.

« Par pitié, Aycelin... si tu as un peu d'amitié pour moi, cherche-le ! »

Le bourreau hocha sa grosse tête à laquelle de larges oreilles donnaient assez l'apparence d'une marmite. Ses yeux clignèrent sous leurs paupières sans cils.

« Je veux bien essayer... Mais ça ne sera pas facile. Il y a grand remue-ménage au château aujourd'hui... Le roi a décidé de partir pour Chinon demain. On prépare les coffres de voyage ! Enfin... Je ferai ce que je pourrai. »

Jambes brisées, Catherine se laissa retomber sur

la paille. L'information qu'Aycelin venait de lui donner était précieuse car elle était la preuve formelle de sa victoire. Le roi, c'était La Trémoille. Et il s'en allait vers Chinon où l'attendaient les hommes du connétable de Richemont, où commandait Raoul de Gaucourt gagné aux conjurés. Le sanglier dévastateur qui, trop longtemps, avait galopé sur la terre de France s'en allait vers sa dernière bauge. Mais, si Aycelin ne trouvait pas Tristan, Catherine ne verrait pas se lever le jour de la victoire...

Elle demeura de longues heures prostrée, les yeux fixes, assise sur son grabat, les bras noués autour de ses genoux, écoutant battre son cœur ; luttant de toutes ses forces contre le désespoir. De l'autre côté de ce mur, en face d'elle, il y avait Sara, sa vieille Sara, le cher refuge des heures cruelles et, cependant, elle ne pouvait pas la rejoindre. Il fallait crier pour être entendue. Elle n'en avait même pas la force... Mais l'angoisse l'assaillit plus cruellement encore lorsque le jour déclina... Au-dehors, dans la cour du château, l'agitation était intense. Du fond de son caveau, elle pouvait entendre les ordres, les cris des servantes, les appels, tout le joyeux tintamarre d'un départ proche. Là, tout près, c'étaient les bruits de la vie qui s'en venaient, cruellement, narguer celle qui devait mourir. Et, un instant, elle se demanda si les morts, dans le le tombeau, pouvaient encore entendre le vacarme des vivants.

Le bruit du judas de sa porte que l'on ouvrait la fit sursauter. A travers le grillage, elle aperçut la figure rouge d'Aycelin, éclairée par une chandelle. Et les mots qu'il prononça tombèrent, comme de lourdes pierres, sur son cœur :

« Je n'ai pas pu trouver l'homme... Pardonnez-moi.
— Cherche encore.
— Je ne peux pas. Je n'ai pas le temps. Il faut que je me prépare. »

Le judas claqua. Catherine se retrouva rejetée dans l'ombre de la nuit qui venait. Une ombre dont elle ne sortirait que pour entrer dans une nuit encore plus épaisse. Désormais, tout était dit. L'espoir était mort, il ne fallait plus rien attendre des hommes. Il fallait aller vers Dieu... Lentement, Catherine se laissa tomber à genoux, cacha son visage dans ses mains.

« Mon Dieu ! murmura-t-elle. Puisque c'est votre volonté que ce soir je meure, accordez-moi la grâce de ne pas souffrir la torture. Faites que j'aie le temps d'en finir moi-même. »

Elle tira doucement la dague de son sein, la tint serrée contre elle, saisie d'une soudaine tentation. Pourquoi ne pas en finir maintenant ? Les bourreaux, en entrant dans sa prison, ne trouveraient qu'un corps sans vie... Ce serait tellement plus simple...

Au creux de sa paume, l'épervier était chaud comme un oiseau vivant, rassurant comme un ami fidèle. Elle savait exactement où frapper pour atteindre son cœur... Là, juste sous le sein gauche... De la pointe de l'arme, elle chercha la place, appuya... La pointe piqua la chair, sous le tissu, et éveilla Catherine de l'espèce de torpeur de mort qui l'emportait. Percer cette peau si fine serait facile. Il suffisait d'appuyer plus fort. Mais un instinct inexplicable arrêta la main de la jeune femme. Que du moins elle vécût les dernières minutes qui lui restaient. Et puis, elle ne voulait pas mourir au fond de ce trou. Elle voulait mourir face à son ennemie, jouir de sa déconvenue en la voyant lui échapper, lui crier peut-être sa haine avant d'expirer... Oui, il fallait attendre jusque-là... C'était mieux.

Les trompes du château, répondant aux cloches de la ville, sonnèrent le couvre-feu. Elles glacèrent le sang de Catherine. Etaient-ce déjà les trompettes du jugement répondant au glas des morts ? Les dernières minutes s'écoulaient au sablier de sa vie. Bientôt...

Dans le couloir, il y eut le bruit de pas chaussés de fer, le raclement de l'acier sur la pierre. Catherine ferma les yeux, priant de tout son cœur pour obtenir le courage dont elle allait avoir tellement besoin. On s'arrêtait devant sa porte. Les verrous grinçaient...

« Adieu, murmura-t-elle. Adieu, mon petit enfant... Adieu, mon époux bien-aimé. C'est moi qui vais t'attendre au Paradis. »

La porte ouverte, la prisonnière put voir un piquet de quatre soldats qui attendaient devant sa porte. Le bourreau entra seul et Catherine frissonna. Si repoussante que fût la physionomie d'Aycelin, elle la préférait encore à son aspect actuel. En effet, les traits grossiers du tourmenteur étaient dissimulés sous une cagoule rouge, percée seulement de deux trous pour les yeux, qui le recouvrait jusqu'aux épaules. Il était terrifiant ainsi...

Sans un mot, il fit tomber les bracelets de fer, saisit les poignets de Catherine pour les lier dans son dos. Elle supplia :

« Une seule grâce, ami bourreau, la dernière... Lie-moi les mains par-devant. »

Par les trous du masque, elle rencontra les yeux du tourmenteur. Ils lui parurent extraordinairement brillants. Mais il ne dit rien, se contenta de hocher la tête. Les mains de Catherine furent liées devant elle et elle constata avec joie qu'il ne serrait pas beaucoup les cordes. Elle n'aurait aucune peine à saisir la dague, tout à l'heure...

Ce fut d'un pas ferme qu'elle marcha vers la porte, se plaça au milieu des soldats tête haute. Le bourreau fermait la marche. Elle ne se retourna pas en entendant claquer de nouveau les verrous. Que lui importait que l'on refermât soigneusement la porte du cachot ? Elle n'avait même pas le courage de regarder, au-delà, l'entrée du cachot de Sara... Mais enflant sa voix de toute sa force, elle cria :

« Adieu ! Adieu, ma bonne Sara ! Prie pour moi. »

La réponse lui parvint, vibrante :

« J'ai prié. Courage ! »

Bientôt s'ouvrait devant la condamnée la porte basse de la chambre fatale et il lui fallut tout ce courage que lui recommandait Sara pour ne pas défaillir tant elle avait l'impression d'entrer là en enfer... Debout, bras croisés auprès de braseros flambants où trempaient des tenailles, des griffes et des lames d'acier, deux tourmenteurs puissamment musclés attendaient. Torse nu, ils portaient tous deux une cagoule semblable à celle d'Aycelin et Catherine regarda avec horreur leurs bras que serraient les bracelets de cuir. Au milieu de la pièce un chevalet avait été disposé. Les chaînes pendantes attendaient la victime et, dans l'ombre rouge que laissaient les braseros, d'autres instruments de supplice montraient leurs formes terrifiantes...

Mais Catherine réprima bien vite le frisson de terreur qui avait hérissé sa chair et détourna les yeux de l'appareil de supplice. Assise sur le fauteuil qu'occupait la veille son époux, somptueusement vêtue de brocart vert et or, la dame de La Trémoille la regardait entrer, un sourire cruel sur ses lèvres rouges... Violaine de Champchevrier était assise gracieusement à ses pieds sur un coussin de velours noir et respirait nonchalamment une boule d'or emplie de parfum qu'elle tenait entre ses jolies mains. Le spectacle de ces deux femmes, parées comme pour une fête, assises dans cette chambre de supplice pour en voir torturer une autre avait quelque chose de révoltant, mais Catherine se contenta de les toiser avec dédain. La dame éclata de rire.

« Comme te voilà fière, ma fille ! Tu le seras moins, tout à l'heure, quand ce brave Aycelin exercera sur toi les raffinements de son art. Sais-tu ce qu'il va te faire ?

— Que m'importe !... La seule chose qui compte, c'est que je ne vois pas ici de prêtre.

— Un prêtre ? Pour une sorcière comme toi ? Les suppôts de Satan n'ont que faire d'un prêtre pour aller rejoindre leur maître. A quoi te servirait une bénédiction sur le chemin de l'enfer ? Ce qui m'intéresse, moi, c'est de savoir comment une sorcière supporte la torture. As-tu des charmes, fille d'Egypte, pour te garder de la douleur ? Sauras-tu demeurer ferme quand le bourreau t'arrachera les ongles, te coupera le nez, les oreilles, t'écorchera vive et te crèvera les yeux ? »

Le regard de Catherine ne faiblit pas devant l'énoncé sadique de ce qu'on lui réservait. Encore un instant et elle ne serait plus qu'un peu de chair inerte.

« Je ne sais pas. Mais si vous êtes, vous, une vraie chrétienne, vous m'accorderez le temps d'une dernière prière. Ensuite... »

La comtesse hésita. Visiblement, elle avait envie de refuser. Mais elle tourna les yeux vers les hommes d'armes, qui s'étaient massés au fond. Elle n'avait pas le droit de refuser la demande d'une condamnée, sous peine d'être elle-même taxée d'impiété. Et c'était toujours dangereux.

« Soit, accorda-t-elle de mauvaise grâce. Mais fais vite ! Déliez-lui les mains ! »

Le bourreau s'avança, dénoua les cordes. Catherine s'agenouilla au pied de l'un des piliers, tournant le dos à son ennemie. Elle croisa les mains sur sa poitrine, baissa la tête, plia le dos et, doucement, tira la dague. Son cœur battait à grands coups redoublés. Elle avait conscience du déplacement des autres bourreaux vers le fond de la pièce. Sans doute voulaient-ils jouir du spectacle de sa dernière prière. Elle serra fermement l'arme, en tourna la pointe contre son cœur, voulut se pencher davantage pour enfoncer...

Un cri de désespoir lui échappa. Aycelin l'avait brusquement renversée et lui arrachait l'arme. Elle se crut perdue. Mais, dans la salle des tortures, il se passait quelque chose d'étrange. A son cri avaient répondu deux hurlements poussés par la comtesse et sa fille d'honneur... Comme dans un rêve, Catherine les vit, dressées l'une près de l'autre et glapissant tandis que les trois bourreaux se battaient avec les hommes d'armes.

Avec stupeur, la condamnée constata qu'ils faisaient du bon travail. Aycelin avait déjà planté la dague prise à Catherine dans la gorge de l'un des soldats, et ses deux aides s'escrimaient avec des épées sorties on ne savait d'où. Le combat fut bref. Les bourreaux maniaient leurs armes avec une habileté diabolique. Bientôt, il y eut quatre cadavres sur les dalles usées et deux pointes d'épée dirigées sur les gorges découvertes des deux femmes par l'un des assaillants.

« Bandits ! hurlait la comtesse. Canailles ! Que voulez-vous ?

— Rien d'important pour vous, noble dame, fit la voix traînante de Tristan l'Hermite sous la cagoule d'Aycelin. Seulement vous empêcher de commettre un crime de plus.

— Qui êtes-vous ?

— Permettez-moi de vous dire que cela ne vous regarde pas... C'est prêt, vous autres ? »

L'un des bourreaux avait relevé Catherine tandis qu'un autre, qui s'était éclipsé un instant, revenait avec Sara. Les deux femmes se jetèrent dans les bras l'une de l'autre sans un mot. Elles en étaient incapables tant l'émotion leur serrait la gorge.

Sans quitter des yeux ses prisonnières, Tristan ordonna :

« Bâillonnez-moi ces nobles dames, et solidement. Puis enfermez-les chacune dans un cachot. »

Ce fut exécuté ponctuellement avec une rapidité digne d'éloge. La dame de La Trémoille et Violaine furent entraînées vers les cachots, écumantes de fureur.

« Je les égorgerais volontiers, commenta Tristan, mais elles ont encore leur rôle à jouer. Sans sa femme, La Trémoille n'irait sans doute pas à Chinon. »

Tout en parlant, il ôtait la cagoule d'Aycelin qu'il avait empruntée et se dirigeait vers Catherine, un large sourire aux lèvres.

« Vous avez bien travaillé, dame Catherine. A nous maintenant de vous sortir de là.

— Qu'avez-vous fait du vrai Aycelin ?

— Il doit cuver, à l'heure qu'il est, le vin drogué

qu'il a bu, en assez grande quantité pour se donner le courage de vous torturer.

— Mais... les autres bourreaux ? Qui sont-ils ?

— Vous allez voir. »

En effet, les deux tourmenteurs revenaient et d'un même mouvement ôtaient leur cagoule. Catherine, subitement très rouge, reconnut Pierre de Brézé, mais l'autre, un homme brun, solide et de visage intelligent, lui était inconnu. Le jeune seigneur vint, comme si ce fût l'heure et le lieu les plus naturels du monde, s'agenouiller aux pieds de Catherine et baisa sa main.

« Si je n'avais pu vous sauver, je serais mort, Catherine... »

D'un mouvement spontané, elle lui tendit ses deux mains dans lesquelles il enferma son visage dans un geste passionné.

« Que de mercis je vous dois, Pierre... Dire que tout à l'heure je désespérais de Dieu et des hommes.

— Je savais que vous vous tueriez avec la dague avant la torture, fit Tristan qui s'occupait à dépouiller les hommes d'armes de leur uniforme. Je vous surveillais et j'avais peur que vous ne tentiez trop tôt le geste mortel. Il fallait le temps d'éloigner les éventuels gêneurs. »

Sara avait sangloté de joie en retrouvant Catherine, mais elle se calmait et retrouvait ses esprits. Elle essuya ses yeux à un pan de sa robe et demanda :

« Nous ne sommes pas encore sorties ? Que faisons-nous ?

— Vous et Catherine, ainsi que Tristan, allez revêtir les uniformes des soldats. Moi et Jean Armenga, que je vous présente en ajoutant qu'il est l'écuyer d'Ambroise de Loré, nous allons reprendre nos costumes habituels, dit Brézé. Ensuite, nous sortirons dans la cour. Près de l'entrée, des chevaux sont sellés. Nous les prendrons et je me mettrai à la tête de la troupe pour sortir du château. J'ai un sauf-conduit...

— Qui vous l'a donné ? La Trémoille ? demanda Catherine souriant.

— Non. La reine Marie. Elle est des nôtres... et beaucoup moins endormie qu'on ne le croit. Je vous emmène jusqu'à la limite du territoire d'Amboise, puis nous rentrerons au château, Armenga et moi, pendant que vous continuerez votre route. La dame s'était assuré la tranquillité pour son divertissement, mais il faut faire vite. On ne sait jamais ce qui peut arriver. Je dois vous demander de vous déshabiller, Catherine, et vous aussi, bonne dame. »

Déjà Catherine délaçait sa robe, secouant Sara qui grognait à la pensée de s'habiller encore en homme, chose qu'elle détestait entre toutes. D'un coffre, les trois hommes tiraient les vêtements que Brézé et son écuyer y avaient cachés tandis que Catherine et Sara se dissimulaient dans l'ombre pour changer de costume. Ce fut vite fait. Mais elles se contentèrent des justaucorps de cuir, laissant les lourdes cottes de mailles. Les tabards aux armes royales suffiraient pour créer l'illusion. Les chapeaux de fer, les camails et les épais souliers, beaucoup trop grands, étaient suffisamment encombrants...

En les voyant reparaître ainsi accoutrées, Pierre de Brézé ne put s'empêcher de rire.

« Heureusement qu'il fait nuit... et que d'autres vêtements vous attendent à deux lieues d'ici. Vous n'iriez pas loin sans attirer l'attention.

— Nous ferons de notre mieux, fit Sara. Ce n'est pas si facile. »

Pierre, cependant, s'approchait de Catherine et prenait une de ses mains dans les siennes. Une émotion profonde passa dans son regard clair.

« Dire qu'il me faudra vous quitter tout à l'heure, Catherine ! Je voudrais tellement veiller sur vous moi-même !... Mais je dois rester au château. On s'étonnerait de mon absence...

— Nous nous retrouverons, Pierre... à Chinon !

— Vous ne vous retrouverez jamais si vous ne faites pas plus vite, protesta Tristan. Allons-y maintenant... Passez devant, messire. »

Pierre de Brézé et l'écuyer prirent la tête de la petite troupe. On monta prudemment l'escalier glissant qui menait à la salle des gardes. Catherine, malgré le poids des vêtements qui l'écrasait, croyait entendre son cœur chanter. Jamais elle ne s'était sentie aussi légère, aussi heureuse. Après avoir vu la mort de si près, elle allait vivre !... Existait-il sensation plus merveilleuse, plus grisante ?... Ses souliers trop grands glissaient sur les marches humides et usées. Elle buta, se fit mal, mais n'y fit même pas attention... Il ne lui venait pas à l'idée qu'elle pût avoir à se servir de cette longue et lourde pique qu'elle traînait avec elle. Il lui semblait qu'elle n'avait rien d'autre à faire que suivre Pierre de Brézé. L'épée à la main, il ouvrait la marche. Il y avait, en effet, dans la salle des gardes, deux soldats à neutraliser...

Ce fut vite fait et en silence. Bâillonnés, ligotés, les soldats furent déposés sur le sol.

« Dehors, maintenant, dit Pierre. Et, cette fois, pas trop de bruit. »

Dans la cour, seuls de rares pots à feu brillaient

qui ne servaient guère qu'à rendre la nuit plus noire. Mais, à peine hors de la tour, Catherine leva les yeux vers le ciel avec un profond sentiment de gratitude. Il avait l'air d'un velours sombre rayé par la traînée pâle de la voie lactée. Jamais l'air ne lui avait paru plus doux, plus délicieux... Encadrée par Tristan et par Sara, elle voyait, devant elle, les larges épaules de Pierre qui marchait le premier. Il avait remis l'épée au fourreau, mais elle le sentait sur le qui-vive... Jean Armenga fermait la marche, et la suivait de près, peut-être pour que les soldats qui veillaient aux créneaux ne remarquent pas cet homme d'armes de taille un peu réduite. On passa près du donjon où somnolaient deux piquiers appuyés lourdement sur leurs armes, et Catherine, instinctivement, leva la tête vers les étages. Chez Gilles de Rais, tout était sombre, mais, chez La Trémoille, la fièvre de l'or devait tenir le gros homme éveillé..., des chandelles brûlaient. L'agitation de la journée avait fait place à un calme profond. La présence de la reine avait mis un terme aux distractions trop bruyantes et les préparatifs de départ avaient fatigué tout le monde... L'immense cour était vide, sauf aux abords du corps de garde où l'on apercevait quelques silhouettes de soldats. Tout en marchant, Catherine chuchota pour Tristan :

« Ces soldats, là-bas... Est-ce qu'ils ne vont pas nous arrêter ?

— Cela m'étonnerait. Ce sont des gardes de la reine que nous avons fait mettre de faction, cette nuit. Je ne sais pas ce que vous avez raconté à La Trémoille, mais vous l'avez tellement bouleversé que, cette nuit, tout va à l'envers dans le château.

— Est-ce que notre fuite ne le fera pas revenir sur sa décision de partir ?

— Certainement pas. Il supposera qu'elle est l'œuvre de vos frères égyptiens. La dame de La Trémoille n'a pas vu nos visages, souvenez-vous, et l'idée que nous lui aurons fait passer une nuit au cachot ne sera pas pour déplaire à son tendre époux.

— Silence ! » ordonna Pierre de Brézé.

En effet, on approchait de la longue voûte d'accès et du corps de garde. Il fallait encore franchir la herse, le pont-levis, mais Catherine n'avait plus peur. L'homme qui marchait devant elle devait être l'ange de la délivrance. Sous sa protection, elle en était certaine, rien de mauvais ne pouvait lui advenir...

Des chevaux attendaient, attachés près du puits, et Catherine, inquiète, songea qu'avec l'équipement qui l'écrasait elle n'arriverait jamais à enfourcher l'un de ces animaux. Mais Brézé avait même prévu cela. Tandis qu'il s'avançait seul pour dire un mot aux archers de garde, Jean Armenga prit la pique de Catherine, la posa contre un mur, puis, empoignant la jeune femme par la taille, il l'enleva aussi aisément qu'une plume et l'installa en selle. Après quoi, mais aidé par Tristan, il rendit le même service à Sara. Une envie de rire s'emparait de Catherine en pensant aux réflexions des gardes s'ils avaient pu voir un seigneur mettre si courtoisement en selle deux simples soldats. Mais il faisait fort noir, dans le coin du puits... Soudain elle entendit la voix de Pierre :

« Ouvrez seulement la poterne, nous ne sommes que cinq. Service de la reine !

— A vos ordres, monseigneur », répondit quelqu'un.

Lentement la petite herse se leva, le pont léger

s'abaissa. Evidemment, Pierre avait voulu éviter le vacarme de l'énorme pont principal... A son tour, le jeune homme enfourchait son cheval.

« En avant », ordonna-t-il en s'engageant le premier sous la voûte.

Les trois faux soldats le suivirent. Catherine et Sara, en passant la zone éclairée du corps de garde, baissèrent autant qu'elles purent les chapeaux de fer sur leurs visages et s'efforcèrent de copier l'attitude tassée des hommes... Elles attendaient, instinctivement, un cri, une protestation, peut-être une plaisanterie. Rien ne vint... Et soudain, devant elles, il n'y eut plus de barrière, rien que le ciel étoilé sous lequel luisaient doucement les toits d'ardoise de la cité et la grande écharpe moirée du fleuve... Avec ivresse, Catherine aspira l'air frais de la nuit, en gonfla sa poitrine, le savoura comme une liqueur enivrante. C'était si bon, ce vent léger qui portait avec lui l'odeur des roses et du chèvrefeuille, après les miasmes nauséabonds de la prison et les écœurants parfums de la comtesse.

De nouveau, elle entendit la voix de Brézé, recommandant aux gardes de la herse :

« Ne fermez pas ! Je reviens dans quelques instants. Ces hommes vont renforcer la porte sud... Au galop, vous autres ! »

La rampe d'accès fut dévalée en trombe. Les cinq cavaliers longèrent l'éperon rocheux du château pour gagner la porte fortifiée qui gardait la ville, vers la forêt si proche. Dans Amboise endormie, rien ne bougeait... sinon, parfois, l'appel déchirant d'un chat amoureux sur un toit ou l'aboiement d'un chien dérangé.

Le sauf-conduit de Brézé lui ouvrit la porte de la

cité comme il avait ouvert la porte du château et, cette fois encore, il prévint les gardes qu'il revenait. Mais c'était à une maison forestière qu'il conduisait ses soldats. Le lieutenant qui commandait la porte n'y fit aucune objection. Le grand chemin s'ouvrit enfin devant les fuyards.

On mit les chevaux au pas. La route montait vers le foisonnement noir de la forêt. Tant que l'on ne fut pas sous le couvert des arbres, les cavaliers cheminèrent en silence. Mais, à peine la voûte bruissante des taillis se fut-elle refermée sur eux que Pierre de Brézé leva la main et mit pied à terre.

« C'est ici que nous nous quittons, dit-il. Vous allez maintenant continuer seuls car nous rentrons au château, Armenga et moi. Il faut que nous soyons aux côtés de la reine quand elle quittera Amboise. Quant à vous...

— Je sais, coupa Tristan. Nous allons jusqu'au castel de Mesvres, à deux lieues d'ici, où l'on nous attend. »

Malgré l'obscurité qui régnait sous bois, un rayon de lune venu d'un mince croissant de premier quartier plongeait dans le layon où les voyageurs s'étaient engagés. Il permit à Catherine de voir briller les dents de Brézé qui souriait.

« Je devrais savoir, ami Tristan, que vous n'oubliez jamais rien. Je vous confie donc dame Catherine. Vous savez combien elle m'est chère et combien précieuse m'est sa sécurité. Le castel de Mesvres appartient à mon cousin Louis d'Amboise. Vous n'avez rien à craindre. Vous pourrez vous y reposer, vous restaurer et rendre à ces dames des vêtements plus convenables à leur rang... »

Au prix de sa vie Catherine eût été incapable de dire quel sentiment la poussa à s'approcher de Pierre et à demander anxieusement :

« Où allons-nous ensuite, messire Pierre ? Où nous reverrons-nous ? Je peux aller à Chinon, maintenant ? Je veux voir la fin de La Trémoille. »

Il pencha sur elle sa haute silhouette, ôta le lourd chapeau de fer qui l'écrasait et le jeta dans un fourré.

« Qu'au moins je voie un peu votre doux visage avant de vous quitter. Bien sûr, vous allez à Chinon, où la reine Yolande doit venir joindre son gendre après votre succès. Vous l'y retrouverez quand tout sera fait. Vous pourriez, bien sûr, aller vers elle à Angers, mais vous devez être lasse. A Chinon, vous vous reposerez. Allez à l'auberge de la croix du Grand-Saint-Mexme, proche le Grand Carroi. Dites que je vous envoie et vous aurez l'aubergiste à vos pieds. Il est bon et fidèle sujet du roi et, parce qu'il a, jadis, logé la Pucelle, il se ferait brûler tout vif en mémoire d'elle. Recommandez la discrétion à maître Agnelet et vous ne verrez âme qui vive. Votre deuil, d'ailleurs, vous vaudra respect et solitude. »

Il y eut un silence. Si profond que Catherine et Pierre auraient pu entendre battre leurs cœurs... Les autres, par discrétion, s'étaient un peu écartés. Elle leva vers lui un regard lumineux de reconnaissance et lui tendit ses mains qu'il mit genou en terre pour recevoir, comme tout à l'heure, dans la chambre des supplices.

« Merci, mon chevalier, murmura Catherine étranglée par l'émotion. Merci pour tout. Comment vous dire tout ce que j'éprouve à cet instant ? Il faudrait tant de mots qui ne me viennent pas.

— Ma douce dame, seul me mène l'amour de vous... Si vous aviez péri, ma vie s'arrêterait. Ne cherchez pas les mots. »

Il appuya ses lèvres sur les deux mains qu'il serrait. Alors, Catherine se pencha vivement et posa un baiser sur les courts cheveux blonds du jeune homme avant de dégager doucement ses mains.

« A bientôt, messire. Et Dieu vous garde ! Aidez-moi, sire écuyer. »

Elle se tournait vers Armenga pour qu'il la remît en selle ; à lui aussi elle dit sa reconnaissance, qu'il accepta avec un sourire courtois. Sara et Tristan se rapprochèrent. Elle leva la main, salua joyeusement Pierre qui, debout dans l'herbe, ne la quittait pas des yeux.

« Quand nous nous reverrons, je serai redevenue Catherine, lui lança-t-elle joyeusement. Oubliez vite l'Egyptienne ! Aussi vite que je veux l'oublier moi-même ! Encore merci à vous deux ! »

Le layon ouvrait un fossé clair entre les falaises noires de la forêt. Il semblait mener jusqu'à l'infini. Tristan et Sara sur les talons, Catherine piqua des deux et, au grand galop, s'élança vers l'horizon.

CHAPITRE VII

CHINON

LE soleil se couchait dans une gloire rutilante qui habillait de pourpre les hautes murailles grises de Chinon et les toits d'ardoises de la ville, solidement ceinturée de remparts qui avaient l'air de jaillir de la Vienne. Sur la rivière incendiée, les barques des bateliers glissaient sans bruit vers les arches noires du vieux pont, sous le cri des martins-pêcheurs et le vol rapide des hirondelles. C'était un beau soir, doux et tiède, déjà tout chargé de l'odeur des foins, qui s'alanguissait sur toute la vallée lorsque Catherine, suivie de Sara et de Tristan l'Hermite, franchit la première enceinte à la porte de Bessé et longea les murs de la collégiale Saint-Mexme. Un peu plus loin, une nouvelle porte et un nouveau pont-levis se montraient : la porte de Verdun qui donnait accès à la ville proprement dite. Là-haut, couronnant le tout, le triple château s'étirait en une perspective qui paraissait interminable. Fort Saint-Georges, jadis construit par les Plantagenêts, château du Milieu et, tout là-bas, le Coudray dominé par les trente-cinq mètres de son énorme donjon cylindrique... Certes, Chinon-la-Villefort méritait son surnom et Catherine contemplait avec une joie profonde le majestueux piège de pierre où viendrait bientôt se prendre son ennemi.

Mais que le temps marchait vite. Déjà l'aventure d'Amboise, avec ses rebondissements tragiques ou simplement douloureux, lui semblait loin. Et il n'y avait que trois jours, trois jours que Tristan et Pierre de Brézé l'avaient arrachée à la mort dans les caves du château royal. Après la séparation dans la forêt, Catherine, Sara et Tristan, toujours sous leurs costumes de soldats, avaient gagné le petit château de Mesvres où, enfin, Catherine avait pu redevenir elle-même. Après un bain, un savonnage et un brossage vigoureux de sa peau, elle s'était frottée à l'esprit-de-vin puis enduite d'une crème grasse à base de graisse de porc, puis lavée encore et elle avait eu la joie de voir sa peau redevenir presque aussi claire que par le passé. Il ne restait plus qu'un léger hâle doré, dû beaucoup plus à la vie au grand air qu'à la teinture du pauvre Guillaume l'Enlumineur. Elle avait aussi rejeté les fausses nattes noires qu'elle avait portées, lavé ses cheveux qui montraient maintenant une assez large bande dorée, une fois débarrassée de la pâte noire dont elle enduisait les racines. Hélas ! pour retrouver sa couleur normale, il fallait couper et couper très court.

Catherine n'avait pas hésité. Elle s'était assise sur un tabouret et avait tendu à Sara une paire de ciseaux.

« Allons, enlève tout ce qui est noir. »

Avec une débauche de soupirs, Sara s'était exécutée. Au sortir de ses mains, la tête de Catherine ne portait plus qu'un chaume doré et dru, à peine foncé aux pointes qu'elle coiffa à la manière d'un garçon. Elle avait l'air, sous cette courte tignasse, d'un jeune page, mais, chose curieuse, n'y perdait rien de sa féminité.

« C'est affreux, décréta Sara. Et je ne veux pas te voir comme ça !

— Sois sans crainte, moi non plus. »

Maintenant, vêtue de cendal noir sous une cape de damas de même couleur, Catherine, portant une haute coiffure en forme de croissant de mousseline noire empesée qui lui enserrait le visage, était redevenue une noble dame tandis que Sara avait retrouvé les vêtements confortables d'une servante de bonne maison et que Tristan avait réintégré son costume de daim noir. Les passants et les commères sur le pas des portes se retournaient au passage de cette femme, si belle et si éclatante dans son deuil austère.

Passé la porte de Verdun, les trois voyageurs suivirent une rue animée. Chacun, la journée faite, baguenaudait paisiblement entre les étals et les établis tandis que des enfants, armés de pots, s'en allaient au vin ou à la moutarde. Une brise légère faisait chanter les grandes enseignes peintes et découpées sur leurs tringles de fer. Par toutes les fenêtres ouvertes, on pouvait apercevoir les feux flambants dans les cuisines où les ménagères s'activaient autour des marmites. Bien sûr, les boutiques n'étaient plus garnies comme autrefois. La guerre avait sévi si durement sur le royaume que rien n'arrivait de l'étranger et que le ravitaillement se faisait mal, mais la belle saison était venue et la terre, tout de même, produisait dans ce pays où l'Anglais n'était point passé. Les drapiers, les pelletiers et les épiciers étaient les plus atteints, privés qu'ils étaient des grandes foires de jadis, mais les fruitiers montraient de beaux légumes, voire des fleurs fraîches.

La rivière donnait son poisson, les campagnes leurs volailles. Une bonne odeur de chou et de lard emplissait la rue et fit sourire Catherine.

« J'ai faim, dit-elle gaiement. Et vous ?

— Je pourrais manger mon cheval, fit Tristan avec une affreuse grimace. J'espère que cette auberge sera bonne. »

Tous trois goûtaient le répit de ce voyage paisible après les événements tragiques d'Amboise, avant ceux, chargés de violence, qui les attendaient ici. C'était comme une éclaircie entre deux orages, un entracte au milieu d'un drame.

Ils arrivaient à un carrefour où des femmes bavardaient auprès d'un puits. Non loin d'elles, des enfants jouaient au palet et, sous l'auvent d'une maison, un moine, debout sur une grosse pierre, prêchait, faisant de grands gestes dans sa robe noire élimée, clamant que cette pierre qui lui servait de support avait aidé la bonne Pucelle à descendre de cheval quand elle était venue de par Dieu trouver le gentil Dauphin, et qu'elle reviendrait un jour chasser l'Antéchrist.

Un groupe d'hommes et de femmes l'entouraient, opinant gravement du bonnet. Les maisons semblaient, là, plus belles avec des pignons plus hauts, des colombages plus neufs et des tourelles plus nobles que dans le reste de la ville. Catherine compris que c'était là le Grand Carroi, le cœur de Chinon, et Tristan se mit en quête de l'hostellerie. Elle se trouvait un peu plus loin et, du carrefour, on pouvait voir sa belle enseigne où l'on n'avait ménagé ni les rouges ni les bleus et sur laquelle le grand saint Mexme sous son auréole avait l'air très digne, mais louchait affreusement.

On se dirigea vers l'entrée. Catherine et Sara demeurèrent en selle tandis que Tristan entrait s'enquérir de l'hôte. C'était en vérité une fort belle hostellerie, étincelante de propreté. Les petits carreaux sertis de plomb brillaient comme de minuscules soleils, reflétant les feux intérieurs, et les belles poutres sculptées, qui avançaient au-dessus du seuil, semblaient époussetées de frais. Bientôt Tristan revint flanqué d'un long personnage, pourvu d'un système pileux qui lui mangeait à peu près tout le visage. De la forêt de barbe, de sourcils, de moustaches d'un beau gris souris qui lui habillait la figure, jaillissait un nez imposant qui affectait la forme gracieuse d'un pied de marmite et un fulgurant regard noir aussi peu rassurant que possible. Mais à la toile blanche immaculée qui le vêtait, à sa haute toque et à l'imposant couteau qui lui barrait le ventre, Catherine comprit que ce devait être là maître Agnelet, le propriétaire de la Croix du Grand-Saint-Mexme, et réprima un sourire. Cet agnelet-là ressemblait furieusement à un vieux loup-cervier.

Mais l'imposant personnage se pliait en deux devant elle avec toutes les marques d'un profond respect et, à l'éclair blanc qui brilla au milieu de sa barbe, Catherine comprit qu'il souriait.

« C'est un grand honneur pour moi, noble dame,

de vous accueillir dans ma maison. Les amis de messire de Brézé sont chez eux ici... Mais je crains de ne pouvoir vous donner qu'une petite chambre, encore que bien installée. La nouvelle est venue hier de la prochaine arrivée du roi, notre sire, et certaines de mes chambres sont retenues d'avance.

— Ne vous tourmentez pas, maître Agnelet, répondit Catherine en acceptant la main qu'il lui offrait, galamment, pour l'aider à descendre de cheval. Pourvu que vous nous logiez, ma suivante et moi, et que nous soyons en paix chez vous, tout sera bien. Quant à maître Tristan je pense que vous pourrez...

— Ne vous souciez pas de moi, dame Catherine, interrompit le Flamand, je repars aussitôt le souper terminé. »

Catherine leva les sourcils.

« Vous repartez ? Où allez-vous donc ?

— A Parthenay, où je dois joindre le connétable, mon maître. Il n'y a plus de temps à perdre. Mais je ne ferai qu'aller et venir. Maître Agnelet, vous savez ce que vous avez à faire ? »

L'hôte cligna de l'œil et sourit, derechef, d'un air complice.

« Je sais, messire, les seigneurs seront prévenus. Et la noble dame sera pleinement en sûreté chez moi. Donnez-vous la peine d'entrer, vous serez servis dans l'instant en particulier. »

Les trois voyageurs, conduits par maître Agnelet, pénétrèrent dans l'auberge tandis que deux valets emmenaient les chevaux à l'écurie et qu'un troisième s'emparait des bagages. Une forte commère, dont les joues rouges semblaient vernies et dont les lèvres charnues s'ornaient d'une ombre de moustache, mais qui portait croix d'or au cou et robe de belle futaine fine, vint faire la révérence à Catherine. Agnelet la présenta avec un légitime orgueil.

« Ma femme, Pernelle ! C'est une Parisienne ! »

La Parisienne, en se tortillant et en minaudant beaucoup, précéda Catherine au fond de la salle et ouvrit une petite porte qui donnait sur une belle cour dallée et fleurie. Un escalier de bois en partait et menait à la galerie couverte qui desservait les chambres. Elle alla tout au bout et ouvrit une jolie porte de chêne ouvragée.

« Je crois que madame sera bien ici. Du moins elle sera tranquille.

— Grand merci, dame Pernelle, répondit la jeune femme. Je suis, comme vous voyez, en deuil et souhaite avant tout la paix.

— Certes, certes, fit l'hôtelière. Je sais ce que c'est... Mais nous avons, ici près, l'église Saint-Maurice où le desservant est plein de compréhension et d'aménité. Il faut l'entendre, au prône ou à la confession. Sa voix est un velours pour l'âme meurtrie et... »

Mais, sans doute, maître Agnelet, demeuré en bas, connaissait-il bien son épouse car il hurla :

« Holà, ma femme ! Venez céans et laissez reposer la noble dame... coupant net le flot de paroles de dame Pernelle. Catherine lui sourit.

— Envoyez-moi mon compagnon, dame Pernelle, et faites-nous monter à souper promptement ! Nous sommes las et affamés.

— Tout de suite, tout de suite... »

Sur une dernière révérence, la bonne dame disparut, laissant Catherine et Sara en tête-à-tête. La bohémienne inspectait déjà les lieux, éprouvant le moelleux des matelas, les fermetures de la porte et de la fenêtre. Celle-ci donnait sur la rue et permettait de surveiller les allées et venues des passants. Le mobilier était simple mais de belle qualité, de cœur de chêne et de fer forgé. Quant aux tentures, d'un joyeux rouge clair, elles faisaient de cette petite chambre un lieu agréable à vivre.

« Nous serons bien ici », fit Sara avec satisfaction.

Mais, constatant que Catherine, debout près de la fenêtre, regardait au-dehors d'un air absent, elle demanda :

« A quoi songes-tu ?

— Je pense, soupira la jeune femme, que j'ai hâte d'en finir et que, si confortable que soit cette auberge, j'aimerais ne pas m'y attarder. Je... je voudrais revoir mon petit Michel. Tu ne peux pas savoir comme il me manque ! Il y a si longtemps que je ne l'ai vu !...

— Quatre mois », fit Sara, qui s'approcha, étonnée.

C'était la première fois que Catherine marquait un tel regret de son enfant. Elle n'en parlait jamais, craignant peut-être de laisser son courage dans le souvenir attendrissant du petit garçon. Mais ce soir des larmes brillaient dans ses yeux. Et Sara vit qu'elle regardait, au-dehors, une femme qui portait dans ses bras un bambin blond à peu près de l'âge de Michel. Cette femme était jeune, fraîche ; elle riait en offrant à l'enfant une dariole vers laquelle il tendait ses petites mains impatientes. C'était un tableau simple et charmant, et Sara comprit le regret qui poignait le cœur de Catherine. Elle passa son bras autour des épaules de la jeune femme et l'attira contre elle.

« Encore un peu de courage, mon cœur ! Tu en as eu tellement ! Et tu touches au but.

— Je sais. Mais je ne serai jamais comme cette femme... Elle a un époux, certainement, pour être si joyeuse. Elle doit l'aimer. Vois comme ses yeux brillent... Moi, quand je cesserai d'être une errante, ce sera pour m'enfermer dans un château et y vivre uniquement pour Michel d'abord, puis, plus tard, quand il m'aura quittée, pour Dieu et dans l'attente de la mort, comme a vécu Mme Isabelle, ma belle-mère... »

Sara sentit qu'il fallait déchirer ce brouillard lugubre qui peu à peu refermait ses doigts glacés sur le cœur de Catherine. Il ne fallait pas la laisser s'abandonner au cafard. Elle l'arracha de la fenêtre, la fit asseoir sur un banc garni de coussins et bougonna :

« En voilà assez ! Songe à ce qui te reste à faire et laisse l'avenir où il est. Dieu seul en est le maître et tu ignores ce qu'il te réserve. D'ailleurs laissons cela. Voici maître Tristan. »

En effet, le Flamand, après avoir frappé, entrait escorté d'un valet qui portait des plats couverts de serviettes blanches et d'un autre qui était chargé de ce qu'il fallait pour mettre le couvert. En un rien de temps tout fut prêt et les trois compagnons s'attablèrent autour d'un plat de saucisses aux fèves et d'un autre plat de mouton au jaunet qui embaumaient. Catherine, rassérénée, sentit s'envoler ses idées noires en buvant un gobelet de clairet du pays qui semblait avoir d'extraordinaires vertus réconfortantes. Quand le repas fut fini, Tristan, qui n'avait presque rien dit, se leva pour prendre congé.

« Je pars maintenant, dame Catherine. Il faut que demain soir je sois à Parthenay pour prendre les derniers ordres. Vous, demeurez ici. Le roi arrive demain, mais, à l'aube, messire Prégent de Coetivy et messire Ambroise de Loré seront dans cette auberge où doivent se réunir tous les conjurés. Messire Jean de Bueil doit venir aussi de son château de Montrésor, peut-être dans la journée de demain. Quand tout le monde sera là, une réunion se tiendra ici même. Au fond de la cour, dans le rocher sur lequel repose le château, il y a des caves excellentes pour le vin... ou pour conspirer. Il vous reste seulement à attendre et à veiller. Mais, souvenez-vous : dès que le roi sera arrivé, il vaudra mieux pour vous ne plus sortir. La dame de La Trémoille a de bons yeux.

— Soyez tranquille, répondit Catherine en lui tendant un dernier verre de vin. J'ai beau avoir changé d'aspect, je ne suis pas devenue complètement folle. Tenez ! Le coup de l'étrier. »

Il avala le contenu d'un trait, salua et disparut comme une ombre.

L'animation normale de la ville devint de l'agitation frénétique le lendemain lorsque, vers l'heure de none, le cortège du roi entra dans Chinon. Quand l'appel des trompettes déchira l'air paisible de l'après-midi, et que toutes les cloches se mirent à sonner, malgré les consignes de prudence, Catherine s'enveloppa la tête d'un voile et se pencha à la fenêtre. Par-dessus la houle des têtes massées au Grand Carroi, elle vit les bannières, les pennons, les enseignes des hommes d'armes, les lances et les piques. L'escadron vêtu de fer des chevaliers encadrant le roi, en armure lui aussi, et les litières dans lesquelles avaient pris place la reine et le couple La Trémoille. Il y avait beau temps qu'aucun cheval n'était plus capable de porter le grand chambellan. En apercevant ses couleurs, Catherine, instinctivement, se rejeta en arrière. Bien qu'elle se sentît en sûreté dans cette auberge elle ne pouvait se défendre d'une instinctive répulsion à l'approche de son ennemi. Jusqu'à cet instant, d'ailleurs, elle avait douté de sa victoire et son imagination lui avait montré une foule d'empêchements. Mais enfin le gros La Trémoille était venu.

Le cortège traversa le carrefour au milieu du peuple qui criait « Noël ! » et « Dieu garde ! » et disparut peu à peu dans la rue en pente raide qui montait au château... Quand le dernier chariot se fut évanoui avec le dernier valet, Catherine se retourna vers Sara, les yeux brillants de triomphe.

« Il est venu ! J'ai gagné.

— Oui, soupira la bohémienne, tu as gagné. Maintenant, c'est affaire aux chevaliers de la reine Yolande d'abattre le fauve.

— Pas sans moi ! s'écria la jeune femme. Je veux y être afin de partager, si nous échouons, le sort des conjurés. J'en ai le droit. »

Sara ne répondit pas et se remit à réparer un accroc que Catherine avait fait dans son manteau de voyage. Il n'y avait que vingt-quatre heures que les deux femmes étaient entrées dans cette auberge, mais déjà Sara tournait comme un animal en cage et cherchait toutes les occasions de s'occuper. Pour Catherine aussi, cette inaction forcée était pénible. Elle passait presque tout son temps derrière les carreaux de sa fenêtre, regardant le mouvement de la rue. Les heures coulaient trop lentement pour son impatience d'agir. Elle avait eu trop peur. Elle avait trop souvent désespéré de la réussite pour y croire vraiment avant d'avoir vu, de ses yeux vu, l'arrivée de La Trémoille. Et maintenant qu'il était là, elle brûlait de retourner au combat.

Quand la nuit fut venue et que, là-haut, au château, dans la grande tour de l'Horloge, la cloche nommée Marie Javelle, qui rythmait la vie de la cité, eut sonné le couvre-feu, que la rue eut été rendue au silence, Catherine se risqua à ouvrir sa fenêtre et à se pencher au-dehors sans couvrir sa figure d'un voile. En fait de voile, la nuit devait suffire bien que, selon Sara, elle fût beaucoup trop claire.

C'était vrai. La nuit était magnifique, d'un bleu foncé doux et profond et toute brillante d'étoiles... Une nuit faite pour l'amour plus que pour l'intrigue. La vue, bien sûr, ne s'étendait pas plus loin que l'autre côté de la rue où les volets de bois bien clos et le silence profond disaient le sommeil des bons bourgeois qui habitaient là, un heaumier dont le vacarme emplissait la rue tout le jour et un apothicaire qui se chargeait de la parfumer avec les produits de son négoce.

Mais, maintenant que les bruits du jour s'étaient éteints, la cité endormie prenait une sorte de mystère. Catherine avait l'impression d'être au centre d'un écrin solide et précieux tout à la fois, une sorte d'asile inviolable. Elle se demanda si ce n'était pas dû à l'ombre de Jehanne. Dans le bruit léger de la rivière, dans la chanson lointaine, presque imperceptible, des arbres mouvants, dans l'odeur même de la terre féconde qui venait à elle, mêlée à une vague senteur d'eau et de jasmin, Catherine croyait entendre encore la voix claire de la grande fille venue de si loin dont le passage fulgurant avait éclairé sa vie en la marquant d'un sceau ineffaçable... Jehanne ! Comme elle était encore présente ici, dans cette cité forte qui jamais plus ne l'oublierait ! Ce nom que, dans tout le royaume, on ne prononçait qu'à voix basse par crainte des espions de La Trémoille, Chinon l'osait proclamer dans ses carrefours et en gardait le souvenir dans chacune des pierres... La nuit venue, le fantôme blanc reprenait vie, hantait chaque demeure. Machinalement, Catherine leva les yeux vers la voûte laiteuse du ciel comme pour y chercher le reflet d'une armure d'argent...

« Jehanne ! murmura-t-elle tout bas... Aidez-moi ! Parce que j'ai voulu vous arracher à la mort j'ai trouvé un bonheur que je croyais impossible. C'est à vous que je le devais... Faites que tant de douleurs ne soient pas vaines. Rendez-moi l'amour, le bonheur perdu... »

Quelque chose de frais et de parfumé vint la frapper dans le cou interrompant sa rêverie et la ramena brusquement sur terre. Instinctivement, elle tendit les mains, retint le bouquet de roses juste au moment où il allait choir au-dehors, le porta à ses narines. Il embaumait de tous ses pétales fraîchement cueillis... Se penchant sur les ombres de la rue, la jeune femme chercha d'où venait l'envoi fleuri, distingua bientôt, sous l'auvent de la maison d'en face, une haute silhouette sombre, qui peu à peu sortit de son coin.

Mais, avant qu'elle ne fût devenue nettement visible, Catherine savait à qui elle appartenait. Lentement, Pierre de Brézé vint jusqu'au milieu de la rue et demeura là, immobile, quelques instants, regardant cette fenêtre où s'encadrait la forme gracieuse de la jeune femme. Elle ne pouvait distinguer les traits de son visage, mais elle entendit qu'il murmurait son nom :

« Catherine... »

Elle ne répondit pas, étreinte par une émotion soudaine. Son cœur, tout à coup, s'était mis à battre plus vite. Elle se sentait rougir comme une jouvencelle parce que, dans les quatre syllabes de son nom, Pierre avait mis plus d'amour que dans un poème. Elle eut, tout à coup, envie de tendre les mains vers lui, pour l'attirer plus près, pour qu'il fût là... La lune, à cet instant, apparut au faîte d'un toit, glissa sur les ardoises qu'elle argenta, fouilla la rue et enveloppa la forme immobile du jeune homme avant d'illuminer la fenêtre et de glisser jusque dans la chambre. Du bras, Catherine repoussa instinctivement cette lumière trop vive et recula d'un pas. Elle eut le temps de voir qu'il esquissait un baiser jeté du bout des doigts...

Il faisait trop clair maintenant, il était imprudent de se montrer encore, mais la tentation fut la plus forte. Elle avait envie de revoir ce visage levé vers elle et que la passion rendait si émouvant... Elle se pencha et ne put retenir un soupir de regret. La rue était déserte. Pierre avait disparu... Lentement, Catherine repoussa la fenêtre et le volet, alluma la chandelle, reprit le bouquet posé un instant sur la table et le respira lentement, les yeux fermés, se laissant griser par le parfum des roses. La voix chaude qui avait vibré, tout à l'heure, dans la nuit, résonnait encore à son oreille...

Elle cherchait encore à en retrouver l'écho, le visage enfoui dans les fleurs quand, soudain...

« Etonnante cette auberge, fit la voix railleuse de Sara qui dormait et que la lumière avait dû réveiller. Je n'avais pas remarqué qu'il poussait des roses après les murs. »

Arrachée brutalement de son rêve, Catherine lui

dédia un regard courroucé, mais, au bout d'un instant, se mit à rire. Assise droite dans le lit, ses épaisses nattes grisonnantes tombant bien raides sur ses épaules, Sara avait une immense dignité démentie par la flamme moqueuse qui brillait dans ses yeux.

« Elles sont belles, non ? fit la jeune femme.

— Très belles. Je gage qu'elles viennent tout droit du château et qu'un certain seigneur les a apportées jusqu'ici.

— Ne gage pas. C'est vrai... C'est lui qui me les a lancées. »

Le léger sourire s'effaça des lèvres de Sara. Elle hocha la tête avec un rien de tristesse.

« Tu en es déjà à l'appeler Lui ? »

Catherine devint très rouge et se détourna pour cacher son trouble tout en commençant à se dévêtir. Elle ne répondit pas, mais, apparemment, Sara tenait à obtenir une réponse.

« Dis-moi la vérité, Catherine. Qu'éprouves-tu au juste pour ce beau chevalier blond ?

— Que veux-tu que je te dise ? répondit la jeune femme avec agacement. Il est jeune, il est beau comme tu le dis si bien, il m'a sauvée et il m'aime... Je le trouve charmant, et voilà tout !

— Voilà tout ? fit Sara en écho. C'est beaucoup déjà. Ecoute, Catherine. Je sais mieux que personne ce que tu as souffert, et combien tu souffres encore de ta solitude, mais... »

Sara hésita, baissa le nez, visiblement ennuyée de ce qu'elle voulait dire. Catherine sortit de sa robe qu'elle venait de laisser tomber à ses pieds et se baissa pour la ramasser.

« Mais ? fit-elle.

— Garde-toi de ne pas te laisser prendre le cœur.

Je reconnais que ce beau seigneur a tout ce qui peut séduire une femme, je suis sûre que son amour est sincère et qu'il mettrait dans ta vie une grande douceur, je sais qu'il te semblerait bon d'être aimée, d'aimer peut-être. Seulement, je te connais, je sais que tu ne seras pas longtemps heureuse avec un autre amour parce que l'homme dont tu portes le nom t'a trop profondément marquée pour que tu puisses l'oublier.

— Qui parle d'oublier ? murmura Catherine d'une voix altérée. Comment pourrais-je oublier Arnaud, alors que je n'ai vécu que pour lui ?

— Justement, en laissant un autre te convaincre de vivre désormais pour lui-même. Je le répète, je te connais : si tu te laissais aller, un jour, tôt ou tard, l'ancien amour viendrait reprendre ses droits, l'image d'Arnaud détruirait l'autre et tu te retrouverais plus seule encore, plus désespérée, avec par surcroît le remords d'avoir trahi... et la honte de toi-même. »

Très droite dans sa longue chemise blanche, les yeux au loin, Catherine semblait absente. Mais elle murmura, avec une profonde amertume :

« Pourtant, c'est bien toi qui me conseillais de me laisser aller au plaisir sans remords, après la nuit avec Fero ? Est-ce parce qu'il s'agissait d'un homme de ta race que tu avais plus d'indulgence ? »

Sara pâlit. Un pesant silence tomba entre les deux femmes. Puis, lentement, la plus âgée se leva et vint vers l'autre.

« Non, ce n'était pas parce qu'il s'agissait de l'un des miens. C'est parce que je savais bien que Fero n'avait aucune chance de toucher ton cœur. Et le plaisir est bon, Catherine, lorsque l'on est jeune, saine. Il libère l'esprit, allège le corps, fait couler le sang plus rapide et plus chaud. Tandis que l'amour asservit et, parfois, détruit... Si je savais que ton cœur ne risquait rien auprès de ce chevalier, je te pousserais vers lui. Quelques nuits de volupté te seraient bonnes, mais tu n'es pas de celles qui se donnent sans tendresse. Et cela, il en souffrirait trop, lui, le reclus de Calves, ton époux ! Il a besoin de te savoir à lui pour endurer son martyre. Chacun te croit veuve et tes voiles noirs te trompent toi-même. Pour tous et même pour la loi, pour l'Eglise, tu es veuve puisqu'en entrant en ladrerie il a été rayé du nombre des vivants. Mais il vit, Catherine, il vit encore, et c'est dans ton cœur qu'il vit le mieux. Si tu l'en chasses... alors, oui, il sera vraiment mort. Mais, toi, tu sauras toujours qu'il n'en est rien. »

Debout derrière Catherine, Sara ne distinguait pas son visage. Mais, à mesure qu'elle parlait, elle pouvait voir s'incliner la tête blonde aux cheveux trop courts, ployer les minces épaules. L'écho de ses paroles résonnait au fond du cœur de la jeune femme, martelant la plaie mal fermée. Douloureusement, Catherine murmura :

« Tu es cruelle, Sara. Je n'ai fait que respirer des roses...

— Non, mon cœur. Tu as toujours été franche envers toi-même et envers les autres. Sois-le cette fois encore. Tu as laissé la reconnaissance t'entraîner dans un chemin dangereux et qui n'est pas le tien. Le tien te ramènera vers les monts d'Auvergne, vers Michel et vers Montsalvy. »

Tout doucement, elle attira la jeune femme contre elle, nicha sa tête au creux de son épaule et caressa doucement la joue où glissait une larme.

« N'en veuille pas à ta vieille Sara, Catherine. Elle

donnerait sa vie et sa part de Paradis pour te voir heureuse. Elle t'aime comme la chair de sa chair. Mais, ajouta-t-elle avec un tremblement dans la voix, il faut que tu saches qu'elle a donné une part de son cœur à ton époux, à cet Arnaud pétri d'orgueil, de passion et de souffrance qu'elle a vu, une nuit, pleurer comme un enfant sur sa vie détruite, son amour condamné... Tu te souviens ?

— Tais-toi ! sanglota Catherine. Tais-toi !... Tu sais bien qu'aucun homme ne prendra jamais sa place... que je ne pourrai jamais aimer personne comme je l'ai aimé... comme je l'aime encore. »

Certes, elle était sincère. Pourtant, elle ne pouvait chasser du fond de sa mémoire le reflet d'un sourire, l'éclat d'un regard bleu... Là-haut, dans sa tour, Marie Javelle sonna minuit. Doucement mais fermement, Sara conduisit Catherine jusqu'au lit. Le bouquet de roses, abandonné, demeura sur la table.

Ce n'était plus d'amour qu'il devait être question, le lendemain soir, et Catherine n'y songeait même plus car l'heure d'agir approchait. Vers la fin de la journée, maître Agnelet était monté chez Catherine et, avec beaucoup de respect mais sans périphrases inutiles, lui avait appris qu'il viendrait la chercher sur le coup de minuit.

« Où irons-nous ? demanda la jeune femme.

— Pas loin d'ici, gracieuse dame. Au fond de ma cour exactement, mais je vous demanderai de faire le moins de bruit possible. Tous les habitants de cette auberge ne sont pas d'intelligence...

— Je sais, maître Agnelet. Puis-je cependant vous demander si ceux que vous attendiez sont arrivés ?

— Tous, madame. Messeigneurs de Loré et de Coetivy jouent aux échecs depuis hier matin et le seigneur de Bueil vient d'arriver en ville. Mais lui est monté au château...

— Pourquoi donc ?

— Il est le neveu du grand chambellan et, bien qu'il serve la reine Yolande, il est encore accepté. N'oubliez pas, noble dame, à minuit !... »

Le reste de la journée parut moins long à Catherine. Avant qu'il soit longtemps, elle serait fixée sur son sort définitif. Ou bien le complot réussissait et ce serait sans doute un jeu pour le jeune Charles d'Anjou de remplacer La Trémoille auprès du roi. Ce serait alors le retour en grâce, le droit de vivre enfin à visage découvert et au grand jour. Ou bien le complot échouerait... Ce serait la mort pour tous, sans distinction de sexe ou de rang...

Machinalement, dès que le couvre-feu eut sonné, Catherine s'approcha de la fenêtre mais ne l'ouvrit pas. D'ailleurs, Pierre de Brézé, cette nuit, ne jouerait pas les amoureux sous la fenêtre de sa belle. Il avait mieux à faire et c'est au milieu des autres chevaliers qu'elle le retrouverait. Catherine, d'ailleurs, se sentait trop tendue pour s'en préoccuper.

Minuit venait de sonner quand un léger grattement à sa porte fit lever vivement la jeune femme qui, tout habillée, s'était assise au pied du lit où elle avait obligé Sara à se coucher. Elle alla ouvrir la porte, distingua une forme sombre sur le seuil. Tout était éteint dans la maison, les feux de cuisines avaient dû, comme chaque soir, être couverts de cendres, mais, dans la cour, la lune jetait une grande flaque laiteuse qui dessinait en noir les piliers de bois de la galerie et la silhouette de l'aubergiste qui, pour la circonstance, avait troqué ses atours immaculés pour un pourpoint de laine sombre. On n'entendait aucun bruit.

Sans un mot, Agnelet prit Catherine par la main, la conduisit dans la cour et là, longeant les bâtiments pour ne pas traverser la zone éclairée, gagna le fond qui était constitué directement par le rocher d'où s'élevait la forteresse. Des bouquets de végétation en jaillissaient un peu partout, mais des trous sombres apparaissaient de loin en loin.

« D'anciennes habitations troglodytes, chuchota Agnelet en voyant Catherine s'arrêter un instant pour regarder. Certaines sont encore habitées ; d'autres servent de caves, comme chez moi... ou de refuge. »

Tout en parlant, il poussait une porte ronde, faite de grosses lattes de bois grossièrement équarries et qui fermait une entrée de grotte. La porte franchie, Agnelet prit une lampe à huile dans une anfractuosité de rocher, battit le briquet et alluma. Une grande cave taillée dans la craie, garnie de fûts et de tonneaux de toutes tailles, apparut. Une forte odeur de vin s'en dégageait. Des outils de tonnelier étaient rangés dans un coin, sur un établi, auprès d'une cuve où trempaient des bouteilles vides. L'ensemble avait un air si débonnaire que Catherine regarda son hôte d'un air interrogateur. Etait-ce là le décor d'une conspiration ?

Pour toute réponse, Agnelet sourit, alla au fond de la cave et déplaça un tonneau qui n'avait pas l'air de peser bien lourd. Une ouverture oblongue parut. Elle s'enfonçait dans le mur.

« Passez, noble dame, fit l'aubergiste, je remettrai le tonneau derrière nous. Cette entrée doit demeurer cachée. Nous sommes sous le château du Milieu. Le roi dort au-dessus de nos têtes. »

Sans hésiter, Catherine s'engagea dans une petite galerie éclairée par une torche, au bout de laquelle une pièce devait s'ouvrir. Ce boyau n'avait que quelques pas qui, une fois parcourus, conduisirent Catherine et son guide à l'entrée d'une grotte beaucoup plus grande au fond de laquelle un escalier rudimentaire, creusé à même le rocher crayeux, s'élevait et se perdait dans l'ombre des voûtes. Là aussi il y avait quelques tonneaux, mais ils étaient renversés et quatre hommes étaient assis dessus.

Ils ne disaient pas un mot. Immobiles comme des statues, ils semblaient attendre autour d'une lampe à huile. Mais tous, d'un même mouvement, se tournèrent vers les arrivants.

Outre Pierre de Brézé, Catherine reconnut les cheveux roux, le visage sans sourires d'Ambroise de Loré, l'élégante et mince silhouette de Jean de Bueil, la carrure et les traits volontaires du Breton Prégent de Coetivy et leur fit à tous, quand ils se levèrent, une belle révérence. Pierre prit sa main pour la mener vers le cercle de tonneaux. Ce fut Jean de Bueil qui l'accueillit après avoir recommandé à maître Agnelet de veiller au-dehors.

« Nous sommes heureux, madame, de vous revoir, et plus heureux encore de vous féliciter. La présence de La Trémoille à Chinon est la preuve formelle de votre réussite. Nous vous sommes très reconnaissants...

— Ne me remerciez pas trop, seigneur de Bueil. J'ai travaillé pour vous, certes, et pour le bien du royaume, mais j'ai aussi travaillé pour moi, et pour que soit vengé mon époux bien-aimé. Aidez-moi dans cette vengeance, nous serons quittes. »

Tout en parlant, elle retirait doucement sa main que Pierre avait gardée, s'avançait vers les trois autres hommes et ajoutait :

« Songez qu'il y va de l'honneur... et de la vie des Montsalvy, messires. Pour que vive le nom que je porte, il faut que meure La Trémoille.

— Il en sera fait selon votre désir, coupa rudement Coetivy. Mais comment diable avez-vous fait pour amener ici ce pourceau ? J'admets qu'il soit difficile de refuser quelque chose à une femme aussi belle que vous, mais, apparemment, vous possédez encore plus d'armes que nous ne le pensions. »

Le ton employé par le gentilhomme breton était à peine flatteur et sous-entendait bien des choses. Catherine ne s'y trompa pas. Sèchement, elle rétorqua :

« Je crois, en effet, ne pas être complètement stupide, messire, mais ce ne sont pas les armes auxquelles vous faites allusion dont je me suis servie, simplement d'un souvenir... d'une chose que m'avait, jadis, racontée mon époux, Arnaud de Montsalvy. »

Le nom du disparu fit son effet habituel. La personnalité d'Arnaud était trop puissante pour que son image ne s'évoquât pas aussitôt dans l'esprit de ces hommes qui avaient été ses camarades de combat, forçant la déférence envers celle qui le portait et qui venait de donner une si grande preuve de son courage. Coetivy rougit, honteux de ce qu'il avait pensé, et, sans détour, il admit :

« Pardonnez-moi. Vous ne méritez pas de telles allusions. »

Elle lui sourit sans répondre. Puis, acceptant le tonneau qu'on lui avançait, elle fit, pour ces hommes attentifs, le récit de sa dernière conversation avec

La Trémoille. Ils l'écoutèrent avec cette expression émerveillée d'enfants auxquels on raconte une belle histoire. Le mot trésor produisait son effet habituel. S'y ajoutaient les ombres chargées de mystères des chevaliers du Temple, leurs silhouettes fantastiques, inquiétantes, mais traînant après elles la couleur et les secrets magiques de l'Orient. Avec un peu d'amusement, Catherine voyait leurs yeux se charger de rêve, briller plus fort...

« Des inscriptions, murmura enfin Ambroise de Loré. Savoir si elles existent vraiment...

— Mon époux les avait vues, seigneur », dit Catherine doucement.

Une voix, qui avait l'air de venir de la voûte crayeuse, s'éleva :

« Moi aussi, je les connais. Mais du diable si je savais ce que c'était. »

Deux hommes en armures descendaient le grossier escalier qui se perdait dans les hauteurs de la grotte. Celui qui venait le premier, tête nue, était un homme déjà âgé, mais qu'une constitution particulièrement vigoureuse sauvait de la vieillesse. Catherine reconnut la couronne de cheveux gris, le visage épais, les traits lourds et les yeux inquisiteurs de Raoul de Gaucourt présentement gouverneur de Chinon et qu'elle avait connu gouverneur d'Orléans. Depuis bientôt soixante ans qu'il respirait sur cette terre, Gaucourt avait toujours combattu l'Anglais qui, après le siège d'Harfleur, par lui magnifiquement défendu en 1415, l'avait gardé dix ans dans ses geôles. C'était un Berrichon lent, pesant comme les bœufs de ses champs, obstiné et vaillant, mais non dépourvu de finesse. Fidèle au roi jusqu'à l'aveuglement, il ne savait pas dissimuler. Jehanne d'Arc, dans les débuts, lui avait inspiré de la méfiance et il avait lutté contre elle, mais Gaucourt avait trop d'honnêteté foncière pour ne pas savoir reconnaître quand il se trompait. Sa présence, cette nuit, dans la cave d'Agnelet en était la meilleure preuve.

L'homme qui le suivait était infiniment plus jeune, plus sec aussi. Sa physionomie n'avait rien de remarquable et fût passée facilement inaperçue sans le regard implacable de ses yeux gris. C'était le lieutenant du gouverneur. Il se nommait Olivier Frétard. A trois pas derrière son chef, il portait sous son bras le heaume que Gaucourt avait ôté et ne regardait pas l'assemblée. Mais Catherine eut l'impression que cet homme aux yeux glacés ne perdait ni un geste ni une expression de leurs visages.

Cependant, Raoul de Gaucourt achevait de descendre l'escalier. Il saluait du geste les conjurés, mais allait se planter devant Catherine. L'ombre d'un sourire passa sur son visage fermé.

« J'ai infiniment plus de plaisir à accueillir à Chinon Mme de Montsalvy que je n'en eus jadis, à Orléans, à recevoir Mme de Brazey, lui décocha-t-il sans préambule. Du diable si j'aurais pensé alors que c'était par amour pour Montsalvy que vous vous étiez fourrée dans ce guépier ! D'autant plus qu'il a tout fait pour vous faire prendre, votre noble époux. »

Malgré elle, Catherine rougit. C'était vrai. Sans l'intervention de la Pucelle, qui l'avait sauvée sur le chemin de l'échafaud, Catherine aurait fini ses jours au bout d'une corde sur l'ordre d'un tribunal que présidaient Gaucourt et Arnaud. Aveuglé alors par la haine, il ne rêvait que de se débarrasser d'elle... Pourtant, de ces terribles souvenirs, elle ne conservait aucune amertume... Ce qu'il en restait, c'était... oui, c'était un peu de regret. Elle soutint sans faiblir le regard du vieux chef.

« Me croirez-vous, messire, si je vous dis que je regrette ce temps ? Celui qui est devenu mon époux bien-aimé était alors vivant, en pleine force, même s'il employait cette force contre moi. Comment ne regretterais-je pas ? »

Quelque chose s'adoucit dans le regard qui la dévisageait. Brusquement, Gaucourt saisit sa main, la porta à ses lèvres et la laissa retomber sans plus de douceur.

« Allons, marmotta-t-il. Vous êtes sa digne femme. Et vous avez fait du bon travail, mais, trêve de galanteries. Maintenant, messieurs, il faut régler notre expédition. Le temps presse. La Trémoille n'aime pas ce château et il n'y restera pas longtemps. Si vous êtes d'accord, demain dans la nuit nous agirons.

— Ne devons-nous pas attendre les ordres du connétable ? objecta Brézé.

— Les ordres ? Quels ordres ? grogna Gaucourt. Nous avons un travail à faire, il faut le faire vite. Au fait, où est passé maître Agnelet ? Il doit bien y avoir encore du vin dans sa cave. Je meurs de soif !

— Il est au-dehors, dit Jean de Bueil. Il veille. »

Mais il eut à peine le temps de finir sa phrase. Agnelet en personne revenait, armé de sa lampe à huile et précédant deux hommes couverts de poussière et visiblement exténués, mais dont la vue arracha à Catherine une exclamation de plaisir car le premier de ces hommes n'était autre que Tristan l'Hermite. Mais ce fut Prégent de Coetivy qui les accueillit.

« Ah ! l'Hermite ! Rosnivinen ! Nous vous attendions. Je pense que vous nous apportez les ordres du connétable ?

— En effet, répondit Tristan. Voici messire Jean de Rosnivinen qui doit le représenter pour l'exécution. Car, bien entendu, il ne saurait être question qu'il vienne lui-même. Vous savez tous l'inimitié que lui voue le roi. Il ne faut pas que notre sire croie à une vengeance, mais bien à une opération de salubrité publique. »

Tout en parlant, il s'approchait de Catherine, et, respectueusement, s'inclinait devant elle.

« Monseigneur le connétable m'a chargé, madame, de baiser pour lui la belle main qui nous a ouvert Chinon. Il vous est profondément reconnaissant et espère que vous voudrez bien, dans l'avenir, le compter au nombre de vos plus dévoués serviteurs. »

Ce petit discours fit un effet extraordinaire. Catherine sentit, aussitôt, l'atmosphère changer. Jusque-là, malgré leurs paroles courtoises, elle n'avait pas été à son aise au milieu de ces hommes. Elle devinait confusément que la déférence qu'on lui témoignait s'adressait surtout au nom et au souvenir d'Arnaud, non à la femme qu'elle était. Son comportement devait leur sembler trop étrange, trop éloigné des habitudes. Sans doute pensaient-ils qu'elle aurait dû, selon la coutume, remettre le soin de sa vengeance à quelque champion et attendre le résultat, dans la prière et la méditation, au fond d'un couvent. Mais elle était décidée à jouer jusqu'au bout le rôle qu'elle s'était assigné. Qu'importait ce que pensaient les hommes ?

Sans rien dire, Raoul de Gaucourt vint prendre sa main et la mena au centre des tonneaux, la fit asseoir et s'installa près d'elle.

« Prenez place, messeigneurs, et mettons-nous d'accord une bonne fois. Il en est temps. Agnelet, apportez-nous à boire et disparaissez. »

L'aubergiste se hâta d'obéir, disposant gobelets et pichets sur une planche posée entre deux tonneaux avant de s'éclipser. Le silence avait régné dans la grotte durant tout le temps de ce travail. Quand il eut disparu seulement, Gaucourt fit du regard le tour de l'assemblée.

« Vous savez déjà le principal. La Trémoille habite la tour du Coudray, gardé par quinze arbalétriers. C'est dire que, sans moi, vous ne pourriez même pas approcher. Sous ma juridiction immédiate, j'ai les trente hommes qui composent la garnison normale du château. Avec le roi sont arrivés quelque trois cents hommes d'armes, tous aux ordres du chambellan bien entendu, Français et Ecossais. Première question, avez-vous des soldats ?

— J'ai cinquante hommes cantonnés dans la forêt, répondit Jean de Bueil.

— Ce sera suffisant, fit Gaucourt. Nous bénéficierons de la surprise, de l'importance du château qui oblige à disséminer les troupes sur tout le plateau entre le fort Saint-Georges et le Coudray et du fait que je serai à votre tête, moi le gouverneur. Mais, d'autre part, la poterne que je vous ouvrirai, demain à minuit, si nous sommes d'accord, et qui est la plus proche du donjon, se trouve entre la tour du Moulin et la tour polygonale où loge le plus solide soutien de La Trémoille, autrement dit le maréchal de Rais... »

A l'évocation de Gilles, Catherine frissonna et devint pâle. Elle dut serrer les dents, mordre ses lèvres pour lutter contre la peur que ce simple nom faisait lever en elle. Toute à la joie d'approcher du but, elle avait oublié l'effrayant seigneur à la barbe bleue... Mais Jean de Bueil répondit :

« Je loge, moi aussi, à la tour polygonale, je ferai entrer les hommes dans le château, puis je regagnerai la tour avec Ambroise de Loré, par exemple. A nous deux, nous immobiliserons Gilles de Rais. Il ne pourra pas sortir de ses appartements. »

Ce fut dit si calmement que sa peur s'atténua. Gilles de Rais, pour ces chevaliers, n'avait rien d'effrayant.

Le gouverneur fit un signe d'approbation.

« Fort bien. Vous aurez donc à vous occuper de Rais. Moi-même et Olivier Frétard, mon lieutenant que voici, nous veillerons à neutraliser autant que possible les gardes en les écartant du Coudray. Les cinquante hommes de Bueil, conduits par Brézé et Coetivy, avec Rosnivinen et l'Hermite, attaqueront le grand chambellan qui loge seul dans le donjon.

— Où loge le roi ? demanda Catherine.

— Dans le château du Milieu, le logis qui fait suite à la Grand-Salle. La reine lui demandera de passer la nuit auprès d'elle, chose qu'il ne refuse jamais car, à sa manière, il aime sa femme pour sa douceur et pour le calme qu'il trouve auprès d'elle. La reine fera tout pour l'apaiser en cas d'alerte... Le plus difficile sera l'approche du château. Les nuits sont claires et les sentinelles qui veillent aux remparts pourraient fort bien donner l'alarme... auquel cas tout serait perdu. Vous veillerez donc, messieurs, à ce que vos hommes ne portent aucune pièce d'armure, aucun vêtement d'acier dont le bruit serait dangereux. Rien que du cuir ou de la laine...

— Les armes ? demanda brièvement Jean de Bueil.

— La dague et l'épée pour les gentilshommes, la

hache et la dague pour les soldats. C'est donc bien compris : à minuit, nous ouvrons la poterne. Vous entrerez. Puis Bueil et Loré se dirigent vers la tour de Boisy tandis que les autres s'occupent du donjon. Coetivy et Tristan l'Hermite, avec une dizaine d'hommes, l'entoureront tandis que Brézé et Rosnivinen monteront à l'étage exécuter La Trémoille. »

De la tête, les conjurés approuvèrent. Alors, s'éleva la voix claire de Catherine.

« Et moi ? » demanda-t-elle froidement.

A mesure que parlait Gaucourt, l'indignation s'enflait dans son cœur en constatant qu'aucun rôle ne lui était réservé. Elle ne pouvait plus se taire. Il y eut un silence. Tous les regards se portèrent sur elle, et, dans tous, elle lut la même réprobation, jusque dans celui de Pierre de Brézé. Mais ce fut encore Gaucourt qui traduisit le sentiment général.

« Madame, dit-il courtoisement mais fermement, nous vous avons demandé de venir cette nuit pour que vous sachiez ce qui va être fait. C'était normal, et nous vous le devions. Mais ce qui nous reste à faire nous regarde, nous les hommes. Vous avez grandement mérité notre gratitude, certes, pourtant...

— Un moment, sire gouverneur, coupa la jeune femme en se levant brusquement. Je ne suis pas venue à Chinon uniquement pour recevoir des compliments, entendre de belles paroles, et ensuite demeurer tranquillement dans mon lit tandis que vous attaquerez votre gibier. Je veux y être !

— Ce n'est pas la place d'une femme, s'écria Loré. Foin de jupons pour un combat !

— Oubliez que je suis une femme. Ne voyez en moi que l'émanation, le représentant d'Arnaud de Montsalvy.

— Les soldats ne comprendront rien à votre présence.

— Je m'habillerai en homme. Mais, encore une fois, messeigneurs, je veux y être. C'est mon droit absolu. Je le revendique. »

Il y eut un silence. Catherine les vit se consulter tous du regard. Même Brézé était hostile à sa présence ; elle le comprit fort bien à son attitude. Seul, Tristan osa plaider pour elle.

« Vous ne pouvez pas lui refuser cela, dit-il gravement. Vous avez accepté le danger insensé qu'elle a couru pour vous rendre possible cette attaque, et maintenant vous la rejetez ? La priver de la victoire serait injuste. »

Sans répondre, Raoul de Gaucourt se dirigea vers l'escalier taillé dans le roc, posa le pied sur la première marche et, là seulement, se retourna.

« Vous avez raison, Tristan. Ce serait injuste. A demain, vous tous. A minuit. »

Le ton était sans réplique. Personne n'osa la moindre protestation.

Ignorant Pierre de Brézé qui lui offrait sa main pour la reconduire à sa chambre, Catherine alla prendre le bras de Tristan.

« Venez, mon ami. Il est temps pour vous de vous reposer », dit-elle affectueusement l'entraînant vers la sortie de la grotte.

Elle refusa même de voir l'air malheureux de Pierre. Il ne l'avait pas aidée, tout à l'heure. Elle lui en voulait comme d'une trahison.

Lorsqu'elle rentra dans sa chambre Sara se souleva sur un coude et la regarda.

« Alors ? fit-elle.

— C'est pour demain, à minuit.

— Ce n'est pas trop tôt. Nous allons enfin voir la fin de cette folle aventure. »

Et, satisfaite de cette conclusion, Sara se tourna de l'autre côté et reprit son sommeil interrompu.

La nuit de juin était claire et tiède. Dans le pourpoint de drap sombre étroitement lacé qu'elle portait, Catherine avait trop chaud en montant au milieu des autres, vers le triple château. Auprès d'elle, au coude à coude, marchaient Bueil, Loré, Coetivy, Brézé et Rosnivinen. Tristan était derrière, avec les hommes d'armes, fermant la marche.

Cette troupe de cinquante hommes se déplaçait sans faire plus de bruit qu'une armée de fantômes. Les ordres de Jean de Bueil étaient formels et stricts : pas d'armes, dont l'acier pouvait tinter. Les hommes ne portaient que du buffle, mais à toutes les ceintures pendaient les dagues et les haches. Il était impossible de rien lire sur tous ces visages fermés. Silencieux, disciplinés comme une machine de guerre bien huilée, ils montaient d'un même pas vers les murailles d'instant en instant plus proches. L'ombre d'une tour polygonale s'étendit sur eux, les protégea.

Catherine pensait que cette belle nuit claire et bleue était un étrange décor pour un meurtre. Elle l'eût préférée bien noire, bien opaque et un peu brumeuse, mais une joie orgueilleuse l'habitait malgré tout. C'était elle qui avait mis en marche ces hommes. S'ils étaient là, lancés dans cette chasse mortelle où chacun jouait sa tête, c'était parce qu'elle l'avait voulu, avec acharnement. Dans quelques instants, elle serait victorieuse ou vaincue sans recours et, tout à l'heure, en quittant l'auberge, elle avait, avec ses dernières recommandations, fait ses adieux à Sara.

« Si je ne reviens pas, tu rentreras à Montsalvy et tu iras dire à mon époux que je suis morte pour lui. Et puis, tu veilleras sur Michel.

— Inutile, avait dit Sara calmement. Tu reviendras.

— Qu'en sais-tu ?

— Ton heure n'est pas venue. Je le sens. »

Mais, à mesure qu'elle approchait du château, Catherine pensait que Sara pouvait avoir tort, pour une fois. La troupe qui lui avait paru formidable au départ semblait s'amenuiser à mesure que grandissaient les courtines neuves sous leurs hourds brillants d'ardoises bleues. Elle laissa échapper un soupir angoissé, et, aussitôt, la main de Pierre de Brézé, qui marchait auprès d'elle, voulut prendre la sienne. Mais elle la retira brusquement... L'heure n'était pas aux douceurs de l'amour et, à cet instant, elle ne voulait être pour ces hommes qu'un compagnon d'armes.

« Catherine, reprocha le jeune homme. Pourquoi me fuyez-vous ?

Elle n'eut pas à répondre. Ce fut Coetivy qui s'en chargea.

« Silence ! ordonna-t-il. Nous approchons. »

Ils arrivaient en effet au sommet du coteau, au pied de la muraille sur laquelle on pouvait distinguer les gardes. Aucune lumière ne brillait dans le château. Dans le logis royal, le roi dormait sans doute dans son large lit, auprès de la reine Marie qui, elle, devait avoir les yeux bien ouverts. Elle avait promis de veiller pour calmer son époux en cas d'alerte. Et puis comment aurait-elle pu dormir, sachant ce qui allait se passer ?

Sur un geste impérieux de Bueil, toute la troupe se plaqua contre la muraille et devint invisible des chemins de ronde tandis que le jeune capitaine s'avançait, seul, vers la poterne close. Malgré elle, Catherine retint sa respiration. A ses pieds, elle pouvait voir la ville et ses toits pointus, luisants sous la lune, serrés comme un grand fagot bleu dans la ceinture de pierre des remparts, soulignant la coulée brillante de la rivière. La voix profonde de Marie Javelle sonnant minuit la fit tressaillir. Derrière cette haute porte close, Gaucourt et Frétard devaient être au rendez-vous.

« On ouvre ! » chuchota quelqu'un.

En effet, une tremblante lumière jaune coula par l'entrebâillement. Celui qui ouvrait portait une lanterne. Catherine aperçut deux silhouettes vêtues de fer. Le gouverneur et son lieutenant qui, eux, n'avaient pas besoin de se cacher et pouvaient porter l'armure. L'un après l'autre, les conjurés se glissèrent dans le passage que Frétard tenait ouvert. Catherine passa après Brézé qui, nerveux, l'avait saisie par le bras et tirée derrière lui. Agacée, elle se dégagea d'un geste brusque. Elle se retrouva dans la cour du Coudray, de l'autre côté de cette tour du Moulin, la plus occidentale de l'ensemble fortifié. Devant elle, à quelques toises, se dressaient la gigantesque tour ronde où dormait son ennemi, le donjon derrière lequel on apercevait la chapelle Saint-Martin... Le but enfin !

L'un après l'autre, Gaucourt dévisageait les hommes qui passaient devant lui, levant sa lanterne, les comptant. Quand le dernier fut passé, la poterne se referma aussi silencieusement qu'elle s'était ouverte, puis le gouverneur se mit à la tête de la troupe. Il désigna de son mantelet le donjon silencieux. Au-dessus de sa tête, Catherine pouvait entendre le pas lent et cadencé des sentinelles sur le rempart. Aucune ne s'arrêta. L'opération s'effectuait dans un silence impressionnant. Bueil et Loré se dirigeaient vers une des tours tandis que Coetivy et Tristan, à la tête d'un groupe, disparaissaient silencieusement dans l'ombre du donjon. En franchissant la porte du Coudray, Catherine dut respirer plusieurs fois à fond car les battements de son cœur l'étouffaient. Instinctivement, elle chercha la dague à sa ceinture, serra fortement la poignée dans sa main gauche. Maintenant, silencieux comme les anneaux d'un long serpent noir, les conjurés montaient dans la lumière indécise des quinquets fumeux vers l'étage où habitait le grand chambellan.

Les gardes de sa porte, reconnaissant le gouverneur, ne bronchèrent pas. Ils furent maîtrisés avant même d'avoir eu le temps d'ouvrir la bouche. Alors, seulement, le silence vola en éclats.

Par la porte violemment poussée, les conjurés se ruèrent dans la grande chambre où La Trémoille ronflait sous des courtines de velours que son souffle puissant agitait doucement. Une seule veilleuse d'or ciselée brûlait et, dans l'ombre des rideaux, on distinguait vaguement son énorme masse couchée sur le dos.

Ce fut rapide. Quatre hommes bondirent sur le corps monstrueux qu'ils escaladèrent et maîtrisèrent. La Trémoille, réveillé mais incapable de se redresser, se mit à hurler. Le pommeau d'une épée le frappa rudement à la tête, ouvrant une tempe qui se mit à saigner.

« Tuez-le ! » cria Catherine, ivre d'une joie vengeresse si intense qu'elle ne se reconnaissait plus elle-même.

Arrachant sa dague de sa ceinture, elle allait se

ruer en avant, mais un homme, en qui elle reconnut Jean de Rosnivinen, la lui arracha.

« Ce n'est pas là travail de femme, gronda le Breton en se jetant en avant. Donnez-moi ça. »

De toutes ses forces il plongea l'arme dans le ventre de La Trémoille qui hurla. D'autres armes frappèrent, mais sans parvenir à faire taire le gros homme qui hurlait comme un porc à l'abattoir.

Dans le château, on s'éveillait à ces cris, des bruits naissaient, inquiétants. Encore quelques instants et la garde accourrait à ces hurlements.

« Il est trop gras, jeta Gaucourt dégoûté. Les dagues ne peuvent atteindre le cœur. Ligotez-le, bâillonnez-le et emportez-le !... Il faut qu'il ait quitté le château avant cinq minutes.

— L'emporter, s'insurgea Catherine. Pendons-le.

— Nous n'avons pas le temps, dit le gouverneur. Ni de corde assez solide. Transportons-le à Montrésor, chez Bueil. J'ai disposé des chevaux dehors à tout hasard. Qu'un homme aille prévenir Bueil. Qu'il ligote et bâillonne Gilles de Rais et qu'il nous rejoigne en bas. »

En un clin d'œil, La Trémoille ne fut plus qu'un énorme paquet gémissant dont les yeux affolés roulaient dans leurs orbites au-dessus du bâillon. A cet instant, Olivier Frétard, qui était demeuré en bas, accourut.

« Le roi est réveillé. Il demande ce que veut dire ce vacarme. Il envoie ses gardes.

— Vite, emportez-le, cria Gaucourt. Je vais chez le roi... »

En quelques instants tout fut réglé, sous l'œil stupéfait de Catherine dont les hurlements de La Trémoille avaient glacé le sang. Dix hommes parvinrent à emporter la masse inerte et sanglante du gros homme. L'escalier fut dégringolé plus que descendu, la cour traversée en un clin d'œil, la poterne franchie. Pierre de Brézé avait voulu entraîner Catherine à la suite des autres, mais cette scène de boucherie, l'odeur du sang répandu avaient eu raison de sa résistance. Elle était tout doucement en train de s'évanouir auprès du grand lit. Le jeune homme la retint au moment où elle allait tomber à terre et l'emporta en courant.

En arrivant dans la cour, l'air frais de la nuit ranima Catherine. Elle ouvrit les yeux, vit le visage de Brézé tout près du sien et le regarda sans comprendre. Mais la mémoire lui revint aussitôt et, d'un souple mouvement de reins, elle se laissa glisser des bras qui la tenaient.

« Lâchez-moi, s'écria-t-elle. Merci, messire... Où est La Trémoille ? Qu'en a-t-on fait ? »

Du geste, Pierre désigna la troupe qui dévalait le sentier vers la ville semblable à quelque énorme mille-pattes.

« Tenez ! On l'emporte. A Montrésor. Il sera jugé. »

Une vague de sang monta au visage de la jeune femme.

« Et sa femme ? fit-elle rageusement. Allez-vous la laisser en paix ici ? Elle est pire que lui et je la hais plus encore que je n'ai haï son époux.

— On ne peut pas l'atteindre, Catherine... Elle a ses appartements dans le château du Milieu, près du logis du roi. Il faut partir, maintenant.

— Ah ! vraiment ? cria Catherine avec fureur. Partez si vous voulez. Moi, je reste. Je n'aurai pas de repos avant d'en avoir fini avec elle... J'ai encore un compte à régler, moi. »

Tout en parlant, elle tâtait le fourreau de sa dague,

s'étonnait un instant de le trouver vide. Puis elle se souvint que Rosnivinen la lui avait arrachée pour l'enfoncer jusqu'à la garde dans le ventre du chambellan. L'arme s'était enlisée dans la graisse du gros homme d'où le Breton l'avait arrachée avant de la jeter. Elle devait être restée sur le dallage de la chambre.

« Il faut que je remonte, dit-elle. J'ai perdu ma dague.

— Qu'importe une dague, Catherine ! Vous êtes folle. Les gardes vont vous prendre.

— Et après ? Qu'ils me prennent s'ils veulent. De toute façon je n'ai plus l'intention de me cacher. C'est hautement et au grand jour que je vais réclamer au roi notre réhabilitation. La reinc Yolande me l'a promise. Si je suis prise, prévenez-la. Quant à la dague, c'est celle qui n'a jamais quitté mon époux. J'y tiens et je vais la chercher. »

Elle s'élança de nouveau vers le donjon devant la porte duquel s'agitait un petoton de gens d'armes indécis sur ce qu'ils devaient faire. Elle se jeta au milieu d'eux, Pierre de Brézé sur les talons, et se fût fait prendre certainement si, à cet instant précis, Raoul de Gaucourt n'était arrivé, revenant du logis royal. Brézé l'appela, en quelques mots lui expliqua ce qui se passait. Il écarta les soldats d'un mouvement de son épée.

« Laissez cette... ce garçon, dit-il rudement. Je le connais... Regagnez vos quartiers. »

Docilement, les hommes d'armes s'éloignèrent, traînant les pieds en gens mal réveillés, et disparurent bientôt. Il n'y eut plus au pied du donjon que Brézé, Catherine et Gaucourt.

La figure du gouverneur, encore tachée de sang,

était sombre et fermée, Pierre en conclut que les choses allaient mal et demanda :

« Le roi ? Il s'est rendormi. La reine lui a assuré que ce tumulte qui l'avait éveillé n'était fait que pour son bien et il l'a crue sans plus d'explication. Il a seulement demandé si le connétable était là. On lui a dit non, cela lui a suffi. Cela nous donne jusqu'au jour pour les explications... Il réagit exactement comme il a réagi à la mort de Giac.

— L'étrange roi, murmura Pierre. Ces hommes qu'il porte au pinacle, ces indispensables favoris, il les oublie en une minute. »

Mais Catherine n'était pas là pour philosopher. Elle estimait qu'elle avait encore à faire et, se désintéressant des deux hommes, elle voulut entrer dans le Coudray. Gaucourt la retint.

« Un moment. Où allez-vous ?

— Là-haut, chercher la dague de mon époux.

— C'est à moi d'y aller. J'ai encore à faire chez La Trémoille, coupa sèchement le gouverneur.

— Alors je vais avec vous. Que puis-je craindre ? La Trémoille est déjà sur la route de Montrésor. Si l'on m'arrête, vous me libérerez.

— La Trémoille est parti, en effet. Mais sa femme est encore ici. Elle a été réveillée par le vacarme ; qui ne l'a été d'ailleurs ? En sortant de chez le roi, je l'ai aperçue qui courait dans les couloirs du château, à demie nue, comme une folle. Je me suis lancé à sa poursuite, mais elle avait de l'avance ; je l'ai vue franchir les douves du donjon, sur le petit pont. Elle est là-haut.

— Et vous voulez m'empêcher d'y aller ? s'écria Catherine. N'y comptez pas, sire gouverneur. Il vous faudrait me passer sur le corps. »

Arrachant son bras que tenait toujours Gaucourt, elle se lança dans l'étroit escalier de pierre, grimpant quatre à quatre avec l'agilité d'un chat. Sa haine lui donnait des ailes. Toute à la joie d'affronter enfin son ennemie avec des chances égales, elle ne songeait même pas qu'elle était sans arme. Mais l'autre, sans doute, n'en avait pas davantage... Les cloches du triomphe carillonnaient dans les oreilles de Catherine soulevée au-delà d'elle-même... Elle n'entendait plus rien que ce chant de victoire.

Au seuil de la chambre, elle s'arrêta, hors d'haleine et saisie par le spectacle qui s'offrait à ses yeux. A peine vêtue d'une chemise qui découvrait largement ses épaules et sa gorge, la dame de La Trémoille fouillait un coffret et en sortait des joyaux qu'elle accumulait dans une soierie posée près d'elle. A en juger par l'invraisemblable désordre qui régnait et qui n'était pas dû uniquement à l'attentat, elle avait déjà visité d'autres coffres. Catherine eut un sourire de mépris... Cette femme ne changerait jamais. On pouvait tuer ses époux, elle se préoccuperait toujours davantage de leur héritage que de leur sort...

Toute à ses rapines, l'autre ne la voyait pas. Catherien entra doucement et saisit la dague qui traînait sur le sol à quelques pas d'elle, en réprimant une grimace de dégoût. Elle était encore toute poissée de sang.

Soudain, elle sursauta. La comtesse s'était immobilisée et haletait doucement, comme si l'air tout à coup lui avait manqué. Catherine la vit élever dans sa main, vers la flamme de la veilleuse qui brûlait toujours, une chose qui étincela de mille feux sombres. Le diamant noir ! Son diamant noir à elle, Catherine !... Jamais elle n'avait vu, sur un visage humain, pareille expression de cupidité. Les yeux de la femme étaient exorbités, ses lèvres étaient sèches. C'était cela surtout qu'elle était venue chercher. Elle tremblait d'excitation... La voix glaciale de Catherine la fit sursauter.

« Rendez-moi cela ! dit-elle froidement. Ce diamant m'appartient ! »

L'autre tourna vers elle un regard hébété, mais dont les prunelles peu à peu se rétrécirent, où revinrent bientôt la ruse et la cruauté.

« A vous ? Qui êtes-vous ? »

Catherine eut un rire sec et s'avança au milieu de la pièce. La lumière de la veilleuse l'enveloppa, dessinant sa mince silhouette moulée dans le costume masculin.

« Regardez-moi. Regardez-moi bien ! Ne m'avez-vous jamais vue ? »

Avec méfiance, serrant le diamant contre sa poitrine nue, la comtesse s'approcha, dévisageant ces traits, ce visage que le camail noir sertissait comme un écrin. Déroutée sans doute par le costume masculin, elle secoua la tête.

« On m'appelait Tchalaï », commença Catherine railleusement.

L'autre éclata d'un rire fêlé et se détourna avec emportement.

« C'est bien possible, ton visage avait si peu d'importance pour moi. Tu as eu de la chance de m'échapper, mais passe au large, ma fille, j'ai à faire. Quant à ce diamant... »

Le sourire s'effaça des lèvres de Catherine. Elle saisit le poignet de son ennemie et, le tordant, l'obligea à lui faire face.

« Ecoute-moi bien, maudite ! J'ai dit que ce diamant m'appartenait parce que c'est à moi que vous l'avez volé, toi et ton pourceau d'époux.

— Au large ! répéta la comtesse avec fureur. Depuis quand les filles de ta sorte ont-elles des diamants ?

— Je ne suis pas une tzigane. Je n'ai feint de l'être que pour consommer ta perte et celle de ton mari. Regarde-moi mieux. Je n'ai plus rien des filles d'Egypte... Mes cheveux sont clairs, mes sourcils aussi.

— Qui es-tu alors ? Dis-le et va-t'en au diable, tu me fais mal ! »

Lentement, Catherine appuya la pointe de sa dague sur la gorge blanche.

« Au diable, c'est toi qui vas y aller. Et c'est moi, Catherine de Montsalvy, qui t'y enverrai.

— Montsalvy ! »

La comtesse avait balbutié le nom tandis qu'une peur abjecte se levait dans ses yeux glauques. La pointe de la dague appuya un peu. Le sang parut. Les doigts de Catherine se crispèrent nerveusement sur le poignet de l'autre qui gémit de douleur. La jeune femme serra les dents.

« A genoux, siffla-t-elle... A genoux ! Et demande pardon à Dieu pour le mal que tu as fait, pour mon époux torturé, pour Jehanne livrée, pour le royaume pillé, pour tant d'innocents sacrifiés...

— Grâce ! hurla l'autre. Ne me tue pas ! Ce n'est pas moi...

— Et en plus, tu es lâche ! fit Catherine avec dégoût. Allons, à genoux ! »

La fureur communiquait à ses doigts une force insoupçonnée. Peu à peu, les genoux de la grande femme pliaient. Elle claquait des dents... Malheureusement, la voix de Gaucourt derrière Catherine fit relâcher son attention un instant.

« Vous ne pouvez pas tuer cette femme, dame Catherine. Elle nous appartient. »

Si faible qu'eût été ce relâchement, son adversaire en profita. Se tordant avec la souplesse d'une couleuvre, elle échappa à Catherine, lui saisit la main et lui arracha la dague. Catherine se retrouva seule, et désarmée, en face d'une véritable furie. Les yeux de la femme flamboyaient, ses dents grinçaient.

« Cette fois, tu ne m'échapperas pas », siffla-t-elle.

Catherine, les yeux rivés sur ceux de son adversaire, recula d'un pas. Prévoyant l'élan des deux hommes qui allaient se jeter sur la comtesse, elle les retint d'un mot :

« Arrêtez ! Quoi que vous en pensiez, c'est à moi qu'elle appartient. »

Derrière elle, Catherine sentit le trépied sur lequel était posée la veilleuse... En face, elle voyait se rapprocher le visage grimaçant de la dame de La Trémoille qui avançait, la dague haute. Sa main glissa derrière elle, saisit la lampe à huile. Puis, de toute sa force, elle la lança au visage de son ennemie.

Un hurlement d'agonie lui répondit. L'autre recula, les mains à son visage que l'huile enflammée brûlait. Dans sa chevelure une langue de feu courait, une autre dévorait sa chemise transparente. La femme hurlait de souffrance... Catherine, le regard dilaté, vit Gaucourt arracher une couverture du lit, la jeter sur les flammes, rouler la comtesse dans le tissu. Lentement, elle se baissa, ramassa la dague que l'autre avait laissé échapper. Ses jambes tremblaient maintenant que tout était fini. Il fallut que Pierre de

Brézé l'aidât à se relever ; sinon, elle serait tombée à genoux. Sous la couverture, les cris étaient devenus des plaintes... La blessée geignait comme une bête malade. Catherine leva sur Gaucourt un regard vide.

« Je vous la laisse maintenant. Qu'allez-vous en faire ? »

Il se baissa, chargea le paquet gémissant sur son épaule, puis regarda Catherine bien en face.

« C'est à vous d'en décider. Vous aviez raison, ce droit vous appartient. Brézé m'a dit... Je voulais l'envoyer rejoindre son mari, mais je la jetterai aux oubliettes si tel est votre désir. C'est tout ce qu'elle mérite. »

La femme secoua la tête, soudain vidée de ses forces.

« Non. Laissez-la vivre... laissez-les vivre tels qu'ils sont maintenant puisque Dieu a jugé et n'a pas voulu qu'ils meurent par nous. Qu'ils vivent ensemble, l'un en face de l'autre, avec la lèpre de leurs âmes et l'horreur de ce qu'ils sont devenus. Elle est défigurée... lui impotent à force de graisse, couvert de blessures dont peut-être il ne guérira pas... Laissez-les bâtir eux-mêmes leur enfer. Que le monde les oublie. Moi, je suis vengée. »

Ses nerfs, trop tendus, lâchaient maintenant. Elle s'agrippa au bras de Brézé, s'y cramponna et supplia :

« Emmenez-moi, Pierre. Emmenez-moi d'ici...

— Voulez-vous rejoindre les autres à Montrésor ? » demanda-t-il doucement.

Elle fit signe que non.

« Je ne veux plus les revoir. Achevez sans moi votre tâche, la mienne est faite... Je rentre à l'auberge... »

Mais, au moment de quitter la chambre dévastée,

elle aperçut, brillant d'un éclat sinistre sur la pile de joyaux, le diamant noir de Garin. Elle tendit la main, le saisit... La pierre maléfique se logea au creux de sa paume comme un animal familier.

« Il est à moi, murmura-t-elle. Je reprends mon bien. »

Le bras de Brézé entoura ses épaules frissonnantes, les serra doucement.

« On dit que ce joyau merveilleux est maudit et porte malheur. Vous n'en avez que faire, Catherine. »

Elle considéra un instant la pierre funeste qui habillait sa main d'éclats nocturnes.

« C'est vrai, dit-elle gravement. Cette pierre sème la mort et le malheur. Mais celle à qui je l'offrirai a le pouvoir de chasser le malheur et de faire reculer la mort. »

Soutenue par le jeune homme, Catherine quitta enfin le donjon du Coudray. Une fois dans la cour, elle s'arrêta, leva les yeux vers le ciel. Les étoiles s'étaient éteintes. Il n'en restait plus qu'une, extraordinairement brillante, et, du côté de l'Orient, une mince bande plus claire se dessinait à l'horizon. La fraîcheur de l'aube se faisait sentir ; Pierre, avec une tendre sollicitude, enveloppa Catherine d'un manteau.

« Venez, implora-t-il. Vous allez prendre froid. »

Mais elle ne bougea pas, le retint au contraire sans quitter des yeux le firmament.

« Le jour va naître, murmura-t-elle... un jour nouveau. Tout est fini pour moi, la page est tournée.

— Tout peut recommencer, Catherine, murmura-t-il ardemment. Ce jour peut être le premier d'une vie nouvelle, pleine de joie et de soleil ; si seulement vous le voulez. Catherine, dites-moi... »

Doucement mais fermement, elle lui ferma la bouche de sa main, sourit tristement au beau visage anxieux qui se penchait vers elle.

« Non, Pierre. Ne dites plus rien... Je suis lasse, lasse à mourir. Ramenez-moi seulement, sans rien dire. »

A petits pas, serrés l'un contre l'autre comme deux amoureux, ils redescendirent vers la ville endormie.

CHAPITRE VIII

L'OMBRE DU PASSÉ

FRANCHIE la haute porte à doubles battants armés de fer, Catherine vit s'étendre devant elle la vaste cour du château de Chinon. Les archers écossais, rangés sur deux files se faisant face, formaient la haie, immobiles comme des statues, les plumes de héron de leurs bonnets remuant doucement au vent du soir. Sur le perron de dix-huit marches, qui menait à la Grande Salle où l'attendait le roi, une dizaine de hérauts étaient figés, trompettes à la hanche...

Le cœur de Catherine cognait à grands coups dans sa poitrine. Il y avait maintenant dix jours que l'audacieux coup de main contre le grand chambellan avait réussi. Prisonnier à Montrésor, La Trémoille, à demi mort, attendait que fussent remplies les intransigeantes conditions de sa vie sauvée : rançon énorme, démission de toutes ses charges, résidence forcée à l'avenir dans son château de Sully, le seul qu'on lui laissât. Mais elle voulait oublier le monstrueux tyran qui avait si cruellement pesé sur elle et sur les Montsalvy. Aujourd'hui, c'était l'heure de son triomphe. La reine Yolande lui avait fait savoir que, ce soir, 15 juin, le roi la recevrait en grande cérémonie.

Ce moment, elle l'avait attendu avec impatience, dans l'auberge de maître Agnelet, mais non plus dans la réclusion. Elle était libre, désormais, de sortir et de recevoir des visites. Plus aucun danger ne la menaçait.

N'avait-elle pas vu, au lendemain de la chute de La Trémoille, Gilles de Rais quitter Chinon, à l'aube, avec ses gens ? Un départ presque furtif. L'arrogance était toujours peinte sur le visage du maréchal, mais ce n'en était pas moins un vaincu qui s'en retournait vers ses domaines angevins. Elle avait eu, en le regardant passer, un sombre sourire : « Un jour, avait-elle murmuré entre ses dents, toi aussi tu me paieras le mal que tu m'as fait. Je ne t'oublierai pas. »

Comme elle approchait du perron, les hérauts embouchèrent les longues trompettes d'argent dont l'appel emplit l'air et fit vibrer Catherine d'émotion. Instinctivement, elle chercha, derrière elle, la silhouette de Tristan l'Hermite qui la suivait, respectueusement, à trois pas... Une certaine amertume, cependant, se mêlait à sa joie de ce soir... Elle avait espéré que Pierre de Brézé serait auprès d'elle à cette minute si importante. Or, depuis qu'en sortant du donjon du Coudray il l'avait ramenée chez elle, Brézé avait totalement disparu. Personne n'avait pu lui dire ce qu'il était devenu. Seul Tristan avait cru voir Pierre quitter Chinon au grand galop le jour même. Personne ne l'avait revu.

Les trompettes se turent, mais comme Catherine, lentement, gravissait les degrés du perron, les hautes portes de la Grande Salle s'ouvrirent sur la prodigieuse illumination de l'intérieur. Une centaine de torches brûlaient dans la gigantesque pièce dont les murs, hauts de plus de six mètres, étaient tout vêtus de tapisseries. Des jonchées de fleurs fraîches semaient le dallage jusqu'à la grande cheminée au fond de la salle. Une foule somptueuse et bariolée était rassemblée là qui fit silence lorsque les portes s'ouvrirent. Près de la cheminée, Catherine aperçut le haut fauteuil royal surmonté d'un dais bleu et or. Le roi l'occupait et le jeune homme qu'elle avait vu dans la nuit d'Amboise, Charles d'Anjou, était debout près de lui, éclatant de jeunesse dans son costume de drap d'or. Dans l'embrasure d'une des fenêtres, elle vit la reine entourée de ses femmes, mais son regard revint se poser sur un homme âgé et de haute mine qui se tenait debout à l'entrée de la salle et venait à elle, appuyé sur une canne blanche : le comte de Vendôme, grand maître de l'hôtel du roi, ordonnateur des cérémonies.

Déjà, il s'inclinait devant elle et lui offrait la main pour la mener jusqu'au trône quand une silhouette féminine, portant un deuil fastueux, s'avança rapidement entre les deux groupes inclinés de seigneurs et de dames. Etranglée d'émotion, Catherine reconnut la reine Yolande. Celle-ci s'adressa gracieusement à Louis de Vendôme, qui déjà pliait le genou.

« S'il vous semble bon, mon cousin, c'est moi qui mènerai Mme de Montsalvy au roi, dit-elle.

— Le protocole se tait quand la reine ordonne », répliqua le grand maître avec un sourire.

Yolande tendit la main à Catherine courbée à ses pieds par sa révérence.

« Venez, ma mie. »

Côte à côte, au milieu d'un silence profond, les deux femmes remontèrent la longue salle, l'une imposante et belle sous la haute couronne qui auréolait ses nattes sombres, l'autre éclatante de beauté malgré l'austérité de ses vêtements lugubres. Toutes deux en deuil, mais celui de Yolande était fait de velours et de satin tandis que Catherine s'était seulement permis une laine fine, sa tête blonde s'enveloppant de crêpe funèbre. A mesure qu'elles approchaient du trône, Catherine pâlissait, le cœur étreint par la solennité du moment. La silhouette maigre du roi, dans ses vêtements de velours bleu sombre discrètement ornés d'or, grandissait, grandissait, et Catherine songeait, douloureusement, que cette main amicale qui la guidait eût dû être celle d'Arnaud. Sans le mal maudit, ils eussent remonté ensemble cette allée triomphale et certes pas en habits de deuil. Pourtant, c'était à lui, à son amour perdu, qu'elle dédiait cette minute, car c'était à lui qu'elle appartenait. Dans les profondeurs de sa mémoire, elle le revoyait, abattu comme un chêne foudroyé sur les décombres de sa demeure ruinée, incendiée par ordre de ce même roi qui là-bas l'attendait. Elle crut entendre encore les sanglots désespérés de cet homme, fort et vaillant entre tous, et dut fermer les yeux pour retenir ses larmes.

Soudain, arrachée de sa douloureuse rêverie, elle mesura l'incroyable honneur que Yolande lui faisait car, sur leur passage, seigneurs et nobles dames s'inclinaient ou pliaient le genou et l'hommage rendu à la reine rejaillissait sur sa jeune compagne. Elle vit même se courber les princes du sang et, lorsqu'elles atteignirent les marches du trône, le roi se leva. Ses yeux bruns, sans éclat, s'attachèrent au visage de Catherine avec intérêt. La jeune femme se sentit rougir. Si mal partagé que fût Charles VII sous le rapport physique, la majesté n'en émanait pas moins de sa forme frêle et de son visage ingrat. Il était bien le roi, ce roi auquel, lorsqu'on s'appelle Montsalvy, on voue sans retour son sang, sa vie et sa fortune. Sans baisser son regard qu'elle tenait fixé à celui du souverain, Catherine, lentement, plia le genou tandis que s'élevait la voix de la reine Yolande.

« Sire, mon fils, dit-elle, plaise à votre justice et à votre cœur généreux recevoir en grâce Catherine, comtesse de Montsalvy, dame de la Châtaigneraie, qui s'en vient à vos genoux implorer votre secours et réclamer réparation des torts nombreux et des cruelles souffrances qu'elle a endurés du fait de l'ancien grand chambellan.

— Sire, enchaîna Catherine avec véhémence, c'est pour mon époux mort dans le désespoir, c'est pour Arnaud de Montsalvy qui, toujours, vous servit fidèlement, que je demande justice, non pour moi. Je ne suis que sa femme. »

Le roi sourit, descendit jusqu'à la jeune femme dont il prit les deux mains pour l'aider à se relever.

« Dame, dit-il doucement, c'est le roi, bien plutôt, qui devrait être à vos pieds pour demander merci. Je sais tout le mal qu'il est advenu au plus fidèle de mes capitaines et j'en ai grand honte et grande douleur. Il importe aujourd'hui, pour vous et votre fils, que tout redevienne comme par le passé et que la maison de Montsalvy soit hautement rendue à l'honneur et à la prospérité. Que vienne notre chancelier ! »

De nouveau, la foule chatoyante s'ouvrit pour laisser passer Regnault de Chartres, archevêque de Reims et grand chancelier de France. Catherine regarda venir, avec un peu d'étonnement, l'orgueilleux prélat qui avait été le mortel ennemi de Jehanne d'Arc et qui, sans doute, n'avait abandonné le parti de La Trémoille que par prudence. Elle éprouvait pour lui une instinctive aversion à cause, peut-être, de son regard hautain et du pli calculateur de ses lèvres. Mais, soudain, elle sentit une profonde rougeur envahir ses joues. A quelques pas derrière le chancelier marchait un homme aux vêtements poussiéreux, aux traits tirés par la fatigue : Pierre de Brézé. Il lui sourit du plus loin qu'il l'aperçut et, malgré elle, Catherine lui rendit ce sourire. Mais elle n'eut pas le temps de se poser de questions. Charles VII s'adressait à Regnault de Chartres.

« Seigneur chancelier, avez-vous ce que messire de Brézé est allé chercher à Montsalvy ? »

Pour toute réponse, l'archevêque tendit la main sans regarder Pierre ; le jeune homme y posa un parchemin roulé, visiblement sali et usagé. Regnault de Chartres déroula le parchemin troué aux quatre coins. Un flot de sang monta à la gorge de Catherine. Ce parchemin aux bords déchiquetés, sali, troué, à demi effacé, elle le reconnaissait. C'était celui qui avait été placardé, par quatre flèches, sur les ruines encore fumantes de Montsalvy, c'était l'édit qui déclarait traître au roi et au royaume, félon et à jamais proscrit, Arnaud de Montsalvy... Elle le regarda trembler légèrement entre les doigts du chancelier comme elle l'avait vu voleter doucement au vent du soir, à Montsalvy... Et puis le décor changea. Un homme vêtu de rouge s'avança, suivi de deux valets portant un brasero plein de braises. Catherine reconnut le bourreau. Ses yeux s'effarèrent tandis qu'une angoisse incontrôlable l'étranglait. Cette sinistre silhouette rouge lui rappelait des souvenirs trop proches encore et trop chargés d'horreur. Mais ce n'était pas à un homme qu'en voulait l'exécuteur.

Regnault de Chartres s'avança, le parchemin posé dans ses deux mains. Sa voix monta dans le silence :

« Nous, Charles, septième du nom, par la grâce de Dieu Tout-Puissant, roi de France, ordonnons que l'édit frappant de félonie et de proscription très haut et très noble seigneur Arnaud, comte de Montsalvy, seigneur de la Châtaigneraie en pays auvergnat, ainsi que ses descendants soit à jamais caduc. Ordonnons que ledit édit soit déclaré faux, mensonger et perfide et que, comme tel, il soit détruit ce jourd'hui sous nos yeux par la main du bourreau en signe de flétrissure. »

Le chancelier sortit de sa poche une paire de ciseaux, coupa le ruban rouge usagé qui retenait le grand Sceau de France et le remit au roi après l'avoir respectueusement baisé. Puis il donna le parchemin au bourreau. Celui-ci le prit avec des tenailles et le plongea dans le brasier. La fine peau de mouton s'y tordit comme si elle eût été douée de vie avant de noircir et de se consumer avec une odeur désagréable, mais, tant qu'il en resta un morceau, Catherine ne la quitta pas des yeux. Quand elle fut complètement brûlée, elle leva la tête, rencontra le regard du roi qui lui sourit.

« Votre place est auprès de nous, Catherine de

Montsalvy, en attendant que votre fils soit d'âge à nous servir. Soyez la bienvenue en ce château où, dès ce soir, vous prendrez logis. Demain, notre chancelier vous remettra les actes vous restituant vos biens et vos seigneuries pleines et entières, puis notre trésorier vous comptera, en or, une somme destinée à vous dédommager du tort qui vous a été fait. Malheureusement, l'or ne saurait tout réparer et le roi ne l'a jamais autant regretté.

— Sire, murmura-t-elle d'une voix enrouée, s'il plaît à Dieu, les Montsalvy continueront à vous servir comme ils l'ont toujours fait. Mais grâces vous soient rendues de le leur permettre de nouveau.

— Allez maintenant saluer votre reine. Elle vous attend. »

Catherine se tourna vers Marie d'Anjou qui se tenait à quelques pas d'elle, au milieu de ses dames et qui lui souriait spontanément. Elle alla s'agenouiller aux pieds de cette femme laide et bonne, insignifiante d'aspect, mais qui ne savait pas ce que c'était que le mal. Marie accueillit celle qui revenait les bras ouverts.

« Ma chère Catherine, lui dit-elle en l'embrassant, je suis si heureuse de vous revoir ! Je compte que vous allez reprendre votre place parmi ces dames.

— Pour un temps, madame... car il faudra bien m'en retourner auprès de mon fils.

— Rien ne presse. Vous le ferez venir. Place, mesdames, à la comtesse de Montsalvy qui nous revient ! »

L'accueil que reçut Catherine fut flatteur. Elle connaissait déjà quelques-unes d'entre elles et retrouva avec joie la gentille Anne de Bueil, dame de Chaumont, qu'elle avait rencontrée à Angers. Elle retrouva aussi Jeanne du Mesnil, qu'elle avait connue lorsqu'elle était dame de parage à Bourges, et aussi la dame de Brosset, mais elle ne connaissait ni Mme de La Roche-Guyon ni la princesse Jeanne d'Orléans, fille du perpétuel prisonnier de Londres. Elle s'étonna de ne pas retrouver Marguerite de Culan, qui avait été son amie, et eut un peu de chagrin en apprenant que la jeune fille avait choisi le service de Dieu, mais elle était si heureuse en cette minute qui lui rendait son vrai cadre, sa vraie place, que rien ne pouvait l'atteindre très cruellement. Elle était comme une pierre qu'un gros orage a arrachée de son mur et qu'un maçon soigneux remet dans son trou, au milieu de ses pareilles. C'était bon de se sentir entourée, de revoir de jolis visages souriants, d'entendre des paroles aimables après tant de chevauchées, tant de jours sombres ! Quelques hommes maintenant se mêlaient aux dames avides d'approcher l'héroïne du jour. Un peu grisée, elle vit venir à elle le beau duc d'Alençon, puis le bâtard d'Orléans, Jean de Dunois, qui, jadis l'avait sauvée de la torture, le maréchal de La Fayette, d'autres encore. Elle ne savait à qui répondre, à qui sourire, cherchant Pierre parmi les hommes, Pierre qui revenait d'Auvergne et qu'elle avait hâte d'interroger, mais, soudain, une voix dont l'accent gascon résonna joyeusement derrière elle la fit retourner.

« J'avais bien dit que l'on vous reverrait à la cour du roi Charles ! Avez-vous aussi un sourire pour un vieil ami ? »

Elle tendit ses deux mains au nouveau venu, luttant contre l'envie de lui sauter au cou.

« Cadet Bernard ! dit-elle affectueusement. C'est

bon de vous revoir. Vous ne nous aviez donc pas oubliés ?

— Je n'oublie jamais mes amis, répondit Bernard d'Armagnac avec une soudaine gravité, surtout pas quand ils portent votre nom. Venez par ici. »

Il l'avait prise par le bras, l'entraînait à l'écart. On leur laissa le champ libre. Les groupes se reformaient autour du roi et des reines, la vie de cour reprenait en attendant que l'on cornât le souper. Catherine, désormais admise, était intégrée à la communauté. Tout en marchant auprès de lui, Catherine examinait le visage faunesque du comte de Pardiac. Cette figure brune aux yeux verts, aux oreilles pointues, fine et spirituelle, lui rappelait les heures cruelles et tendres de Montsalvy. Bernard les avait sauvés de la mort, Arnaud et elle ; il leur avait donné le refuge de Carlat. Sans lui, Dieu seul savait ce qu'il serait advenu d'eux...

Arrivés dans l'embrasure d'une fenêtre, Bernard s'arrêta, fit face à Catherine et, soudain grave, demanda :

« Où est-il ? Qu'est-il devenu ? »

Elle pâlit, le regarda avec une sorte d'effarement.

« Arnaud ? Mais... ne le savez-vous pas ? Il n'est plus.

— Je n'en crois rien, répliqua-t-il avec un geste violent qui repoussait l'image funeste un instant évoquée. Il s'est passé à Carlat quelque chose que je ne comprends pas. Hugh Kennedy, que j'ai vu, est muet comme une carpe ; chacun ici jure qu'Arnaud est mort. Mais moi je suis sûr du contraire. Dites-moi la vérité, Catherine, vous me la devez. »

Elle hocha la tête, tristement, repoussant d'un doigt machinal le voile noir qui venait frôler sa joue.

« C'est une affreuse vérité, Bernard, pire que la mort. Je vous la dois, en effet, et pourtant je voudrais que vous ne me la demandiez pas. Elle est si cruelle ! Sachez pourtant que, pour le monde entier, mon époux est mort.

— Pour le monde entier mais pas pour moi, Catherine. Je suis comme vous. Voici seulement quelques jours qu'à nouveau je suis admis dans cette cour. Jusque-là je guerroyais au nord de la Seine, avec La Hire et Xaintrailles. Eux aussi refusent la mort inexplicable, inexpliquée de Montsalvy.

— Comment se fait-il qu'ils ne soient point ici ? demanda Catherine pour tenter de faire diversion. J'aimerais les revoir. »

Mais le comte de Pardiac ne voulait pas être détourné de son sujet. Il répondit brièvement :

« Ils combattent Robert Willoughby sur l'Oise. Si je n'avais été avec eux, je fusse retourné à Carlat. J'en suis seigneur, souvenez-vous-en, et j'aurais bien su arracher la vérité à ceux du château, au besoin par la torture.

— La torture ! La torture ! Vous ne connaissez donc tous que cet abominable moyen ? riposta Catherine avec un frisson.

— Les moyens sont ce qu'ils sont, répondit-il tranquillement ; l'important, c'est le résultat. Parlez, Catherine, vous savez bien que tôt ou tard je saurai. Et je vous gage ma foi de gentilhomme que votre secret sera bien gardé. Vous savez que ce n'est pas une vaine curiosité qui m'inspire. »

Elle le dévisagea un moment. Comment douter de sa sincérité après tout ce qu'il avait fait pour eux ? Elle eut un geste rempli de lassitude.

« Je vais vous le dire. Aussi bien, qu'importe... »

Il lui fallut fort peu de mots pour apprendre à Cadet Bernard l'affreuse vérité d'Arnaud. Mais quand elle se tut, le prince gascon était blême. Il essuya d'un revers de sa manche de brocart doré la sueur qui coulait de son front. Et, brusquement, il rougit de colère, darda sur la jeune femme un regard furieux.

« Et vous l'avez laissé dans cette ladrerie campagnarde, au milieu des rustres, s'y détruire lentement ! Lui, le plus fier de nous tous ?

— Que pouvais-je faire ? s'écria Catherine tout de suite révoltée. J'étais seule contre la garnison, contre le village... Il fallait qu'il en fût ainsi. Il l'a voulu lui-même. Oubliez-vous que nous n'avions plus rien, plus d'autre asile que ce Carlat que nous vous devions ? »

Bernard d'Armagnac détourna la tête, haussa les épaules, puis jeta sur Catherine un regard incertain.

« C'est vrai. Pardonnez-moi... mais, Catherine, il ne peut pas rester là. N'est-il pas possible de l'installer dans quelque château écarté, de l'y faire servir par quelques serviteurs dévoués ?

— Qui oserait se dévouer quand il s'agit de la lèpre ? murmura Catherine, et pourtant, je crois, oui, je crois que ce serait possible. Mais où ? Il ne veut pas s'éloigner de Montsalvy.

— Je trouverai, je vous dirai... Dieu Tout-Puissant ! Je ne puis supporter l'idée de le savoir là où il est. »

Les larmes montèrent aux yeux de Catherine qui, sa joie envolée, balbutia :

« Et moi ? Croyez-vous que je puisse l'endurer ? Pourtant, voilà des mois qu'elle me torture, cette idée. Si je n'avais un fils, je serais partie avec lui, je ne l'aurais jamais laissé seul. Que m'importait de mourir, même de cet abominable mal, si c'était avec lui ? Mais j'ai Michel... et Arnaud m'a repoussée. J'avais une tâche à accomplir. Maintenant, à dire vrai, elle l'est. »

Cadet Bernard la regarda avec une curiosité avide en mordillant ses lèvres minces.

« Alors, qu'allez-vous faire ? »

Elle n'eut pas le temps de répondre : une haute silhouette vêtue de bleu se dressait auprès d'eux tandis qu'une voix sèche demandait :

« Feriez-vous pleurer Mme de Montsalvy, seigneur comte ? Il y a des larmes dans son regard.

— Vous avez de bons yeux, à ce qu'il paraît, rétorqua Bernard avec hauteur, mécontent d'être dérangé. Puis-je vous demander en quoi cela vous regarde ? »

Mais, si l'intrusion de Brézé avait choqué Bernard d'Armagnac, le ton de Bernard parut déplaire souverainement au seigneur angevin.

« Aucun des amis de dame Catherine n'aime la voir souffrir.

— Je suis de ses amis plus que vous ne le serez jamais, messire de Brézé, et, ce qui vaut mieux, je suis celui de son époux.

— Vous étiez, rectifia Brézé. Ignorez-vous que le noble Arnaud de Montsalvy est mort glorieusement ?

— Votre attitude pleine de sollicitude envers sa... veuve laisse supposer que cela ne vous chagrine guère. Quant à moi... »

Le ton s'envenimait. Catherine, effrayée par la querelle qu'elle sentait venir, s'interposa :

« Messeigneurs ! Je vous en prie ! Vous n'allez pas marquer d'une altercation mon retour en grâce ? Que dirait le roi, que diraient les reines ? »

L'attitude brusquement agressive de Bernard l'étonnait. Mais elle savait depuis longtemps que la vieille rivalité entre seigneurs du Nord et du Midi subsistait. Ces deux-là devaient se détester tandis qu'elle n'était sans doute qu'un prétexte. Les deux hommes se turent, mais le regard qu'ils échangèrent prouvait qu'ils avaient de la mauvaise humeur de reste. Ils s'affrontaient en silence, comme deux coqs de combat. Catherine comprit qu'ils brûlaient d'envie de vider leur querelle, qu'elle ne les retiendrait pas longtemps. Instinctivement, elle chercha du secours autour d'elle, aperçut Tristan l'Hermite qui se tenait modestement dans un coin et lui adressa des yeux un appel muet. Il accourut, souriant, aimable.

« La reine Yolande vous cherchait, dame Catherine ; vous plaît-il que je vous mène à elle ? »

Hélas ! Pierre de Brézé était bien décidé à garder Catherine pour lui. Il adressa à Tristan un sourire sec.

« Je vais la mener moi-même », dit-il vivement.

Et, en voyant Cadet Bernard ouvrir la bouche, Catherine, désolée, comprit que tout allait recommencer. Pourtant, elle mourait d'envie d'interroger Pierre. Il revenait de Montsalvy, il devait avoir tant de choses à lui dire ! Mais comment s'isoler avec lui sous le regard méfiant de Cadet Bernard qui semblait s'être constitué le défenseur des droits d'Arnaud ? Heureusement, à cet instant précis, les serviteurs du château cornèrent l'eau, et, au même moment, le grand maître de l'hôtel du roi s'approcha de Catherine.

« Le désir de notre sire est que vous soupiez à sa table, madame. Permettez-moi de vous conduire. »

Un soupir de soulagement dégonfla la poitrine de

Catherine. Elle adressa au comte de Vendôme un sourire plein de gratitude et, acceptant la main que lui offrait le vieux gentilhomme, elle adressa un bref salut aux deux adversaires, un sourire à Tristan et s'éloigna vers la salle du banquet.

Le souper royal fut, pour Catherine, à la fois un triomphe et une épreuve. Un triomphe parce qu'assise à la droite de la reine Marie elle était le point de mire de tous les regards. Dans ses sévères voiles noirs, sa beauté éclatait au milieu des satins clairs, des chairs laiteuses des belles révélées par les profonds décolletés, des pourpoints rebrodés de fleurs ou de devises précieuses, comme le malfaisant diamant noir avait brillé parmi les pierreries de Garin. Continuellement, le regard du roi se tournait vers elle. Il lui faisait porter des mets pris à son propre plat et l'échanson royal lui servait le même vin qu'au souverain, ce cru d'Anjou qu'il aimait entre tous. Mais ce fut une épreuve aussi car elle pouvait voir les coups d'œil menaçants qu'échangeaient Bernard d'Armagnac et Pierre de Brézé, placés non loin l'un de l'autre. Et le plaisir de Catherine fut gâché par la crainte que la présence même du roi n'arrêtât pas les deux hommes si leur colère se rallumait. Elle avait l'impression désagréable d'être assise sur un tonneau rempli de poudre. Aussi fut-elle satisfaite quand le souper prit fin et que l'on revint dans la Grande Salle pour danser. Son deuil l'en dispensant facilement, elle pria la reine Marie et la reine Yolande, sa mère, de bien vouloir lui permettre de se retirer, permission qui lui fut aussitôt gracieusement accordée tandis que deux porteurs de torches étaient chargés de l'accompagner à son nouveau logis. Elle quitta la salle, la tête haute, suivie par bien des regards admiratifs.

La chambre qu'on lui avait attribuée se trouvait dans la tour du trésor et Sara l'y attendait déjà, amenée tout à l'heure en même temps que les bagages. La mine soucieuse de Catherine l'inquiéta.

« Tu as été reine, ce soir, pourquoi cet air inquiet ? »

Elle le lui dit, expliquant son désir bien naturel de bavarder un moment avec celui qui revenait de Montsalvy et le fait que le comte d'Armagnac l'en avait empêchée.

« Je voudrais tout de même bien savoir comment va mon fils, s'écria-t-elle enfin. Je ne pensais pas que cela pût risquer de provoquer un duel.

— Il y a des moments où tu ne réfléchis pas beaucoup, remarqua Sara. Ou alors tu crois le comte de Pardiac plus bête qu'il n'est réellement. Comment n'aurait-il pas été surpris de voir un aussi grand seigneur qu'un Brézé galoper jour et nuit pendant je ne sais combien de temps pour rapporter un vieux parchemin jauni alors que n'importe lequel des chevaucheurs royaux, avec un ordre dûment signé du chancelier, eût suffi ? C'était une déclaration d'amour, cette équipée, comme en sont une autre ces rubans noirs et blancs que le jeune Brézé promène partout avec autant d'orgueil que s'il portait Notre Seigneur en personne.

— Et alors ? s'insurgea Catherine mécontente. Que Pierre de Brézé se déclare mon chevalier et affiche même son amour, je ne vois pas en quoi cela regarde messire Bernard d'Armagnac ? Le fait d'être le cousin du roi ne lui donne pas le droit de s'intégrer dans les affaires d'autrui, j'imagine ! »

Les yeux de Sara se rétrécirent tandis qu'elle fixait Catherine.

« Ce n'est pas le cousin du roi qui s'est mêlé de tes affaires. C'est l'ami d'enfance de ton époux, Catherine. Catherine !... déjà une fois je t'ai mise en garde contre le penchant qui t'entraîne vers le jeune Brézé. Déjà il t'incline à l'ingratitude. Tu ne reprochais pas à Cadet Bernard de se mêler de ce qui ne le regardait pas lorsqu'il éteignait le bûcher de Montsalvy, quand il te donnait Carlat comme demeure. Rappelle-toi l'affection réelle, profonde qui le lie à messire Arnaud. Cet homme-là n'admettra jamais de te voir à un autre. Il a l'instinct du chien qui, en l'absence du maître, protège son bien. Tu appartiens à son ami et nul ne doit l'oublier.

— Si c'était mon désir, personne n'aurait rien à dire », fit Catherine sèchement.

Elle se sentait mal à l'aise, aussi bien dans son personnage que dans ces voiles noirs qui emprisonnaient son visage. La nuit de juin était chaude et elle voulut détacher l'une des mousselines, mais ses doigts nerveux étaient maladroits ; elle se piqua, déchira un morceau du léger tissu.

« Aide-moi donc ! fit-elle avec irritation. Tu vois bien que je n'y arrive pas. »

Sara sourit et, calmement, se mit à enlever les épingles l'une après l'autre. Elle avait fait asseoir Catherine sur un tabouret et, durant un moment, n'ouvrit pas la bouche. Si la colère s'emparait de cette nature hypertendue, il valait mieux la laisser un moment dans le silence pour se calmer. Quand elle l'eut débarrassée du fragile édifice, elle délaça la robe, la lui ôta. Puis, lorsque Catherine n'eut plus sur le corps qu'une mince chemise de batiste, elle commença à brosser les courts cheveux qui bouclaient déjà sur le crâne de la jeune femme, lui conférant un visage étrange et charmant de pâtre grec. Alors sentant que Catherine se détendait peu à peu, elle demanda, doucement :

« Puis-je te poser une question ?

— Mais... oui.

— Comment, crois-tu, aurait réagi messire de Xaintrailles en face du sire de Brézé ?... ou bien le capitaine La Hire ? »

Catherine ne répondit pas et Sara se tint pour satisfaite de ce silence qui, selon elle, était la meilleure des réponses. Bien sûr, l'irascible La Hire eût provoqué sur place, roi ou pas roi, l'impudent osant afficher pour la femme de son ami un amour qu'il eût certainement jugé indécent. Quant à Xaintrailles, Catherine imaginait sans peine l'éclair de colère de ses yeux bruns, le menaçant sourire qui retroussait ses lèvres comme les babines d'un loup. Et elle avait trop d'honnêteté pour ne pas comprendre que le droit eût été de leur côté mais elle n'admettait pas qu'on la traitât en irresponsable, en petite fille incapable de se conduire et qu'il fallait surveiller. Le besoin d'affirmer son indépendance s'empara d'elle, impérieux, la poussant au défi. Lorsqu'elle fut coiffée, elle se fit donner une robe d'intérieur de léger cendal blanc, frais et bruissant, que retenait sous la poitrine une haute ceinture d'argent, toucha ses lèvres d'un peu de rouge puis se tourna vers Sara et lui lança un regard plein de défi.

« Va me chercher messire de Brézé ! » ordonna-t-elle.

La stupeur rendit Sara muette un instant. Puis elle devint très rouge, répéta :

« Tu veux que...

— ... Que tu ailles me le chercher, mais oui, fit Catherine avec un sourire. Je veux lui parler sur l'heure. Et arrange-toi pour que Cadet Bernard ne le suive pas comme un limier. Rassure-toi, tu pourras assister à notre entretien. »

Sara hésita un instant. Elle avait bonne envie de refuser, mais elle savait Catherine capable d'y aller elle-même.

« Oh ! répliqua-t-elle enfin, après tout, ce sont tes affaires. Cela te regarde. »

Elle opéra une sortie pleine de dignité qui arracha un nouveau sourire à la jeune femme. Sa vieille Sara connaissait à merveille l'art des attitudes et cultivait la tragédie avec un rare bonheur... C'était sa manière, à elle, de protester.

Quelques instants plus tard, la zingara revenait avec un Pierre de Brézé pâle de joie, qui, le seuil à peine franchi, se jeta aux pieds de Catherine dont il saisit les mains pour les couvrir de baisers.

« Ma douce dame ! Le désir de vous approcher me dévorait. Vous l'avez senti et vous m'avez fait appeler. Comme je suis heureux !... »

Il brûlait de passion, prêt de nouveau à toutes les folies, et Catherine, un instant, goûta le plaisir de voir, si étroitement enchaîné à ses pieds, ce jeune lion dont la force s'alliait à la beauté. Quelle femme n'eût été flattée d'inspirer pareil amour à un homme tel que lui ?... Elle n'en remarqua pas moins que Sara, malgré les paroles désabusées qui avaient marqué sa sortie, s'était installée au fond de la chambre, debout dans l'ombre des rideaux du lit, les mains nouées sur son ventre, invisible mais présente dans une attitude pleine de détermination qui n'annonçait rien de bon. Il valait mieux ne pas exciter sa colère.

« Relevez-vous, messire, dit-elle gentiment, et asseyez-vous près de moi sur ce banc. Je voulais vous voir sans témoins... d'abord pour vous remercier d'être allé jusqu'à Montsalvy alors que vous eussiez pu laisser partir un chevaucheur de la Grande Ecurie. C'est une délicate pensée et je vous en sais gré. »

Pierre de Brézé secoua sa tête blonde et sourit.

« Vous n'auriez pas voulu que je laisse un étranger s'occuper de ce qui vous touche de si près ? Je voulais qu'outre ce parchemin vous receviez, de ma bouche, des nouvelles des vôtres dont vous devez languir. »

Un sourire de bonheur entrouvrit les lèvres de Catherine.

« C'est vrai, dit-elle doucement. Parlez-moi de mon fils... Comment va-t-il ?

— A merveille ! Il est beau, fort, joyeux... Il parle déjà très bien et là-bas, tout le monde lui obéit... à commencer par une sorte de géant que l'on appelle Gauthier et qui le suit partout. C'est le plus bel enfant que j'aie jamais vu. Il vous ressemble. »

Mais Catherine hocha la tête.

« Ne vous croyez pas obligé à ces mensonges que les parents semblent toujours demander, mon ami. Michel est Montsalvy de la tête aux pieds.

— Il a votre charme... c'est le principal.

— Pour être un vrai chevalier, il vaudrait mieux qu'il ait celui de son père, grogna Sara derrière ses rideaux. Joli compliment à faire à une femme que lui dire que son fils est son vivant portrait. »

Interdit, Pierre jeta un coup d'œil vers le lit. Catherine se mit à rire un peu jaune à vrai dire. Elle sentait venir l'orage, Sara n'étant pas femme à garder pour elle ses impressions.

« Allons, Sara, ne bougonne pas. Messire de Brézé a seulement voulu me faire plaisir. Viens ici. »

La bohémienne s'approcha de mauvaise grâce. Elle avait visiblement toutes les peines du monde à dissimuler l'aversion que lui inspirait le jeune homme.

« Moi, cela ne me ferait pas plaisir. Comme cela ne me fera pas non plus plaisir si l'on jase, demain, parce que messire de Brézé sera passé par cette chambre.

— Je saurai bien faire taire les mauvaises langues, s'écria le jeune homme. Je ferai rentrer les calomnies dans la gorge de leurs auteurs et à coups d'épée s'il le faut.

— Là où passe la calomnie, il en reste toujours quelque chose. Si vous aimez vraiment dame Catherine, ne restez pas, messire. C'est la première nuit qu'elle passe dans ce château et elle est veuve. Vous n'auriez pas dû accepter de venir.

— C'est vous qui êtes venue me chercher. Et puis quel homme refuserait un instant de bonheur quand on le lui offre, ajouta-t-il en regardant Catherine avec admiration. Chaque fois que je vous vois, je vous trouve plus belle, Catherine... Pourquoi refusez-vous de me laisser prendre soin de vous pour toujours ?

— Parce que, s'écria Sara perdant définitivement patience en voyant que Pierre ne bougeait pas, ma maîtresse est assez grande fille pour prendre soin d'elle-même. Et moi je suis là aussi pour cela.

— Sara ! s'écria Catherine qui rougit de colère. Tu passes les bornes. Je te prie de nous laisser seuls.

— Et moi je refuse de te laisser saccager ta réputation. Si ce seigneur y tient autant qu'il le prétend, il me comprendra.

— Tu oublies qu'il nous a sauvées.

— Si c'est pour mieux te perdre, je ne lui en saurai aucun gré. »

Interloqué par cette scène inattendue, Pierre de Brézé avait hésité un instant sur ce qu'il devait faire. Il était partagé entre l'envie d'imposer silence rudement à cette forte femme qu'il considérait seulement comme une servante insolente et la crainte de déplaire à Catherine. Il préféra cependant capituler.

« Elle a raison, Catherine. Il vaut mieux que je vous laisse. Encore que je ne comprenne pas bien ce qu'elle me reproche. Je ne fais rien d'autre que vous aimer de tout mon être, de tout mon cœur.

— C'est justement cela que je vous reproche, fit Sara gravement. Mais vous ne pouvez pas comprendre. Bonsoir, seigneur. Je vais vous reconduire. »

Ce fut au tour de Catherine de retenir le jeune homme par la main.

« Pardonnez-lui cet excès de dévouement, Pierre. Elle veille un peu trop jalousement sur moi. Mais, j'y pense, vous ne m'avez rien dit de ma belle-mère ? Comment se porte-t-elle ? »

Un pli se creusa sur le front de Brézé. Il ne répondit pas tout de suite et son hésitation fut sensible à Catherine qui, aussitôt, s'inquiéta.

« Elle n'est pas malade, au moins ? Qu'y a-t-il ?

— Rien, sur l'honneur ! Certes, elle ne semble pas très vigoureuse. Sa santé m'a paru bonne, cependant. Mais quelle affreuse tristesse ! Il semble qu'un mal intérieur lui ronge le cœur. Oh ! se hâta-t-il d'ajouter en voyant les yeux de Catherine se remplir de larmes, je n'aurais pas dû vous dire cela. Peut-être me suis-je trompé.

— Non, fit Catherine tristement. Vous ne vous êtes pas trompé. Un mal la ronge... et je connais ce mal. Bonsoir, Pierre... et merci. Nous nous verrons demain. »

Les lèvres du jeune homme s'attardèrent sur ses mains, mais elle demeura froide sous leur caresse. C'était comme si la dame de Montsalvy était entrée d'un seul coup dans la chambre avec ce visage de douleur qu'elle n'avait plus quitté depuis le jour où Arnaud s'en était allé. Sara, qui suivait la marche des pensées sur le visage mobile de Catherine, entraîna Brézé qui sortit sans un mot mais à regret, cherchant à capter un regard qui ne le voyait plus. Catherine ne s'aperçut même pas de son départ. Seulement, lorsque Sara revint, elle comprit qu'il n'était plus là et leva sur sa vieille amie un regard de somnambule.

« Il est parti ? » Et, comme Sara faisait signe que oui, elle ajouta amère : « Tu es contente ?

— Oui, je suis contente... et surtout qu'il ait suffi d'évoquer dame Isabelle pour que tu t'en détournes. Je t'en supplie, Catherine, pour toi-même... et pour nous tous, ne laisse pas ce jeune et séduisant étourneau te tourner la tête. Tu crois te réchauffer au feu de cet amour ? Tu t'y brûleras si tu ne prends garde... »

Mais Catherine n'avait pas envie de discuter. Haussant les épaules, elle alla s'accouder à la fenêtre pour regarder la nuit. Les mots lui semblaient tout à coup si vides, si inutiles ! Ils résonnaient dans sa tête comme un battant de cloche. Elle avait besoin d'air, d'espace. A contempler à ses pieds la ville endormie, la douce campagne bleue, à sentir monter jusqu'à elle l'odeur vivante de la rivière, elle éprouva soudain une sorte de faim douloureuse, un sentiment de vide et de frustration...

Le triomphe de ce soir lui laissait un arrière-goût amer. Certes, La Trémoille était abattu, durement puni, et sa femme ne l'était pas moins. Certes, les Montsalvy gagnaient sur tous les terrains. Mais, elle, Catherine, quelle était sa victoire ? Elle était plus seule que jamais et, si le roi lui avait rendu rang et fortune, elle n'en profiterait guère. Avant peu elle repartirait pour son Auvergne sauvage afin d'y travailler encore à la gloire des Montsalvy. Mais dans la solitude encore !

Au milieu de cette cour brillante, joyeuse, où chacun semblait se préoccuper surtout de saisir l'instant qui passe, on lui prêchait l'austérité, le dur devoir. Jeune et belle, l'amour lui était interdit... et cela juste au moment où elle en avait le plus besoin, au moment où la soif de vengeance qui l'avait animée, soutenue jusqu'ici, s'était enfin apaisée.

Se retournant brusquement, elle fit face à Sara et, avec colère, s'écria :

« Et si j'ai envie de vivre, moi ? Si j'ai envie d'aimer, de ne plus être une morte vivante, un objet de respect et de vénération, mais une chair qui vibre, un cœur qui bat, un sang qui coule ! Si je veux exister enfin ! »

Les yeux noirs de Sara soutinrent sans un mot le regard de Catherine, mais la pitié que la jeune femme y vit passer ne fit qu'exciter sa colère. Elle cria :

« Alors ? Qu'as-tu à répondre ?

— Rien, fit Sara sourdement. Personne ne t'en empêchera... pas même moi.

— C'est bien ainsi que je l'entends. Bonsoir. Laisse-moi seule. Je veux être seule puisque c'est tout ce que l'on me laisse ! »

Pour la première fois depuis bien longtemps, Sara, cette nuit-là, ne dormit pas dans la chambre de Catherine, mais dans le cabinet à robes voisin.

Dans les jours qui suivirent, Pierre de Brézé ne quitta guère Catherine. Il portait son missel pour aller à la chapelle, s'asseyait auprès d'elle à table, l'accompagnait à la promenade et, le soir, bavardait longuement avec elle, dans l'embrasure d'une fenêtre pendant que jouaient les musiciens du roi et que les autres dansaient. Des sourires naissaient sur leur passage. La reine Marie avait même dit à Catherine, en faisant de la tapisserie auprès d'elle :

« Pierre de Brézé est un bien charmant garçon, n'est-ce pas, ma chère ?

— Charmant, madame... Votre Majesté a tout à fait raison.

— C'est aussi un homme de valeur. Il ira loin et je crois que celle qui l'élira pour époux ne fera point un mauvais choix. »

Catherine avait rougi et baissé la tête sur son travail, mais sa gêne n'avait pas duré. C'était autour d'elle comme une conspiration. Choses et gens semblaient la pousser vers Pierre et leur ménager des instants de solitude. Seul, sans doute, Cadet Bernard aurait pu s'interposer entre les deux jeunes gens, mais, par une sorte de miracle, le comte de Pardiac avait disparu. Il s'était rendu à Montrésor, chez Jean de Bueil. Quant à Sara, elle gardait avec Catherine l'attitude réservée d'une suivante bien stylée, mais ne lui adressait la parole que pour les choses indispensables. Plus de bavardages interminables durant la toilette, plus de remontrances ou de conseils. Le visage de Sara était devenu curieusement inexpressif. Il paraissait figé, mais, parfois, le matin, Catherine y découvrait des traces de larmes qui éveillaient un instant le remords dans son cœur. Cela ne durait pas. Pierre apparaissait, avec son sourire, ses yeux chargés d'amour, et la jeune femme, repoussant tout ce qui pouvait ternir sa griserie nouvelle, se tournait avidement vers cette source de jouvence et d'insouciance qu'il représentait. La nuit, dans le silence de sa chambre, elle s'avouait qu'elle avait de plus en plus de mal à se défendre contre la cour pressante que Pierre lui faisait, contre ses mots d'amour, contre la caresse de ses lèvres sur sa main, contre ses regards qui demandaient sans cesse davantage ; c'était comme une douce pente herbeuse, un peu glissante, mais tellement fleurie que l'on s'y laissait aller volontiers. Et, pour le cœur meurtri de Catherine, cet amour d'été avait la fraîcheur d'une rosée bienfaisante sous laquelle il pouvait de nouveau s'épanouir.

Un soir, alors qu'ils se promenaient tous deux sous les arbres du verger, la douceur de la nuit, l'ombre épaisse des branches de feuilles et de fruits en formation, les paroles de passion que Pierre murmurait à son oreille poussèrent Catherine à un demi-abandon. Elle laissa aller sa tête sur l'épaule du jeune homme, lui permit de glisser son bras autour de sa taille...

Doucement, il la serra contre lui et ils demeurèrent là un bon moment, n'osant bouger, écoutant leurs deux cœurs dans leurs poitrines rapprochées. Catherine se laissait envahir par le délicieux sentiment d'être enfin à l'abri, d'être protégée, défendue. Il l'aimait, il était tout à elle... D'un seul mot elle pouvait l'enchaîner pour la vie. Et ce mot, justement, il le réclamait.

Elle leva la tête pour chercher, à travers les branches, la voûte étoilée du ciel, mais un long frisson la secoua : les lèvres du jeune homme s'étaient doucement emparées des siennes, doucement d'abord puis avec une sorte d'âpreté. Elle le sentit trembler contre elle, s'accrocha plus fermement à ses larges épaules vêtues de soie. Pourtant ce baiser était encore timide, Catherine sentait que Pierre se faisait violence pour ne pas la broyer entre ses bras, l'entraîner avec lui sur l'herbe douce... Contre son oreille, elle l'entendit supplier :

« Catherine, Catherine ? Quand serez-vous à moi ? Vous voyez bien que j'en meurs.

— Ayez patience, mon ami... Il faut me laisser un peu de temps encore.

— Pourquoi ? Vous serez à moi, je le sens, j'en suis sûr. Tout à l'heure, vous avez frissonné quand je vous ai embrassée. Catherine, nous sommes jeunes tous les deux, ardents tous les deux... pourquoi attendre, pourquoi gâcher les heures si belles que le temps nous accorde ? Bientôt, il faudra que je parte. Beaucoup de mes compagnons sont déjà retournés au combat, je suis presque seul à m'attarder et l'Anglais tient toujours les meilleures places du Maine et de Normandie. Epousez-moi, Catherine... »

Elle secoua la tête.

« Non, Pierre... pas encore ! C'est trop tôt...

— Alors, soyez au moins à moi, je saurai attendre que vous me tendiez enfin la main. Car vous me la tendrez. Vous serez ma femme et moi je passerai mes jours à vous adorer. Catherine, ne me laissez pas partir sans vous avoir faite mienne. L'image de vous que je garde, cette image de notre première rencontre, elle me brûle chaque fois que je ferme les yeux. »

Catherine se sentit rougir. Elle aussi se souvenait de l'entrée tumultueuse de Pierre dans sa chambre tandis qu'elle prenait son bain. Il l'avait déjà vue sans vêtements et, curieusement, cela le rapprocha d'elle comme s'il l'avait connue depuis longtemps. Elle s'abandonna plus mollement contre sa poitrine. Il avait repris ses lèvres sans qu'elle s'en défendît. D'une main, il la retenait contre lui, mais son autre main, libre, dénouait doucement les minces rubans d'argent de sa gorgerette, élargissant le décolleté encore sévère de la robe, cherchant la douceur de la peau. Elle le laissait faire, passive, déjà heureuse, attentive seulement au trouble qui l'envahissait, montant des profondeurs mystérieuses de sa chair.

D'un geste vif, il ôta la gorgerette, dénudant les épaules. La robe, largement ouverte, bâillait sur la gorge ronde qu'il se mit à caresser lentement, cherchant à éveiller le plaisir dans ce corps si longtemps désiré. Il plia ses reins, la fit couler doucement à terre, s'étendit contre elle.

Tous les parfums de l'été se liguaient contre la pudeur de Catherine et elle se laissait aller dans l'herbe douce, les yeux clos, vibrant déjà sous les lèvres de Pierre qui couraient de ses yeux à sa gorge. Il cherchait à dénouer la large ceinture de la robe dont ses mains impatientes, rendues maladroites, ne venaient pas à bout. Elle se mit à rire doucement, se redressa pour l'aider. Mais son rire s'étrangla, devint cri d'effroi. Une silhouette d'homme se tenait debout devant eux, l'épée nue à la main. Elle reconnut les oreilles de faune, la courte barbe de Bernard d'Armagnac !

« Debout, Pierre de Brézé, et rendez-moi raison !

— De quoi ? fit le jeune homme en se relevant sur un genou. Catherine n'est pas votre femme, que je sache, ni votre sœur.

— De l'atteinte portée à l'honneur d'Arnaud de Montsalvy, mon frère d'armes, mon ami de toujours. En son absence, c'est à moi de veiller sur son bien.

— Le bien d'un mort ? fit dédaigneusement Brézé. Catherine est libre, elle sera ma femme. Laissez-nous en paix ! »

Catherine devina la tentation qui étreignait le Gascon de tout dire, de crier la vérité. Elle eut peur, supplia :

« Bernard, par pitié ! »

Il y eut une toute légère hésitation encore dans la voix sèche du comte, mais il dit, avec une sorte de lassitude :

« Vous ne savez pas ce que vous dites ! Battez-vous si vous ne voulez pas que je vous traite de lâche.

— Bernard, répéta Catherine épouvantée, vous n'avez pas le droit... Je vous défends ! »

Elle s'accrochait au cou de Pierre, inconsciente de sa semi-nudité, folle à l'avance en pensant que le sang allait couler. Mais il l'écarta, fermement.

« Laissez-moi, Catherine ! Ceci ne vous regarde plus. J'ai été insulté !

— Pas encore. Et je vous défends de vous battre. Bernard ne peut rien contre vous. Je suis libre de me donner à vous si bon me semble.

— Je voudrais, gronda Bernard avec rage, que La

Hire ou Xaintrailles puissent vous voir, à demi nue comme une ribaude, accrochée au mâle que vous avez peur qu'on vous tue ! Ils vous étrangleraient sur place. Je vous aimais mieux sur le bûcher de Montsalvy.

— Pour cette insulte, Pardiac, je vais te tuer ! hurla Pierre furieux en ramassant son épée dans l'herbe. Défends-toi ! »

Le premier choc des armes arracha des étincelles. Catherine, tremblante, malade de honte, s'était reculée sous un arbre et machinalement réparait le désordre de sa toilette. Elle se haïssait à cette minute précise, confuse et gênée à la pensée de ce qu'avait vu Bernard.

Le combat était acharné. Les deux hommes semblaient de force sensiblement égale, Pierre de Brézé avait l'avantage de la taille, d'une puissance sans doute supérieure, mais Cadet Bernard se rattrapait grâce à une souplesse étonnante. Il avançait et reculait avec la rapidité d'un serpent. La lourde épée semblait le prolongement même de son corps maigre. Les souffles rapides des combattants emplissaient la nuit.

Adossée au tronc rugueux de l'arbre, Catherine tentait de calmer les battements désordonnés de son cœur. Si Pierre était tué, elle ne se le pardonnerait pas, et pas davantage si c'était Cadet Bernard car elle aurait l'impression d'avoir atteint Arnaud à travers lui. De toute manière, si l'un d'eux mourait elle serait déshonorée, chassée de la cour. Tout le poids de sa faute retomberait sur son fils... L'avenir de Michel ferait les frais de la conduite de sa mère.

Elle se tordit les mains, réprimant un sanglot.

« Ayez pitié, Seigneur ! supplia-t-elle. Faites quelque chose pour arrêter ce combat. »

Mais rien ne venait du château muet, à peine éclairé à cette heure tardive. Pourtant le choc des larges lames avait l'air d'emplir la nuit. Il sonnait aux oreilles de Catherine affolée comme un bourdon de cathédrale. Comment pareil vacarme n'attirait-il pas de curieux, ne fût-ce que la ronde des guetteurs ?

Et, soudain, il y eut un faible cri auquel celui de Catherine fit écho. Pierre, touché à l'épaule, venait de glisser dans l'herbe. Cadet Bernard recula, baissa son épée. Déjà Catherine se précipitait vers le blessé. Il avait porté la main à la blessure et des filets de sang striaient déjà cette main tandis qu'une grimace de souffrance tordait son beau visage.

« Vous l'avez tué ! balbutia la jeune femme désespérée. Il va mourir. »

Mais Pierre se redressait sur un coude, essayait de sourire.

« Non, Catherine !... Il ne m'a pas tué. Rentrez au château, rentrez vite et ne dites rien à personne.

— Je ne vous laisserai pas.

— Mais si ! Je n'ai rien à craindre... Il m'aidera, ajouta-t-il en désignant son adversaire de la tête.

— Pourquoi vous aiderait-il alors qu'il désire uniquement votre mort ? »

Dans l'ombre, les dents de loup du Gascon étincelèrent. Froidement, il essuyait son épée, la remettait au fourreau.

« Vous ne connaissez vraiment rien aux hommes, ma chère. Insinuez-vous que je pourrais l'achever ? Vous me prenez pour un boucher ! Votre amoureux a eu la leçon qu'il méritait, j'espère qu'il se le tiendra pour dit, voilà tout ! Rentrez chez vous et taisez-vous. Je m'occuperai de lui. »

Il se penchait déjà pour aider le blessé à se relever. Mais Pierre le retint d'un geste.

« Dans ce cas, je refuse. Jamais je ne renoncerai à elle, sire Bernard. Aussi bien, il vous faudra me tuer.

— Eh bien, je vous tuerai plus tard !... quand vous serez remis, fit tranquillement Bernard. Rentrez maintenant, dame Catherine, ajouta-t-il sèchement, et laissez-moi faire ! Je vous souhaite la bonne nuit. »

Domptée par cette voix impérieuse, elle s'éloigna lentement, quitta le verger, clos de murs, franchit le haut portail encore ouvert qui le faisait communiquer avec la cour du château sans trop savoir où elle allait. Elle brûlait de honte et d'humiliation. Son instinct seul la guidait, mais, en arrivant chez elle, ce fut pour trouver Sara debout au seuil de la porte. La honte se changea en colère à cette vue.

Elle lui jeta un regard furieux.

« Qui a envoyé Cadet Bernard au verger ? Est-ce toi ? »

Sara haussa les épaules.

« Tu es folle ? Je ne savais même pas qu'il était revenu. Décidément, ce Brézé t'a tourné la tête. Tu déraisonnes et, ma parole...

— Je te fais grâce de tes remarques. Oui, on a tenté de me le tuer ce soir. Cadet Bernard s'est battu avec lui... il l'a blessé. Mais vous perdez votre temps, tous tant que vous êtes, parce que vous ne nous séparerez pas ! Je l'aime, tu entends ? Je l'aime et je serai à lui quand je voudrai. Et le plus tôt sera le mieux !

— C'est bien mon avis, jeta Sara froidement. Tu te comportes exactement comme une bête en chaleur. Il te faut un homme, tu as trouvé celui-là : garde-le !

Quant à ton amour pour lui, je n'en crois rien. Tu te joues la comédie à toi-même, Catherine. Et tu sais bien que tu mens. »

Tournant les talons, Sara regagna sa petite chambre dont elle ferma soigneusement la porte derrière elle. Stupéfaite par la violence de sa sortie, Catherine regarda cette porte close avec une sorte d'hébétude. Quelque chose se noua dans sa gorge. Elle eut envie de courir à ce battant muet, de l'ébranler à coups de poing, de faire sortir Sara... Elle avait une envie enfantine de pleurer, de retrouver un instant le sûr asile des bras de sa vieille amie. Cette brouille qui les séparait lui faisait plus de mal qu'elle ne voulait l'admettre. Elle s'en était défendue par l'orgueil et voilà que, tout à coup, l'orgueil paraissait bien fragile. Il y avait, entre elles, tant d'années d'affection, tant d'épreuves subies ensemble, tant de vraie tendresse ! Sara, peu à peu, avait pris la place de sa mère et Catherine avait l'impression d'être amputée d'une partie d'elle-même.

Elle fit quelques pas vers la porte, leva la main pour frapper. Aucun bruit ne se faisait entendre de l'autre côté... Mais, sur l'écran de sa mémoire, elle revit Pierre blessé, elle entendit sa voix qui parlait d'amour... Si elle laissait faire Sara, celle-ci saurait l'arracher au jeune homme. Or, Catherine ne voulait pas perdre ce fragile bonheur qu'elle n'attendait plus. Lentement, sa main retomba le long de sa robe. Demain, elle irait au chevet de Pierre, elle le soignerait elle-même et tant pis si l'on voyait dans son attitude un présage d'union prochaine. Après tout, qui donc pourrait l'empêcher de devenir la dame de Brézé ? Pierre la suppliait d'accepter et elle finissait par en avoir envie, ne serait-ce que pour mettre l'irréparable dans sa vie. Murée dans son entêtement, elle revint vers son lit, s'y laissa tomber.

Le dernier regard qu'elle jeta vers la porte close était un regard de défi.

CHAPITRE IX

LES YEUX OUVERTS

L'APRÈS-MIDI était déjà bien avancé lorsque Catherine, quittant sa chambre, se dirigea vers la tour polygonale où Pierre de Brézé avait son logis. Elle avait prétexté une migraine pour ne pas suivre la reine Marie et les autres dames dans le verger, où elles avaient projeté de passer quelques heures en écoutant les chansons d'un ménestrel et en jouissant de la douceur du soleil.

A vrai dire, la migraine n'était même pas un mensonge. Depuis le matin, un cercle de fer serrait les tempes de Catherine. Elle avait affreusement mal dormi et le réveil tard dans la matinée avait été pénible. En effet, elle avait eu beau appeler Sara, personne n'avait répondu et quand, inquiète sans vouloir l'avouer, elle s'était décidée à franchir la porte si bien close la veille, elle avait trouvé le réduit à robes vide de toute présence humaine. Il n'y avait personne, mais, sur un coffre, bien en évidence, un morceau de parchemin.

Elle n'avait d'abord osé le toucher qu'à peine du bout des doigts, le cœur soudain serré, comme si elle avait craint ce qu'il renfermait... ce qu'elle devinait déjà. Les quelques mots tracés par Sara, d'une grosse écriture maladroite l'avaient à peine surprise : « Je retourne à Montsalvy... Tu n'as plus besoin de moi... »

La douleur qui l'avait traversée avait été si cruelle qu'elle avait dû s'adosser au mur, les yeux fermés pour la laisser se calmer. Mais sous les paupières closes les larmes avaient débordé, brûlantes, pressées... Comme elle se sentait seule, tout à coup, abandonnée... presque méprisée ! Hier, elle avait dû supporter le regard vert, chargé de dédain du comte de Pardiac. Et, ce matin, Sara la fuyait ; comme si, d'un seul coup, le lien qui les unissait l'une à l'autre avait été tranché... Ce lien, Catherine comprenait maintenant qu'il avait ses racines au plus sensible de son cœur. Sa rupture la laissait amputée d'une partie d'elle-même... une partie qui pouvait bien être l'estime de soi.

Son premier mouvement avait été de se jeter hors de sa chambre. Elle voulait faire poursuivre Sara, la faire ramener au besoin par la force. Depuis le petit matin où elle avait dû fuir, depuis l'ouverture des portes, elle n'avait pas pu faire beaucoup de chemin. Mais Catherine se ravisa. Lancer les gens d'armes du roi sur la piste de l'excellente femme comme derrière un malfaiteur ? Elle ne pouvait pas lui faire cela. L'orgueil natif de Sara ne le lui pardonnerait jamais et plus rien, alors, ne redeviendrait possible entre elles. La seule solution, c'était de courir elle-même à sa recherche... Elle y était décidée. Pourquoi avait-il fallu qu'au moment où elle achevait de s'habiller un page ait frappé à sa porte et, genou en terre, ait remis un nouveau message... un message qui, cette fois, venait de Pierre.

« Si vous m'aimez un peu, ma bien-aimée, venez... venez cet après-midi me voir. J'éloignerai tout le monde... Mais venez ! La fièvre de vous me brûle plus que ma blessure. Je vous attends... Ne refusez pas. »

Les mots brûlaient ses yeux comme le souffle du jeune homme avait, la veille, enflammé ses lèvres. Une brutale envie de courir tout de suite vers lui, de pleurer dans ses bras, lui vint. Elle la repoussa. Mais le charme du billet avait opéré. Catherine n'avait plus le désir de courir après Sara et, pour cela, se donnait toutes les raisons... Après tout, sa vieille amie ne s'en allait pas au bout du monde, là où elle ne pourrait jamais la retrouver. Elle allait simplement à Montsalvy... Cette histoire s'arrangerait, un jour ou l'autre. De plus, courir après Sara serait lui donner une telle importance que Catherine s'en trouverait amoindrie. Le même sentiment qui l'avait, la veille, empêchée de frapper à la porte, la retint de faire seller un cheval.

A vrai dire, Catherine évitait de s'examiner de trop près. Inconsciemment, elle n'était pas fière d'elle-même, mais, plus sa nature réelle protestait, plus elle s'ancrait dans sa révolte. Le sourire de Pierre avait mis un bandeau sur ses yeux. Il représentait quelque chose qu'elle croyait ne plus jamais pouvoir atteindre : l'amour, le plaisir, la douceur de se laisser adorer, de vivre agréablement dans un monde sans souffrances, tout ce qui, en somme, était l'apanage de la prime jeunesse. Elle était comme l'alouette fascinée par l'étincelant miroir. Ses yeux ne voulaient, ne pouvaient plus rien voir d'autre...

Au seuil de la tour où logeait Brézé, le même page que le matin l'attendait pour la conduire chez son maître. Il salua profondément, puis s'acquitta en silence de sa mission. Une porte s'ouvrit sous sa main et Catherine, un peu éblouie, se retrouva dans une pièce inondée des feux du soleil couchant, où Pierre était étendu dans son lit.

« Enfin ! s'écria-t-il en tendant les deux mains vers elle tandis que le page s'éclipsait discrètement et que la jeune femme s'avançait jusqu'auprès du lit. Voilà des heures que je vous attends !

— J'hésitais à venir », murmura-t-elle, troublée de le trouver dans ce lit.

Jamais il ne lui avait paru plus beau, plus attirant qu'à cet instant. La puissance de son torse nu se détachait sur la courtepointe et les oreillers de soie rouge. Un pansement couvrait son épaule gauche, mais il ne semblait pas souffrir outre mesure. Son visage était un peu pâle, peut-être, mais ses yeux brillaient. Et si la fièvre était sans doute pour quelque chose dans la chaleur insolite des mains qui tenaient celles de Catherine, elle n'en était pas la seule cause.

« Vous hésitiez ? reprocha-t-il doucement en cherchant à l'attirer à lui. Pourquoi ? »

Elle résista, saisie d'une gêne subite. L'insolite de sa présence dans cette chambre d'homme lui apparut tout à coup.

« Parce que je ne devrais pas être là. Songez à ce que l'on dirait si l'on m'y surprenait. Après ce qui s'est passé hier...

— Il ne s'est rien passé hier. Je me suis démis

l'épaule en tombant dans un escalier. J'ai un peu de fièvre, je suis resté à la chambre. Quoi de plus normal ? Vous êtes venue, charitable comme un ange, prendre de mes nouvelles ? Quoi de plus naturel ?

— Et... Cadet Bernard ?

— Il chasse avec le roi qui, comme vous le savez sans doute, courre le sanglier depuis ce matin. Et puis, est-ce que vous croyez que je vais me laisser intimider par lui ? Venez vous asseoir là. Vous êtes trop loin... Et puis, ôtez le voile qui cache votre ravissant visage. »

Elle lui obéit en souriant, attendrie de lui voir ces exigences d'enfant gâté qui contrastaient si fort avec sa vigueur orgueilleusement épanouie.

« Voilà, dit-elle. Mais je ne reste qu'un instant. Le roi ne va tarder à rentrer et Cadet Bernard avec lui.

— Je ne veux plus entendre son nom, Catherine ! s'écria le jeune homme qui rougit de colère. Encore une fois, vous êtes libre et il n'a rien à voir entre nous. Il vous a traitée indignement. Il aura encore à m'en rendre raison !... Mais, douce amie, ajouta-t-il, donnez-moi le droit de veiller sur vous.

— Mais... je ne vous en empêche pas, fit Catherine avec un soupir. Veillez sur moi, mon ami... J'en ai grand besoin !

— Et moi je le désire de toutes mes forces. Vous n'avez pas encore compris combien je vous aime, Catherine ; sinon vous m'auriez déjà dit oui. »

Tout en parlant, il l'attirait insensiblement à lui et, tout doucement, avait posé ses lèvres sur les paupières qu'elle baissait. Sa voix se faisait berceuse, presque ronronnante.

« Pourquoi attendre ? Depuis votre rentrée en

grâce, il n'est personne ici qui ne s'attende à ce que nous annoncions nos fiançailles. Le roi lui-même...

— Le roi est bien bon... mais je ne saurais, si tôt...

— Si tôt ? Tant de femmes se remarient à peine un mois après la mort de leur époux. Vous ne pouvez demeurer ainsi, seule en face du monde, vainement belle. Il vous faut une épée, un défenseur, comme il faut un père à votre enfant. »

Ses lèvres descendaient, à petits baisers rapides, jusqu'à celles de la jeune femme. Il s'en empara avec passion et, sous le baiser, elle ferma les yeux, envahie d'un délicieux bien-être, toute sa tristesse envolée.

« Dites que vous voulez bien, mon amour, pria-t-il tendrement. Laissez-moi vous faire mienne à la face de tous ! Dites oui, Catherine, ma mie. »

Le mot tendre creva l'ensorcelant brouillard dans lequel Catherine se laissait couler avec bonheur. « Ma mie ! » Arnaud l'appelait comme cela... et avec quel amour ! Elle crut entendre encore la voix de son époux lorsqu'il murmurait ces mots à son oreille. « Catherine, ma mie. » Personne ne savait le dire comme lui... Les yeux soudain humides mais les lèvres sèches, elle balbutia :

« Non... C'est impossible ! »

Elle s'écartait de lui, l'obligeait à dénouer les bras qui l'instant précédent la serraient si fort. Il se plaignit, avec une pointe d'irritation :

« Mais pourquoi impossible ? Pourquoi non ? Cela ne surprendra personne, je vous l'ai déjà dit. Pas même les vôtres. La dame de Montsalvy, elle-même, s'attend à ce que vous deveniez ma femme. Elle comprend que vous ne pouvez demeurer seule. »

Brusquement, Catherine s'était levée. Pâle jusqu'aux lèvres elle regardait Pierre avec des yeux à la fois incrédules et terrifiés.

« Qu'est-ce que vous avez dit ? J'ai mal entendu. »

Il se mit à rire, tendant de nouveau les mains vers elle.

« Comme vous voilà effarée ! Mon cœur, vous faites une montagne de choses bien naturelles et...

— Répétez ce que vous avez dit, articula durement Catherine. Qu'est-ce que ma belle-mère a à faire dans tout ceci ? »

Pierre ne répondit pas tout de suite. Le sourire s'était effacé de ses lèvres, ses sourcils se froncèrent légèrement.

« Je n'ai rien dit d'extraordinaire ! Mais quel ton vous employez, ma chère !

— Laissez le ton que j'emploie et, pour l'amour de Dieu, répondez-moi. Que vient faire ici la dame de Montsalvy ?

— Peu de chose, en vérité. Je vous ai seulement dit qu'elle s'attendait à ce que vous deveniez ma femme. Lors de mon voyage là-bas, je lui ai confié le grand amour que vous m'avez inspiré, je lui ai dit mon désir ardent de vous épouser et la foi que j'avais dans ma victoire auprès de vous. C'était normal... je craignais tellement qu'elle ne voulût vous obliger à vivre dans le souvenir et dans ce vieux pays d'Auvergne. Mais elle a fort bien compris.

— Elle a compris ? fit Catherine douloureusement, en écho... Mais à quoi pensiez-vous pour oser lui dire cela ? Qui vous avait permis d'annoncer une chose pareille ? »

Le visage décomposé de la jeune femme impressionna Pierre. Sentant instinctivement qu'il lui fallait se défendre contre un danger imprévu, il se drapa dans la courtepointe et sauta à bas de son lit. Catherine s'était laissé tomber sur un banc, les yeux lourds de larmes contenues, les doigts froids et tremblants. Elle répétait :

« Pourquoi... mais pourquoi avez-vous fait cela ? Vous n'en aviez pas le droit... »

Il s'agenouilla auprès d'elle, prit entre les siennes les mains glacées.

« Catherine, chuchota-t-il, je ne comprends pas votre désolation. J'admets que je me suis un peu trop hâté, mais je voulais savoir si vous n'auriez pas d'obstacles au cas où vous accepteriez de m'épouser. Et puis, un peu plus tôt un peu plus tard... »

Il était sincèrement désolé, elle le comprit et n'eut pas, sur le moment, le courage de lui en vouloir. Brutalement réveillée de l'état de rêve où elle vivait depuis des semaines, elle n'accusa pourtant qu'elle-même... Mais elle le regarda avec des yeux désolés.

« Et que vous a dit ma belle-mère ?

— Qu'elle espérait que nous serions très heureux, que je saurais vous donner le rang, la vie dont vous êtes digne.

— Elle a dit ça ? fit Catherine d'une voix étranglée.

— Mais oui... Vous voyez bien que vous vous désolez pour rien. »

Repoussant les mains qui tentaient de la retenir, Catherine se leva. Elle eut un petit rire sec.

« Pour rien... Ecoutez bien, Pierre : vous avez eu tort de dire cela à cette noble femme sans raison. »

D'un bond il se releva. Cette fois, il était furieux et l'empoigna aux épaules.

« Quittez cet air de somnambule ! Regardez-moi ! Ce que vous dites est stupide. Je ne lui ai pas fait de mal et vous n'avez pas le droit de nous en punir tous les deux. C'est de l'orgueil, Catherine ! La vérité, c'est que vous craignez d'être mal jugée. Mais vous avez tort. Vous êtes libre, je vous l'ai dit et redit cent fois. Votre mari est mort...

— Non ! » jeta Catherine farouchement.

Ce fut à Pierre de vaciller sous le choc. Ses mains retombèrent sans forces tandis qu'il regardait la jeune femme dressée devant lui, les dents serrées, les poings crispés.

« Non ? Que voulez-vous dire ?

— Rien d'autre que ce que je dis. Mon époux, s'il est mort pour la loi humaine, pour tous les hommes de ce monde, ne l'est pas sous le regard de Dieu.

— Je ne comprends pas... expliquez-vous. »

Alors, une fois encore, elle fit le lamentable récit, elle avoua l'affreuse vérité, mais, à mesure qu'elle parlait, elle éprouvait une sorte de délivrance. C'était comme si elle dépouillait la griserie des derniers temps, cette attirance à la fois romantique et sensuelle qui l'avait jetée un instant dans les bras de ce garçon. En affirmant la réalité vivante d'Arnaud, elle reprenait conscience de son amour pour lui. Elle avait cru pouvoir se détourner de lui, l'oublier, mais voilà qu'il se dressait de nouveau, incroyablement présent, entre elle et l'homme qu'elle avait cru aimer. Lorsqu'elle eut tout dit, elle planta son regard violet droit dans celui de Pierre.

« Voilà. Maintenant, vous savez tout... Vous savez surtout qu'en parlant mariage à cette pauvre mère vous avez commis une mauvaise action... mais dont je suis entièrement responsable. Je n'aurais pas dû vous laisser le moindre espoir. »

Il se détourna, resserrant machinalement autour de ses reins l'étoffe rouge qui glissait en un geste dérisoire qui avait quelque chose de touchant. Tout à coup, il semblait avoir vieilli de dix ans.

« Je m'en rends compte trop tard, Catherine... et je le regrette... C'est une affreuse histoire. Mais j'ose vous dire que cela ne change rien à mon amour, rien à ma décision de vous épouser tôt ou tard. Ma mie, je vous attendrai aussi longtemps qu'il faudra.

— Ma mie, murmura-t-elle. Il m'appelait ainsi... Et il le disait si bien. »

Il se raidit sous cette comparaison qu'il devinait à son désavantage.

« Moi, je le dis avec tout mon cœur... Catherine, fit-il, offensé, réveillez-vous ! Vous avez souffert abominablement, mais vous êtes jeune, vous êtes vivante. Vous avez aimé votre époux autant qu'il était possible d'aimer. Mais vous ne pouvez plus rien pour lui... et c'est moi que vous aimez. »

Alors pour la seconde fois, avec la même détermination, Catherine répondit :

« Non ! »

Et, comme il reculait d'un pas, les traits crispés mais une lueur de colère dans les yeux, elle répéta :

« Non, Pierre je ne vous aimais pas vraiment... Je l'ai cru un instant, je le confesse, et, voici une heure, je le croyais encore. Mais, sans le vouloir, vous m'avez ouvert les yeux. J'ai cru pouvoir vous aimer, je me trompais... Jamais je n'aimerai un autre homme que lui...

— Catherine ! gémit-il douloureusement.

— Vous ne pouvez pas comprendre, Pierre. Je n'ai jamais aimé que lui, jamais respiré que par lui, pour lui... Je suis la chair de sa chair et, quoi qu'il lui arrive, quelques ravages que puissent faire en lui le mal maudit, il demeurera toujours pour moi l'unique... le seul homme au monde. Ma vieille Sara, qui m'a quittée ce matin à cause de vous, ne s'était pas trompée. J'appartiens à Arnaud, à lui seul... Tant qu'il me restera un souffle de vie, il en sera ainsi. »

Il y eut un silence. Pierre s'était écarté d'elle et s'approchait de la fenêtre. Le soleil achevait de se coucher, la lumière dorée devenait peu à peu violette... Au-delà de la rivière, une trompe sonna, puis une autre auxquelles répondirent les aboiements d'une meute.

« Le roi, fit Pierre machinalement. Il revient... »

Sa voix avait un son fêlé qui fit tressaillir Catherine. Elle se tourna vers lui. Il ne la regardait pas... Debout devant la fenêtre sur laquelle se découpait sa silhouette vigoureuse, il ne bougeait pas. La tête baissée, il paraissait réfléchir, mais soudain Catherine vit remuer ses épaules. Elle comprit qu'il pleurait...

Une profonde pitié s'empara d'elle. Lentement, elle vint vers Brézé, leva la main pour la poser sur l'épaule du jeune homme, mais n'osa pas.

« Pierre, murmura-t-elle, je voudrais que vous n'ayez pas de peine.

— Vous n'y pouvez rien », répondit-il durement.

De nouveau le silence s'appesantit entre eux puis, toujours sans se retourner, il demanda :

« Qu'allez-vous faire ?

— Repartir, répondit-elle sans hésiter. Repartir là-bas, leur dire à tous que je n'ai pas changé, que je suis toujours « sa » femme...

— Et ensuite ? fit-il amèrement, vous vous enfermerez dans vos montagnes pour attendre la mort ?

— Non... Ensuite, j'arracherai Arnaud à cette léproserie infâme où j'ai dû le laisser entrer, je l'emmènerai dans un endroit reculé, tranquille et je resterai avec lui jusqu'à ce que... »

Un frisson d'horreur secoua Brézé. Il se retourna brusquement, montrant à la jeune femme un visage ravagé.

« Vous ne pouvez pas faire ça... Vous avez un fils, vous n'avez pas le droit de vous suicider, surtout de cette manière atroce...

— C'est la vie sans lui qui est un suicide... J'ai rempli mon rôle ici. Les Montsalvy sont redevenus ce qu'ils n'auraient dû cesser d'être. La Trémoille est abattu... Maintenant, je peux songer à moi... à lui. »

Sans faire le moindre bruit, elle marcha vers la porte, l'ouvrit. Le page attendait au-dehors, mais, au seuil, elle se retourna. Toujours debout devant la fenêtre, Pierre esquissa le geste de lui tendre les bras.

« Catherine, supplia-t-il... Revenez à moi ! »

Mais elle secoua la tête, lui sourit avec une sorte de tendresse.

« Non, Pierre... Oubliez-moi. C'est mieux ainsi... »

Puis, comme si, malgré tout, elle craignait de se laisser attendrir, d'entendre encore cette voix qui avait su l'émouvoir si dangereusement, elle tourna les talons et descendit l'escalier en courant. Quand elle déboucha dans la cour, les chasseurs sonnant du cor à s'arracher la gorge passaient la voûte en trombe. Elle vit le roi au milieu d'eux et, auprès de lui, la mince silhouette de Bernard d'Armagnac qui riait. D'un seul coup, le vaste enclos fut grouillant d'une vie chaude, colorée. Quelques dames accoururent, d'autres s'accoudèrent aux fenêtres, échangeant des plaisanteries avec les chasseurs. Des appels retentirent, des éclats de rire fusèrent. Mais, cette fois, Catherine n'eut pas envie de se mêler à eux. Arnaud l'avait reprise. Entre elle et ces gens, un fossé s'était creusé, trop profond pour qu'elle pût le franchir. Une seule main aurait pu la ramener dans ce monde dont, déjà, elle se sentait détachée. Et cette main n'avait plus le droit, ni la possibilité de le faire. Mais, au fond, c'était sans importance. Il lui fallait aller où était son destin et elle avait hâte, maintenant, de retourner vers les siens.

Le lendemain matin, Catherine fit ses adieux au roi, après avoir obtenu, non sans peine, la permission de partir auprès de la reine Marie qui ne comprenait pas sa hâte de quitter la Cour.

« Vous venez seulement d'arriver, ma chère, lui dit-elle. Etes-vous déjà lasse de nous ?

— Non, madame... mais je languis de mon fils et je me dois à Montsalvy.

— Alors, allez. Mais revenez dès que cela vous sera possible avec l'enfant. Vous demeurez de mes dames d'honneur et le dauphin aura bientôt besoin de pages. »

Charles VII tint à peu près le même langage à la jeune femme, mais il ajouta :

« Les très jolies femmes sont rares et voilà que vous voulez partir ? Qu'a-t-elle de si attirant cette Auvergne que vous désiriez tant la retrouver ?

— C'est un admirable pays, sire, et vous l'aimeriez. Quant à ce qui m'attire là-bas, que Votre Majesté me pardonne de lui dire que ce sont d'abord mon fils et ensuite des ruines. »

Un pli se forma sur le front du roi, mais il s'effaça aussitôt sous un sourire :

« Et vous vous sentez une âme de bâtisseuse ? A merveille, dame Catherine ! J'aime qu'une femme allie la décision, l'énergie à tant de beauté. Mais... que devient dans tout cela mon ami Pierre de Brézé ? Comptez-vous l'emmener avec vous ? Je vous préviens que j'en ai grand besoin... »

Catherine se raidit mais baissa les yeux pour tenter de dérober l'émotion qui venait. Elle était mal guérie encore du rêve un instant caressé. Le nom de Pierre était toujours un peu douloureux.

« Je ne l'emmène pas, sire. Le seigneur de Brézé s'est montré pour moi un fidèle ami, un vrai chevalier. Mais il a sa vie comme j'ai la mienne. Le combat le rappelle et moi je dois relever ma maison. »

Charles VII ne manquait pas de finesse. Au léger tremblement qui fit vibrer la voix de la jeune femme, il comprit qu'il s'était passé quelque chose et, du coup, n'insista pas pour la retenir davantage.

« Le temps arrange bien des choses, belle dame... J'ai cru, un moment, que nous aurions avant peu une fête d'accordailles, mais, à ce qu'il paraît, je me suis trompé. Pourtant, dame Catherine, voulez-vous permettre à votre roi de vous donner un conseil ? Ne précipitez rien... Ne brisez rien. Je vous l'ai dit, le temps fait changer les hommes et les femmes. Il ne faut pas qu'un jour vous ayez du regret. Ce serait injuste. »

Emue plus qu'elle ne voulait l'avouer par cette royale sollicitude, Catherine s'agenouilla pour baiser la main que lui tendait Charles. Elle lui sourit vaillamment.

« Je n'aurai pas de regrets. Mais je sais un gré profond à Votre Majesté de sa bonté. Je ne l'oublierai pas. »

Il lui rendit son sourire, avec cette timidité qu'il éprouvait toujours en face d'une femme trop belle.

« Il se peut qu'un jour prochain j'aille moi aussi en Auvergne... fit-il d'un air songeur. Allez, maintenant, comtesse de Montsalvy. Allez vers ce devoir que vous savez si bien accepter. Sachez seulement que votre roi vous regrettera, qu'il espère vous revoir un jour point trop éloigné... et que vous emportez son estime. »

Ce fut lui qui se retira, laissant Catherine agenouillée au milieu de la grande salle où, seuls, maintenant, veillaient les gardes immobiles. Elle entendit décroître son pas, et doucement se releva. Elle se sentait moins triste. Une sorte de fierté l'habitait, Charles lui avait parlé non pas comme à une femme, mais comme à l'un de ses capitaines, comme il eût parlé sans doute à Arnaud lui-même.

Restait à dire adieu à la reine Yolande. Catherine se rendit chez elle aussitôt, s'apprêtant à fournir, une troisième fois, la même explication. Mais elle n'en eut pas besoin. La reine des Quatre Royaumes se contenta de l'embrasser.

« Vous faites bien, lui dit-elle. Je n'en attendais pas moins de vous. Le jeune Brézé ne saurait vous convenir... justement parce qu'il est jeune.

— Si vous pensiez ainsi, madame et ma reine, pourquoi ne m'avoir rien dit ?

— Parce qu'il s'agissait de votre vie à vous, ma belle. Et que nul n'a le droit de diriger le destin des autres. Pas même... que dis-je ? surtout pas une vieille reine. Retournez à votre Auvergne. Le travail ne manque pas car il nous faut recoudre maintenant ce beau royaume déchiré. Nous aurons besoin dans les provinces de gens comme les Montsalvy. Ceux de votre race, ma chère, sont comme les montagnes de leur pays : on les use, on ne les détruit pas ! Pourtant... je ne veux pas vous perdre tout à fait. »

D'un geste, Yolande appela auprès d'elle Anne de Bueil qui, comme de coutume, faisait de la broderie dans un coin.

« Donnez-moi ma cassette d'ivoire », ordonna la reine.

Quand la jeune femme la lui eut apportée, elle y plongea ses longs doigts minces, en tira une admirable émeraude, gravée à ses armes, qu'elle glissa au doigt de Catherine confuse.

« L'émir Saladin, jadis, a donné cette émeraude à l'un de mes ancêtres qui l'avait sauvé de la mort, sans d'ailleurs savoir qui il était. Je l'ai fait graver... Gardez-la, Catherine, en souvenir de moi, de mon amitié et de la reconnaissance que je vous garde. Grâce à vous, nous allons enfin gouverner, le roi et moi. »

Catherine referma une main tremblante sur le magnifique joyau. Là, encore, elle s'agenouilla pour baiser la main de sa souveraine.

« Madame... Un pareil cadeau ! Comment dire...

— Ne dites rien. Vous êtes comme moi : quand vous êtes profondément émue, vous ne savez pas trouver de mots et c'est bien mieux ainsi. Cette bague vous portera bonheur et vous aidera peut-être. Tous ceux qui dépendent de moi, en France, en Espagne, comme en Sicile, comme à Chypre ou à Jérusalem vous aideront au vu de ce bijou. C'est un peu une sauvegarde que je vous donne car j'ai le pressentiment que vous pourriez en avoir besoin. Et je tiens à vous revoir un jour, bien vivante. »

L'audience était terminée. Une dernière fois Catherine s'inclina.

« Adieu, madame...

— Non, Catherine, sourit la reine. Pas adieu, au revoir. Et que Dieu vous garde ! »

Si Catherine pensait en avoir terminé avec les adieux, elle se trompait. Comme elle débouchait dans la grande cour pour se rendre à la chancellerie où l'on devait lui remettre les papiers de réhabilitation qu'elle n'avait pas encore fait chercher, elle tomba sur Bernard d'Armagnac qui faisait les cent pas, comme s'il attendait quelqu'un. Elle ne l'avait pas revu depuis la scène du verger et la rencontre ne lui causait aucun plaisir. Elle essaya de passer en faisant mine de ne pas le voir, mais il se précipita vers elle.

« Je vous attendais, dit-il. On ne parle dans ce château que de votre départ et quand j'ai su que vous étiez chez la reine Yolande, j'ai pensé que vous ne tarderiez pas à sortir. Vous n'êtes pas femme à éterniser les adieux et elle non plus.

— Vous avez raison. Adieu, seigneur comte ! » fit Catherine froidement.

Un sourire contrit plissa le visage intelligent du gentilhomme gascon.

« Hum ! Vous m'en voulez rudement à ce qu'il paraît ! Vous devez avoir raison. Mais c'est mon pardon que je viens demander, Catherine. L'autre nuit, j'ai vu rouge. J'aurais pu vous tuer tous les deux.

— Mais vous n'en avez rien fait. Croyez que je vous en suis bien reconnaissante. »

Elle pensait que la dignité de son attitude allait

confondre Cadet Bernard. A sa grande surprise, il n'en fut rien. Le Gascon éclata de rire.

« Sang du Christ ! Catherine, quittez cet air pincé. Cela ne vous va pas, croyez-moi !

— Qu'il m'aille ou non je n'en ai pas d'autre pour vous à ma disposition. Pensiez-vous que j'allais vous sauter au cou ?

— Vous devriez ! Après tout, je vous ai évité une rude sottise. Si vous aviez succombé aux entreprises de ce damoiseau, vous le regretteriez maintenant de tout votre cœur.

— Qu'en savez-vous ?

— Allons donc ! Brézé n'est pas mort de mon coup d'épée, loin de là. Si vous aviez tenu vraiment à lui, vous l'auriez rejoint la nuit même dans sa chambre. Or, vous n'en avez rien fait.

— J'y suis allée le lendemain.

— Et vous en êtes sortie les yeux rouges avec la mine décidée de quelqu'un qui a pris une grave décision. Vous voyez que je suis bien renseigné.

— Quelque chose me dit que vos espions vous volent. Ils ne vous ont pas tout dit », fit Catherine du bout des lèvres.

Mais, subitement, Cadet Bernard était redevenu grave.

« Si, Catherine ! Vous avez rompu et le souvenir de votre époux vous a reprise. Sinon, pourquoi partez-vous ? Pourquoi Brézé a-t-il franchi, voici une heure, le pont-levis de ce château à la tête de ses lances ? Il s'en va aider Loré dont les Anglais ont attaqué la forteresse de Saint-Ceneri.

— Ah ! fit la jeune femme d'une toute petite voix, il est parti ?

— Oui. Il est parti. Parce que vous l'avez repoussé !

Je ne me suis pas trompé sur vous, Catherine, vous êtes bien telle qu'il vous avait choisie, le grand Montsalvy. C'est l'autre nuit que je me leurrais. Voulez-vous que nous fassions la paix ? J'ai grand désir de redevenir votre ami. »

Sa contrition, ses regrets étaient authentiques. Et Catherine ne savait pas garder rancune à qui reconnaissait ses fautes loyalement ; elle sourit brusquement, tendit ses deux mains au jeune homme.

« Je me trompais aussi. Oublions tout cela, Bernard... et venez à Montsalvy, quand vous retournerez à Lectoure. Vous y serez toujours le bienvenu. Plus tard, je vous confierai Michel quand il sera temps pour lui d'être page. Je crois que vous saurez en faire ce qu'Arnaud aurait voulu qu'il fût. Maintenant, dites-moi au revoir.

— Comptez sur moi ! Au revoir, belle Catherine. »

Avant qu'elle ait pu s'en rendre compte, il l'empoignait par les épaules et lui planta sur les deux joues deux baisers retentissants, puis la lâchait.

« Je vais dire à Xaintrailles et à La Hire quel vaillant compagnon vous faites. Je voulais vous donner une escorte pour vous ramener chez vous. Mais il paraît que le roi y a pourvu.

— Grand merci à lui, fit Catherine en riant. Et j'aime autant quelque chose de plus paisible que vos diables de Gascons. Pour les tenir il faut un chef et je ne suis pas Arnaud de Montsalvy, moi ! »

Cadet Bernard, qui déjà s'éloignait, s'arrêta, se retourna et, un instant, considéra Catherine. Puis gravement :

« Je crois que si », dit-il.

L'aurore embrasait les toits de Chinon et l'eau calme de la Vienne quand, au matin suivant, Catherine franchit la herse de la tour de l'Horloge. Toutes les cloches de la ville sonnaient l'Angélus et leur son montait dans l'air pur jusqu'au petit groupe de cavaliers qui sortait du château. L'escorte que le roi avait mise à la disposition de Catherine était composée de Bretons ainsi que l'attestaient les tabards mouchetés de queues d'hermine des soldats. C'était Tristan l'Hermite qui les commandait et quand, la veille, il était venu dire à Catherine qu'il l'accompagnerait jusqu'à Montsalvy avant de rejoindre le connétable de Richemont à Parthenay, elle en avait éprouvé une grande joie. Le roi ne pouvait mieux choisir, pour la garder, que ce Flamand taciturne dont elle avait appris à apprécier la valeur. Il avait pour lui le sang-froid, l'astuce, le courage tranquille et le sens du gouvernement. Elle le lui avait dit.

« Vous irez loin, ami Tristan. Vous avez toutes les qualités d'un homme d'Etat. »

Il s'était alors mis à rire.

« On me l'a déjà dit... et pas plus tard qu'hier. Savez-vous, dame Catherine, que notre dauphin de dix ans veut bien s'intéresser à ma personne ? Il m'a promis de faire ma fortune lorsqu'il sera roi. Apparemment, nos exploits contre La Trémoille l'ont impressionné. Bien entendu, je n'accorderai pas trop de crédit à ce genre de promesses. Les princes, surtout si jeunes, n'ont guère de mémoire... »

Mais Catherine avait secoué la tête. Elle se souvenait du regard investigateur, aigu jusqu'à en être insoutenable, du dauphin Louis. Un regard qui ne devait pas savoir oublier.

« Je crois, moi, qu'il se souviendra », dit-elle seulement.

Tristan, lui, s'était contenté de hocher la tête d'un air de doute. Et maintenant, il chevauchait tranquillement auprès d'elle, un peu tassé sur sa selle, en homme qui sait la longueur et la monotonie des chevauchées et qui a l'habitude de dormir à cheval. Son chaperon enfoncé sur ses yeux pour les garder des rayons du soleil levant, il se laissait aller au pas balancé du cheval.

Catherine avait repris le costume de garçon qu'elle portait en quittant Angers. Elle aimait s'habiller en homme car elle trouvait dans ces vêtements une plus grande liberté de mouvements en même temps qu'une sorte d'audace. Bien campée sur ses étriers, elle regardait la ville comme si elle la voyait pour la première fois. Elle y avait remporté la victoire qu'elle souhaitait et même une autre, inattendue celle-là, sur elle-même. Au moment de la quitter, Chinon lui devenait subitement chère.

Les bonnes gens commençaient leur journée. Les volets claquaient un peu partout, les boutiques s'ouvraient et les éventaires s'organisaient. Une grosse pluie, la veille, avait lavé de frais les petits pavés ronds. En arrivant au Grand Carroi, Catherine vit, près du puits, une fillette d'une quinzaine d'années qui, assise sur la margelle, arrangeait des bouquets de roses. Elles étaient si fraîches, ces roses... et elles rappelaient à Catherine un autre bouquet, celui qu'on lui avait jeté, un soir, par la fenêtre de maître Agnelet. Elle arrêta son cheval près de la bouquetière.

« Tes roses sont belles, dit-elle. Vends-moi un bouquet. »

La petite tendit aussitôt la plus belle de ses touffes embaumées.

« C'est un sol, gentil seigneur », fit-elle avec un sourire et une révérence.

Mais, aussitôt, elle devint rouge comme une cerise et s'écria, joyeuse : « Oh ! merci, gentil seigneur ! » en recevant la pièce d'or que lui offrait Catherine en échange du bouquet.

Catherine remit son cheval en route, se dirigeant vers le pont fortifié qui enjambait la Vienne. Elle avait enfoui son visage dans les fleurs et, les yeux clos, en respirait le délicieux parfum. Tristan se mit à rire.

« Ce sont sans doute les dernières roses que nous verrons avant longtemps. Elles ne poussent guère dans votre pauvre Auvergne. Ici, elles sont chez elles... La Touraine est leur domaine.

— Voilà pourquoi j'ai acheté celles-ci... Elles représentent pour moi ce doux pays de Loire, et quelques souvenirs... des souvenirs qui s'envoleront peut-être quand elles seront fanées. »

La troupe armée franchit le pont, saluée par les soldats de garde qui reconnaissaient les armes du connétable. La rivière passée, on mit les chevaux au galop. Catherine et son escorte disparurent dans un nuage de poussière.

TROISIÈME PARTIE

LE CHEMIN DE SAINT-JACQUES

CHAPITRE PREMIER

LES GENS DE MONTSALVY

IL était plus de dix heures du soir et il faisait nuit lorsque Catherine, Tristan l'Hermite et leur escorte arrivèrent en vue de Montsalvy à la fin d'un exténuant voyage. Le doux temps d'été avait séché la boue des chemins, mais l'avait transformée en autant de poussière. Heureusement, il avait aussi rendu possible les nuits à la belle étoile et les longues chevauchées. On avait emporté des vivres en suffisance et les arrêts dans les auberges avaient été rares. La plupart d'ailleurs n'avaient plus grand-chose à offrir.

A mesure que l'on avançait, l'impatience de Catherine semblait grandir en même temps que son humeur s'assombrissait. Elle parlait de moins en moins et chevauchait, des heures entières, les yeux rivés au chemin, droit devant elle, sans prononcer une parole, possédée d'une hâte fébrile. Tristan l'observait à la dérobée sans oser, il est vrai, poser de questions. Elle pressait l'allure autant qu'il était possible, soupirant avec une sorte de rage quand il fallait s'arrêter. Mais les chevaux avaient besoin de répit.

Pourtant, lorsque l'on eut passé Aurillac, cette grande hâte tomba d'un seul coup. Catherine fit ralentir l'allure de plus en plus, comme si elle craignait l'approche de ces montagnes au cœur desquelles respirait toujours Arnaud. Et quand les remparts et les tours de Montsalvy surgirent du haut plateau comme une couronne sombre posée sur la nuit, la jeune femme arrêta son cheval et demeura là un moment contemplant, le cœur soudain serré, ce paysage qui n'avait pas eu le temps de lui devenir familier. Tristan, inquiet, poussa son cheval près d'elle.

« Dame Catherine, qu'avez-vous ?

— Je ne sais pas... Ami Tristan, il me semble que j'ai peur tout à coup...

— Peur de quoi ?

— Je ne sais pas, répéta-t-elle d'une voix blanche. C'est comme... un pressentiment. »

Jamais elle n'avait éprouvé quelque chose de semblable : cette crainte étouffante de ce qui l'attendait derrière ces murs muets. Elle essaya de se raisonner. Là-bas, il y avait Michel, Sara, Gauthier sans doute. Mais même l'image de son petit garçon ne parvint pas à desserrer sa gorge. Elle tourna vers Tristan un regard noyé.

« Allons, dit-elle enfin. Les hommes sont las.

— Et vous aussi, grogna le Flamand. En avant, vous autres ! »

Les portes de la cité étaient fermées, à cette heure

tardive, mais Tristan, embouchant un cor qui pendait à sa ceinture, en tira trois appels prolongés. Au bout d'un instant, un homme portant une lanterne se pencha au créneau.

« Qui va là ?

— Ouvrez, cria Tristan. C'est la noble dame Catherine de Montsalvy qui s'en revient de la cour. Ouvrez ! De par le roi ! »

Le guetteur poussa un cri inarticulé. La lumière disparut, mais, quelques instants plus tard, la lourde porte de la petite cité fortifiée s'ouvrait en grinçant. L'homme à la lanterne reparut, son bonnet à la main, et s'avança jusque sous la tête des chevaux, levant son luminaire.

« C'est bien notre dame, fit-il joyeusement. Que Dieu la bénisse d'arriver si à propos ! On est allé querir le bailli pour la recevoir dignement. »

En effet, dans l'unique et étroite rue, une silhouette accourait en cahotant. Catherine, subitement allégée, reconnut le vieux Saturnin. Il arrivait de toute la vitesse de ses vieilles jambes en criant :

« Dame Catherine ! C'est dame Catherine qui nous revient ! Dieu soit loué ! Bienvenue à notre maîtresse ! »

Il en perdait le souffle. Emue et un peu amusée, Catherine voulut descendre pour le recevoir, mais il se jeta littéralement contre le cheval.

« Restez en selle, notre dame. Le vieux Saturnin veut vous conduire vers l'abbaye comme naguère il vous avait conduite à sa métairie.

— Je suis si heureuse de vous revoir, Saturnin... et de revoir Montsalvy.

— Pas tant que Montsalvy de vous revoir, gracieuse dame. Regardez ! »

En effet, comme par miracle, toutes les fenêtres, toutes les portes s'ouvraient, laissant jaillir des têtes qui criaient, des bras armés de torches. En un instant, la ruelle fut illuminée tandis qu'un concert de voix joyeuses clamaient :

« Noël ! Noël pour notre dame qui nous revient !

— Je vous envie, marmotta Tristan. Un accueil pareil doit réconforter singulièrement.

— C'est vrai. Je ne m'y attendais pas, mais, ami Tristan, j'en suis tellement heureuse... Si heureuse ! »

Elle avait les larmes aux yeux. Saturnin, raide d'orgueil, avait pris la bride de son cheval et la menait lentement le long de la rue. Elle défila entre deux rangées de visages dont la lumière des torches accusait la rougeur joyeuse. On ne voyait partout que des yeux brillants, des bouches ouvertes sur des hurlements de joie.

« Que craigniez-vous donc ? chuchota Tristan. Tout le monde vous adore ici.

— Peut-être. Et je ne sais toujours pas ce que je craignais. C'est merveilleux ! C'est... »

Les mots moururent sur ses lèvres. On arrivait en vue du portail de l'abbaye, large ouvert lui aussi. Mais au seuil se tenait la gigantesque silhouette de Gauthier. Catherine s'attendait à le voir courir vers elle, comme l'avait fait Saturnin. Il ne bougea pas. Bien plus, il croisa les bras, comme pour interdire le passage. Son visage avait l'immobilité du granit. Aucun sourire ne l'éclairait. Et, en croisant le regard glacial de ses yeux gris, Catherine ne put s'empêcher de frissonner.

Aidée par Saturnin, elle descendit de cheval, s'avança vers le Normand. Il la regardait approcher sans faire un geste, sans faire un pas vers elle. Elle tenta de sourire.

« Gauthier ! s'écria-t-elle. Quelle joie de te retrouver ! »

Mais aucune parole de bienvenue ne sortit de cette bouche serrée. Rien qu'un sec :

« Est-ce que vous êtes seule ?

— Comment ? fit-elle abasourdie.

— J'ai demandé si vous étiez seule ? répéta le Normand sans s'émouvoir. Il n'est pas avec vous, ce beau dameret blond que vous devez épouser ? Sans doute est-il demeuré un peu en arrière pour vous laisser faire seule votre entrée. »

Catherine rougit brusquement, autant de mortification que de colère. L'insolence de Gauthier la confondait. Il osait l'attaquer brutalement, devant tous, lui demander des comptes... Si elle ne voulait pas perdre la face aux yeux de ses paysans, il lui fallait réagir. Redressant son petit menton, elle s'avança résolument vers le portail.

« Place ! dit-elle sèchement. Qui t'a permis de me poser des questions ? »

Gauthier ne broncha pas. Il continuait de boucher le passage de son immense stature. Tristan fronça les sourcils, porta sa main à son épée. Mais Catherine retint son geste.

« Laissez, ami Tristan. Ceci me regarde. Allons, ordonna-t-elle durement, laisse-moi passer ! Est-ce ainsi que l'on accueille la maîtresse d'un lieu qui rentre au logis ?

— Ce n'est pas votre logis, c'est celui de l'abbé. Quant à être maîtresse ici, dame Catherine, en êtes-vous encore digne ?

— Quelle outrecuidance ! s'écria Catherine hors

d'elle. Ai-je des comptes à te rendre ! C'est ma belle-mère que je veux voir. »

Comme à regret, Gauthier s'écarta. Catherine s'avança, très droite, passa devant lui et pénétra dans la cour de l'abbaye. Alors, froidement, il jeta :

« Dépêchez-vous alors ! Car elle ne vivra plus longtemps. »

Catherine s'arrêta net, frappée de plein fouet. Un instant, elle se figea puis, lentement, tourna vers le Normand un regard épouvanté.

« Comment ? balbutia-t-elle. Qu'as-tu dit ?

— Qu'elle est en train de mourir. Mais, au fond, cela ne doit pas vous tourmenter beaucoup. C'est encore un lien gênant qui va tomber.

— Je ne sais pas qui tu es, l'ami, jeta Tristan furieux, mais tu as de singulières façons. Pourquoi cette brutalité envers ta maîtresse ?

— Qui êtes-vous ? demanda Gauthier dédaigneusement.

— Tristan l'Hermite, écuyer de M. le connétable, chargé par le roi de ramener la comtesse de Montsalvy chez elle et de veiller à ce que nul mal ne lui advienne. Tu es satisfait ? »

Gauthier fit signe que oui. Il arracha une torche qui brûlait près de la voûte de son crampon de fer et, silencieusement, précéda les voyageurs vers la maison des hôtes de l'abbaye. Après l'agitation du village le silence du couvent était saisissant. Les moines étaient déjà retirés dans leurs dortoirs, l'abbé était invisible. Seules quelques chandelles brûlaient derrière les petites fenêtres de l'hôtellerie. Sur le seuil, il n'y avait personne et Catherine, soudain, arrêta Gauthier en le prenant par le bras.

« Et Sara ? Est-elle ici ? »

Il la regarda avec des yeux surpris.

« Pourquoi serait-elle ici ? Elle ne vous quittait jamais...

— Elle m'a quittée cependant, fit Catherine sombrement. Elle m'a dit qu'elle revenait à Montsalvy. Je ne sais rien de plus, sinon que je ne l'ai point rencontrée sur la route. »

Gauthier ne répondit pas tout de suite. Ses yeux gris s'attachèrent un instant à ceux de Catherine, scrutateurs. Il haussa ses larges épaules, marmotta avec une ironie amère :

« Elle aussi, dame Catherine ! Comment avez-vous pu nous faire tout ce mal ? »

Exaspérée, elle cria presque :

« Mais quel mal ? Qu'ai je fait pour mériter votre réprobation à tous ? De quoi m'accusez-vous ?

— De nous avoir envoyé cet homme ! fit Gauthier durement. Vous pouviez vous donner à lui, si bon vous semblait, sans l'envoyer parader ici, clamer partout le grand amour qu'il avait pour vous ! De quoi croyez-vous que meurt la dame de Montsalvy... la vraie ? Des confidences de votre amant !

— Il n'est pas mon amant, protesta furieusement Catherine.

— De votre futur époux, alors. C'est la même chose. »

Des deux mains, Catherine s'accrocha à la lourde patte du Normand. Un besoin impérieux de se justifier lui montait aux lèvres. Elle ne pouvait pas endurer de demeurer plus longtemps sous le coup de cette accusation.

« Ecoute-moi, Gauthier. Me croiras-tu si je t'affirme que non seulement il ne le sera pas, mais que, selon toute vraisemblance, je ne le reverrai jamais ? »

Le géant ne répondit pas tout de suite, il semblait chercher une réponse dans les yeux de Catherine. Mais peu à peu quelque chose s'amollit dans son visage. Spontanément, il emprisonna entre les siennes les deux mains de la jeune femme.

« Oui, fit-il avec une chaleur nouvelle, je vous croirai. Et avec quel bonheur ! Venez, maintenant, venez vite lui dire que ce n'est pas vrai, que vous n'avez jamais songé à remplacer messire Arnaud. Elle en a tant souffert ! »

Tistan l'Hermite, les yeux ronds, regardait. Visiblement il ne comprenait rien à ce qui se passait devant lui. Que Catherine, une grande dame, condescendît à se justifier aux yeux de ce rustre, voilà qui dépassait son entendement. Catherine s'en aperçut, lui adressa l'ombre d'un sourire puis brièvement :

« Vous ne pouvez pas comprendre, ami Tristan. Je vous expliquerai. »

Il salua, sans répondre, et, devinant qu'il serait sans doute de trop dans ce qui allait suivre, demanda que l'on voulût bien le conduire à un endroit où il pourrait faire reposer ses hommes et se reposer lui-même. Gauthier montra un gros moine ensommeillé, qui bâillait à se décrocher la mâchoire à quelques pas derrière eux.

« Voilà le frère Eusèbe, le portier, qui va s'occuper de vous. Les bêtes iront à l'écurie, les hommes trouveront de la paille dans une grange et vous aurez une cellule. »

De nouveau Tristan s'inclina devant Catherine puis suivit le frère Eusèbe, ses hommes sur les talons. La jeune femme franchit, non sans émotion, le seuil de cette maison des hôtes qu'elle avait quittée, tant de mois auparavant, avec Arnaud et Cadet Bernard, pour gagner Carlat et ce qu'elle pensait être le bonheur. Mais elle chassa, de toutes ses forces, les images déprimantes. Pour ce qui l'attendait ici, elle avait besoin de tout son courage.

Dans le petit vestibule aux voûtes basses, elle regarda Gauthier.

« Mon fils ?

— Il dort, à cette heure.

— Laisse-moi-le voir. Il y a si longtemps... »

Gauthier eut un bref sourire et prit Catherine par la main.

« Venez. Cela vous donnera du courage. »

Il la conduisit dans une petite pièce obscure dont une porte ouverte donnait sur une autre chambre, faiblement éclairée celle-là, dans laquelle Catherine aperçut Donatienne, la femme de Saturnin, endormie sur une bancelle. Le reflet de la chandelle accusait la fatigue sur les traits usés de la vieille femme. Gauthier la désigna d'un geste, murmura :

« Voilà trois nuits qu'elle veille notre dame. D'habitude elle dort auprès du petit seigneur. Elle s'est endormie. »

Tout en parlant, il prenait une chandelle sur un coffre et, doucement, allait l'allumer à la torche qui brûlait au-dehors près de la porte. Puis il revint se placer à la tête du lit où dormait le petit Michel, levant la flamme tremblante au-dessus de la tête de l'enfant. Catherine, émerveillée, se laissa tomber à genoux, joignit les mains comme devant le tabernacle.

« Mon Dieu ! balbutia-t-elle... Comme il est beau ! Et... comme il lui ressemble déjà », ajouta-t-elle d'une voix enrouée.

C'était vrai. Sous la forêt drue de ses boucles dorées en désordre, le petit Michel avait déjà le profil net de son père. Ses joues, rondes et roses, où de grands cils courbes mettaient une ombre tendre, étaient toute douceur enfantine, mais le petit nez avait de la fierté et un pli volontaire marquait la bouche bien close.

Le cœur de Catherine fondait de tendresse, mais elle n'osait pas se pencher sur le petit. Il avait l'air d'un angelot endormi et elle craignait que le moindre mouvement ne l'éveillât.

Gauthier, qui regardait lui aussi l'enfant avec une sorte d'orgueil, s'en aperçut.

« Vous pouvez l'embrasser, dit-il en souriant. Quand il dort la foudre peut tomber, il ne bronche même pas. »

Alors, elle se pencha et, avec adoration, colla ses lèvres au petit front un peu moite. En effet, Michel ne s'éveilla pas, mais un sourire détendit sa petite bouche serrée.

« Mon petit, chuchota Catherine étranglée d'amour... mon tout petit ! »

Elle serait bien restée là toute la nuit, agenouillée auprès de son fils, à le regarder dormir, mais, dans la chambre voisine, un râle s'éleva. Donatienne, réveillée en sursaut, se précipita vers le fond de la pièce et ne fut plus visible.

« Dame Isabelle a dû s'éveiller, souffla Gauthier.

— J'y vais », dit Catherine.

Maintenant, un tragique bruit de respiration parvenait jusqu'à elle, entrecoupée d'une toux sèche et de rauques sifflements.

Elle courut vivement dans la chambre, à peine plus grande qu'une cellule monacale, à peine moins nue. Sur le lit étroit qui occupait un coin, Isabelle de Montsalvy était étendue très amaigrie. Donatienne se penchait sur elle essayant de lui faire boire un peu de tisane fumante contenue dans une écuelle qu'elle venait de prendre sur un petit réchaud à huile. Mais la vieille femme étouffait, incapable d'avaler même une goutte. Catherine, le cœur serré, se pencha sur le visage empourpré. Comme elle avait vieilli, comme elle s'était amenuisée depuis son départ et comme, maintenant, elle semblait frêle ! Son corps paraissait vidé de toute substance et, dans le visage où tout le sang avait reflué, on ne voyait plus que la bouche desséchée qui cherchait l'air et les yeux devenus trop grands.

Donatienne, avec un soupir découragé, se détournait pour reposer l'écuelle. Elle se trouva en face de Catherine. Ses yeux fatigués se mirent à briller, de joie et de larmes à la fois.

« Dame Catherine, balbutia-t-elle. Dieu soit loué ! Vous arrivez à temps. »

Vivement, Catherine posa un doigt sur ses lèvres pour recommander le silence à la vieille femme, mais celle-ci secoua la tête tristement.

« Oh ! nous pouvons parler. Elle n'entend pas. La fièvre est si forte que lorsqu'elle parle, c'est pour délirer. »

En effet, quelques mots sans suite s'échappèrent des lèvres parcheminées de la malade, mais, parmi eux, Catherine, bouleversée, distingua son nom et celui d'Arnaud... La quinte de toux qui avait secoué si brutalement le vieux corps exténué se calmait peu à peu. Le visage d'Isabelle reprenait graduellement une couleur moins violente, mais la respiration demeurait forte et rauque. L'expression des yeux était celle de la supplication. Dans son délire, Isabelle semblait souffrir affreusement et Catherine sentit qu'elle était la cause de cette souffrance.

Doucement, elle prit la main brûlante qui se crispait sur le drap rude, y posa ses lèvres puis l'appuya contre sa joue comme, si souvent, elle l'avait fait naguère.

« Mère, pria-t-elle doucement. Mère, écoutez-moi. Regardez-moi. Je suis là... près de vous. C'est moi, votre fille. C'est Catherine... Catherine. »

Quelque chose parut s'animer dans le regard vague et douloureux. La bouche se ferma puis se rouvrit, souffla :

« Ca... therine.

— Oui, insista la jeune femme. C'est moi... Je suis là. »

Les yeux tournèrent dans leur orbite, leur regard parut se fixer, glissa vers la jeune femme qui se penchait en étreignant les doigts desséchés.

« C'est pas la peine, dame Catherine, murmura Donatienne d'un ton navré. Elle n'est plus là.

— Mais si. Elle revient. Mère ! Regardez-moi. Vous me reconnaissez ? »

Toute sa volonté était tendue, bandée pour tenter d'atteindre la pensée flottante de la malade. Elle souhaitait tellement faire passer ses forces, à elle, dans ce corps exténué qu'elle avait l'impression d'un courant de chaleur unissant leurs mains. Une fois encore, elle supplia :

« Regardez-moi. Je suis Catherine, votre fille, la femme d'Arnaud. »

Un frisson courut sous la peau sèche d'Isabelle à ce nom. Son regard, net cette fois, se posa sur le visage anxieux de la jeune femme.

« Catherine, fit-elle dans un souffle... Vous êtes revenue ?

— Oui, mère... je suis revenue. Et je ne vous quitterai plus... plus jamais. »

Les yeux sombres de la malade la regardèrent avec une anxiété nuancée de doute.

« Vous... resterez ? Mais... ce jeune homme... Brézé ?

— Il a pris ses rêves pour une réalité. Je ne le reverrai plus. Je suis Catherine de Montsalvy et je le resterai, mère. Je suis « sa » femme... Rien que sa femme ! »

Une intense expression de béatitude et de soulagement détendit les traits de la malade. Sa main, qui s'agrippait à celle de Catherine, se fit molle et souple, un léger sourire entrouvrit ses lèvres.

« Dieu soit béni, soupira-t-elle. Je peux mourir en paix. »

Elle ferma les yeux un instant, les rouvrit et regarda Catherine avec tendresse. Elle lui fit signe de se pencher vers elle et, mystérieusement :

« Je l'ai revu, vous savez.

— Qui, ma mère ?

— Lui, mon fils. Il est venu à moi... Il est toujours aussi beau. Oh oui ! Tellement beau ! »

Une violente quinte de toux lui coupa la parole brutalement. Son visage s'empourpra, le regard vacilla. La pauvre femme retomba en arrière luttant contre l'étouffement. L'instant de rémission était passé. Donatienne s'approcha avec sa tasse.

« Le mire dit qu'il faut lui faire boire, quand elle tousse, une décoction de coquelicot, de mauve et de violette séchés, mais ce n'est pas facile. »

Avec l'aide de Catherine, elle parvint tout de

même à faire avaler à la malade quelques gouttes du liquide. La toux se fit moins caverneuse. Peu à peu, le corps crispé se détendit, mais les yeux ne se rouvrirent pas.

« Elle va peut-être dormir un peu, chuchota Donatienne. Allez vous reposer aussi, dame Catherine. Ce long voyage a dû vous fatiguer. Je veillerai bien encore jusqu'au matin.

— Vous êtes exténuée, Donatienne.

— Bah ! Je suis solide, fit la vieille paysanne avec un courageux sourire. Et puis, vous savoir là, ça me donne courage. »

De la tête, Catherine désigna la malade qui, en effet, semblait s'assoupir.

« Il y a longtemps qu'elle est malade ?

— Plus d'une semaine, gracieuse dame. Elle a voulu aller là-bas,... à Calves, avec Fortunat. Elle n'en pouvait plus d'être séparée de son fils... Quand elle est revenue, elle avait reçu toute la grosse pluie qui est tombée pendant trois jours, sans vouloir s'arrêter. Fortunat n'a pas pu l'obliger à s'abriter. Elle est revenue trempée, transie, claquant des dents. La nuit qui a suivi elle a été prise d'une grande fièvre. Depuis, le mal ne l'a plus quittée. »

Sourcils froncés, Catherine avait écouté Donatienne sans l'interrompre. Le remords la rongeait. Elle comprenait si bien la réaction d'Isabelle. Dans son cœur de mère, elle avait voulu compenser le mal que Catherine avait fait à Arnaud, même si celui-ci l'ignorait. Comment, d'ailleurs, l'aurait-il su dans le tombeau qu'était la léproserie ? Tous les bruits du monde ne s'arrêtaient-ils au seuil des morts-vivants, tolérés à condition de se tenir à l'écart de tous et de se faire oublier ?

Machinalement Catherine demanda :

« Au fait, où est Fortunat ? »

Ce fut Gauthier, qui était demeuré en contemplation auprès de Michel, qui répondit :

« C'est vendredi, aujourd'hui, dame Catherine. Fortunat est parti hier pour Calves, comme il le fait, chaque semaine. Pas une fois, il n'y a manqué et il va toujours à pied, par humilité.

— Avez-vous donc tant de vivres à envoyer là-bas ?

— Non. Parfois, Fortunat n'emporte qu'une petite miche de pain ou un fromage, parfois même rien du tout. Mais il s'assoit sur un tertre d'où l'on voit la maladrerie et il reste là des heures, à regarder... C'est un étrange garçon, mais, je vous l'avoue, dame Catherine, je n'ai jamais rencontré fidélité semblable. »

Gênée, quoi qu'elle en eût, Catherine détourna la tête pour dérober la subite rougeur de son front. Certes, le petit écuyer gascon donnait là une grande leçon. Rien n'était capable de l'arracher à ce maître qu'il ne pouvait oublier. Et quand elle comparait sa propre conduite à celle de Fortunat, Catherine se disait que l'avantage allait au Gascon.

« Moi non plus, murmura-t-elle. Qui aurait pensé que ce garçon s'attacherait de la sorte ? Au fait, quand rentre-t-il... de là-bas ?

— Demain dans la journée. »

Mais, le lendemain, Fortunat ne revint pas. C'est seulement vers le soir que Catherine s'en aperçut, lorsque l'on se réunit dans la salle commune pour le souper. Tout le jour, elle était demeurée auprès d'Isabelle qui semblait aller un peu mieux. De plus, elle avait eu, avec le prieur de l'abbaye, une assez longue conversation. Il était temps, pour elle, de rebâtir le château et elle en avait les moyens. L'argentier royal lui avait compté une belle somme en écus d'or et elle possédait toujours ses bijoux, moins peut-être les quelques pierres vendues par elle-même ou par Isabelle pour subsister tous ces derniers temps.

Bernard de Calmont, le jeune abbé de Montsalvy, était un homme énergique et intelligent. Elle lui offrit, en remerciement de la protection accordée aux siens, une superbe plaque de rubis pour agrafer sa chape de cérémonie et commença de faire les premiers projets de reconstruction. L'un des moines de l'abbaye, le frère Sébastien, fut chargé de dresser des plans, un autre de chercher la carrière d'où l'on tirerait les pierres. Comme toutes les grandes abbayes, Montsalvy offrait un ensemble de tous les corps de métiers, ou peu s'en fallait.

« De toute façon, lui avait dit l'abbé, vous pouvez demeurer ici aussi longtemps que vous le désirerez. La maison des hôtes est suffisamment à l'écart des bâtiments conventuels pour que la présence même prolongée d'une jeune femme ne soit point matière à scandale. »

Tranquille sur ce point, Catherine s'était alors occupée de Tristan l'Hermite et de ses hommes qui, le matin suivant, devaient repartir pour Parthenay. Les soldats avaient reçu une généreuse gratification. Quant à Tristan, elle lui avait offert une lourde chaîne d'or garnie de turquoises qui avait appartenu jadis à Garin de Brazey.

« Elle vous fera souvenir de nous, lui dit-elle en

la lui passant au cou. Portez-la souvent en mémoire de Catherine. »

Il avait eu son curieux sourire de coin et avait murmuré d'une voix sans doute plus émue qu'il ne l'aurait voulu :

« Croyez-vous qu'il soit besoin d'un joyau royal pour me souvenir de vous, dame Catherine ? Dussé-je vivre deux cents ans que je ne vous oublierais pas. Mais je porterai avec joie cette chaîne aux grands jours. Avec orgueil aussi puisqu'elle me viendra de vous. »

Le souper pris en commun devait être le dernier avant leur séparation. Catherine éprouvait une peine réelle à se séparer de ce bon compagnon, peu bavard, mais qui savait se montrer tellement dévoué et d'un courage si efficace. Aussi voulut-elle que, malgré l'état de sa belle-mère, ce repas revêtit quelque éclat. Avec l'aide de Donatienne et la bonne volonté de la basse-cour du couvent, elle parvint à en faire un souper, sinon somptueux, du moins honorable.

Vêtue d'une des robes élégantes, bien peu nombreuses, qu'elle possédait encore, elle s'installa auprès de son hôte sous un dais seigneurial et ce fut Gauthier qui servit le festin, avec plus de bonne volonté que de style. Mais les deux amis n'en dévorèrent pas moins vigoureusement la soupe aux choux et les chapons rôtis de l'abbé.

Quand on sortit de table, Catherine vit que la nuit était tout à fait tombée, et s'informa de Fortunat. Toute la journée, elle avait attendu son retour, avec l'espoir absurde de nouvelles fraîches. Comme s'il pouvait y avoir des nouvelles quelconques lorsqu'il s'agissait d'un lépreux ?... Ce fut une déception d'apprendre qu'il n'était pas encore revenu. Et à cette déception s'ajouta une inquiétude en constatant que Gauthier semblait soucieux.

« Il a dû s'attarder, dit-elle lorsqu'il revint d'une ultime visite à la loge du frère portier. Il reviendra demain. »

Mais le Normand hocha la tête.

« Fortunat ? Il est d'une exactitude d'horloge. Il part toujours à la même heure, il revient toujours à la même heure, juste avant le souper. Ce n'est pas naturel qu'il ne soit pas là. »

Son regard croisa celui de Catherine. Tous deux avaient la même pensée. Il était arrivé quelque chose à Fortunat, mais quoi ? Une mauvaise rencontre était toujours possible bien que la région fût assez sûre depuis que les Armagnacs avaient renforcé la garnison de Carlat et que l'énergique Bernard de Calmont régentait l'abbaye. L'Anglais, d'ailleurs, abandonnait une à une les places fortes d'Auvergne.

« Attendons, fit seulement Catherine.

— Demain, à l'aube, j'irai au-devant de lui. »

Catherine eut envie de dire : « J'irai avec toi. » Mais elle se ravisa. Elle ne pouvait pas laisser Isabelle en ce moment. Dans ses rares instants de lucidité, la vieille dame la réclamait aussitôt et montrait une telle joie de sa présence que Catherine se faisait scrupule de l'en priver. Elle se contenta de soupirer :

« C'est bien. Tu feras comme bon te semblera. »

Avant de se coucher, elle fit un tour dans la maison, soucieuse de remplir exactement tous ses devoirs d'hôtesse. Puisque l'abbé lui laissait la libre disposition de l'hôtellerie, elle entendait que tout y marchât au mieux. Elle alla même jusqu'à l'écurie, où l'on avait installé les chevaux de l'escorte, mais c'était plus pour une raison sentimentale que par souci de bon ordre. En effet, elle avait eu la surprise d'y retrouver Morgane, sa jument blanche, que l'Ecossais Hugh Kennedy, fidèle à la promesse qu'il lui avait faite, avait fait ramener de Carlat. Morgane était pour elle un personnage d'importance, autant qu'une amie. Toutes deux se comprenaient à merveille et s'étaient retrouvées avec joie.

« Nous voilà destinées à vieillir doucement ensemble, dit Catherine avec un peu de mélancolie en flattant la robe neigeuse de Morgane. Tu ne seras plus que la sage haquenée d'une dame encore plus sage. »

Les grands yeux intelligents de Morgane la regardèrent avec une expression que Catherine jugea diabolique et le hennissement batailleur qui l'accompagnait laissait entendre clairement que la petite jument, pour sa part, n'en croyait rien... C'était tellement frappant que Catherine se mit à rire. Elle tendit à Morgane un morceau de sucre apporté tout exprès pour elle, puis lui claqua gentiment la croupe.

« Nous avons envie d'aventures, à ce qu'il paraît ? Eh bien, ma belle, il faudra te faire une raison. »

En quittant l'écurie, Catherine fut tentée de s'attarder dans la cour parce que la nuit était exceptionnellement belle, mais Donatienne vint lui dire qu'elle lui avait dressé un lit dans une chambre voisine de celle d'Isabelle.

« Je voulais m'installer près d'elle, protesta Catherine. Vous avez suffisamment veillé, Donatienne. Il faut dormir.

— Bah ! je dors aussi bien sur un banc, dit la vieille paysanne avec un bon sourire. Et puis, je crois que cette nuit elle dormira bien. Le frère apothicaire m'a donné pour elle une décoction de pavots... Vous devriez bien en prendre un peu, vous aussi. Vous semblez si nerveuse.

— Je crois que je dormirai parfaitement sans cela. »

Elle alla embrasser Michel qui gazouillait une prière sous l'œil impassible de Gauthier. La camaraderie qui unissait l'enfant au gigantesque Normand l'avait à la fois amusée et surprise. Tous deux s'entendaient à merveille et si Gauthier usait envers le petit seigneur d'une certaine déférence, il ne lui passait pas pour autant toutes ses fantaisies. Quant à Michel, il adorait Gauthier dont il admirait visiblement la force.

Il avait accueilli sa mère comme si elle l'avait quitté la veille seulement. Il avait couru, sur ses petites jambes, encore hésitantes, jusque dans ses bras, du plus loin qu'il l'avait vue et, nouant ses petites mains à son cou, il avait niché sa tête blonde contre celle de Catherine et puis il avait eu un grand soupir de bonheur.

« Maman », avait-il dit seulement.

Et Catherine en avait pleuré.

Ce soir-là, elle l'installa elle-même dans son lit puis, l'ayant embrassé, le laissa écouter l'histoire que commençait Gauthier. Chaque soir, le Normand racontait une histoire à son petit ami, ou un fragment d'histoire si le récit était trop long, et c'étaient toujours ces étranges légendes du Nord, pleines de génies, de dieux fantastiques et de vierges guerrières. Le petit écoutait, bouche bée, et finissait par s'endormir peu à peu.

Catherine se retira sur la pointe des pieds tandis que Gauthier commençait :

« Alors, le fils d'Eric le Rouge monta dans son bateau avec ses compagnons et s'en alla avec eux sur la grande mer... »

La voix de Gauthier avait quelque chose d'endormant. L'enfant était trop jeune pour comprendre ces récits d'un autre âge, mais il ouvrait tout de même de grands yeux émerveillés, attiré par la mélopée des mots inconnus et le charme de ce timbre grave. Dans son petit lit étroit, Catherine s'y laissa aller elle aussi, sensible à l'apaisement que la voix lui apportait. Sa dernière pensée fut pour Sara. Ils avaient voyagé si vite, elle et les Bretons, qu'ils avaient pu la dépasser sans le savoir. Mais, sans doute, ne tarderait-elle plus maintenant. L'idée qu'il pût lui arriver quelque chose ne l'effleura même pas. Sara était indestructible, elle savait les secrets de la Nature et la Nature était son amie. Bientôt elle serait là.... oui, bientôt...

Le fils d'Eric le Rouge voguait depuis peu de temps sur les vagues vertes de la mer qui n'a pas de fin, que Catherine dormait profondément.

Elle eut une étrange vision, vers le milieu de la nuit. Dormait-elle toujours ou bien était-elle éveillée à demi ? Etait-ce un rêve ? Toujours est-il qu'il lui sembla ouvrir les yeux sur le décor encore étranger de sa chambre. Le silence était complet, mais la veilleuse qui brûlait chez Isabelle éclairait encore. De son lit, Catherine pouvait voir Donatienne endormie, le nez dans son giron et la coiffe de travers sur son banc garni de coussins... Soudain, une forme sombre se glissa auprès du lit de la malade... celle d'un homme vêtu de noir qui portait un masque... La terreur s'enfla dans la gorge de Catherine. Elle voulut crier, mais aucun son ne sortit de sa bouche. Elle voulut bouger, mais ses membres, son corps étaient devenus si lourds qu'elle avait l'impression d'être liée sur son lit. Dans un cauchemar elle vit l'homme se pencher, se pencher encore sur le lit d'Isabelle, faire un geste puis se redresser. Persuadée que l'inconnu était en train d'assassiner la malade, Catherine ouvrit la bouche, mais de nouveau aucun son ne vint...

L'homme maintenant reculait, se retournait, son masque à la main, et la peur de Catherine se changea en une joie immense qui la submergea. Elle reconnaissait si bien le profil fier, les yeux sombres, la bouche ferme de son époux. Arnaud ! C'était Arnaud ! Une merveilleuse vague de bonheur, comme seuls les rêves en procurent, envahit Catherine. Il était là, il était revenu... Dieu, sans doute avait fait un miracle car le beau visage dont elle avait gardé un souvenir si net était intact. Aucune trace de l'affreuse maladie ne s'y voyait. Mais pourquoi donc était-il si pâle, si mortellement triste ?

Soulevée par l'amour qu'elle avait cru un moment assoupi et qui revenait, plus impérieux que jamais, elle voulut l'appeler à elle, tendre les bras... et se retrouva aussi impuissante. La brume qui l'enveloppait l'étouffait presque... Là-bas, elle vit Arnaud disparaître inexorablement dans ce brouillard, en direction de la chambre de Michel. Et puis, il n'y eut plus rien, qu'une abominable sensation d'abandon, de solitude irrémédiable.

« Il a disparu, songeait Catherine désespérée ; cette fois, je ne le reverrai plus... plus jamais ! »

Elle s'éveilla à l'aube. Au-dehors, la corne de Tristan appelait les Bretons en selle. L'heure du départ était proche et Catherine se leva pour y assister.

Non sans peine. Elle se sentait affreusement lasse, la tête lourde et les jambes molles. Mais, à travers l'étroite fenêtre de sa cellule, un beau rayon de soleil, encore un peu timide à cette heure matinale, arrivait jusqu'à elle et, dans l'autre pièce, elle entendit gazouiller Michel dans son petit lit... Elle se passa un peu d'eau sur le visage, se hâtant d'enfiler ses vêtements et luttant de son mieux contre une impression de plus en plus pénible.

Elle ne parvenait pas à effacer le rêve de cette nuit. Plus elle y pensait, plus il lui donnait envie de pleurer car elle se souvenait avoir entendu raconter des histoires terrifiantes de gens qui, à l'heure de leur mort, étaient apparus à ceux qu'ils aimaient, comme pour les avertir. Ce rêve tellement réaliste de la nuit passée n'était-il pas l'une de ces prémonitions tragiques ? Et Arnaud n'était-il pas... Non, elle ne pouvait pas même imaginer le mot. Pourtant... cette absence prolongée de Fortunat ? S'il avait appris, là-bas, quelque affreuse nouvelle ? Le mal, peut-être, avait fait des progrès trop rapides.

« C'est à devenir folle, pensa Catherine tout haut. Il faut que je sache, que Gauthier y aille sur l'heure... ou plutôt non, j'irai avec lui... Donatienne gardera bien ma belle-mère aujourd'hui encore et, pour les jambes rapides de Morgane, cinq lieues pour aller et autant pour revenir ne sont pas une affaire. Nous serons rentrés ce soir. »

Elle courut embrasser son fils, constata, en passant, que dame Isabelle dormait encore et se précipita dans la cour. Les Bretons étaient déjà à cheval, mais, près de l'écurie grande ouverte, Tristan s'entretenait avec Gauthier. Ils se séparèrent en voyant arriver Catherine. Elle s'efforça de sourire à celui qui partait malgré la tristesse de son cœur et lui tendit la main.

« Bonne route, ami Tristan. Dites bien à Mgr le connétable combien je lui suis reconnaissante de vous avoir envoyé à moi.

— Il désirera certainement savoir quand nous aurons le bonheur de vous revoir, dame Catherine.

— Pas avant longtemps, je le crains, à moins que vous veniez jusqu'ici. J'ai tant à faire en Auvergne ! Il faut que tout redevienne comme par le passé.

— Bah ! L'Auvergne n'est pas si loin. Je sais que le roi songe à y venir et, quand il sera enfin réconcilié avec Richemont, nous serons peut-être bientôt tous réunis.

— Dieu vous entende ! Au revoir, mon ami. »

Il baisa la main qu'il tenait toujours, sauta en selle. Les portes de l'abbaye s'ouvrirent au large devant lui, découvrant la place du village où s'attroupaient déjà les ménagères. Tristan l'Hermite se mit à la tête de sa troupe, mais, au moment de franchir le seuil sacré, il se retourna, ôta son chapeau de feutre noir et l'agita en l'air.

« A bientôt, dame Catherine !

— A bientôt, si Dieu le veut, ami Tristan ! »

Quelques instants plus tard, les lourds vantaux étaient refermés, la cour vide. Catherine s'approcha de Gauthier qui se tenait toujours près de la porte ouverte.

« J'ai fait un rêve étrange cette nuit, Gauthier... Je suis assaillie de tristes pensées... Aussi, j'ai décidé de partir avec toi à la rencontre de Fortunat. Même s'il faut aller jusqu'à Calves, je pense que nous pourrons rentrer dans la journée. Prends un cheval et selle-moi Morgane.

— Je voudrais bien, répondit calmement le Normand, malheureusement, c'est impossible.

— Et pourquoi donc ?

— Parce que Morgane n'est plus là.

— Comment ?

— Je dis la vérité : Morgane a disparu. Voyez vous-même... »

Catherine, abasourdie, suivit Gauthier dans l'écurie obscure. Plusieurs chevaux s'y trouvaient encore, mais il n'était que trop vrai qu'aucune jument blanche ne s'y montrait. Immobile au milieu de l'écurie, Catherine regarda Gauthier.

« Où est-elle ?

— Comment voulez-vous que je le sache ! Personne n'a rien vu, rien entendu... J'ajoute qu'il manque également un autre cheval, Roland, l'un de ceux que l'abbé nous avait donnés.

— C'est invraisemblable ! Comment ces deux bêtes ont-elles pu sortir d'ici sans que personne ne s'en aperçoive ?

— Sans doute parce que celui qui les a emmenées avait la possibilité d'entrer sans attirer l'attention... Il devait bien connaître l'abbaye.

— Alors, fit Catherine en se laissant tomber sur une botte de paille, qu'est-ce que tu en conclus ? »

Gauthier ne répondit pas tout de suite. Il réfléchissait. Au bout d'un moment, il glissa vers Catherine un regard incertain.

« Il se trouve, dit-il, que Roland, le cheval qui a été volé avec Morgane, était celui dont Fortunat avait l'habitude de se servir quand il allait à Aurillac ou ailleurs...

— Mais pas quand il allait à Calves ?

— Non. Vous savez bien qu'il ne consentait jamais

à y aller autrement qu'à pied... à cause de messire Arnaud. »

Ce fut au tour de Catherine de garder le silence. Elle avait tiré un brin de paille et le mâchonnait distraitement. Une foule d'idées l'assaillait... Enfin, elle releva la tête.

« Je me demande si j'ai vraiment rêvé, dit-elle... Si ce n'était pas l'une de ces prémonitions...

— Que voulez-vous dire ?

— Rien ; je t'expliquerai. Selle deux chevaux et préviens que nous partons pour la journée. Je vais mettre mon costume de garçon.

— Où allons-nous ?

— A Calves, voyons. Et plus vite que jamais ! »

CHAPITRE II

LE VAL DÉSERT

A LA croisée de deux chemins, les cavaliers arrêtèrent leurs montures, hésitant sur celui qu'il fallait prendre. Le pauvre village de Calves était tout proche maintenant, et, à l'horizon, Catherine pouvait voir, avec une émotion bien naturelle, se dresser la falaise basaltique de Carlat, hérissée de tours et de murailles. Elle avait vécu là les heures les plus crucifiantes de toute sa vie, elle l'avait fui sous la menace, mais, à revoir cet imposant décor devenu familier, elle sentait son courage fléchir.

Un paysan qui revenait des champs, sa houe sur l'épaule, approchait du croisement. Gauthier l'interpella du haut de son cheval :

« Sais-tu, brave homme, où se trouve la maison des lépreux ? »

L'homme se signa précipitamment, désigna l'un des chemins.

« Descendez jusqu'à la rivière... Vous verrez un gros bâtiment clos. C'est là. Mais ne venez pas au village après. »

Il s'éloigna vers le hameau, pressant le pas. Catherine tourna la tête de son cheval dans la direction ndiquée.

« Allons », dit-elle seulement.

Le chemin descendait vers l'Embène, la petite rivière qui, plus loin, contournait le rocher de Carlat. Une ligne de saules en marquait le cours. Catherine, marchant en tête, chevauchait en silence, balancée au pas de sa monture. Une profonde émotion l'étreignait en approchant ce lieu dont si souvent elle avait rêvé sans oser l'aborder. Dans quelques instants, elle serait tout près d'Arnaud, à quelques pas de l'endroit où il vivait... Peut-être parviendrait-elle à le voir. A cette seule idée son cœur battait plus fort, mais, malgré cela, elle avait du mal à s'arracher de l'esprit le mauvais pressentiment qu'elle traînait depuis le matin.

Le chemin déviait maintenant pour plonger à travers un petit bois aux taillis inextricables. Le sol, raboteux, malaisé, creusé de profondes ornières anciennes et de trous demeurés boueux dans ce bas-fond, ne devait pas être foulé souvent. Le ciel de cette fin de journée — Catherine et Gauthier avaient mis infiniment plus de temps qu'ils ne pensaient pour atteindre Calves — disparaissait derrière l'épaisse voûte de feuillage. Ce bois avait l'air d'une barrière végétale établie par les hommes pour se protéger des réprouvés de Calves... Et puis, soudain, au bas de la pente, les deux cavaliers contournèrent un rocher à pic et se retrouvèrent au bord de la rivière, hors du bois.

Le val resserré, où l'on entendait seulement la chanson mélancolique de l'eau, était d'une tristesse affreuse. A l'orée des arbres, Catherine arrêta brusquement son cheval. Gauthier la rejoignit et tous deux, botte à botte, restèrent là, immobiles, frappés de stupeur. Devant eux, à quelques toises, les murs d'enceinte d'une sorte de grosse ferme se dressaient... les murs d'enceinte seulement, car, au milieu, il n'y avait plus rien que des pans noircis, une ogive encore debout qui avait dû être l'entrée de la chapelle. Le grand portail, arraché, pendait sur ses gonds et montrait la cour intérieure de la léproserie, pleine de décombres calcinés... Seuls, les sinistres croassements des corbeaux qui tournoyaient dans le ciel troublaient le silence.

Catherine devint pâle comme une morte, ferma les yeux et vacilla sur sa selle, au bord de l'évanouissement.

« Arnaud est mort, balbutia-t-elle... C'est son fantôme que j'ai vu cette nuit ! »

D'un bond, Gauthier fut à terre. Ses bras vigoureux arrachèrent la jeune femme de sa monture. Il l'étendit, blême et les dents claquantes, sur le talus du chemin, puis se mit à frictionner vigoureusement ses mains qui se glaçaient.

« Dame Catherine ! Allons... Reprenez-vous ! Ayez du courage... Je vous en prie », implora-t-il, affolé.

Mais elle perdait conscience de plus en plus, avec l'affreuse sensation que sa vie lui échappait, coulait de son corps comme de l'eau. Alors, par deux fois, il la gifla, contrôlant malgré tout sa force qui aurait pu la tuer. Les joues blêmes devinrent rouge vif, Catherine ouvrit les yeux, le regarda avec stupeur. Il lui sourit d'un air contrit.

« Pardonnez-moi. Je n'avais pas le choix. Attendez, je vais vous chercher un peu d'eau. »

Contournant les bâtiments incendiés, il courut à la rivière, emplit le gobelet qu'il portait pendu à sa ceinture et revint faire boire Catherine avec des gestes de mère. La réaction vint, aussitôt, brutale : la jeune femme éclata en sanglots.

Debout près d'elle, il la laissa pleurer, sachant le pouvoir apaisant des larmes. Il ne dit pas un mot, ne fit pas un geste pour arrêter les sanglots terribles qui la déchiraient. Et, peu à peu, Catherine se calma... Au bout d'un long moment, elle releva sur le Normand un visage marbré, des yeux rouges au regard désolé.

« Il faut savoir ce qui s'est passé », dit-elle d'une voix qui se raffermissait.

Gauthier lui tendit la main pour l'aider à se relever. Elle ne la lâcha pas, heureuse de sentir cette force, cette chaleur pour ce qui allait suivre. Aidée par lui, elle marcha jusqu'au portail détruit au-dessus duquel se voyaient encore les armes de l'abbaye Saint-Géraud d'Aurillac dont dépendait la léproserie. Mais son cœur manqua un battement en passant ce seuil qu'un jour Arnaud avait franchi... pour toujours.

Les larmes coulaient encore sur ses joues, lentes, intarissables, mais elle ne s'en souciait pas. Le désastre, à l'intérieur, était complet, total... Il ne restait que des décombres noircis, tordus, qui rappelèrent à Catherine la ruine de Montsalvy. L'incendie avait tout ravagé, hormis quelques murailles particulièrement épaisses qui avaient résisté. Mais il n'y avait plus un seul toit, plus une seule porte, rien que des pierres écroulées sur lesquelles se pencha Gauthier.

« L'incendie est récent, dit-il. Les pierres sont encore chaudes.

— Mon Dieu, gémit Catherine d'une voix faible... Dire qu'il doit être là-dessous... mon époux bien-aimé... mon amour. »

Elle se laissa tomber à genoux sur les décombres et tenta d'ôter les pierres auxquelles ses mains tremblantes, maladroites, s'écorchaient. Gauthier la releva de force.

« Ne restez pas là, dame Catherine, venez avec moi. »

Mais elle se débattit avec une violence inattendue.

« Laisse-moi... Je veux rester ! Il est là, te dis-je...

— Je n'en crois rien... et vous non plus. Mais, même s'il en était ainsi, à quoi vous servirait de vous blesser à ces pierres brûlantes.

— Moi, je te dis qu'il est mort, cria Catherine hors d'elle. Je te dis que j'ai vu son fantôme, cette nuit ! Il est apparu masqué, dans la chambre de ma belle-mère, il s'est penché sur son lit et il a disparu.

— Et il n'est pas entré dans votre chambre à vous ! Dame Isabelle était-elle éveillée ou dormait-elle ?

— Elle dormait. Elle n'a rien vu. J'ai cru d'abord à un rêve, mais, maintenant, je sais que je ne rêvais pas, que j'ai vu le spectre d'Arnaud. »

Elle se remettait à sangloter. Gauthier l'empoigna aux épaules, la secoua d'importance et se mit à hurler.

« Et moi je vous dis que vous n'avez pas vu de fantôme ! Que vous n'avez pas rêvé non plus... Un fantôme serait venu à vous. Bien sûr, messire Arnaud ignorait votre retour, il n'a donc pas cherché à vous approcher.

— Que veux-tu dire ? »

Calmée d'un seul coup, Catherine demeurait bouche bée, regardant Gauthier comme s'il devenait subitement fou.

« Je veux dire qu'un fantôme sait tout ce qui concerne les vivants. Il se serait tourné vers vous. Et puis, pourquoi le masque ?

— Tu ne supposes pas que j'aurais vu Arnaud ?... Arnaud en personne ?

— Je n'en sais rien. Mais il se passe d'étranges choses. Admettez que Fortunat ait approché messire Arnaud, qu'il lui ait appris que sa mère était mourante ? Au seuil de la mort, la lèpre n'est plus à craindre... Il a peut-être voulu la revoir une dernière fois. Tandis qu'il n'est pas venu vers vous parce qu'il ignorait votre retour. Fortunat l'ignorait bien, lui.

— Où serait-il alors maintenant ? Et que s'est-il passé ici ? Pourquoi ces ruines, ce silence, ce désert ?

— Je l'ignore, répliqua Gauthier songeur, mais je vais essayer de l'apprendre. Quant à savoir où il est, j'ai idée que Fortunat pourrait nous le dire... comme il pourrait peut-être nous dire aussi où sont passés Morgane et Roland. »

Doucement, il l'entraînait maintenant hors des ruines. Catherine s'accrochait à lui comme un enfant peureux et le regardait avec des yeux émerveillés.

« Tu penses vraiment ce que tu dis ?

— Ai-je dit quelquefois des choses que je ne pensais pas ? Surtout à vous ? »

Elle eut un sourire tremblant, encore si proche des larmes que le Normand sentit son cœur fondre de pitié. Il l'aimait assez pour oublier son propre amour et ne désirer rien d'autre que la voir heureuse. Hélas ! Le destin paraissait s'acharner sur elle et, pour une faiblesse dont elle s'était rendue coupable, que de larmes présentes et à venir !

« Ne me donne pas trop d'espoir, implora-t-elle. Vois-tu, je pourrais en mourir.

— Restez forte comme vous l'avez toujours été. Et tâchons de savoir... Partons d'ici. Nous trouverons bien quelqu'un qui saura ce qui s'est passé. »

Ils reprirent leurs montures et quittèrent le val désert remontant vers les lieux habités, vers le ciel libre... Cette fois, Gauthier marchait en tête, cherchant une trace de vie dans ce lieu abandonné. Catherine suivait, tête basse, essayant de mettre de l'ordre dans ses idées, partagée également entre l'espoir et le chagrin. D'un seul coup, tout ce qui, jusque-là, avait eu de l'importance pour elle, avait cessé d'en avoir. Une seule chose comptait encore : savoir si Arnaud était mort ou vivant. Car il ne serait plus de repos possible pour elle tant qu'elle n'aurait pas acquis de certitude.

Comme on sortait du bois noir, Gauthier se haussa sur ses étriers, tendit le bras vers le sud.

« Tenez ! Je vois la fumée d'une chaumière sur un tertre... De là-haut, on doit apercevoir les toits de la maladrerie... enfin : on devrait !... »

C'était une toute petite maison, modeste sous son toit de chaume délavé. Pour ne pas risquer de faire peur aux habitants, Gauthier et Catherine laissèrent leurs montures attachées à un arbre et grimpèrent à pied le raidillon qui menait jusqu'à la porte. Le bruit de leurs pas attira au seuil une vieille paysanne en coiffe jaune, qui tenait à la main une quenouille enveloppée d'osier. Elle devait être très âgée car elle était toute voûtée et, de sa main libre, s'appuyait sur un bâton de cornouiller, mais les yeux qu'elle leva sur les arrivants étaient demeurés jeunes et perçants : deux fleurs de pervenche dans un visage tanné, tout étoilé de rides.

« N'ayez pas peur, bonne mère, dit Gauthier en adoucissant sa voix autant qu'il le pouvait, nous ne vous voulons aucun mal. Seulement un renseignement.

— Entrez, mes beaux seigneurs, la maison vous est ouverte.

— Nous ne voulons pas vous déranger, dit à son tour Catherine, et nous avons peu de temps. »

Tout en parlant, elle se détournait, regardait le paysage étendu à ses pieds. En effet, au-delà de la ligne noire des arbres, on apercevait les ruines de la léproserie. Du geste, elle les désigna.

« Savez-vous ce qui s'est passé là-bas ? »

La terreur se peignit sur le visage de la vieille qui se signa plusieurs fois et marmotta des paroles indistinctes, puis :

« C'est un lieu maudit... Il ne faut pas en parler, cela porte malheur.

— Cela dépend, reprit Catherine en tirant une pièce d'or qu'elle fit briller au soleil couchant avant de la glisser dans la main crochue de la vieille. Parlez, bonne mère, et vous en aurez une autre. »

La vieille, l'œil incrédule, commença par mordre la pièce pour s'assurer de sa valeur.

« De l'or ! dit-elle. Du bel et bon or ! Voilà bien longtemps que je n'en ai vu. Que voulez-vous savoir, mon jeune damoiseau ?

— Quand la maladrerie a-t-elle brûlé ? »

Malgré l'or, la vieille détourna la tête avec une visible répugnance à parler. Elle hésita, serra sa main ridée sur la pièce et, enfin, se décida :

« Dans la nuit de jeudi, les lépreux sont devenus fous. Il faut dire... le moine qui les gardait et veillait sur eux... un saint !... est mort la veille de la piqûre d'une vipère ; quel vacarme ils ont fait ! Tout le jour, on les a entendus pleurer, hurler... comme des démons !

« Les montagnes en tremblaient. C'était comme si l'enfer s'était ouvert d'un seul coup... Les gens du village ont eu peur. Ils ont cru que les lépreux allaient sortir, les attaquer.

« Ils ont couru à Carlat demander du secours. Alors les hommes d'armes sont venus... »

Elle s'arrêta, jetant sur les ruines des regards encore effrayés de ce qu'ils avaient vu. De nouveau elle se signa.

« Alors ? demanda Catherine haletante.

— Ils sont arrivés à la nuit, continua la vieille d'une voix qui faiblissait. Les lépreux criaient toujour leur douleur... C'était affreux. Mais après... ç'à été pire ! »

Catherine se sentait défaillir. Elle s'assit sur un banc de pierre placé contre la chaumière et essuya de sa manche la sueur qui lui coulait du front.

« Par pitié... Achevez !

— Les hommes d'armes étaient des soudards, de vrais barbares, lança la vieille avec une soudaine violence. Ils ont barricadé le portail de la maladrerie... et puis ils ont mis le feu. »

Un double cri d'horreur lui répondit. Catherine, frappée au cœur, s'était laissé aller contre le mur.

« Arnaud ! gémit-elle... Mon Dieu ! »

La vieille était lancée, elle poursuivit avec une sorte de rage :

« Les soldats étaient ivres parce que les gens du

village les avaient fait boire pour qu'ils aient le courage d'aller jusqu'à la maladrerie. Ils hurlaient qu'il fallait détruire ce nid de réprouvés... que le val devait être purifié... Toute la nuit, cela a brûlé. Mais, avant la minuit, on n'entendait plus crier... rien que le ronflement des flammes. »

Elle se tut enfin et il était temps. Catherine défaillait.

Gauthier, vivement, se pencha vers elle, la prit sous le bras.

« Venez, dit-il doucement... Nous allons partir... »

Mais, presque insensible, elle demeurait inerte. La vieille la regardait avec curiosité.

« Le jeune seigneur semble souffrir. Connaissait-il l'un de ces malheureux ?

— Le jeune seigneur est une femme, répliqua Gauthier brièvement. Elle connaissait... en effet, l'un d'eux. »

Catherine n'entendait plus rien. Son corps lui semblait fait de pierre et, dans sa tête vide, une seule pensée sonnait comme un battant de cloche.

« Il est mort ! Ils me l'ont tué ! »

Elle avait tout oublié de ce que lui avait dit Gauthier. Il n'y avait plus, devant ses yeux qui ne voyaient rien, qu'un brasier flambant dans la nuit. Et son cœur lui faisait mal comme si des griffes de fer tentaient de l'arracher de sa poitrine.

La vieille, silencieusement, était rentrée dans sa maison. Elle en ressortit portant une écuelle.

« Tenez, pauvre dame, dit-elle, buvez ça. Ce sont des herbes macérées dans du vin. Cela vous fera du bien. »

Catherine but, se sentit un peu mieux et voulut se lever, mais la vieille s'interposa.

« Non, restez. La nuit vient et les chemins ne sont pas sûrs. Si personne ne vous attend, restez jusqu'au matin... J'ai peu de choses à vous offrir, mais je l'offre simplement. »

Gauthier consulta seulement le visage pâle de la jeune femme qui paraissait ne se soutenir qu'à peine. Elle était incapable de retourner à Montsalvy cette nuit.

« Nous resterons, dit-il simplement. Merci à vous. »

Toute la nuit, Gauthier la passa au chevet du matelas de paille sur lequel Catherine, étendue, cherchait en vain le sommeil. Toute la nuit il essaya de faire passer dans l'âme meurtrie de la jeune femme la confiance qui habitait la sienne. Il redit, il répéta sans se lasser, toujours les mêmes choses. Catherine n'avait pas vu de fantôme. Elle avait vu Arnaud lui-même, échappé sans doute à l'incendie avec l'aide de Fortunat... et les deux hommes avaient dû fuir en prenant les chevaux. Mais elle ne voulait plus le croire. Arnaud n'avait aucune raison de fuir Montsalvy. Là, il pouvait, au moins, chercher refuge chez Saturnin qui, malgré la peur du mal, l'eût accueilli... Non, rétorquait Gauthier, le maître craignait trop de contaminer les siens. S'il avait approché sa mère, c'est parce qu'il la savait mourante... et Fortunat, peut-être, l'avait conduit à une autre maladrerie. On disait que, vers Conques, il en existait une...

« Ne désespérez pas, dame Catherine... Nous allons rentrer à Montsalvy et, dans quelques jours, vous verrez revenir Fortunat. Croyez-moi.

— Je voudrais bien te croire, soupirait Catherine, mais je n'ose pas. Tant de fois, j'ai été déçue.

— Je sais. Mais avec du courage, de l'obstination, on peut venir à bout de l'adversité. Un jour, dame Catherine, vous aussi...

— Non. Ne dis plus rien. J'essaierai d'être raisonnable... J'essaierai de te croire... »

Mais elle n'y parvenait pas. Le jour levant la trouva aussi abattue, aussi désespérée. Elle remercia généreusement la vieille paysanne de son hospitalité puis, dans une gloire de soleil qui blessait à la fois ses yeux las et son cœur lourd, elle reprit avec Gauthier le chemin de Montsalvy.

Du magnifique paysage de la vallée de la Truyère avec ses vertes pentes boisées Catherine ne vit rien. Elle chevauchait, le dos rond, les yeux mi-clos, traînant son cœur comme un boulet. La vision de l'autre nuit l'avait tellement persuadée de la mort d'Arnaud que le monde entier, tout à coup, avait perdu sa couleur. Elle ne voyait ni l'exubérante verdure des arbres, ni les fleurs des champs, ni les haies fleuries, ni l'éclat du soleil. C'était comme si quelque chose était mort en elle. Son esprit vide ne trouvait même plus une prière pour implorer du Ciel un secours quelconque. A deux doigts du blasphème, Catherine ne pensait à Dieu que pour l'accuser d'injuste cruauté. De quel prix ne lui faisait-il pas payer chacune des faveurs qu'il lui accordait si parcimonieusement ?

Elle découvrait, en outre, qu'elle n'avait jamais cru Arnaud vraiment perdu pour elle avant cette minute. On l'avait retranché des vivants, mais, quelque part sous le ciel, il respirait et elle gardait, elle, Catherine, la possibilité d'aller le retrouver une fois sa tâche terminée. Mais, maintenant, que lui restait-il ? Un vide immense et un goût de cendres sur les lèvres...

De temps en temps, Gauthier poussait son cheval auprès du sien, lui parlait pour tenter de l'arracher à cette annihilante tristesse. Elle répondait par monosyllabes puis, éperonnant son cheval, reprenait quelques toises d'avance. Il n'y avait, pour elle, que la solitude qui fût supportable...

Pourtant, lorsque Catherine rentra dans la cour de Montsalvy, quelque chose se ranima en elle, quelque chose qui ressemblait à une joie. Au seuil de l'hôtellerie, le petit Michel dans les bras, il y avait Sara ! Elle se tenait immobile, le bambin niché contre son cœur, semblable à quelque madone rustique, mais, à mesure que les cavaliers avançaient dans la cour, les yeux aigus de la bohémienne distinguèrent le visage ravagé de Catherine, son regard de somnambule. Les traits, sévères d'abord, de Sara se détendirent. L'amour, presque maternel, qu'elle avait pour Catherine devina sa souffrance, rien que dans sa silhouette accablée. Sans la quitter des yeux, elle tendit Michel à Donatienne qui accourait au bruit des chevaux, s'avança à la rencontre des cavaliers.

Aucun mot ne fut prononcé. Comme Sara arrivait près de sa monture, Catherine se laissa glisser à terre et s'abattit en sanglotant dans les bras qui se tendaient déjà. Comme il lui parut bon, à cet instant de désespoir, le cher refuge momentanément perdu ! Mais si pitoyable était l'aspect de la jeune femme que Sara, à son tour, se mit à pleurer. Etroitement embrassées, mêlant leurs larmes, elles retournèrent vers la maison.

Là, Catherine retrouva un peu le contrôle de ses nerfs et leva sur sa vieille amie une figure de noyée.

« Sara ! Ma bonne Sara !... Si tu es revenue, c'est que je ne suis pas tout à fait maudite.

— Maudite, toi ? Pauvrette... Qu'est-ce qui a pu te mettre ça dans l'idée ?

— Elle est persuadée que messire Arnaud a péri dans l'incendie qui a ravagé la maladrerie de Calves, fit derrière elles la voix grave de Gauthier. Elle ne veut entendre aucune consolation, elle ne veut accepter aucun doute.

— Ouais ! fit Sara, toute sa combativité retrouvée à la seule vue de son ancien ennemi. Venez me raconter ça. »

Et, laissant Catherine embrasser son fils avec un emportement qui en disait long sur son cœur débordant, elle entraîna le Normand sous le manteau de la cheminée. En quelques mots Gauthier eut tout dit : le retour de Catherine, la maladie de dame Isabelle, l'étrange vision nocturne de la jeune femme, la disparition des deux chevaux et, enfin, le drame de Calves. Sara l'écouta sans l'interrompre, les sourcils froncés, relevant le moindre détail du récit. Quand il eut terminé, elle demeura un moment silencieuse, les bras croisés, le menton dans une main, regardant l'âtre noir de la cheminée où l'on avait accumulé des branchages.

Enfin, elle revint vers Catherine qui, assise sur un tabouret, l'épiait avec angoisse en berçant Michel machinalement.

« Qu'en pensez-vous ? demanda Gauthier.

— Que c'est vous qui avez raison, mon garçon. Le maître n'est pas mort. Ce n'est pas possible.

— Comment aurait-il pu échapper ? fit Catherine.

— Je n'en sais rien. Mais ce n'est pas un fantôme que tu as vu. Les fantômes ne portent pas de masque. Je les connais.

— Je veux bien te croire, soupira Catherine. Mais alors, dis-moi ce que je dois faire ?

— Attendre quelques jours, comme le disait Gauthier, pour donner à Fortunat le temps de revenir. Sinon...

— Sinon ?

— Nous retournerons à Calves, avec Saturnin et quelques hommes solides. Nous fouillerons les ruines jusqu'à ce que nous ayons une certitude. Mais, pour moi, j'ai déjà cette certitude : il n'y a pas de cadavre à Calves... du moins pas celui que tu crois... »

Cette fois, un peu d'espoir revint dans le cœur de Catherine. Si forts étaient les liens qui l'unissaient à Sara qu'elle avait fini par voir en elle, sinon une sorte d'oracle, du moins un esprit qui ne se trompait guère et qui, même, avait parfois d'étranges clairvoyances... Elle ne répondit rien, mais prit la main de sa vieille amie et la posa contre sa joue, humblement, comme une enfant qui veut se faire pardonner. Le regard de Sara se chargea de tendresse en se posant sur la tête blonde inclinée contre elle. Dans le soir tombant, la cloche du couvent sonna pour complies.

« Les moines vont se rendre à la chapelle, dit Sara. Tu devrais, toi aussi, aller prier. »

Catherine hocha la tête.

« Je n'en ai plus le désir, Sara. A quoi bon prier ? Dieu ne se souvient de moi que pour me frapper.

— Tu es injuste. Il t'a donné les fruits amers de la vengeance, mais aussi ceux, plus doux, du triomphe. Tu as rendu à Montsalvy le droit d'exister.

— Mais à quel prix !

— A un prix que tu ignores encore... à moins que

tu ne regrettes celui que tu as laissé à Chinon ? » ajouta intentionnellement Sara.

Elle voulait voir comment réagirait Catherine à ce rappel de l'homme à cause de qui toutes deux s'étaient séparées. Mais elle fut immédiatement rassurée de ce côté-là.

Catherine haussa les épaules avec impatience.

« Qui veux-tu que je regrette quand j'ignore ce qu'il est advenu d'Arnaud ? »

Il n'y avait rien à ajouter à cela.

La fièvre qui brûlait Isabelle de Montsalvy semblait s'atténuer. La vieille dame ne délirait plus, elle toussait moins, mais elle s'affaiblissait peu à peu, comme une lampe dont l'huile baisse.

« Nous ne la sauverons pas, disait Sara qui se relayait avec Catherine à son chevet pour permettre à Donatienne de prendre un peu de repos et de s'occuper de Saturnin, bien délaissé par elle depuis le début de la maladie.

« On dirait, remarquait à son tour Catherine, qu'elle n'a plus la force de vivre. »

Toute la pharmacopée du couvent, tout le savoir du mire d'Aurillac, qui était revenu la visiter, étaient impuissants à retenir le flux vital dans ce corps épuisé. Tout doucement, Isabelle s'éteignait. Elle demeurait maintenant, durant des heures, étendue dans son lit, les mains jointes sur son chapelet ou sur un livre d'heures qu'elle ne lisait pas, silencieuse et immobile. Seules, les lèvres qui remuaient doucement montraient qu'elle priait.

Un soir, trois jours après le voyage de Catherine et de Gauthier à Calves, la vieille dame souleva ses paupières, regarda Catherine qui se tenait près d'elle, assise sur un escabeau.

« C'est pour vous que je prie, mon enfant, dit-elle doucement, pour Michel... et aussi pour lui, pour mon fils. Ne l'abandonnez pas dans sa misère, Catherine. Lorsque je ne serai plus là, veillez sur lui de loin. C'est un si affreux malheur que le sien. »

Catherine noua ses doigts et les serra, puis elle toussota pour empêcher sa voix de trembler. Isabelle ne savait rien du drame de Calves qu'on lui avait soigneusement caché, mais comme il était difficile de jouer la comédie, de feindre l'apaisante et nécessaire sérénité quand son âme était ravagée d'angoisse ! Chaque minute des trois jours qui venaient de s'écouler avait été pour Catherine une minute de torture. Confiante en ce que lui avait affirmé Sara, elle attendait le retour de Fortunat, et ce retour ne s'était pas encore produit... Mais elle parvint à sourire, tendrement, au vieux visage anxieux.

« Soyez sans crainte, mère. Jamais je ne m'éloignerai de lui. Je voudrais bâtir pour lui une demeure, non loin d'ici, où il pourrait vivre à l'écart des autres, mais d'une manière meilleure, plus conforme à ses goûts, à son rang... J'ai tant rêvé de l'arracher à cette horrible maladrerie. »

Les yeux de la malade s'illuminèrent d'une joie intense. Sa main maigre se tendit pour étreindre celle de Catherine.

« Oh oui ! Faites cela. Enlevez-le de ce lieu de misère puisque nous sommes riches maintenant.

— Très riches, mère, sourit Catherine en retenant ses larmes. Montsalvy va renaître, plus beau, plus fort qu'avant... Frère Sébastien, l'architecte du couvent, a déjà commencé des plans pour le nouveau château tandis que Saturnin, dirigé par le frère Placide, s'apprête à ouvrir une carrière du côté de la Truyère. Tout le village aura du travail, dès que les labours seront terminés. Bientôt, vous retrouverez une demeure digne de vous. »

Isabelle hocha la tête, avec un mélancolique sourire. Son regard s'attardait à la main de Catherine où l'émeraude de la reine Yolande brillait comme un œil vert. Depuis qu'elle l'avait reçue Catherine n'avait plus quitté cette bague. Voyant que la vieille dame la regardait, elle l'ôta de son doigt, la passa à la main amaigrie, mais encore si belle, qui reposait sur le drap, une main dont la forme nette, presque masculine, rappelait celle d'Arnaud.

« Elle est le gage de l'amitié de Yolande d'Anjou envers notre famille. Voyez ses armes gravées sur la pierre. Gardez-la, mère, elle vous va si bien. »

Isabelle contempla le joyau avec un sourire ravi, une joie presque enfantine, puis tourna vers Catherine un regard chargé d'affection.

« Je ne l'accepte que comme un prêt... Bientôt, ma fille, je vous la rendrai. Si, si... Ne protestez pas. Je le sais et j'y suis prête. La mort ne m'effraie pas, au contraire... Elle m'emmènera bientôt auprès de ceux que j'ai pleurés toute ma vie, mon cher époux, mon petit Michel que vous aviez voulu sauver. Et c'est très bien ainsi. »

Elle demeura un moment silencieuse, admirant l'émeraude qui mettait sur sa main une lumière d'eau profonde. Puis demanda :

« Et le fabuleux diamant noir ? Qu'est-il devenu ? »

Le visage de Catherine se contracta légèrement.

« Je l'avais perdu et je l'ai retrouvé. Mais il avait

encore fait bien du mal. J'ai juré qu'il n'en ferait plus.

— Comment cela ?

— Bientôt, dans quelques jours, j'irai offrir le diamant maudit à la seule qui n'ait rien à redouter de sa puissance diabolique.

— Est-il vraiment si malfaisant ? »

Catherine se leva, son regard s'évada de la petite chambre close. Comme l'autre nuit, elle eut la vision de l'incendie qui avait ravagé Calves. Elle serra les dents pour ne pas crier de douleur puis murmura avec une intraduisible expression de haine et de terreur :

« Plus encore que vous ne croyez. Le mal... il n'a jamais cessé d'en faire. Il en fait encore, presque chaque jour que Dieu crée, mais je saurai bien lui arracher son pouvoir ! J'enchaînerai Satan une nouvelle fois aux pieds de Celle qui, un jour, écrasa le Serpent sous ses pieds nus. Au manteau de la Vierge Noire du Puy, le diamant noir deviendra impuissant. »

Des larmes perlaient maintenant aux yeux d'Isabelle, mais une lumière y brillait.

« Vous nous étiez destinée, Catherine. D'instinct, vous retrouvez cette vieille tradition des châtelaines de Montsalvy qui, aux jours de guerre et de danger, s'en allaient au Puy implorer l'aide divine et offrir leurs plus beaux joyaux. Allez, ma fille, vous pensez en vraie Montsalvy. »

Catherine ne répondit pas. Entre Isabelle et elle, il n'était plus besoin de mots. Le silence leur suffisait tellement ; désormais, elles savaient se comprendre. D'ailleurs, à cet instant même, l'abbé Bernard entrait chez la malade pour la visite que, chaque soir, il avait pris l'habitude de lui faire. Et Catherine, après avoir baisé son anneau pastoral, se retira, les laissant seuls. Elle voulait rejoindre, dans la cuisine, Sara qui donnait son bain à Michel, mais, comme elle traversait la salle commune, elle vit accourir le frère portier.

« Dame Catherine, dit-il, le vieux Saturnin vous prie de daigner vous rendre jusque chez lui. Il dit qu'il s'agit d'une chose importante. »

En tant que bailli de Montsalvy, Saturnin était chargé de recruter des travailleurs pour la reconstruction du château. Pensant qu'il s'agissait de régler quelque problème d'embauche ou de paiement, Catherine jugea inutile de prévenir Sara de son absence.

« C'est bien, j'y vais, répondit-elle. Merci, frère Eusèbe. »

S'asurant, d'un coup d'œil rapide au petit miroir de sa chambre, que sa robe de futaine bleue était nette et sa haute coiffe de lin bien blanche, Catherine sortit du couvent et se dirigea vers la maison de Saturnin qui se trouvait dans la Grand-Rue, à quelques pas. Les paysans rentraient des champs en cette fin de journée, car on était en pleine moisson. Pour la première fois depuis des années, aucun ravage n'était venu empêcher le blé et l'avoine de pousser. On se hâtait de les mettre en bottes et de les rentrer.

Dans la rue, Catherine rencontra ses paysans en groupes joyeux, les visages cuits par le soleil sous les chapeaux de paille rejetés en arrière, les blouses ouvrant largement sur les poitrines suantes. Les femmes avaient retroussé leurs robes dans leurs ceintures et allaient, jambes nues, le rateau à faner ou la fourche sur l'épaule. Tous saluaient Catherine d'un sourire, d'un envol du chapeau ou d'une courte révérence et d'un joyeux « Le bonsoir, not'dame » qui lui faisaient chaud au cœur. Ces braves gens l'avaient adoptée spontanément, à cause de la souffrance partagée avec eux, à cause du souvenir d'Arnaud... Elle était vraiment chez elle à Montsalvy.

La maison du bailli Saturnin et de Donatienne touchait presque à la porte sud de Montsalvy et à la tour carrée qui la défendait. C'était, avec son haut pignon, l'une des plus belles maisons du village, presque une maison bourgeoise, et Donatienne y entretenait une propreté flamande. Lorsque Catherine y arriva, le vieux Saturnin l'attendait sur le seuil surélevé de deux marches, son bonnet à la main. Le souci plissait toutes les rides de son visage. Tellement que le menton légèrement en galoche rejoignait presque le long nez en lame de couteau. Il salua Catherine avec respect et lui tendit la main pour l'aider à entrer dans la maison.

« Il y a là un berger, dame Catherine... Il est arrivé tout à l'heure de Vieillevie, un village à quatre lieues d'ici, dans la vallée du Lot, et il a d'étranges choses à dire. C'est pourquoi j'ai préféré ne pas le conduire à l'abbaye et je vous ai fait prier, en m'excusant de l'audace, de venir jusqu'ici.

— Vous avez bien fait, Saturnin, se hâta de répondre Catherine dont le souffle s'était fait un peu plus court quand il avait parlé de la vallée du Lot. Qu'a-t-il de si étrange à dire ?

— Vous allez le savoir. Entrez plutôt. »

Dans la cuisine où les étains, sur le manteau de la cheminée, brillaient comme de l'argent, où la pierre du sol était si blanche qu'elle semblait de velours, un jeune garçon, vêtu d'une casaque en peau de mouton, sur des vêtements de toile grossière, était assis sur un banc, près de la table de châtaignier noir. Il mangeait du pain et du fromage que Saturnin avait dû lui servir, mais il se leva, poliment, en voyant entrer Catherine, salua avec gaucherie, puis se tint debout, attendant qu'on lui parlât.

« Ce garçon, dit Saturnin, est l'un des bergers du seigneur de Vieillevie. Quant à toi, mon ami, tu es devant la dame de Montsalvy. Dis-lui ce que tu as vu, dimanche matin. »

Le berger rougit un peu, gêné sans doute par la présence de cette grande dame, et sa voix, d'abord, fut à peine audible, mais, aux premiers mots prononcés, Catherine sentit s'éveiller en elle un intérêt passionné.

« Dimanche matin, je gardais mes moutons sur le plateau plus haut que la Garrigue...

— Parle plus fort, intima Saturnin. On entend mal. »

Le garçon se racla la gorge et enfla la voix :

« J'ai vu deux cavaliers qui semblaient venir de Montsalvy, le premier, grand et de belle stature, était tout vêtu de noir, il portait même un masque noir, mais il montait une belle jument blanche comme la neige.

— Morgane, murmura Catherine captivée. Morgane et...

— L'autre était un petit bonhomme maigre et jaune avec des yeux de braise et une barbiche en pointe. L'autre... le cavalier au masque, je n'ai même pas entendu le son de sa voix. Il ne m'a pas regardé. Il se tenait un peu à l'écart, flattant de sa main gantée l'encolure de sa bête qui grattait le sol avec impatience.

— Que t'a dit le plus petit ? demanda Saturnin.

— Il m'a demandé si je connaissais le bailli de Montsalvy. J'ai répondu que je l'avais vu deux ou trois fois, à l'occasion, que j'étais berger du seigneur de Vieillevie. Alors le petit homme jaune a demandé si j'accepterais d'aller porter une lettre chez maître Saturnin aussi vite que possible. Et il m'a donné un écu pour ma peine.

— Cette lettre, demanda Catherine, où est-elle ?

— La voici, répondit Saturnin en tendant à Catherine le message tout scellé qu'elle prit d'une main tremblante.

— Vous ne l'avez pas ouverte ?

— Ce n'est pas à moi de le faire, fit le bailli en hochant la tête. Voyez plutôt. »

En effet, quelques lignes étaient tracées sur le parchemin : « Pour dame Catherine de Montsalvy, quand elle reviendra. »

Catherine eut tout à coup l'impression que les murs blanchis à la chaux se mettaient à tournoyer autour d'elle. Ces mots, sans aucun doute possible, c'était Arnaud, Arnaud lui-même qui les avait tracés ! Dans un geste instinctif elle serra le message contre son cœur, luttant contre l'émotion qui montait en elle. Saturnin s'en aperçut, voulut congédier le berger.

« Tu as bien délivré ton message, mon garçon. Va te reposer maintenant. »

Mais Catherine l'arrêta.

« Attends ! Je veux aussi te remercier, berger. »

Elle fouilla dans son aumônière, mais le jeune garçon fit un geste de refus.

« Non, noble dame ! J'ai déjà reçu mon salaire. Achetez mes fromages si vous voulez, je n'accepterai rien de plus.

— J'achète tous tes fromages, petit ! Et que Dieu te bénisse ! »

Dans la main du berger ébahi, elle vida sa bourse. Le garçon se retira en la couvrant de bénédictions qu'elle n'entendit même pas. Elle avait hâte de rester seule pour lire le précieux message... Quand le berger eut disparu, elle leva les yeux vers Saturnin.

« Personne, dit-elle, ne doit savoir qui le berger a rencontré, personne à Montsalvy. Et surtout pas dame Isabelle.

— C'était messire Arnaud, n'est-ce pas ?

— Oui, Saturnin, c'était lui ! La maladrerie de Calves a brûlé l'autre nuit. Il a dû échapper par je ne sais quel miracle. Mais il vaut mieux qu'elle l'ignore. Seuls, Donatienne, Sara et Gauthier pourront savoir.

— Soyez sans crainte. Personne ne saura rien. Pour tout le monde ici, même pour l'abbé, messire Arnaud est mort à Carlat. Ils continueront de le croire. Maintenant, je vous laisse seule un moment.

— Merci, Saturnin... Vous êtes bon ! »

Il sortit sur la pointe des pieds fermant soigneusement la porte derrière lui. Catherine alla s'asseoir sur la pierre immaculée de l'âtre éteint et, lentement, ouvrit le parchemin. Ses mains tremblaient d'excitation et de joie, mais les larmes brouillaient tellement ses yeux qu'elle eut de la peine, tout d'abord, à déchiffrer l'écriture hardie de son époux. Elle passa la main sur son front, sur ses yeux, comme pour en arracher ce voile qui les couvrait.

« Mon Dieu, fit-elle avec un rire nerveux. Je n'y arriverai jamais ! Il faut que je me calme ! »

Elle s'obligea à respirer à fond deux ou trois fois, s'essuya les yeux. Cette fois le texte devint clair.

« Catherine, disait le parchemin, je n'ai jamais été habile aux jeux de la plume, mais, avant de disparaître pour toujours, j'ai voulu te dire un dernier adieu, et aussi te souhaiter le bonheur que tu mérites. Tu l'as trouvé, m'a-t-on dit, et mon souhait est sans valeur. Ne suis-je pas un mort qui respire encore et qui, hélas ! n'a pas cessé de penser ? Mais j'ai encore le pouvoir de te dire que tu es désormais libre, par ma volonté même. » Le cœur de Catherine manqua un battement. Ses doigts se crispèrent sur le parchemin, mais, courageusement, elle poursuivit sa lecture.

La suite était pire.

« Celui que tu as choisi te donnera tout ce que je n'ai pas pu te donner. Il est vaillant, digne de toi. Tu seras riche, fêtée, honorée. Mais, moi, Catherine, moi qui tout mort que je suis n'ai pas encore réussi à tuer l'amour dans mon cœur, je ne peux plus rester dans ce pays où tu ne seras plus. Ce qu'il était possible d'accepter tant que tu étais proche ne l'est plus dès que tu t'éloignes ! Je ne veux plus crever comme un rat dans son trou, me dissoudre lentement au fond d'une cave. Je veux mourir au grand jour... et seul ! Fortunat, qui n'a jamais cessé de communiquer avec moi, au risque de sa vie et malgré mes défenses, m'a aidé à fuir. Il aura été mon dernier ami...

« Te souviens-tu de ce pèlerin que nous avions rencontré ensemble ? Il se nommait Barnabé, je crois, et je l'entends encore nous dire : « Souvenez-« vous, aux heures de douleur qui vous viendront « encore, du vieux pèlerin de Saint-Jacques... » Rappelle-toi, Catherine ! Au tombeau de l'apôtre, il a recouvré la vue... Si Dieu le veut, le mal maudit me quittera en Galice. J'irai, alors, sous un nom d'emprunt, offrir au Saint Père mon épée contre l'Infidèle. Mais si la grâce de guérir est refusée au pêcheur que je suis, je trouverai bien, tout de même, une occasion de mourir en homme.

« C'est ici que nos chemins se séparent à jamais. Tu vas vers le bonheur, moi vers mon destin. Adieu, Catherine, ma mie... »

La lettre échappa des doigts soudain glacés de Catherine. En son âme, une effrayante douleur se mêlait à la colère. Une colère folle, torrentielle, meurtrière contre Brézé. Quel désastre avaient causé ses bavardages, ses grands cris de passion ! La mort prochaine d'Isabelle, la fuite d'Arnaud et, pour Catherine, cet affreux remords. Arnaud était parti loin, si loin... la croyant infidèle ! Il disait qu'il l'aimait toujours, que c'était pour cela qu'il partait, mais combien de temps encore durerait cet amour qui ne se sentirait plus soutenu ? Colère contre elle-même enfin. Comment avait-elle pu oublier le vieux pèlerin et le conseil qu'il leur avait donné ? Comment n'avait-elle pas tout laissé, tout abandonné au lieu de courir après une dérisoire vengeance, pour entraîner l'homme qu'elle aimait vers ce qui pouvait être son salut ? Pourquoi n'était-elle pas partie avec lui, depuis des mois, pour tenter l'impossible ? Dans sa fureur, elle oubliait qu'Arnaud n'eût jamais consenti à l'entraîner dans pareille aventure, lui qui n'osait même plus la toucher par crainte de la contagion ! Et puis, la colère tomba, il ne lui resta plus que la douleur. Ecroulée sur la pierre de l'âtre, Catherine sanglota sans retenue, éperdument, appelant l'absent entre ses sanglots... La pensée qu'Arnaud pouvait se croire trahi, oublié était intolérable. Cela brûlait comme un fer rouge... Avec horreur, elle se revit, défaillant dans les bras de Pierre de Brézé, au verger de Chinon, et se maudit furieusement. De quel prix inhumain lui fallait-il payer cet instant de folie ?

Elle redressa la tête, se vit seule dans cette pièce close, enfermée comme au cœur d'une toile d'araignée. Son regard affolé courut de la porte à la fenêtre. Il fallait qu'elle fuie, elle aussi, qu'elle coure à la poursuite d'Arnaud. Il fallait un cheval, tout de suite, le cheval le plus rapide !... Il fallait voler pardessus les murailles, les plaines, les montagnes !... Le retrouver ! C'était cela, le retrouver coûte que coûte, se traîner à ses pieds, implorer son pardon et ne plus le quitter... plus jamais !

Comme une folle, elle courut à la porte, l'ouvrit, hurla :

« Saturnin, Saturnin ! des chevaux ! »

Le vieil homme accourut et, devant cette femme éplorée, les yeux rouges et brûlants, s'inquiéta aussitôt :

« Dame ! Qu'avez-vous ?

— Je veux un cheval, Saturnin... et tout de suite. Il faut que je parte... Il faut que je le retrouve !

— Dame Catherine, la nuit tombe, les portes se ferment... Où voulez-vous aller ?

— Le retrouver. Lui, mon seigneur... Arnaud ! »

Elle avait crié, désespérément, le nom bien-aimé.

Saturnin hocha la tête et s'approcha de la jeune femme. Jamais il ne l'avait vue si pâle, si bouleversée.

« Vous tremblez... Venez avec moi. Je vais vous ramener au monastère. J'ignore ce qu'il est advenu, mais pour cette nuit vous ne pouvez rien faire. Il vous faut du repos. »

Comme pour un enfant, il ramassait le parchemin,

le lui remettait dans les mains et, doucement, l'entraînait au-dehors. Elle se laissa faire comme une hallucinée, protestant tout de même comme du fond d'un rêve.

« Vous ne comprenez pas, Saturnin. Il faut que je le rattrape... Il est parti si loin... et pour toujours !

— Il était déjà parti pour toujours, dame Catherine. Et pour un lieu d'où on ne revient pas. Venez avec moi. Au couvent, il y a dame Isabelle, il y a Gauthier, il y a Sara... Ils vous aiment, ils vous aideront quand ils vous verront dans cette grande détresse. Venez, dame Catherine. »

L'air frais du soir fit du bien à la jeune femme et lui permit de se ressaisir un peu. Tout en marchant, soutenue par le bras de Saturnin, elle put obliger son cerveau à cesser sa ronde affolée, à se calmer. Ne lui fallait-il pas s'apaiser, raisonner aussi froidement que possible ? Saturnin avait raison quand il disait que Sara et Gauthier l'aideraient... Mais il était indispensable qu'elle contrôle ses nerfs, qu'elle essaie de ne plus penser qu'Arnaud s'était séparé d'elle à jamais, qu'il avait tranché le lien si ténu qui les reliait encore.

Elle redressa la tête, tâchant de faire bonne contenance en face de ceux qu'elle croisait dans la rue. Mais, en arrivant au monastère, Catherine et Saturnin trouvèrent l'abbé en personne près de la loge du frère portier.

« J'allais vous faire chercher, dame Catherine, dit-il. Votre mère a eu un malaise et a perdu connaissance.

— Elle était si bien, tout à l'heure !

— Je sais. Nous parlions tranquillement, mais, tout à coup, elle s'est affaissée sur ses oreillers, le souffle court... Sara est auprès d'elle et notre frère apothicaire. »

Force était à Catherine de faire taire ses propres douleurs pour courir au chevet de la vieille femme. Courageusement, elle enferma la lettre fatale dans son aumônière, se rendit chez Isabelle. La malade était toujours inerte. Sara, penchée sur elle, essayait de la ranimer en lui faisant respirer le contenu d'un flacon tandis que le frère apothicaire lui frictionnait les tempes avec de l'eau de la reine de Hongrie.

Catherine se pencha.

« Est-elle très mal ?

— Elle revient, chuchota Sara, les sourcils froncés. Mais j'ai bien cru que c'était fini.

— De toute façon, fit le moine, elle ne durera plus longtemps. Elle se soutient à peine. »

En effet, Isabelle, peu à peu, reprenait connaissance. Avec un soupir de soulagement, Sara se redressa, sourit à Catherine, mais son sourire s'effaça aussitôt apparu.

« Mais... tu es plus pâle qu'elle. Que t'est-il arrivé ?

— Je sais où est Arnaud, répondit Catherine d'une voix blanche. Tu avais raison, Sara, quand tu disais que si j'écoutais Pierre de Brézé je le regretterais toute ma vie. Le regret n'a pas mis longtemps à venir.

— Mais, parle, enfin !

— Non. Tout à l'heure. Saturnin doit attendre dans la grande salle. Demande-lui de rester. Va aussi chercher Gauthier et envoie prier le révérend père abbé de se joindre à nous. J'ai à dire des choses graves. »

Une heure plus tard, l'espèce de conseil qu'avait

souhaité Catherine se réunissait, non pas dans la salle commune de l'hôtellerie, mais dans la salle capitulaire de l'abbaye où l'abbé l'avait fait prier de se rendre avec ses compagnons. Guidés par le frère Eusèbe, Catherine, Gauthier, Saturnin et Sara traversèrent l'église silencieuse à cette heure nocturne où une lampe à huile brûlait faiblement devant une statue de Notre-Dame à laquelle la collégiale était dédiée. Puis ils pénétrèrent dans la grande salle. Elle était éclairée par quatre torches fixées aux deux piliers isolés qui supportaient la voûte. L'abbé, mince fantôme dans sa longue robe noire, s'y trouvait seul, auprès du trône abbatial qu'il n'occupait pas. Il marchait lentement de long en large, ses mains cachées sous les amples manches, le front penché sous sa couronne rase de cheveux clairs. La lumière des torches donnait à son jeune visage ascétique les tons du vieil ivoire. C'était à la fois un homme d'action, car il menait son monastère d'une main ferme, et un homme de prières. Son amour de Dieu était immense, sa vie sans faiblesse et si sa jeunesse l'obligeait à conserver une attitude austère, voire sévère, pour asseoir son autorité, il cachait sous son abord presque glacial une immense pitié des hommes et un cœur ardent.

En voyant entrer ceux qu'il attendait, il s'arrêta, posa un pied sur la marche qui surélevait le trône et désigna, du geste, un tabouret à Catherine.

« Asseyez-vous, ma fille. Me voici prêt à vous entendre et à vous aider de mes conseils comme vous l'avez demandé.

— Soyez-en remercié, mon père, car je suis en grande détresse. Un événement imprévu a bouleversé ma vie. Aussi j'ai voulu vous demander votre secours.

Ceux-ci sont mes fidèles serviteurs pour lesquels je n'ai rien de caché.

— Parlez, je vous écoute.

— Tout d'abord, je dois vous dire la vérité sur la prétendue mort de mon époux, Arnaud de Montsalvy. Il est temps que vous la sachiez. »

La main pâle de l'abbé se tendit vers Catherine pour l'arrêter.

« Epargnez-vous cette peine, ma fille. Dame Isabelle, en confession, m'avait déjà confié ce secret douloureux. Il n'en est plus un puisque vous désirez en parler.

— Alors, mon père, veuillez lire cette lettre... et veuillez la lire tout haut. Gauthier, que voici, ne sait pas lire et Sara déchiffre avec peine. »

Bernard de Calmont accepta d'un signe de tête, prit la lettre et commença de la lire. Catherine avait croisé ses mains et fermé les yeux. La voix lente et grave de l'abbé donnait aux paroles de l'adieu un charme déchirant qui la bouleversait malgré les efforts qu'elle faisait pour garder son calme. Derrière son dos, elle entendit les exclamations étouffées de ses trois compagnons, mais ne les regarda pas. Elle rouvrit les yeux seulement quand l'abbé cessa de lire. Elle vit alors que tous les regards étaient fixés sur elle, que dans ceux de l'abbé il y avait une pitié profonde. La main de Sara vint se poser rassurante sur son épaule.

« Quels conseils désirez-vous que je vous donne, ma fille ? demanda l'abbé. Et quelle sorte d'aide ?

— Je vais partir, mon père, malgré le chagrin que j'aurai à me séparer de mon enfant, la douleur que me causera cet arrachement puisque je n'ai plus que lui et qu'il n'a plus que moi, il faut que je parte, qu'à tout prix je retrouve son père. Un affreux malentendu est né entre lui et moi. Je ne peux le supporter. Messire de Brézé a cru, de bonne foi, parce que je lui montrais de l'amitié, que j'accepterais d'être sa femme. Il ignorait la vérité et ne pouvait savoir qu'à aucun prix je n'accepterais de porter un autre nom que celui de Montsalvy. Il a agi par naïveté, par amour aussi... et il a causé un affreux désastre. Je veux vous demander de prendre soin de mon fils, de veiller sur lui comme un père, de me remplacer totalement à la seigneurie de Montsalvy, de vous intéresser à la reconstruction du château. Mes serviteurs demeureront... moi, je pars.

— Où allez-vous ? A sa poursuite ?

— Naturellement. Je ne veux pas le perdre à jamais.

— Il est déjà perdu à jamais, fit l'abbé sévèrement. Il se tourne vers Dieu. Pourquoi voulez-vous le ramener à la terre ? La lèpre ne pardonne pas.

— Sauf si Dieu le veut ! Est-ce moi qui dois vous rappeler, mon père, qu'il est des miracles ? Qui vous dit qu'au tombeau de saint Jacques, en Galice, il ne guérira pas ?

— Alors, laissez-le s'y rendre comme il l'entend, et seul.

— Et s'il guérit ? Dois-je aussi le laisser partir, loin de moi, se faire tuer en combattant les Infidèles ?

— Que faisaient d'autre les femmes des anciens croisés ?

— Certaines partaient avec eux. Moi, je veux retrouver l'homme que j'aime, lança Catherine avec, dans sa voix, une note de passion si sauvage que l'abbé détourna les yeux, fronçant légèrement les sourcils.

— Et... s'il ne guérit pas ? dit enfin l'abbé. C'est une grâce rare, qui ne s'obtient pas facilement. »

Il y eut un silence. Jusque-là, les répliques de Catherine et de l'abbé s'étaient croisées à cadence rapide, comme les épées de deux duellistes. Mais les derniers mots évoquèrent la grande terreur du mal maudit. Un frisson parcourut l'échine de tous les assistants. Catherine se leva, marcha jusqu'au grand christ en croix qui ouvrait ses bras décharnés au mur de la salle capitulaire.

« S'il ne guérit pas, je resterai avec lui, vivant tant qu'il vivra, mourant de son mal, mais avec lui, dit-elle fermement, les yeux fixés à la croix comme pour la prendre à témoin.

— Dieu défend le suicide. Vivre avec un lépreux, c'est chercher la mort volontaire, objecta l'abbé sèchement.

— J'aime mieux vivre avec lui lépreux qu'avec le reste du monde en bonne santé. J'aime mieux la mort avec lui que la vie sans lui... et même la damnation si c'est offenser Dieu qu'aimer au-delà de soi-même ! »

La voix de l'abbé tonna tandis que sa main maigre se levait vers le ciel :

« Taisez-vous ! La passion humaine vous fait offenser Dieu plus sûrement encore ! Repentez-vous, si vous voulez être exaucée, et songez que les cris de l'amour charnel insultent à la pureté de Dieu.

— Pardonnez-moi... Mais je ne puis mentir quand il s'agit de tout ce qui fait ma vie, ni parler autrement. Répondez-moi seulement, mon père. Acceptez-vous de me remplacer à Montsalvy, de protéger encore les miens, d'être le seigneur en même temps que l'abbé jusqu'à mon retour ?

— Non ! »

Le mot avait claqué, net, définitif.

De nouveau le silence, étouffant. Derrière Catherine, les trois témoins muets de cette scène retenaient leur souffle. La jeune femme regarda le mince et sévère visage d'un air incrédule.

« Non ?... Mon père... Pourquoi ? »

Ce fut un véritable cri de douleur. Lentement, elle se laissa tomber à genoux, tendit les mains dans le geste instinctif des suppliants.

« Pourquoi ? répéta-t-elle avec des larmes dans la voix. Laissez-moi partir ! Si je perds à jamais son amour, mon cœur s'arrêtera de battre de lui-même, je ne pourrai plus vivre. »

Les traits rigides s'adoucirent d'une profonde mansuétude. Bernard de Calmont descendit jusqu'à la jeune femme, se pencha vers elle et, prenant les mains suppliantes, la releva doucement.

« Parce que vous ne pouvez partir maintenant, ma fille. Vous ne songez qu'à votre humaine passion, qu'à votre douleur légitime et peut-être méritée. N'aviez-vous pas encouragé ce jeune seigneur à espérer votre amour ? Non, ne me répondez pas. Dites-moi seulement si cet amour vous pousse à la cruauté, s'il n'y a dans ce cœur entièrement donné aucune pitié pour autrui ?

— Que voulez-vous dire ?

— Ceci, sans parler de votre fils qui doit vous retenir ici, laisserez-vous mourir seule, sans votre tendresse, cette vieille femme qui n'a plus que vous, cette mère dont la souffrance est sans doute pire que la vôtre car vous gardez au fond de vous, tenace, l'espoir obscur de retrouver votre époux. Tandis qu'elle sait que jamais elle ne reverra son fils... Aurez-vous cette dureté ? »

Catherine baissa la tête. Dans son désespoir elle avait oublié Isabelle qui se mourait dans son étroite cellule de l'hôtellerie conventuelle. Pour Michel seul son cœur avait redouté de souffrir de la séparation. Il avait été toute son hésitation, tout ce qui avait pu la retenir. Elle n'avait pas songé à la vieille femme. Elle avait honte maintenant, mais, derrière les reproches que lui faisait sa conscience, elle entendait encore protester son amour. Personne ne comptait lorsqu'il s'agissait d'Arnaud. Pourtant, elle s'avoua vaincue sans hésitation.

« Non », dit-elle seulement. Mais elle se détourna pour chercher le réconfort des bras de Sara qui, tendrement, la serra contre elle. Avec un soupir, elle ajouta : « Je resterai. »

Alors, s'éleva la voix rude de Gauthier.

« Vous devez rester, dame Catherine, pour celle qui meurt et pour l'enfant. Mais, moi, je suis libre si vous me donnez la permission de partir. Je peux courir après messire Arnaud. Qui donc m'en empêcherait ? » D'un mouvement violent, il se tourna vers l'abbé qu'il dominait de la tête. « Donne-moi un cheval et une hache, homme de Dieu ! Les grands chemins ne me font pas peur, ni les longues chevauchées. »

Catherine, que cette explosion avait ranimée, eut pour le Normand un regard débordant de reconnaissance.

« C'est vrai. Tu es là, toi... Tu pourras lui dire que je ne l'ai jamais trahi, mais il n'acceptera pas de revenir vers moi, tu le sais bien. Personne n'a jamais pu faire plier sa volonté.

— Je ferai ce que je pourrai. Du moins le devoir perdra-t-il pour vous le goût amer que vous lui trouvez. Si messire Arnaud guérit, je le ramènerai de force au besoin. Sinon... je reviendrai seul vers vous. Me laissez-vous partir ?

— Comment le refuserais-je ? Tu es ma seule chance.

— Alors, allons-y, s'écria Gauthier qui, comme tous les hommes d'action, n'aimait guère les paroles. Nous avons perdu assez de temps comme ça. Faites-moi ouvrir les portes de la ville, et à cheval ! Par Odin, je saurai bien le retrouver... même s'il faut courir après jusque chez Mahomet !

— Ici, c'est la maison de Dieu, s'indigna l'abbé. Les idoles n'y ont que faire. Venez avec moi, Catherine, ma fille... allons demander à Notre-Dame du Ciel de veiller sur ce sauvage qui ne la connaît même pas. Ensuite, nous le ferons partir ensemble... Je vous aiderai. »

Une heure plus tard, debout près de la porte sud de Montsalvy, entre Sara et Saturnin, Catherine écoutait décroître vers la profonde vallée du Lot le galop du cheval de Gauthier. Lesté d'un peu de provisions, de vêtements solides et d'une bourse bien garnie, monté sur un vigoureux percheron qui rattrapait en puissance ce qu'il perdait en finesse, le Normand se lançait sur la trace d'Arnaud et de Fortunat.

Quand le bruit se fut éteint au cœur de la nuit semée d'étoiles, Catherine resserra autour d'elle la mante sombre dont elle était enveloppée, chercha au firmament la trace blanche de la voie lactée, que l'on appelait alors le chemin de saint Jacques, et soupira :

« Parviendra-t-il à le retrouver ? Ces régions du sud lui sont aussi étrangères que le pays du Grand Khan.

— Mgr l'abbé lui a dit qu'il devait suivre le chemin

marqué de coquilles. Il lui a appris le nom des premières étapes puisqu'il ne pouvait les lui écrire, dit Saturnin. Il faut avoir confiance, dame Catherine. Bien qu'il ne croie pas en eux, je sais que Madame la Vierge et Monseigneur saint Jacques veilleront sur Gauthier. Ils n'abandonnent jamais ceux que leur générosité pousse sur les grands chemins.

— Il a raison, renchérit Sara en prenant le bras de Catherine. Gauthier a pour lui la force, l'intelligence et la ruse. Il a en lui-même une foi capable de soulever des montagnes. Viens maintenant, rentrons. Dame Isabelle a besoin de nous et, en embrassant ton fils, tu trouveras le courage de poursuivre la tâche qui t'attend encore. »

Catherine ne répondit pas. Elle étouffa le soupir de regret qui lui venait et, silencieusement, remonta vers l'abbaye. Mais elle savait bien qu'elle avait seulement plié devant la raison et que le désir de s'élancer, elle aussi, sur les traces d'Arnaud ne la quitterait pas de sitôt. Longtemps, ce soir-là, elle berça Michel dans ses bras, réchauffant son cœur douloureux à son amour pour l'enfant.

CHAPITRE III

LE MÉNESTREL

ISABELLE DE MONTSALVY mourut au lendemain de la Saint-Michel, sans souffrance et sans agonie, presque paisiblement.

Elle avait eu, à la veille de sa mort, une dernière joie : celle de voir son petit-fils recevoir pour la première fois les hommages de ses vassaux...

Saturnin, en effet, en tant que bailli et en accord avec les notables de Montsalvy, avait décidé que, pour le jour de sa fête, l'enfant serait reconnu officiellement seigneur de la petite cité... Maintenant que le roi avait rendu aux Montsalvy leurs titres et leurs biens, la date du 29 septembre avait paru, à l'excellent homme, tout indiquée pour cette solennité, d'autant plus qu'elle coïncidait avec la fête des bergers qui, chaque année à pareille époque, rassemblait sur le plateau de Montsalvy tous les gardeurs de moutons de toute la région.

Ce jour-là, on avait dressé sur la place du village, à la porte de l'église, un banc seigneurial surmonté d'un dais aux couleurs de la famille et, après la messe solennelle dite par l'abbé Bernard, Michel et sa mère s'y installèrent pour recevoir l'hommage de leurs vassaux revêtus pour la circonstance de leurs plus beaux vêtements. Saturnin, habillé de fin drap brun, portant une chaîne d'argent au cou, avait offert sur un coussin les épis de blé des champs et les raisins des treilles. Il avait fait un beau discours, un peu embrouillé peut-être, mais que chacun avait jugé superbe, puis tous les habitants de Montsalvy, tous les paysans des fermes d'alentour étaient venus, un à un, baiser la menotte de Michel. L'enfant riait de joie, heureux du beau costume de velours blanc dont Sara l'avait paré, mais s'intéressant visiblement beaucoup plus à la chaîne d'or et de topazes que sa mère lui avait passée au cou. La cérémonie était un peu longue, à vrai dire, pour un petit seigneur qui n'avait pas deux ans. Mais les danses des bergers et les luttes à main nue auxquelles ils se livrèrent ensuite déchaînèrent son enthousiasme. Grimpé sur son siège, malgré les efforts de Catherine qui faisait tout ce qu'elle pouvait pour le retenir, Michel s'agitait comme un petit diable dans un bénitier. Tout près de lui, sa grand-mère, que l'on avait apportée sur un brancard et installée sous un vélum pour qu'elle puisse assister à la fête, le regardait avec adoration.

La journée s'acheva par un grand feu de joie, allumé sur le plateau par Michel lui-même dont Catherine guidait la main. Puis, tandis que garçons et filles attaquaient bourrées et caroles sur l'herbe encore verte, au son aigre des cabrettes, on emporta au lit le nouveau seigneur exténué qui, d'ailleurs, dormait déjà depuis un moment, sa tête blonde nichée contre l'épaule de Sara.

Toute la nuit, Catherine entendit chanter et danser ses vassaux, heureuse de leur joie que son deuil austère ne parvenait pas à ternir. Sa tristesse profonde, elle l'avait cachée tout le jour pour ne pas leur montrer combien cette fête lui était cruelle. L'avènement de Michel repoussait son père dans le passé, ce père dont, depuis un mois et demi, personne ne savait plus rien.

Mais, au matin suivant, les bonnes gens de Montsalvy, qui s'étaient endormis, fort tard il est vrai, si joyeux et si contents de vivre, furent réveillés par les battements lugubres du glas et apprirent ainsi que leur vieille châtelaine avait cessé de vivre...

Sara, en lui portant, au matin, un bol de lait, l'avait trouvée morte dans son lit. Isabelle était étendue bien droite, les yeux clos, les mains jointes sur son chapelet, et, sur les doigts pâles, un rayon de soleil faisait étinceler l'émeraude de la reine Yolande. Sara était d'abord restée un instant au seuil de la chambrette, stupéfaite par l'extraordinaire beauté de la morte. Les ravages de la maladie avaient disparu, laissant le visage lisse et détendu, infiniment plus jeune que la veille. Ses cheveux blancs l'encadraient, en deux nattes épaisses, et sa ressemblance avec ses fils était redevenue frappante.

Sara s'était signée puis, déposant son écuelle de lait à la porte, elle était entrée chez Catherine qui avait fini par s'endormir au petit matin. Elle l'avait secouée doucement. Et comme la jeune femme, avec un sursaut nerveux, se dressait sur son séant et la regardait avec les yeux effarés de quelqu'un que l'on éveille brusquement, elle avait murmuré :

« Dame Isabelle a cessé de souffrir, Catherine. Il faut que tu te lèves. Moi, je vais aller prévenir l'abbé. Pendant ce temps, enlève Michel de la chambre voisine et confie-le à Donatienne. La mort n'est pas un spectacle pour un enfant. »

Catherine avait obéi, comme une somnambule. Depuis son retour, elle s'attendait à cette fin. Elle savait que la vieille dame la désirait comme une délivrance et sa raison lui soufflait qu'il ne fallait pas s'en attrister, qu'Isabelle enfin avait gagné la paix. Mais la raison ne pouvait rien contre le chagrin brusque qui l'envahissait... Elle découvrait que la présence d'Isabelle lui était plus précieuse qu'elle ne le croyait. Tant qu'avait vécu la mère d'Arnaud, Catherine avait eu quelqu'un avec qui parler de l'absent, quelqu'un qui le connaissait encore mieux qu'elle-même, dont les souvenirs étaient intarissables. Et voilà que cette voix douce s'était tue, elle aussi, aggravant encore la solitude de celle qui restait... Arnaud avait disparu, Gauthier, depuis un mois, s'était enfoncé dans l'inconnu et, maintenant, c'était Isabelle...

Quand, un moment plus tard, elle eut fait, avec l'aide de Sara, la dernière toilette de la défunte, toutes deux demeurèrent debout au pied du lit où elle reposait, vêtue de l'habit religieux des clarisses dans lequel, depuis longtemps déjà, Isabelle avait exprimé le désir de dormir son dernier sommeil. L'austérité des amples vêtements noirs lui conférait une extraordinaire majesté et, sous leurs paupières violettes, les yeux semblaient prêts à se rouvrir.

Très doucement, en lui passant l'habit, Catherine avait ôté du doigt d'Isabelle l'émeraude gravée dont la splendeur profane n'était plus compatible avec le vêtement monastique. Puis, avec Sara, elle avait longuement contemplé la morte avant de s'agenouiller pour les premières prières, au moment précis où arrivait l'abbé précédé de deux clercs portant l'encensoir et le bénitier.

Les trois jours qui suivirent se déroulèrent pour la jeune femme comme un rêve lugubre. Le corps fut exposé dans le chœur de l'église, veillé par des moines. Mais Catherine, Sara et Donatienne se relayèrent sur le coussin posé au pied du catafalque. Pour Catherine, ces heures de veille dans l'église silencieuse avaient quelque chose d'irréel. Les moines qui encadraient le corps, debout, le capuchon baissé jusqu'à la bouche et les mains au fond de leurs larges manches, avaient l'air de fantômes et la lumière tremblante des gros cierges de cire jaune donnait à leur immobilité quelque chose d'effrayant. Pour échapper à cette vague terreur qu'elle éprouvait, Catherine s'efforçait de prier, mais les mots venaient mal... Elle ne savait plus comment s'adresser à Dieu. Aussi trouvait-elle plus facile de s'adresser tout simplement à la défunte.

« Mère, chuchotait-elle tout bas, là où vous êtes parvenue, tout doit être tellement plus simple, tellement facile... Aidez-moi ! Faites qu'il me revienne ou que, du moins, il sache que je n'ai jamais cessé de l'aimer ! J'ai tant de peine !... »

Mais le visage de cire demeurait immobile et le demi-sourire des lèvres closes gardait son mystère. Le cœur de Catherine, à mesure que passait le temps, se faisait plus lourd.

Au soir du quatrième jour, le corps d'Isabelle de Ventadour, dame de Montsalvy, fut descendu au tombeau en présence de tout le pays. Derrière les grilles de bois de leur clôture, les voix fortes des moines de l'abbaye chantaient le Miserere. Et Catherine, sous les voiles de deuil qui, ce soir, prenaient une nouvelle et double signification, regarda disparaître sous les dalles de pierre de l'église la forme frêle de celle qui, trente-cinq ans plus tôt, avait donné le jour à l'homme qu'elle adorait.

En quittant le sanctuaire, le regard de la jeune femme croisa celui de l'abbé qui avait prononcé le dernier requiem. Elle y lut à la fois une interrogation et une prière, mais détourna la tête comme pour éviter de répondre. A quoi bon ? La mort d'Isabelle ne la libérait pas. Les petites mains de Michel la retenaient fermement à sa place. Et elle n'avait aucune raison de le quitter puisque Gauthier était parti à la poursuite d'Arnaud. Tant qu'il n'aurait pas donné de ses nouvelles, il fallait demeurer ici et attendre... Attendre !

L'automne fit flamber la montagne de tous ses ors, de toutes ses pourpres. Les alentours de Montsalvy se couvrirent de splendeur rutilante tandis qu'au ciel plus bas les nuages se faisaient plus gris et que les hirondelles fuyaient vers le sud, en bandes rapides et noires. Catherine les suivait du regard, du haut des tours du monastère, jusqu'à ce qu'elles aient disparu. Mais, à chaque vol passant au-dessus de sa tête, la jeune femme se sentait un peu plus triste, un peu plus découragée. Elle enviait, de toute son âme, les oiseaux insouciants qui, avides seulement de soleil, s'en allaient vers ces pays où elle eût tant aimé les suivre.

Jamais les jours n'avaient coulé si lents, si monotones. Chaque après-midi, quand le temps le permettait, Catherine allait, avec Sara et Michel, jusqu'à la porte Sud où moines et paysans avaient commencé de creuser les fondations du nouveau château. Sur le conseil de l'abbé, on avait décidé de ne pas reconstruire la forteresse là où elle se trouvait jadis, aux flancs du puy de l'Arbre, mais bien à la porte même de Montsalvy, là où château et village pourraient se porter le plus efficace secours. Les ravages du routier Valette étaient encore présents à tous les esprits.

Les deux femmes et l'enfant passaient toujours un long moment sur le chantier puis poussaient un peu plus loin, pour voir travailler les bûcherons. En effet, maintenant que s'éloignait la menace anglaise, il fallait reconquérir sur la forêt les terres qu'au temps de la grande détresse on avait laissé retourner à la sauvagerie. Le taillis, qui tant de fois avait servi de refuge, les avait faites siennes. Il fallait les lui reprendre pour en tirer de nouveau le blé ou le fourrage. Mais les yeux de Catherine s'évadaient toujours au-delà de la ligne sombre des arbres, vers les lointains profonds et bleus qui avaient vu passer Arnaud. Puis, la petite main de Michel bien serrée dans la sienne, elle retournait, à petits pas, vers la maison.

Et, une nuit, le vent souffla en tempête et les arbres furent dépouillés, une autre nuit et la neige couvrit le pays. Les nuages étaient si bas qu'ils semblaient rejoindre la terre et les brouillards glacés du matin étaient longs à se dissoudre. C'était l'hiver et Montsalvy entra dans le sommeil. Le travail cessa sur le chantier du château, chacun s'enferma au chaud de sa maison. Catherine et Sara firent comme les autres. La vie, rythmée par la cloche du monastère, devint d'une désespérante monotonie où, malgré tout, s'endormait la douleur de Catherine. Les jours succédaient aux jours, tous semblables. Ils se passaient à filer au coin de l'âtre en regardant jouer Michel sur une couverture. Le paysage était devenu immuablement blanc et Catherine en venait à douter qu'il pût un jour revêtir un autre aspect. Le printemps reviendrait-il jamais ?

Chaque jour, pourtant, la jeune femme s'obligeait à sortir. Elle chaussait des socques, s'enveloppait d'une grande mante à capuchon et quittait le monastère pour une promenade, toujours la même... Elle s'en allait jusqu'au-delà de la porte du Sud. Mais ce n'était pas pour contempler le chantier de sa future demeure sous la neige. Elle allait s'asseoir un moment sur une antique borne, et elle demeurait là, un long moment, insensible aux tourbillons du vent et bourrasques neigeuses, regardant le chemin qui venait du Lot, guettant avec l'espoir tenace de voir surgir enfin une silhouette connue. Il y avait si longtemps que Gauthier était parti maintenant... Cela fit trois mois quand vint la Noël. Et personne n'était encore venu apporter le moindre message. C'était comme s'il s'était dissous tout à coup dans cette immensité... Lorsque le jour commençait à baisser — les jours d'hiver sont si courts — Catherine retournait lentement chez elle, l'âme un peu plus lourde d'angoisse, un peu plus pauvre d'espoir.

Noël passa sans lui apporter d'apaisement. Son esprit, sans cesse, vagabondait à la suite des absents. Arnaud d'abord. Sans doute avait-il atteint Compostelle de Galice ? Mais avait-il obtenu du Ciel la guérison demandée ? Et Gauthier ? Avait-il pu rejoindre le fugitif ? Etaient-ils ensemble, à cette minute où son esprit les réunissait ? Autant de questions, qui, à force de demeurer sans réponses, devenaient torturantes.

« Quand le printemps reviendra, se promettait Catherine, si aucune nouvelle ne m'est parvenue, je partirai, moi aussi. J'irai à leur recherche.

— S'ils reviennent, ce sera au printemps, pas avant, répondit Sara, un jour où la jeune femme, par mégarde, avait pensé tout haut. Qui songerait à passer les montagnes quand la neige en a effacé les chemins ? L'hiver dresse d'infranchissables barrières que même la volonté la mieux trempée, même l'amour le plus obstiné ne sauraient franchir ? Il te faut attendre.

— Attendre ! Attendre !... Toujours attendre ! Je n'en peux plus de cette attente qui n'en finit pas, avait alors crié Catherine. Suis-je donc destinée à voir ma vie s'écouler dans une attente sans fin ? »

Ce genre d'interrogation, Sara préférait ne pas y répondre. Il valait mieux laisser tomber la conversation, ou bien parler d'autre chose car tenter de raisonner Catherine servait tout juste à lui faire creuser plus profondément son chagrin. La bohémienne ne croyait pas à la guérison possible d'Arnaud. La lèpre, nul ne se souvenait d'avoir entendu dire qu'elle avait, un jour, lâché l'un de ceux qu'elle tenait. Il était même étonnant que saint Meen de Jaleyrac, le saint spécialiste du terrible mal, conservât encore des clients. Evidemment, le renom de saint Jacques de Compostelle était grand, mais le christianisme de Sara était trop fortement teinté de paganisme pour qu'elle eût grande confiance. En revanche, elle était persuadée qu'à moins d'un accident fatal on aurait tôt ou tard des nouvelles de Gauthier. Cela ne l'empêchait pas de soupirer quand elle voyait Catherine, petite silhouette noire et frêle, s'en aller dans la neige pour voir s'il n'arrivait pas par le chemin de la vallée.

Un soir de février, alors que la jeune femme avait gagné son observatoire, après une pénible période de claustration forcée due au gel, il lui sembla soudain distinguer un point sombre sur le chemin blanc, un point qui grandissait entre les hautes formes noires des sapins. Aussitôt elle fut debout, cœur battant et souffle haletant... C'était bien un homme qui montait de la vallée... Elle pouvait voir voltiger dans le vent un pan du grand manteau qui l'enveloppait. Il allait à pied, péniblement, courbant le dos contre la bise... Instinctivement, elle fit quelques pas à sa rencontre, mais, parvenue à la lisière des arbres, elle s'arrêta déçue. Ce n'était pas Gauthier, encore moins Arnaud. L'homme, qu'elle distinguait facilement maintenant, était de petite taille, mince apparemment et très brun. Un instant elle crut que c'était Fortunat, mais cet espoir-là s'évanouit à son tour. Le voyageur lui était totalement inconnu.

Il portait un chapeau vert dont le bord, baissé devant, se relevait derrière sur une plume qui n'avait plus guère que son arête et quelques poils, mais le visage brun qui s'abritait dessous avait des yeux vifs et gais et la grande bouche sinueuse sourit en découvrant cette silhouette féminime au bord du chemin. Catherine put voir que son dos, sous le manteau, était déformé par la forme oblongue d'un objet qu'il devait porter à l'épaule.

« Un colporteur, songea Catherine, ou un ménestrel... »

Elle opta pour le ménestrel quand il fut tout près d'elle. Sous le manteau noir, le costume était vert et rouge, vif et gai, quoique fatigué. L'homme ôta son chapeau fané pour la saluer.

« Femme, dit-il avec un fort accent étranger, quel est ce bourg, s'il vous plaît ?

— C'est Montsalvy. Est-ce là que vous allez, sire ménestrel ?

— C'est là que je vais pour ce soir. Ma, per la Madona, si toutes les paysannes sont aussi belles que vous, c'est le Paradiso, ce Montsalvy.

— Hélas ! non, ce n'est pas le Paradis, fit Catherine amusée par l'accent du garçon. Et si vous espérez l'accueil d'un château, sire ménestrel, vous serez déçu. Le château de Montsalvy n'existe plus. Vous ne trouverez qu'une antique abbaye où l'on chante fort peu de chansons d'amour.

— Je sais, fit le ménestrel. Mais s'il n'y a plus le château, il y a toujours la châtelaine. Connaissez-vous la dame de Montsalvy ? C'est la plus belle dame de l'univers, à ce que l'on m'a dit... mais je crois qu'elle doit avoir du mal à vous surpasser.

— Vous allez être déçu tout de même, reprit Catherine. Je suis la dame de Montsalvy. »

Le sourire s'effaça du joyeux visage du voyageur. De nouveau il ôta son feutre verdi, mit genou dans la neige.

« Très noble et très gracieuse dame, pardonnez à l'ignorant une familiarité...

— Vous ne pouviez deviner. Les châtelaines courent rarement les chemins par un temps pareil, surtout seules. »

Comme pour lui donner raison, une brutale bourrasque de vent fit envoler le chapeau du ménestrel et obligea Catherine à s'accrocher au tronc d'un arbre.

« Ne restons pas ici, fit-elle, il fait un temps affreux et la nuit tombe. Le château est ruiné, mais l'hôtellerie du monastère où j'habite peut vous offrir l'hospitalité. D'où vient que vous me connaissez ? »

Le ménestrel s'était relevé et époussetait machinalement ses genoux maigres. Un pli soucieux s'était creusé entre ses sourcils et sa bouche ne retrouvait plus le gai sourire de tout à l'heure.

« Un homme que j'ai rencontré dans les hautes montagnes du Sud m'a parlé de vous, noble dame... Il était très grand, et fort. Un vrai géant ! Il m'a dit qu'il s'appelait Gauthier Malencontre... »

Catherine poussa une exclamation de joie et, sans souci de cérémonial, saisit le ménestrel par le bras pour l'entraîner plus vite.

« Gauthier vous envoie ? Oh ! soyez béni, qui que vous soyez ! Comment va-t-il ? Où était-il quand vous l'avez rencontré ? »

A toute allure, remorquant le ménestrel qui semblait tout à coup très inquiet, elle remontait vers le village, franchissait la porte et lançait au passage à Saturnin qui réparait un volet de sa maison :

« Cet homme a vu Gauthier. Il a de ses nouvelles ! »

Avec une exclamation de joie, le vieux bailli les rejoignit. Le ménestrel le regarda avec une espèce de terreur.

« Par grâce, noble dame, gémit-il, vous ne m'avez même pas laissé le temps de vous dire mon nom et...

— Dites-le alors, fit Catherine joyeusement. Mais pour moi, vous vous appelez Gauthier. »

L'homme hocha la tête d'un air accablé.

« On m'appelle Guido Cigala... Je suis de Florence,

la belle cité, mais, pour le pardon de mes péchés qui sont nombreux, j'ai voulu aller prier en Galice, au tombeau de l'apôtre... Dame, n'ayez pas tant de joie et ne me faites pas si bel accueil ! Les nouvelles que j'apporte ne sont pas bonnes. »

Catherine et Saturnin s'arrêtèrent tout net au milieu de la rue. Le rose joyeux qui était monté au visage de Catherine fit place à une pâleur tragique.

« Ah ! » fit-elle seulement.

Son regard alla du ménestrel à Saturnin, inquiet, presque suppliant. Mais elle se reprit, redressa le cou.

« Bonnes ou mauvaises, vous n'en avez pas moins besoin de vous reposer et de vous restaurer. L'accueil demeure le même, sire ménestrel. Dites-moi seulement : Comment va Gauthier ? »

Guido Cigala baissa la tête, comme un coupable.

« Dame, murmura-t-il, je crois bien qu'il est mort.

— Mort ! »

Le même cri avait échappé à Catherine et à Saturnin, mais ce fut le vieil homme qui traduisit leur commune pensée.

« Ce n'est pas possible. Gauthier ne peut pas mourir.

— Je n'ai pas dit que j'en étais sûr, fit Cigala penaud, j'ai dit que je le croyais.

— Vous allez nous raconter, coupa Catherine. Rentrons. »

A l'hôtellerie, Sara s'occupa de l'arrivant, lava ses pieds meurtris, le réconforta d'une soupe chaude, de pain et de fromage et d'un coup de vin avant de l'envoyer dans la grande salle où Catherine l'attendait, avec Saturnin et Donatienne ; les lois de l'hospitalité avaient prévalu sur son impatience. Elle sourit tristement en voyant que le ménestrel tenait sa viole à la main.

« Il y a bien longtemps qu'une chanson n'est pas entrée ici, dit-elle doucement. Et je n'ai guère le cœur d'en entendre.

— La musique est bonne pour l'âme, surtout quand elle est meurtrie, fit Guido en posant son instrument sur un banc. Mais, d'abord, je répondrai à vos questions.

— Quand avez-vous vu Gauthier, et où ?

— C'était au col d'Ibaneta, bien avant l'hospice de Roncevaux. J'étais tombé dans un ravin et ce Gauthier est venu à mon secours. Nous avons passé la nuit ensemble, dans un abri de montagne. Je lui ai dit que je rentrais dans mon pays, mais que je m'arrêterais dans tous les châteaux que je rencontrerais. Il m'a demandé si je pouvais venir jusqu'ici pour vous donner des nouvelles. Naturellement, j'ai promis de venir. Après le service qu'il m'avait rendu, je n'avais rien à lui refuser. Et puis, pour nous, un peu plus de chemin ou un peu moins, cela compte si peu... Alors il m'a donné un message.

— Quel message ? demanda Catherine en se penchant vers le jeune homme.

— Il a dit : « Dites à dame Catherine que la jument « blanche n'a plus guère d'avance sur moi. Demain, « j'espère la rejoindre. »

— Et... c'est tout ?

— C'était tout... Je veux dire : il ne m'a rien confié de plus, mais il s'est passé quelque chose. Au matin, nous nous sommes séparés. Il devait prendre la route d'où je venais et j'ai continué vers Roncevaux, mais le chemin que je suivais montait et, longtemps, j'ai pu voir votre ami, noble dame. Il suivait la route tranquillement, au pas de son cheval. Et, juste au moment où il allait disparaître à mes yeux, le drame a éclaté. Il faut dire que la population de ce pays est sauvage et rude, les brigands y pullulent. Ils ne se sont pas attaqués à moi parce que, sans doute, ils m'ont jugé trop misérable gibier. Mais le grand voyageur était bien habillé, bien monté... De loin, je les ai vus surgir des rochers, l'entourer comme un essaim de guêpes. Il s'est défendu magnifiquement, mais ils avaient le nombre... Je l'ai vu tomber sous leurs coups et puis, tandis que l'un emmenait le cheval, l'autre le bagage, trois hommes ont déshabillé le corps et l'ont jeté dans l'un de ces ravins sans fond dont la seule vue produit l'effroi... Il était mort, bien certainement, ou bien la chute l'a achevé. Mais je ne peux pas jurer sa mort.

— Et, s'indigna Saturnin, vous n'êtes pas revenu sur vos pas ? Vous n'avez pas cherché à savoir si celui qui vous avait porté secours vivait encore ou s'il était réellement mort ? »

Le ménestrel hocha la tête, haussant les épaules et écartant les mains en un geste d'impuissance.

« Les bandits devaient avoir leur repaire tout près car ils sont restés sur les lieux, attendant sans doute d'autres voyageurs... Qu'aurais-je pu faire, moi, faible et seul, contre ces sauvages ? Et puis le précipice était effrayant. Comment y descendre ? Dame, ajouta-t-il en se tournant vers Catherine d'un air suppliant, je vous prie en grâce de croire que s'il avait été possible de faire quelque chose pour aider votre ami, ou votre serviteur, je ne sais, je l'aurais fait, même au risque de ma vie. Guido Cigala n'est pas un lâche... il faut le croire.

— Mais je vous crois, sire ménestrel, je vous crois,

fit Catherine avec lassitude. Vous ne pouviez rien faire, je l'ai bien compris... Mais pardonnez-moi si, devant vous, je me laisse aller à la douleur. Voyez-vous, Gauthier était mon serviteur, mais sa vie m'était plus précieuse que celle du plus intime ami, et la pensée qu'il n'est plus... »

L'émotion lui coupa la parole. Les larmes embuaient ses yeux et sa gorge serrée ne pouvait plus articuler un mot. Quittant précipitamment la salle, elle courut jusqu'à sa chambre et, se laissant tomber sur son lit, se mit à sangloter. Cette fois, tout était fini, et bien fini. Elle avait tout perdu car, avec la mort de Gauthier, s'envolait aussi l'espoir de retrouver Arnaud. Guéri ou non, son époux ignorait toujours qu'elle lui demeurait fidèle et que son amour pour lui était plus profond que jamais. Il avait maintenant disparu pour elle aussi complètement que si la dalle du tombeau était tombée sur lui. Pour Catherine, c'était le dernier coup...

Elle pleura longtemps sans s'apercevoir que Sara l'avait rejointe et qu'elle se tenait debout devant elle, muette et impuissante, cette fois, à consoler cette immense douleur. Au bout de longues minutes, enfin, Sara risqua :

« Peut-être le ménestrel a-t-il mal vu ?... Peut-être que Gauthier n'est pas mort ?

— Comment aurait-il pu échapper à la mort ? fit la jeune femme avec un hoquet nerveux. Et s'il n'était pas encore mort il a dû expirer peu après... »

Le silence tomba entre les deux femmes. Au loin, dans la grande salle, on entendait les accords légers de la viole qui jouait pour les quelques serviteurs, pour Donatienne et Saturnin et aussi pour certains notables de Montsalvy qui avaient demandé la faveur d'entendre le chanteur errant, plaisir qu'ils n'avaient pas goûté depuis bien longtemps... La voix souple et bien timbrée du Florentin parvint jusqu'à la cellule silencieuse où les deux femmes demeuraient face à face sans rien trouver à se dire. Guido chantait un antique virelai des amours du chevalier Tristan et de la reine Yseut.

« *Iseut ma dame, Iseut ma mie*
En vous ma mort, en vous ma vie... »

Catherine étouffa un sanglot. Par-delà le chant plaintif du ménestrel, il lui semblait entendre encore la voix chaude et passionnée d'Arnaud qui chuchotait à son oreille : « Catherine... Catherine, ma mie. » Et le regret qui la transperça fut si poignant qu'il lui fallut serrer les dents pour retenir le cri de douleur qui montait. Si, de sa vie terrestre, elle ne devait plus le revoir, lui, son amour, alors mieux valait quitter ce monde immédiatement que traîner une éternité de souffrance... Elle ferma les yeux un instant, noua ses doigts bien serrés pour reprendre le plein contrôle d'elle-même et, quand elle rouvrit les yeux, ce fut pour diriger vers Sara un regard plein de détermination.

« Sara, dit-elle d'une voix si calme que la bohémienne tressaillit, je vais partir. Puisque Gauthier est mort, c'est moi qui dois me mettre en quête de mon époux.

— Te mettre en quête ? Mais où ?

— Là où je sais, avec certitude, qu'il s'est rendu : à Compostelle de Galice. Il n'est pas possible que je n'apprenne pas là ce qu'il est devenu. Et, chemin faisant, j'essaierai de retrouver le corps du pauvre

Gauthier pour qu'au moins il repose en un lieu convenable. La pensée qu'à cette heure et depuis si longtemps il est la proie des oiseaux de mort m'est intolérable.

— Mais le chemin est long, dangereux... Comment feras-tu, pauvrette ? Comment réussiras-tu là où Gauthier a échoué ?

— Le Saint Jour de Pâques n'est plus très éloigné. Traditionnellement, ce jour-là, un groupe de pèlerins part du Puy-en-Velay pour se rendre au tombeau de saint Jacques. Je partirai avec eux. Ainsi, le danger sera moindre et je ne serai pas seule.

— Et moi ? protesta Sara aussitôt révoltée. Est-ce que je ne vais pas avec toi ? »

Catherine secoua négativement la tête. Elle se leva, posa ses deux mains sur les épaules de sa vieille amie et la regarda tendrement.

« Non, Sara... Cette fois, je partirai seule... Pour la première fois, la première vraie fois, car notre brouille de Chinon ne comptait pas, je vais m'en aller sans toi. Mais c'est parce qu'il faut que tu veilles sur ce que j'ai de plus précieux au monde... sur mon petit Michel. Si tu partais, qui donc s'occuperait de lui ? Donatienne est trop vieille et Saturnin n'est pas plus jeune. Ils te seront d'un grand secours, mais c'est à toi que je confie mon fils. Tu es tellement moi-même, Sara, qu'avec toi je sais qu'il sera heureux, aussi bien soigné que si j'étais là. Tu seras à la fois ma pensée, mes mains, mes lèvres. Tu lui parleras de moi, de son père. Et si Dieu voulait que je ne revienne pas...

— Tais-toi ! cria Sara. Je t'interdis de dire de pareilles choses. Cela me fait si mal. »

A son tour elle avait les larmes aux yeux. Catherine, émue de son chagrin, l'embrassa chaleureusement.

« Préparer l'avenir n'a jamais fait mourir personne, ma bonne Sara. Si je ne revenais pas, tu enverrais des messagers à Xaintrailles et à Bernard d'Armagnac, afin qu'ils prennent en tutelle le dernier des Montsalvy, qu'ils se chargent de son avenir. Mais, ajouta-t-elle avec un beau sourire courageux, j'espère bien revenir. »

Rageusement, Sara essuya ses yeux, puis, détachant les bras de Catherine, s'éloigna de quelques pas.

« C'est bon, maugréa-t-elle. Admettons. Je reste et tu pars. Mais comment feras-tu pour quitter Montsalvy ? Crois-tu que l'abbé te laissera partir plus facilement maintenant qu'en septembre ?

— Il ne le saura pas. Depuis longtemps, j'ai fait vœu d'aller au Puy offrir à Notre-Dame le diamant maudit que j'ai toujours en ma possession. Il faut que je m'en sépare... il le faut à tout prix, et le plus tôt sera le mieux. Vois comme le malheur s'acharne sur moi. Gauthier, mon émissaire, mon seul espoir, Gauthier l'indestructible est tombé sur le chemin. Ma cause sera mauvaise tant que je le posséderai. L'abbé sait combien je désire accomplir ce vœu. Il me laissera partir. Les fêtes de Pâques sont une bonne époque pour célébrer Notre-Dame. Il trouvera mon désir tout naturel.

— Tu as réponse à tout, fit Sara avec un peu d'amertume. Et j'ai peine à croire que ce plan te soit venu d'un seul coup, depuis que ce maudit ménestrel est arrivé...

— Non, avoua Catherine. Il y a longtemps que j'y pense. Mais toi, acceptes-tu ce que je te demande ? »

Sara haussa les épaules et alla ouvrir le lit dans

lequel, tout à l'heure, elle passerait la bassinoire pleine de braises pour réchauffer les draps.

« En voilà une question ! Ce serait la première fois que je te refuserais quelque chose. Et puisqu'il n'y a vraiment pas moyen de faire autrement... Dieu sait ce qu'il m'en coûte, pourtant ! »

Comme Sara ouvrait la porte pour gagner la cuisine avec sa bassinoire, la voix de Guido Cigala envahit la petite chambre. Il chantait maintenant une antique chanson du troubadour Arnaud Daniel et les paroles du vieux lai frappèrent tellement les deux femmes qu'elles demeurèrent un moment immobiles, se regardant sans parler.

« *L'or se vendra à aussi vil prix que le fer*
Avant qu'Arnaud desaime celle à qui il a voué son [*cœur...* »

Catherine d'un seul coup eut l'air frappée par la foudre. Elle avait pâli jusqu'aux lèvres, mais, dans ses yeux sombres, des étoiles s'allumaient, les brillantes étoiles de l'espoir. La voix du ménestrel, mystérieusement, répondait aux questions qu'elle n'osait plus se poser. Sara serra farouchement son ustensile contre son cœur.

« Je voudrais bien savoir qui nous envoie ce damné chanteur. Le Diable ? Ou le Bon Dieu ? En tout cas, il a une voix qui ressemble singulièrement à celle du destin. »

Catherine avait deviné juste en pensant que l'abbé de Montsalvy ne l'empêcherait pas de se rendre au Puy-en-Velay pour les fêtes de Pâques. Il se borna seulement à lui offrir comme escorte le frère Eusèbe, le portier du couvent, car il n'était pas convenable qu'une noble dame courût les chemins seule. La compagnie d'un moine éloignerait d'elle les dangers, tant terrestres que spirituels.

« Le frère Eusèbe est un homme doux et de mœurs pacifiques, dit l'abbé, mais il n'en sera pas moins pour vous une efficace protection. »

A vrai dire, la compagnie du digne portier n'enchantait pas Catherine. Sa figure ronde et rose lui paraissait trop candide et elle avait appris à se méfier de tout. Elle se demandait si l'abbé Bernard, en le lui donnant comme garde du corps, ne lui donnait pas aussi une sorte d'espion qui allait poser un nouveau problème : comment, une fois au Puy, se débarrasserait-elle du saint homme et le convaincrait-elle de rentrer sans elle, à Montsalvy ?

Mais les difficultés de sa vie passée avaient appris à la jeune femme qu'à chaque jour suffit sa peine et que rien ne sert de se tourmenter à l'avance. Sur place, elle trouverait bien un moyen de fausser compagnie à son ange gardien. Et elle ne songea plus qu'à ce grand voyage dans lequel, avec infiniment plus d'amour que d'espoir, elle allait s'engager.

Le temps de Carême fit éclater la croûte blanche dont se couvrait le pays. La neige et le verglas fondirent en une multitude de minces ruisseaux qui se mirent à courir dans tous les sens, striant le haut plateau et les ravins montagneux comme une chevelure de fils argentés. La terre réapparut par plaques noires d'abord puis par grandes étendues qui, timidement, se mirent à reverdir. Un peu de bleu effilocha les éternels déserts gris du ciel et Catherine pensa que le temps était venu de se mettre en route.

Le mercredi qui suivit le dimanche de la Passion, Catherine et frère Eusèbe quittèrent Montsalvy, tous deux montés sur des mules que leur avait prêtées l'abbé. Le temps était doux, légèrement pluvieux, et les nuages couraient, rapides, poussés par le vent qui venait du sud. Le vent qui, d'après Saturnin, « donnait le tournis aux moutons... »

Les adieux entre Catherine et Sara avaient été rapides. L'une comme l'autre, d'un commun accord, refusaient l'attendrissement qui abat le courage et liquifie la volonté. D'ailleurs, des adieux déchirants eussent tout juste servi à donner l'éveil à l'abbé Bernard. On ne pleure pas pour une séparation de quinze jours...

Le plus cruel fut l'arrachement d'avec Michel. Les yeux lourds de larmes retenues, Catherine ne pouvait se lasser d'embrasser son petit garçon. Elle avait l'impression que ses bras, jamais, ne pourraient s'ouvrir pour le laisser aller. Il fallut que Sara le lui enlevât et l'emmenât pour le confier à Donatienne. Gagné par l'émotion de sa mère, l'enfant, sans même savoir pourquoi, allait se mettre à pleurer.

« Quand le reverrai-je ? » murmura Catherine qui, d'un seul coup, se sentait affreusement misérable.

Il s'en fallait de peu, tant son chagrin était grand, qu'elle renonçât à cette folle expédition.

« Quand tu voudras, fit Sara calmement. Nul ne t'empêchera de revenir si tu ne parviens pas à ton but. Et, je t'en supplie, Catherine, ne tente pas Dieu ! Ne va pas au-delà de tes forces. Il est des cas où il vaut mieux accepter son destin, même s'il est cruel. Songe que, même si je suis là, rien ne peut remplacer une mère... Si les obstacles sont trop grands, reviens, je t'en conjure... Et, pour l'amour de Dieu...

— Pour l'amour de Dieu, coupa Catherine souriant à travers ses larmes, n'en dis pas davantage. Sinon, dans cinq minutes, je n'aurai plus le moindre courage. »

Mais, quand les portes de l'abbaye s'ouvrirent devant les sabots de sa mule, Catherine éprouva une extraordinaire impression de liberté, une sorte de griserie. Elle n'avait pas peur de ce qui l'attendait dans les jours à venir. Il fallait que sa volonté triomphât de toutes les embûches. Elle se sentait plus forte, plus jeune et plus vaillante que jamais. Contre sa gorge, dans un petit sac de peau suspendu à son cou par un ruban, elle emportait le diamant noir. Il avait perdu à ses yeux toute valeur, hormis une seule : celle de clef des champs. L'offrir à la Vierge du Puy, c'était ouvrir d'un même coup le long chemin qui, peut-être, la mènerait à son époux.

Quand elle eut laissé derrière elle les murs de Montsalvy, Catherine remonta sur ses épaules le grand manteau qui glissait, retrouvant le geste antique du colporteur qui remonte la lourde charge. Puis, redressant la tête, elle refusa de se laisser distraire par l'appel des cloches qui, de loin, l'accompagnaient.

Les yeux fixés droit devant elle, dans l'herbe encore rase du chemin, elle poursuivit sa route, sans faiblesse et sans larmes.

CHAPITRE IV

LE DERNIER LIEN

Le Puy-en-Velay ! Une ville coulait comme un fleuve du porche gigantesque et multicolore d'une immense église romane couronnée de coupoles et de tours. Lorsque Catherine et frère Eusèbe y arrivèrent, ils s'arrêtèrent un moment pour contempler l'incroyable spectacle qu'elle offrait. Les yeux émerveillés de la jeune femme allaient de la colline sainte, l'antique mont Anis qui se détachait sur les lointains bleus du pays vellave, à l'énorme rocher qui lui tenait compagnie et, plus loin, à l'étrange pic volcanique de Saint Michel-d'Aiguilhe dressé, comme un doigt, vers le ciel et lui tendant fièrement sa petite chapelle. Tout, dans cette ville étrange, semblait fait pour le service de Dieu, tout venait de lui et retournait à lui... Mais, à mesure que, les portes franchies, l'on avançait dans la cité, l'extrême bariolage des rues et leur agitation frappèrent les voyageurs. Partout ce n'étaient que bannières, oriflammes, tapisseries tendues, pièces de soie glissant des fenêtres... Partout s'étalaient les armes royales de France et, avec une certaine stupeur, Catherine vit soudain passer devant elle un groupe bruyant d'archers écossais, traînant leurs armes.

« La ville est en fête, déclara frère Eusèbe qui ne disait pas dix paroles dans une journée. Il faut savoir pourquoi. »

Catherine, en sa compagnie, avait cultivé le silence. Elle ne jugea pas utile de répondre, mais héla un gamin qui passant en courant, une cruche à la main, s'en allait visiblement tirer de l'eau à une fontaine proche.

« Pourquoi ces bannières, ces tentures, tout ce monde ? »

Le gamin leva vers la jeune femme une figure criblée de taches de rousseur où deux yeux clairs brillaient joyeusement, mais il ôta, avec politesse, le bonnet vert effrangé qui lui couvrait la tête.

« C'est que notre sire, le roi, est entré avant-hier dans la ville avec madame la reine et toute la cour, pour venir prier Notre-Dame et célébrer Pâques avant de s'en aller à Vienne où se réunissent les Etats... Si vous cherchez à vous loger vous aurez du mal. Toutes les auberges sont pleines car, en outre, on dit que Mgr le connétable doit arriver aujourd'hui.

— Le roi et le connétable ? s'étonna Catherine. Mais ils sont brouillés.

— Justement. Notre sire a choisi la cathédrale pour l'y recevoir de nouveau dans sa grâce. Ils feront ensemble la veillée de Pâques, cette nuit.

— Est-ce que des pèlerins ne se réunissent pas ici, qui partiront bientôt pour Compostelle ?

— Si, gracieuse dame. L'Hôtel-Dieu, près de la cathédrale, en est plein. Il vous faut passer si vous désirez vous joindre à eux. »

L'enfant indiqua encore à Catherine le chemin de l'Hôtel-Dieu. Il était simple : il suffisait de suivre cette longue, longue rue qui de la tour Panessac, près de laquelle ils se trouvaient, montait vers Notre-Dame et s'achevait en escaliers. Des escaliers qui, eux-mêmes, s'engouffraient sous le porche. Avant de quitter son interlocutrice, le jeune garçon ajouta :

« Tous les pèlerins se fournissent chez maître Croizat, près de l'Hôtel-Dieu. C'est chez lui qu'on trouve les vêtements les plus solides pour le grand voyage et...

— Je te remercie, coupa Catherine en voyant l'œil de frère Eusèbe, habituellement dénué de toute expression, s'attacher à elle avec curiosité. Nous allons chercher un logis.

— Dieu vous aide à le trouver ! Mais vous n'avez guère de chance. Le palais de l'évêque lui-même, Mgr Guillaume de Chalençon, est plein à craquer. Le roi y tient sa cour. »

Le gamin s'éloigna en courant. Catherine réfléchit un moment. Il n'y avait pas de temps à perdre. Demain, après la messe solennelle, les pèlerins partaient. Et elle voulait partir avec eux. Elle se laissa glisser de sa mule, se tourna vers frère Eusèbe qui, placidement, attendait sa décision.

« Prenez les bêtes, mon frère, et allez sans moi jusqu'à l'Hôtel-Dieu où vous demanderez que l'on veuille bien nous donner logis. Voilà de l'or pour payer notre écot. Quant à moi, je veux, dès maintenant, monter à la cathédrale, but de notre pèlerinage. J'ai hâte de remettre à Notre-Dame ce que je lui porte et il ne convient pas que j'approche à cheval du lieu saint. Allez sans moi. Je vous retrouverai plus tard. »

Le digne frère portier de Montsalvy se contenta d'un signe de tête pour montrer qu'il avait compris et, réunissant dans sa main les brides des deux mules, poursuivit tranquillement son chemin.

Lentement, Catherine monta la rue pavoisée où les enseignes étaient nombreuses : des marchands d'objets de piété y côtoyaient les auberges, les rôtisseries, les échoppes de toute sorte et, assises devant leurs portes, sur des marches de pierre, des femmes, courbées sur des coussins couverts de fils ténus, faisaient voltiger de leurs doigts agiles des multitudes de petits fuseaux... Un instant, la voyageuse s'arrêta auprès de l'une de ces dentellières, qui était jeune et jolie et qui, tout en travaillant, lui sourit avec gentillesse. Elle n'eût pas été aussi profondément femme si les fragiles merveilles nées sous ces doigts de fée ne l'avaient attirée. Mais une procession de pénitents descendait de la cathédrale en chantant à pleine voix les cantiques de la mort, et Catherine, rappelée à son vœu, reprit son ascension. Et, à mesure qu'elle montait, elle oublia peu à peu tout ce qui l'entourait...

Sur les degrés de l'immense escalier qui, là-haut, se perdait dans l'ombre des hautes arches romanes, des gens s'échelonnaient montant à genoux péniblement les marches usées déjà par les siècles de ferveur. Le bourdonnement des invocations entourait Catherine comme un bruit d'abeilles, mais elle ne les entendait pas. La tête levée, elle regardait approcher la haute façade polychrome où d'étranges dessins arabes évoquaient les lointains pays, les mystérieux artisans du fond des âges. Elle ne voulait pas s'agenouiller, pas maintenant. C'est debout qu'elle approcherait de l'autel insigne, comme elle approcherait, debout, du tombeau de l'Apôtre. L'ombre du porche l'engloutit. Des mendiants, vrais ou faux estropiés, s'y traînaient, geignant sur un ton monocorde, en réclamant l'aumône. D'autres entouraient l'antique pierre des Fièvres, où chaque vendredi s'étendaient quelques malades, en criant que la veille encore, Vendredi saint, un perclus avait retrouvé l'usage de ses jambes. Mais Catherine ne leur prêta aucune attention.

Son regard était fixé sur une marche, située à la hauteur des grandes portes dorées du sanctuaire. Quelques mots écrits en latin s'y lisaient : « Si tu ne crains pas le péché, crains de toucher ce seuil, car la Reine du Ciel veut des serviteurs sans tache... » Approchait-elle vraiment sans péché, elle qui, au prix d'un mensonge, allait conquérir sa liberté ? Elle demeura un instant immobile, regardant l'inscription, le cœur étreint d'une angoisse subite. Mais l'élan qui la portait était trop fort pour s'arrêter là. Elle franchit les portes, continua son ascension dans l'ombre épaisse de l'église. Les degrés montaient en une sorte de tunnel au fond duquel scintillaient les cierges jusqu'au chœur même du sanctuaire. Là-haut, c'était comme la gloire lumineuse de l'aurore au sortir de la nuit noire. Un chant grave, lugubre et monotone, emplissait le vaisseau de pierre...

Quand, enfin, elle émergea de l'ombre, Catherine crut avoir quitté ce monde tant le décor était étrange. Sur un autel de pierre érigé entre deux colonnes de porphyre couleur de sang, environnée d'une multitude de cierges et de lampes de verre rouge, la Vierge Noire la regardait de ses yeux d'émail...

Le chœur était vide, mais, sur les murs, les personnages hiératiques et décharnés des fresques byzantines semblaient reprendre vie dans la lumière tremblante des chandelles. Une crainte superstitieuse s'empara de Catherine, la vieille terreur du ciel et de l'enfer toujours latente au fond du cœur des hommes et des femmes de ce siècle de fer. Lentement, elle plia les genoux, se laissa tomber sur les marches de l'autel, fascinée par l'étrange statue.

Petite, assise bien raide dans le cône d'or de son manteau cousu de pierreries, la Vierge Noire avait l'aspect hiératique et terrifiant d'une idole barbare. On disait que les Croisés, jadis, l'avaient rapportée de Terre sainte, qu'elle était aussi vieille que le monde... Son noir visage lourd, à l'expression figée, luisait sous la couronne d'or surmontée d'une colombe qui la coiffait. Seuls les yeux d'émail, trop blancs, semblaient doués d'une vie inquiétante et Catherine, sous leur regard, se mit à trembler, écrasée par la majesté barbare de la statue.

Le chant lugubre avait cessé. Le silence maintenant enveloppait l'église, troublé seulement par le brasillement léger des cierges. Lentement, Catherine ôta le sachet de peau de son cou, en tira le diamant et, sur ses deux paumes rapprochées, le tendit vers la Vierge. Le séculaire geste d'offrande fit étinceler de feux sanglants la pierre maudite. Jamais elle n'avait scintillé comme dans ce sanctuaire où s'étalait la grandeur de Dieu. Sur les mains de Catherine, c'était comme un noir soleil de mort tendu vers la divinité.

« Vierge toute-puissante, chuchota la jeune femme, acceptez cette pierre de douleur et de sang. Prenez-la contre vous afin qu'en sorte à jamais le démon qui l'habite, prenez-la pour que le malheur enfin, s'éloigne de nous... pour qu'enfin le bonheur revienne à Montsalvy. Pour que je retrouve mon époux. »

Doucement, elle posa la pierre aux pieds de la statue puis se prosterna, toute sa terreur envolée, mais bouleversée par une émotion nouvelle.

« Rendez-le-moi, supplia-t-elle douloureusement. Rendez-le-moi, Vierge miséricordieuse... Même s'il faut encore souffrir, même s'il faut peiner des jours et des nuits... Faites qu'au bout du chemin je le retrouve enfin ! Permettez qu'au moins je le revoie... une fois, rien qu'une seule fois... Que je puisse seulement lui dire que je l'aime, que je n'ai jamais cessé de lui appartenir et que personne... jamais... ne pourra prendre sa place. Ayez pitié... oh ! ayez pitié ! Laissez-moi le retrouver. Après, vous ferez de moi ce que vous voudrez. »

Elle enfouit son visage dans ses mains qui furent bientôt mouillées de ses larmes et demeura là un long moment, priant pour son enfant et pour Sara, pleurant doucement et attendant inconsciemment une réponse à sa brûlante prière. Et, soudain, elle entendit :

« Femme, ayez confiance ! Si votre foi est grande, vous serez entendue. »

Elle releva la tête. Devant elle, un moine en longue robe blanche se tenait debout, penchant vers elle sa tête grise et son visage illuminé de douceur. Une telle paix émanait de cette blanche silhouette que Catherine, subjuguée, demeura devant lui agenouillée, les mains encore jointes comme devant une apparition. Le moine tendit sa main pâle vers la pierre qui scintillait près du manteau d'or de la Vierge, mais ne la toucha pas.

« Ce joyau fabuleux, d'où le tenez-vous ?

— Il appartenait à mon défunt époux, le grand argentier de Bourgogne.

— Vous êtes veuve ?

— Je ne l'étais plus. Mais l'homme que j'avais épousé, frappé de la lèpre, est parti au tombeau de Saint-Jacques implorer sa guérison et moi aussi je veux partir là-bas pour le retrouver.

— Avez-vous pris rang parmi les pèlerins ? Il vous faut un billet de confession et être agréée par les chefs des errants de Dieu. Ils partent demain.

— Je sais... Mais je viens seulement d'arriver. Pensez-vous, mon père, qu'il soit trop tard ? » fit Catherine avec une soudaine crainte.

Un sourire plein de bonté vint éclairer le visage du moine blanc.

« Vous désirez beaucoup partir, n'est-ce pas ?

— Je le désire plus que tout au monde.

— Alors, venez. Je vais vous entendre en confession, puis je vous donnerai un billet pour le prieur de l'Hôtel-Dieu.

— Avez-vous donc le pouvoir de me faire admettre si tard ?

— Il n'y a pas d'heure pour s'approcher de Dieu. Et je suis Guillaume de Chalençon, l'évêque de cette ville. Venez, ma fille. »

Le cœur envahi d'un merveilleux espoir, Catherine suivit la blanche silhouette du prélat.

En quittant l'église, Catherine avait des ailes. Elle avait l'impression que tout, maintenant, allait s'arranger, que ses espoirs retrouvaient toute leur vigueur, que plus rien n'était impossible. Il suffisait seulement d'avoir du courage et, du courage, elle en avait à revendre désormais.

A l'entrée de l'Hôtel-Dieu, dont le haut portail ogival gardé par des lions de pierre s'ouvrait sur les marches mêmes de la cathédrale, elle trouva frère Eusèbe qui l'attendait, assis sur une borne, et disant placidement son chapelet. La voyant approcher il la regarda d'un air malheureux.

« Dame Catherine, il n'y a plus de place dans les dortoirs. Les pèlerins couchent dans la cour, et je n'ai pas pu vous trouver même une paillasse. Moi, je peux toujours demander asile dans un couvent. Mais vous ?

— Moi ? Cela n'a pas d'importance. Je dormirai dans la cour, avec les autres. D'ailleurs, frère Eusèbe, il est temps à cette heure que je vous avoue la vérité. Je ne rentrerai pas avec vous à Montsalvy. Demain, avec les autres pèlerins, je partirai vers Compostelle... Rien ne peut m'en empêcher. Mais je veux vous demander pardon pour les ennuis que je vais vous causer. Le seigneur abbé... »

Un grand sourire vint éclairer le visage rond du petit frère portier. De sous sa robe, il tira un rouleau de parchemin et le donna à Catherine.

« Notre très révérend père abbé, coupa-t-il, m'a chargé de vous remettre ceci, dame Catherine. Mais je ne devais vous le donner qu'une fois votre vœu accompli. Il l'est, n'est-ce pas ?

— Il l'est.

— Alors, voici. »

D'une main hésitante, Catherine prit le rouleau, en brisa le cachet, le déroula. Il ne contenait que peu de mots, mais leur lecture fit monter à son front une bouffée de joie.

« Allez en paix, avait écrit Bernard de Calmont, et que Dieu vous accompagne. Je veillerai sur l'enfant et sur Montsalvy. »

Le regard qu'elle adressa au frère portier était rayonnant de bonheur. Dans son enthousiasme, elle baisa la signature de la lettre avant de la glisser dans son aumônière, puis elle tendit la main à son compagnon.

« C'est ici que nous nous séparons. Retournez à Montsalvy, frère Eusèbe, et dites au très révérend abbé que j'ai honte d'avoir manqué de confiance en lui, mais que je le remercie. Rendez-lui les mules, je n'en ai pas besoin. C'est à pied, comme les autres, que je ferai le chemin. »

Puis, se détournant, elle s'envola, légère comme un oiseau délivré, vers l'autre côté de la rue où se balançait une belle enseigne qui représentait un pèlerin sous son grand chapeau, le bourdon à la main, et qui annonçait à tous qu'au « Chemin de Saint-Jacques » maître Croizat tenait boutique de fournitures pour le pieux voyage.

Ceux qui allaient partir étaient une cinquantaine, hommes et femmes, venus d'Auvergne, de Franche-Comté ou même d'Allemagne. Ils se groupaient par régions et par affinités, mais quelques-uns demeuraient isolés, préférant leur solitude et leur propre compagnie.

Au milieu de ses nouveaux compagnons, Catherine

assista à la Grand-Messe de Pâques. Elle vit passer, à quelques pas d'elle seulement, le roi Charles VII gagnant le haut fauteuil disposé pour lui dans le chœur. Auprès de lui, elle reconnut la puissante silhouette d'Arthur de Richemont. Le connétable de France, en ce jour de Pâques, reprenait officiellement son rang et sa charge. Entre ses fortes mains, la jeune femme vit briller la grande épée bleue, fleurdelisée d'or. Elle vit aussi la reine Marie, et, parmi les gens de Richemont, elle reconnut la grande silhouette de Tristan l'Hermite... Tristan, son dernier ami. La tentation fut grande de rompre les rangs silencieux qui l'entouraient, d'aller vers lui... Il serait bon d'entendre son exclamation joyeuse, d'évoquer les souvenirs des jours passés.

Mais elle retint le mouvement qui allait la jeter en avant. NON... elle n'appartenait plus à ce monde brillant, coloré, fastueux. Entre lui et elle, il y avait maintenant l'engagement de la veille, la robe blanche de cet évêque qui, là-bas, dans le chœur illuminé, célébrait la messe en chape d'or frisé. La barrière invisible qui la séparait de cette cour à laquelle, de droit, elle appartenait encore, Catherine ne voulait pas la renverser. L'avenir était ailleurs et, loin de se montrer, elle se fit plus petite au milieu de ses voisins, entre un immense gaillard grisonnant et barbu, qui chantait avec une voix de grandes orgues, et une femme sèche et pâle, dont le regard fanatique s'attachait à l'autel scintillant. Quand elle la regardait, Catherine oscillait entre la pitié et la répugnance, car elle doutait que cette femme, malade visiblement et qui faisait entendre de temps en temps une toux sèche et caverneuse, pût supporter les fatigues du pèlerinage.

Quant à elle-même, qui donc eût reconnu la comtesse de Montsalvy, la belle veuve de Chinon qu'adorait à deux genoux Pierre de Brézé, en cette femme vêtue comme tous ses compagnons ? Une robe de bure épaisse sur une chemise de lin, des chaussures solides, un grand manteau capable de résister à toutes les pluies, à tous les vents et, sur la guimpe de fine toile qui enserrait son visage, un grand chapeau de feutre noir qu'une coquille d'étain retroussait par-devant. Dans l'aumônière pendue à sa ceinture, elle avait de l'or et aussi la dague d'Arnaud, sa fidèle compagne des jours difficiles, des passes dangereuses. Enfin, dans sa main droite, elle tenait l'emblème même du pèlerin, le fameux bourdon, le long bâton au bout duquel s'attachait une gourde ronde... Non, personne ne l'eût reconnue en cet équipage et Catherine s'en réjouissait. Elle n'était plus qu'une pèlerine au milieu des autres...

La cérémonie tirait à sa fin. La voix grave de l'évêque avait prononcé les souhaits de bon voyage, qu'il adressait à ceux qui partaient. Maintenant, il bénissait les bourdons que tous élevaient d'un même geste. Les prêtres et la grande croix de procession qui allaient mener le cortège jusqu'aux portes de la ville s'ébranlaient déjà. Catherine, jetant un dernier coup d'œil vers le chœur, enveloppa dans le même regard le roi, le connétable, la cour étincelante gardée d'hommes d'armes. Ils semblaient déjà reculer dans le temps au milieu de la brume des mirages. Plus haut, dominant le tout, elle pouvait voir le diamant maudit de Garin scintiller de flammes unies au bandeau d'or qui couronnait la raide petite Vierge. Les portes s'ouvrirent sur le grand air, sur le ciel bleu pâle où couraient les nuages...

Catherine, au seuil, gonfla sa poitrine et prit une grande aspiration. Elle avait l'impression que ces portes ouvraient sur l'infini, sur un espoir à la mesure du vaste monde.

Derrière les prêtres et les moines, les pèlerins dévalèrent, en criant de joie, la rue en pente. De chaque côté, les bonnes gens s'écrasaient contre les maisons pour les regarder passer. Certains hurlaient des souhaits, d'autres envoyaient à un ami, à un parent un dernier adieu.

Franchis les remparts de granit où claquaient les oriflammes royales, la dernière escorte se détacha des pèlerins. Devant la colonne, une route en pente raide rampait au flanc d'une colline qui avait l'air d'escalader le ciel. En tête, le chef des pèlerins, un gaillard solide aux yeux de feu, entonna d'une voix forte le vieux chant de marche qui avait soutenu tant de courages épuisés par les trop longues étapes, l'étrange cantique en vieux langage qui rythmait si bien le pas.

E ul treia. (En outre.)
E sus eia. (Et sus.)
Deus aïa nos. (Dieu nous aide.)

Le chant simple et cadencé scandait bien la marche. Il courut au long de la troupe des pèlerins comme s'enflamme une traînée de poudre. A son tour, comme les autres, Catherine se mit à chanter. Son cœur était léger, son âme en paix, son énergie plus grande que jamais. Derrière elle, dans la ville qui reculait déjà, les cloches sonnaient à toute volée. Leur chant de victoire éteignait le souvenir cruel du glas de Carlat qui si longtemps avait résonné dans son cœur.

Au bout de ce chemin ouvert devant elle, Catherine, soulevée au-delà d'elle-même par une foi aussi grande que celle qui, jadis, avait entraîné les chevaliers croisés à la conquête de la Terre sainte, était sûre maintenant qu'un jour il y aurait Arnaud. Et s'il fallait aller jusqu'au bout de la Terre pour le retrouver, ne fût-ce que pour mourir avec lui, elle irait jusqu'au bout de la terre...

En haut de la rude montée, une bourrasque de vent aigre chargée d'une pluie fine et froide qui cingla leurs visages accueillit les pèlerins aux abords du plateau. Catherine baissa la tête pour s'en garantir et, appuyée sur son bâton, avança contre le vent. Mais parce qu'elle ne voulait pas laisser aux éléments le dernier mot dans ce premier corps à corps, elle chanta plus fort que jamais. Ce vent, c'était le vent du Sud. Il avait parcouru, avant de l'atteindre, les terres inconnues dans lesquelles, jour après jour, elle allait s'enfoncer pour retrouver enfin son amour perdu... Il était son ami...